FOLIO SCIENCE-FICTION

Jean-Philippe Depotte

Les démons de Paris

Denoël

Scientifique de formation, passionné d'histoire et de littérature, Jean-Philippe Depotte est né à Lille en 1967. Il a été inventeur « breveté », éditeur de méthodes de langues et directeur de production de jeux vidéo. Il est l'auteur de deux romans, *Les démons de Paris* et *Les jours étranges de Nostradamus*, parus aux Éditions Denoël.

À Véronique

I

Sur le perron de l'Hôtel-Dieu, Pichard et Simonet ne contenaient la cohue qu'à grand-peine. Devant eux se pressaient les curieux du quartier — les badauds professionnels qu'ils connaissaient bien — auxquels s'était mêlé un étrange assortiment de belles dames dont ils ne savaient que faire. D'ordinaire, il n'y avait que les poissonnières des Halles ou les marchandes des quatre-saisons pour faire le poireau devant l'hôpital. Mais aujourd'hui, il y avait du gratin et il convenait de ne pas commettre d'impair.

Même l'agent Pichard, dont on vantait le tact jusque dans le bureau du commissaire, ne savait plus quoi faire. Toutes ces élégantes, ça le paniquait. Et si la femme du préfet faisait partie de la bousculade ?

En début de service, pourtant, la journée s'emmanchait à l'idéale à discuter de la dernière Panhard, devant Notre-Dame, au soleil du printemps. Simonet, l'automobile c'était son truc. Et le planton sur le parvis, il n'y avait pas mieux pour palabrer entre collègues.

Et puis, on était venu les chercher pour une intervention devant l'Hôtel-Dieu. Pour commencer, ils avaient relevé un groupe de religieuses, des augustines qui tentaient de canaliser les premières arrivantes. Ils s'étaient installés en faction devant le porche et, le prestige de l'uniforme aidant, ces belles dames avaient rapidement retrouvé leur calme. Elles cherchaient surtout à savoir si c'était bien ici qu'avaient été transportées les victimes de l'attentat. L'*attentat* ! Le mot impressionnait mais, en gardiens de la paix avertis, ils savaient que d'ordinaire le quidam utilise un vocabulaire exagéré et qu'il convenait d'attendre un avis officiel avant de s'alarmer.

Mais, les heures passant, un curieux chassé-croisé renforça la thèse de l'incident majeur, de ceux qui nécessitent un rapport en trois exemplaires et vous gâchent toute une soirée.

De la gauche vers la droite se succédaient les collègues : des sergents de ville, des agents à bicyclette, puis des hommes par bataillons et même des inspecteurs, un commissaire, des fourgons et quelques automobiles. Tous débouchaient de la préfecture de police et remontaient la rue de la Cité en direction de l'Hôtel de Ville. Le désordre sentait l'improvisation et annonçait quelque chose de grave.

De la droite vers la gauche, à rebours, arrivaient les élégantes. Vu de loin, ils crurent à un défilé de suffragettes qui aurait peut-être expliqué l'excitation policière. Mais, au fur et à mesure qu'elles se rapprochaient, ils distinguèrent les ombrelles déchirées, les toilettes relâchées et, pour les plus proches, les mines défaites et même quelques joues noircies. Simonet imagina des femmes de mineurs se rendant au Mardi gras et fit une réflexion déplacée.

À mesure que l'attroupement agglomérait les nouvelles arrivantes, les bonnes manières de ces dames semblaient se dissoudre dans la fatigue et l'absence d'informations. Alors, sous leurs yeux, toutes ces femmes de notables se muèrent en une mêlée de harpies qu'il serait bientôt impossible de contenir.

Un grand chapeau de velours, avec une voilette et trois plumes sur le devant, était tombé aux pieds de Simonet et personne n'avait songé à le ramasser. Sa propriétaire, le chignon hirsute, tentait de lui attraper une main ou un pan d'uniforme. Ses amies d'infortune en avaient fait leur fer de lance. Elle braillait dans l'aigu qu'elle voulait voir sa fille, qu'elle devait voir sa fille et qu'on n'avait pas le droit de l'en empêcher. Tantôt elle suppliait, tantôt elle interpellait le couloir derrière les plantons. À tel point que Pichard finit par se retourner, craignant d'y voir le préfet, les mains sur les hanches et le sourcil froncé.

« Mesdames. Vous devez comprendre que nous ne pouvons pas vous laisser entrer », tenta enfin Pichard d'une voix mal assurée.

Aussitôt, son argument déclencha un débat public. « La police ne fait rien ! » « Allez arrêter les assassins au lieu de nous empêcher de veiller nos enfants ! »

Un coup d'œil à la mine affolée de Simonet, et Pichard comprit qu'il devait prendre les choses en main. Il se redressa et tança la cohue d'un air de commissaire.

« La police fait son travail, mesdames, sourit-il à l'excès. Je n'ai pas d'information à vous communiquer pour le moment. Je ne peux que vous demander de patienter encore. »

Il marqua le silence pour bien signifier que le débat était clos. Un dandy en canotier qui n'avait rien à faire là fit retourner les têtes.

« Vos enquêteurs sont des incapables et encore une fois ils n'arrêteront personne ! »

Il prenait le perron de l'Hôtel-Dieu pour une tribune politique.

« Le mitraillage du Bazar de l'Hôtel de Ville, c'est un coup des Chinois de la Horde d'Or. C'est signé ! »

La foule acquiesça en grondant.

Même si la forme du discours irritait leur fibre policière, Pichard et Simonet apprécièrent d'être enfin éclairés sur les raisons de tout ce tumulte. On avait tiré sur des innocentes, à l'arme de guerre, au sortir d'un magasin. Encore un de ces attentats modernes que le nouveau siècle semblait affectionner.

« Et que faites-vous, messieurs de la police ? Vous préférez malmener ces honnêtes femmes que de poursuivre les meurtriers ? La Horde est la honte de la France ! »

Quelques « oui ! » claquèrent, puis des « c'est vrai ! », des « il a raison ! » et d'autres « c'est une honte ! » qui se répondirent comme des bulles à la surface de la foule.

Si c'était vraiment un coup de la Horde, il fallait bien reconnaître que cet homme n'avait pas tout à fait tort. Le Grand Khan et ses Chinois souvent natifs de Belleville ou de la Villette, c'était un abcès sur le sein de la république. S'il n'y avait pas tous ces morts, ça les aurait fait rire dans le fond. Depuis l'Exposition universelle, même chez les truands il fallait donner dans l'exotique. On ne pouvait plus tuer les gens comme avant. Il fallait être à la mode des colonies. Il fallait des salamalecs, des poignards tordus et des bonnets mongols. Mais quand même ! Mitrailler des bourgeoises sur le pas d'un magasin de luxe, ça ne leur ressemblait pas. C'étaient des manières d'anarchistes, pas de voyous.

« Et comme d'habitude, les journaux se tairont et la police classera l'affaire ! »

Le canotier s'envolait dans la contestation tous azimuts. Dans l'élan, il leva le poing comme un bolchevique.

« Les amis du Grand Khan sont partout. Dans la presse, à la préfecture. À l'Élysée ! Vous verrez, mesdames, que dans une semaine l'affaire sera étouffée et on ne parlera plus de nos pauvres victimes. »

Qu'il ait raison ou pas, on ne pouvait plus le laisser

pérorer. Simonet ne faisant toujours pas mine de s'émouvoir, il ne restait que Pichard pour endosser la charge du maintien de l'ordre. Et la confusion était telle qu'il n'était plus possible de s'adresser directement au fauteur de troubles. Alors, il posa la main sur le pommeau de son bâton blanc et adopta son regard le plus ferme. Ce bâton, c'était la nouvelle amusoire du préfet Lépine. Il était trop neuf pour savoir s'il fallait l'agiter en l'air ou cogner avec. Il préféra le laisser à sa ceinture.

« Calmez-vous ! Reculez ! »

Mais ses braillements glissaient par-dessus les chapeaux qui ne l'écoutaient plus.

« Entrez, mesdames, ils ne nous arrêteront pas ! »

Le canotier venait de franchir un nouvel échelon. La foule enrubannée s'élança.

« Ce ne sont pas deux hirondelles et une poignée de nonnes qui vont nous arrêter ! »

Comme attirée par la provocation, c'est ce moment que choisit la voiture de l'évêque pour entrer en scène.

Monseigneur Grabeuf s'attarda sur le marchepied du fiacre. Il aimait ainsi figer l'instant afin d'offrir à chacun l'occasion de goûter l'atmosphère. La masse des élégantes s'était figée dans son élan. Les visages essoufflés se tournaient vers le prélat.

« Eh bien, que se passe-t-il ici ? Me laissera-t-on entrer ? »

Il signa sa phrase d'un gloussement bonhomme, comme s'il découvrait un chahut d'étudiants. Avec ses sourcils touffus et son souffle d'obèse, cette signature apaisante rassurait les ouailles.

« Laissez passer monseigneur ! » aboya Simonet qui avait retrouvé son amour-propre.

Les dames formèrent un passage jusqu'au porche. L'évêque avança doucement, mesurant son effet. Derrière lui, un échalas en soutane s'était extrait de la voiture trop petite. Il feuilletait l'agenda de monseigneur, guettant l'instant où il pourrait récapituler l'organisation des audiences du soir. Mais il savait qu'il ne devait pas déranger. Le patron n'appréciait rien mieux que ces bains de jouvence parmi les rubans colorés et les essences de fleurs.

« Le drame qui vous touche aujourd'hui émeut l'ensemble de notre communauté parisienne », clama l'évêque en marquant la pause au milieu de la phrase.

Des deux côtés de l'allée, des yeux cernés de chagrin ou de colère attendaient le réconfort. Grabeuf fit deux pas et tendit un peu les bras comme il l'avait vu faire au théâtre.

« Je suis venu vous retrouver, mesdames, dès que j'ai eu connaissance de ce crime odieux qui a frappé vos sœurs, vos mères, vos filles. » La phrase lui était venue dans la descente de la rue Saint-Jacques et il trouvait qu'elle convenait fort bien.

Il avança encore. Sans ses lunettes, il dut attendre d'être au beau milieu de la foule pour distinguer ses diocésaines. Mme de Frémioncourt, la veuve du juge Pompignac, le charmant minois de la fille du docteur Malicorne. Il se sentit instantanément à l'aise au sein de cette compagnie avec laquelle il buvait encore le thé deux jours avant. Il allait même sourire lorsqu'il devina une manche déchirée, une coiffe avachie, puis un œil poché qui le pétrifia. En un éclair, il vit les jours qui l'attendaient. Les enterrements en grande pompe, les visites en banlieue, les prières du souvenir. Il y aurait des veufs de haut rang, des bons repas et des liens importants à nouer. Il durcit les traits.

Juste devant lui, une dame qu'il ne reconnut pas lui saisit la main avec douceur. Elle n'avait plus aucune force et tremblait un peu.

« Monseigneur Grabeuf, laissez-nous entrer avec vous, s'il vous plaît », implorait-elle.

Depuis combien de temps étaient-elles ici ? Il avisa les deux agents de la paix qui barraient la porte.

« Allez-vous donc faire entrer ces dames ? » ordonna-t-il en pressant le pas.

Pour Pichard et Simonet, la séparation de l'Église et de l'État restait une notion toute théorique. Et trop récente. Un évêque devait bien se situer quelque part au-dessus d'eux dans la ligne hiérarchique. Ils s'effacèrent sans hésiter. Monseigneur Grabeuf, entre ces deux gardes suisses improvisés, se retourna face à la foule.

« Entrez, mesdames. Je demanderai aux sœurs qu'elles vous préparent une soupe. »

Un joli visage du premier rang, auquel les larmes conféraient une certaine beauté, profita d'un moment de silence : « Ma sœur est morte aujourd'hui, devant le magasin. Alors je voudrais voir le père Joseph. »

Joseph ! L'évêque leva un sourcil. C'était comme un ulcère qui gâche un bon repas. Quand on a monseigneur Grabeuf, pourquoi demander un foutu séminariste ? Et pourquoi ce Brutus devait-il toujours gâcher la fête ?

« Dites au père Joseph de veiller sur nos morts ! »

Maintenant, c'était parti. Il aurait dû s'y préparer, c'était tellement inévitable.

Joseph ! Le nom s'était envolé et bondissait de lèvres en lèvres. Il enflait, se multipliait, encerclait le gros évêque qui feignait encore de ne pas l'entendre.

Saint Joseph ! Avec toute cette fatigue et cette détresse, la digue avait lâché et c'est comme si les bourgeoises scandaient maintenant la première page du *Petit Journal* : Saint-Joseph-des-Morts !

L'évêque écarta les bras. Réflexe de messe, toutes les dames se turent. Celles qui s'étaient assises au bord du trottoir se relevèrent.

« Le père Joseph est à l'intérieur, mesdames. Il se tient bien sûr au chevet de vos proches. Je joindrai mes prières aux siennes pour recommander à notre Seigneur le repos éternel pour l'âme de nos défunts. »

Le soulagement était palpable. Comment ce jeune séminariste avait-il réussi cela ? Il n'était même pas encore prêtre. À première vue, ce petit était une bénédiction pour le diocèse, la Bernadette Soubirous de Notre-Dame. Mais cette façon qu'avait son seul nom de ramener la sérénité sur ces visages endeuillés, c'était blessant. Monseigneur Grabeuf se bâcla un sourire de circonstance, pivota et hâta le pas.

Comme il passait le porche, un dernier « Saint-Joseph-des-Morts ! » l'atteignit dans le dos.

Dans le couloir qui menait à la morgue de l'hôpital, son secrétaire le rattrapa.

« Monseigneur, permettez-moi de vous rappeler que le dîner de monsieur le maire débute à huit heures à l'Hôtel de Ville.

— Alors, il est maintenu ?

— Oui. Les services de la voirie auront effacé les traces de l'attentat.

— À la bonne heure ! »

Loin des regards, il recouvra sa mine satisfaite.

« Il ne reste que quarante minutes, monseigneur. »

L'évêque savait que cette entrevue improvisée tracassait son secrétaire. Mais il ne pouvait laisser Joseph seul au milieu de cette crise. Il devait garder le contrôle. C'était un problème de discipline, rien de plus. Ce petit, il l'avait accueilli à l'âge de huit ans. C'était comme un fils. Un fils qui doit respecter son père. Déjà à l'époque, son histoire avait fait pleurer toutes les augustines. Et aujourd'hui, saint Joseph était devenu un charbon ardent qui faisait la couverture des journaux. Pourtant, il sentait bien que ce petit pouvait faire la grandeur de l'évêché. Il suffisait de bien le prendre. Une fois ordonné prêtre, il rentrerait dans le rang. Il n'aurait pas le choix. C'est le Vatican qui fait les saints, pas les journalistes !

Il descendit trois marches et pénétra dans la morgue.

La salle était composée comme un Rembrandt. Il faisait sombre. Seules quelques lampes à pétrole réchauffaient la scène. Au fond, les religieuses glissaient entre les hautes tables trop rapprochées. Le frottement de leurs robes de gros drap créait une ambiance de blanchisserie ponctuée des coups de gong étouffés de leurs lourds seaux de javel. Comme l'ombre, le silence est de règle auprès des morts. Personne n'aurait songé à élever la voix dans un tel cocon.

On avait rapporté de grandes tables en bois de l'étage. Les victimes du mitraillage dépassaient de loin le quota des décès journaliers. Ces femmes de tous âges reposaient au milieu du ballet des religieuses. Nombre d'entre elles n'avaient même pas goûté au confort d'un lit d'agonie et étaient arrivées directement ici, sur leur planche de chêne. Il s'agissait de préparer les corps avant leur présentation au public. La presse ne manquerait pas de venir demain. Un journaliste de *L'Excelsior*, même, prendrait des photographies. Alors ici on masquait une tache coagulée sur un jabot de dentelle. Là, on fixait un bonnet sur un enfoncement mal placé. Toutes ces élégantes fauchées au pas d'un magasin chic donnaient au lieu un air de salon de beauté.

Mais à mieux y regarder, le point focal de toute cette composition, c'était lui, le seul homme de cette société de femmes. Malgré l'affairement général, pas une sœur ne le quittait des yeux. Derrière un détachement tout professionnel, elles épiaient le prodige. Un peu sur la gauche, doucement penché sur le visage d'une morte, se tenait Joseph. Il avait remonté les manches de sa soutane. Dans tout ce noir, la blancheur de ses avant-bras fascinait. La tignasse décoiffée, des restes d'encre sur les mains, un lacet défait, on aurait pu voir un romantisme calculé là où il n'y avait que la négligence d'un jeune séminariste. Car toutes savaient que derrière la désinvolture se cachait le véritable miracle de ce que Joseph s'apprêtait à faire. Le miracle quotidien de la morgue de l'Hôtel-Dieu. L'émerveillement ordinaire qu'il leur offrait chaque fois.

L'évêque entendit derrière lui feuilleter les pages de l'agenda. Il sentit son secrétaire sur le point de parler et le coupa d'un geste autoritaire. Il fallait regarder. Il voulait voir encore une fois. Il pourrait se retrouver un jour avec une commission de théologiens du Vatican sur les bras. Et ça serait à lui de défendre le dossier de saint Joseph. Alors, pas question de se faire berner par un canular d'adolescent. Il observa la scène comme s'il avait devant lui Houdini en personne.

Le regard fixé sur les paupières closes de la jeune fille, Joseph semblait méditer. Mais il écoutait.

«… ce qui m'embête, c'est que maman ait survécu. Ce n'est pas très charitable de penser cela. Je sais. Mais avouez que ce n'est pas juste ! Nous faisions les courses pour une garden-party à l'anglaise que l'on devait tenir dimanche, à Rambouillet. Ce n'est pas de chance. Alors que maman traînait à l'intérieur parce qu'un commis s'était trompé dans l'adresse de livraison, je m'étais précipitée dehors. Nous n'avions pas pu nous accorder sur le choix d'un grand plaid pour le pique-nique et j'étais excédée. La rue était ensoleillée. Mais les deux grosses voitures étaient déjà là. Et je pense n'avoir entendu qu'une seule ou deux détonations avant de perdre connaissance. Je me souviens juste d'une vive douleur. Comme une rage de dents. »

Joseph baissa les yeux. La partie droite de la mâchoire de la jeune fille avait été emportée. Par une balle sans doute. Une munition de guerre à en juger par les dégâts. Les sœurs n'étaient pas encore passées. Il faudrait arranger cela avant le photographe. Dans un gâchis de chairs séchées, il aperçut l'émail d'une dent. Il pensa à une fève perçant la frangipane puis retourna à sa confession d'adolescente.

« … c'est malheureux à dire mais maman a tout eu. Et moi, rien. Elle va porter mon deuil. Un an, moins peut-être. Puis quand elle sentira que c'est redevenu convenable, elle reprendra les parties de cartes, les déjeuners sur l'herbe et les salons philosophiques. Son notaire la couvrira de cadeaux pour la consoler. Je n'ai jamais apprécié le deuxième mari de maman. »

Dans son monologue, elle fixait Joseph mais ne semblait pas le voir. Ses yeux sont jolis, se dit-il. Un marron très clair, presque beige. Sable. Il faudra qu'elle emporte cette couleur au paradis, ce serait dommage de l'oublier.

« Je suis sûr que votre maman vous aime », intervint-il. Quelle platitude ! Il aurait pu trouver mieux, mais toutes ces mortes l'avaient épuisé. C'était ça, le métier de curé qui l'attendait. Écouter et écouter encore, malgré la fatigue, malgré l'habitude. À combien de ces défuntes avait-il parlé aujourd'hui ? Toujours la même histoire, la même vie légère arrachée par une balle de laiton. Mais pour cette fille, couchée devant lui, cette mort était unique. C'était sa mort, sa mort à elle. Quand un prêtre célèbre trois mariages dans la même journée, il tâche de garder le sourire jusqu'au troisième. C'est cela aussi le sacerdoce.

Mais aujourd'hui, Joseph en était à sa douzième victime. Tu parles d'une sale journée ! Et puis, écouter, c'est autrement plus difficile que de bénir des alliances et dire un mot gentil à la famille. Il avait lu qu'un docteur Freud, un Autrichien, avait élevé l'écoute au rang de science. Il affirmait qu'en laissant simplement les gens parler, on les aidait à extirper du fond d'eux-mêmes les sales souvenirs et les pulsions répugnantes. Comme un égoutier décrasse un conduit. Joseph, il faisait un peu cela aussi. Mais avec les morts. Un nécropsychiatre, pourrait-on dire. Ça sonnait mieux que curé.

« … alors, si je suis morte, je vais peut-être revoir papa. Comment pourra-t-il me reconnaître ? Il nous a quittées quand j'avais six ans. Et que vais-je lui dire ? Lui qui aimait tant maman. Il ne sait pas qu'elle est remariée. Je devrai lui cacher la vérité pour ne pas lui faire de peine. Mais peut-on mentir au Paradis ? »

Elle s'arrêta. Ses yeux si charmants se voilèrent.

« Car je suis bien au Paradis, n'est-ce pas ? »

Joseph lui prit la main. C'était celle d'une poupée de porcelaine mais il essaya de la réchauffer un peu. Il approcha son visage comme s'il allait dire un secret.

« Où êtes-vous ? Qu'y a-t-il autour de vous ? »

Il y eut un silence. Joseph imaginait qu'elle tournait la tête et regardait autour d'elle. Sans doute n'avait-elle pas encore pensé à le faire.

« J'entends des cris, parfois, au loin. L'air sent la vieillesse et l'oubli, la poussière et la cendre. Les dames qui sont parties avec moi tout à l'heure m'ont laissée seule. »

Elle ralentit, songeuse. Elle prit une profonde respiration, de celles que prennent les enfants pour retenir leurs larmes. Mais elle ne les retint pas. Et elle pleura.

« Vous ne devez pas avoir peur. »

Joseph avait écarté une mèche de son front marbré de

bleu et massait doucement sa tempe du bout de son pouce. Elle ne pouvait pas sentir sa caresse, il le savait, mais il se dit qu'elle la devinerait dans le son de sa voix.

« Regardez le monde autour de vous. Ne le craignez pas. C'est votre réalité maintenant. Parlez-moi de ce monde. Dites-moi à quoi il ressemble. »

Le même silence, ponctué de ses reniflements d'enfant. Trop jeune pour ne pas obéir à un homme en soutane, elle reprit : « Je suis toujours sur le trottoir. Devant le magasin. Je regarde le ciel. Il est lumineux mais il est gris, comme un ciel de cinématographe. Un balai danse autour de moi. Il doit effacer les dernières traces de la fusillade. Il me frappe un peu à chaque passage. Mais je n'ai pas mal. Je me sens effrayée, dit-elle après un instant de réflexion. C'est stupide, n'est-ce pas, parce que je n'ai plus à craindre la mort. Je me demande où je suis. Quand on monte au ciel, on ne doit pas rester couchée au milieu de la rue. Car je suis bien montée au ciel, n'est-ce pas ? Je vais bientôt revoir papa. N'est-ce pas, mon père ? »

Mon père. Elle avait le même âge que lui. Il soupira en regardant la croix de bois qui pendait de son cou de curé comme un pendule au-dessus de cette morte. Les larmes étaient revenues. Elles s'écoulaient des beaux yeux couleur de sable jusqu'à la sale blessure qu'elles faisaient suinter. Joseph eut pitié d'elle. Regarde-la, se dit-il, elle sort à peine de l'enfance. Elle n'est pas prête, c'est évident. Mais elle ne peut plus revenir. Si seulement il pouvait lui parler encore, l'aider un peu plus qu'avec ces quelques mots. La pauvre petite, la voilà seule maintenant. Il se vit lui-même couché sur cette table de chêne. L'angoisse le submergea. La peur de la solitude, la peur du noir. Les doigts qui cherchent ceux de maman. Il sentit ses propres yeux s'embuer. Il serra davantage la main dure du cadavre.

« Ta route ne s'arrête pas ici. Pense aux tiens et aime-les comme ils t'aiment. Tu peux encore être charitable, honnête et généreuse. Pour les autres et pour toi-même. N'aie pas peur, tu es libre à présent. »

C'étaient les paroles de sa mère. Aucune autre ne lui était venue à l'esprit.

« Ce que vous dites là n'est pas très orthodoxe ! »

L'évêque avait saisi le bras de Joseph avec son habituel gloussement, celui qui adoucit le propos. Joseph se frotta les cheveux. Il regarda les paupières closes de la morte. Il eut presque envie de les relever pour contempler encore ses beaux yeux. Mais il savait que, quelques heures après le décès, les paupières perdent leur souplesse. Au mieux, il aurait découvert un regard sec et voilé.

Grabeuf l'avait pris par l'épaule. Il leva la tête. Les religieuses avaient interrompu leur travail pour mieux apprécier le tandem. La journée terminée, elles étaient en train de recouvrir chaque corps de son linceul, pour la nuit. Consciencieusement, elles bordaient ces belles dames. Leurs grands draps encore dans les mains, taches de frais dans cette exposition de cadavres, elles contemplaient les deux hommes avec tendresse.

Joseph les regarda. Il les crut sur le point d'applaudir. Il pivota la tête pour sourire à chacune. Il vit une douzaine de mères fières de leur fils. Des femmes qui l'avaient nourri, qui avaient chanté pour l'endormir, qui avaient été sévères quand il le fallait et qui aujourd'hui savouraient ce qu'il était devenu.

Grabeuf lui serra l'épaule.

« Mes sœurs, votre Joseph sera prêtre dans juste une semaine ! »

Il y eut des gloussements. Joseph sourit à nouveau. Leur joie était une récompense. Il ne sut pas quoi dire.

Il n'avait pas le talent de l'évêque pour les bons mots. L'étreinte du gros homme le fit s'enfoncer un peu plus dans son flanc moelleux.

Il était chez lui ici. Cette salle sombre et cette odeur de désinfectant, toujours la même, et ce subtil arrière-goût de cadavre. Il avait l'impression qu'il était né avec cette odeur, qu'il l'avait sentie avant que ses yeux ne voient. Il plaignait ceux qui ne savaient plus apprécier le fumet de la mort. Un arôme animal. Les chiens se roulent bien dans les charognes pour s'en parfumer. C'était son odeur. C'était l'odeur de sa mère.

Sœur Solange s'approcha. Elle était l'austère de la bande, ce qui rendait son sourire si précieux. Elle avança une histoire de soupe chaude qui attendait en haut. Mais l'évêque déclina et Joseph comprit que le moment de la leçon de morale était venu. Encore les tirades paternalistes, encore les obligations, encore le rôle à jouer. Joseph jeta un coup d'œil au secrétaire de l'évêque. Il avait son âge sans doute et il était tout ce qu'il ne voulait pas être. Les augustines emportèrent le gringalet dans une ambiance de sortie d'usine. Le chahut disparut dans le couloir et, comme sœur Solange fermait la porte, la chaleur quitta la pièce.

Cette fois-ci, Grabeuf avait choisi la flatterie.

« Mes diocésains vous apprécient, Joseph. Savez-vous que dehors les familles de l'attentat réclament votre nom ?

— Je ne leur ai rien demandé.

— Joseph… Vous êtes au service de ces gens. C'est votre sacerdoce. Et quel sacerdoce ! Voyez comme ils vous aiment. Entendez-les, de grâce ! Rendez-leur cet amour. Dans une semaine, vous serez prêtre, Joseph !

— Oui. Je le sais. » Il dit cela sans émotion. C'était un fait, une ligne de son calendrier.

« Qu'est-ce qui vous tourmente ? N'avez-vous pas tout pour être heureux ? Vous êtes célèbre, vous êtes jeune, vous êtes aimé.

— Mais rien ne me tourmente. Je veux seulement qu'on me laisse travailler. »

Grabeuf fit un pas en arrière comme pour se dégager d'un cul-de-sac. Il se redressa et parcourut du regard les linceuls alignés.

« Quelle tragédie, n'est-ce pas ? Toutes ces âmes fauchées. Ces femmes enthousiastes massacrées par ces barbares. Qu'est devenu Paris ? » Il avait déclamé ces derniers mots comme un classique du répertoire, le regard perdu. Il affecta un air apaisé et termina sa tirade : « Enfin… elles reposent en paix désormais.

— Vous vous trompez. Vous les connaissez pourtant, les tourments de l'âme. C'est votre métier ! La jalousie, le regret, l'envie, le remords, l'orgueil, toutes ces sales taches que l'on recouvre par des beaux costumes et des robes à dentelle. Vous les connaissez tellement bien, ces démons, que vous déployez une armée de curés pour les combattre. Alors on rassure, on cajole, on promet. Et on promet quoi ? La vie éternelle, le repos de l'âme ? Le bel attrape-nigaud ! Et pourquoi tous les problèmes de ce monde s'arrêteraient-ils aux portes du trépas ? Quel horrible mensonge que ce *requiem aeternam*. Regardez ces femmes ! Aujourd'hui, elles sont parties traînant derrière elles leurs pleines valises d'angoisses et de rêves perdus. De quoi occuper leur éternité, je vous assure ! Elles n'auront pas plus le droit à la paix que vous et moi. Mais vous pouvez dormir sur vos deux oreilles. Pour vous, le contrat est terminé. Vous ne les voyez plus, vous ne les entendez plus. Le bon Joseph n'a qu'à se débrouiller !

— Joseph. Vous ne semblez pas comprendre comme votre discours peut être effrayant. C'est pour cela que je tenais à vous parler ce soir. Vous êtes un prêtre de l'Église. Ce n'est qu'une question de jours maintenant. Vous êtes jeune et vous devez affronter une célébrité que peu d'hommes mûrs sauraient dompter. Vous êtes en première page des journaux, la foule devant l'hôpital scande votre nom. Mais vous ne devez pas oublier que vous portez le message de l'Église. Demain, une nouvelle fois, à l'occasion de cette abominable tragédie, des journalistes viendront ici. » Il ralentit. Cet embarras soudain montrait qu'il arrivait à l'essentiel.

Mais l'esprit de Joseph, fatigué par la journée, flânait dans la pièce. Là-bas, sur le bureau du fond, c'était le cahier qu'il griffonnait quand sœur Henriette était entrée en trombe avec la première victime de la fusillade. C'était son calepin d'observations. Son outil de travail. Le carnet de bord de Darwin sur le *Beagle*. Il soupira.

Là-bas, c'était le chiffon avec lequel on avait rafraîchi cette pauvre femme qui avait suivi son amie jusqu'ici. Quand elle avait compris qu'elle ressortirait seule de ce sous-sol macabre, elle s'était emportée et avait griffé au sang sœur Blanche, qui n'en avait rien dit. Elle semblait sur le point de tout casser quand elle s'était effondrée comme une masse. Les sœurs l'avaient transportée en haut, dans une chambre, mais ce chiffon était resté là.

L'hésitation de l'évêque rappela Joseph à la réalité de leur discussion. Il raccrocha son attention aux deux gros sourcils contractés. « Vous savez ce que sont les journalistes, Joseph. Non, vous ne savez pas ! Demain, ils ne recopieront pas docilement ce que vous leur direz. Ils écriront ce que leurs lecteurs veulent lire. Ce que les chacals veulent bouffer. » Il eut une moue dégoûtée. Pour un gourmand, l'image était forte. « Aussi… » Il marqua une dernière pause. On y était. « Aussi, je préférerais que, demain, vous ne les rencontriez pas. »

Joseph explosa. « Et pourquoi ? Je ne suis plus votre petit orphelin docile, monseigneur Grabeuf ! Je ne suis plus votre singe savant ! Vous avez exhibé les dons d'un enfant et, maintenant qu'il parle, vous le bâillonnez ! J'entends les morts, vous rendez-vous compte ? Les morts qui souffrent et qui implorent mon aide. Alors pourquoi ne pourrais-je pas simplement être le porte-parole qu'ils veulent que je sois ? Je ne veux pas passer ma vie à prêcher l'ignorance. Les paroissiens de Notre-Dame ne peuvent-ils pas recevoir les appels de leurs disparus ?

— La mission de l'Église, la vôtre désormais Joseph, est de transmettre la parole de Dieu. L'Église n'est pas un service de courrier entre les vivants et les morts.

— Qui êtes-vous pour me dire ce que je dois faire de ce talent dont Dieu m'a fait don ? Vous êtes-vous demandé pourquoi il m'a choisi et pas vous ? » Joseph n'avait pas voulu dire cela. L'écho de ses propres paroles l'indigna autant que l'évêque. Mais après tout, depuis le temps qu'il le pensait, il n'était pas mécontent de l'avoir enfin dit.

« Oui, Joseph. Interrogez-vous sur les raisons du Seigneur. Croyez-vous qu'il vous ait fait ce don pour que votre portrait paraisse en première page du *Petit Journal* ? Les gens, dehors, vous appellent saint Joseph. Réfléchissez à ce que vous devez faire pour mériter ce titre. Le mérite-t-on jamais ? »

Joseph se tut. L'évêque aussi. Le gros homme avait du métier. Il savait parfaitement laisser au silence le soin de poursuivre l'ennemi en déroute. Joseph le regarda faire quelques pas lourds entre les hautes tables. Dans la pénombre, la flamme des lampes à pétrole faisait scintiller les perles de sueur sur son crâne chauve. Joseph se souvint qu'il lui devait tout et regretta ses paroles. Son obésité le rendait attachant. Il ne pouvait pas s'empêcher de bousculer les tables sur son passage. Un cochon d'Inde dans une maison de poupée. Ses habits d'évêque n'impressionnaient pas Joseph comme ils impressionnaient les autres. Il se dit que, malgré tout, il avait comme une famille à l'Hôtel-Dieu. Une drôle de famille.

Grabeuf revint vers Joseph. Par-dessus le drap blanc, il posa la main sur la tête de la jeune morte. Il n'y avait aucune tendresse dans ce geste. Il aurait tout aussi bien pu caresser le bois de la table.

« Elle vous a parlé, n'est-ce pas ? » Il avait ralenti comme s'il se résignait mot après mot, faute d'avoir trouvé un meilleur vocabulaire.

« Elles m'ont toutes parlé », répondit Joseph. L'évidence de la réponse le fit sourire.

« Bien sûr. Et qu'est-ce qu'une morte peut bien vous raconter ?

— Ça, c'est le secret de la confession.

— Vous parlez à un spécialiste, Joseph ! D'abord vous n'êtes pas encore curé et cette personne est décédée depuis plusieurs heures. Mais je comprendrais que vous ne vouliez pas trahir sa confiance.

— Non, c'est juste une jeune fille qui a des problèmes de jeune fille. Et la mort n'y change rien. Elle déteste sa mère et rêve de retrouver là-haut un père disparu qu'elle a idéalisé. Le docteur Freud appelle cela l'œdipe. » Grabeuf repoussa l'idée de la main comme on chasse une grosse mouche. Joseph le défia du regard.

« Que croyez-vous ? Cette jeune fille n'a pas fini d'affronter les problèmes de son âge. Sa personnalité n'est pas bien dégrossie et elle n'a pas encore trouvé sa place dans la société des hommes. Elle doit mûrir, tout simplement.

— Elle ne mûrira plus, Joseph. Elle est morte.

— Mais non, elle vit encore. Et pour l'éternité maintenant. Pourquoi ne croyez-vous pas vous-même ce que vous racontez à vos fidèles le dimanche ?

— L'avez-vous vu parler ? Avez-vous entendu sa voix ?

— Je vois et j'entends les âmes. Je vois les regards. J'ai vu les larmes de cette jeune fille couler sur sa joue blessée.

— Était-ce bien elle ? Êtes-vous bien sûr que ce n'est pas votre propre âme qui se reflète sur ces visages inertes ? Moi aussi j'ai lu les articles de votre bon docteur Freud. Que croyez-vous ? Et il relate des expériences bien plus troublantes que la vôtre.

— Alors vous aussi, vous ne croyez que ce que vous voyez ? Ah, c'est facile de croire toutes ces belles abstractions que vous sortez de vos livres de messe ! Moi, je vous demande juste de croire à la réalité, à la mort comme elle est et comme je la vois. En fait, vous ne m'avez jamais cru. »

Il avait parlé doucement. Il voulait que l'évêque comprenne l'étendue de la colère que cachait sa résignation. Il aurait voulu que le prélat prenne son dédain comme une gifle, mais Grabeuf gardait sa bonhomie vissée au visage. Il avait fallu sans doute des années au gros homme pour emmurer sa foi contre les assauts du doute. Combien en faudrait-il pour qu'il accepte la réalité de Joseph ?

L'évêque se fit doucereux. Il parlait maintenant comme les infirmières du quatrième parlent aux enfants incurables. « Si. Je crois en vous, Joseph. Je crois que vous aimez sincèrement les morts et que vous souhaitez les aider. Je crois que toutes ces familles ont besoin de votre amour et qu'en cela vous êtes indispensable, Joseph. Et je crois enfin que, par-dessus ce si bel amour, le miracle est un vernis qui n'est peut-être pas nécessaire. »

Joseph savait qu'il n'était pas d'accord. Il savait que Grabeuf se trompait. Il cherchait pourtant les artifices dans le réquisitoire de l'évêque, mais il lui manquait quelques années de joutes verbales. Il lui manquait les bottes secrètes. Il était une jeune recrue de la troupe face à un d'Artagnan au sommet de sa forme. L'œil brillant, Grabeuf finissait de savourer ses arguments comme on suce un os bien gras. Joseph avait besoin de réfléchir, loin de cet homme. Il tenta de gagner le temps de la réflexion. « Ai-je inventé les conflits de cette fille avec sa mère ? Et tous ces détails que racontent les journaux ? Comment aurais-je pu les connaître sans en parler avec mes morts ?

— *Vos* morts ! *Vos* morts ! » vociféra l'évêque.

Joseph n'écouta pas la suite. C'était comme un jeu. Il avait mal joué. Il avait perdu la manche. Il comprenait comme cette dispute l'éloignait de son tuteur. Il replaça le drap froissé. Il sentit sous sa main le visage de la morte. Vers le bas, ses doigts s'arrêtèrent sur le fatras de la mâchoire brisée. Il se sentait tellement plus proche d'elle. Il se releva et, lui aussi, fit quelques pas. La grande pièce l'apaisa. Il n'entendait le palabre qu'à travers une couche de feutre. Cet homme n'était pas son ennemi. C'était le bon monseigneur Grabeuf, le père qui l'avait recueilli. Il ne voulait plus que cette discussion continue. Il était fatigué.

Son regard se posa au fond de la salle, sur un corps à l'écart. Le petit Marcel sur sa civière. Il était recouvert d'une grosse couverture. De celles que les sœurs utilisent quand la décomposition rend le cadavre trop odorant. Il repensa à ses affaires, celles d'avant l'attentat, à son cahier sur le bureau. Il était tard, les religieuses étaient sans doute au réfectoire. C'était le moment idéal pour discuter avec son petit protégé. Il était temps que l'évêque s'en aille.

Le silence revenu, Joseph tenta de conclure par une bravade qu'il lâcha avec un sourire : « C'est vous qui avez fait de moi ce que je suis et le prêtre que je serai dans une semaine. Et pourtant, vous êtes le seul à ne pas me croire.

— Parce que vous pensez que les journalistes vous croient ? Pour eux, vous êtes un fait divers, Joseph. Un phénomène de foire. Vous ne comptez pas plus qu'un faiseur d'horoscopes. Vous donnez juste de la valeur au papier. Je veux vous aider en vous montrant le chemin de la foi. Elle orientera vos talents, elle les tournera vers les hommes. »

L'escogriffe vint enfin sortir Joseph de ce labyrinthe. La porte s'entrouvrit. Dans le rayon de lumière, la tête maladroite du secrétaire s'excusa plus que nécessaire.

Par habitude, l'évêque lui cria qu'il ne voulait pas être dérangé. Ce coup de colère gratuit l'apaisa un peu. C'était cela aussi, le rôle du secrétaire de monseigneur.

« Il a raison. Il faut que je parte. Monsieur le maire ne doit pas attendre. Même pas un évêque. » Puis il gloussa encore. C'était sa ponctuation. Il saisit les deux épaules de Joseph et le regarda avec une tendresse qui semblait vraie. Une discussion avec l'évêque ne pouvait pas se terminer sur un désaccord.

« Je vous fais confiance, Joseph. Je ne repasserai pas demain. Je vous fais confiance. » Disait-il la vérité ? On verrait bien demain. De toute façon, il avait des dizaines d'yeux ici. Deux par religieuse. Il n'avait pas besoin de venir. Et cette manière d'affecter la confiance pour mieux appuyer son ultimatum, c'était tellement dans son style.

Grabeuf n'attendait pas de réponse. Il embrassa Joseph. Le contact d'une barbe de fin de journée le fit sursauter. Il traversa la longue salle entre les mortes au garde-à-vous. Puis il passa la porte sans se retourner. Un bon acteur soigne ses sorties, pensa Joseph.

« Enfin seuls ! » L'écho de sa voix sur les murs de la grande salle était un délice. Joseph contempla les douze corps immobiles.

« Quelle journée ! Quel désordre ! » Elles ne lui répondraient pas. Pas comme cela. Mais il était heureux de leur parler.

« On ne va pas pleurnicher, n'est-ce pas ? La vie continue ! » Il se dirigea vers le petit bureau. Il saisit le cahier et en tapota gaiement la couverture.

« Je vais vous faire une confidence, mesdames. Ce matin, vous avez quitté notre monde de larmes et vous êtes nombreuses à m'avoir confié votre chagrin. Mais il ne faut pas que vous soyez tristes ! Croyez-moi, vous avez eu de la chance de mourir aujourd'hui ! »

Il feuilleta son cahier et exhiba un tableau qu'il avait tracé bien droit à la règle et à l'équerre, comme si elles avaient pu le voir.

« De la chance, oui ! Regardez ici ! Dans deux jours, c'était l'enfer du purgatoire ! »

Il s'était arrêté. C'était idiot. Elles ne comprenaient pas et il ne faisait que les tourmenter davantage. Et pourtant, il aurait tant aimé leur communiquer cet espoir.

Il s'approcha d'une lampe et chercha à s'imposer un peu de sérénité. Plus que deux jours, j'en suis sûr, pensa-t-il. Une bouffée de fierté lui picota le dos. Il serait un grand scientifique. Il le savait. Peu importe quand, mais il le serait. Il y avait sa vie de curé, sa vie de saint Joseph. Et il y avait la vie qu'il couchait dans ce cahier, la vraie. Celle qui resterait à la postérité. Il se tourna vers le petit Marcel, le cahier sous le bras, le buste droit. Il était le docteur Sterbing. Devant lui, la civière en fer et une forme sous la couverture. Un enfant qui joue à cache-cache. Il le découvrit sans ménagement.

« Tu as encore trop mangé, Marcel ! » Le ventre de l'enfant semblait sur le point d'éclater. Sa peau grise et distendue remontait son chandail. Il observa le nombril qui formait une bulle obscène. Il n'osa rien toucher.

« Ne te relâche pas, Marcel, ou les sœurs ne pourront plus te garder. »

Joseph pouvait blaguer. Marcel se souciait peu de son propre cadavre. C'était un enfant et il savait rire de tout. Et puis tous les médecins savent qu'une consultation sérieuse commence par une plaisanterie.

Voilà deux semaines qu'on le gardait là. Joseph avait obtenu l'indulgence des sœurs parce qu'elles aussi, elles l'aimaient bien, Marcel. Et puis, malgré la pourriture, elles ne se résignaient pas non plus à le voir partir pour la fosse commune. Mais ça ne durerait plus longtemps.

Au début, ce gosse des rues avait échoué au quatrième, au rayon des histoires tristes, chez les incurables. Mais son fonds joyeux avait résisté aux germes et Joseph s'en était fait un ami. Il avait pris l'habitude de monter le voir plusieurs fois dans la journée. C'était sa récréation. Marcel attendait le rendez-vous et exigeait les meilleures histoires de son complice en soutane. Ils les nommaient les « Chroniques de la morgue » en riant de leur impertinence. Son esprit d'enfant trouvait d'ailleurs fort naturel que l'on puisse parler aux morts. Et il se réjouissait à l'idée de pouvoir continuer à voir Joseph. Même après.

Ces discussions lui avaient apporté une sérénité que les infirmières appréciaient. Aussi restèrent-elles compréhensives, même quand Joseph et Marcel organisaient ce qu'ils appelaient l'Expédition. Le mot faisait briller les yeux du gosse, pour qui le seul voyage avait été d'être amené ici.

Quand il mourut, Joseph eut quand même pitié de lui. Ce petit bonhomme s'était retiré avec le trac des grands départs. Mais aussi avec l'excitation qui l'accompagne. Les sœurs lui furent reconnaissantes d'avoir apaisé ses derniers instants. Pour Joseph, Marcel entrait dans l'histoire des sciences comme le jeune garçon qu'avait vacciné Pasteur, mais ça, elles ne pouvaient pas le comprendre.

« Marcel ? » Joseph lui secoua doucement l'épaule comme il le faisait quand il le tirait de la sieste. Il ne voulait pas brusquer son corps fragile. Il guetta un mouvement sur les paupières. Sœur Marie-Pierre les lui avait délicatement cousues après avoir vainement tenté de les garder closes. Une dernière blague de Marcel avant de partir. Joseph essaya d'imaginer où il pouvait être. Il n'était pas inquiet. Qu'aurait-il pu lui arriver, là-bas ?

Mais pourquoi ne lui répondait-il pas ? Il secoua de nouveau l'épaule de Marcel. Elle était dure comme une branche.

« Marcel, où es-tu ? C'est moi, Joseph, j'ai besoin de te parler ce soir. »

Une inquiétude ridicule se referma sur sa poitrine. Il prit une grande respiration. Qu'est-ce qu'il connaissait de ce qui se passait là-haut pour y avoir laissé partir cet enfant ? Il aurait aimé être à sa place, cela aurait été plus juste. Marcel pouvait encore souffrir, par sa faute.

On frappa doucement à la porte, tout au bout de la salle obscure. Il sursauta et replaça rapidement la couverture comme si Marcel ne devait pas être vu.

« Joseph, vous êtes encore ici ? » C'était la voix de sœur Solange. Il approcha jusqu'à ce qu'elle puisse le voir.

« Mademoiselle Bienvenüe est ici. Elle est venue vous chercher. »

Joseph n'eut pas le temps d'être surpris. Le deuxième battant de la porte s'effaça. Et elle se tenait là.

« Lucille ? Que fais-tu ici ?

— Tu oublies que nous sommes jeudi ? Tu fais un

piètre cavalier ! » Sa taquinerie se heurta au silence de la morgue. Elle découvrit l'enfilade des draps blancs. Elle aperçut devant elle une bottine qui dépassait. Elle s'arrêta.

Sœur Solange l'avait retenue par le bras. « Pas aujourd'hui, peut-être. Vous pourriez remettre cela à jeudi prochain. Voulez-vous que j'appelle un fiacre pour vous raccompagner chez vous ? »

Joseph arriva en quelques bonds joyeux. « Mais non, mais non ! Je n'ai jamais raté un jeudi ! Rien au monde ne me ferait manquer ma Lucille !

— Bonjour Joseph. Je suis contente de te voir. » Elle avait toujours sa voix de petite fille, un caillou qui ricoche de syllabe en syllabe. La voix du despote qui organisait leurs jeux d'enfants. Joseph lui attrapa les deux mains. Elle portait ses gants de résille. « Je suis prête, chef ! » Elle rit. Joseph pensa que les dames mortes sous leurs linceuls se réjouissaient certainement de la scène.

Il regarda ses yeux, deux croissants de lune avec sous chacun un petit muscle charnu, à force d'avoir trop ri. Il adorait ces deux minuscules bourrelets qui lui donnaient un regard de voyou.

« Tu as l'air bien joyeuse aujourd'hui. Le jour ne s'y prête pas, pourtant.

— Oui, je suis heureuse ! Et tu ne devineras jamais pourquoi.

— Je donne ma langue au chat.

— Parce que papa est chez la présidente ! La présidente, te rends-tu compte ?

— La présidente Desnoyelles ?

— En ce moment même ! »

Il prit l'air admiratif qu'attendent les enfants qui annoncent une bonne note. Juste pour contempler un peu plus longtemps les deux petits muscles charnus.

Le nez de sœur Solange se tordit de façon amusante.

« Joseph, il reste beaucoup d'agitation devant l'entrée. Je ne pense pas qu'ils vous laisseront sortir.

— Les gens crient ton nom ! » compléta Lucille. Elle était si fière. Joseph lui serra un peu plus les mains.

Mais c'était un vrai problème. Il imaginait une soirée passée à consoler des familles effondrées sur le perron de l'hôpital, à essayer d'adoucir les propos des mortes, à inventer les mots qu'une mère amputée d'une enfant pouvait entendre. Le nez de sœur Solange demeurait tordu. La solution ne viendrait pas d'elle.

Lucille eut un petit saut qui fit claquer ses talons. « Et si on se sauvait par notre passage secret ? »

Elle n'attendit pas de réponse. Elle était déjà en route, la main de Joseph agrippée à ses doigts fins. Ils passeraient l'inquiétante remise aux râteaux du jardinier, le terrible chemin aux poubelles et déboucheraient par la mystérieuse petite porte en fer sur le quai aux Fleurs, loin du malheur de la rue de la Cité.

Sœur Solange, déjà loin derrière, sourit une dernière fois avant de retrouver son masque de gorgone. Et la double porte se referma mollement sur le silence qui sied à une morgue.

II

« M. l'inspecteur général des Ponts et Chaussées, M. Fulgence Bienvenüe. »

Le petit homme fit un signe de tête courtois à l'officier qui prenait sa canne et son chapeau. Puis il s'engagea dans l'escalier.

Au premier étage, l'huissier l'attendait. Recevoir était sa fonction, mais certaines personnalités motivaient à elles seules les heures d'ennui sous les ors de la république. M. Bienvenüe était de celles-là.

Le *Père Métro*, comme l'appelaient les journaux populaires, l'ingénieur à qui les Parisiens devaient leur métropolitain, arrivait sur le palier. Dans l'univers en noir et blanc des photographies officielles où il évoluait habituellement, il était un vieil homme au visage creusé, le corps perdu dans un costume trop grand. Sa manche gauche pliée comme au sortir du placard tombait toute droite et débouchait sur le vide, discrètement fixée au flanc de sa veste par une épingle. Il préférait la voir pendre ainsi que plongée dans sa poche. Pas question que son infirmité passe pour de la désinvolture.

Mais à le voir debout sur le palier, comme sorti de la première page du journal, toute cette austérité en était oubliée. Ses yeux bleus pointus, sa barbe grise en triangle, sa moustache un peu trop généreuse qui pointait vers le haut en un sourire pileux, c'était le visage d'un saint Nicolas au régime. Le terrain de jeu de deux sourcils restés noirs qu'une imagination de gamin faisait danser en permanence.

Sans hésiter, il tendit la main en souriant. Cette entorse au protocole ravit l'huissier, qui la serra plus chaleureusement qu'indiqué.

« Monsieur Bienvenüe, je suis enchanté de vous rencontrer. La réunion semble avoir pris quelque retard. Je vous prie de m'en excuser. Veuillez prendre ce siège », proposa-t-il à mi-voix. Il lui sembla que l'inspecteur général venait de lui adresser un clin d'œil en refusant poliment de s'asseoir.

« Eh bien, nous allons discuter, mon ami. J'ai besoin de me changer les idées. » L'ingénieur avait répondu sur le même ton de la confidence. Il se demandait d'ailleurs pourquoi l'huissier avait ainsi imposé le chuchotement. Était-ce simplement une façon de paraître plus respectueux ou le souci de ne pas déranger l'importante réunion qui se tenait à côté ? Un éclat de voix à peine atténué par la porte répondit à sa question.

L'huissier crut bon de s'excuser en souriant.

« Madame la présidente est célèbre pour son caractère entier. »

Madame la présidente. Le terme amusa le vieil homme. Le pays tout entier s'interrogeait encore sur la manière d'appeler cette étoile filante. La France était comme ce fêtard qui se réveille dans les bras d'une midinette en cherchant à se rappeler comment elle est arrivée là. Mais Victoire Desnoyelles n'avait rien d'une midinette. Peut-être éprouvait-il même une certaine admiration pour cette femme. Elle les avait tous bernés. Les socialistes, les radicaux, les vieux briscards, les jeunes carriéristes, les Clemenceau, les Briand, tous ces fins stratèges qui n'avaient pas couvert leurs arrières, tous ces politicards présomptueux qui avaient cru que sa course s'arrêterait à la députation du Nord qu'ils lui avaient jetée comme un morceau de leur gâteau.

Une femme ! Une invisible souris dans un coin de mur qui avait grignoté les pieds de leurs fauteuils. Comment avait-elle fait ? Il ne se l'expliquait pas. Personne ne se l'expliquait.

Au début de son ascension, les journaux s'étaient jetés sur elle. Victoire Desnoyelles avait été leur pain bénit. Ils l'avaient insultée, mise en pièces, lui avaient inventé des relations avec l'ensemble du personnel politique. Le temps de se rendre compte qu'ils avaient choisi le mauvais bord, elle devenait présidente du Conseil. Elle tenait la France dans sa main, une main sans bagues, presque une main d'homme.

« Voulez-vous que je vous raconte une histoire ? » L'ingénieur s'était avancé, l'œil brillant. L'huissier se tourna vers lui pour l'inciter à continuer sans trop ouvertement contrevenir au règlement.

« Il y a quelques années, j'avais été convié comme beaucoup d'industriels parisiens à une réception que donnait Madame Desnoyelles. Elle fêtait à l'époque son accession à la députation, qu'elle appelait avec malice son péché originel. Elle voulait se présenter à tous ces vieux messieurs en costume qui font tourner la machine à produire. Il n'en manquait pas un. Peu l'ont souligné, mais cela représentait à mes yeux un nouvel exploit, peut-être aussi remarquable que son élection. L'essentiel de ce bataillon d'entrepreneurs payaient leurs ouvrières moitié moins que leurs maris, taquinaient leurs secrétaires en échange de primes de fin de mois et interdisaient à leurs épouses d'aborder le sujet du vote des femmes à la table dominicale. Qu'à la cérémonie d'allégeance à notre Jeanne d'Arc tous ces messieurs accourent en ordre rangé tenait du miracle.

« Les politiciens, quant à eux, n'avaient pas fait le déplacement. Quelques machiavels avaient décrété que sa course s'arrêterait à cette consécration provinciale. Elle venait, à la place, fêter un nouvel envol au cœur même de leur fief, dans un restaurant parisien. Sans doute les états-majors n'avaient-ils pas encore décidé comment il convenait de réagir.

« Si insolite qu'elle fût, la soirée s'avéra somme toute assez conventionnelle. Toutefois, un jeune sot vint égayer la sage assemblée. C'était un journaliste du nom de Bompain. Il travaillait au *Figaro* mais son nom ne me disait rien. C'était, à l'évidence, un jeune tirailleur envoyé là dans le seul but d'ébranler notre reine du Nord par quelque attaque gratuite.

« Il profita d'un toast et du silence qui s'ensuivit pour lâcher à l'assistance une sombre histoire de restaurant saccagé par une troupe avinée. Après avoir longuement vanté les mérites insoupçonnés de cet établissement que personne ne connaissait, il affirma détenir les preuves de l'appartenance de ces sauvages à un comité de soutien, assurément trop actif, à notre future présidente. Il me sembla évident que madame Desnoyelles ne pouvait pas être tenue coupable de tels débordements. Mais elle endossa la responsabilité avec élégance et fit une réponse qui nous surprit tous.

« Elle annonça sur un air de farce que ledit restaurant serait miraculeusement remis à neuf avant le lendemain matin. Elle s'engageait à inviter personnellement ce journaliste à la meilleure table de Paris si elle manquait à sa promesse. Elle ajouta qu'elle participerait elle-même aux travaux.

« Ceci étant dit, le journaliste s'éclipsa, sans doute pour se hâter de coucher l'anecdote dans l'édition du matin. Madame Desnoyelles poursuivit ses discussions jusqu'à fort tard et on n'en reparla plus.

« Ma curiosité de Breton piquée au vif, je m'empressais le lendemain de me faire conduire devant le fameux restaurant. Je le trouvais en ruine, la porte enfoncée et les vitres brisées, barrées par des planches. Devant cette désolation je reconnus Bompain, notre jeune journaliste. Il avait amené un complice photographe et tous deux avaient passé la nuit devant la porte close à guetter l'improbable arrivée d'une députée à la tête d'une troupe de maçons. La pluie était tombée en abondance ce soir-là et les deux pauvres bougres faisaient peine à voir. Je les questionnais au passage. Bompain était fatigué, trempé, ridiculisé par ce mauvais tour mais heureux, après tout, d'avoir gagné un pari qui l'amènerait à la meilleure table de la capitale.

« Ce n'est que quelques jours plus tard que j'appris d'un ami le dénouement de ce délicieux canular. Le chauffeur de madame Desnoyelles était venu chercher notre Bompain à son domicile à huit heures sonnantes. À sa grande surprise, la voiture l'amena au fameux restaurant, flambant neuf, où la députée l'attendait, déjà attablée. Elle lui expliqua d'abord que son panégyrique de la veille l'avait convaincue que c'était là la meilleure table de Paris et qu'il n'y avait pas lieu plus approprié pour fêter la victoire du journaliste. Elle s'excusa ensuite d'avoir dû attendre le matin pour effectuer les travaux à cause de la pluie et lui dit avoir justement dédommagé le propriétaire pour le manque à gagner.

« Elle fut donc quitte d'un hareng-pomme à l'huile qu'elle dégusta avec gourmandise face au jeune homme médusé, furieux d'avoir manqué le spectacle de l'inexplicable remise à flot de sa gargote favorite. Je dois avouer que moi-même, qui ne suis pourtant pas novice en matière de construction, je me demande toujours aujourd'hui comment elle a pu si rapidement faire de ces ruines un restaurant.»

Fulgence Bienvenüe savoura la face hilare de son auditeur, inestimable récompense des conteurs de bonnes histoires. L'huissier se repassait encore les meilleurs moments de l'anecdote en remuant les lèvres. Il se surprit à espérer que la réunion s'attarde un peu plus.

«Vous savez que je suis breton comme vous ? tenta-t-il. Je suis un Le Guenn, de Landerneau.

— Landerneau ? Alors nous sommes voisins. Je suis de Morlaix.»

Le sobre couloir rouge et or s'était brusquement réchauffé. Pour les deux Bretons, il était devenu une taverne de marins. L'ingénieur déplaça le siège Louis XVI pour faire face à son interlocuteur. Puis il s'assit comme s'il s'installait pour une longue veillée.

L'huissier poursuivit.

«Je suis arrivé à Paris il y a quinze ans. Mais j'ai laissé ma famille au pays.

— Vous êtes marié ?

— Oui. Et j'ai deux beaux-fils. Des jumeaux.

— Des jumeaux ? Alors voilà encore un point qui nous rapproche, mon ami.

— Vraiment ? Vous avez des jumeaux vous aussi ?

— Un garçon et une fille. Ils sont grands maintenant.»

Ses sourcils se figèrent, gâtant un peu sa face joviale. Il crut bon de se justifier : «Je suis juste un peu inquiet car ma fille, Lucille, a passé l'après-midi du côté de l'Hôtel de Ville. Vous êtes au courant pour l'attentat ?»

L'huissier acquiesça avec sévérité. Il était un professionnel de la mine grave. Avec les sourires, la taverne bretonne s'évapora dans un souffle. L'ingénieur continua : «Ils ont mitraillé des civils, des femmes ! Quelle bassesse ! Qui peut avoir ravalé son honneur au point d'utiliser des armes de guerre contre les clientes d'un grand magasin? La présidente n'avait pas besoin de ça.»

L'huissier gardait le silence mais ses yeux approuvaient sans retenue.

«Le plus fâcheux c'est qu'encore une fois tout le monde accuse la Horde d'Or. La Horde providentielle qui comme le bouc émissaire des Écritures endosse tous les péchés de notre société. C'est un cancer qui progresse dans les esprits et qui ronge la France de l'intérieur. Vous savez que, même sur mes chantiers, des rails disparaissent, des traverses, des câblages, des outils. C'est une hémorragie. Et jamais un coupable. Qu'on accuse un ouvrier, les syndicats l'innocentent et invoquent la Horde invisible. Qu'on dénonce un ingénieur, c'est un député qui intervient pour accuser le Grand Khan. C'est à se demander si cette organisation omnipotente n'est pas un mythe pour excuser une augmentation généralisée de la délinquance. Tous ces pauvres paysans bretons qui arrivent par trains entiers pour travailler à la capitale. Ils ne parlent même pas le français. Mettez-vous à leur place. Un chapardage par-ci un larcin par-là et on paie la logeuse ou la bouteille du soir. Ils savent qu'ils ne seront pas poursuivis. Tant qu'ils ne se font pas prendre la main dans le sac, on accusera la Horde et personne ne les inquiétera. À les écouter tous, leur Grand Khan serait le diable en personne. Moi, je vous parie qu'il n'existe même pas. Ce n'est qu'un croque-mitaine qui simplifie les problèmes de beaucoup de gens, croyez-moi! Sauf de notre présidente qui n'a vraiment pas besoin de lui.

«Non, je vous le demande: pourquoi ce supposé maître incontesté de la pègre parisienne, ce pouvoir derrière le trône qui tirerait en secret toutes les ficelles, pourquoi sortirait-il de l'ombre aujourd'hui pour aller mitrailler un magasin de froufrous? Les enquêteurs feraient mieux d'aller chercher du côté des créanciers du Bazar de l'Hôtel de Ville ou chez les maîtresses de son patron ! »

L'ingénieur parlait en fixant le tapis rouge à ses pieds. Il releva brusquement la tête. L'huissier l'écoutait toujours avec attention mais il avait reculé d'un pas. Plus près de la porte, il avait retrouvé sa fonction. L'ingénieur se leva et tira sur son gilet. L'huissier regarda la pendule dorée sur le mur d'en face.

« Je suis vraiment désolé, monsieur Bienvenüe. Il est tard et vous devez avoir bien des choses à faire. Cette réunion est si imprévue. L'organisation de la journée a été un vrai cauchemar. Je peux vous assurer que la réception d'un tsar ne se prépare pas comme une visite d'ami.

— On est venu me chercher à la sortie de mon bureau. J'ai eu juste le temps d'attraper mon chapeau. Alors, vraiment ? Cette visite du tsar de Russie est inopinée ?

— La présidente vous en dira plus. Mais je sais que Son Altesse le tsar Nicolas II a demandé personnellement à découvrir votre train métropolitain. On dit même que c'est là l'unique raison de son voyage.

— On m'en a informé et j'en suis très honoré. J'ai immédiatement demandé à mes équipes de préparer la ligne n° 1 mais c'est un travail énorme. Je suis flatté que madame la présidente puisse me croire capable d'une telle prouesse. »

L'huissier rit en silence et retrouva un instant son visage de marin breton. L'ingénieur continua.

« En fait, je ne sais pas grand-chose de cette réunion. Pouvez-vous m'indiquer quels en sont les participants et l'ordre du jour ?

— Madame Desnoyelles reçoit les responsables russes de l'organisation et de la sécurité de ce voyage. Vous rencontrerez monsieur Barsky, le chef du protocole de

Son Altesse le tsar, ainsi que son secrétaire. Il est arrivé ce matin de Moscou avec le comte Andreï Vasilyev, le directeur de l'Okhrana.

— L'Okhrana ?

— Ce sont les services secrets de Son Altesse le tsar Nicolas. Ils sont responsables de la sécurité de leur souverain. Ils disposent d'un bureau spécial à Paris dont le directeur est aussi présent ce soir. Il s'agit de monsieur Cherkasov.

— J'ai une bonne mémoire des noms mais je dois reconnaître que vous me posez un vrai problème. Et du côté français ?

— Madame Desnoyelles est accompagnée de son greffier, monsieur Rodolphe. Elle a fait venir aussi le préfet de police monsieur Louis Lépine et le colonel Mazars de la Garde républicaine. Et, il y a enfin le secrétaire d'État, monsieur Alexis de France.

— De France ? Il est là ? C'est mon beau-frère ! » L'ingénieur partit d'un petit rire spontané. Cet épouvantail l'avait toujours amusé. Un physique de don Quichotte. C'était un Defronce mais il se faisait appeler de France depuis qu'il faisait de la politique. Il se tenait toujours très droit et avait la manie de regarder d'en haut même les gens plus grands que lui. Il parlait avec un accent traînant qui ajoutait une touche d'aristocratie aux réunions de famille. Ce n'était pas un mauvais bougre. Son accession au poste de secrétaire d'État dans le gouvernement Desnoyelles avait surpris tout le monde. Et cette nomination inattendue l'avait propulsé aux côtés du grand Fulgence, jusqu'aux plus hautes marches du panthéon familial.

Le vieil ingénieur n'était jamais parvenu à percer les secrets de cette fulgurante réussite. La compétence n'était pas une explication recevable. L'oncle Alexis, comme l'appelaient les enfants, ne lâchait jamais un mot sur son ministère et en gonflait passablement l'importance en invoquant la confidentialité voire le secret d'État. Que la présidente ait fait appel à lui pour faire face à tous ces dignitaires russes ne faisait qu'épaissir le mystère. Il pensa un instant à la rumeur d'une liaison galante que colportait un cousin médisant. Son amour-propre chassa l'idée avec dégoût. Peut-être était-il le seul représentant civil du gouvernement disponible aujourd'hui pour prendre place aux côtés des représentants de la police et de l'armée ? Il préférait cette explication.

L'huissier rajusta la grosse chaîne dorée qui lui donnait un air de taste-vin.

« Il est tard. Je vais prévenir madame la présidente de votre arrivée. »

Il resta là comme s'il attendait un encouragement. L'ingénieur le remercia poliment. Il fit un quart de tour militaire puis saisit la poignée de porte qu'il actionna avec une extrême lenteur. Il se glissa dans la pièce en rentrant le ventre, tel un voleur.

La voix de Victoire Desnoyelles s'échappa dans le couloir comme un animal sauvage.

« Il n'en est pas question ! » Autour de la longue table, la présidente les avait tous figés sur place. Seul le greffier, un petit homme velu assis à ses côtés, continuait d'écrire se demandant s'il était convenable de faire figurer un point d'exclamation à un compte rendu de séance.

En face d'elle, seul le comte Vasilyev soutenait son regard de ses yeux pâles que surplombait un front imposant, bombé comme une carapace de tortue. Le militaire était venu en grande tenue. Peut-être avait-il cru qu'une pleine quincaillerie de rubans et de médailles suffirait à impressionner cette présidente en qui il n'avait vu que la femme. Et chaque nouvelle explosion de cette furie ébranlait un peu plus ses certitudes de gradé et aggravait un désarroi qu'il tentait de dissimuler derrière une moue dédaigneuse.

Après un silence qu'elle maintint le plus longtemps qu'elle put, la présidente asséna sa décision d'une voix glacée.

« Dès qu'elle aura traversé la frontière, Son Altesse le tsar Nicolas II verra sa sécurité assurée par la Garde républicaine sous le commandement du colonel Mazars en coordination avec les forces spéciales mises à disposition par monsieur le préfet de police Lépine. Il est hors de question de confier ce commandement au personnel de l'Okhrana et je m'étonne même que vous ayez osé en faire la suggestion ce soir. Il n'est pas non plus envisageable d'apporter la moindre modification à l'organisation de la sécurité de ce voyage à moins de vingt-quatre heures de l'arrivée de Son Altesse à Paris. »

Ce n'est pas comme cela qu'un chef de gouvernement devait s'adresser à des représentants d'une grande puissance alliée et c'est bien ce qui perturbait tout le monde. La France avait changé de style, on les avait prévenus. La présidente passa le relais au préfet Lépine d'un coup d'œil entendu.

L'homme avait gardé les bras croisés depuis le début de la réunion. Une grimace de bouderie lui revenait comme un tic qu'amplifiait sa moustache touffue taillée à la mode. C'était le curieux mélange d'un instituteur rigide et d'un oncle débonnaire. Il s'enfonça dans sa chaise pour adoucir la sévérité de sa sentence. Mais au fil des mots, un air sec dans sa voix vint gâcher la chaleur de son accent lyonnais.

« Madame, la sécurité du territoire est un élément majeur des prérogatives de votre gouvernement. Qu'un pays comme la France abandonne sa souveraineté au profit d'une puissance étrangère serait tout à fait inédit. Même s'il s'agit de son plus précieux allié et même si l'on ne parle ici que d'une visite de deux jours. Il n'y a pas mieux placé que ma police pour veiller sur la vie de Son Altesse le tsar. Je ne mets pas en doute les qualités des services de l'Okhrana, mais tenez, par exemple, il m'avait été annoncé la présence de trente-sept invités dans la suite du tsar. Or, aucune liste officielle ne m'a encore été présentée. À vingt-quatre heures des premières cérémonies, de telles négligences sont inacceptables. Croyez-moi, il est trop tard pour changer notre fusil d'épaule. Alors, en tant que préfet de police, je m'oppose à un transfert d'autorité vers les services secrets de Sa Majesté. »

D'en face, Cherkasov, le directeur du bureau parisien de l'Okhrana, lui sourit comme à un vieil ami. De fait, il connaissait bien le préfet et lui vouait une sympathie qui n'était pas feinte. Il retira ses petites lunettes métalliques pour adoucir son visage.

« Madame la présidente, monsieur le préfet, vous comprenez, j'en suis sûr, la situation délicate qui est la nôtre. » Son débit mesuré et sa prononciation précise révélaient son amour de la langue française. « Les risques liés à cette visite sont très importants. La présence à Paris de révolutionnaires impliqués dans les événements de 1905 nous préoccupe. Le dirigeant de la fraction bolchevique du Parti social-démocrate, M. Vladimir Oulianov, qui se fait appeler Lénine, habite Paris depuis plusieurs années. Il déambule en toute tranquillité, il participe à des réunions politiques, il imprime même un journal. Le frère de cet homme, je vous le rappelle, a été pendu pour avoir attenté à la vie du tsar Alexandre III ! » Sa voix s'était envolée dans un élan romantique typiquement slave qui fit malencontreusement sourire le préfet.

La présidente intervint. « Je suis au courant de toutes ces choses, monsieur le directeur. Croyez-moi, je connais le palmarès de ce monsieur Lénine et je n'apprécie pas forcément qu'il ait choisi la France comme base arrière. Cependant, sa situation est parfaitement légale. Je n'en dirais pas autant de la plupart de vos agents qui semblent parfois oublier qu'ils sont, en France, soumis à la loi française. »

Cherkasov eut un sursaut, bien avant son supérieur moscovite qui dut retourner plusieurs fois la phrase avant de la comprendre. Il joua l'indignation mais la présidente ne le laissa pas répondre.

« Savez-vous que nos services de police reçoivent, chaque semaine, des plaintes concernant vos hommes ? Parfois même, ces plaintes proviennent d'exilés russes. Lénine se moque de vous. Je vous assure que vous feriez mieux de laisser faire la police française.

— Madame, il ne s'agit pas de petits délinquants ni même de truands organisés. Ces hommes sont des révolutionnaires qui ont déjà, par une fois, fait céder notre régime lors des événements d'octobre. N'oubliez pas que la France et la Russie sont des sœurs.

— Je vois que vous avez féminisé vos images ! Permettez-moi de vous rappeler que ce voyage que vous dites si dangereux est une initiative du tsar Nicolas II lui-même. Personne ne l'oblige à prendre ce risque. »

Le comte Vasilyev grogna. Il verrouilla sa mâchoire et s'engagea à nouveau dans une joute oculaire avec cette femme qui décidément n'était pas à son goût. En hésitant sur les mots, il égrena de sa voix de basse profonde : « Voulez-vous dire que vous n'approuvez pas cette visite ?

— Mais je l'approuve, monsieur le comte ! La France se réjouit de la visite de Son Altesse le tsar Nicolas II. Et même si je m'amuse des termes employés par monsieur le directeur Cherkasov, je les adopte volontiers. La France et la Russie sont bien deux sœurs. Et même, pourquoi pas, les mères dont l'Europe a besoin. Face à l'Allemagne, notre alliance est celle du progrès et de la modernité. Et je ne peux qu'approuver la volonté de Son Altesse de visiter notre métropolitain, symbole de l'avancée technologique de mon pays.

« Je comprends vos inquiétudes, messieurs. Elle explique la rudesse de votre proposition. Mais n'en parlons plus et passons à la suite. »

Des deux côtés de la table, les épaules retombèrent. Monsieur Rodolphe, le greffier velu, étira ses doigts douloureux et toisa son vis-à-vis qui terminait à peine le paragraphe précédent. La présidente replaça une mèche qui l'agaçait depuis plusieurs minutes. D'un tour de main habile, elle l'enroula à un chignon qu'elle tenait fixé à l'aide d'un filet, à l'andalouse. C'est ce qu'elle avait trouvé de plus sobre. Ces détails étaient son casse-tête quotidien, une lutte sans répit pour effacer sa féminité sans paraître la cacher. Elle surprit sur le visage imposant du militaire une expression intéressée, presque compréhensive.

Elle ferma les yeux un instant. La France fabriquait des voitures automobiles et des trains, elle faisait voler des aéroplanes tous les jours de la semaine. Qui d'autre pouvait tenir tête à l'Allemagne ? C'était une question de bon sens. Ces Russes n'avaient pas d'autre choix que de revenir sur leurs exigences.

Et c'est ce moment que le colonel Mazars trouva idéal pour avancer son propre ordre du jour. Il avait fière allure dans son uniforme de cavalier. Il avait exhumé un plastron rutilant et une veste à brandebourgs ornée d'épaulettes et d'une triple tresse dorée. Il ne lui manquait que les joues rouges pour jouer le casse-noisettes.

« Madame la présidente, avez-vous étudié ma proposition d'un défilé sur les Champs-Élysées ? Si vous me permettez, une simple visite du métropolitain manque quelque peu de panache. On ne peut pas y masser la foule ni y amener nos chevaux. Les Parisiens aiment le tsar et il ne faudrait pas qu'ils croient que Son Altesse vient uniquement pour arpenter ces couloirs sombres et humides. »

On rit autour de la table mais on n'était pas loin de penser effectivement comme ces Parisiens.

« Aussi, je vous propose de présenter sur la place de la Concorde la reprise du tandem ou le carrousel des lances. Quelque chose d'un peu festif. »

Sa proposition réveilla le chef du protocole Barsky, un homme venu d'un autre âge. De longs cheveux gris impeccables et un port suranné de lévrier afghan révélaient l'esthète et le gardien des traditions. Il s'enthousiasma dans un français irréprochable. « Permettez-moi d'ajouter à votre proposition, colonel, une démonstration de nos hussards qui évoquera à n'en point douter les grandes heures de l'armée russe. »

La présidente ne goûta pas l'image. Elle le coupa sèchement.

« Messieurs, nous ne nous sommes pas déplacés pour régler un spectacle équestre. Colonel, j'ai déjà donné mon accord pour la cérémonie des Champs-Élysées ainsi que pour une simple présentation des armes pour l'accueil du tsar à la gare du Nord, demain soir. Je vous laisse carte blanche pour nous organiser une de ces revues qui ont fait votre réputation. Je vous rappelle qu'il ne vous reste que vingt-quatre heures et je vous engage à vous mettre rapidement en relation avec monsieur Barsky afin de coordonner les derniers détails. »

Le directeur Cherkasov retira de nouveau ses lunettes et s'humecta les lèvres. La présidente redouta que cette digression n'ait permis aux Russes de fomenter une nouvelle manœuvre. Elle maudit le colonel, ses pendeloques et ses canassons.

Cherkasov reprit le débat.

« Je remercie le colonel Mazars pour son intervention Mais je souhaiterais revenir sur la question qui nous intéresse afin de vous faire une nouvelle offre.

« La nécessaire présence de nos agents sur votre territoire ne vous est pas toujours intelligible. Nous le comprenons et cela explique votre point de vue. Aussi, dans le souci de formuler un compromis acceptable par les deux parties, nous proposons que la responsabilité de la sécurité de Son Altesse le tsar Nicolas par les services de l'Okhrana se limite strictement à la visite du métropolitain. En dehors de cela, nous laisserions votre police opérer. »

La présidente ne comprenait pas le sens de cette ouverture. Voilà qu'ils abandonnaient tout de go leurs prétentions démesurées pour ne garder que le contrôle de la balade en train. Sans doute désiraient-ils seulement sauver la face. Était-ce si simple que cela ?

« Craignez-vous un risque particulier lors de cette visite ? » avança-t-elle, pour comprendre.

« Non, mais nous avons pensé que c'est dans les souterrains que notre police serait la moins visible et troublerait le moins l'autorité de vos forces aux yeux de vos citoyens. »

Elle n'avait jamais parlé de cela. Le problème, c'était la souveraineté de son gouvernement sur le sol national. Un principe que l'on ne discute pas. L'image de la police était le cadet de ses soucis.

« Qu'en pensez-vous, monsieur le préfet ?

— Je n'ai jamais été favorable à cette visite du métropolitain, répondit Lépine, qui avait retrouvé son accent lyonnais. Certains tunnels sont toujours en chantier et nos hommes ne sont pas habitués à ce milieu d'intervention.

— Ce n'est pas le sujet, monsieur Lépine. Son Altesse le tsar a personnellement souhaité cette visite et mon gouvernement approuve pleinement ce choix. Cette visite aura lieu. La question qui se pose est celle de la responsabilité de la sécurité dans les couloirs du métropolitain.

— Permettez-moi d'émettre une suggestion qui pourrait apaiser les craintes de monsieur le préfet Lépine, intervint Cherkasov. Il suffirait de fermer cette visite au public afin d'en faire strictement un problème de sécurité russe. Mis à part la délégation française dont vous assureriez bien évidemment la protection, il n'y aurait alors que des Russes dans les couloirs du métropolitain. »

La présidente interrogea le préfet d'un rapide haussement de sourcils. Il se tassa et retrouva son air bourru.

« Cela signifierait, madame, que pendant ces deux jours ces tunnels ne feraient pour ainsi dire plus partie du territoire français. Êtes-vous prête à un tel renoncement ? »

Bien sûr que non. Lépine avait raison. Ce caprice des Russes, même restreint au métropolitain, n'avait rien à faire dans une réunion préparatoire à la visite d'un chef d'État. À côté d'elle, la plume de monsieur Rodolphe griffait le papier. Il s'agissait de bien choisir ses mots, les mots d'une France qui réaffirme ses principes avec fermeté.

Mais Cherkasov ne lui en laissa pas le temps.

« Madame la présidente, nous avons appris à notre arrivée la terrible nouvelle de l'attentat qui a frappé le cœur de votre capitale cet après-midi. Ni l'annulation ni même le report du voyage de Son Altesse le tsar ne sont envisageables. Aussi, vous comprendrez l'inquiétude légitime qui est la nôtre aujourd'hui.

— Monsieur le directeur, vous connaissez bien Paris et vous savez que de tels crimes ne font pas partie de notre paysage. Je comprends que la proximité de cet événement avec la visite qui nous occupe vous alarme.

Cependant, je vous affirme, et le préfet Lépine vous le confirmera, que nos enquêteurs disposent de pistes sérieuses. Ce dossier sera clos avant même que votre souverain foule le sol de la capitale.»

Le préfet avait gardé les bras croisés et acquiesça en fermant les yeux. Cherkasov se pencha vers elle. Sa voix siffla entre ses dents serrées.

«Je ne souhaite pas remettre en cause d'une quelconque manière l'efficacité de vos forces policières, cependant il se trouve que mes services disposent d'informations qui nous laissent à penser — comment dire? — que la police française n'investit pas nécessairement tout le zèle que l'on attendrait d'elle dans la lutte contre le Grand Khan et sa Horde.

— Assez!» Victoire Desnoyelles s'était levée et, une fois de plus, la salle avait sursauté. «Monsieur Cherkasov, monsieur le comte Vasilyev, je ne permettrai pas que vous vous immisciez davantage dans les affaires intérieures de mon pays. Et je conseillerais à vos services secrets d'aller chercher leurs informations ailleurs que dans la presse populaire!

— Veuillez pardonner mon effronterie, madame.» Ses pommettes restèrent crispées sur un rictus hypocrite. À ses côtés, le comte s'éclaircit la gorge sans regarder la présidente toujours debout face à lui. À ce signal, Cherkasov lâcha prise et s'effaça. La voix grave de son supérieur se mit en branle avec lenteur: «Le pouvoir grandissant de la Horde d'Or est un sujet qui préoccupe notre gouvernement. Cet intérêt n'est pas récent et ne se limite pas à la visite de notre souverain. Peut-être savez-vous que la personnalité — la nature, devrais-je dire — du Grand Khan suscite des inquiétudes bien au-delà de vos frontières.»

La présidente plissa les yeux. Il se passait quelque chose. Elle regarda le comte qui guettait sa réaction.

Ces Russes savaient ce qu'ils disaient. Même l'agressivité maladroite du directeur Cherkasov sentait le coup monté. Ils cherchaient à amener la discussion sur un terrain nouveau. Elle se rassit en mesurant ses gestes, sans les quitter des yeux.

« Auriez-vous à me communiquer des informations que je pourrais ignorer ? essaya-t-elle. Concernant la Horde, par exemple. »

Dans le duo de virtuoses, ce fut à Cherkasov de prendre le relais.

« Les agents de mon bureau parisien travaillent essentiellement à la surveillance de monsieur Vladimir Lénine et de ses amis bolcheviques. Mais vous connaissez la nature des activités de renseignement. En suivant une piste, on en croise d'autres et à Paris, en ce moment, toutes les pistes remontent au Grand Khan.

— Venez-en au fait, monsieur Cherkasov.

— Il se trouve que, récemment, certaines de ces informations nous ont amenés à nous intéresser à ce que vous appelez le *problème implexe*, je crois. »

La présidente Desnoyelles chercha une mèche à rattacher à son chignon. Il n'y en avait pas. Sa main resta posée sur sa nuque alors qu'elle regardait la table. Pendant un instant, Cherkasov la laissa réfléchir.

« Je ne doute pas de l'intérêt des informations auxquelles vous faites allusion, finit-elle par dire. Mais ce sujet me semble bien éloigné de l'ordre du jour. Il est tard et il nous reste à tous moins de vingt-quatre heures pour préparer la visite de Son Altesse le tsar dans les meilleures conditions de sécurité. Aussi, je vous demanderais de bien vouloir poursuivre cette discussion lors d'une prochaine réunion.

— Madame… » Cherkasov avait haussé le ton. Les greffiers levèrent leurs plumes. « Nous savons que vous accordez à ce problème un égard tout particulier. À tel point que nous nous en étonnons parfois. Nous avons bien noté, par exemple, la présence, dans cette salle, de votre ministre des Affaires implexes, puisque c'est comme cela que vous l'appelez. »

Les têtes se tournèrent vers cet homme qui se taisait depuis le début de la réunion. Il s'était volontairement placé en bout de table. La pénombre l'aida à dissimuler son malaise. Il était osseux et pâle. Seul signe de vie dans cette face de carême, ses yeux perdus dans des orbites trop profondes qui sautaient d'un visage à l'autre.

La présidente vint à son secours. « Monsieur de France est un élément essentiel de mon gouvernement. Il participe à de nombreuses réunions importantes, comme celle de ce soir. » Elle dévisageait Vasilyev. Elle se dit aussitôt qu'elle avait eu tort de se justifier ainsi.

Cherkasov s'élança. Pour le coup de grâce, pensa-t-elle.

« Notre mission, madame la présidente, consiste à participer à la résolution des problèmes internes de notre pays en neutralisant monsieur Vladimir Lénine et sa clique bolchevique. Or ce combat se joue ici même, dans les rues de Paris, où tous ces révolutionnaires vivent en paix. Déjà soumis à la pression constante des mesquineries de votre administration, nos agents se heurtent désormais à ce Grand Khan et à sa puissante organisation. Et de fil en aiguille, ce monsieur nous mène aujourd'hui aux Affaires implexes dont vous avez fait un ministère. Non, nous ne sommes pas tant inquiets de l'attention que vous prêtez à ce criminel ou, devrais-je dire, des liens qui vous unissent à lui. Nous nous interrogeons surtout sur la nature de ces liens…

— Vous diffamez, monsieur ! »

La présidente se leva une nouvelle fois. Mais cette fois, son trait d'humeur ne sembla plus impressionner la délégation russe. Le comte saisit l'avant-bras de son directeur pour lui signifier qu'il était inutile d'aller plus loin. Il se réservait la conclusion. Son accent russe et sa voix rendue plus grave encore roulèrent comme la timbale qui marque la fin de l'acte.

« Mon gouvernement m'a chargé d'assurer la sécurité de notre tsar lors de sa visite dans votre capitale. Mon rôle ne va pas plus loin, madame. Il serait malheureux que vous preniez les allégations de monsieur Cherkasov pour des menaces. Elles démontrent uniquement l'excellente qualité de ses renseignements. Savez-vous que l'on raconte sur la place parisienne que notre Okhrana peut faire tomber qui elle veut ? Et pourquoi pas le Grand Khan ? Ou les personnes qui l'emploient…

« Mais je m'égare. Il est grand temps de passer à la suite des préparatifs. Aussi, pour conclure le point qui nous occupe, permettez-moi seulement de reformuler encore notre requête. Accepteriez-vous, madame, de déléguer l'entière responsabilité de la sécurité du métropolitain aux hommes de l'Okhrana, pour la durée de la visite du tsar ? »

Victoire Desnoyelles se rassit, le dos bien droit.

« Je comprends, monsieur le comte. Et je vous accorde ce que vous demandez. Je ferai le nécessaire pour que les services de la police française respectent mon engagement. »

Lépine fit mine d'intervenir. D'un geste discret, elle lui signifia qu'il n'y avait rien à ajouter. Cette fois, les greffiers pouvaient commencer leur relecture.

Au bout de la salle, en dehors du globe de lumière des lampes électriques, l'huissier faisait son travail d'huissier. Adossé à la porte, il n'entendait pas, il ne voyait pas. À la rigueur, il aurait pu penser, à son emploi du temps du lendemain, à sa famille restée en Bretagne. Mais il se faisait une fierté de se l'interdire.

Un long silence était le signe qu'il attendait. Il fit quelques pas et s'inclina avec cérémonie.

« Madame, monsieur l'inspecteur général des Ponts et Chaussées, Fulgence Bienvenüe, est arrivé. Il attend dans le couloir. »

Il avait l'habitude que la présidente lui réponde sans le regarder.

« Monsieur Bienvenüe, répéta-t-elle lentement.

— Il attend depuis près d'une heure maintenant.

— Très bien. Nous avons terminé. Faites-le entrer. »

III

À bout de patience, Joseph secouait la poignée de porte. Dans son souvenir pourtant, jamais leur *mystérieuse petite porte en fer* ne lui avait résisté de la sorte. Mais quand l'avait-il ouverte pour la dernière fois ? Cela faisait-il si longtemps ? Cinq ans, dix ans peut-être. Le souvenir lui revint d'un bloc alors qu'il maltraitait cette foutue poignée qui méritait bien pire. Une sœur — était-ce sœur Solange ou sœur Marie-Paule ? — les avait rattrapés tous les deux par le col alors qu'ils s'envolaient une fois de plus pour un après-midi d'aventures sur les quais de Seine. Joseph en avait été quitte pour vingt pages et une soirée sans soupe, la routine des garnements. Mais c'est la punition de Lucille qui avait été pour lui le plus terrible châtiment : ils ne s'étaient plus revus pendant tout un mois, leur plus longue séparation. Comment avait-il pu l'oublier ? À compter de ce jour, ils n'avaient plus approché la maudite porte. La liberté ne valait pas un tel prix. Alors, ils l'avaient abandonnée à la rouille, qui aujourd'hui leur faisait payer ce reniement.

« Tant pis, tenta Lucille. Allons retrouver sœur Solange, elle appellera un fiacre. »

Joseph se demanda comment elle pouvait renoncer si

rapidement. Dans la pénombre du couloir, il distinguait mal son visage mais sa voix était si légère. Elle devait sourire. Comment pouvait-elle ? Cela n'avait rien de drôle. Il s'agissait du renoncement à leur flânerie sous la lune, rien de moins.

Cette porte l'excédait. Il n'avait d'ailleurs jamais compris comment de vulgaires objets pouvaient s'octroyer le droit de contrarier la volonté des hommes. Il en avait fracassé des plumes écornées qui avaient bavé une fois de trop, arraché des lacets trop lents à se dénouer ! Il envoya un inutile coup de talon en pleine face de cet ennemi de fer. La soutane n'est pas un vêtement qui convient à l'action. Il se sentit ridicule.

Enfin, une dernière estocade de l'épaule fit céder la porte. L'air frais, le halo jaune du premier bec de gaz, quelques étoiles et tout fut oublié. Entre le simple bonheur et la soirée fichue, le destin avait bien choisi. Alors que ses pensées s'envolaient déjà dans la rue, sa main d'enfant attrapa les doigts de Lucille.

Au bout du quai aux Fleurs, les étals de la journée avaient laissé place à un triste champ de bataille de tiges et de pétales écrasés. Avant l'heure des balayeurs, c'était l'heure des chiffonniers qui chargeaient leurs charrettes à bras des rebuts du commerce. De belles fleurs abandonnées çà et là trahissaient la médiocrité des affaires. Le bouquet se vend mal à deux pas d'un mitraillage.

Joseph ramassa un œillet rouge qui traînait là et le tendit à Lucille sans y penser. Elle exagéra une mine de dégoût et prit la fleur entre deux doigts comme s'il se fut agi d'un ver de terre.

« Mais Joseph ! Tu l'as prise dans une poubelle !

— Je l'ai trouvée jolie.

— De toute façon, il fait trop sombre. Je ne discerne même pas sa couleur.

— Suis-moi ! »

Sans lâcher sa main, Joseph l'entraîna de l'autre côté de la rue pavée, jusqu'à un réverbère en tête du pont d'Arcole.

C'était la première fois ce soir qu'il la voyait à la lumière. Elle avait un grand manteau bleu qui descendait jusqu'au sol où perçaient deux souliers pointus. C'était un bleu timide, attiré par le vert, une couleur pleine d'humilité. Ce manteau tout entier, d'ailleurs, était un hymne à la modération. Il arborait son mépris des perles, des dentelles et des festons. Même les agrafes qui le tenaient bouclé des pieds jusqu'au menton se cachaient derrière un rabat bien droit.

Lucille était coiffée d'une toque ajustée du même bleu. Avec goût, elle en avait cassé l'austérité en laissant échapper sur sa tempe une mèche blonde qui feignait la négligence. Ses yeux capturaient la lumière pâle du gaz pour briller de toute la fierté d'une petite fille endimanchée.

Mais sous ce réverbère du pont d'Arcole, ce fut soudain une belle dame que vit Joseph. Son sourire s'effaça. Sa main lâcha prise.

Comme un oiseau qu'on libère, Lucille ouvrit les bras et fit quelques tours sur elle-même pour mieux montrer sa toilette. Au creux de son dos, deux rangées de boutons rebondis attiraient l'œil sur un galbe discret comme un gros domino posé dans son écrin.

Faussement essoufflée, elle rit en ramenant les mains sur sa poitrine. Elle aperçut entre ses doigts l'œillet qu'elle avait oublié. Au milieu de tout ce bleu, l'impertinence de cette tache rouge lui plut. Elle coinça la fleur dans une agrafe et offrit son bras.

Devant eux, le pont d'Arcole les invitait à traverser entre ses deux balustrades de fer. Le pont le plus laid de Paris, sans pile et sans pierre, jeté d'une traite par-dessus la Seine comme s'il avait peur de l'eau. Joseph s'arrêta, Lucille au bout du bras.

« Eh bien quoi ? s'amusa-t-elle en tirant sur son coude.

— Je… »

Il n'alla pas plus loin, le regard aspiré par la noirceur du pont. Lucille se tourna vers lui puis effaça son sourire.

« Que se passe-t-il, Joseph ?

— C'est ce pont. Je ne l'ai plus traversé depuis que ma mère…

— Oh, mon Dieu ! coupa-t-elle. Excuse-moi, Joseph. Je n'y pensais pas.

— Moi non plus, Lucille. Jusqu'à ce que je le voie.

— Veux-tu que nous traversions ailleurs ? »

Joseph lui sourit en serrant son bras.

« Non. Ce n'est qu'un pont. Continuons notre promenade. »

Et ils s'engagèrent ainsi, bras dessus bras dessous, vers les lumières de l'Hôtel de Ville. Joseph ne trouva rien d'autre à dire. Lucille non plus.

Les réverbères se succédèrent en silence. Tournant la tête, ils se perdirent tous deux dans l'alignement des ponts éclairés par-dessus les eaux noires de la Seine. Mais le regard de Joseph n'allait pas si loin, accroché, juste là, par le spectacle d'une mèche blonde que la brise faisait jouer avec le lobe d'une oreille.

Rive droite, Lucille fut la première à toucher terre.

« Nous n'allons pas passer loin du Bazar de l'Hôtel de Ville. Quelle terrible affaire !

— Oui. J'ai passé ma journée à discuter avec les victimes de l'attentat.

— Tous ces corps que j'ai vus en bas, c'étaient elles ?

— Oui. Que des femmes. De tous âges. En début d'après-midi, deux automobiles allemandes se sont arrêtées devant l'entrée du magasin. Presque tranquillement. Les chasseurs sont venus ouvrir les portières. Une mitrailleuse avait été installée dans chaque voiture. Elles se sont mises à cracher leur feu comme au champ de tir. On ne voyait personne dans l'ombre des cabines. C'était comme deux bêtes mécaniques qui se vengeaient des hommes.

« Les clientes sont tombées en deux lignes toutes droites en face de chaque voiture. Comme les canons étaient en hauteur, elles ont été touchées au visage ou à la poitrine selon leur taille. Il n'y a pas eu beaucoup de blessées. Juste des mortes.

« L'une des armes s'est très vite enrayée. Alors elle a attendu en silence que l'autre se vide entièrement. Puis les deux automobiles sont reparties bien sagement, comme elles étaient venues. Avant que le sang du trottoir n'atteigne le caniveau, elles traversaient déjà le pont Notre-Dame. Elles allaient parader devant la préfecture de police, sans doute. »

Lucille s'était immobilisée.

« Ce sont ces femmes qui t'ont raconté tout cela ?

— Oui, bien sûr, je n'y étais pas. Mais ne prends pas cette mine effrayée. Aucune ne m'a dit avoir souffert. Elles s'en sont allées avec le souvenir de la vaisselle à fleurs qu'elles venaient d'acheter.

— Heureusement que tu es là, Joseph. Tous ces morts ont tellement besoin de toi. Je suis toujours surprise par cette façon que tu as de parler d'eux. Regarde ces pauvres femmes, elles ont été assassinées, leurs familles sont effondrées, et toi, tu discutes avec elles comme devant une tasse de thé. Comme si tu n'y voyais aucune tristesse.

— Non, ce n'est pas aussi simple. Mais je me dis juste qu'elles ne sont pas mal parties. Tout le monde n'a pas cette chance. »

Il lui secoua le bras pour lui redonner un peu d'énergie. Elle s'attarda sur son visage innocent et oublia les corps allongés sous les draps blancs.

« Tous ces détails doivent intéresser la police, non ?

— Et que fais-tu du secret de la confession ?

— Tu me le dis bien à moi.

— Toi, ce n'est pas pareil. »

Il réfléchit un instant à ce qu'il venait de dire.

« Et puis, techniquement, ce ne sont pas vraiment des confessions. De toute façon, je ne suis même pas encore curé ! Mais tous ces gens de la police m'ennuient et l'excuse est facile. Tu sais qu'ils sont même venus me voir à l'Hôtel-Dieu ? Deux fois, il y a plusieurs mois. C'était pour l'incendie de la rue Saint-Séverin. Les malotrus, ils ne m'ont pas envoyé le commissaire. Même pas des inspecteurs. Ce sont de vulgaires sergents de ville qui ont débarqué sans être conviés au beau milieu de ma morgue. Heureusement, c'était un jour calme, il n'y avait pas trop de victimes. Aujourd'hui, je les aurais mis à la porte !

« Ils avaient apporté une espèce de formulaire rempli de questions qu'ils voulaient me soumettre. Tu parles de béotiens, ils peinaient à lire leur propre papier ! Ces messieurs de la préfecture ne veulent pas se compromettre avec un sorcier qui parle aux fantômes. Alors ils envoient les premiers venus avec leur haleine au vin blanc et leurs pinces à vélo. Je leur ai lâché deux trois histoires d'esprit frappeur puis je les ai effrayés avec un cadavre de brûlé que j'avais sous la main. Le pauvre, avec ses yeux tout blancs, il semblait sorti d'une histoire à deux sous. Ils sont revenus une fois, je leur ai resservi le même numéro et je ne les ai plus revus.

— Tu n'es jamais sérieux », répondit-elle en s'amusant de sa réprimande.

Sur la rive droite, c'était heure d'affluence. Comme

deux rigoles parallèles, les quais et la rue de Rivoli drainaient le flot désordonné des gens qui vont quelque part. Ici, un cabriolet croisait une charrette à mule. Là, un boléro d'alpaga ignorait un tablier de matelassière. Avec le soir, le peuple de ceux qui gagnent se dispersait au profit de ceux qui dépensent.

Posté à la tête du pont, un joueur d'orgue s'anima à l'arrivée du couple.

« Pour la musique, mesdames ! »

Lorsqu'il s'avisa que la robe noire était une soutane, il partit d'un grand rire incongru qui s'ajouta à la cacophonie de la musique mécanique et de la monnaie qu'il secouait dans une timbale en fer.

« Pardon, mon père, s'esclaffa-t-il sans interrompre le concert. Une pièce pour l'artiste. Je vous joue une messe ou une romance ? »

Avec ce dernier trait d'esprit, son fou rire s'envola de plus belle. Joseph pressa le pas pour tourner le dos au plus vite au braillard et à sa gueule cariée.

« Nous ne devrions peut-être pas nous tenir par le bras, Lucille. Il y a du monde ici.

— Pourquoi ? On a toujours fait comme ça ! Qu'est-ce que ça peut te faire ce que pensent les gens ? »

Sans lâcher son bras, elle sautilla deux fois. Joseph ne put s'empêcher de vérifier si on les regardait. À droite. À gauche. Derrière, le chanteur au limonaire reprit la rigolade en le voyant se tourner. Au-delà, sur le pont, un homme lisait le journal dans le cercle d'un bec de gaz. Un type au chapeau melon qui attendait peutêtre quelqu'un. Drôle d'endroit pour lire les nouvelles. Lucille le tira derrière elle.

Maintenant, ils pouvaient voir la silhouette grave de la rotonde du Bazar de l'Hôtel de Ville. Joseph repensa à la jeune fille aux yeux de sable. Il imagina Lucille couchée sur le dos, par terre devant ce magasin, la mâchoire arrachée.

« Tu sais, Lucille, je pense à une jeune fille. La dernière avec qui j'ai discuté ce soir. Elle est peut-être encore allongée sur le trottoir, là-bas.

— Tous les corps n'ont pas été enlevés ?

— Si, bien sûr. Elle était à la morgue avec les autres mais elle me disait être couchée sur le sol, là même où elle était tombée. Les morts violentes sont les pires, tu le sais bien. Elle n'y était pas du tout préparée. Alors elle n'a même pas pensé à se relever et elle est restée étendue sur le dos pendant des heures.

— Ce sont justement ces âmes-là qui ont le plus besoin de ton aide, Joseph.

— Si tu l'avais entendue ! Elle avait bien compris qu'elle était morte mais pour autant elle parlait comme si rien n'avait changé et rabâchait ses histoires de jeune fille.

— Cela me fait penser à ce livre que tu m'as prêté, il consacre quelques chapitres au sujet du refoulement. C'est une façon courante de réagir aux expériences traumatisantes. Plutôt que d'affronter la réalité, l'esprit préfère l'occulter et l'on garde ainsi de véritables blessures enfouies au fond de soi-même. Ce qui est valable pour les vivants l'est certainement encore pour les morts. »

Devant la mine étonnée de Joseph, elle bomba le torse d'un air bravache.

« Tu vois, moi aussi je réfléchis aux grandes questions scientifiques de notre époque ! »

Joseph ne l'entendit pas.

« Tu veux dire que cette jeune fille n'accepte pas sa mort ?

— C'est ça. Elle la refoule. Elle sait qu'elle est morte mais elle ne veut pas le savoir. Et ton travail, Joseph, c'est de lui faire accepter. C'est comme ça que tu peux l'aider.

— J'ai essayé de la rassurer, de lui redonner du courage mais elle ne m'écoutait même pas.

— C'est toi qui dois l'écouter ! Il paraît que le docteur Freud, dans son cabinet, ne dit jamais rien. Il couche ses patients sur un divan et les laisse parler sans aucun commentaire.

— Je sais. Tu m'as déjà dit cela mais je n'y arrive pas. Tu ne peux pas imaginer comme c'est difficile, parfois. Je possède le don unique de pouvoir les entendre et je me retrouve condamné à assister à leurs souffrances, sans rien pouvoir y faire. Je suis à leurs côtés, je chuchote à leur oreille mais ils sont si loin. J'ai tant envie parfois d'être avec eux, de les tenir par la main. Mais ils sont là-bas et je suis ici. »

Lucille serra son bras contre elle. Peut-être aurait-elle su les trouver, elle, ces mots qui lui manquaient. À sa place, elle aurait été la sainte mère de tous les morts, celle qui les aurait tous consolés, celle qui aurait séché leurs larmes de cadavres en les berçant sur son sein. Ils n'avaient pas eu de chance, les morts, en tombant sur lui ! Cette idée le fit sourire.

Lucille fronça les sourcils.

« La mort est quelque chose d'important et beaucoup passent leur vie à ne penser qu'à elle. Puis, une fois qu'ils y sont, ils ne la reconnaissent pas. Leur mort, la vraie, n'est pas celle qu'ils avaient imaginée. Tu es peut-être le seul sur cette terre qui puisse les aider. Tu dois les accompagner, leur faire accepter leur mort pour ce qu'elle est : la simple continuation de leur vie avec les mêmes joies et les mêmes peines, les mêmes illusions et les mêmes déceptions. Pas besoin de leur tenir la main pour y arriver.

— Je te comprends, Lucille. Mais contrairement à

Freud et à ses psychanalystes je ne peux pas écouter mes patients tranquillement pendant des années en attendant qu'ils progressent. Moi, mes clients, je les vois une fois, deux au mieux, et leurs familles viennent me les prendre pour les mettre dans un trou et les recouvrir d'un bon quintal de terre toute fraîche.

— Tu n'as jamais parlé à une âme en l'absence de son corps ?

— Jamais. »

Elle se renfrogna. Cette fois, ce fut à Joseph de resserrer l'étreinte de leurs bras. Leur pas s'était ralenti.

« Tu sais, Joseph, j'ai beaucoup réfléchi au cas de ce vieil homme dont tu m'as parlé la semaine dernière.

— Celui qui avait perdu son frère jumeau ?

— Oui. Cette histoire m'a bouleversée.

— Les jumeaux sont sans doute plus sensibles aux histoires de jumeaux.

— Ne te moque pas, s'il te plaît. Cet homme a vécu toute sa vie avec le souvenir de ce frère idéalisé qui l'avait quitté à l'âge de dix ans.

— Onze.

— Quand on pense que nous passons notre vie à regretter notre enfance perdue. Lui, son enfance c'était son frère qu'il a pleuré pendant soixante ans.

— Oui. Et quand ils se sont retrouvés là-haut, il ne l'a pas reconnu.

— Tu t'imagines ? Quel traumatisme ! Ce vieillard qui retrouve à la fois son frère et sa jeunesse perdue et qui se voit rejeté comme un inconnu. C'est comme s'il s'était fait jeter sa vieillesse et tous les péchés de sa vie d'adulte au visage par l'enfant qu'il avait été lui-même. »

Joseph dut l'arrêter en lui saisissant la main. Elle avait les larmes aux yeux.

« Allons, tu es trop émotive pour devenir une grande scientifique ! Penses-tu que le docteur Freud pleurniche dans le dos de ses patients ? Cet homme est mort vieux et décrépit et, au Paradis, son jumeau de soixante ans plus jeune ne l'a pas reconnu. Voilà tout. Le ciel est rempli de ce genre d'histoires. »

Elle finit par sourire mais sans les yeux en demi-lune ni les deux petits muscles charnus.

Devant l'Hôtel de Ville, une longue file de voitures s'étirait sur toute la longueur du bâtiment. Les cochers, par petits groupes, jasaient et ragotaient en attendant le retour de leurs maîtres qui, dans les salons de l'illustre édifice, faisaient la même chose avec plus de prestance.

« Tiens, monseigneur Grabeuf doit faire partie de la fête, ce soir.

— Oui, je l'ai croisé en venant te retrouver. Il avait l'air pressé.

— Penses-tu ! Monsieur l'évêque ne raterait pas l'occasion de s'apitoyer sur le carnage de ses diocésaines devant une bonne poularde aux morilles.

— Arrête, Joseph !

— Excuse-moi mais j'ai l'impression que je lui cause des soucis en ce moment. Les choses ne sont plus comme avant. On ne peut pas se voir sans que le ton monte et que les esprits s'échauffent. Aujourd'hui, je pensais qu'il venait me parler de mon ordination mais, en fait, il était surtout tracassé par la venue des journalistes demain. Il a peur que je leur parle. Je crois qu'il pense encore que je suis un affabulateur. Je le sens toujours à l'affût d'une contradiction ou d'un indice qui prouverait que toute cette histoire de Saint-Joseph-des-Morts n'est qu'une fumisterie.

— Tu es injuste avec lui. Mets-toi un peu à sa place ! Ce que tu dis n'est pas facile à entendre, surtout pour un dignitaire de l'Église. C'est un homme d'expérience. Papa dit qu'il tutoie la moitié des notables de Paris et qu'il connaît la plupart des journalistes par leur prénom. Moi, son aisance m'a toujours impressionnée.

— Ce n'est qu'un phoque moine bien gras. Sur son rocher, il se traîne en ahanant. Mais qu'il plonge dans les eaux troubles de la politique et le voilà qui glisse et virevolte !

— Lui aussi, tu devrais peut-être prendre le temps de l'écouter.

— Tout sera plus simple la semaine prochaine, quand je serai enfin prêtre. »

C'était le signal qu'attendait Lucille. Elle laissa filer un petit cri de joie en le serrant si fort que son épaule pointue vint se planter dans son bras. Une bouffée de senteurs glissa sur le visage de Joseph puis se dissipa plus loin. Une odeur de fleurettes et d'herbe coupée. Un parfum que Lucille confectionnait dans le secret de sa chambre en mélangeant de petits flacons colorés qu'elle achetait très cher.

« J'ai préparé une grande fête à la maison ! Il y aura des gâteaux et des fruits exotiques ! Nous avons invité les gens qui t'aiment et chacun pourra raconter les tours que tu leur as joués. S'il fait beau, nous marcherons jusqu'au parc Monceau où nous ferons apporter des friandises et du thé anglais.

— Tu es gentille. Ce sera une belle journée, qui va vite arriver maintenant. Elle sera réussie même s'il pleut. Une famille de Bretons, ça ne craint pas les embruns !

— J'ai encore du mal à imaginer que tu seras prêtre dans une semaine.

— Moi, ça ne me fait rien. C'est comme si je l'étais déjà depuis des années.

— Imagine, peut-être qu'un jour, c'est toi qui me marieras ! »

Dans un réflexe, Joseph s'écarta d'elle comme d'un objet brûlant. Leurs bras encore accrochés s'arrachèrent sans qu'il l'ait voulu. Le temps d'un souffle, ses yeux plongèrent dans les siens puis allèrent s'abîmer dans le vide des gens qui passaient autour d'eux.

Souvent, le matin, Joseph aimait se regarder longuement dans un miroir. Il se fixait ainsi lui-même, les yeux dans les yeux. Cela pouvait durer d'interminables minutes mais il y avait toujours un moment, enfin, où un éclair glacé le saisissait, un choc qui le pétrifiait et laissait ses membres engourdis. Il pensait qu'à ce moment précis, dans le miroir, il voyait son âme, que le temps de cet infime instant il comprenait l'indicible pour le perdre aussitôt.

Ce soir, quand leurs yeux s'étaient croisés, il avait vu l'âme de Lucille et il savait qu'elle avait aussi vu la sienne.

De nouveau, c'est en silence qu'ils marchèrent jusqu'à la bouche d'entrée du métropolitain. Le même silence que sur le pont d'Arcole, mais nuancé d'une touche de nostalgie. Des employés municipaux accrochaient à la hâte des drapeaux russes et français aux grilles de la station. Lucille et Joseph passèrent sans les voir.

Aux escaliers, l'odeur de créosote leur souhaita la bienvenue ; une odeur de mine et de bois brûlé qui rappelait qu'en bas, Vulcain régnait encore. Pour Lucille, c'était le parfum que son père ramenait le soir dans les plis de son manteau. La lumière moderne de l'électricité leur fit du bien. En descendant jusqu'au quai, Lucille sortit deux tickets de première que son père lui donnait par liasses. En bas, dans la station, les voyageurs s'étaient rangés par classe, en attendant le train. Lucille et Joseph longèrent le quai jusqu'au bout comme on remonte l'échelle sociale.

L'habituel tintamarre de quincaillerie annonça l'arrivée de la rame. Les voitures carrées de bois vernis qui défilaient devant Lucille ramenèrent la douceur et l'insouciance sur son visage. Ce vacarme moderne et ces vaisseaux de teck aux formes industrielles apportaient avec eux l'esprit de la famille Bienvenüe.

Dans son dos, Joseph regardait la foule se presser sur le quai. Donnez à l'homme le progrès et la science et il écrasera son voisin pour le privilège d'une place assise. Dans la cohue des canotiers et des casquettes, il reconnut le melon du pont d'Arcole. Celui qui lisait le journal sous un réverbère. Il aurait juré que l'homme avait tourné la tête pour éviter son regard. Mais dans le mouvement, son visage avait été gobé par la foule. Les épiait-il ?

L'idée d'être suivi l'arrachait à sa vie confortable pour le plonger dans un monde sauvage où l'on kidnappe et où l'on tue. Qu'on suive Lucille, la fille de l'entrepreneur le plus en vue de la capitale, était une possibilité déplaisante, une idée dans l'air du temps. À l'époque où l'on mitraillait des femmes sur les boulevards, on pouvait bien enlever une riche jeune fille dans les souterrains du métropolitain.

Mais Lucille entrait déjà dans la voiture. Elle visait à l'évidence deux sièges en vis-à-vis qui semblaient taillés pour eux. Elle aussi succombait à la fièvre animale de la place assise. Joseph préféra se laisser entraîner. Après tout, plus d'un homme arpente les rues de Paris avec un journal à la main et un melon sur la tête. Et quand bien même cet individu aurait été celui du pont d'Arcole, quel mal y avait-il à aller attraper le métropolitain à l'Hôtel de Ville après s'être enquis des nouvelles sous un bec de gaz ?

Lucille s'était déjà installée et, pour l'inviter, elle tapotait le siège d'en face de sa main gantée. L'inutilité charmante de ce gant de résille fit oublier à Joseph l'inquiétant inconnu, son melon et son journal.

« En voiture, mesdames et messieurs ! »

Fermant la portière, le préposé annonça le départ comme un tour de manège. Avec son bel uniforme de drap gris, ses boutons d'argent et le M majestueux qui barrait sa casquette, c'était le monsieur Loyal qui promettait un voyage fantasmagorique dans les entrailles de la terre.

L'obscurité du tunnel dévora les fenêtres du wagon une à une. Mais alors qu'il se laissait hypnotiser par le reflet de trois ampoules électriques sur le plafond vernis, Joseph comprit soudain l'urgence de sa situation. Le jeudi suivant, il serait prêtre. Et si cette balade sous la lune avait été la dernière ? C'était possible. Il s'était persuadé que son ordination ne changerait rien. Mais s'il avait eu tort ?

Il revint à Lucille, qui regardait au carreau. À chaque lanterne du tunnel, ses pupilles donnaient un à-coup, accrochées par la lueur comme deux papillons de nuit.

« Lucille ? »

Elle sortit de sa rêverie avec un sourire apaisant.

« J'ai quelque chose à te dire. Et je dois te le dire ce soir. »

Le sourire ne disparut pas mais il devint étrange, plus grave, déjà loin du pont d'Arcole. Sur sa joue, une fossette s'effaça puis, sur sa lèvre, une imperceptible contraction occulta la blancheur de ses dents.

Joseph était un marin prisonnier d'un bateau qui coule. Il prit une profonde inspiration et s'élança.

« Tu sais, Lucille, tu es sans doute la seule personne qui me croie sincèrement. Tout ça, les morts qui me parlent, les âmes qui utilisent leur cadavre décomposé comme un combiné téléphonique pour me raconter leurs peines de cœur et leurs problèmes de ménage. Tu n'as jamais douté de moi. Alors tu es la seule à qui je puisse exposer la suite. La vérité, Lucille. »

Elle n'était plus qu'une forme qu'il ne voyait plus, tétanisé par la terreur des chemins sans retour.

« Eh bien, les morts ne me confient pas seulement leurs états d'âme. Ils me disent aussi ce qu'ils voient là-bas. Et quand ils ne me le disent pas, je le leur demande.

« J'écris tout dans un carnet que je garde à la morgue. Ce ne sont plus des histoires de bonnes femmes, Lucille, ce sont des observations scientifiques. Comme Kepler avec le mouvement des planètes, je consigne depuis des années les informations que me transmettent les âmes des défunts et, sur ce socle de faits objectifs, je bâtis une théorie. Ma théorie, Lucille. La théorie scientifique de l'Au-delà. »

Était-elle surprise, attentive ou effrayée ? Peu importe. Dans les ténèbres de ce tunnel rectiligne qui reliait l'Hôtel de Ville à l'Étoile, Joseph était lancé à pleine allure et ne pouvait plus s'arrêter.

« Il y a des cycles dans la mort, Lucille. Des observations qui reviennent périodiquement. Depuis des années, c'est le même calendrier qui se joue. La plupart du temps, les âmes me décrivent un néant effrayant, le vide de tout. Rien à voir, rien à entendre, rien à sentir. Une introspection effrayante, le face-à-face infini avec soi-même.

« Puis, à intervalles réguliers, après cent jours de vide environ, le discours des défunts change du tout au tout. Ce qu'ils voient alors, c'est un monde qui ressemble au nôtre, avec des immeubles haussmanniens et la Seine qui s'écoule. À la différence que le Paris des morts est une éponge à sentiments. Ses murs suintent l'émotion, son ciel rayonne la passion.

« L'hiver dernier, par exemple, il régnait une véritable euphorie sur les tables de la morgue. Les morts décrivaient un soleil joyeux et des senteurs fleuries. Certains dansaient sur un gazon verdoyant, d'autres me peignaient un ciel saturé de papillons et d'oiseaux exotiques. Ces jours-ci, au contraire, c'est comme s'ils étaient tous tombés d'accord pour me présenter un ciel gris, des rues inquiétantes et le contact glacé du bitume, une ville de l'angoisse et de la peur du lendemain.

« Comprends-tu cette régularité ? Dans mon carnet, la mort est une montre suisse. Tous les cent dix-huit jours — quatre cycles lunaires —, au carillon, l'Au-delà s'accorde et les âmes plongent à l'unisson dans le bonheur ou le désespoir. »

Comme tout semble plus clair quand on l'expose à quelqu'un ! C'était extraordinaire. Joseph voyait sa théorie, si longtemps secrète, cristalliser délicatement devant ses yeux. C'était le distillat de son esprit qui s'animait maintenant d'une vie propre. Telle idée se présentait-elle de biais qu'elle semblait se remettre en place d'elle-même dans cette fabuleuse construction.

« Il y a des sphères dans l'Au-delà : le Paradis, les Enfers. Des sphères qui tournent autour de la Vie comme les planètes autour du Soleil. Des sphères qui flottent sur un océan de néant. Et ce néant, c'est le purgatoire, Lucille, le purgatoire ! Ce vide affreux qui a englouti ces pauvres gens, morts au mauvais moment.

« Avec mon carnet, comme l'astronome pour les objets célestes, je crois être capable de calculer le mouvement de ces sphères. Je peux prévoir la configuration de l'Au-delà à tout instant. Comprends-tu ce que cela veut dire ? »

Joseph ne sentait pas la sueur qui collait ses cheveux, ni le frisson qui agitait ses mains. Sa vie se jouait sur ce siège de métropolitain.

« Cela veut dire, Lucille, que le destin de nos âmes ne dépend pas de nos actes ni de nos péchés. Cela veut dire que le Paradis et l'Enfer ne sont qu'une question de calendrier ! La plupart du temps, les morts se perdent dans le purgatoire, le Grand Rien, comme l'espace vide qui baigne nos planètes. Parce qu'autour de nous, il n'y a que ça. Mais parfois, avec la régularité d'une horloge, passe la lumière d'une sphère qui emporte avec elle toutes les âmes qui auront choisi cet instant pour quitter notre monde. As-tu mérité le Paradis, pauvre pécheur ? Peu importe, la question ne te sera jamais posée. Il suffit de mourir au bon moment, quand passe la sphère ; il suffit d'attraper le bon train.

« Te souviens-tu de mon ami Marcel, ce pauvre gosse qui ne digérait plus rien et qui s'effaçait comme un fantôme jour après jour au quatrième étage de l'Hôtel-Dieu ? Eh bien, à l'aide de mon carnet, j'ai calculé avec lui la date idéale qui lui éviterait le néant du purgatoire. Le brave gamin est mort juste comme nous étions convenus et je pense que notre expérience a réussi. Tout à l'heure, quand tu es arrivée, j'étais sur le point de lui parler. »

Les passagers de première classe, sidérés, écoutaient bouche bée l'étrange homélie de ce curé qui déclamait maintenant à pleine voix.

« Newton a observé les objets inanimés et a compris que l'Univers n'a pas besoin de Dieu pour ordonner les astres et les planètes.

« Darwin a observé les plantes et les animaux et a compris que la Vie n'a pas besoin de Dieu pour créer les espèces et concevoir l'Homme.

« Aujourd'hui, en observant les morts, Joseph Sterbing a découvert que l'Au-delà n'a pas besoin de Dieu pour juger les âmes ! »

Le train s'était arrêté, la porte était ouverte et les passagers sortaient en les lorgnant par-dessus l'épaule. Une dame serrait les mains sur les oreilles de son enfant et menaçait de se plaindre au chef de gare.

En prononçant sa dernière phrase, Joseph s'était levé. Lucille était restée assise et le dévisageait. Ses yeux étaient trop grands, ses lèvres avaient disparu dans la pâleur de sa peau. Il dut se baisser pour saisir la main qu'elle gardait posée sur son genou et l'entraîner sur le quai. Comme si les couloirs n'avaient pas existé, ils furent aussitôt en bas de l'escalier qui les ramenait à l'air.

Au milieu des marches, Lucille éclata en sanglots. Une violente tempête lui secoua les épaules et inonda son visage. Le manteau si droit et la toque ajustée partirent de guingois et déformèrent sa silhouette en une composition ridicule. Ses mains, collées à son visage au bout de son dos voûté, cherchaient en vain à retenir le désespoir qui coulait de ses yeux et tachait de fard ses gants de résille. Joseph perçut les regards qui accusaient et moquaient leur couple insolite. Puis il regretta de faire passer sa honte devant le chagrin de Lucille. Il passa son bras autour de ses épaules et la guida jusqu'en haut. Ils débouchèrent devant l'Arc de Triomphe, plus arrogant et plus futile que jamais. À grand-peine, Joseph traîna Lucille vers l'avenue de Wagram.

Ce fut une nouvelle marche en silence. Mais ce silence-là était infect et collant. Un silence de glaise qui rend la marche difficile. C'était étrange mais ces larmes ne le surprenaient pas. Sans vraiment connaître les raisons de ce chagrin, il lui paraissait naturel et inévitable. Nécessaire, peut-être. Il sentait le visage de Lucille écrasé sur son torse. Serrée contre lui, elle marchait en boitant sans savoir où elle allait. Elle pleurait en une plainte infinie qui, pas après pas, prenait la forme d'un chapelet de « Mon Dieu ! » susurrés.

Mais en vue de la place des Ternes, Joseph s'habitua à cette nouvelle situation. Son souffle assagi, il retrouva une assurance qu'il prit pour du flegme. Le venin de l'orgueil pouvait à nouveau empoisonner son sang réchauffé.

Jamais il n'avait ainsi exposé sa théorie. L'entendre s'épanouir librement avait été une révélation. Il savait maintenant qu'il avait raison et que Lucille finirait bien par le comprendre. C'est avec elle qu'il s'était aujourd'hui élevé au-dessus des hommes et de leurs vies ordinaires, avec elle que désormais il vivrait pour la postérité.

Il l'assit sur un banc qui se trouvait là. Elle ne pouvait pas rentrer chez elle avec cet air d'épouvantail. La belle dame s'était dissoute dans quelques larmes et Joseph retrouvait la petite fille qu'il connaissait mieux. Il s'accroupit à sa hauteur et entreprit de la remettre en ordre, à commencer par son chapeau. Lucille sursauta et releva la tête.

« Tu ne peux pas être prêtre, Joseph ! Il faut que tu parles à monseigneur Grabeuf. Tu dois lui dire ce que tu m'as dit. Il faut qu'il sache. Je ne sais pas où tu es parti, mon Joseph, je ne sais pas où tu es parti ! »

Ces derniers mots dépassaient sa force. De nouveau, la douleur la submergea et elle se plia en deux. La toque bleue roula au sol, découvrant un chignon doré qui sembla s'embraser sous les réverbères.

Joseph se redressa en regardant de tous côtés comme s'il cherchait de l'aide. Un homme approchait. Un homme avec un chapeau melon et une gazette à la main.

« Que se passe-t-il ? Tu pleures, Lucille ?

— Éloïs ?

— Bonsoir Joseph. Qu'est-ce qui est arrivé à ma sœur ? Pourquoi pleure-t-elle ? »

Ils se tournèrent tous deux vers Lucille, impuissants, comme on regarde une automobile en panne. Elle pleurait devant son chapeau renversé comme si c'était l'origine de son chagrin. Éloïs se pencha pour lui mettre la main sur l'épaule.

« Lucille ? Ça ne va pas ? »

À la voix de son frère, le dos de Lucille retrouva soudain sa fermeté. Elle essuya d'un geste ses joues humides et se leva calmement en attrapant dans le même mouvement gracieux sa toque bleue sur le sol.

« Ce n'est rien, Éloïs. Je t'expliquerai plus tard. »

Ses mots coulaient, doux et rassurants. Le voyage en métropolitain n'avait jamais existé. Joseph pensa que seule une femme était capable d'une telle métamorphose.

« Tu rentres bien tard aujourd'hui, Éloïs, continua-t-elle. Finis donc la route avec nous. »

Elle démarra d'un coup, accrochant le bras de son frère au passage. Joseph courut deux pas pour les rattraper.

Sous les derniers arbres de la place, les jumeaux avançaient bien droit, comme un monsieur et sa dame. Éloïs n'avait pas son allure habituelle d'étudiant volage. C'est sans doute pour cela que Joseph ne l'avait pas reconnu tout de suite. Sous sa veste sévère, un gilet gris le serrait comme un corset et lui imposait un port strict et autoritaire.

« Tu reviens de la noce, Éloïs ? »

Il ne cacha pas son demi-sourire qu'il avait aiguisé pour blesser. Le jeune homme lui renvoya un air de coquelet qui tentait pêle-mêle d'exprimer le dédain, la colère et le défi. Joseph remarqua alors une moustache toute droite posée sur sa lèvre. Lui qui s'imposait la peau glabre des séminaristes avait toujours considéré les boucs et les moustaches comme le reflet révélateur des ego. Un homme choisit rarement sa coiffure. Mais le matin, quand ses idées sont claires et que son avenir lui appartient, avec son peigne et ses ciseaux, il peut marquer son visage de son sceau. Éloïs n'avait pas choisi l'élégant guidon de vélo qui fleurissait sous les canotiers à la mode. Il n'avait pas non plus opté pour les généreuses bacchantes qui trahissaient le buveur de bière et les affinités germaniques. Non, il s'était barré le visage d'un coup de sabre sans appel, un tuteur à redresser les inclinations au sourire.

« Tu ne savais pas ? Éloïs est entré au ministère il y a deux semaines, intervint Lucille avec fierté. Mon frère est quelqu'un d'important. Monsieur Bienvenüe, officier d'État rattaché au secrétariat aux Affaires complexes.

— Implexes, corrigea Éloïs d'un ton agacé.

— *Implexes ?* Voilà un bien joli mot caractéristique de notre administration française, railla Joseph.

— C'est un département spécial des renseignements généraux et je suis directement sous la responsabilité du secrétaire d'État.

— Oui, tu sais, c'est l'oncle Alexis.

— Lucille ! » Éloïs lui lança un regard noir.

« Oh ! Mais il a été recruté à la régulière, s'empressa-t-elle de préciser. Il a passé le concours. »

Joseph n'avait pas envie de poursuivre cette conversation qui le fatiguait déjà. Au coin du boulevard de Courcelles, il s'aperçut qu'il marchait en retrait comme si le trottoir n'était pas assez large pour trois. Devant lui, accrochés par le bras, les jumeaux s'épanouissaient un peu plus à chaque pas.

« Éloïs ? »

De derrière, il avait murmuré son nom tel un secret, si bien que le jeune homme dut incliner la tête en plissant les yeux.

« Était-ce bien toi sur le pont d'Arcole puis sur les quais du métropolitain ?

— Que me dis-tu là ?

— Tout à l'heure, tu nous as suivis depuis l'Hôtel-Dieu.

— Joseph, pourquoi aurais-je fait cela ? Ma sœur est en sécurité avec toi. Un curé ne ferait pas pleurer une jolie fille, n'est-ce pas ? »

Lucille n'écoutait pas et ne regardait plus Joseph. Elle devait avoir décidé de ne plus entendre leurs querelles de jeunes mâles. Peut-être voulait-elle aussi le dissuader de croire que rien ne s'était passé.

Au 112 du boulevard, elle se retourna enfin. Elle lui sourit poliment et lui souhaita bonne nuit.

« À jeudi prochain », tenta Joseph.

Elle ne lui répondit pas et poussait déjà la lourde porte de verre et de fer forgé de l'immeuble des Bienvenüe.

Il salua Éloïs en lui serrant la main sans y penser puis se dirigea vers la rue Marguerite où, à deux pas de là, sa mansarde l'attendait. Il partit d'un bon pas pour forcer ses souliers à oublier la triste allure de l'avenue de Wagram.

Sans ralentir, il passa la rue Marguerite et s'en alla plus loin, vers la droite. Tournant le dos à sa chambre et aux becs de gaz du boulevard, il se laissa engloutir par l'obscurité.

Derrière lui, une ombre passa le coin. Une ombre qui longeait les murs à grands pas d'assassin. Une ombre en chapeau melon, une gazette à la main.

IV

La communication entre les vivants et les morts est une chose si sacrée qu'il faut bien se garder de la tenter à la légère. Tout être humain qui a compris quelques parcelles des lois spirituelles n'essaiera pas volontairement d'appeler un disparu par crainte de lui porter un préjudice réel ; par crainte aussi d'aller aveuglément à la rencontre de cruelles désillusions.

La plume suspendue, Papus relut le paragraphe qu'il venait d'écrire. Puis il hocha la tête et conclut son labeur, l'air satisfait, en pesant de tout son poids sur le tampon buvard.

« Voilà enfin le nº 35 du *Voile d'Isis* ! » bâilla-t-il en s'écartant du bureau de ses deux bras tendus.

Il faisait déjà nuit et il lui fallut un temps d'observation pour remettre son esprit sur les rails de cette fin de soirée. La vieille lampe Pigeon posée sur son bureau ne suffisait pas à éclairer le séjour et il ne distinguait plus la comtoise. Quelle heure pouvait-il bien être ? Il se détendit et laissa glisser son dos rond au fond du fauteuil. De sa main, il lissa ses moustaches de vieux morse qui coulaient, encore noires, sur une barbe déjà grise. Il inspira la lourde odeur d'encens que cet ignorant de David s'obstinait à brûler à longueur de journée. L'Occulte doit sentir l'encens. Il s'était résigné à respecter cette loi qui semblait satisfaire l'ensemble de ses visiteurs.

« Tu es encore là, Raymond ? » lança-t-il à l'obscurité en rajustant son peignoir écossais.

Des ténèbres du bout de la pièce, un grognement lui répondit. Il saisit la lampe, la tendit à bout de bras et devina la forme endormie, là-bas, sur la bergère élimée. Raymond était resté là où David l'avait posé tout à l'heure. Malgré deux gros coussins de part et d'autre, il avait glissé sur le côté jusqu'à ce que sa tête touche l'accoudoir. Un reflet trahissait une coulée de salive sur le poil dru de sa barbe de ratier. Comment s'était-il fini aujourd'hui, à l'absinthe ou à l'éther ? Papus soupira à la vue des jambes vides de son pantalon étalées sans pudeur sur le fauteuil comme un linge sale qu'on aurait jeté là. David avait bien proposé un jour de remplacer ce vêtement inutile par un simple sac de toile, mais un souvenir de dignité avait poussé le vieux Raymond à refuser. Pauvre Raymond qui vivait comme un objet que l'on déplace et qu'on oublie. D'habitude, la présence de ce morceau d'homme échoué à l'autre bout du séjour l'exaspérait. Mais pas ce soir.

Papus baissa sa lampe pour admirer encore une fois la caisse posée devant son bureau sur l'épais tapis aux motifs persans. Elle débordait des ustensiles de cuivre que David avait astiqués depuis le matin à la farine et au gros sel. Le filet métallique, roulé avec délicatesse, rutilait comme au premier jour. Voilà comment on efface vingt ans en quelques coups de torchon énergiques ! Il s'agenouilla devant la malle aux trésors et saisit le potentiomètre. Il tourna l'objet entre ses doigts comme pour jouer avec le reflet de la lampe sur le cuivre poli, puis il vérifia que le cadran pivotait facilement autour de son axe. David avait fait du bon travail.

Il repensa à Raymond.

« Et si c'était le moment de reprendre du service, mon vieux ? »

Un nouveau grognement, là-bas, trahit un lambeau de vigilance derrière les vapeurs d'alcool. Mais il n'y avait pas de danger à se confier à ces oreilles sans conscience.

« Vingt ans qu'on attend ! Tu sais, je commençais à ne plus y croire. Mais ils m'ont rappelé, Raymond, ils m'ont rappelé la nuit dernière ! Ils veulent que je les fasse venir. Exactement comme à l'époque ! »

Sans cesser de caresser le cadran de cuivre, il s'était relevé en faisant craquer ses genoux et dardait la panse conquérante d'un Alexandre en robe de chambre.

« Je ne peux pas me taire, tu comprends ? Après vingt ans, je ne peux pas faire comme si je ne les avais pas entendus. Toute ma vie, j'ai attendu ce moment, et nous y sommes enfin ! L'apogée de mon Œuvre ! La gloire de l'Ordre martiniste, notre apothéose ! »

Le souffle court, il fixa l'obscurité, longtemps. Puis, à regret, il reposa doucement son précieux jouet dans la caisse.

« Je suis fou, Raymond. J'ai promis. Je ne peux pas faire ça. Le Khan me tuerait. Il nous tuerait tous ! »

Un tonnerre de coups sur la porte l'interrompit. D'instinct, il se protégea la tête comme si la mort venait déjà punir ses projets coupables. Mais un deuxième roulement de tambour sur la petite vitre le ramena à la réalité. Il sourit de sa terreur de gamin. Ces manières de brute, ça ne pouvait être que David. Il finirait bien par le casser, ce carreau, à force de cogner dessus.

« Maître ! Il y a un visiteur qui attend au portail !

— Entre, David. »

La porte s'ouvrit d'un coup sur la carcasse du géant

aux pieds nus. Il portait la sempiternelle chemise qui lui arrivait sous les genoux. Il en avait acheté une pleine caisse au pavillon des colonies de l'Exposition universelle et, depuis, il ne mettait que ça. Il se justifiait en expliquant même à ceux qui ne le demandaient pas que c'était la tenue des Bédouins du désert. Mais Papus n'avait jamais compris en quoi cela légitimait le fait de s'habiller ainsi dans les rues de Neuilly. Et puis, il y avait ses pieds nus. Était-ce une coutume du Sahara, de l'Himalaya ou de la planète Mars ? Sans doute seulement la marque d'une pointure hors gabarit. Toujours est-il que les grand-mères de la rue de la Ferme bouclaient leurs volets sur le passage de cet ogre au naturel.

Sans ménagement, David chercha l'interrupteur en tapant le mur et l'actionna comme on tord le cou d'un poulet. La lumière électrique embrasa le vaste séjour. L'homme-tronc posé sur le fauteuil sursauta en poussant un cri puis retomba lourdement sur l'accoudoir.

« Allons, qu'est-ce qui se passe ? interrogea Papus, la main sur les yeux.

— Des visiteurs pour mademoiselle Lucrèce. »

Le visage de David, déformé par l'excitation, était encore plus laid qu'à l'ordinaire. Un visage de Mardi gras, une tête modelée de la main gauche. Il n'y avait même plus de symétrie dans ses traits. Au début, pourtant, il faisait attention, mais aujourd'hui il semblait s'être habitué aux regards horrifiés ou dégoûtés et il n'essayait même plus d'arranger le tableau.

Sur le mur du fond, la comtoise avait réapparu.

« Il est plus de neuf heures, David. Qui vient voir Lucrèce si tard ?

— Ce sont des Russes, maître. Un monsieur Oulianov avec deux autres personnes qui n'ont pas dit leur nom.

— Qui ça ?

— Vladimir Oulianov. C'est comme ça qu'il a dit.

— Qu'est-ce qu'il vient faire ici, celui-là ? Et puis, ce n'est pas une heure ! Je suis en robe de chambre.

— Il a dit que c'était mademoiselle Lucrèce qui lui avait demandé de venir.

— Allons bon ! »

Papus remonta la ceinture de son peignoir par-dessus son ventre et se lissa les tempes de la paume des mains.

« Tant pis pour les convenances. Fais-le entrer. Mais avant cela, emmène-moi Raymond dans sa chambre. »

Alors que David le saisissait par les aisselles, Raymond s'agita en une caricature de colère. Du fond d'un gouffre ouaté, ses protestations ne parvenaient à la surface du monde qu'en une logorrhée embrouillée. Par fragments, il cracha qu'il ne voulait pas retourner dans sa chambre, qu'il en sortait à peine et que David ne savait pas ce qu'il voulait à le balader sans cesse d'un endroit à un autre.

Ses aboiements étaient déjà dans l'escalier quand Papus ajouta en criant : « Et dis aussi à Lucrèce de descendre. Dis-lui que son ami, monsieur Lénine, est arrivé ! »

Le temps de refermer la précieuse caisse et David était de retour avec les visiteurs.

Ce Lénine n'était ni aussi grand ni aussi maigre que dans le journal. Papus avait vu sa photographie alors qu'il haranguait la foule lors des événements d'octobre, mais ce n'était pas le même homme. Une veste de grosse laine et une casquette de wagonnier lui faisaient une allure bonhomme. En se découvrant, il s'était ébouriffé les cheveux qui lui restaient sur les tempes. Avec ces deux plumeaux qui lui encadraient la tête, comment aurait-on pu deviner le pourfendeur de tsars ? Ses yeux étaient deux billes rondes et noires, deux yeux d'ours en peluche cousus trop serré mais qui vous clouaient au premier regard comme une grenouille sur sa planche pour vous sonder les entrailles et les pensées secrètes.

En deux mots de russe, il renvoya au jardin les gaillards qui l'escortaient. Papus s'avança et lui saisit la main avec chaleur.

« Monsieur Oulianov, quel plaisir de vous recevoir ici ! Lucrèce m'a tellement parlé de vous, il me tardait de vous rencontrer enfin. Soyez le bienvenu au sein de la faculté des sciences hermétiques de l'Ordre martiniste dont je m'honore d'être le vénérable grand maître. »

Il écarta les bras et en balaya avec orgueil les murs de la pièce. Lénine n'y vit qu'un capharnaüm, une accumulation sans ordre de tentures aux couleurs lourdes frangées d'or, de bibelots géométriques en cristal, de pentacles et d'épées ciselées et d'une collection de babioles égyptiennes qui aurait paru ridicule même dans un temple des bords du Nil.

« Bonsoir, monsieur Encausse. Lucrèce m'a prié de lui rendre visite ce soir. Je serai rapide et je ne vous importunerai pas longtemps. »

Il avait l'accent russe que l'on attendait, mais sans plus.

« Vous pouvez m'appeler Papus comme le font mes amis.

— Vous confondez vos amis et vos disciples, monsieur Encausse. »

Papus le regarda mieux. Cet homme n'était pas un adolescent venu courtiser Lucrèce, c'était un révolutionnaire de ceux qui calculent leurs mots, un homme qui avait connu la Sibérie et qui maintenant égrenait les jours qui le séparaient de la révolution internationale. Papus aurait dû le craindre mais, au lieu de cela, il se sentit soudain fier à l'idée que le célèbre Lénine ait trouvé le temps de se déplacer pour venir parler à sa petite.

« Asseyez-vous, monsieur Lénine. Vous permettez que je vous appelle comme cela ? »

Les deux hommes prirent place de part et d'autre d'un large guéridon recouvert de velours marine. Lénine se troubla de nouveau en pensant qu'il ne manquait qu'une boule de cristal pour parfaire l'ambiance puis il prit le parti de ne plus tenir compte du décorum et d'écouter poliment son hôte en attendant Lucrèce.

« Savez-vous qu'un bureau de l'Ordre martiniste vient d'ouvrir à Saint-Pétersbourg ? Je dirige une organisation internationale maintenant, un peu comme vous ! »

Sous la table, le poing de Lénine écrasa sa casquette.

« Mon université s'est donné pour but d'éclairer le monde en brisant cet obscurantisme officiel dont on gave les populations. La science, monsieur Lénine, quelle pantalonnade ! Ces beaux messieurs des instituts ne voient que le visible, la forme, le phénomène, quand moi, je dévoile l'invisible, l'Idée et le noumène. »

Lénine jeta un coup d'œil à la comtoise. Papus continua sans le voir.

« La méthode principale de la science occulte, c'est l'Analogie. Elle permet de déterminer les rapports qui existent entre les phénomènes. Avez-vous lu mon traité élémentaire de la méthode analogique ? »

Pour toute réponse, Lénine prit une profonde inspiration et lui décocha un regard acéré. Papus lui sourit et attrapa un petit tome à la couverture rouge.

« Tenez. C'est un cadeau. Venez en discuter quand vous l'aurez lu. Les portes de mon université vous seront toujours ouvertes. »

Puis l'immobilité et le silence se refermèrent sur les deux hommes. Par-dessus le guéridon, la bouille joviale de Papus et le masque glacé de Lénine se répondaient sans un mot. Pris par une gêne de maîtresse de maison,

Papus se frotta les mains, tapa deux fois le velours de la nappe et s'éclaircit la gorge.

« Lucrèce vous a-t-elle raconté notre voyage en Russie ? Je l'ai emmenée il y a quelques années voir les plaines de votre beau pays. Elle a adoré ces paysages romantiques, cette grandeur, cette âme slave qui rayonne des arbres et des rochers. Je pense que c'est depuis cette époque qu'elle a développé cet amour de la Russie et du genre d'idées que vous représentez, monsieur Lénine. Nous avions été invités…

— Vous vous moquez de moi ? Vous étiez invité par le tsar, monsieur Encausse. L'avez-vous déjà oublié ? Vous étiez là pour l'aider, vous et vos sortilèges de grand-mère, à trouver une solution aux événements d'octobre. Je me demande ce que je fais ici ! »

Il avait lancé le petit livre sur le sol. Les joues de Papus avaient disparu. La bouche entrouverte, les lèvres pâles, il avait saisi le poignet de Lénine, qui faisait mine de se lever.

« J'ai été stupide de vous parler de cela, je voulais seulement vous faire la conversation. Je ne fais pas de politique, vous le savez bien. Je ne travaille que pour ma science.

— Non, vous avez travaillé pour le tsar, et c'est de la politique, que vous le vouliez ou non ! »

Comme un seau de clochettes lancé dans l'escalier, les cris de Lucrèce dévalèrent les marches et engloutirent les deux hommes surpris dans leur lutte stupide.

« Vladimir ! Tu es venu ! Comme je suis heureuse ! Oncle Gérard, je vois que vous êtes déjà amis tous les deux ! »

Ses cheveux noirs, raides comme des baguettes, lui frappaient les joues à chaque marche. Lénine tourna la tête et ne vit que son sourire tout blanc et ses dents pointues entre ses lèvres sanguines. Elle s'était habillée à la garçonne avec ce pantalon de tweed gris qu'elle mettait toujours.

Une vague joyeuse submergea la pièce. Comme chaque fois, Papus perdit quinze ans. Cette petite, c'était son opium. Il la contempla alors qu'elle passait devant lui. Elle n'était pas mignonne comme une fille ni belle comme une femme. Elle n'était pas vraiment douce ni très fragile pour son âge. Elle était magnétique et mystérieuse, fulgurante et sauvage. Un concentré de vie qui imbibe tout ce qu'il touche et s'insinue dans les fissures des carapaces.

Déjà, elle s'était accrochée au cou de Lénine et l'embrassait sur la joue. Le révolutionnaire hébété souriait à pleines dents en une grimace ahurie qui trahissait le manque d'accoutumance à un tel bonheur tout simple.

« Je suis contente que tu rencontres enfin Vladimir, oncle Gérard. Il compte tellement pour moi ! Et pour le monde ! Vladimir sera bientôt le maître de la Russie et de la révolution prolétarienne dans toute l'Europe ! Parce que seule la dictature du prolétariat peut mettre fin à la lutte des classes ! » Elle levait l'index, l'air docte. Était-elle sérieuse ? Papus pensait que oui, Lénine avait renoncé.

« Asseyez-vous, mes enfants.

— Nous allons faire de grandes choses, oncle Gérard ! Toi, moi, Vladimir, nous allons faire l'Histoire ! Nous allons libérer le monde de l'aliénation ! »

Personne n'aurait songé à tempérer cette fougue rafraîchissante. Lénine ramassa le petit livre rouge sur le sol et le posa doucement sur le guéridon.

« Pourquoi m'as-tu demandé de venir, Lucrèce ? »

Sa voix était calme et apaisée. Ses deux mains à plat sur la table, il caressait le velours marine du bout des doigts. Lucrèce baissa le visage au ras de la nappe en plissant les yeux. Lénine, sans y penser, l'imita et tendit l'oreille pour entendre son secret.

« Le tsar arrive demain à Paris !

— Oui, je suis au courant. Cette histoire est très étrange. Les visites surprises ne sont pas dans ses habitudes. J'ai demandé à quelques camarades de se renseigner. J'aimerais bien savoir ce qu'il vient faire à Paris.

— Peu importe. L'essentiel est qu'il soit ici, à notre portée !

— Que veux-tu dire, Lucrèce ? »

Elle releva son museau de souris. Papus les regardait sans écouter avec l'expression béate d'une mère de famille à un goûter d'anniversaire.

« Et si tu nous faisais une tisane, mon oncle ? Bien chaude avec du miel et un biscuit aux amandes ! »

Il trotta vers la cuisine sans poser de question. Lucrèce put reprendre le ton de la conspiration.

« J'ai quelqu'un pour nous débarrasser du tyran !

— Que dis-tu ?

— Je suis sérieuse. Samedi, dans le métropolitain, le tsar peut disparaître et la révolution recommencer.

— Lucrèce, murmura Lénine en lui prenant la main. Ma camarade, tu es une jeune femme efficace et je connais la force de tes amis. Tu as aidé notre cause et je suis toujours très attentif à tes idées et tes initiatives. Mais il ne s'agit plus de faux papiers ou de trafic d'armes. Tu me parles d'assassiner un homme très protégé, un despote qui tient la police et l'armée. Ce n'est pas une opération que l'on improvise en deux jours. Les hommes de l'Okhrana sont partout.

— Rassure-toi, Vladimir. D'abord, je ne te demanderai rien. Une fois que tu seras sorti d'ici, nous ne nous reverrons plus avant dimanche, quand tout sera fini. Personne ne sait que tu m'as vue ce soir. Considère cette opération comme étrangère à tes services.

— J'ai déjà perdu un frère à cause d'une telle folie. Tu es trop précieuse, Lucrèce. Les bases logistiques du Parti sont encore fragiles à Paris. Je ne veux pas que tu prennes ce risque. Notre cause a trop à y perdre.

— Mais qui te parle de prendre des risques ? Ce n'est pas moi qui ferai le coup, Vladimir. Je ne serai pas plus impliquée que toi dans cette affaire. »

Il fronça les sourcils. Lucrèce arborait le triomphe d'une gosse qui va lâcher la réponse à la devinette.

« Mon oncle a été visité la nuit dernière !

— Visité ?

— Ça serait long à expliquer, mais fais-moi confiance. Mon oncle n'est pas le pantin que beaucoup voient en lui. Il ne sait pas faire grand-chose, je te l'accorde, mais ce qu'il sait faire, crois-moi, est extraordinaire ! Grâce à lui, nous allons gagner, ce soir même, un allié inestimable.

— Quel allié ?

— Un terroriste fanatique entièrement rallié à notre cause. Le bras armé de la révolution, le Soldat Rouge des masses prolétariennes !

— Mais de quoi me parles-tu, Lucrèce ?

— Je te parle de l'attentat politique parfait. Un meurtre sans meurtrier. Rien qui permette de remonter jusqu'à nous.

— Mais dans quel monde vis-tu ? On tuerait le tsar à Paris et personne ne soupçonnerait les bolcheviques de Lénine ?

— Mais, si le tsar est mort, quelle importance ?

— Et s'il ne meurt pas ?

— Je ne peux pas échouer, Vladimir.

— Tu es devenue folle !

— Les tisanes sont prêtes ! » Du virage de la cuisine, Papus s'annonçait bruyamment, de peur de gâcher la pureté d'un baiser qu'il croyait surprendre. Il posa les tasses brûlantes sur le velours et resta là, les mains sur les hanches dans la posture de l'aubergiste ravi. Lucrèce le remercia et continua en se versant du miel.

« Voilà, Vladimir. Je ne t'en dirai pas plus. C'est maintenant qu'il faut décider si tu me fais confiance ou pas.

— Je te fais confiance, Lucrèce, ce n'est pas la question. Mais je n'ai rien compris à ton projet.

— Approuves-tu mes objectifs ?

— Tes objectifs ? Bien sûr. Ce sont les objectifs de la révolution. Mais…

— Alors, donne-moi carte blanche et tu ne le regretteras pas ! »

Elle se figea soudain comme dans ces jeux d'enfants où l'on fait la statue, et le fixa d'un regard d'hypnotiseur. Lénine essaya bien de tourner la tête mais ses yeux restèrent accrochés aux siens. Il respirait plus vite et malaxait la casquette posée sur ses genoux.

On dit que le moucheron, englué dans une toile, ne cherche pas à fuir quand arrive l'araignée. On dit aussi que tous les prédateurs usent de cette même emprise sur l'esprit de leur victime. Un opium qui fige les sens et aide à accepter la volonté de son bourreau.

Papus se pencha pour lui rapprocher sa tasse.

« Buvez tant que c'est chaud. »

Mais Lénine recula dans un crissement de chaise et s'appuya des deux mains sur le guéridon. Il parut hésiter.

« Tu réfléchis trop, Vladimir. »

Elle avait murmuré avec le sourire d'un ange, un ange aux cheveux noirs qui siffle ses menaces sur un air de comptine. Le temps d'un clignement, les yeux de Lénine partirent vers le haut pour revenir à Lucrèce comme s'ils avaient glissé dans leur orbite.

« Arrête, Lucrèce ! bégaya-t-il. C'est de la folie ! La révolution socialiste a bien assez de martyrs. »

Il ferma encore les yeux et secoua la tête.

« Mais je vois bien que je ne retiendrai pas ta détermination, camarade. Après tout, cela n'aurait pas de sens que je cherche à sauver ce tyran. » Les mots lui échappaient en écorchant ses lèvres au passage. Il semblait surpris de leur envol, comme si quelqu'un d'autre les avait prononcés à sa place.

Alors il se pencha pour embrasser Lucrèce sur le front. Il paraissait tout à la fois vaincu et serein, frappé soudain d'une grande fatigue. Il se leva et traversa la pièce au ralenti en se revissant sur la tête une casquette chiffonnée. Croyant qu'il trébuchait, Papus fit un pas pour le soutenir, mais Lénine le repoussa d'un geste agacé.

La poignée de porte dans la main, Lénine chercha une dernière fois à remonter le courant qui l'emportait. Ses lèvres de truite asphyxiée articulèrent quelques mots silencieux avant de se résigner à lâcher un solennel « À dimanche, Lucrèce ! ».

Papus, incrédule, éteignit la lumière électrique et revint s'asseoir en accrochant au passage la lampe Pigeon toujours allumée.

« Eh bien, il n'est pas resté longtemps, ton ami ! »

La pièce disparut une nouvelle fois et le monde se recroquevilla en une boule lumineuse autour du guéridon de voyante.

Lucrèce fixait toujours la porte qui avait avalé Vladimir. Cela avait été si facile ! Quelques instants plus tôt, elle était encore assise sur le bord de son lit à lancer ses arguments à la face d'un Vladimir imaginaire de l'autre côté du miroir de sa garde-robe. Elle sentait encore le tremblement de ses jambes quand, descendant cet escalier, elle avait trouvé les deux hommes en pleine querelle de foutriquets.

Et puis, tout s'était délié. L'oncle Gérard s'était mué

en grand-mère à gâteaux et Vladimir n'avait pas dépassé le premier niveau de son arsenal d'arguments. Elle avait été stupide d'avoir eu peur, de ne pas croire en sa propre force. De toute façon, cela finissait toujours comme ça. Que les hommes sont faibles !

« Prends sa tisane, mon oncle, il est parti sans y toucher. »

Elle le regarda tremper sa moustache dans le liquide brûlant. Pauvre oncle, il n'y comprenait rien.

« Raconte-moi encore comment ils t'ont contacté, oncle Gérard. »

En matou docile, il commença son récit sans aucune méfiance, au point d'en être attendrissant.

« C'était la nuit dernière. Il devait être bien tard car mon sommeil était profond et de très bonne qualité. Ils m'ont visité sous la forme d'un rêve. Un rêve réel. Je me sentais parfaitement éveillé mais j'avais une conscience aiguë de mon état. Je sentais l'oreiller sous ma nuque. J'entendais mon souffle lent.

— C'est toujours comme ça que ça se passe ?

— Ce n'est que la deuxième fois que je suis contacté, Lucrèce. La première fois, c'était très différent. C'était pendant ma maladie. J'étais terrassé par une fièvre que les médecins n'arrivaient pas à réduire et qui m'a tenu dans le coma pendant des semaines. Je n'ai pas vraiment rêvé cette fois-là. À mon réveil, j'avais juste le souvenir du contact de Bélial. »

Le nom choqua Lucrèce. Comment pouvait-il le prononcer si facilement ? Il n'avait même pas baissé le ton, comme s'il avait dit Dupont ou Durand.

« Mais cette fois, c'était tellement plus clair, continua-t-il. Je lisais le Livre de la Vie, les archives de lumière ouvertes par l'ange de l'Apocalypse !

— Sois concret, oncle Gérard.

— Mais il n'y a rien de plus concret ! Quand ils

m'ont appelé, j'ai ouvert les yeux. Nous étions dans une pièce sans meubles qui ressemblait aux combles d'un immeuble haussmannien. Mais l'air était glauque. Pas seulement la lumière, l'air même que je respirais avait la couleur verte du céladon. Comprends-tu, Lucrèce ? Le vitriol vert de la deuxième branche du pentagramme d'Éliphas, la polarité négative.

— Mais eux, ils étaient là ? Ceux qui t'ont appelé, tu les voyais ?

— Ils étaient trois. Celui du fond tenait un enfant par l'épaule. Le petit était terrorisé. Dans cette ambiance de rêve, tout cela me semblait normal. Je n'éprouvais aucune surprise. Mais j'avais peur. Terriblement peur. Une peur instinctive. Mes tripes, ma chair, mon sang me criaient de me réveiller pour quitter cet endroit. C'était pire que la mort, c'était la crainte d'une mort imminente qui s'étirait à l'infini, un état d'agonie perpétuel. C'était merveilleux ! La peur lunaire, la polarité négative, le douzième arcane du tarot des Gitans, le Pendu !

— T'ont-ils dit pourquoi ils t'avaient appelé ?

— Le premier à briser le silence fut l'enfant. Il a juste dit *monsieur* comme s'il m'implorait. Celui qui le tenait par l'épaule l'a regardé. Puis le gosse a pleuré et ne s'est plus arrêté jusqu'à la fin du rêve. Je me souviens avoir pensé que ce gamin, c'était moi. Ses larmes m'ont déchiré et la peur est devenue l'angoisse de toute une vie. Une puissante angoisse d'enfant qui comprend pour la première fois qu'il est mortel.

— Mais ils t'ont dit quelque chose ? Comment sais-tu qu'ils t'ont appelé ?

— Attends un peu, curieuse ! C'est celui qui était le plus proche de moi qui a parlé. Il était très poli. Il s'est excusé de me déranger et m'a prié de ne pas avoir peur de lui. C'était impossible. Il était terrifiant. Des yeux de braise, une mâchoire démesurée, des dents si grandes qu'il tirait en permanence sur ses lèvres pour maintenir la bouche fermée. Malheureusement, je ne l'ai pas reconnu. Il faudra que je cherche encore dans la bibliothèque. Sa voix était douce et je sentais qu'il essayait de paraître rassurant mais son timbre était profond et résonnait comme le ronronnement d'un félin monstrueux prêt à me dévorer. Et cette odeur ! L'odeur de la cendre chaude qui réveille la peur du feu, la peur ancestrale d'être consumé par les flammes de l'Enfer.

— Et qu'est-ce qu'il t'a dit, mon oncle ?

— Mais laisse-moi le temps de raconter mon histoire, veux-tu ? Il m'a dit qu'il m'attendait. C'était très précis, comme un rendez-vous d'affaires. Il m'a donné son adresse. Une adresse du bottin ! À Paris ! Après tout, c'est ce que montre le chrisme de l'étendard de Constantin : le triple tour de corde, les trois mondes enroulés les uns dans les autres ! Il m'a dit qu'il y serait pendant encore deux jours. C'est le délai qu'il m'a accordé pour lui obéir.

— Et tu vas lui obéir ?

— Tu es folle ? Tu sais bien que ton père me l'a interdit ! J'ai donné ma parole. Je ne peux pas faire ça.

— Allons, mon oncle ! Tu n'y as même pas pensé ?

— Pas un instant. Je me suis réveillé heureux d'avoir fait ce rêve qui me rappelle ma jeunesse, le début de tout cela, quand tu n'étais pas encore née, Lucrèce. L'origine de l'Ordre et de ma vocation, la confirmation de mes théories.

— Et tu n'as pas pensé aller voir à cette adresse ?

— Non, je t'assure.

— Alors pourquoi as-tu demandé à David de ressortir cette caisse de la cave ? »

Elle avait fait mouche. L'oncle Gérard n'était qu'un rat de bibliothèque. Tant qu'il pouvait retourner un texte cent fois sous sa plume, il était éloquent. Mais confronté à la violence de l'immédiat, il se dégonflait comme une baudruche. Il ne réfléchissait pas assez vite. Et puis, il était incapable de se méfier d'elle. Comme tous les hommes.

« Mon oncle, depuis vingt ans tu vis ici avec David et Raymond. Pourquoi t'imposes-tu ces deux minables ? David, je veux bien, il te rend des services, mais Raymond ? Pourquoi tu t'encombres de cet infirme imbibé du matin au soir ? Par philanthropie ? Laisse-moi rire ! Tu les as supportés pendant vingt ans parce que tu attendais ce jour où tu aurais besoin d'eux. Que tu le veuilles ou non, tu les as bichonnés comme ta machine en cuivre. Alors qu'est-ce que tu vas faire ? Tu vas laisser passer les deux jours, remettre la caisse à la cave et reprendre ton train-train avec ces deux guignols ? »

Dans les yeux de l'oncle Gérard, c'était la panique. Dans sa chambre, Lucrèce gardait un article à propos des dresseurs de lions. Elle y avait lu que, pour mater la bête la plus coriace, il suffisait de lui montrer une seule fois qu'on la dominait. Un seul duel et puis c'était pour la vie.

On y était.

Mais son oncle résistait encore.

« Tu ne comprends pas ce que ton père représente pour moi, Lucrèce. Je lui ai promis que je ne recommencerais jamais. C'est un pacte entre lui et moi.

— Un pacte ! Tu me fais rire. La vérité, c'est que tu as peur de lui. Regarde-moi, est-ce qu'il me fait peur à moi ?

— Ce n'est pas pareil, tu es sa fille.

— Mais si, c'est pareil. Il s'en fout, de sa fille !

— Ne crois pas cela, Lucrèce.

— Et puis, bientôt, tu seras aussi puissant que lui. Tu n'auras plus de raison d'avoir peur. »

Elle lut aussitôt dans son regard que ce dernier argument le paniquait plus encore. Ce n'était pas un homme de pouvoir. C'était un oncle joufflu qui buvait sa tisane en robe de chambre écossaise. Elle changea de cap.

« Voilà ce que je te propose. Lors de l'invocation, c'est moi qui les appellerai, c'est moi qui utiliserai la Voix et qui me lierai à eux. Je saurai les contrôler et je te protégerai, mon oncle. Tu n'auras plus rien à craindre. »

Il sortit le nez de sa tisane. Elle le laissa la regarder un peu. Mais au fond de son gros corps amolli par le miel et la fatigue, le lion se rebellait encore.

« Je te connais bien, Lucrèce. Je t'aime comme ma fille, tu sais ? Au début, je me suis occupé de toi parce que cela aussi je l'avais promis. Mais maintenant, ce n'est plus pareil. Je tiens tellement à toi ! Tu ne te rends pas compte du danger de ce que tu me proposes. Je les connais, tes trafics avec tes amis du maquis de Montmartre ou de la rue de Lappe. Qu'est-ce que tu crois ? Je les ai vus, les pistolets et les faux passeports. Ah, je comprends pourquoi il t'aime tant, ton Vladimir ! Mais si je t'abandonne le pouvoir que tu demandes, qu'en feras-tu ? Qu'est-ce que tu as dans la tête, Lucrèce ? Tu te vois en tsarine de ce Lénine, c'est ça ? Tu rêves d'un palais à Moscou ou de ce château de Tsarskoïe Selo où je t'avais emmenée ?

— Non, mon oncle. Tout restera comme avant. Je te le jure. Je veux juste te faire plaisir parce que je sens bien que cette invocation, c'est le rêve de ta vie. Regarde autour de toi, tous ces symboles, ces hiéroglyphes, ces livres anciens. C'est toute ta science, ton université. Que penseraient tes frères martinistes s'ils apprenaient que tu allais laisser passer cette chance ?

— Mais ton père…

— Ne me parle plus de mon père ! C'est toi, mon père, oncle Gérard. C'est toi qui m'as élevée. Je n'ai jamais connu que toi et cette maison. »

C'était le moment d'arrêter. Il tendit le bras par-dessus le guéridon et posa ses doigts sur sa joue.

« Lucrèce, ma fille. »

Elle tourna la tête et lui embrassa la paume de la main.

« Dis-moi oui, oncle Gérard. »

Elle avait gagné. Il ne lui résisterait plus. Même Lénine n'avait pas pu lui résister. Enfin, le lion baissa la crinière.

« C'est d'accord, mais… »

Elle ne le laissa pas finir. Elle s'éjecta de sa chaise et en un bond s'accrocha à son cou.

« C'est merveilleux ! Nous partons tout de suite ! Va vite chercher David et rassemblez le matériel. Dis-lui aussi de chauffer la Delaunay. Moi, je m'occupe de Raymond. Je le descendrai moi-même. »

Elle était déjà dans l'escalier qu'elle grimpait quatre à quatre.

Derrière, Papus s'était appuyé d'une main sur le guéridon. De l'autre, il tira sur la ceinture de son peignoir qui le serrait un peu. Puis il traîna les pieds jusqu'au mur et y chercha à tâtons de quoi tirer du sommeil à la fois son esprit et le reste du séjour.

Au clic de l'interrupteur, la blancheur de l'énergie électrique lui purifia le corps et l'âme. Il respira la lumière et s'en emplit les poumons. Il la laissa percer ses orbites, pénétrer son crâne et sublimer les cellules pétrifiées de son encéphale. Puis il la regarda courir et fouetter les murs. Il communiait avec cette vague d'énergie qui redonnait vie au pentagramme d'Éliphas, là, derrière son bureau, puis qui rebondissait pour réveiller les plaquettes d'ivoire d'Osiris, sur le buffet, et le caducée qu'il avait tracé lui-même sur le tableau noir, ce matin.

Comme un maelström qui à son paroxysme effondre toute sa force sur son cœur offert, Papus vit, sous la lumière, le feu du cuivre exploser sous le couvercle mal fermé de sa malle aux trésors.

Lucrèce a raison, se dit-il. On ne peut pas résister à son destin. Si ma vie doit s'achever, qu'elle s'achève ce soir, à ses côtés, alors que je conclurai l'œuvre de ma vie !

Lucrèce se glissa dans la chambre sombre de Raymond. L'oncle Gérard ne s'était pas moqué de lui en lui laissant cette grande pièce qui donnait sur le parc. Mais, après tout ce temps, elle était devenue une souille puante où l'on ne s'attardait plus que le temps de poser Raymond ou de l'attraper en vitesse. Ce trou sentait la crasse, le tabac et la chimie. Une concoction d'éthanol et d'éther relevée d'une pointe d'anis. Lucrèce s'agenouilla à côté du lit et secoua l'épaule de Raymond suffisamment fort pour le tirer des bras de sa fée verte.

Mais il ne dormait pas.

« Lucrèce ? C'est toi ? »

Ses mots, embourbés dans l'alcool, sortaient en désordre. Lucrèce lui laissa la main sur l'épaule.

« Raymond, il faut que tu me dises encore ! »

Il grogna en remontant sur la fin pour marquer l'interrogation.

« Dans ce journal dont tu m'as parlé l'autre jour. Tu te souviens ? Dis-moi encore ce que tu as lu ! »

Mais il ne répondit que d'un souffle que des glaires faisaient clapoter. Était-il seulement en état de les accompagner en voiture ? Foutu Raymond ! On n'avait besoin de lui qu'une seule fois tous les vingt ans. L'oncle Gérard aurait dû le surveiller. On ne laisse pas rouiller le matériel d'urgence, même s'il ne sert jamais.

« Réponds ! C'est important pour moi. Souviens-toi, tu m'as dit qu'il y avait eu une guerre en Russie, que le tsar était mort, que Lénine avait gagné sa révolution socialiste ! »

Essayait-il de lui répondre ou ronflait-il ? Une plainte de chien blessé sortit de sous sa moustache. Il pleurait l'imbécile ! Elle s'approcha davantage pour décoder ses lèvres.

« Pauvre petit prince Alexis.

— Oui, c'est ça, Raymond ! Le petit prince a été tué aussi ! Alors tu confirmes ? Tu es sûr ? »

Il remua la tête en brayant de plus belle.

« Merci Raymond, merci ! »

Elle le serra dans ses bras et en profita pour l'extraire du lit. Poussant la porte du pied, elle tituba jusqu'à l'escalier avec sa peluche de tombola qui lui pleurnichait toujours sur l'épaule.

« Nous sommes prêts, Lucrèce ! »

En bas des marches, ils l'attendaient telle une vedette de cabaret. David était radieux, solaire comme le médaillon dont il avait enrichi sa djellaba. Elle ne se souvenait pas l'avoir jamais vu à ce point heureux. Non pas qu'il fût sinistre d'habitude mais simplement hébété ou concentré sur sa prochaine tâche. Sur le cuir de sa gueule cassée, les plis du sourire n'étaient pas bien faits. Alors sa joie lui sortait par les yeux, brillants et bien nets, des yeux de chien qui part en promenade. Un jour qu'elle était petite fille et qu'il taillait avec elle les rosiers du jardin, il lui avait confié qu'il partirait en voyage quand l'oncle Gérard le lui demanderait et que sa mission sur terre était de préparer ce jour. C'est exactement cela que claironnait son torse bombé sous son médaillon à deux sous.

À ses côtés, l'oncle Gérard avait enfilé un complet et tenait la mallette où il gardait ses affûtiaux de cérémonie. Par un tour de passe-passe, il avait escamoté le gros homme en robe de chambre qui traînait des pieds l'instant d'avant. Elle le trouva soudain épanoui et simplement heureux. Avec un peu de retard, un effluve de fleur d'oranger monta jusqu'à elle. C'était son odeur de 14 Juillet, quand il emmenait sa belle danser sous les lampions, sa petite fiancée aux cheveux tout noirs.

La voyant, David se précipita et chargea Raymond sur son épaule en s'excusant. Restée seule en haut des marches, elle les regarda encore qui attendaient béatement son commandement.

Comme un coup au ventre, une angoisse brûlante explosa dans ses veines à lui troubler la vue. Un trac astringent, un poison minute qu'elle n'avait pas prévu. Lénine était parti et l'oncle Gérard lui avait tout abandonné. Elle était donc seule maintenant. Seule à emmener deux naïfs et un estropié vers le néant, l'inconnu, le hasard. Elle ne savait même pas où ils allaient.

« À quelle adresse nous attendent-ils, mon oncle ?

— Rue Galvani, dans le XVIIe.

— Galvani ? Comme la machine ? Ils sont marrants, tes amis. »

Elle se força à rire et lança ses jambes encore tremblantes.

« Allons-y ! »

V

La poubelle s'était écrasée contre le mur et avait rebondi plusieurs fois sur le trottoir, répandant son contenu d'épluchures et déchirant le silence de la petite rue de son fracas de fer-blanc. Comme d'une gifle d'eau froide sur le visage, Joseph avait eu brusquement besoin de ce vacarme roboratif. Alors, il avait couru deux enjambées et avait frappé de toutes ses forces cet objet stupide.

Un chien aboya derrière une porte cochère.

Rue Pastourelle, IIIe arrondissement. Que faisait-il ici ? Il avait réussi à se perdre, une nuit comme celle-ci ! Il avait certainement traversé le boulevard de Sébastopol, comment avait-il pu ne pas s'en apercevoir ? Pourquoi n'avait-il pas redescendu les Champs-Élysées et la rue de Rivoli ? C'était pourtant la route la plus simple pour retourner à l'Hôtel-Dieu. Au lieu de cela, il s'était laissé aspirer par le néant des rues sans éclairage. Il avait marché à grands pas, tout droit, avalant l'obscurité pour noyer sa soif de vide.

Il s'arrêta un instant pour laisser taire le chien et reprendre un peu son souffle. Les noms, les visages, les espoirs ne s'étaient pas laissé purger et s'affairaient comme jamais à reprendre le contrôle de ses idées.

Il y avait Marcel sous sa couverture de laine. Marcel

au royaume des cieux qui pouvait voir de ses yeux ce que les théologiens et les philosophes gâchaient leur vie à essayer d'imaginer. Joseph devait le retrouver au plus vite et entendre son histoire avant qu'il ne parle plus. Il avait tant de questions à lui poser et si peu de temps encore pour le faire. Il reprit sa marche empressée.

Il y avait aussi son carnet posé sur le bureau, à côté de Marcel. Sa théorie, la Vérité derrière laquelle courrait l'humanité et que lui, Joseph Sterbing, avait apprivoisée entre deux couvertures de carton. Il voyait sa propre vie sur ces pages griffonnées. La gloire et la controverse, les admirateurs et les adversaires. Son nom à jamais associé à la découverte d'un nouveau monde comme un Christophe Colomb de l'Au-delà.

Au bout de la rue, un homme qu'il n'avait pas vu poussait une lourde charrette à bras. Une lampe, à l'avant, éclairait le sol. L'équipage cahotant baladait devant lui cette tache de lumière bien ronde qui, d'un côté, faisait renaître au monde les grilles d'égout et les papiers gras et, de l'autre, les renvoyait au néant de la nuit. Se rapprochant, Joseph contempla le défilement de la chaussée dans le cercle lumineux. Il vit le Paradis et les Enfers glissant sur la surface du monde, éclairant les âmes de leur tache de béatitude ou de terreur. Il vit les royaumes célestes danser sur le globe terrestre semblables à ce cercle de lumière. Voilà donc à quoi se résume le jugement des âmes, pensa-t-il. À l'heure de votre mort, dans quelle lumière serez-vous ? Mourez sous les feux du Paradis et vous serez sauvés ! Mourez l'instant d'après, quand le cercle sera passé, et vous serez perdus à jamais dans les ténèbres du purgatoire — le noir de la chaussée qui, sous ses yeux, avalait les papiers gras.

« Bonsoir curé, je peux aider ? »

L'homme à la charrette s'était arrêté en apercevant

la silhouette de Joseph sortie de nulle part. C'était un vieil homme tout sec à force de pousser sa carriole. Une luciole incandescente s'agitait au bout du mégot que le grand-père gardait collé à la lèvre.

« Qu'est-ce qu'un curé fabrique à cette heure-ci dans les rues de Paris ?

— Je me suis perdu.

— Ah ben ça, vaut mieux avoir une carte quand on se balade où on connaît pas ! Et il va où, le curé ?

— Je viens des Champs-Élysées et je rentre à l'Hôtel-Dieu.

— L'Hôtel-Dieu ! Mais c'est l'île de la Cité, ça ! C'est pas du tout par ici !

— Vous pourriez me montrer le chemin ? »

Le vieux avait manœuvré son équipage pour se rapprocher et arborait un vaste sourire édenté depuis qu'il avait découvert sur ce curé le visage d'un jeune homme qui aurait pu être son petit-fils.

« Facile, gamin ! Tu prends à droite puis c'est tout droit jusqu'à la Seine. Là, tu attrapes le premier pont et tu y es ! Tu en as pour un bon quart d'heure. »

Joseph avait pivoté et visait la prochaine rue qui le ramènerait à sa morgue. Son esprit n'avait pas quitté Marcel, et déjà, ses idées reprenaient leur cours. Le vieux n'avait existé que dans un arc réflexe qui avait infléchi sa trajectoire sans mobiliser ses pensées davantage.

« Tu veux une patate, fiston ? »

Le mot fit céder une digue tout au fond de son crâne, du côté des pulsions primaires. Une forte odeur de pomme de terre déferla sans prévenir jusqu'à s'infiltrer dans les détours de son cerveau affamé. Ramené au monde par ce simple besoin de manger, il aperçut sur la charrette l'ombre d'une chaudière à bois.

« J'ai fini ma journée et il m'en reste une que j'ai pas vendue. Tu la veux ? »

Le vieux avait enveloppé le tubercule encore chaud d'une feuille de papier journal. Submergé par l'odeur de la peau grillée et les images de purée au beurre, Joseph fouilla les poches de sa soutane.

« Je n'ai pas un sou sur moi.

— Alors c'est cadeau ! Tu feras une prière pour le vieux Jeannot ! »

Joseph lui serra le bras en empoignant la pomme de terre.

« D'accord, grand-père, je mets ça au compte du denier du culte ! »

Il rit de bon cœur et s'assit sur le bord de la charrette en croquant à pleines dents ce festin providentiel.

« C'est pas une heure pour un curé !

— Je vous l'ai dit, je rentre à l'Hôtel-Dieu.

— Tu crèches à l'hôpital ?

— Non, pas vraiment. J'y travaille seulement.

— Et il y a quoi comme messe à cette heure-ci ?

— Je veille les morts.

— Ah, forcément ! Du coup, t'as pas d'horaires. Mais ils peuvent pas attendre demain matin, tes morts ? À ton âge, faut se coucher tôt. À mon avis, ils sont pas à six heures près. »

Joseph rit de plus belle. Le rire s'accommodait bien avec le goût de la pomme de terre.

« Tu es bizarre, fils. Moi, à ton âge, je traversais Paris pour retrouver ma belle, pas pour aller compter fleurette à des macchabées ! Mais bon, je comprends que les filles, c'est pas ton truc ! »

Il frappa la cuisse de Joseph, l'air désolé, puis s'esclaffa dans une explosion de postillons. À son tour, Joseph lui renvoya une bourrade comme pour relever le défi.

« Eh bien, détrompe-toi, grand-père ! Figure-toi que j'aime une jeune fille et que je compte bien l'épouser ! »

Le vendeur de patates s'immobilisa tout à trac, la mâchoire prognathe et la bouche béante, prête à recevoir ses deux gros yeux écarquillés qui semblaient sur le point d'y tomber. Joseph bondit de la charrette pour mieux le voir et laissa éclater son fou rire.

« Ferme la bouche, mon vieux, hoqueta-t-il. Je disais ça pour rire. Tu vois bien que je suis un curé ! »

Le grand-père resta ébahi un instant puis se joignit à la rigolade.

« Ben dis donc, t'es un comique toi ! Je regrette pas ma patate. C'est pas tous les jours que je me marre comme ça !

— Allez, grand-père, rentre chez toi. Je dois y aller aussi. Mon hôpital m'attend.

— Salut, fils. Et fais la bise à ta mignonne ! »

Il ponctua d'un clin d'œil appuyé et remit la carriole en branle.

Joseph retourna à l'obscurité où il n'était plus tenu de sourire. Il courut même pendant quelques mètres mais ses images le rattrapèrent. Un manteau bleu, un œillet rouge, une mèche blonde sur le lobe d'une oreille. Alors il courut encore et ne s'arrêta plus avant la Seine.

Arrivé au pont d'Arcole, il reprit haleine devant l'alignement des réverbères. L'orgue de barbarie était rentré se coucher. La balustrade avait retrouvé la froideur du fer, de la mort glacée qui attendait ceux qui l'enjambaient. Avec Lucille, il l'avait traversé mais, maintenant qu'il était seul, l'épreuve lui semblait insurmontable. Il pensa à ce que lui coûterait un détour par le pont Notre-Dame. C'était trop bête. Ce n'était qu'un pont. Il suffisait qu'il chasse le visage blanc de sa mère, qu'il évite de regarder sur les côtés, qu'il oublie les eaux noires qui coulaient sous ses pieds.

Comme il cherchait à vider son esprit, l'image de

l'homme au melon lui revint. Il se retourna brusquement croyant surprendre Éloïs embusqué sous un porche. Longtemps, il resta ainsi à scruter les ombres. Deux cyclistes passèrent. Des policiers, sans doute. Était-il si tard pour qu'aucune voiture ne circule plus dans Paris ?

Il se souvint des deux jumeaux marchant devant lui, du costume de petit fonctionnaire impeccable accroché au bras du manteau bleu. Et il se remit à courir, mais vers le pont Notre-Dame. Pas question de traverser ici, pas question d'affronter ses souvenirs ni les âmes des suicidés remontant de sous le pont. Pas question non plus de pousser à nouveau la petite porte en fer.

Le parfum de la morgue lui fut une délivrance. Le corps a une mémoire insoupçonnée. Joseph entra dans la grande salle comme un bijou retourne à son écrin de soie.

Sans prendre la peine de saluer les deux rangées de draps blancs, il se dirigea tout droit vers la civière métallique, contre le mur du fond. Levant sa lampe à pétrole d'une main, il tira sans attendre la grosse couverture, soulagé de se trouver enfin là où il devait être.

Une odeur puissante lui sauta au visage. Il sourit. Le ventre de Marcel s'était dégonflé et lui avait rendu sa silhouette de petit garçon. La mort n'est pas tendre avec sa progéniture. C'est une mère vulgaire qui ramène à la trivialité. Il replaça la couverture avec pudeur puis écarta une mèche tombée sur les yeux cousus de l'enfant. Sans y penser, il l'embrassa sur le front.

« Marcel, chuchota-t-il, je suis revenu. »

Puis il se redressa et patienta un peu sans lâcher du regard les deux paupières endormies.

Le calme de la pièce lui pesait. Bientôt, il n'entendit même plus le chuintement de la lampe. Il se sentait prisonnier d'une chambre sourde, bloqué entre les parois de verre d'un sablier colossal, peu à peu enseveli par l'écoulement infini de flocons ouatés.

À quoi bon feindre la sérénité puisqu'il était seul ? Il avait su avant même d'entrer dans cette salle que Marcel ne lui répondrait pas. Les oreilles pleines des battements de son cœur, il serra les poings pour tenter de calmer ses muscles empressés. Puis, il frappa du bout des doigts la petite joue durcie par les journées sans vie.

« Marcel ! Il faut que tu me répondes ! C'est moi, Joseph ! Tu dois me parler maintenant ! »

Joseph s'était cru impatient mais il était inquiet. Deux semaines après la mort de Marcel, voilà qu'il craignait de le perdre. Il approcha son visage comme pour lui communiquer son souffle. Le reflet de la lampe, un peu trop vif sur la peau, trahissait la corruption des tissus. Entre les longs cils noirs de chérubin courait, presque invisible, le fil de soie blanc de sœur Marie-Pierre.

Joseph sursauta. Bon sang ! Marcel était là. Il voulait lui parler. Il voulait le regarder mais il était prisonnier de ces yeux suturés. Maudite Marie-Pierre ! Foutue bonne sœur prête à torturer un enfant pour rendre son visage présentable. Et présentable à qui d'abord ? Il n'avait que lui, le pauvre Marcel.

Joseph s'était précipité vers un meuble de bois sur lequel sœur Marie-Pierre avait noté de son écriture d'institutrice un pédant *Thanatopraxie* sur une étiquette à carreaux. Il arracha le grand tiroir et fouilla de ses mains tremblantes l'enchevêtrement métallique des pinces, des aiguilles et des crochets. Le temps d'attraper un petit scalpel en inoxydable et il était revenu au chevet de Marcel.

Sa raison lui criait que ça n'avait pas de sens, que ce n'était pas ces yeux-là qu'il voyait quand il parlait aux morts, que derrière ces paupières closes il ne trouverait que deux baudruches flétries déjà vidées de leur humeur.

Mais il ne voulait pas l'entendre. Il fallait qu'il agisse, qu'il aide Marcel de quelque manière que ce soit.

Mais alors qu'il approchait le métal bleu du scalpel, soudain, Marcel ouvrit les yeux. À travers la lame acérée, son regard trouva instantanément celui de Joseph, qui lâcha le couteau sur le sol dans un réflexe coupable.

Ces yeux-là rayonnaient l'épouvante. Un regard perçant qui inoculait sa terreur. Insensiblement, les pupilles noires et profondes se mirent en mouvement sur le visage subjugué de Joseph. Elles longèrent ses sourcils, se laissèrent guider par l'arête du nez avant de s'arrêter sur ses lèvres. Le silence amplifiait l'angoisse prisonnière de ce regard d'enfant.

Joseph aurait voulu le serrer dans ses bras, remercier le Bon Dieu de lui avoir rendu son ami mais il y avait dans ces yeux une urgence qui le retint.

« Parle-moi, Marcel. Où étais-tu ? Je t'ai attendu, tu sais ? Je suis là maintenant. N'aie pas peur. »

Mais Marcel n'était plus qu'un regard prisonnier d'un cadavre, une âme muette qui implorait le secours par ces yeux exorbités.

« Que se passe-t-il ? Marcel, tu me reconnais ? Je suis Joseph. Je suis ton ami. Parle, parle donc ! »

Joseph lui avait saisi les épaules pour l'arracher à ce silence épouvantable. Sous ses doigts, un craquement lui fit lâcher prise.

« Bon sang, mais dis quelque chose ! Tu dois m'obéir maintenant ! Parle ou je quitte la pièce et je te laisse tout seul et il sera trop tard pour me rappeler ! »

Il laissa retomber l'écho de sa voix, détournant les yeux de ce regard qu'il ne supportait plus.

Il se souvenait avoir convaincu Marcel de tenter cette expérience. Il lui avait décrit le Départ, le Voyage, et comme il serait seul, là-bas. Il se souvenait que le gosse avait pris cela avec son courage d'enfant qui n'y comprenait rien. Et même si après tout Marcel aurait bien fini par mourir et se perdre là où il était maintenant, Joseph se sentait infiniment coupable face à ces yeux accusateurs.

Puis il y eut un sifflement. Une note aiguë, interminable. Une minuscule plainte qui montait de sous la couverture. Au fond de la poitrine de l'enfant, une chaudière de désespoir cédait sous la pression. Une impuissance trop accablante pour rester muette et qui se décidait enfin à lancer un signal.

Joseph se précipita pour coller son oreille aux lèvres glacées.

« Parle, Marcel. Parle !

— Je ne peux pas. »

C'était lui. Ce filet de voix dérisoire, c'était son âme qui revenait enfin.

« Si ! Tu peux parler ! Je t'entends. Continue. Ne t'arrête surtout pas.

— J'ai si peur, Joseph. »

Ce n'était pas le chuchotement d'un gamin qui ne veut pas se faire surprendre par l'instituteur. C'était une plainte horrible, un cri de douleur contenu par un effort inhumain.

« Ils sont juste à côté de moi. »

Joseph regarda brusquement les alentours de la civière. Il n'y avait que le repos des mortes de l'après-midi dans leur bain de senteurs désinfectantes.

« Qui, Marcel ? De qui as-tu peur ?

— Ce sont des démons, Joseph. Des démons de l'Enfer. Ils m'ont capturé. Ils vont me faire du mal. »

Joseph s'était couché sur le corps de Marcel comme une mère tente de réchauffer un fils à l'agonie. La joue collée à celle de l'enfant, il offrait maintenant toute sa force pour capter les syllabes mourantes.

« Qui sont-ils, Marcel ? Où es-tu ? Pourquoi t'ont-ils capturé ?

— Tu m'avais promis que je serais sauvé, Joseph. Tu l'avais calculé dans ton cahier. Pourquoi je suis ici ? Tu t'es trompé. Je sais que tu t'es trompé.

— Si tu peux voir, si tu peux entendre, c'est que tu as échappé au purgatoire. Je ne me suis pas trompé. Tout va s'arranger.

— Je suis en Enfer. À cause de toi.

— Dis-moi qui sont ces gens qui t'ont capturé. Que veulent-ils ?

— Tu m'avais dit que ce serait bien, la mort. Que je n'aurais plus faim, que je n'aurais plus mal. Mais ce n'est pas comme tu as dit, Joseph. Je veux rentrer avec toi. »

Les mots disparurent à nouveau dans la plainte suraiguë. Mon pauvre petit, pensa Joseph. Il le repeigna de ses doigts tremblants, lui traçant une coiffure d'enfant sage, avec une raie sur le côté. Le rythme régulier de la caresse chassa doucement les pleurs.

Pauvre petit. Le repos éternel n'est qu'une invention d'adulte pour endurer les souffrances du monde. Après la mort, il faut vivre encore. Et ce n'est pas plus facile pour un gamin des rues de s'en tirer là-haut qu'ici-bas.

N'aie pas peur, Marcel, tu es libre à présent.

Il pensa à sa mère couchée à ses côtés. Il connaissait la détresse de Marcel. La peur d'être seul. L'angoisse de l'enfant perdu. Il saisit les petits doigts sans se soucier de leur rigueur glacée.

« Je suis là pour t'aider. Je ne te quitterai pas. Dis-moi ce qui s'est passé. Il ne peut plus rien t'arriver maintenant. »

Dans le murmure qui lui répondit, les mots avaient repris un peu d'assurance.

« Je suis sorti de l'hôpital comme tu m'avais demandé avant-hier. Mais ils m'attendaient dehors et ils m'ont attrapé.

— Qui, Marcel ? Dis-moi qui !

— Des démons. Des ogres. Avec des crocs, avec des cornes, avec des griffes et des sabots. Avec du feu dans les yeux et du sang partout sur le corps. Le sang des enfants qu'ils ont dévorés !

— Garde ton calme. Est-ce qu'ils t'ont fait mal ?

— Non, pas encore. Mais j'ai si peur ! Qu'est-ce qu'ils vont me faire ? Tu le sais, toi ?

— Tu es mort, Marcel. Souviens-toi, nous en avons tant discuté avant ton départ. Ton corps est ici, avec moi. Ton âme ne peut plus souffrir. Tu ne dois pas avoir peur.

— Tu es sûr ?

— Certain, lâcha-t-il après une trop longue hésitation. Continue. Décris ce que tu as vu.

— J'étais dans la rue. Il y avait des fantômes partout qui marchaient en tous sens sans me regarder. Au début, j'ai appelé à l'aide mais personne n'est venu, personne ne s'est arrêté. Les démons m'ont demandé de ramasser un vieux chapeau qui traînait par terre.

— Un chapeau ? Pourquoi ?

— Je n'en sais rien. Je l'ai pris et ils ont eu l'air satisfaits. C'est ce qu'ils attendaient. Après, ils m'ont demandé de le remettre à terre. Puis ils m'ont emmené.

— Ils t'ont dit comment ils s'appelaient ?

— Non. Je ne peux rien leur demander. Ils me traînent comme leur chien. Ils ne me parlent pas et ils ne veulent pas que je pose des questions.

— Mais alors, tu étais dans la rue ? À quoi ressemble le monde autour de toi ?

— Il ressemble à l'Enfer. Il y a des gens qui se cachent dans des trous. Des gens qui ont peur. Des damnés. J'ai vu une armée de misérables emmenée par des démons comme un troupeau à l'abattoir.

— Tu as vu tout ça dans les rues de Paris?

— Oui. On a beaucoup marché, tu sais. L'Enfer ressemble à la vraie vie. J'ai l'impression d'être à Paris. Mais tout est faux! C'est un piège. En fait, on sent la mort partout. L'air est puant. Tout est gris comme avant l'orage. Et puis, il n'y a plus de bruit ici. On voit passer des fiacres sans chevaux qui foncent sur les pavés, mais on n'entend rien. J'ai même pensé que j'avais la tête sous la couverture et que j'allais me réveiller. J'ai l'impression de faire partie d'un autre monde que celui que voient mes yeux.

— Et maintenant, où es-tu?

— Ils m'ont emmené dans un immeuble et...»

Sans en avoir conscience, peu à peu, Joseph avait oublié la terreur de l'enfant. Il était redevenu le découvreur qui décortique le témoignage d'un patient anonyme. La soudaine interruption de Marcel lui fit d'abord froncer les sourcils.

«Eh bien quoi?»

Les yeux de l'enfant s'étaient refermés, cousus comme ils l'avaient toujours été.

«Non, Marcel, pas ça! Ne t'arrête pas! Reviens!»

Il criait à mi-voix aux oreilles mortes du cadavre. Il releva sa lampe et scruta la pièce endormie. Que s'attendait-il à y voir? Un démon entre les tables de bois? Une troupe monstrueuse venue l'emporter chez les morts? Il récupéra le scalpel sur le sol et ne le lâcha plus. La grande salle ne lui était plus aussi familière. Il eut envie d'allumer toutes les lampes mais il ne pouvait se résoudre à se lever de cette civière.

«Marcel? Ils sont encore là? Parle-moi si tu peux mais ne prends pas de risque. Je vais attendre.»

Il chuchotait le plus doucement qu'il put. Puis il

concentra son attention sur le silence, guettant le moindre souffle de l'enfant.

Un moment passa et il y eut un bruit. Un claquement qui lui parut une explosion dans toute cette immobilité. Cela venait de la porte. Tout au bout. Sa lampe n'éclairait pas jusque-là.

Il hésita puis se résolut à abandonner Marcel quelques instants. Le bruit de ses premiers pas lui sembla un tapage insensé. Alors il ralentit. Il ralentit encore jusqu'à ne plus produire aucun son. Continuellement immobile, il traversa ainsi la longue salle, serrant dans son poing le scalpel de sœur Marie-Pierre.

Mais au bout de la morgue, il n'y avait rien. Rien qui n'ait été toujours là, à sa place. Peut-être le craquement était-il venu de l'autre côté de la double porte. La lucarne toute noire, sur le battant, ouvrait sur un néant glacial. Il sentait qu'approcher son visage pour regarder de l'autre côté était l'imprudence qu'attendait son ennemi, caché derrière. Il était avec Marcel, au royaume des morts et de la peur.

Du métal de sa lampe, au bout de son bras tendu, il poussa la porte. Lentement, le couloir se dessina en formes grises et fuyantes. Le carrelage, les trois marches. D'où le Diable allait-il jaillir ?

Mais le Diable avait choisi de ne pas se manifester. Pas encore. Doucement, Joseph détendit son bras. Dans sa main, il fit tourner le scalpel puis se décida enfin à faire un pas en arrière. Prenant bien garde de ne jamais tourner le dos à la double porte, il revint à la civière, de plus en plus vite.

Les yeux de Marcel étaient ouverts et semblaient débarrassés de leur détresse. Joseph respira profondément.

« Marcel ! Tu es là ! Que s'est-il passé ?

— Ça va. J'ai cru qu'ils m'avaient entendu te parler, mais ça va. Ils voulaient juste que je rouvre la porte. »

Sa voix était affermie, plus courageuse. Joseph se sentit honteux de sa frayeur de gosse. Mais il garda le scalpel dans la main.

« C'était toi, ce bruit à la porte de la morgue ?

— Mais non, voyons ! Je ne suis plus à l'hôpital, Joseph.

— Où es-tu ?

— Nous avons traversé Paris. Ils m'ont emmené dans un immeuble. Ils m'ont fait monter tout en haut et maintenant, on attend.

— Vous attendez ?

— Oui. Ils m'ont fait asseoir sur le palier et ils m'ont dit de ne pas bouger. Mais, eux, ils ne font rien non plus. Il y en a un qui est entré dans un appartement et les autres attendent à la porte.

— Tu sais ce qu'ils attendent ?

— Non, mais ça fait plus d'une journée qu'on est là. Celui qui est entré dans l'appartement, c'est leur chef. Peut-être qu'ils attendent qu'il revienne. Je ne sais pas ce qu'il fait là-dedans. Mais je crois que je sais pourquoi ils ont besoin de moi.

— Pourquoi ?

— Pour ouvrir la porte. Chaque fois qu'un fantôme la referme, ils veulent que je l'ouvre à nouveau. Ils ne peuvent pas le faire eux-mêmes. C'est comme s'ils ne voulaient pas la toucher.

— Sais-tu ce qu'il y a à l'intérieur de cet appartement ?

— Oui. Au début nous y sommes tous entrés. Il y avait un homme couché sur le sol au milieu d'une pièce toute vide, un gros homme barbu qui ressemblait à saint Nicolas. Il dormait par terre. Puis ils m'ont fait sortir et nous avons attendu, longtemps. Mais, juste avant que tu m'appelles, des fantômes sont entrés pour rejoindre le démon.

— Des fantômes ?
— Oui. Comme dans la rue.
— Qu'est-ce que tu appelles des fantômes, Marcel ?
— Ce sont des gens qui n'ont pas de visage. Comme des vêtements qui se baladent tout seuls. Des habits qui se déplacent comme s'ils étaient vivants mais il n'y a rien dedans. Ils ne font aucun bruit et on dirait qu'ils ne me voient pas. »

Joseph ne parvenait pas à imaginer ce monde de conte de fées. Plus Marcel lui parlait, plus il s'éloignait de cet univers de chimères pour retrouver la civière, la lampe et l'odeur de putréfaction.

Une bouffée de fierté lui arracha un sourire. C'était la première fois qu'il parlait à une âme si loin de sa mort. L'expérience était déjà un succès et Marcel en était le héros. Il devrait consigner cela ailleurs que dans son cahier. Le moment était venu de rédiger un article, une publication scientifique. Freud avait eu l'idée d'analyser les rêves de ses patients pour en extraire des symptômes objectifs du mal qui les tourmentait. Joseph devrait lui aussi interpréter le monde enfantin de Marcel pour deviner derrière ces images la réalité physique de l'Au-delà.

« Alors, tu n'as plus peur maintenant ?
— Non, parce que j'ai décidé de me sauver, Joseph.
— Quoi ?
— Oui. J'ai bien réfléchi. Je vais claquer la porte pour les distraire et je vais partir en courant dans l'escalier. Si je les surprends, je pense que je peux arriver jusqu'à la rue. Tu as raison, Joseph, je suis déjà mort, alors qu'est-ce que je risque ? Je m'en fous s'ils me rattrapent. Et puis, ils ne me rattraperont pas. Je suis malin, je saurai trouver une cachette. »

Ses yeux avaient recouvré leur éclat, la même lueur joyeuse qu'ils avaient quand, sur son lit du quatrième, ils préparaient son expédition comme on joue aux pirates.

« Attends ! Ne fais pas ça ! »

Il ne savait pas quoi dire d'autre. Marcel s'enfonçait dans ses histoires de croque-mitaine, dans ce jeu de gendarmes et de voleurs dont il ne voulait pas. S'il n'avait été un enfant, Joseph aurait pensé qu'il perdait la raison. Pour son propre salut, Marcel devait revenir à la Science et décrire simplement le monde qu'il voyait. Joseph ne demandait rien de plus.

« Reste là, Marcel. Reste avec moi, tu n'as pas encore tout dit.

— Non, Joseph. Je ne peux plus rester ici.

— Marcel ! »

Il y eut un vide. Puis un cri sec.

« J'y vais !

— Non ! »

Les yeux s'étaient refermés. C'était trop tard. Joseph bondit et décocha à la civière un coup de pied qu'il tenta de contenir mais qui l'envoya quand même rebondir contre le mur. Le corps inerte de Marcel dodelina mollement, libérant par bouffées ses vapeurs infectes.

« Pourquoi as-tu fait ça, Marcel ? »

Marcel avait coupé la dernière amarre qui le reliait à Joseph et à son monde de raison. Il avait choisi de s'abandonner à ses fantasmes d'enfant.

« Reviens, Marcel ! Je vais t'aider. Tu ne crains rien si tu es avec moi. Je te protégerai ! »

Il brandit le scalpel comme le flambeau de son impuissance et s'en trouva stupide. Il tournait entre les tables de bois, déclamant sa frustration à l'alignement des draps blancs.

« Ça ne peut pas finir comme ça ! Il va revenir ! »

Marcel lui avait à peine laissé entrevoir la salle aux trésors, un monde de révélations et d'informations inestimables. Et il était parti !

De table en table, enjambant les seaux et les brosses,

il dissipa à grands pas l'énergie qui bouillait en lui. Mais alors qu'il revenait vers la civière, il lui sembla entendre une voix. Très loin, derrière le mur, derrière une toise de pierre et de ciment, derrière cent lieues de vide et de mort.

« Joseph ! »

C'était Marcel qui l'appelait. Il se précipita. L'enfant criait son nom mais de si loin ! Il l'entendait à peine. Sur les paupières cousues, il devina des yeux en filigrane. Le souvenir blafard du regard de l'enfant.

« Marcel, je suis là ! Où es-tu ? »

Il ne comprit pas la réponse, trop faible, trop lointaine. Des paupières, les yeux s'effaçaient encore. Il cria.

« Marcel, je ne t'entends plus ! Je ne te vois plus !

— … dans la rue… j'ai réussi ! »

Marcel devait sans doute hurler pour qu'il l'entende. C'était peut-être la dernière fois qu'ils pouvaient parler ensemble. Ce n'était pas le moment de se laisser déborder par les sentiments. Il prit un temps pour réfléchir.

« L'immeuble, Marcel ! Quelle est l'adresse de l'immeuble ? Regarde le numéro si tu peux encore ! »

Il saisit la tête du petit cadavre pour mieux coller la bouche de Marcel contre son oreille. L'articulation du cou produisit un crissement et forma un angle presque droit qui lui facilita la tâche.

« Le 5 ? C'est bien ce que tu as dit ? Le 5 ?

— Oui, entendit-il comme du bout d'un tuyau.

— La rue, Marcel ! Vite, la rue ! Va lire la plaque ! »

Il n'entendait plus que son propre souffle. Alors il bloqua sa respiration pour mieux attraper les derniers mots de Marcel. Quand il emplirait ses poumons de nouveau, ce serait fini. Voilà ce que ressent le noyé dans ses derniers instants. Il ne fallait pas respirer. Pour Marcel. Pour la Science.

Et du fond de la mort, il crut entendre une réponse.

« Galvani ? Tu as dit Galvani ? »

Il n'y avait plus que son souffle haletant dans les miasmes de ce corps d'enfant disloqué. Marcel ne répondrait plus.

5, rue Galvani. Voilà tout ce qui restait de Marcel. L'immeuble des démons qui languissent et des fantômes sans visage. Il fallait qu'il voie ce palier, qu'il ouvre cette porte. Il devait y aller. Tout de suite. Il dormirait un autre jour.

Il s'élança, abandonnant derrière lui la lampe et le scalpel.

« Eh bien, monsieur le curé, où cours-tu ainsi ? »

Il y avait un homme devant la double porte. Joseph fit un écart et bouscula une chaise. Derrière la silhouette, l'ombre du couloir envahissait la pièce. Deux souliers vernis impeccables renvoyaient l'éclat lointain de la lampe, un cuir lustré, sans poussière. À y mieux regarder, dans son cadre noir, l'homme en costume n'avait rien d'inquiétant. Son habit semblait porté par un cintre sans que la chair parvienne à le garnir. Joseph repensa aux fantômes de Marcel. Mais ce fantôme-là, il le connaissait.

« C'est toi, Éloïs ? »

Il l'avait reconnu aussi au chapeau melon toujours vissé sur son crâne.

« Je ne te dérange pas, j'espère.

— Comment es-tu entré ? Le concierge t'a laissé passer ? Il doit bloquer les étrangers normalement.

— Toujours un petit mot aimable, n'est-ce pas ? Tu n'as pas l'air content de me voir. »

Éloïs s'était engagé dans la salle sur un rythme de promenade, lançant un pas derrière l'autre avec nonchalance. Joseph se rappela ses paroles sous les arbres de la place des Ternes. Il était entré au ministère, à la préfecture ou quelque chose comme ça. En tout cas, il avait déjà adopté la démarche du policier, cet air d'avoir tout son temps, cette façon arrogante de vous parler l'esprit ailleurs en disséquant des yeux votre univers d'indices et de pièces à conviction.

«Tu as l'air surpris de me voir.

— Je croyais que tu étais rentré chez toi avec Lucille.

— Eh bien non, tu vois.»

Il avait atteint la lumière jaune de la lampe et s'approchait de la civière. Joseph le rejoint et fit mine de s'interposer.

Éloïs avait la même bouche que sa sœur, les mêmes lèvres délicates, trop colorées pour un homme. Il avait le même nez étroit, presque fragile, les mêmes cheveux blonds, trop fins, qui ne tenaient pas sans pommade.

Mais ses yeux à lui ne riaient pas. Il s'était fabriqué un regard rectangulaire, un cadre de sincérité factice que trahissaient deux globes oculaires fuyants, deux sphères en mouvement perpétuel comme des aimants en négatif repoussés par le regard des autres. Ses yeux croisèrent ceux de Joseph pour se dérober aussitôt, tournoyer au hasard et venir s'échouer sur le cadavre de l'enfant.

Il tira de sa poche un carré de tissu parfumé et ne parla plus qu'avec ce mouchoir sur le nez.

«Quelle infection! Depuis quand est mort ce gosse? N'y a-t-il personne pour aller l'enterrer?

— Que fais-tu ici en pleine nuit, Éloïs?

— Rien, je passais. C'est qui, ce gosse?»

Joseph saisit le bord de la couverture et recouvrit Marcel d'un geste sec.

«Tu m'as suivi depuis là-bas, c'est ça? Comment as-tu pu savoir que je venais ici?

— Holà! Un ton en dessous, père Joseph! Tu es moins rugueux quand c'est ma sœur qui te rend visite!»

Il crut bon de conclure par un rire crispé qui sonnait faux, un rire que Joseph reçut comme une insulte.

« Je sortais, Éloïs. Je rentre chez moi. Tu ne peux pas rester ici.

— Alors, tu lui parlais, c'est ça ? »

Il tapota la tête de Marcel, par-dessus la couverture, de son journal enroulé comme une matraque, éloignant son visage pour mieux marquer son dégoût.

« Je ne t'avais jamais vu le faire. C'est donc ça, le miracle de saint Joseph ? Je m'attendais à plus spectaculaire. Il a parlé dans ta tête, c'est ça ? Je n'ai rien entendu.

— Parce que tu m'espionnais ? »

Éloïs lui répondit en riant, encore, comme un mauvais acteur qui n'y croyait pas lui-même. Joseph détestait cette façon qu'il avait toujours eue de parodier l'aplomb et le courage, une manière de se dérober, une lâcheté d'adolescent.

Du bout de son journal enroulé, Éloïs repoussa le bord de la couverture, découvrant des cheveux défaits, un œil cousu de soie, des lèvres blanches.

« Qu'est-ce qu'il t'a raconté, celui-là ? Tu avais l'air de bien le connaître. »

Joseph lui saisit le bras et l'arracha de la civière. Projeté en arrière, Éloïs perdit pied et enchaîna quelques pas d'une danse grotesque pour retrouver son assiette. Joseph avait toujours eu le dessus dans leurs bagarres d'enfants. Par un vieux réflexe maintes fois pratiqué, Éloïs recula encore, levant les coudes pour s'en protéger.

« Qu'est-ce qui te prend, Joseph ? Tu es devenu fou ? »

Sans lâcher son mouchoir, il avait glapi comme une vieille demoiselle. Après tout, la scène était plutôt comique. Ce costume de travers qui tirait sur ses boutons, ces yeux qui rebondissaient sans fin du sol à son visage. Joseph s'avança et lui posa une main sur l'épaule.

« Allons, Éloïs. Je vais oublier que tu m'as suivi

jusqu'ici, je vais oublier que tu as écouté aux portes et je vais te laisser rentrer chez toi. Viens me revoir un autre jour, si tu veux. Je serai moins fatigué et je répondrai à tes questions. Pour ce soir, arrêtons-nous là. Je n'aime pas quand on se chamaille ainsi. On fait partie de la même famille.

— Tu n'es pas mon frère. Tu n'es même pas un Bienvenüe», lui cracha-t-il, l'air mauvais.

Joseph serra plus fort et l'entraîna jusqu'au couloir. Il l'emmena ainsi jusqu'au-dehors, le laissant trébucher dans l'obscurité sur les marches et les détours qu'il ne connaissait pas.

Débouchant à l'air frais de la rue, ils continuèrent au pas de course jusqu'à Notre-Dame où un fiacre attendait encore les derniers fêtards du Quartier latin. Il le poussa dans la voiture.

«Voilà ! J'espère que tu as de l'argent. Il est temps de rentrer te coucher à présent.»

Enfin libre de ses mouvements, Éloïs tira sur le col de sa veste, le regard figé droit devant lui.

«Cocher, lança-t-il. Emmenez-moi vite au 5 de la rue Galvani !»

Joseph s'agrippa à la portière comme pour retenir l'équipage.

«Qu'est-ce que tu as dit ?

— J'ai dit *au 5 de la rue Galvani*. C'est bien cette adresse que tu marmonnais tout à l'heure, non ? J'ai bien envie d'aller voir ce qui s'y passe.»

Joseph bondit sur le marchepied, voulant crier sans trouver rien à dire. Il voyait bien qu'il n'empêcherait pas cet imbécile d'y aller. En plus, il n'avait pas un sou en poche. À pied, il y arriverait trop tard.

Il rouvrit la portière et s'installa en face d'Éloïs qui lui sourit sans aucun fair-play, de son sourire artificieux. Il réfléchit un instant à ce qu'il pouvait encore faire, crispant ses doigts sur la banquette défraîchie. Puis il lança le poing et attrapa le col d'Éloïs, frappant son épaule au passage.

« Écoute-moi bien. Je ne sais pas quel jeu tu joues et j'ai bien compris que je ne pourrais pas t'empêcher d'y aller. Alors, on va y aller ensemble mais je ne veux plus entendre le son de ta voix ce soir. Tu ne comprends rien à ce que je suis en train de faire ! »

Le visage d'Éloïs avait renoncé à la vanité et retrouvé une expression toute docile.

« Nous ne sommes plus des enfants, Éloïs ! »

Il le repoussa sur son siège le plus fort qu'il put.

« Allez, cocher ! 5, rue Galvani ! C'est mon ami qui offre la course ! »

VI

Il avait ordonné qu'on écarte les sofas et les poufs, les vases, les statues, qu'on étouffe les brûleurs à parfum, qu'on ferme les rideaux, et pas seulement les voiles de brocart mais aussi les gros draps lourds doublés de molleton qu'on ne dérangeait jamais. Il avait fait aligner des lampes de cuivre le long des murs et rouler les tapis sur une première, une deuxième et parfois une troisième couche jusqu'à ce que le plancher soit nu.

L'ampleur du déménagement devait refléter l'étendue de sa colère. Il ne voulait plus de l'exubérance de son terrier de taffetas qui ne convenait pas à un tribunal.

Au bout du vide que n'emplissait plus que le souvenir du santal, il avait gardé sur son estrade sa table sans pieds, vernie à la gomme rouge, et un simple coussin sur lequel il se tenait assis, les jambes croisées et les yeux mi-clos.

Le Grand Khan, immuable, absorbait les regards comme un monstrueux soleil noir. Dans la salle, nul ne savait combien de temps durerait le silence. Il fallait attendre, ne pas troubler l'air immobile et, peut-être, savourer ces derniers instants de sérénité.

Il avait disposé sur sa gauche, en retrait, ses trois Annamites en robes noires qu'il avait soustraites, encore enfants, à une exposition coloniale comme un lot d'invendus qu'il s'était offert.

Sur sa droite, seule, se tenait sa favorite, la fille du ferronnier de Montreuil qui, sur un coup de tête d'adolescente, avait fait le mur de la demeure familiale pour aller chercher l'exotisme à trois rues de là, au royaume de la Horde d'Or. À genoux sur le sol, les mains posées sur les cuisses, il y avait dans son port plus d'Indochine que chez ses sœurs ; dans ses cheveux qu'elle teignait au noir d'Espagne et qu'elle gardait huilés pour éviter qu'ils frisent ; dans sa minceur sans défaut tendue d'une robe de soie sans plis qu'elle était autorisée à porter rouge.

Dominant la salle du haut de l'estrade, toutes quatre encadraient le seigneur de leur dévouement raffiné.

En face, les lieutenants de la Horde avaient formé deux rangs impeccables. À genoux eux aussi, directement sur le sol, chacun avait vérifié sur ses voisins qu'il n'écorchait pas le bel alignement. Ils avaient posé casquettes et chapeaux devant eux et laissé leurs armes à l'entrée. Certains avaient pris la peine de revêtir un costume pour l'occasion, d'autres étaient arrivés au sortir du bureau ou du chantier, en blouse de toile ou en pull de laine. Tous portaient le brassard de crêpe noir que leur avait imposé le Grand Khan, comme une nouvelle coutume, comme le deuil affiché par avance de l'accusé du jour.

Car, au centre du tribunal, il y avait un accusé. Un roux colossal dont la tignasse coulait, sauvage, jusqu'aux épaules. Un hercule de fête foraine que, dans le milieu parisien, tout le monde appelait l'Américain depuis le spectacle triomphal du grand Buffalo Bill au pied de la tour Eiffel. Du caïd à la petite frappe, tous avaient été impressionnés par sa ressemblance avec l'illustre aventurier. L'histoire avait couru dans les bars louches et les hôtels de passe, et le jour vint où l'on se mit à croire que l'Américain, né Jacques Drion, chassait le bison à la Winchester. Il comprit vite la notoriété qu'il pouvait tirer de la ressemblance et la cultiva à outrance. Un bouc touffu et des moustaches flamboyantes, un manteau long à col de chat sauvage, des bottes en cuir de vachette et un haut-de-forme aplati comme on en porte dans le nouveau monde. En quelques mois, il s'était fabriqué une légende de tueur d'Indiens qui faisait la fierté de ses troupes, bienheureuses de s'approprier leur part de ce prestige exotique.

Mais avec les années, l'imitation avait tourné à l'incarnation et il lui était devenu de plus en plus insupportable de se contenter d'une vie de racket, de trafics et de traite des Blanches. Sa tête encombrée des plaines de l'Ouest ne s'accommodait plus de la sérénité tout orientale du Grand Khan, qu'il finit par percevoir comme un obstacle à ses rêves de Dodge City-sur-Seine. Alors, il avait saisi la moindre occasion d'imposer son style et avait infléchi, par petites touches, la façon chinoise, toute faite de ces non-dits et de cette finesse qu'il abhorrait.

Peu à peu, son secteur devint le plus chaud de la capitale. On s'y empoigna dans les bars comme dans des saloons, on y régla même certains différends au calibre, face à face à cent pas, dans un terrain vague de banlieue. Tout cela sous l'œil du seigneur de Paris, qui feignait l'indulgence.

Les plus anciens avaient bien essayé de le prévenir mais l'Américain avait poussé ses manières de grand Ouest sans se soucier de ce regard de plus en plus pesant.

Jusqu'à la faute. La faute qui l'avait amené là, à genoux, le front contre le sol, prosterné devant son juge, son bourreau, son maître trahi.

Le Grand Khan n'avait toujours pas bougé. Statue de

Bouddha indolente, les yeux en amande tirés par un petit chignon trop serré. Le seigneur était un monument d'apaisement, un monument d'autorité et un monument de chair. Il ressemblait à ces lutteurs japonais dont il avait adopté le simple kimono de coton imprimé et la coiffure sophistiquée.

Lorsqu'il s'était installé à Montreuil, le premier homme qu'il avait égorgé l'avait appelé Gengis Khan, dans un regard extatique et un craquement de cartilage. Il n'avait pas de nom ici et avait trouvé celui-ci amusant. Depuis cette époque, il avait enluminé ce titre du folklore de ses tueurs chinois, de sa loi inflexible et de la légende de sa cruauté tranquille. Aucune vie ne comptait pour le Grand Khan. Toute la vermine de Paris savait qu'il pouvait vous étouffer avec votre langue arrachée avant de s'en retourner à ses loukoums les mains poisseuses de votre sang. Même l'Américain le savait.

Le Khan ouvrit enfin les yeux.

«Jacques. Jacques Drion. Mon ami Jacques. Tu sais pourquoi je t'ai fait venir ici.»

Il avait parlé avec cette infinie douceur qui ne présageait rien de bon et ce sourire énigmatique qui relevait du plaisir sadique.

L'Américain répondit sous cape, sans décoller le front du parquet, d'une voix de gamin terré au fond d'une cachette.

«Oui, je le sais.»

Dans son dos, les deux rangées des barons de la pègre restaient impassibles. Intervenir, c'était courir le risque mortel de se retrouver devant, à la place du martyr.

«Alors, mon ami Jacques, tu vas expliquer à tes amis réunis pourquoi je t'ai convoqué aujourd'hui.

— Comme tu voudras, seigneur.

— Parle plus fort. On ne t'entend pas.»

Alors l'Américain parla plus fort, le visage toujours

contre le sol. C'était comme si sa voix assourdie sortait déjà de son tombeau.

«Tu m'as convoqué, seigneur, devant l'assemblée de la Horde d'Or pour que je puisse m'expliquer au sujet du mitraillage du Bazar de l'Hôtel de Ville.

— Ce n'est pas tout à fait exact, Jacques. Tu sais bien que je désapprouve cette opération et que tu as eu tort de l'organiser. Tu le sais, n'est-ce pas?

— Oui, seigneur.

— Tu es donc ici pour recevoir mon jugement. Dis-le, s'il te plaît.

— Je suis ici pour recevoir ton jugement.

— Parfait. Raconte ce que tu as fait.

— C'était un salaud qui ne me payait plus rien depuis des mois! Alors, mes hommes sont allés lui donner une leçon en mitraillant son magasin!»

Il s'était redressé, déployant sa carrure de géant, et pointait le Khan de l'index. Pour l'assemblée, la réapparition de ses moustaches et la libération de sa voix claire le rendirent brusquement plus réel. Il y eut quelques mouvements vite étouffés.

Le Khan ferma les yeux et se replongea dans un instant de méditation. Le silence et la solitude se refermèrent sur l'Américain. Il se retourna sur deux rangs de regards perdus, ses amis, ses adversaires, son passé désormais. Il regarda les murs, les lampes, à la recherche d'une solution ou de juste quelques instants de dignité. Puis il courba son immense carcasse pour poser de nouveau son front sur le sol. Sa respiration bruyante ne se calma plus.

Le Khan put rouvrir les yeux.

«Excuse-moi de t'interrompre encore, Jacques, mais tu es trop imprécis. Tu me dis que tes hommes ont effectué cette opération, mais qui leur en a donné l'ordre?

— C'est moi, seigneur. Mais je ne savais pas que cette

action pouvait nuire à tes intérêts. Je suis désolé et je te présente mes excuses.

— Mes intérêts ? Qui es-tu pour juger de mes intérêts ? Tu penses à l'argent, tu penses au pouvoir. Et l'honneur, Jacques ? N'as-tu donc pas d'honneur ? L'honneur, c'est ce qui sauvera ton âme lors du Jugement dernier. Tu as tué des femmes. Quel genre d'homme, quel animal es-tu devenu pour tuer des innocentes ? »

Il marqua un arrêt.

« Crois-tu en Dieu, Jacques ?

— Oui, seigneur, hésita-t-il.

— L'honneur, c'est le certificat de bonne conduite que tu emporteras hors de ce monde de larmes. Que diras-tu à toutes ces mortes qui témoigneront au tribunal divin ? Je ne serai pas là pour te défendre, tu sais ? Dieu t'a ordonné de ne pas tuer et regarde ce que tu fais !

— Mais, seigneur, toi-même, tu as tué... »

Il avait redressé la tête pour la baisser aussitôt. Le Khan s'était levé dans un mouvement parfait de fluidité. Il était assis, massif, sur son coussin et, l'instant d'après, il se tenait debout et dominait de son étrange grâce bestiale l'accusé recroquevillé à ses pieds et le tribunal soumis, derrière lui.

Une onde de chaleur balaya la salle, saisissant les âmes, envahissant les cœurs. Comme un besoin d'obéir, une soif insatiable de se soumettre. Même le souffle de l'Américain, contre le parquet vernis, retrouva un rythme apaisé.

À cet instant, le Khan était beau, de la beauté parfaite des dieux antiques. Ses lèvres de poupon tracées au pinceau esquissèrent un sourire.

« Vous êtes de la race des brebis, je suis de celle des bergers. Respectez les commandements de votre Dieu et acceptez mon aide. Contentez-vous d'être des hommes d'honneur et de suivre la voie que je vous montre et vous aurez votre place au royaume des cieux, à mes côtés. »

Dans son peignoir coloré, il ressemblait à un monstrueux baigneur rose et lisse. Il rayonnait l'ordre omnipotent, le règne et la puissance. À ses pieds, les lieutenants de sa Horde s'inclinèrent d'instinct comme devant une idole sacrée. Certains fermèrent les yeux.

« Baptiste ! »

La porte s'ouvrit derrière lui sur le petit homme buriné qu'ils connaissaient tous, l'homme des destins funestes, le gardien du bout de la route. Il portait un grand bocal de verre, un bocal à cassoulet ou à fruits confits. Un pot dont l'incongruité en ces lieux faisait un objet d'horreur.

Le tribunal accueillit Baptiste avec résignation.

« Redresse-toi, Jacques, car voici mon jugement. »

Le Khan avait le visage heureux de celui qui croit avec sincérité annoncer une bonne nouvelle.

« Tu me donneras tes yeux pour payer ta faute. Tu les placeras dans ce bocal, dans un peu d'eau. Agis avec soin. C'est un cadeau que je compte faire à une dame. Baptiste va venir avec toi. Il pourra t'aider si tu n'y parviens pas seul. Va, mon ami, et je te pardonnerai. »

Baptiste saisit le bras de l'Américain, qui quitta le tribunal, le dos voûté, sans ajouter un mot.

« Ne tardez pas, ajouta le Khan. Je dois bientôt partir et j'aurai besoin du bocal. »

« Thi Mai, ma petite, apporte-moi à boire et viens me rejoindre. »

La Horde avait déserté le tribunal sans que personne n'ose un commentaire. En silence, au signal des trois Annamites, tous s'étaient levés et avaient quitté la salle après un salut respectueux.

Sur son coussin, le Khan avait retrouvé sa posture

bien droite, bien symétrique, face au milieu du bord de la table. Un domestique ouvrait les rideaux sur la nuit noire du dehors. Le Khan aperçut des étoiles derrière un nuage que la lune rendait soyeux.

« Que ce monde est beau ! »

Puis son regard se perdit dans les volutes de vapeur qui montaient de son thé brûlant.

Sa favorite s'était allongée à ses côtés, la tête posée sur la cuisse détendue de son maître. Doucement, les doigts du Grand Khan s'enfoncèrent dans ses cheveux parfumés, se laissant caresser par la soie des mèches noires comme sur le bord d'un bateau on laisse sa main traîner dans l'eau.

Son souffle léger troublait le filet de vapeur au-dessus de la tasse. Il s'en amusa et aspira plus fort pour attirer à lui la brume fragile. L'odeur de lotus lui fit fermer les yeux. Il approcha de ses lèvres la tasse de verre et son liquide ambré. Il sentit sur sa langue et dans sa gorge la délicieuse brûlure du thé, qu'il laissa s'écouler jusqu'au fond de ses entrailles.

Puis il lança avec force la tasse vide sur le sol, devant l'estrade. Il lui avait suffi de détendre son bras puissant. La fille à la robe rouge avait bougé la jambe, dans un sursaut.

L'objet explosa en touchant le parquet vernis, projetant en corolle un nuage de tessons brillants. Le Khan concentra son attention sur un morceau de verre qu'il trouva tout de suite plus joli que les autres. Un petit éclat hexagonal à la forme presque parfaite. Comme son visage était orienté dans la bonne direction, il décida de tout arrêter pour se donner le temps de le contempler. Arrêter son souffle, arrêter le glissement de la soie rouge, arrêter le grain de sable dans le sablier. Les flammes des lampes se reflétaient dans les facettes délicates et semblaient y jouer avec la lueur du cuivre alors que le joyau de verre s'était figé dans sa virevolte. Il avait dépassé ses congénères, qui déjà retombaient sur le sol en cliquetant. Le Khan laissa filer le présent par saccades, s'amusant de la trajectoire hachée de l'infime fragment. À la fin, il l'arrêta, seul, suspendu au milieu des airs, défiant de sa minuscule vanité le feu des lampes et la lueur pâle des étoiles.

Puis il reprit sa respiration, laissant tomber le verre et glisser la soie. Il s'avança et vint cueillir sur le parquet le délicat joyau parmi les gouttes de thé et les morceaux de tasse.

« Tiens, ma belle, c'est un cadeau. Un bijou que j'ai créé pour toi. Tu t'en feras un collier. »

La porte du fond s'ouvrit.

« Seigneur, la voiture est prête. »

Le Khan attrapa la main de sa favorite qui jouait avec le brillant aux faces coupantes.

« Viens avec moi. Je ne veux pas y aller seul. »

À petits pas, entravée par sa longue robe de soie, elle suivit son maître jusqu'à la cour pavée où s'alignaient les voitures de prix.

On lui avait apprêté une imposante berline rouge qu'il avait fait venir d'un atelier du Mans. C'était sa voiture de travail, son cabinet automobile. Elle était assez vaste pour qu'il s'y sente à l'aise, dans le respect d'une distance acceptable avec ses interlocuteurs. Le chauffeur avait sa place derrière une cloison opaque, loin des secrets de son seigneur. Cette cabine ventrue perchée sur des roues de charrette, on appelait cela le style Diligence. Le constructeur lui avait confié que cela plaisait à une clientèle d'outre-Atlantique qui prenait ces formes désuètes pour un charmant clin d'œil à leur histoire de pionniers.

Le temps qu'il repense à l'Américain et Baptiste était déjà là, avec un linge dans les bras.

« Le bocal, seigneur. »

Il posa le paquet dans un coin, sur la banquette de moleskine. Il était plus lourd qu'il avait pensé, trop lourd sans doute. La prochaine fois, il demanderait qu'on utilise un pot plus petit.

Dans la voiture, la favorite reprit sa place sous les doigts de son maître perdus dans ses cheveux.

Montreuil disparut et Paris commença à s'écouler derrière la vitre. Les taches de lumières, les façades de pierre. Il aurait voulu se laisser bercer par les cahots des pavés et le clapotis du bocal.

« Que ce monde est beau. »

Il tira une mèche comme pour s'assurer de sa réalité.

« Aïe ! »

Il déposa un baiser dans les cheveux noirs.

La voiture s'immobilisa sur le côté d'un boulevard cossu, bordé d'arbres. Le chauffeur avait réduit le régime et maintenait le ralenti pour ne pas réveiller les riverains. Mais un deuxième moteur vint se joindre au concert. Du bout de l'allée, une luxueuse espagnole avait quitté son poste de guet pour approcher. Une Hispano-Suiza clinquante, d'un élégant gris souris surchargé de chromes et de courbes, la perfection dans l'ostentation.

Le Grand Khan s'approcha de la vitre pour admirer cette pièce qui manquait à sa collection. Il la regarda s'avancer et venir se placer tout contre le flanc obèse de sa diligence. Les portières s'ouvrirent dans un beau mouvement synchronisé, laissant glisser une ombre jusqu'à la banquette vide, face à lui.

« Bonsoir Victoire. J'étais en train d'admirer ta magnifique automobile. La république ne te refuse plus rien.

— Épargne-moi tes galanteries et débarrasse-moi de cette créature.

— Elle ? C'est Thi Mai, une charmante demoiselle que tu apprécieras quand tu la connaîtras mieux.

— Fous-moi ça dehors !

— Oh. Madame Desnoyelles n'est pas de bonne humeur ce soir. Et je crois deviner pourquoi. Tiens, ma grande, j'ai un cadeau pour toi. »

Elle ne bougea pas. Ces manières de tartarin, il lui fallait toujours un moment pour s'y acclimater. C'était comme changer de langue, son esprit avait besoin de quelques phrases pour accepter la conversion. Le temps de réagir et le Khan avait déjà déposé le paquet sur ses genoux.

D'un geste ample et théâtral, il en retira le linge comme on inaugure une œuvre d'art. L'eau du bocal s'était teintée de rose à cause du sang. La présidente ne comprit pas sur-le-champ quelle nouvelle fantaisie il lui présentait. Puis, au hasard d'un courant, les deux ludions étranges qui ballottaient entre deux eaux lui adressèrent un regard. Dans un réflexe d'effroi, elle repoussa l'objet, que le Khan saisit avec dextérité.

« Tu es un porc ! Comment oses-tu ?

— Laisse-moi t'expliquer. Un ami à moi, cet après-midi, a commis une erreur qu'il regrette. Il a fait mitrailler un magasin et tuer des femmes innocentes. Je suis certain que tes services t'ont mise au courant. Son geste est inqualifiable et l'idée qu'il puisse te déplaire l'a plongé dans un remords inconsolable. Aussi m'a-t-il chargé de t'offrir son modeste regard, qu'il te cède de bon cœur avec une spontanéité toute naïve. En te demandant de bien vouloir accepter ses excuses.

— Je ne suis pas venue te parler de cela. Débarrasse-moi de cette horreur et partons d'ici ! »

Le Khan frappa trois fois sur la cloison et la berline accéléra avec paresse, laissant sur le trottoir la jeune fille, ses longs cheveux noir sur sa robe de soie impeccable, un bocal à confit dans les bras. À distance, l'Hispano-Suiza embraya pour s'accrocher au sillage de la diligence.

À l'intérieur de la cabine, on prit le temps de réfléchir. Victoire avait tourné la tête et regardait passer les rues. Le Khan l'observait, le regard adouci. Il imaginait les plans et les calculs qui s'affairaient dans ce crâne. Compter les réverbères, ça n'était pas le genre de la présidente. Derrière ces yeux perdus, elle devait aiguiser ses arguments. Il l'attendait.

Est-elle belle ? se demanda-t-il. Il se souvenait qu'elle avait été jeune. Toutes les femmes sont belles quand elles sont jeunes. Mais la fonction avait tendu ses traits. Ses dents serrées faisaient saillir le muscle de sa mâchoire sous la peau blanche. Un Viking prisonnier d'un corps de femme, voilà ce qu'elle était. Il sourit.

« Que cette ville est belle, n'est-ce pas ? »

Elle ne répondit pas. Peut-être ne l'avait-elle même pas entendu.

« Moi aussi, je l'ai contemplée sur la route de Montreuil. Tu peux être fière de ta capitale.

— Paris n'appartient pas à la présidente du Conseil. Contrairement à toi, je ne dispose ni d'un territoire ni des sujets serviles qui vont avec.

— Ça y est, les grimaces ! Détends-toi, Victoire. Ce qui est à moi est à toi, tu le sais bien.

— À toi ? N'oublie pas que, sans moi, tu ne serais pas ici. Ce qui est à toi, comme tu dis, c'est moi qui te l'ai donné.

— Tu me l'as donné ? J'ai dû y travailler un peu, tu ne te souviens plus ?

— Tu as fait ce que je t'ai demandé de faire.

— Tu vois ? Chaque fois que l'on ressasse le passé, on finit par se fâcher. Je te disais juste que la ville est belle. Regarde les étoiles. Regarde la lune. Tu as besoin de rêver, Victoire. »

Avec délicatesse, il avait posé la main sur son genou. Si doucement qu'elle ne s'en était pas aperçue.

« Tu as raison. »

Ses yeux restaient absorbés par l'obscurité du dehors. Sur sa joue, le muscle avait disparu. Le Khan referma ses doigts sur sa jambe.

« Il y a longtemps que tu n'avais pas demandé à me rencontrer, Victoire.

— Oui, c'est vrai.

— Ça fait combien ? six mois ? un an ?

— Les choses vont mieux à présent. Je n'ai plus besoin de te convoquer aussi souvent.

— Me *convoquer*. Quel vilain mot ! On ne convoque pas le Grand Khan, voyons !

— Appelle ça comme tu veux. Je te demande de venir et tu viens. Le reste, c'est de la rhétorique. »

Il laissa échapper un rire métallique, biliaire, qui lui sortait du foie. Un rire d'attaque, un tir de barrage.

« Espèce de garce ! Tu ne changeras donc jamais ! Regarde autour de toi. Tu es dans *ma* voiture. Tu appelles ça me convoquer ?

— N'inverse pas les rôles. Tu sais bien que j'aurai le dernier mot. N'oublie pas que ton pouvoir s'arrête à ma porte. »

Elle avait enfin tourné la tête. Elle entre dans ma sphère, pensa le Khan. Il appuya sa paume pour s'assurer qu'elle sentait bien maintenant la main sur son genou. Elle ne réagit pas.

« Soit. Madame la présidente, je me résous donc à davantage de discipline. Qu'est-ce qui me vaut l'honneur de cette *convocation* ?

— Excuse-moi. Tu as raison. Je suis un peu fatiguée, ce soir.

— Allons ! Nous sommes entre vieux amis, détends-toi. »

Il avait avancé la main plus haut sur sa cuisse, renforçant son étreinte.

Une gifle violente lui fit lâcher prise.

« Salaud ! Alors tu essaies encore ? Je t'avais interdit !

— Interdit, dit-il en riant. Si tu veux vraiment que je ne tente plus ma chance, tu n'as qu'à m'en donner l'ordre !

— Pas besoin de ça ! Comme tu le vois, je suis tout à fait capable de te résister. »

Elle avait glissé jusqu'au bout de la banquette. Le temps de reprendre son souffle, elle revint s'asseoir au centre, bien en face de lui, le dos creusé pour placer son regard au niveau du sien.

« Le tsar de Russie, Nicolas II, arrive à Paris demain, dans la matinée.

— Je suis au courant.

— Les Russes en profitent pour venir fouiller dans mes affaires et je n'aime pas ça.

— L'Okhrana ? Des amateurs. Tu n'as rien à craindre d'eux.

— Ce n'est pas aussi simple. Je ne sais même pas pourquoi le tsar désire brusquement visiter la France. Il y a beaucoup trop de mystères dans cette affaire.

— Il vient découvrir le métropolitain, c'est ça ?

— Oui, tu es bien informé. Sais-tu ce qui peut l'intéresser ? D'autres affaires dans la capitale qui pourraient expliquer cette urgence ?

— Peut-être simplement qu'il a besoin de voir du pays. Il a tellement de problèmes chez lui.

— Des problèmes, il y en a surtout qui l'attendent ici. Il a des ennemis plein Paris. Lénine et sa clique, tu connais ?

— Lénine ? Oui. Un emmerdeur.

— Tu as des informations sur lui ?

— Il trafique. Des armes, des dissidents qu'il fait venir. Il édite son journal, il donne des conférences.

— Je sais tout cela. Rien de plus ?

— Non.

— Qui lui fournit les armes ?

— Ne t'inquiète pas. Je garde le contrôle. Il n'y a aucun danger par là.

— J'ai rencontré les Russes, tout à l'heure. Ils prévoient des moyens importants. Je pense qu'ils craignent quelque chose. Je n'ai pas envie qu'il y ait le moindre incident.

— Oui, je comprends.

— Non, tu ne comprends pas. Ils savent des choses à mon sujet. À *notre* sujet…

— Qu'est-ce que tu veux dire ?

— S'il arrive quelque chose pendant cette visite, quelque chose comme le mitraillage de cet après-midi… Ils pourraient nous faire très mal. Et permets-moi de te rappeler que si je tombe tu n'existes plus ! »

Elle avait porté les doigts à la bouche. Elle tremblait légèrement. L'énervement ? La colère ? La peur ? Ses yeux ne disaient rien, ses beaux yeux clairs qui n'allaient pas avec ses cheveux sombres.

Le Khan se frappa les cuisses.

« Et alors ? Je ne vais pas interrompre mes petites affaires chaque fois qu'un chef d'État vient te rendre visite !

— Si, justement. C'est ce que je suis venue te demander.

— C'est la meilleure ! Et ton argent, ma belle, tu sais d'où il vient ?

— Deux jours. Je ne t'en demande pas plus.

— Mais mes hommes ne vont rien y comprendre ! Tu crois que je vais leur demander d'aller passer deux jours à la mer ?

— Non. Tu vas leur demander de garder un œil sur ce Lénine. Et tu vas leur demander de veiller à la sécurité du tsar. Tes troupes connaissent tout ce qui peut, de près ou de loin, causer du tort à mon invité. Il n'y a pas mieux placé qu'eux pour éviter les bavures.

— Tu es folle ? Ma Horde n'est pas une bande de larbins corvéables. Je ne veux pas qu'elle retourne sa veste pour plaire à ton tsar.

— Je me fiche de ce que tu peux vouloir ou ne pas vouloir. À partir d'aujourd'hui, et pour deux jours, je te tiendrai personnellement responsable de la vie du tsar Nicolas. Et particulièrement lors de la visite du métropolitain.

— Du métropolitain ?

— Oui. En vertu d'accords entre ma police et l'Okhrana, il n'y aura pas de forces françaises sur le parcours du train. Je ne comprends pas ce que les Russes manigancent et ça ne me plaît pas du tout. Mais si mes agents ne peuvent pas y mettre les pieds sous peine d'un incident diplomatique, tes hommes n'ont pas cette contrainte.

— Et tu crois réellement que je vais convoquer mes troupes pour leur expliquer ton délire paranoïaque ?

— Il va bien falloir que tu m'obéisses. »

Le visage du Khan se durcit. Il avait bien compris. Il avait compris avant même qu'elle monte dans cette voiture. Sinon, pourquoi aurait-elle demandé à le rencontrer ? Elle allait utiliser la Voix, il le savait. Ne l'avait-elle pas utilisée chaque fois qu'ils s'étaient rencontrés ? Madame la présidente ne se déplace pas pour rien. Mais il voulait encore croire qu'il pouvait l'éviter, c'était sa faiblesse.

« Quelle étrange relation que la nôtre.

— Ne te fatigue pas à roucouler.

— Non, je suis sincère. Quel destin prodigieux nous

partageons. Nous possédons un pays, Victoire. Parfois, je pense à toutes ces âmes. Sens-tu comme elles coulent entre tes doigts ? »

Il continuait à parler. Peu importe ce qu'il disait. Seule comptait sa voix qu'il entretenait comme un feu doux. Seul comptait le charme. Sans interrompre le flot de ses paroles, il jaugeait le visage de Victoire comme on surveille la cuisson d'une volaille. Combien de temps mettaient ses paupières pour se rouvrir à chaque clignement d'yeux ? Sa peau était-elle toujours aussi ferme au coin de sa bouche ? Un instant, le Khan devinait l'ombre de son maléfice progressant sur ces traits. Puis elle semblait disparaître, chassée par un soupir de sa victime.

Alors, pour vérifier son emprise, il tendit le bras jusqu'à ce que le bout de ses doigts effleure sa joue. Victoire eut un sursaut, imperceptible, une résistance qu'il crut illusoire. Puis elle s'abandonna, s'enfonçant dans l'édredon de sa main potelée. Elle savoura le temps qui passe, les pavés, le moteur, la nuit. Regarde, peuple de France, pensa-t-il triomphant, je tiens ta présidente dans le creux de ma main !

Mais elle rouvrit les yeux. À ses pupilles trop nettes, il comprit que c'était fini.

« Tu es une femme surprenante.

— Parce que je te résiste ?

— Parce que tu me ressembles.

— Peut-être un peu. »

Elle saisit sa main et la repoussa avec délicatesse comme pour la lui rendre. Il agrippa ses deux poignets qu'il leva vers lui. Elle ne pesait rien.

« Réfléchis, Victoire ! Que feras-tu s'il y a un accident ? As-tu déjà oublié le mitraillage du Bazar de l'Hôtel de Ville ? Mes hommes sont des chiens, je ne peux pas garantir qu'ils ne mordront pas le jarret d'un Russe.

— Alors, tu les accompagneras.

— Quoi ? Le chef de la Horde d'Or, en pleine réception protocolaire ?

— Tu sauras te faire discret. Tu te caches à longueur d'année. C'est dans ta nature.

— C'est stupide ! Pourquoi prendrais-tu ces risques ?

— Une réunion spéciale de l'Okhrana, ce soir. Avec le grand patron en uniforme d'apparat qui vient s'assurer que ma police les laissera tranquilles. Le tsar qui débarque sans prévenir dans le seul but de visiter le métropolitain. Et avec ça, voilà qu'ils me parlent du Grand Khan ! Chez moi ! Et qu'ils m'agitent sous le nez mon ministère des Affaires implexes comme un mot obscène ! Ne serais-je pas inconsciente de penser que cela ne cache rien ? »

Elle avait crié. L'allure de la diligence faiblit d'un coup pour repartir de plus belle. Le Khan lui lâcha les poignets.

« Je…

— Tais-toi ! J'ai pris ma décision. Et tu sais que tu n'as pas le pouvoir de me faire changer d'avis. »

Le Khan s'éloigna d'elle et retrouva sa symétrie, le menton rentré, les muscles lâches.

« Je suis prêt », murmura-t-il sur le ton du condamné.

Il mentait. Jamais il n'avait été prêt à recevoir cette abomination qu'était la Voix. Il surprit un frisson qui courut d'une épaule à l'autre de sa présidente. Il se demanda si cette expérience lui était aussi pénible qu'à lui.

Elle prit une respiration, plus profonde que les précédentes.

« Bélial ! » rugit la Voix.

C'était une voix d'homme, la voix grave et anguleuse d'une incarnation virile qu'elle aurait gardé cachée au fond de sa gorge. Une voix qui ne s'adressait qu'à lui, à la moindre des cellules de son corps. La Voix qui le liait à elle dans un pacte contre-nature.

Il s'inclina comme il le devait, semblable à un enfant docile qui attend sa punition. Il eut la vision fugace du corps recroquevillé de l'Américain.

« Oui. Je t'écoute.

— Je t'ordonne, Bélial, de consacrer toute ta puissance à protéger le tsar Nicolas II. Tu n'auras de repos que lorsqu'il sera rentré sain et sauf en Russie. Je t'ordonne d'être présent dans les couloirs du métropolitain lorsque j'y serai avec le tsar afin d'intervenir si je te le demande. Je t'ordonne enfin de surveiller Vladimir Lénine et de les empêcher d'agir, lui et ses révolutionnaires. »

Il n'entendait pas vraiment ces mots, pas comme on devrait entendre, avec ses oreilles, avec son esprit. Il les absorbait par ses yeux et par sa peau, il les encaissait avec son cœur et avec son ventre.

Victoire frappa la cloison à côté de sa tête.

« Arrêtez-vous ici, je vous prie ! »

Elle avait retrouvé son timbre pointu, ravalant l'entité monstrueuse qui avait parlé à sa place. La diligence ralentit, rattrapée par la belle espagnole pour leur pas de deux bien réglé.

Comme la présidente rejoignait l'incognito de sa voiture de luxe, elle eut un dernier regard pour son bouddha hébété sur son siège de moleskine. Le regard planté dans la paroi d'en face, il ne pouvait plus voir le triomphe dans ses yeux clairs.

Le Khan s'éclaircit la gorge pour rappeler à lui la réalité. Il faisait encore nuit noire mais il n'aurait pas été étonné de voir, par la vitre, le soleil se lever.

Il ne pouvait pas le sentir, mais le monde avait changé. Déjà il ne se souvenait plus de l'homme qu'il avait été la veille. Il était le Grand Khan, seigneur de la Horde d'Or, et il savait précisément ce qu'il avait à faire. Il l'avait toujours su.

« Nous ferons un détour par Neuilly », cogna-t-il à la cloison.

La diligence vira à gauche et prit le large.

Du calme des rues de Paris, ils s'enfoncèrent dans l'immobilité mortifère des allées de Neuilly. Ils emmanchèrent la rue de la Ferme jusqu'au bout, jusqu'à la belle villa à deux étages que les rombières du voisinage appelaient le château fort. La plaque pourtant affichait « Faculté des sciences hermétiques » mais le titre pédant n'impressionnait pas les vieilles dames.

Un homme, sorti d'un bosquet, s'avança en trottant vers la voiture qu'il avait reconnue. Il ôta sa casquette avec respect et approcha la tête au niveau de la vitre.

« Bonsoir, seigneur.

— Bonsoir. Tout va bien par ici ?

— Oui.

— Tu peux aller me chercher Papus ? Je l'attends dans ma voiture.

— Il est sorti, seigneur. Il y a plus de deux heures.

— Et Lucrèce ?

— Elle est avec lui. Ils ont emmené les deux autres aussi.

— Tous les quatre ? En pleine nuit ? Sais-tu où ils sont partis ?

— Non. Nous n'avons pas de véhicule ce soir. Pas même une bicyclette. Nous n'avons pas pu les suivre.

— Imbécile ! Et tu n'as rien entendu ? Ils n'ont rien dit ?

— Ils sont sortis en voiture et ils ont pris la direction de Paris. C'est tout ce que je sais.

— Ils ont déjà fait ce genre d'escapade, ces jours-ci ?

— Non. Les conférences de monsieur Papus, les amis de mademoiselle Lucrèce. Le train-train.

— Et il ne s'est rien passé d'anormal aujourd'hui ?

— Si, justement. Un peu avant leur départ, ils ont reçu la visite de Vladimir Oulianov, le révolutionnaire russe.

— Lénine ? Il est venu en personne ?

— Oui. Il n'était accompagné que de ses gardes du corps.

— Ils venaient chercher une livraison ? Ils avaient un camion ou un véhicule quelconque ?

— Ils sont arrivés en voiture mais ils n'ont rien emporté.

— Ce Lénine, il vient souvent ?

— C'était la première fois. »

Ça faisait beaucoup pour une seule soirée. Après la mère, la fille ! Pour la sécurité du tsar, il faudrait bien que Lucrèce arrête ses magouilles pour un moment. Il devait bien reconnaître qu'elle avait vite attrapé le virus des affaires, la petite. Mais ce qu'il n'aimait pas, c'était son côté romantique. Elle y croyait vraiment, à la révolution internationale et à la lutte des classes, et cela rendait tout si compliqué ! Et puis, cette escapade nocturne avec l'équipe au grand complet, ça remuait de vieux souvenirs et ça ne présageait rien de bon.

« Dis à Papus de venir me voir dès qu'il rentrera.

— Cette nuit ?

— Dès qu'il rentre, tu me l'envoies à Montreuil. Et dis-lui aussi de boucler ma fille jusqu'à nouvel ordre. Et les deux autres aussi, David et Raymond.

— Bien, seigneur.

— C'est bien simple, tu dis à tes hommes de surveiller la villa et de bloquer tout ce qui sort et tout ce qui rentre.

— J'ai compris, seigneur.

— Et trouvez-vous des bicyclettes. Vous en aurez peut-être besoin. »

La diligence fit demi-tour et reprit son allure d'asthmatique. Le Khan tira les rideaux pour tenter de dormir un peu mais le sommeil semblait le fuir. Il ne dormirait plus, il le savait, pour deux jours encore. Une caféine avait envahi ses viscères, pollué ses humeurs, un jus piquant qui ne le lâcherait pas.

Derrière ses paupières closes, il vit le visage sévère du tsar Nicolas et sa barbe en pointe. Désormais, il aimerait cet homme. Plus que tout au monde. Il donnerait sa vie, son or, son empire pour le protéger.

Ça lui montait d'en bas, ça lui donnait la chair de poule. C'était un besoin archaïque, une soif qu'il ne pourrait calmer. Pas avant deux jours, en tout cas.

Et chaque fois qu'il fermait les yeux pour résister à la pulsion, la Voix revenait battre à ses oreilles et relancer son souffle farouche.

Il frappa la banquette de toutes ses forces, juste en face de lui.

« Salope ! »

VII

La rue Galvani n'était qu'une rue insignifiante, une rue conformiste et désolante. Passant le coin, Joseph avait tendu le cou pour la découvrir avant Éloïs mais il s'en était vite retourné à son siège, un peu déçu.

Que s'attendait-il à voir ? Les démons de Marcel menant leurs cohortes de fantômes ? Les mortes du magasin dans les flammes de l'Enfer ? L'enfant, assis sur le bord du trottoir, qui l'attendait ? Rien de tout cela, sans doute, mais au moins quelque chose, quelque chose d'inhabituel. En fin de compte, cet ordinaire qu'il devait affronter était plus terrible que l'inconnu auquel il s'était préparé.

Le fiacre s'arrêta face au n° 5.

La course s'était faite en silence. Sans doute parce que ni Éloïs ni lui ne savaient vraiment ce qu'ils faisaient dans cette voiture. Mais cette balade dans les rues de Paris lui avait fait du bien. Non pas que sa situation se soit améliorée mais il avait décidé d'y faire face. C'est peut-être la détermination qu'il lisait sur le visage d'Éloïs qui l'avait poussé à se reprendre. Cette bouche pincée, ce gilet tout neuf qu'il époussetait du revers de la main. Et cette moustache ! Cette sale moustache, ce certificat d'imbécillité qu'il s'était accroché sous le nez.

Regarde-le, se disait Joseph, il ne sait rien de ce qu'il fait ici ni d'où il va mais s'effraie-t-il pour autant ? Il a suffi que le ministère lui colle un titre qui sonne et le voilà sûr de lui, fort d'un chapeau melon et d'une nuque bien raide, prêt à affronter seul tous les vilains de la terre.

Après tout, pourquoi lui, Joseph, aurait-il dû se tourmenter pour deux ? Avait-il une raison de craindre ce qui les attendait ?

Il y avait bien les fables de Marcel, la capture, les créatures couvertes de sang et les hommes sans visage. Dans la pénombre de la morgue, il s'en était effrayé mais, à présent, il revenait à la raison. Et puis Marcel s'était évadé. C'était un gamin des rues, il s'en sortirait. Jusqu'à quel point était-il en danger ? Et peut-on être en danger quand on est déjà mort ?

De toute façon, il n'y changerait rien. Demain, les sœurs découvriraient le petit cadavre baignant dans ses puanteurs et elles l'emmèneraient à la fosse commune sur un tombereau de vagabonds et de prostituées. La partie était finie pour Marcel, du moins de ce côté-ci du ciel. La seule manière de l'aider encore était d'essayer de comprendre. C'est pour cela qu'il était mort, Marcel, pour aider la science, pour aider le monde à comprendre ce qu'il y avait de l'autre côté.

5, rue Galvani. Toute cette affaire n'avait fait qu'accoucher de cette adresse. La solution était dans cet immeuble ! Cela ne pouvait pas être autrement.

« Éloïs ? Il ne faut pas que tu viennes avec moi.

— Tu me l'as déjà dit.

— Non, vraiment. Ta famille, ta sœur doivent t'attendre à l'heure qu'il est. Et puis tu as un travail et demain tu devras te lever tôt.

— Mon travail, mon travail, je suis en plein dedans !

— Que veux-tu dire ?

— Je veux dire que tu ne me feras pas changer d'avis. Tu vas me montrer ce qu'il y a à voir dans cet immeuble et, dans une demi-heure, je serai dans mon lit.

— C'est peut-être dangereux. Pense à ce que me dirait Lucille s'il t'arrivait quelque chose.

— Qu'est-ce qu'un curé peut faire de dangereux dans un endroit comme celui-ci à minuit sonné ? Tu me donnes encore plus envie de te suivre ! »

La porte de l'immeuble était tenue ouverte par une vieille chaise de jardin renversée. S'il avait été seul, Joseph aurait été plus prudent mais, avec Éloïs dans le dos, cela devenait une affaire de gloriole. Tant que la lumière du fiacre éclairait encore, il s'engouffra dans l'entrée carrelée.

Après le porche, il y avait une loge qui sentait la friture refroidie. Joseph s'en écarta et fit ses pas plus légers.

« Vous êtes qui, vous ? lança la voix aigrelette que l'on attendait d'une concierge.

— Nous sommes de la police », intervint Éloïs de derrière.

Il avançait en sortant de sa poche un beau carton tout neuf tamponné par le ministère. La bonne femme en tablier examina la photographie.

« C'est une carte de police, ça ?

— Du ministère de l'Intérieur.

— Ben dis donc ! J'en demandais pas tant ! »

Elle attrapa dans sa poche un bout de crayon qu'elle se planta au coin de la bouche à la manière d'un fume-cigare.

« On peut dire que vous avez fait vite ! »

Éloïs s'attarda sur le rangement de sa carte pour ne pas avoir à répondre à cette remarque étrange.

« Ça fait pas vingt minutes que ma fille est partie vous chercher. »

Éloïs ressortit la carte de sa poche pour mieux l'y remettre. Le regard de la dame cerbère, rompu à l'art d'évaluer l'étranger, s'abattit sur Joseph, toujours en retrait dans l'ombre du couloir.

« Ils recrutent des curés, maintenant, dans la police ?

— Le père Sterbing m'accompagne pour les besoins de l'enquête. »

Joseph entra dans la lumière. La concierge l'accueillit avec une génuflexion de jeune communiante. Éloïs rappela aussitôt l'attention de la mégère.

« Vous disiez que vous nous avez fait venir…

— Oui. C'est à cause des locataires du cinquième. Ils sont arrivés sur le coup de dix heures et depuis ils n'arrêtent plus. Même les Jambier se sont plaints.

— Les Jambier ?

— Les locataires du troisième. Vous imaginez ça, vous ? Ça fait deux heures que ça n'arrête pas.

— Quoi précisément ?

— Vous n'entendez pas ? »

Ils se turent. La concierge s'était figée comme un pointer, l'index dressé, la tête légèrement inclinée et un sourire jobard qui attendait l'acquiescement. Il fallut d'abord que l'oreille se fasse au silence puis, de très loin, ils devinèrent des éclats de voix. Un homme qui devait parler fort tout en haut de la cage d'escalier.

Devant leur inexplicable apathie, la concierge s'anima.

« D'en haut, c'est insupportable. Suivez-moi, je vais vous montrer ! »

Emmené par le rythme traînant des mules, le trio s'engagea dans l'escalier et remonta sur quatre étages la piste de l'encaustique. Dès le premier palier, une porte s'entrouvrit de l'écart réglementaire qu'imposait la chaînette.

« Ces gens sont de la police, madame Pottier. Ils viennent pour le tapage. »

Avec les Maturin du deuxième, les Bernard et les Jambier du troisième, puis la veuve Lefebure du quatrième, c'est toute une armée en pyjamas qui atteignit le lieu du crime.

En tête de procession, Joseph prit pied sur le cinquième palier sans aucune appréhension. La colonne des molletons rayés lui avait communiqué sa hargne insurrectionnelle. Mais la vue de ce carré de plancher encadré de deux portes chassa d'un coup ses pulsions de pogrom. C'était le palier de Marcel, tel que l'enfant l'avait décrit. Ça ne pouvait être qu'ici. Il chercha des yeux le coin où Marcel était resté assis une journée entière. C'est ici même que devaient se tenir les démons, c'est dans un de ces appartements qu'était entré leur chef, c'est une de ces deux portes que Marcel avait refermée avant de fuir.

« Alors, vous entendez ça ? » aboya la concierge.

Derrière la porte de gauche, il y avait une voix, suffisamment forte pour ressortir du brouhaha des locataires massés sur les dernières marches.

« C'est à vous de jouer, messieurs ! J'espère bien que vous allez me mettre tout ce petit monde au trou !

— Ne vous emballez pas, déclina poliment Éloïs. Il y a des procédures à respecter, vous savez.

— Et eux, ils les respectent, les procédures ? Vous n'avez qu'à entrer, les chambres de bonne ne ferment pas à clé. Ils vont pas vous manger !

— Ce n'est pas comme cela que travaillent les agents de l'État ! Je vous prie de nous laisser faire. »

Dans un réflexe de garnement plus que de policier, Éloïs colla son oreille à la porte. Joseph approcha.

C'était un homme qui parlait fort. Joseph pensa tout de suite à un acteur qui apprenait son rôle. C'était un timbre pour les amphithéâtres, pas pour une chambre de bonne. La voix montait, redescendait, virait comme un manège. De-ci de-là, au détour d'un lacet, un mot s'échappait jusqu'à la porte.

« Merveille… Puissance… Feu… Terre… Gloire… Univers… »

Comment cet homme arrivait-il à crier si fort sans que l'on puisse mieux comprendre ses paroles ? Parfois, il semblait même parler une autre langue.

« Akasha… Télesme… Kafou… »

Joseph interrogea du regard son complice de fortune. Il comprit à ses sourcils froncés qu'il n'y entendait pas plus que lui.

Autour d'eux, le tribunal des pyjamas délibérait. C'était scandaleux, honteux, illégal, des étrangers qu'il fallait arrêter, enfermer, punir puis renvoyer chez eux. Éloïs hésita, puis il s'écarta de la porte, d'un pas seulement. Juste pour marquer qu'il avait choisi son camp, celui de l'ordre et du respect du sommeil des braves gens.

« C'est quoi, ce bazar ? chuchota-t-il.

— Comment veux-tu que je le sache ? lui renvoya Joseph.

— C'est toi qui nous as amenés ici !

— Tu peux encore rentrer chez toi. »

Piqué au vif, Éloïs cogna à la porte, à grands coups du plat de la main. La voix ne s'arrêta pas pour autant. Par un curieux effet de boomerang, ses coups avaient fait taire le palier mais pas l'appartement. Alors, il frappa encore. Galvanisé par son audace, poussé dans le dos par le silence de la foule en colère.

Par-dessus l'acteur qui semblait bien déterminé à ne pas interrompre sa litanie, un aboiement de roquet leur répondit. C'était la voix d'une jeune femme qui claqua juste derrière la porte.

« Foutez le camp ! C'est une propriété privée ici ! On fait ce qu'on veut ! »

Joseph et Éloïs s'étaient tous deux reculés d'un pas pour buter, juste derrière, sur la concierge qui engageait le duel d'artillerie.

« C'est la police ! Il va bien falloir la fermer maintenant ! Vous sortez de là ou on vient vous chercher ! »

Déjà, elle se frayait un chemin pour attraper la poignée.

« C'est pas fermé. Si vous n'ouvrez pas, c'est moi qui vais le faire ! »

Joseph lui saisit le bras, c'était comme un réflexe de survie. Il ne voulait pas que la meute s'engouffre derrière cette porte, il devait savoir, avant. Aussitôt, les regards se refermèrent sur lui. Il était le traître démasqué à qui on allait faire payer cher sa forfaiture. Un homme entre deux âges qui avait gardé son filet à moustaches se fit la voix de la foule : « Mais qu'est-ce qui vous prend ? Laissez-la ouvrir, voyons ! Il est tard et on travaille demain. Vous êtes de la police ou quoi ? »

Il aurait volontiers troqué sa soutane pour un manteau d'hirondelle. Il allait falloir s'expliquer. Si seulement il y avait eu quelque chose à expliquer !

Mais Éloïs prit la parole. Il avait ressorti sa belle carte et leur parlait en chuchotant. Les visages se tournèrent à l'unisson. Un fonctionnaire en chapeau melon qui vous parle à mi-voix, ça s'écoute avec respect.

« Écoutez, je ne devrais pas vous confier cela mais ce sont les circonstances qui m'y poussent. Les gens qui se cachent derrière cette porte sont de dangereux criminels. C'est pour cela que le ministère a préféré m'envoyer plutôt qu'un peloton de sergents de ville, vous comprenez bien. Nous devons agir avec finesse pour les capturer vivants, aussi, je vous demanderai de bien vouloir vous reculer. Mon collègue et moi-même allons élaborer un plan d'intervention. »

Dans les pupilles s'allumèrent le respect et la connivence. La concierge, regonflée d'autorité, repoussa son cheptel de locataires jusqu'à l'escalier puis revint vers Éloïs avec des yeux de goupil.

« Et si vous passiez par la chambre d'à côté ? Elle est vide. Vous pourriez les surprendre à revers.

— Les deux appartements communiquent ?

— Non, mais ils partagent un même balcon. Vous pourrez passer par là.

— Merci, conclut-il, solennel. Madame ?

— Daubert. Mon mari était agent de surveillance à la mairie. Alors, je connais un peu le métier.

— Merci, madame Daubert. Mettez ces gens en sécurité je vous prie. »

Elle s'exécuta avec les gestes secs d'un sous-officier en pantoufles. Ils s'engouffrèrent dans l'appartement de droite. Refermant la porte, ils la crurent sur le point de saluer.

L'appartement n'était qu'une minuscule mansarde meublée, blanchie par la lune. Joseph pensa un instant être revenu à son point de départ, dans sa chambre de la rue Marguerite, mais Éloïs le ramena rue Galvani.

« Qu'est-ce que ça veut dire ?

— Je t'avais prévenu, Éloïs. Il fallait me laisser venir seul. Je n'ai pas la moindre idée de qui sont ces gens, à côté. Je me sens responsable de toi, je ne peux pas te laisser prendre plus de risques.

— Tu n'es responsable de rien du tout ! Sans moi, tu serais encore en train d'argumenter avec cette concierge. Pousse-toi, je vais aller sur ce foutu balcon et je vais bien voir ce qui s'y passe !

— Pas question ! Toi, tu restes là ! »

Il s'ensuivit une course ridicule, à qui atteindrait le premier la fenêtre du fond. Joseph, parti en tête, repoussa Éloïs sur le côté comme dans un jeu de balle. Puis, d'un seul geste de triomphe, il ouvrit grand le battant et s'y jeta sans précaution.

Dehors, le balcon n'était qu'un ruban, une langue étroite conçue pour les géraniums. Debout face au vide, Joseph y tenta un pied, sans oser davantage. L'autre fenêtre, à portée de bras, bombardait la nuit d'une lumière jaune, ferme et puissante. Joseph choisit de ramper.

« Reste derrière, Éloïs. Si on monte à deux là-dessus on va se retrouver dans la rue, trente mètres plus bas !

— Il y en a à peine quinze.

— Tais-toi ! »

Couché sur le mince rebord, il tendit le cou jusqu'au coin de la vitre. C'est ici que Marcel voulait que je vienne, pensa-t-il. Ici que ses démons m'attendent.

La première fois, il retira aussitôt la tête tant il craignait de voir ou d'être vu. Il y avait des gens à l'intérieur. Pas de cornes ni de sabots, pas de feu, pas de sang, juste des gens. Alors, il s'enhardit et regarda plus longtemps.

D'abord, il vit un homme à quatre pattes. Un Goliath en chemise de nuit qui lui tournait le dos. Il bricolait un foutoir d'objets en cuivre étalés sur le parquet. Des boîtes, des bobines, des fils, des lampes. Cela ressemblait à un dispositif électrique. La pièce la plus notable était un large filet métallique qu'il avait déployé sur le sol comme un tapis. Armé d'une pince et d'un tournevis, il coupait un fil par-là, resserrait l'assemblage par-ci. Il avait des mains comme des pelles et une carrure d'armoire mais il était bien humain.

Devant le mikado de câblages se tenait une autre figure de carnaval. C'était le baryton qui avait réveillé les trois étages de sa voix de stentor et qui continuait à psalmodier ses incantations sans queue ni tête. C'était un gros homme barbu habillé d'une robe de satin noir. Il s'était coiffé d'une espèce de mitre jaune recouverte de signes stylisés qui évoquaient l'alchimie et les messes noires. Joseph regretta de ne pas s'y connaître davantage car, à l'évidence, il y avait assez de charabia sur ces vêtements pour essayer d'y comprendre quelque chose. Le sorcier, puisque c'était le nom qui s'imposait, agitait une houlette rouge et blanc comme s'il dessinait dans l'air tous les caractères de sa panoplie. À ses pieds, Joseph aperçut un costume gris plié sagement sur le sol. Imaginer l'homme en caleçon sous sa chasuble satinée lui donna le courage d'observer le reste.

De l'autre côté du tapis, un homme dormait sur une chaise ; plutôt vieux, les cheveux tirant sur le blanc. Sa tête dodelinait, marquant des à-coups brutaux comme s'il ne contrôlait plus les muscles de son cou. Ses yeux gonflés poussaient sur des paupières collées qui ne voulaient pas s'ouvrir.

Cet homme est drogué, pensa Joseph. Mais l'explication ne suffisait pas à lui ôter cette impression étrange de contempler un monstre inhumain.

« Il n'a pas de jambes ! » C'était sorti sans qu'il pût se maîtriser. Il se recula et aspira un peu d'air frais pour effacer son imprudence.

« Pas de jambes ? Qu'est-ce que tu racontes ? »

Éloïs avait engagé la moitié de son corps sur le balcon et tentait de se frayer un chemin à ses côtés. Joseph lui ordonna de se taire en plaquant sur ses lèvres un index impératif. Il n'avait pas parlé à pleine voix. Derrière la vitre, il n'y avait aucune raison qu'on ait pu l'entendre. Il regarda de nouveau.

C'était un cul-de-jatte posé sur une chaise. Il avait la tête d'un brave homme, un gars du peuple après une soirée trop longue à la buvette. Mais qu'est-ce qu'il faisait là ? Autant les deux autres affichaient une certaine cohérence dans la bizarrerie, les robes, les appareils biscornus, les symboles ésotériques ; autant celui-là semblait déplacé. Un infirme, ivre mort, arbitrant le ballet farfelu du haut de sa chaise de juge.

Mais il y avait un objet placé devant lui, sur le bord du siège, là où auraient dû se trouver ses genoux. Cela ressemblait à une grosse boussole de cuivre tout droit sortie d'une brocante de la marine. Elle était reliée au reste du bric-à-brac par un câble tressé. À y mieux regarder, c'était ce compteur rutilant que l'estropié cherchait à fixer, c'était vers le poli de ce cuivre que tentaient de se diriger ses yeux chassieux malgré les mouvements erratiques de son cou.

« Bordel de Dieu, Raymond ! On va réessayer encore une fois. Et ce coup-ci, tu ne te trompes pas ! »

Une furie s'était abattue sur la moitié d'homme. Une petite bonne femme surexcitée qui se déplaçait par saccades, un paquet de nerfs d'à peine vingt ans. C'était à elle qu'on avait dû confier toute l'énergie du groupe. À chaque mouvement, ses cheveux lourds coupés sous l'oreille battaient l'air comme les lanières noires d'un martinet.

« Réveille-toi, Raymond ! »

Elle lui tenait le menton pour qu'il la regarde mais ses yeux de noyé s'enfuyaient en glissant comme des savonnettes. Elle lui décocha une gifle sonore en le maintenant par le côté pour éviter qu'il ne bascule. Puis elle attrapa la boussole qu'elle lui plaça dans les mains, resserrant ses doigts pour le forcer à la saisir.

« Il faut que tu te souviennes ! Regarde le cadran et dis-nous à combien il était quand Baphomet est apparu ! »

Le vieux grogna dans un réel effort de s'extirper de

son brouillard collant. La fille se retourna sur le grand prêtre satiné.

« On est sûrs que le tapis est à la bonne place au moins ?

— Oui, ce n'est pas le problème. Baphomet le voit, tu sais. Il s'est certainement déjà installé. Il doit être debout au beau milieu de la maille. »

Elle fixa le tapis argenté, l'air incrédule.

Joseph aussi regarda mieux. Il n'y avait personne sur cette maille. Mais c'était bien à ce tapis qu'il fallait attacher son regard. Toute la pièce était bâtie autour.

« Tiens-toi prêt, David. On y va ! »

Le géant se releva après un dernier coup de tournevis pour se tourner lui aussi vers le filet métallique. Dans sa longue chemise blanche, il ressemblait à un condamné à mort. Mais un condamné heureux. Maintenant, Joseph pouvait voir sa face joviale, un visage grossier, une esquisse à la mine grasse. Il avait dû être blessé. Un tel faciès, c'était l'œuvre d'un chirurgien, pas de la nature.

« Qu'est-ce que c'est que ce cirque ? » Éloïs s'était traîné jusqu'à la fenêtre et découvrait la scène qui, il fallait bien le reconnaître, évoquait un défilé de phénomènes sous un chapiteau.

« Tais-toi et surtout ne bouge pas », lui ordonna Joseph.

Il revint à sa fenêtre et chercha la fille des yeux. Elle était toujours là, à côté de l'infirme. Il en fut soulagé. Elle lui avait manqué. Elle était si pleine d'autorité, si sûre d'elle et pourtant si jeune. Penchée sur le pauvre vieux sur sa chaise, elle tournait le dos à la fenêtre. Ses cheveux avaient coulé de part et d'autre de sa nuque, qu'ils avaient découverte. Il y vit sa peau piquée de duvet noir. Lucille, pensa-t-il. Il irait la retrouver après tout cela et il lui parlerait enfin des choses vraies. L'horrible discussion dans le train repassa devant ses yeux.

Il la chassa. Et pourquoi ne pas lui parler tout de suite ? Il lui suffisait de franchir cette fenêtre et de déposer un baiser sur la peau diaphane de ce cou offert, de plonger les mains dans les ténèbres de ces cheveux.

Il pressa ses yeux entre ses doigts. Puis il appuya son front sur la pierre du balcon. La poussière faillit le faire tousser. Que lui arrivait-il ? Comment avait-il pu voir Lucille dans cette garçonne aux cheveux noirs ? La fatigue sans doute. Il faudrait qu'il mange, il faudrait qu'il dorme.

Il releva la tête et reprit sa place aux côtés du visage d'Éloïs, dilaté par la curiosité.

La fille venait de frapper l'homme-tronc, plus fort cette fois.

« Souviens-toi ! Juste à l'instant, j'ai tourné ce cadran. Sur quel numéro pointait la flèche ? C'était juste il y a une minute, moins peut-être. Tu dois te souvenir ! »

La tête du vieux vacilla comme une boule de bilboquet qu'il rattrapa in extremis d'un coup d'épaule engourdi. Elle le gifla encore, cette fois plus pour se calmer les nerfs que pour aider l'homme à se tenir éveillé. Du sang coula d'une narine et noircit la moustache poivre et sel.

« Ne quitte surtout pas ce cadran des yeux ! Si tu ne le lâches pas, tu te souviendras forcément ! »

Elle fit un geste dans son dos.

« David, mets-toi en place sur le tapis.

— Non ! » intervint le sorcier, feuilletant un missel de cuir noir qu'il avait sorti d'une grande caisse. « Non, Lucrèce. David doit se placer *devant* le tapis. Il doit bien prendre le temps d'observer avant d'y aller. C'est vital. Tu te souviens de ce que je t'ai expliqué, David ? Quand Baphomet se tiendra devant toi, tu devras te graver son visage dans la mémoire. Ta survie en dépend. Tu l'as bien compris ?

— Oui, maître. »

Le grand David se rangea sagement face au tapis, comme si c'était un bassin dans lequel il s'apprêtait à plonger.

« Elle s'appelle Lucrèce… », murmura Joseph. Puis il secoua la tête pour réveiller son attention.

Le cul-de-jatte grogna quelque chose. Lucrèce piqua du nez pour capter les mots avant qu'ils ne se perdent. Elle resta un instant, tendue, ses cheveux noirs baignant le visage du vieil homme.

« Il a parlé ! Il s'est souvenu ! Deux graduations après sept ! »

Elle s'était agenouillée à côté de la chaise et tournait le cadran d'une main tremblante. Puis elle brandit la boussole comme un trophée.

« Ça y est ! Sept virgule deux ! Regarde Raymond, comme ça tu te souviendras ! »

Derrière elle, le baryton attaqua le grand final. Bien campé sur ses jambes, le petit livre ouvert au bout de ses bras tendus, c'était parti pour l'aria, à pleine puissance. Joseph pensa à madame Daubert et ses pensionnaires, dans l'escalier, derrière la porte.

« Enfants de l'Asphodèle, fils du Capricorne, écoutez la voix de l'Homme ! Engeance de l'Immortel, quitte le giron du blond Radamanthe et viens goûter les zéphyrs enivrants des océans terrestres ! Venez Saraquaël et Barachiel, Balaam et Yéromée… » Puis, il ne cessa plus d'égrener la liste des noms hermétiques qu'il puisait de son bottin sacrilège.

« David, branche l'électricité ! »

Lucrèce avait délaissé l'estropié pour dérouler la suite du programme de sa voix de despote. David actionna la poignée de faïence d'un gros interrupteur.

Joseph plissa les yeux, s'attendant à une explosion ou, du moins, à quelque chose de brutal et d'éblouissant. Mais il ne se passa rien.

L'interrupteur semblait avoir coupé l'élan vital des protagonistes, qui se figèrent, silencieux, braqués sur l'air immobile au-dessus du filet. Alors Joseph les imita et attendit avec eux.

D'abord, il y eut comme un nuage de moucherons. Une tache en volume à un mètre du sol, juste au-dessus du carré de métal. Joseph ferma les yeux et les rouvrit pour s'assurer qu'il ne s'agissait pas encore d'un effet de la fatigue.

« On est un peu à côté, Lucrèce. Essaie de régler le potentiomètre. »

Contre toute attente, elle obéit docilement à la voix autoritaire du sorcier. Une main sur la boussole, le regard attaché aux moucherons, elle tourna le cadran avec une extrême lenteur.

Le nuage se rétracta puis battit quelques pulsations. À côté de Joseph, Éloïs était un gosse au spectacle d'un magicien. La bouche entrouverte, il l'avait dépassé sur le balcon et s'était avancé plus loin devant la fenêtre éblouissante.

Soudain, il y eut un homme, là-bas, sur le tapis de métal. Comme si par un merveilleux artifice on avait dressé les moucherons à singer la forme humaine. C'était une silhouette toute noire, un conglomérat grouillant de flocons de suie qui dessinait un homme debout au centre du tapis.

« Vas-y, ordonna Lucrèce.

— Non, cria le sorcier. Attends encore, David. Il faut que tu l'observes le plus longtemps possible. Regarde, c'est incroyable, nous avons réussi ! »

David, dans sa robe blanche, s'avança comme un négatif de l'homme en noir. Prenant bien soin de ne pas poser le pied sur le métal, il tourna lentement autour de l'Apparition pour mieux l'examiner sous tous les angles. Lucrèce ne bougeait plus. Elle s'était appuyée sur l'épaule du vieux, sur sa chaise, dont la tête avait basculé en arrière, au pays du delirium. Elle n'avait plus l'air si sûre d'elle et s'était effacée pour laisser ses comparses entrer en scène. Le grand prêtre avait pris la direction de la manœuvre et guidait l'investigation du bout de sa houlette.

Éloïs secoua l'épaule de Joseph, le faisant sursauter.

« Mais qu'est-ce que c'est que cette histoire ? C'est une image cinématographique ?

— Je n'en sais rien. Je n'ai jamais vu ça.

— Arrête de me prendre pour un imbécile, tu veux ? Et dis-moi tout de suite ce que ça veut dire.

— Tais-toi, ils vont nous entendre.

— Si tu ne me dis rien, j'interviens tout de suite et j'arrête la représentation.

— Ne fais pas ça, il va se passer quelque chose, tu vois bien ! Il ne faut pas les interrompre.

— C'est quoi, cette chose qu'ils ont fait apparaître ? Je suis sûr que tu le sais.

— Non. Je t'en prie, tais-toi.

— Tu connaissais l'adresse. Tu sais forcément ce qu'ils trafiquent.

— La ferme ! Regarde. »

Des serpentins de fumée montaient maintenant du sol. Là où le filet touchait le parquet, le bois avait noirci.

« Nom de Dieu, oncle Gérard, ça commence à brûler ! »

Des flammèches apparaissaient çà et là. Au plafond, une couche de fumée grise moutonnait comme une houle à l'envers.

« David ? Le moment est venu de partir. Il faut t'offrir maintenant, pour le stabiliser. Il ne viendra pas tant que tu n'auras pas pris sa place. »

La voix du sorcier chevrotait sous l'effet de l'émotion. Les yeux rougis, il enlaça le géant en chemise ; sa panse endimanchée de satin se lova contre cette charpente rustique avec une tendresse inattendue.

« Adieu, David. Prends soin de toi. Tu sais, tu es presque un fils pour moi. Je suis fier de ce que tu vas faire. Bonne chance !

— Merci, maître. Je suis très fier, moi aussi. »

Puis il tourna maladroitement vers Lucrèce sa gueule de saint-bernard, de grand chien pataud.

« Au revoir, mademoiselle Lucrèce.

— C'est ça, lui lâcha-t-elle en agitant la main vers l'homme en noir, dépêche-toi ! »

David reprit place devant le tapis, solennel. Face à lui, l'ombre fit un mouvement. Un geste qui lui donnait vie, qui la détachait du sein des fumées. Elle tendit les bras.

Joseph n'en pouvait plus de regarder. Il se sentait des fourmis glacées dans la poitrine et son cœur affolé qui cognait contre la brique du mur.

« N'y va pas, pensa-t-il. Tu vois bien que ce fantasme est prisonnier de ce tapis. C'est pour te dévorer qu'il cherche à t'attirer. »

Et David fit un pas.

Mais, soudain, devant Joseph, la vitre sembla céder. Avant qu'il ait pu comprendre, la fenêtre était ouverte et Éloïs se tenait debout, dans la chambre. D'instinct, Joseph se recula pour ne pas être vu.

« C'est fini, les guignols ! Levez les mains ! Je suis de la police ! »

Éloïs brandissait un pistolet et agitait avec outrance, de l'autre main, son carton du ministère.

« Toi ! Tu lâches ton bâton ! »

Il s'était approché du sorcier qui se baissa pour poser son sucre d'orge rouge et blanc sur le sol.

À côté de lui, David s'était figé, les bras ouverts. Il lui aurait suffi d'un pas pour s'abandonner à l'étreinte de l'homme en noir, juste devant. Mais la police, le pistolet, avaient changé la donne. Papus avait levé les mains, Lucrèce s'était accrochée au dossier de la chaise, l'œil hébété. Il ne restait plus que David, incapable de débrouiller seul la situation.

Alors, Éloïs réalisa soudain qu'il laissait trop proche de lui ce géant qui le dépassait d'une tête. Il pivota, laissant son arme dans le vague.

« Vas-y, saute, David ! » cria Papus.

C'était le signal qu'il attendait pour s'élancer enfin. David détendit sa lourde carcasse vers l'avant comme si le salut l'attendait dans l'étreinte de l'homme en noir. Éloïs bondit à son tour. C'était un réflexe. Il avait interdit que l'on bouge, il fallait qu'il bloque David sans attendre. Dans le mouvement, il lâcha son arme pour mieux ceinturer de ses deux bras le bassin du géant. Ainsi enlacés, les deux hommes perdirent pied et s'affalèrent de toute leur inertie sur l'ombre noire qui n'avait pas bougé d'un moucheron de son bûcher de flammèches et de fumerolles.

Mais au lieu du fracas des corps s'abattant sur les ustensiles en cuivre, il n'y eut rien. David et Éloïs, dans leur chute, avaient traversé l'ombre humaine pour se dissiper comme une fumée avant d'atteindre le sol. Leurs corps de chair s'étaient envolés, dans un tour de passe-passe, absorbés par la créature sombre qui leur avait tendu les bras.

Pan ! En touchant le sol, le pistolet d'Éloïs se déchargea d'un coup, marquant la fin de la scène et le retour à un effroyable silence.

Au milieu de la pièce noyée dans les fumées piquantes, debout dans les flammes comme surgi de l'Enfer, se tenait maintenant une figure terrible. Là où l'instant d'avant il n'y avait qu'une ombre sans substance se dressait un être puissant, un torse nu et musculeux, le visage tranchant d'une statue de silex, la mâchoire tendue et, dans les yeux, l'énergie concentrée d'un brasier intérieur.

Joseph se recroquevilla derrière sa fenêtre, ne laissant qu'à peine un œil au coin de l'ouverture. Il sentait que si cette créature de l'Apocalypse le découvrait, il serait torturé, son supplice n'aurait pas de fin. Il le savait. C'était son instinct. Et dans la pièce aussi, ils le savaient tous.

Lucrèce avait le visage d'épouvante et de résignation d'une vierge sacrifiée à un dieu primitif, cherchant derrière la chaise la protection dérisoire de son demi-chevalier servant.

Papus, pétrifié, tendait son missel à bout de bras, face à l'incarnation, magnétique. Comme les autres, il avait été saisi par l'éther glacé qui émanait de cette statue de roi déchu, revenue sur terre à l'appel de ses conspirateurs.

Après une éternité, le monde reprit sa trajectoire et Joseph put recommencer à articuler quelques pensées. David, le géant en chemise blanche, avait disparu, emportant Éloïs avec lui, dans le néant. Peut-être allaient-ils ressortir de derrière la porte sous les applaudissements des locataires ? Mais pour le moment, ils avaient été escamotés, gobés par le vide ou alors absorbés par ce gaillard musculeux qui avait tiré de leurs corps sa réalité.

« Est-ce le moment, oncle Gérard ? » murmura Lucrèce sans se retourner.

C'est cet instant que choisit Raymond pour sortir la tête de son brouillard. « Lucrèce ? »

Il avait appelé sa tortionnaire comme s'il était surpris que les coups se soient interrompus.

« Il ne doit pas lui parler ! cria Papus. Tu dois être la première ! Arrête-le immédiatement ! »

Lucrèce bondit sur l'estropié pour lui asséner la gifle qu'il avait semblé réclamer.

« Tais-toi ! » explosa-t-elle en vidant sur le pauvre ivrogne toute la terreur qui fermentait en elle. Puis elle s'arrêta.

À peine dérangé, l'air visqueux s'immobilisa aussitôt. Même le souffle haletant de Lucrèce ne troublait plus le calme pesant. Elle revint, à pas de souris, devant le tapis, exactement là d'où David et Éloïs avaient plongé dans le néant. Sa gifle à l'infirme lui avait redonné l'énergie qui lui manquait.

Elle ferma les yeux ; pour la solennité du moment ou peut-être simplement pour ne pas avoir à affronter le regard de l'Apparition. Seule devant la bête et les flammes, elle était si fragile. Joseph voulut bondir à son secours, éviter ce nouveau sacrifice. Mais il avait bien trop peur. Et il ne s'agissait pas d'un sacrifice.

« Vas-y, Lucrèce, trancha Papus. C'est le moment. Utilise la Voix, parle-lui ! »

Alors Lucrèce entrouvrit la bouche et attendit. Elle attendit un peu que la Voix accepte de sortir, cette Voix dont elle devait accoucher à s'en déchirer la gorge.

« Baphomet ! »

C'était un cri animal, un hurlement simien, une voix trop grave, mal dégrossie, un commandement d'outre-monde qui violait ses lèvres pour asséner sa sentence.

Elle eut un haut-le-cœur, puis elle prit une grande inspiration avant de vomir le reste de son ordre.

« Baphomet, je t'ordonne de me suivre ! »

Et Baphomet fit un pas. Un seul. C'était un symbole plus qu'un mouvement. Le symbole de sa nouvelle allégeance, un salut à son maître, mais un salut entaché de défi, où derrière la soumission se cachait l'orgueil.

Les yeux de Lucrèce, à hauteur du torse de son nouvel

esclave, n'avaient rien perdu de leur expression d'effroi. Elle revint au silence. Il lui faudrait encore du temps avant d'oser vérifier si elle avait retrouvé son timbre de jeune fille.

Un miaulement mit fin à la messe. Une longue ondulation aiguë, geignarde, une sirène que d'abord personne ne remarqua mais qui s'imposa à la longue. Joseph, aux premières loges sur son balcon, vit arriver, de loin, le fourgon de police qui venait réveiller le quartier.

Lucrèce réagit, aussitôt la menace identifiée.

« Bon Dieu, les flics ! Il faut qu'on se tire ! Comment on fait ?

— Baphomet va te suivre. C'est ce que tu lui as ordonné, non ? lui répondit Papus, presque calme.

— Alors, on y va.

— Attends, Lucrèce ! Et Raymond ?

— Il ne peut pas se déplacer.

— On ne peut pas le laisser là !

— On n'a plus David, on n'a pas le choix.

— Baphomet peut le porter.

— Tu crois ?

— Oui, je pense. »

Elle regarda sa bête, ce torse puissant, cette arme de guerre qu'elle s'était offerte. Mais elle en avait encore si peur !

« Je dois encore utiliser la Voix ?

— Non, parle-lui normalement. Ce n'est pas une machine, tu sais ? »

Il sursauta.

« Bon sang, la machine ! La machine, Lucrèce ! On ne peut pas l'abandonner.

— Si on la prend, on laisse Raymond ici.

— Ça ne sera pas la première fois que Raymond se réveillera au poste. Il rentrera entre deux hirondelles et on paiera l'amende. La machine, par contre, si on la laisse, on ne la reverra jamais ! »

Sans se propager vraiment, le feu vivotait çà et là sur le parquet, suffisamment pour empuantir l'atmosphère et piquer les yeux. Accroupis au milieu du foutoir, Lucrèce et son oncle essayèrent de ramasser les pièces brûlantes avec des linges pris dans la caisse.

« Aide-nous, toi ! »

Ça lui était sorti tout seul. Comme si elle regrettait, elle se tourna vers Baphomet en courbant l'échine, dans un réflexe de défense. Elle resta ainsi comme prosternée devant son esclave. Puis, la créature se baissa doucement, à gestes mesurés. Elle tendit la main vers une bobine cuivrée toute proche et la toucha. Au contact de sa peau, le métal surchauffé émit un grésillement. Baphomet lâcha la pièce et contempla sur ses doigts les zébrures calcinées. Puis il sourit, faisant éclore de ses lèvres ses canines monstrueuses.

Lucrèce s'arrêta, subjuguée par son monstre aux manières de nouveau-né. Seul Papus s'activait à tasser dans sa caisse les manchons et les carters, les fuseaux et les ampoules.

En bas, les pandores avaient débarqué et s'annonçaient à grands coups de sifflet.

« On va se faire prendre, Lucrèce !

— Alors on y va, tant pis pour le reste ! »

Ils se disposèrent aux deux extrémités de la caisse, qu'ils ne soulevèrent qu'à grand mal.

« Toi ! Passe devant ! On descend ! » Elle avait commandé à Baphomet sans oser prononcer son nom. La créature se précipita sur la porte mais se planta devant et ne bougea plus.

« Alors ? Ouvre-la ! C'est ma volonté ! »

Baphomet frappa la porte du poing, assénant un coup aussi puissant qu'inutile. Lucrèce lâcha la caisse et avança avec prudence jusqu'aux côtés de son esclave qui venait de frapper une seconde fois.

« Qu'est-ce qui se passe ? Ce n'est pas comme ça qu'on ouvre une porte. »

Elle tourna la poignée comme on explique à un enfant.

C'était extraordinaire ! Joseph abandonna un instant sa cachette. Il fallait qu'il avance pour mieux voir. Il comprenait enfin ce qu'il était venu faire ici ! Cet homme ne savait pas ouvrir une porte ! Ce démon, devrait-il dire. *Les démons ne peuvent pas ouvrir les portes.* C'était exactement ce que Marcel lui avait décrit. Mais où étaient les cornes, les griffes, le sang ? Peu importe ! Cette créature était sa Solution, elle avait capturé Marcel et savait certainement où il se trouvait maintenant.

Joseph avait pris pied dans la chambre. Lucrèce l'aperçut. D'un regard, Joseph pénétrait dans l'histoire comme un spectateur pris à partie par les comédiens. Il n'y était pas préparé. Il hésita. Dans son dos, ses mains cherchèrent le rebord de la fenêtre. Au bout du bras de Lucrèce, il vit le pistolet d'Éloïs qu'elle avait ramassé.

Mais, d'un coup d'épaule, Baphomet s'était enfin décidé à pousser le battant pour s'élancer sur le palier dans les cris de panique des locataires, les bruits de chute et le piétinement. Papus suivit en traînant sa lourde caisse.

« Lucrèce, qu'est-ce que tu fabriques ! »

Joseph s'était simplement assis sur le chambranle et attendait le coup de feu qui mettrait fin à tout cela. Mais les yeux de Lucrèce le lâchèrent sur un dernier regard qu'il ne sut pas lire. À son tour, elle s'engouffra sur le palier et se mêla au vacarme qui dégringola les escaliers.

Le tumulte s'effaça au fur et à mesure qu'il descendait dans les profondeurs. Des insultes, des coups, des cris, puis une détonation, puis une deuxième, puis une voiture qui démarre et laisse enfin le silence revenir.

Joseph aperçut le chapeau melon d'Éloïs à ses pieds. Il se baissa pour le ramasser.

« Mon Dieu ! Éloïs a disparu ! »

Alors sa raison s'embrasa sous une avalanche de visions ardentes. Éloïs dans le fiacre qui ne doit pas le suivre. Éloïs, trop jeune, qui brandit sa carte de police comme un talisman. Éloïs qui tombe dans les flammes pour s'évanouir dans un souffle. Et Lucille. Sa sœur jumelle. Leurs bras enlacés devant lui. Lucille qui, voyant son frère sous les arbres, cesse de pleurer. Et lui, Joseph, le seul responsable de tout cela.

Il toussa. La fumée, le dégoût. Le parquet brûlait encore. Il aurait pu brûler lui aussi, s'immoler sur les lieux de sa perte. Au 5 de la rue Galvani, son espoir de science et d'aventure, cette folie maintenant refermée comme un piège.

Un râle rappela son attention. Le cul-de-jatte était toujours là. Raymond, posé sur sa chaise, au milieu des brumes mêlées des braises et de l'alcool. Joseph approcha.

« Monsieur ? »

Il ne répondit pas.

De l'escalier, les voix reprenaient leur ascension. Le tumulte de la cavalcade avait fait place à l'harmonie policée des ordres et des sommations. Joseph resta aux côtés de Raymond et attendit dans le calme que tout cela se termine.

Ce n'est qu'une fois installé dans le fourgon, encadré par deux agents, qu'il pensa qu'il aurait pu fuir.

VIII

Dans un fourgon de police, ça se passe un peu comme dans une salle d'attente. On reste assis, on ne dit rien, on ne regarde pas les autres. Il n'y a rien à dire, de toute façon. On est là pour attendre qu'une porte s'ouvre et que quelqu'un vous indique quoi faire.

Joseph s'était laissé asseoir. Il n'avait pas protesté, reconnaissant implicitement qu'il était ici à sa place. L'agent avait sorti les menottes et lui avait fait signe de s'installer sans les utiliser. On n'attache pas un curé en soutane, c'était sûrement ça. Mais il les lui avait montrées quand même, façon de dire qu'il les méritait.

La fourgonnette était rentrée sans la sirène. Il régnait là-dedans une ambiance de fin de journée, quand dans le wagon du tramway les ouvriers se laissent ballotter comme des sacs, les yeux ailleurs, l'esprit nulle part.

Il y avait trois policiers, Joseph et le cul-de-jatte. L'estropié aussi avait échappé aux menottes. Il ne risquait pas de s'évader. Et puis, il s'était rendormi à peine posé au fond du fourgon. Joseph l'avait trouvé presque attendrissant dans la descente de l'escalier, assis sur les bras croisés des deux agents dont ils avaient fait un siège, comme un prince des Indes.

Les autres, là-haut, l'avaient appelé Raymond. C'était

le genre de gars que Joseph croisait d'habitude à la sortie de l'église, dans une charrette en bois. Ivrogne et infirme, comme si ces deux tares étaient faites pour aller ensemble.

Joseph n'était pas à sa place dans un fourgon de nuit. Il n'était pas un truand, il n'était pas un fêtard, il n'avait même jamais été ivre. Mais le bourdonnement du moteur et la lumière terne des hublots grillagés le rassuraient. Si bien qu'après tout, il ne s'y sentait pas si mal. Il avait parlé un jour à un clerc de notaire qui s'était fait pincer à trafiquer les comptes de l'office pour chaparder trois francs six sous. Il était venu trouver Joseph parce qu'il avait eu besoin d'une épaule de curé pour épancher ses larmes de repenti. Joseph se souvenait surtout que l'homme lui avait raconté comme il s'était senti soulagé de voir les policiers débarquer dans son bureau. Le voyou se trahit toujours un peu lui-même quand il choisit de rassasier ses besoins contre la société de ses pairs. La punition est le rêve secret de tous les truands, la rédemption le salut du pécheur.

Mais pourquoi Joseph pensait-il à cela ? Il n'avait rien à se reprocher. Toujours est-il qu'il se sentait mieux dans ce fourgon que là-haut, tout à l'heure, perché sur le balcon.

À l'arrivée, au commissariat du XVIIe, on l'installa dans un petit bureau. Joseph avait tellement redouté la cage aux débauchés et aux filles perdues qu'il s'était laissé enfermer dans ce cabinet, sans broncher, presque avec plaisir. On ne lui avait rien dit mais il supposait que c'était encore sa qualité de prêtre qui lui valait ce traitement de faveur.

Un moment, il avait cru qu'on lui avait attribué le bureau d'un fonctionnaire laissé inoccupé pour la nuit. Mais il comprit vite à la fenêtre grillagée, aux tiroirs vides et aux meubles fixés au sol que la salle avait été spécialement aménagée pour les clients de son espèce. Un bourgeois égaré, un notable pris dans ses jeux du soir, le XVIIe arrondissement ne devait pas manquer d'hôtes de marque. Des gens que le commissaire raccompagnait chez eux le lendemain avec une poignée de main, comme un vieil ami qui partage un secret. L'agent s'était d'ailleurs excusé de devoir respecter la procédure en fermant la porte à clé.

Raymond avait été bouclé avec lui. Ils l'avaient couché sur un canapé, un deux-places qui faisait juste la bonne longueur pour quelqu'un sans jambes. Joseph pensa que le bougre pourrait le remercier quand il se réveillerait ici. Les ivrognes anonymes ne devaient pas souvent bénéficier des faveurs du petit bureau.

Et après tout, pourquoi avaient-ils enfermé Raymond avec lui ? Sans doute cela faisait-il aussi partie de la procédure. On ne sépare pas les compagnons d'infortune. Il n'empêche que l'idée de se trouver associé à ce débris d'homme l'ennuyait. Cela sonnait comme un mauvais numéro de music-hall : le curé et le cul-de-jatte ! Il redoutait le moment où on l'interrogerait sur cet infirme qu'il ne connaissait pas et où il devrait s'expliquer sur un acoquinement qu'on ne manquerait pas de présumer.

Il s'assit au bureau qui était là, comme on se met au travail. Sans feuille ni plume, face à rien, mais prêt à un inventaire de l'étrange soirée qui l'avait amené ici.

« Je suis innocent » fut la première phrase qui lui vint à l'esprit. La peur du policier est un principe que la société enseigne fort jeune à ses enfants. La descente du fourgon, tenu au bras par un homme en uniforme, le choc viscéral en passant devant la cage aux clochards et puis cet enfermement dans l'ignorance de ce que l'on ferait de lui au matin. Il aurait pu fuir, tout à l'heure mais maintenant qu'il était à ce bureau, il lui fallait bien se résoudre à réfléchir.

Qu'avait-il fait de mal ? Que pouvait-on lui reprocher ? Et même, de quel droit l'avait-on amené ici ? Il n'était qu'un témoin et certainement pas un accusé. Demain, il répondrait simplement aux questions qu'on lui poserait, sans mentir, sans rien omettre. Et puis, il rentrerait se reposer, chez lui. À l'Hôtel-Dieu, ils pourraient bien se passer de saint Joseph pendant une matinée.

Voyant ainsi se dérouler son emploi du temps, il retrouva son calme et put pousser sa réflexion un cran plus loin. Sans y penser, seul à sa table de travail, il commença à articuler les mots qu'il utiliserait le lendemain, comme on répète un rôle, en remuant les lèvres.

« Quand je suis arrivé rue Galvani, il était plus de dix heures. Le cocher pourra le confirmer. La concierge aussi. C'est cette brave madame Daubert qui m'a guidé jusqu'au cinquième étage.

— Et que veniez-vous faire dans cet immeuble ? »

La question était si naturelle qu'elle lui était venue spontanément.

Et que répondre à cela ?

« J'étais à la recherche d'un petit garçon décédé il y a deux semaines que des démons avaient capturé et séquestré dans cet appartement. »

Il eut un frisson, une gifle d'angoisse, par l'intérieur. Il lui faudrait mentir, c'était l'évidence. Un faux témoignage, un péché. Il n'avait pas le choix. Personne, et surtout pas un policier, n'était prêt à entendre sa vérité.

« En fait, je suivais Éloïs Bienvenüe qui est fonctionnaire au ministère. C'est le frère de… »

Il hésita.

« C'est un ami. Il m'avait proposé de le suivre dans cette mission dont j'ignorais tout. Juste pour me distraire. »

Cela sonnait mieux, alors Joseph adopta cette version. Une fois admis le principe du mensonge, la réalité des faits coulait plus facilement.

« Éloïs m'a demandé de rester derrière lui pendant l'intervention. Alors je suis resté sur le balcon sans bouger, comme il m'avait dit. »

Le rôle de l'innocent qui obéit à l'autorité était bien plus confortable. Joseph s'y sentit à l'aise et continua.

« Il y avait un groupe de truands dans l'appartement. Éloïs est entré pour les appréhender. Il a lancé les sommations d'usage en les menaçant avec son arme de service. Mais l'un des individus s'est jeté sur lui et... »

Et quoi ? Et ils ont disparu dans un nuage de fumée ? Et ils se sont métamorphosés en un athlète au torse nu et à l'œil peu commode ? Jamais un commissaire ne le relâcherait après de telles explications. Il le garderait pour l'interroger plus avant, il le confronterait à d'autres témoins, à d'autres indices.

La vérité prit un nouvel aiguillage.

« L'individu, un athlète puissant, réussit à ceinturer le pauvre Éloïs. Une jeune fille qui semblait diriger le groupe s'empara de son arme et le menaça. Couché sur le balcon, je préférai ne pas intervenir. J'étais complètement dépassé par la tournure de l'affaire, vous comprenez bien.

« C'est à ce moment qu'est arrivée la fourgonnette de la police. La sirène a semé la panique chez les voyous qui ont fui par l'escalier, emmenant Éloïs sous mes yeux impuissants.

— Mes hommes ne m'ont signalé qu'une femme accompagnée d'un individu en robe et d'un autre à moitié nu. Votre ami Éloïs ne correspond à aucun de ces signalements, n'est-ce pas ? Vous êtes certain qu'il est sorti avec les autres ? »

C'est sûr. Le commissaire pouvait lui répondre cela.

Et dans ce cas, c'était sa parole contre celle d'un policier. Qui était le plus assermenté, un curé ou un policier ? Ou trois policiers ?

Ça ne tenait pas debout. Ou alors, il pouvait dire qu'il n'avait rien vu, rien du tout ; qu'il était resté sur le balcon, roulé en boule, sujet au vertige.

Cela commençait à faire beaucoup de mensonges. Trop sans doute. Plus il s'éloigne de la vérité, plus le mensonge est difficile, c'est bien connu.

La fatigue lui tomba dessus d'un seul coup. Déjà à l'Hôtel-Dieu, il était épuisé. Et combien de temps s'était écoulé ? Quatre, cinq heures peut-être.

Tant pis. Il verrait bien demain. Avec le commissaire en face de lui, il trouverait les mots. On n'enferme pas quelqu'un qui n'a rien fait. Dans le fond, il n'avait pas à se justifier. De quoi l'accuserait-on ? Pas d'accusation, pas de défense.

Éloïs Bienvenüe, officier d'État en mission pour le ministère de l'Intérieur, a disparu.

Il fallait bien reconnaître que cela pouvait être grave. La république en avait guillotiné pour moins que ça. Et si Éloïs était mort ? Et si on ne le retrouvait jamais ? Ce qui revenait au même.

Joseph dut se lever et marcher un peu. Par hasard, ou par force, il se dirigea vers la porte et tourna la poignée d'un coup sec, comme pour la prendre par surprise. Si seulement elle avait été ouverte, il aurait pu fuir, rentrer chez lui, effacer tout cela, retrouver sa vie, la morgue, l'évêque, Lucille…

Lucille. Il frappa. Un grand coup de pied d'abord, puis son front qui cogna le panneau de bois à s'en étourdir. Il resta là, la tête appuyée contre la porte.

Savait-elle qu'Éloïs était venu le retrouver à la morgue ? Et puis, même si elle ne savait pas, cela finirait par transpirer. Le cocher les avait vus ensemble, la concierge et la quasi-totalité des locataires de l'immeuble. Que dirait-il ? Il pouvait mentir à la police, mais à Lucille ?

La vérité, c'est qu'Éloïs l'avait suivi et que lui il n'avait pas réussi à l'en dissuader et l'avait amené jusqu'à cet appartement où il avait disparu.

Il se souvint du marchand de patates et du défi idiot qu'il lui avait lancé. Alors, il aimait Lucille ? Il l'épouserait ? Après ce qui s'était passé ce soir ? Il sentait les tissus de sa gorge se gonfler comme des éponges. Il souffla et souffla encore, de plus en plus fort, pour chasser de ses poumons cet air empoisonné, du poison des illusions perdues.

Il retourna au bureau et entreprit de tourner autour, sans plus s'arrêter. Il imaginait Fulgence Bienvenüe endeuillé, tenant sa fille par le bras, venant le sortir de ce commissariat, la mine grave. Le Père Métro que le pays adulait, celui-là même qui cet après-midi encore discutait avec la présidente, cet homme qui l'avait accueilli dans sa famille, qui payait sa chambre et ses repas. Joseph était-il le coucou qui lui avait tué son fils ?

Non. Éloïs n'était pas mort ! Et il allait le retrouver, maintenant ! Il le ramènerait, lui-même, et toute cette affaire ne serait plus qu'un sale souvenir. Éloïs rentrerait chez lui avant qu'on s'inquiète. Tout de suite !

Joseph se précipita sur la porte. Il frapperait jusqu'à ce que l'on vienne. Puis il expliquerait n'importe quoi jusqu'à ce qu'on le laisse sortir. Il ne pouvait plus rester ici.

« Joseph ? »

Alors qu'il passait devant le canapé, Raymond s'était réveillé.

« C'est toi, Joseph ?

— Vous me connaissez ?

— Ben oui. C'est moi, Raymond ! »

Joseph oublia la porte un instant. Le vieux n'avait pas vraiment l'œil vif mais sa voix, à défaut de son esprit, semblait avoir retrouvé un certain aplomb.

« Aide-moi, fiston, je suis mal mis ! »

Il se tortillait comme un lombric au milieu d'un chemin, plus pour montrer à Joseph qu'il avait besoin d'aide que pour tenter un réel mouvement. Joseph l'attrapa sous les bras, ne sachant pas comment s'y prendre. D'habitude, il laissait les sœurs s'occuper des malades ou des corps. Il essaya de faire comme il les avait vues. Malgré quelques ahanements saugrenus, il parvint à le caler dans le coin de l'accoudoir à peu près dignement.

« Assieds-toi donc, il y a une place libre maintenant. »

Prenant son temps pour s'installer, Joseph cherchait d'où il pouvait connaître cet homme. Vu son état, il l'avait peut-être rencontré à l'hôpital. C'est amusant comme les gens pensent que, parce qu'ils vous connaissent, vous les connaissez forcément en retour. Il avait déjà vécu cette situation et ne se sentait pas à l'aise dans la comédie qui s'ensuivait fatalement. Être aimable sans savoir, tutoyer, sourire, mentir un peu. L'évêque Grabeuf l'avait prévenu, la célébrité est quelque chose qui se régit.

« Comment ça va, Raymond ?

— Moyen. J'ai un charpentier dans la tête.

— Tu devrais arrêter de boire.

— Ouais. Tu me le dis toujours. Mais c'est toi qui as raison. »

Et le voilà qui discutait comme au salon de thé, à la nuit noire, avec un estropié visiblement heureux de le voir. Raymond avait les cheveux gras et il puait la vomissure. Et Joseph qui tout à l'heure redoutait qu'on l'assimile à ce compagnon de cellule, il était bien mal parti ! Mais l'homme avait le sourire aimable et sincère. Autant parler.

« Dis-moi, Raymond, tu peux me rappeler où nous nous sommes vus la dernière fois ? Il m'est arrivé tellement de choses ces temps-ci que je m'y perds un peu. »

Mais Raymond n'avait pas écouté. Comme à travers un brouillard qui recule, il semblait découvrir la pièce centimètre par centimètre.

« On est où, là ? Encore au trou ?

— Nous sommes au commissariat du XVIIe arrondissement. Nous y avons été emmenés par la police. Tu te souviens ? »

Raymond se mit à rire de ses dents brunes de chiqueur de tabac, un rire qu'il laissa s'abîmer en toux rauque.

« Sacré Joseph ! C'est un plaisir, la taule avec toi ! Voilà qu'on se retrouve encore un coup dans les appartements de luxe !

– Je ne comprends pas.

— Note, la cellule avec les putes, ça a son charme aussi ! »

Il rit encore, puis il toussa, puis tout se mélangea dans une étrange convulsion qui faillit le faire verser de côté. Joseph le rattrapa par le bras et le recolla dans le coin.

« Tu as déjà été enfermé ici, c'est ça ?

— Oui, c'est ça, fais comme si tu te souvenais plus ! »

Il lui envoya un clin d'œil.

« T'as pas envie que ça se sache, hein ? Un curé, ça finit pas ses soirées chez la volaille. Et encore moins avec un clodo dans mon genre !

— Ne dis pas ça, Raymond. C'est juste que j'espère sortir d'ici rapidement.

— Et c'était pourquoi la dernière fois ? Voilà que je me souviens plus non plus !

— La dernière fois, Raymond, ça devait être quelqu'un d'autre. Moi, je n'ai jamais été enfermé ici ni même dans aucun autre commissariat d'ailleurs. Et j'espère bien ne plus jamais me retrouver dans une telle situation.

— Allons, allons. Alors toi aussi t'as le cigare qui déraille? En plus, la dernière fois, je suis pas près de l'oublier. Qu'est-ce qu'on s'est marrés! Tu te souviens? Le poulet, il avait ouvert la porte, et toi, tu l'avais poussé d'un coup. Il s'était bien ramassé! Et le temps qu'il se remette sur ses quilles, t'étais déjà au bout du couloir! Tu remontais tes jupes pour mieux courir, on aurait dit une pucelle devant son oncle! Tu parles si j'ai pas oublié!»

En fait, alors qu'il passait ses journées à l'hôpital, Joseph se dit qu'il connaissait bien mal les malades. Le charabia de Raymond tenait de la pathologie. Une infirmière aurait su s'y retrouver. Lui, c'étaient surtout les morts qu'il côtoyait. D'ailleurs, pourquoi n'avait-il jamais discuté avec une âme d'ivrogne? Il ne s'était jamais posé la question. Les effets de l'absinthe ne passaient-ils pas la barrière de la mort? Et l'alcool, ainsi, ne serait pas un poison de l'âme mais seulement du corps? Il fallait qu'il note cela quelque part, cela ressemblait à une belle découverte qu'il devrait approfondir.

Toujours est-il qu'il avait à côté de lui un beau spécimen d'alcoolique, bien vivant, et qu'il ne savait plus comment le prendre. Le brave Raymond le connaissait, c'était évident, mais son esprit était un vrai fourbi, un labyrinthe de fantasmes entremêlés dont sortaient ces histoires abracadabrantes. Il en avait connu des affabulateurs, mais pas comme celui-là. Un cerveau confit à l'absinthe. Et comment poursuivre une conversation normale avec pareil animal?

«Écoute, Raymond, je vais être honnête avec toi. Je ne me souviens pas de ce que tu me racontes. Tu as un peu bu ce soir et je pense que demain matin tu y verras plus clair.»

Raymond prit un air de chien battu, un ratier galeux

qui veut qu'on l'aime comme un caniche de luxe. L'alcool triste, se dit Joseph.

« Alors tu me renies, c'est ça ? Oh, je sais, le Raymond c'est pas l'ami qu'on rêve d'avoir. Mais putain ! Je suis un soldat quand même ! Un héros de la guerre ! Tu devrais être fier de m'avoir à côté de toi ! »

C'était l'occasion de sortir du marécage. Joseph saisit la perche.

« Un soldat ? Je ne savais pas ?

— Je t'ai jamais dit ? Si, je suis sûr. C'est que tu m'as pas écouté, encore un coup. Je suis zouave, moi ! Du troisième régiment ! »

Il cherchait à bomber le torse mais sans jambes pour se redresser, il resta appuyé sur l'arrière, juste un peu plus raide qu'avant.

« Attends, regarde ! »

Il lâcha l'accoudoir du canapé sans prévenir et entreprit de fouiller sa poche en basculant au ralenti. Joseph lui attrapa l'épaule pour l'arrêter mais Raymond ne s'en souciait pas. Seuls comptaient cette poche et le trésor qu'elle renfermait. Il en sortit une petite boîte recouverte d'un flocage bleu élimé. Un écrin de pacotille qu'il ouvrit en baissant la tête pour inviter Joseph à faire de même. À l'intérieur, il y avait un petit écusson triangulaire, un blason en fer qui représentait un zouave barbu de profil coiffé de son fez en émail rouge.

« Tu vois ? Il y a écrit *3e Zouaves* au-dessus. »

Il ne l'avait pas sorti de sa boîte. Joseph observa un silence recueilli et ne lâcha pas la médaille des yeux pour bien marquer le respect. Raymond avait pris le même air conquérant que le profil de zouave gravé dans le fer.

« Tu sais, dans un pays, il faut des curés pour gagner le paradis, mais il faut aussi des soldats pour se battre contre les ennemis !

— Et tu t'es battu ?

— Qu'est-ce que tu crois ? »

Il lui tendit la petite boîte et s'attrapa les moignons à pleines mains, par-dessus son pantalon agrafé. C'était un geste obscène qui troubla Joseph. Il lui rendit l'écrin pour qu'il arrête.

« Elles sont restées au Tonkin, ces deux-là, dans la boue du fleuve Rouge !

— Au Tonkin ?

— On avait été envoyés pour chasser les Chinois et les Pavillons noirs. Mais tu peux pas te souvenir, t'étais même pas né.

— Je ne savais pas que l'on s'était battu là-bas.

— Et l'Indochine, elle nous vient d'où ? Il a bien fallu que des gars comme moi aillent la chercher !

— Et tes jambes, c'est arrivé comment ?

— Un obus de mortier. Mais tout ça, c'est ce qu'on m'a raconté. Je me souviens plus. Je me suis réveillé au bout d'un an, à ce qu'il paraît.

— Un an ?

— Ouais. Et il y a pas que mes jambes qui sont restées à pourrir dans la boue. Il y a aussi ma vie, ma jeunesse. »

Il resta deux secondes à regarder ailleurs puis il se mit à pleurer. Franchement. Sans chercher à s'arrêter ni à se cacher. De belles larmes de militaire, des larmes d'homme. Peut-être aussi un chagrin de vieux, pensa Joseph, comme il en avait vu des tas. Ce genre de chagrin nostalgique qui nous pend tous au nez. Il pleurait bien droit, une main cramponnée au coussin du canapé, l'autre refermée sur sa boîte au trésor. Peut-être avait-il peur de basculer s'il cherchait à s'essuyer les yeux.

D'ordinaire, Joseph répondait aux hommes qui pleurent par une bonne bourrade virile. Mais avec Raymond, il manquait les cuisses à claquer à la hussarde. Il hésita à l'enlacer puis se contenta de lui secouer mollement l'épaule.

« Ce foutu mortier, il m'a arraché les souvenirs, continua Raymond. Il m'a arraché mon père, ma mère, toute mon enfance. Je ne me souviens de rien d'avant. Je me suis réveillé à l'hôpital, à Paris. Je n'avais plus de vie.

— À l'hôpital ? À l'Hôtel-Dieu, c'est ça ? C'est là que je t'ai connu, non ?

— Dis pas de conneries ! T'étais pas né, je te dis. »

Il avait poussé sur ses bras sans lâcher sa boîte. Il semblait plus grand. Il y avait presque de la colère dans sa voix, de celle d'un vieux qui ne supporte plus les gamins.

« À quel jeu tu joues, Joseph ? Avec David, t'es tout ce qui me reste ici ! Tu m'as tiré des pattes des poulets, tu m'as sauvé la vie, tu m'as offert tout ce que j'ai aujourd'hui ! Fais pas le con, dis-moi que tu te souviens ! T'es pas fou comme Raymond, hein ? »

Joseph resta hébété. Il n'avait rien à répondre à cela. Et puis, il ne voulait plus lui faire de peine. Le pauvre gars !

Il regarda ailleurs. Il avait besoin de se reposer les yeux, l'esprit aussi. Il était si fatigué. Il regarda la petite pièce, le bureau, la fenêtre grillagée. Il se leva.

« Bon. Raymond, je ne sais pas quelle heure il est mais je n'ai plus de temps maintenant. Il faut que je sorte d'ici. Je vais appeler un agent et je vais tout lui expliquer. »

Il avançait déjà vers la porte.

« Alors, tu vas retenter le coup ? lança Raymond dans son dos. Tu crois qu'ils sont assez cons pour se faire avoir deux fois ? Note, un poulet, c'est con ! »

Au moins, Raymond avait retrouvé le sourire. Joseph frappa à la porte. Doucement d'abord, puis plus fort. Bientôt, il ne frappait plus, il cognait, il soulageait ses nerfs trop tendus sur le panneau de bois. À mesure qu'il y ajoutait sa hargne, ses coups l'indignaient lui-même.

C'était la nuit, il était dans un commissariat de police, des gens devaient dormir. Mais il frappa encore. Et quand son énergie ne sortit plus assez vite par ses poings, il cria.

« Ouvrez-moi ! C'est important ! Je dois vous parler ! Ouvrez-moi tout de suite ! »

Puis, de derrière la porte, on lui répondit. C'était une voix de fonctionnaire blasé, payé pour faire taire les ivrognes et les vagabonds.

« Oh ! calmez-vous ! Vous allez réveiller tout le monde ! »

Joseph allait mieux. Il se tut en rajustant sa soutane.

« Je suis le prêtre que vous avez arrêté tout à l'heure. S'il vous plaît, ouvrez-moi. J'ai quelque chose de très important à vous dire. »

Un carillon de clés qu'on agite et la porte s'ouvrit. C'était le même agent que dans le fourgon, celui qui lui avait épargné les menottes. Un gros père de famille moustachu, un type en fin de carrière qui ne se fait plus d'illusions.

« Vous avez vu l'heure ? Faut pas réveiller les gens comme ça, mon père. Qu'est-ce qu'il y a ? »

Joseph lui sourit mais il n'avait pas la moindre idée de ce qu'il allait lui dire. Quel idiot ! N'aurait-il pas pu réfléchir pour une fois ? Il suffisait de quelques minutes pour mettre une histoire au point. Mais non, il avait fallu qu'il frappe cette porte tout de suite !

« Excusez-moi, monsieur l'agent, mais c'est important.

— Quoi ?

— Eh bien, je travaille à l'Hôtel-Dieu, vous savez ?

— Peut-être. Et alors ?

— Il y a eu un attentat aujourd'hui, au Bazar de l'Hôtel de Ville. Vous êtes au courant ?

— Oui, on nous a dit.

— J'aide les victimes du mitraillage, des pauvres femmes. Alors, je dois y retourner au plus vite. Mon absence risque d'avoir des conséquences terribles.

— En pleine nuit ? Vous êtes médecin ?

— Non, je suis prêtre, vous voyez bien. Je m'occupe des morts.

— Des morts ?

— Oui, je suis le Saint-Joseph-des-Morts dont tout le monde parle, vous me reconnaissez ? »

C'était la première fois qu'il utilisait lui-même cette appellation d'opérette. Quel orgueil ! Il le sentit tout de suite en le prononçant. Le mot lui salissait les lèvres, comme un juron, un péché dégoûtant de fatuité. Mais il avait ouvert les vannes et se laissa entraîner.

« Vous avez lu les journaux ? Ils racontent mon histoire.

— Non, je connais pas.

— Je suis séminariste dans le diocèse de monseigneur Grabeuf, l'évêque de Notre-Dame.

— Vous savez, moi, la religion, je connais pas bien.

— C'est un ami du commissaire. »

À quoi il en était arrivé ! Il sentait le sourire de Raymond dans son dos, sa fierté de soldat qui devait bien se moquer de toute cette bassesse.

« Je ne veux pas vous intimider, ajouta-t-il. Je veux juste que vous me fassiez confiance. Regardez-moi, je ne suis pas ivre. Et puis, je suis un homme d'Église. Je comprends que vous ayez besoin de mon témoignage, alors voici ce que je vous propose. Vous me laissez rentrer à l'hôpital où tout le monde m'attend, et je vous promets que je reviens demain à l'heure que vous m'indiquerez. Vous avez mon nom, vous avez mon adresse. Je ne vous ferai pas faux bond.

— Vous m'embêtez, monsieur le curé. Comprenez-moi aussi. Moi, je voudrais bien vous rendre service, mais c'est que je n'ai pas le droit de vous laisser partir. »

C'était un brave type. On ne mettait pas au poste de nuit les plus gradés ni les plus dégourdis. Il suffisait peut-être de lui montrer qu'on pouvait contourner le règlement, juste un peu, sans franchement le transgresser, et il ne résisterait pas.

« Monsieur l'agent, je vous propose de vous signer une décharge, quelque chose d'officiel, qui m'engage. Je vous écris noir sur blanc que je reviendrai à l'heure que vous voudrez. Vous pourrez montrer ce document à vos supérieurs quand ils arriveront. Je ne suis pas un criminel, que je sache, je ne vais pas m'enfuir à l'étranger. »

Il se força à rire mais il était trop fatigué ou trop tendu pour que cela sonne juste. Il n'insista pas.

Le gardien fouilla sa poche pour en sortir une feuille, qu'il déplia.

« Non, vous ne comprenez pas. Regardez plutôt. »

Il plissait les yeux en suivant du doigt une belle écriture administrative de lettres bleues.

« Sterbing, Joseph. C'est vous ?

— Oui.

— Et Loneux, Raymond. C'est votre ami ?

— C'est moi, grogna Raymond.

— C'est l'homme que vous avez enfermé avec moi tout à l'heure, précisa Joseph.

— C'est bien ce que je dis, continua le gardien. Vous êtes tous les deux fichés aux Affaires implexes. Alors vous pensez bien que je peux pas vous laisser partir.

— Aux quoi ?

— Aux Affaires implexes.

— Je ne sais même pas ce que c'est.

— Allons. Ça vient de la place Beauvau. Si on ramasse en infraction un gars qui est sur la liste, on le garde au chaud et on l'amène au ministère dès l'ouverture des bureaux. Alors, vous pensez bien, quand on en ramasse deux d'un coup ! Je dis pas ça pour vous froisser ! C'est juste que c'est pas un modeste agent comme moi qui va désobéir à une circulaire du ministre. C'est un coup à perdre son poste, pas vrai ? »

Les Affaires implexes. Quand on découvre un nouveau mot, on se met à l'entendre partout. D'habitude, Joseph s'en amusait mais ces mots-là, aujourd'hui, le collaient comme un mauvais sort. C'était le titre ronflant que s'était donné Éloïs et dont il s'était moqué devant Lucille. Peut-être était-ce pour cela qu'il figurait sur cette liste, parce qu'il était un proche d'Éloïs. Mais alors, Raymond, que venait-il faire là-dedans ? Pourquoi son nom à côté du sien ?

« Je peux voir ? » demanda-t-il en avançant la main vers le papier à en-tête du ministère.

L'agent recula d'un petit bond, écartant le document loin dans son dos et posant son autre main sur la hanche par-dessus son arme de service qui devait dormir sous une épaisseur de toile de veste et une autre du cuir de son étui.

Joseph avait laissé sa main tendue, les deux doigts en pince à l'endroit où se tenait la feuille. Il était médusé. Il venait de basculer dans le monde des proscrits, des gens qu'on recherche, des gens qu'il faut craindre. Un brave homme devant lui cherchait la protection de son arme. Il repensa à son clerc de notaire. Au moins lui, il savait pourquoi on l'avait enfermé. Mais Joseph, qu'avait-il donc fait ?

« Vas-y, Joseph ! » C'était Raymond, derrière. Il ne manquait plus que lui, son nouvel ami le soûlard, le symbole de sa déchéance.

Non, c'était impossible, ce n'était pas sa vie, il fallait qu'il regagne le rivage, qu'il lutte contre le courant.

Alors, il poussa le gros policier de toutes ses forces.

Trop fort sans doute. L'homme bascula sans résister. Ce que Joseph avait pris pour la stature d'un homme d'armes n'était que la panse d'un buveur de bière. Sa tête claqua sur le carrelage avec un sale bruit. Joseph voulut hésiter mais tout son corps était déjà lancé, dans le couloir, ce couloir qui l'emmenait loin d'ici.

« Lucille, pensa-t-il. Je vais te ramener ton frère. Je te le jure ! »

Et il courut. Comme jamais. Sans regarder par les portes, sans entendre les cris.

Et pour courir encore plus vite, il releva cette soutane qui entravait ses jambes.

Comme une pucelle devant son oncle, pensa Raymond dans son dos.

IX

D'abord, Éloïs sentit sa joue, contre le parquet, étirée en arrière par le poids de sa tête au point que ses lèvres ouvertes embrassaient à moitié le bois poussiéreux. Il avait mal. Une douleur vive focalisée sur l'arrière de son crâne.

À mesure que sa conscience étendait son champ et reprenait possession de son corps, il redécouvrit ses membres arrangés au hasard, comme ils étaient tombés. Une jambe en arrière, l'autre cuisse levée, un bras coincé sous son ventre. Puis la douleur, comme une chaleur qui se répand, dans sa cheville, dans son dos. Puis le souvenir qui revient enfin.

Ses yeux clos s'emplissaient a nouveau des images que son cerveau peinait à digérer, des images à ruminer encore et encore. Le gourou en robe de soie qui ne lui avait pas semblé dangereux ; la jeune fille hystérique et l'infirme endormi qu'elle avait frappé au sang ; l'image désincarnée de cet homme noir qu'ils projetaient à l'aide de leur machine électrique.

Et puis il y avait le géant en tunique blanche qui se tenait juste à sa droite alors qu'il menaçait le sorcier de son arme de service. Un physique de docker. Il avait un souvenir très précis du moment où il s'était élancé vers la machine et le spectre noir qu'elle projetait. Et alors, cela s'était passé comme un accident de bicyclette. Quand la perception du danger rend le cerveau plus clair, plus efficace. Il comprenait tout au ralenti. Il avait bondi sur le Goliath en chemise, croyant qu'il cherchait à lui échapper. Il était parti avec un peu de retard et n'avait refermé ses bras qu'autour de sa taille. Mais cela avait suffi à le déséquilibrer. Sa mémoire avait choisi cette image précise où leurs corps suspendus entre deux airs attendaient la chute, à quelques centimètres de l'image irréelle du fantôme noir qui n'avait pas quitté le centre de sa grille de métal. En dessous, le sol était couvert d'équipements de cuivre. Des bobines, des cadrans, des rangées d'ampoules, une étrange pieuvre aux tentacules métalliques dont la tête était faite d'un gros écrou à ailettes. Il avait eu le temps de regarder toutes ces choses et d'imaginer comme il serait douloureux de s'y écraser de tout son poids.

Puis le temps avait rattrapé son retard et glissé droit devant. Son esprit avait perdu le fil, incapable de tenir plus longtemps son rythme ralenti. Face à la débâcle, les réflexes avaient pris le pas sur toute autre forme de contrôle. Il avait tendu une main, fermé les yeux, roulé le dos. Là où il aurait dû frapper l'homme en noir, il s'était senti aspiré vers l'avant. On lui avait attrapé le bras ou autre chose et on l'avait tiré avec violence. Il avait lâché l'homme en chemise, il avait senti les coups sans comprendre d'où se protéger. Il avait roulé vers l'avant, vers le côté. Débranchés pour cause d'urgence, ses yeux et ses oreilles avaient cessé toute émission — plus d'images, plus de sons.

Il se souvint avoir pensé qu'il n'avait plus son arme. Sans savoir quand il l'avait lâchée, il avait senti ses mains vides. C'est grave, s'était-il dit. Puis il avait perdu connaissance.

Éloïs ouvrit les yeux. Il faisait sombre. Le peu de lumière qui restait n'avait aucune chaleur ni aucune couleur. Un éclat lunaire qui fait les ombres nettes et noires. Il se trouvait face à un mur, un papier peint rayé à deux centimètres de son nez.

Il dégagea son bras et leva la tête pour la reposer sur sa main. Il pouvait bouger ses pieds, ses jambes. Rien de cassé.

Puis, alors qu'il pensait remonter lentement à la surface, sans prévenir, une lame de fond vint le plaquer au sol, comme si son corps soudain se rétractait dans ses tripes. Une angoisse comme il n'en avait jamais ressenti. La terreur de l'inconnu, de la mort, de la souffrance, la peur du noir, la peur du croque-mitaine tout à la fois. C'était irraisonné parce que ça venait de l'extérieur ; un poison qui lui baignait la peau et gonflait ses poumons ; une onde de peur qui le glaçait comme un courant d'air froid.

Il resta longtemps sans bouger, le temps que son cœur revienne, que cessent les fourmis dans sa nuque et le frisson dans son dos. Puis, pour la première fois, il entendit des sons, comme si ses oreilles étaient le dernier jalon de son retour à la vie.

C'était une voix d'homme, pas loin derrière. Une voix qu'il ne comprenait pas, qui priait en latin. À moins que ce ne soit du grec. Il se tourna.

Il reconnut la pièce sans meubles et la fenêtre maintenant refermée qu'il avait ouverte tout à l'heure, ou alors la veille. Le parquet noirci et l'odeur de brûlé qui lui arrivait enfin. Par terre, il ne restait de la belle harmonie des alignements de cuivre qu'une désolation de rogatons éparpillés. Une boîte calcinée, un bouquet de câbles, quelques ampoules écrasées.

Au milieu de la pièce, un homme était assis et lui

tournait le dos. Il reconnut la chemise blanche. Sans qu'il comprenne pourquoi, la vision attisa l'angoisse qui ne l'avait pas lâché. Cela dépassait sa raison. Son esprit semblait à vif, enflammé par la moindre image.

Il lui fallut encore du temps pour maîtriser sa peur. Le temps de se forcer à garder les yeux ouverts, à respirer sans haleter, le temps de dérouler ses vertèbres pour ne plus être comme une bête.

Il approcha. Moitié accroupi, moitié à quatre pattes ; à moitié pour ne pas être entendu, à moitié pour ne pas souffrir de ses muscles engourdis.

L'homme était impressionnant. Un bûcheron au dos fort et massif. Une tignasse blonde de chérubin, des mèches épaisses qui lui coulaient sur l'arrière de la tête. Il avait la voix claire mais ce qu'il chantait était obscur, une litanie aux étranges modulations, une mélodie impie. Tout proche maintenant, il reconnaissait cette silhouette, celle qui l'avait entraîné dans sa chute.

En fait, l'homme n'était pas assis, il était à genoux. Alors, c'était bien une prière, cette ritournelle qu'il rabâchait. Éloïs découvrait son profil qui se détachait, noir, sur la fenêtre argentée. Il ne pouvait que deviner ses traits mais c'était suffisant pour y remarquer toute la bizarrerie du visage, comme des erreurs de proportion, comme un défaut d'équilibre. Il regarda mieux.

Son oreille gauche était trop basse. Sa joue aussi, sa mâchoire avait glissé vers l'arrière, vers la base du cou. Même le nez avait été entraîné par le mouvement. Il pouvait voir sa bouche gauchie articuler sa chanson, une balafre de travers avec des lèvres comme les bourrelets roses d'une blessure qui bourgeonne. C'était bien le même homme qu'il avait vu dans cette pièce face au tapis métallique, c'est ce que lui disait la partie droite de son visage. L'autre moitié n'était plus vraiment là, tel un masque de cire qui aurait coulé. Le plus étrange était que cet homme défiguré bravait la douleur de sa mâchoire brisée pour continuer sa prière. Sa diction même ne semblait pas affectée par la blessure.

Éloïs en avait vu à l'école ou au ministère, des photographies de cadavres ou de victimes défigurés. Il avait visité les morgues avec ses professeurs, il avait observé la tranchée que pouvait creuser une balle dans un os frontal ou le long d'une tempe. Il avait comparé les lacérations d'un coupe-chou dans le gras d'une joue à la griffe plus nette que laisse une lame qui a buté sur l'os d'une pommette. Passé le premier dégoût, il avait toujours été fasciné par ces visages violés, ces âmes ouvertes comme des jouets cassés, ramenées à un jeu vulgaire de tringles et de durites.

Il n'avait pas peur de cette gueule brisée qui priait devant lui. Plus exactement, il sentait toujours la panique au fond de lui, celle qui ne l'avait pas quitté depuis son réveil, mais cela n'avait rien à voir. Il n'avait pas peur de cet homme, il avait juste peur de tout le reste.

Il faisait trop sombre pour qu'il y voie. Alors, il approcha encore pour comprendre le secret de cette mutilation. Il approcha plus, un peu trop.

Le bûcheron en chemise ouvrit les yeux et coupa sa psalmodie. Sous l'effet de la surprise, il sursauta d'un bon mètre sur le côté et se retrouva assis, plus loin, les pattes écartées, essayant d'y voir dans la pénombre.

« Merde ! Tu es qui, toi ? Qu'est-ce que tu fous ici ? »

Éloïs ne répondit pas. Lui aussi avait bondi en arrière et s'était de nouveau laissé emporter par cette vague de terreur qui profitait de chaque mouvement pour le saisir.

L'homme revint vers lui pour mieux le voir.

« Eh ! mais tu ne serais pas ce gars qui est entré par la fenêtre ? Qu'est-ce que tu fais là ? Pourquoi tu n'es pas resté là-bas ? »

À mesure qu'il parlait, à mesure qu'il approchait, sa voix devenait plus menaçante. En noir et blanc dans la lumière de la lune, son visage exprimait la colère et la violence malgré cet enfoncement de la partie gauche.

Éloïs se traînait en arrière en poussant sur ses jambes. Ses mains tremblantes cherchaient dans ses poches le carton du ministère, qu'il trouva enfin pour le brandir sous le nez de l'ogre.

« Agent Éloïs Bienvenüe, du ministère de l'Intérieur ! Vous êtes en état d'arrestation ! »

Le bûcheron ne le laissa pas finir et envoya voler la précieuse carte d'un puissant revers de la main.

« Bon Dieu ! Un connard de flic qui n'y connaît rien ! Il ne manquait plus que ça ! Mais regarde-toi, tu es venu en costard ! C'est n'importe quoi ! Tu ne l'as pas mérité, tu n'as pas le droit ! »

Il s'était levé et ne s'adressait déjà plus à Éloïs. Il martelait le sol de ses pieds nus, faisait quelques pas sur l'avant puis se retournait pour se frapper la main et repartir dans l'autre sens.

« Toute ma vie j'ai travaillé, j'ai étudié, j'en ai bavé pour mériter tout ça ! C'est moi qu'il a choisi ! Tu n'as pas le droit d'être ici, je dois être le seul ! »

Mais il se coupa net. Car on avait frappé à la porte. Trois coups bien secs. Il s'aplatit sur le sol comme pour se mettre à couvert ; le doigt sur la bouche pour indiquer à Éloïs qu'il fallait se taire.

« Seigneur ? » Et on frappa encore. « Seigneur, vous êtes revenu ? »

La voix venait du palier. Tout de suite, Éloïs comprit que c'était là l'origine de son angoisse. C'était évident. Dès qu'il s'était réveillé, il avait senti cette peur couler de sous la porte comme un courant d'air glacé. Une peur instinctive qui rayonnait même à travers le bois.

Ils attendirent tous deux, face à face, sans bouger. Le

bûcheron semblait aussi effrayé que lui. Ses yeux imploraient le silence. La porte allait s'ouvrir et ce serait la fin.

Mais la porte resta close et il n'y eut plus de bruit. Ils se redressèrent ensemble pour se remettre à genoux, en chiens de faïence.

« Tu as entendu ça, espèce d'imbécile ? Tu vas tout faire foirer ! Alors, tu te tais pendant que je réfléchis.

— Votre visage, monsieur, vous êtes blessé », tenta Éloïs à mi-voix, pour que l'on passe à autre chose. L'homme ramena ses grosses mains sur sa joue.

« Merde ! J'ai la gueule de travers ! J'ai dû me faire ça en tombant. Ben dis donc, je ne dois pas être beau à voir ! »

Cela n'avait pas l'air de l'étonner ni de lui faire mal. Peut-être même trouvait-il cela amusant.

« Bon ! Il n'y a pas de temps à perdre, je dois arranger tout ça ! »

Joignant le geste à la parole, il se planta les doigts dans la joue, tirant la peau d'un côté, poussant les tissus d'un autre. Il fourrageait sans ménagement, malaxant ses chairs comme un pétrin.

Éloïs pensa d'abord qu'il faisait cela pour calmer sa douleur ou pour activer la circulation afin de résorber un hématome. Mais il comprit soudain que l'homme était en train de modeler son propre visage. Son oreille avait retrouvé sa place, sa mâchoire s'était redressée. C'était irréel et répugnant. Impudique.

« Vous portez un masque, c'est ça ? » essaya-t-il sans y croire.

« Écoute, petit, on n'a pas le temps de bavarder. Alors tu gardes tes questions pour plus tard. Tu me les poseras après, si tu es toujours vivant. »

Éloïs ne goûta pas la plaisanterie. En était-ce une ? Le spectacle avait vidé son crâne. Impossible de ne pas regarder. Le bûcheron s'était étiré le nez et le redressait maintenant entre ses deux mains jointes. Puis, il en caressa l'arête jusqu'à la rendre effilée, presque tranchante. Pressant ses yeux sous ses gros doigts, il les avait enfoncés d'un bon centimètre et essayait de les écarter en y mettant les ongles pour ne pas qu'ils glissent.

Éloïs contemplait la scène comme une expérience scientifique. Il avait enfin compris.

« Vous êtes un implexe, monsieur, c'est ça ? »

L'homme interrompit ses travaux manuels, une pommette de travers au bout d'un de ses doigts.

« C'est vrai que t'es un flicard, il y a qu'eux pour m'appeler comme ça ! Écoute, vu comme c'est parti, on risque de passer un moment ensemble alors, s'il te plaît, oublie ton boulot et laisse-moi bosser. Il faut que je finisse avant que l'autre n'ouvre cette porte. »

Il reprit son affaire pour s'arrêter immédiatement.

« Et puis… Appelle-moi David, ça sera plus simple. »

C'était un implexe ! C'était le premier qu'il voyait ! Ou plutôt, le premier sans compter cet imbécile de Joseph. Celui-là se modelait le visage comme une boule de papier mâché. C'était incroyable !

Après les discours du père de France, il s'attendait à en voir, des trucs bizarres, mais ça, ça dépassait ce qu'il avait imaginé. Dans le fond, il se demandait même s'il y avait vraiment cru. C'est comme les militaires qui s'engagent pour l'uniforme et pour les filles et qui se réveillent au front, les pieds dans la boue et un fusil dans les pattes. Honnêtement, c'était la place au ministère qui l'avait intéressé, et les histoires du vieux de France, ça faisait partie du lot. Maintenant, il comprenait que ce n'était pas pour une vie de bureau qu'il avait signé. Les implexes existaient bel et bien, comme une pincée d'épice dans un monde fade. Après tout, c'était plutôt excitant !

David avait empoigné sa pomme d'Adam et la déplaçait de gauche à droite en grognant à mi-voix. Qu'il tire un peu vers l'avant et sa voix se faisait plus aiguë ; qu'il pousse comme pour s'étrangler et elle plongeait aussitôt dans le grave. Sous ses doigts, son timbre était le ronron d'un moteur dont il réglait le ralenti à l'oreille.

« Comment ça vous est arrivé ? tenta Éloïs en inclinant poliment la tête.

— Quoi ?

— Eh bien, tout ça. Votre visage.

— Ah ? Quand j'étais petit. Mon père était meunier. Je suis tombé dans le moulin, entre deux roues. Ma tête a éclaté comme un raisin.

— Et vous n'êtes pas mort ?

— Ben tu vois bien que non ! Mais ça n'a jamais guéri, regarde. »

Il s'était enfoncé l'arcade en appuyant avec son pouce pour illustrer, faisant pivoter son œil droit vers le plafond. Éloïs ne savait pas s'il fallait rire ou se montrer compatissant. Il n'eut pas le temps de choisir car de nouveaux coups à la porte vinrent les interrompre.

« Seigneur, vous êtes revenu ? Nous avons entendu votre voix ! »

Nous. Il avait dit *nous*. Alors ils étaient sur ce palier et ils étaient plusieurs. Éloïs fixait la porte, l'unique porte pour sortir d'ici, cette porte sous laquelle s'insinuait la peur comme une substance liquide qu'on ne peut endiguer.

Faisant signe à Éloïs de garder le silence, David pressa une dernière fois sur sa pomme d'Adam avant de tenter une réponse.

« Oui, je suis là. »

Cette nouvelle voix qu'il s'était fabriquée à force de tirer sur sa gorge était profonde et puissante comme celle de l'autre, derrière la porte. Mais David n'avait pas l'air sûr de lui. Il attendait, anxieux, l'oreille tendue vers l'entrée. Voyant ce colosse sur le qui-vive, Éloïs laissa de nouveau la peur remonter ses nerfs et paralyser son esprit. Il ferma les yeux, en attendant lui aussi.

« L'enfant s'est sauvé, seigneur, nous ne pouvons pas entrer », lui répondit-on du palier.

David se redressa en reprenant sa respiration. Puis il tapa doucement l'épaule d'Éloïs et lui montra fièrement son pouce levé en souriant. La puérilité du geste paralysa Éloïs, qui préféra fermer les yeux.

« Attendez là. Je vais trouver un moyen ! répondit David vers la porte.

— Bien, seigneur Baphomet ! »

David rayonnait de bonheur. Malgré son visage grossier, malgré les cratères laissés sur sa peau par ses doigts trop gros, il faisait plaisir à voir. Une bouille hilare que seuls peuvent avoir les gens simples à qui l'on n'a pas appris à cacher leurs émotions. Il souriait tellement que le coin de sa bouche céda à la traction et se déchira en direction de l'oreille.

« Ça marche ! gloussa-t-il. Tu as entendu ?

— Quoi ? demanda Éloïs en gardant un œil inquiet sur la porte

— Ils m'ont pris pour leur seigneur ! Il s'appelle Baphomet !

— Baphomet ?

— Et maintenant que ma voix est au point, il faut que je me fasse sa trogne.

— Que voulez-vous dire ?

— Oh, et puis laisse tomber ! Tu n'y connais vraiment rien. »

David avait repris son travail en bougonnant. Sa tête était maintenant plus pointue, tendue vers l'avant comme la proue d'un bateau. Il s'était attaqué au bas de son visage mais semblait manquer d'inspiration. Il avait engouffré les deux mains dans sa bouche largement ouverte pour essayer de redresser de l'intérieur son maxillaire. De temps en temps, il ressortait ses doigts poisseux de salive pour palper en dessous de ses yeux l'avancement de la besogne.

« Merde ! Ça ressemble à rien ! J'ai besoin d'un miroir.

— Pourquoi pas la fenêtre ? proposa Éloïs.

— Ouais. Bonne idée. »

Éloïs l'avait devancé et s'apprêtait à ouvrir le battant pour chercher un angle idéal sous la lumière de la lune. Il tourna la poignée et tira comme il avait toujours fait avec les fenêtres. Mais celle-ci lui résistait. Ce simple cadre de bois garni de deux carreaux semblait peser des tonnes, au point qu'il dut s'arc-bouter et prendre appui de son pied sur le mur pour enfin entrouvrir la vitre d'un centimètre à peine.

« C'est coincé !

— Attends, fais voir. »

David écarta sa main pour saisir la poignée à son tour et tenter de déplacer encore le battant. D'une traction puissante de colosse de foire, il l'ouvrit un peu plus grand.

« Tu as raison. On est plus loin que je le pensais.

— Plus loin ?

— On est loin de chez nous, mon gars. Il va falloir t'y faire ! »

Poussant Éloïs dans le dos, il s'installa devant son miroir improvisé.

« Tu vas m'aider. Pendant que je continue, toi tu vas jusqu'au bout du balcon pour vérifier qu'ils ne passent pas par là. »

Sans penser à demander qui, Éloïs s'engagea sur le rebord de la fenêtre. Ça lui faisait du bien de faire quelque chose, de ne pas rester à tremper dans cette soupe d'angoisse qui n'avait pas cessé de le tourmenter.

Dehors, l'air était plus frais. C'était bien le balcon de tout à l'heure. Il revoyait Joseph et l'étrange scène par la fenêtre. La fille, le prêtre, le cul-de-jatte et David. Qu'est-ce qui avait changé ? Cette pièce toute vide, ce calme, on était si loin de l'étrange cérémonie, de l'odeur de l'incendie, du ronronnement des machines et de cette image d'homme noir apparue comme une illusion de magicien. Peut-être qu'il était simplement plus tard, que tout le monde était parti. Mais pourquoi l'avait-on laissé seul avec David ? Joseph l'aurait abandonné sans connaissance ? D'un côté, ça lui ressemblait, mais non, ça ne collait pas.

Il regarda en bas, la rue, les quinze mètres qui le séparaient du sol. On devait être au beau milieu de la nuit. Il n'y avait personne. Il regarda les façades, de l'autre côté. Tout était si étrangement mort. Il ne savait pas pourquoi il pensait cela, mais cette ville n'était pas endormie, elle était morte. C'était peut-être ce goût de cendre qu'il avait dans la bouche. Ou ce ciel trop noir malgré la lune. Ou ce cri qu'il avait cru entendre, l'aboiement au loin d'un chien un peu trop humain.

Cela ne lui avait servi à rien de monter sur ce balcon. Il avait toujours aussi peur. Ça ne venait pas de la pièce, ça venait de partout.

« Qu'est-ce que tu fous ? » lança David derrière lui.

Alors, il rampa jusqu'à l'autre fenêtre, au bout du balcon. Elle était restée entrouverte. Derrière, il n'y avait que le vide, que des ténèbres qui résistaient à la lune. Il n'osa pas aller plus loin. Il savait que cette vitre pouvait cacher bien pire que le simple meublé qu'il avait traversé avec Joseph. Il sentait bien que le monde avait changé.

« C'est bon ? Y a personne ? » insista David.

L'idée qu'il puisse y avoir quelqu'un le pétrifia. Il recula doucement, sans commander à ses jambes, fixant sans la voir l'obscurité de la chambre devant lui. Il fallait qu'il retrouve David. Il ne pouvait plus rester seul.

De retour à la première fenêtre, il retomba sur la face de papier mâché, toute blanche sous la lune.

« Alors, c'est ressemblant ? » David tirait sur son cou avec cet air fier qu'ont les gens qui sortent de chez le coiffeur. Heureusement qu'il souriait. Éloïs ne l'aurait pas reconnu.

On aurait dit qu'il s'était étiré toute la tête en cherchant à la passer entre des barreaux trop serrés. Même son front avait la forme d'une cale de charrette, un coin pointu avec des yeux sur les côtés.

En dessous, sans transition, il s'était fait une mâchoire puissante. Un carré sous le triangle. Alors qu'il souriait, fier de sa création, Éloïs comprit qu'il s'était regroupé les dents vers l'avant pour singer le râtelier d'un carnivore.

« Alors, c'est ressemblant ? répéta-t-il.

— Ça doit ressembler à quoi ?

— Putain. Tu sais vraiment rien. À Baphomet. Tu as entendu ce qu'il a dit à l'instant ?

— C'est qui ça ?

— Baphomet, c'est le cinquième lieutenant de Belzébuth, le second prince du Tartare. » Il récitait, les yeux au ciel, en hésitant sur les termes exacts.

« On n'est pas tombés sur du menu fretin, hein ?

— De quoi vous parlez, David ?

— Écoute, ici c'est pas un endroit pour la discussion. Je les connais, les gars dans ton genre qui argumentent des heures sur ce qui existe et ce qui n'existe pas. Alors, joue pas à celui qui a fait des études. Ici, c'est moi qui dirige. On n'a pas le temps de rigoler. Crois-moi, il vaut mieux pas que la porte s'ouvre tout de suite. Et quand elle s'ouvrira, il vaudrait mieux que j'ai la tête du seigneur Baphomet. »

Prononçant le nom, il se signa d'une croix compliquée qui trahissait la peur et la superstition.

« D'accord, David. Je veux bien vous aider mais vous devez m'expliquer mieux. »

Éloïs s'était rappelé cette histoire que son père racontait souvent lors de ces interminables repas d'ingénieurs où il aimait l'emmener. C'était l'histoire d'un pauvre ouvrier au bout du rouleau, un simplet que personne ne remarquait jamais et qui, un jour, s'était mis en tête de détourner le tunnel du métropolitain pour creuser jusqu'à l'autre bout de la terre. Il était parti tout seul au fond de la galerie, détruisant au passage les outils et les équipements électriques à grands coups de pioche. Personne n'avait pu trouver les mots pour raisonner le forcené. Un contremaître qui avait essayé la manière forte s'était fait briser le tibia d'un seul coup bien placé. Seul son père avait fini par désamorcer la crise en entrant dans le monde fantasmagorique de l'homme qui voulait creuser jusqu'au bout de la terre. Il lui avait proposé son aide, piochant même plus d'une heure avec lui, puis il l'avait calmement ramené à la maison après l'avoir convaincu que la soirée n'y suffirait pas et qu'il valait mieux se reposer d'abord.

Avec David, c'était pareil, il n'avait pas d'autre choix que d'entrer dans son monde pour l'aider à en sortir.

« Dites-moi, David, comment pourrais-je savoir à quoi ressemble ce Baphomet ?

— Parce que tu l'as vu, pardi.

— Je l'ai vu ?

— Oui, la forme spectrale sur la machine de Galvani.

— Galvani, comme la rue ?

— Tu le fais exprès ?

— Non, non. Excusez-moi. Ne vous énervez pas. Je ne connais pas la machine dont vous parlez.

— Mais si, la machine électrique que j'ai déployée par terre. La maille de champ, l'amplificateur à lampes.

— Oui, ça y est, l'arrêta-t-il en levant la main. Je vois. Et alors ?

— Eh bien, Baphomet, c'est le démon que nous avons invoqué grâce à la machine.

— Un démon ? »

Le mot était trop fort pour continuer à jouer les andouilles. Éloïs, toujours assis sur le rebord de la fenêtre, avait eu un mouvement de recul et une moue sévère qui voulait dire qu'il était temps d'arrêter les imbécillités.

« Quand je pense que je me suis crevé à préparer ce voyage pendant des années, explosa David. J'ai lavé les carreaux et taillé les rosiers pendant vingt ans pour le mériter. Et voilà que je me retrouve avec un jeune gusse qui ne sait pas où on est. Alors tu sais même pas la chance que tu as d'être ici ?

— David... »

Mais il n'eut pas le temps de continuer. Pour la troisième fois, on frappa à la porte. Le porte-parole de ces choses qui hantaient le palier, juste derrière, perdait patience.

« Vous n'êtes pas seul, seigneur Baphomet ? »

Éloïs et David se regardèrent, cherchant chacun une réponse dans les yeux de l'autre.

« Non, je ne suis pas seul. » David avait tranché, de sa voix d'ogre, sans réfléchir.

« Alors vous avez réussi, seigneur ? Vous avez ramené Bélial parmi nous ? »

David avait la bouche ouverte. Il avait voulu répondre tout à trac, mais la panique l'avait saisi. Éloïs le lisait dans son regard. Il pouvait bien connaître les démons par leur prénom et mépriser de sa science les questions d'Éloïs, mais là, plongé dans le concret de la situation, il battait en retraite.

Sur le palier se tenait quelque chose. Des diables comme des vendeurs itinérants de quelques balais infernaux qui ne partiraient pas de là avant qu'ils aient ouvert ; ou alors une confrérie de goules aux langues noires venues sucer leurs âmes par-dessous la porte ; ou encore quelques ogres bicéphales qui ne tarderaient pas à faire voler cette porte en éclats s'ils continuaient ainsi à jouer avec leurs nerfs.

Peu importe. Éloïs ne voulait plus se laisser submerger par cette foutue terreur qui n'était jamais partie. Plus maintenant. Il fallait réfléchir. David se faisait passer pour quelqu'un d'autre, pour ce Baphomet auquel il voulait ressembler, ce Baphomet qu'ils attendaient sur le palier. Pourquoi pas. C'était fait, on ne reviendrait pas en arrière.

Par contre, que lui, Éloïs, soit confondu avec une mystérieuse deuxième personne qu'il aurait *ramenée*, c'était trop. Ils ne tiendraient pas le mensonge sans en connaître davantage. Éloïs fit *non* du doigt.

« Non, ce n'est pas lui, répondit David.

— Qui est-ce, seigneur ? Peut-il ouvrir la porte ? »

Ils étaient sauvés. La deuxième question permettait de ne pas répondre à la première. « Dites oui », mima Éloïs du bout des lèvres.

« Oui, c'est cela, il peut ouvrir la porte. Attendez encore un peu. »

Puis ils restèrent tous deux suspendus au silence. Redoutant la question suivante qui, heureusement, ne vint pas.

« Bien, seigneur, faites vite ! »

Quand ils eurent retrouvé chacun un souffle normal, David reprit l'engueulade à mi-voix.

«Alors tu comprends maintenant? On va devoir l'ouvrir, cette maudite porte. Et je te dis que si je n'ai pas la tête de Baphomet, on va s'en souvenir longtemps.

— D'accord. D'accord pour les démons et pour la machine. Dites-moi où j'ai vu ce Baphomet, en n'utilisant que des termes du dictionnaire et je vous promets de tout faire pour vous aider.

— Il était juste devant nous quand on est tombés. Il n'était pas stable, il était en chemin. Alors on ne le voyait pas bien. Moi, j'ai pris le temps de bien le regarder comme me l'avait demandé le maître Papus.

— Papus.» Éloïs mémorisa le nom. Un réflexe qu'on apprenait au ministère.

«Ne me coupe pas! Donc, je l'ai bien regardé mais maintenant c'est difficile. Il fait tout noir et je me vois mal dans cette vitre. C'est pas un vrai miroir, tu comprends.

— Ça y est. Votre Baphomet, c'est cette image qui flottait au-dessus de la grille métallique.

— C'est ça!

— C'est que… je l'ai à peine vue.

— Et je lui ressemble?

— Vous ressemblez surtout à un bonhomme en pâte à sel. Je vais essayer de vous arranger.»

Il le saisit par les épaules pour le décaler un peu, face à la lune. Puis il contempla ce visage de cauchemar qu'il s'était fait. C'en était comique, un monstre sorti d'une illustration d'Épinal, un totem taillé à la hache, un masque décrépi ou un lépreux cumulard qui se serait offert la petite vérole, ou un peu tout ça à la fois. Éloïs n'avait pas suffisamment bien vu l'image pour tenter de l'imiter mais il pouvait déjà essayer d'arranger cette première esquisse qu'avait tentée David.

D'abord il fallait rétablir la symétrie de son visage. L'homme en noir de la machine était imposant, effrayant peut-être, mais pas difforme. Il posa la main sur sa joue et appuya en fermant les yeux. La sensation était immonde. Il avait l'impression de torturer un blessé en remuant ses chairs broyées. Il sentait des fragments d'os sous sa paume, comme des grumeaux durcis sous une membrane de caoutchouc. Des gravillons qui roulaient les uns sur les autres alors que la pommette glissait vers la tempe.

« Je ne vous fais pas mal ?

— Mais non, voyons. Dépêche-toi !

— Vous pouvez fermer les yeux, s'il vous plaît ? »

Ça lui semblait plus facile comme cela. Au moins, il pouvait s'imaginer un patient endormi, incapable de sentir la douleur.

Il redressa un peu le nez, adoucit la transition entre le triangle de la face et le carré de la mâchoire, lissa les tempes et le front, rendant plus naturels ces angles que David avait laissés partout. Comme la peur, il avait enterré son dégoût loin de sa raison. Arrivé au galbe du menton, il n'y pensait déjà plus. Mieux, ce travail manuel avait réussi à calmer ses nerfs que tout ce manège avait tendus au-delà de leurs limites.

« C'est mieux comme ça ? »

David se pencha pour distinguer son reflet dans la vitre.

« Pas mal. Tu es doué. »

Il leva ses grosses pattes devant le visage d'Éloïs.

« Vise un peu les pelles à neige ! Si seulement j'avais des doigts comme les tiens ! Je pourrais me faire une gueule de don Juan et tomber toutes les filles de Neuilly. C'est pas malheureux d'avoir cette tronche d'artiste sans les pinceaux qui vont avec ? Allez, c'est bon, je te garde ! »

Et il lui envoya une grande claque dans le dos.

Éloïs se renfrogna d'abord puis sourit quand même. À

force, il ne savait plus comment réagir. Il ferma rapidement les yeux pour les reposer un peu de toutes ces images qui l'accablaient. Mais au lieu de l'obscurité, c'est le visage de sa sœur qui s'imposa. Lucille. On dit que les esprits des jumeaux communiquent par-delà les espaces. Éloïs n'avait jamais rien observé de tel. Mais c'est à sa sœur qu'il pensait chaque fois qu'il se sentait seul. Et il aimait s'imaginer qu'elle aussi pensait à lui.

« Tu vas être fière de moi, Lucille, se dit-il. Pour une fois, c'est moi qui vais te ramener les belles histoires. Tu verras, tu n'en croiras pas tes oreilles ! »

Il souriait quand il rouvrit les yeux sur le masque de Mardi gras qu'il avait fait à David.

« Attends, David, il y a un problème.

— Quoi ?

— Tes cheveux ! L'homme en noir, il était chauve !

— Merde, tu as raison ! »

Il s'accrocha une mèche sur la tempe droite, qu'il tira d'un coup sec, entraînant toute sa tête dans un hochement énergique. Sans même regarder la poignée de cheveux dorés qu'il avait arrachée, il la jeta sur le sol pour saisir la suivante.

Éloïs fit un pas en arrière.

« Mon Dieu, arrête !

— Et pourquoi ?

— Ça ne te fait donc pas mal ?

— Si, les cheveux toujours un peu. Mais ils repousseront. Et ils seront plus beaux après. Ça les fortifie, tu sais ? »

L'instant d'après, il était chauve, debout au milieu d'un tapis de bourre blonde. Spontanément, Éloïs lui lissa le crâne dont la peau était restée étirée par endroits.

« Bon, dit David en remettant sa longue chemise en forme. Il va être temps d'y aller. Alors, tu vas me suivre et parler le moins possible. D'accord ?

— D'accord.

— Je suis un démon et je m'appelle Baphomet. Tu ne dois *plus jamais* m'appeler David. D'accord ?

— D'accord. »

Éloïs avait hésité avant de répondre. D'abord parce qu'il n'aimait pas la formule *plus jamais* et ensuite parce qu'il avait l'impression qu'avec ce *d'accord* il signait un pacte qui l'associait à ce démon qu'était devenu David.

« Si tu dois me parler, tu me dis *seigneur*, continuait le bûcheron.

— J'ai compris.

— Et puis, c'est toi qui ouvriras les portes et ramasseras les objets s'il faut. Moi, je ne suis pas censé pouvoir le faire.

— Pourquoi ?

— Parce que je ne suis plus matériel, tu comprends ? Je suis une Idée maintenant.

— Oui, je comprends. »

En fait, il n'y comprenait rien mais il préférait passer à la suite.

« Maintenant, on va y aller. Tu vas ouvrir cette porte et me laisser faire. Si tu as peur, c'est pas grave. C'est normal qu'une âme comme toi soit effrayée. »

Il s'était avancé jusqu'à l'entrée. Éloïs l'avait suivi en traînant.

« Quand je te dis, tu pousses la poignée de toutes tes forces. C'est comme la fenêtre, ça risque d'être un peu dur. Alors, n'hésite pas.

— D'accord. »

David lui sourit. Ses yeux de démon sur les côtés de sa face pointue n'avaient pas assez d'assurance pour apaiser les nerfs noués d'Éloïs, qui lui sourit en retour et comprit à son regard qu'il avait aussi besoin de réconfort.

Il attrapa la poignée et attendit la suite.

« Prêt, petit ? Respire bien parce que derrière il va y avoir du spectacle ! »

Éloïs se retourna sur la pièce vide. Il regarda la lune et se força à y voir le visage de Lucille. Il fit un signe de tête pour montrer qu'il était prêt.

« Vas-y. Ouvre ! »

X

On a vite fait de devenir un malfaiteur.

Papus se savait à la marge mais pas au point de déborder le monde des honnêtes hommes. La pratique des sciences occultes n'a rien de répréhensible. Évidemment, il y avait cette inévitable culture du secret et ce déni continuel de la part d'une bourgeoisie bien-pensante qui malgré tout constituait l'essentiel de sa clientèle; à force, si l'on n'est pas vigilant, on laisse sa conscience se gâter. Mais Papus n'était pas de ceux-là et il participait à la vie de la cité avec la dignité de ceux qui n'ont rien à se reprocher. Car pouvait-on lui reprocher de chercher à contacter les morts? S'il n'y a pas de crime à discuter avec son voisin sur le pas d'une porte, pourquoi y en aurait-il à continuer le bavardage par-delà le trépas?

C'est vrai, il connaissait les mauvaises fréquentations de Lucrèce et avait souvent fermé les yeux sur certaines réunions à l'évidence fraudatoires. Mais jamais il ne s'était senti lui-même coupable de quoi que ce soit, pas même complice. Quand bien même sa Lucrèce eût préparé quelque coup pendable, la cérémonie de la rue Galvani n'était pas son œuvre. C'est lui et lui seul qui avait décidé et organisé le rite dont Lucrèce n'était que spectatrice, figurante à la rigueur.

Pourtant, le miaulement de la sirène de police avait saisi Papus comme les autres, et comme les autres il avait couru dans l'escalier avec, au ventre, la peur de se faire prendre. C'est curieux comme une atmosphère peut vous pousser à répondre comme quelqu'un que vous n'êtes pas.

D'abord cet homme armé qui avait jailli au milieu d'eux comme un justicier dans un tripot. Puis la sirène, la fuite dans l'escalier, la bousculade, les policiers renversés, les coups de feu de Lucrèce, la panique des locataires et, maintenant, cette fuite en voiture.

Lucrèce s'était retrouvée par hasard en face du volant et avait embrayé dans la précipitation sans attendre que les portières soient toutes fermées; Papus à ses côtés, le démon derrière avec la caisse. Dès le démarrage, l'échappée s'était engagée de travers. La Delaunay avait remonté le boulevard en zigzaguant, bondissant sur le dos d'un pavé, râpant le tronc d'un marronnier pour revenir glisser au centre de la route.

Depuis le premier virage, Lucrèce n'avait pas cessé d'accélérer. Pourtant, les policiers ne les poursuivaient pas. Le démon les avait sérieusement chahutés dans l'escalier et les coups de feu de Lucrèce avaient parachevé la dissuasion, à tel point que le poulet resté de garde devant le fourgon avait préféré feindre de ne pas les voir.

Alors que le moteur montait en régime, ainsi s'envolaient les hurlements de Lucrèce.

« Mais qui c'était, ce guignol ? Il y avait de la flicaille à tous les étages ! Quel merdier ! C'est pas ce qui était prévu ! Tu m'avais dit qu'il n'y aurait personne !

— Attention, Lucrèce, regarde plutôt devant toi. »

Depuis la rue Galvani, Papus tentait de la calmer sous un flot de conseils mollasses, se disant que l'exemple du flegme pouvait bien la ramener à la raison. Mais plus il se faisait rond et rassurant, plus elle laissait éclater sa furie. Alors Papus s'agrippa au bord de son siège. Par dépit et par précaution.

Débouchant sur le parvis de la porte Maillot, la Delaunay heurta un trottoir, prit un bref envol sur deux roues avant de ballotter dangereusement, d'éviter un réverbère d'un grand coup de volant pour s'écraser enfin sur une colonne Morris, au pied de la silhouette auguste du rocher postiche du Luna Park tout proche.

De la vapeur s'élevait en sifflant du capot tordu. Autour de la porte du parc d'attractions, une guirlande d'ampoules clignotantes avait été laissée allumée pour la nuit. Ni le choc, ni le silence qui s'ensuivit, ni l'hypnotique alternance de ténèbres et de brumes orangées n'avaient calmé les nerfs de Lucrèce.

« Merde ! Merde ! Merde et merde ! C'est ta faute, oncle Gérard ! Avec tes conseils de vieux schnock ! »

À ses côtés, Papus se tenait la tête. Du sang coulait sur ses genoux, du bois vernis de la planche de bord.

« En plus, tu t'es blessé ! Il ne manquait plus que ça ! Tu ne pouvais pas faire attention ? »

Devant leurs nez, sur la colonne, une affiche annonçait un spectacle, *La Danseuse de corde*, au Nouveau Théâtre. Papus, par une fente entre ses doigts, aperçut la jeune fille souriante, sur le papier bariolé, qui cherchait son équilibre, perchée sur un fil tendu. Une jeune fille toute seule au-dessus du vide. « Elle ne va nulle part », pensa-t-il voyant, sur l'affiche, le fil se perdre dans la perspective.

Un claquement de portière ramena tout le monde à la réalité fumante de la voiture. Lucrèce se retourna. Baphomet, le démon, était toujours assis, serein, tout au bout de sa banquette, juste à côté du carreau. Cela faisait au moins cinq fois, sinon dix, qu'il ouvrait cette portière pour la refermer ensuite.

«Arrête ça tout de suite !
— Bien, mademoiselle, comme vous voudrez.
— Mais il parle ?
— Bien sûr qu'il parle, répondit Papus du fond de son mouchoir sanguinolent. Il parle aussi bien que toi et moi. Ce n'est pas un gorille de cirque. »

Depuis qu'ils étaient montés dans cette voiture, Lucrèce en avait presque oublié que leur expédition du soir était un succès et que le fruit de leurs efforts était cette créature presque humaine qui jouait avec la portière sur sa banquette arrière. Elle qui était née dans l'univers de dieux égyptiens de son oncle, elle ne pouvait pas s'étonner de la réalité de ce prince de l'Au-delà aux allures de fort des halles. Son malaise était plus subtil. Elle se souvenait de ce même inconfort qui l'avait marquée alors qu'elle était encore enfant. À l'âge où l'on ne perçoit pas encore la complexité du monde, elle s'était amourachée d'un voisin, le fils du boucher, un petit gosse qu'elle voyait passer tous les jours devant la maison. Un coup d'œil par-ci, un sourire par-là, elle ne lui avait jamais adressé la parole mais ce bref rendez-vous quotidien lui suffisait à noircir les pages de son journal secret. Elle s'était même entraînée à dessiner son portrait. Puis un jour, elle lui avait enfin passé un petit billet, enfoncé dans une pomme de pin qu'elle lui avait lancée par-dessus la clôture. Deux trois lignes enflammées et le gamin avait creusé sous la haie pour venir retrouver sa belle, à l'heure de la soupe, au fond du jardin. Pas d'incertitude, pas d'hésitation, le gosse avait fondu instantanément comme le feraient tous les hommes plusieurs années plus tard. Le fils du boucher était à elle, fidèle spadassin de sa reine Lucrèce. Elle commença par l'embrasser. Puis elle retourna manger sa soupe. Elle avait beaucoup pleuré ce soir-là. Elle n'était pas déçue, elle ne l'aimait pas moins. La vérité, c'est qu'elle n'avait pas su quoi faire de cet amoureux devenu réel. Elle l'avait trop rêvé et s'était retrouvée devant lui, son trésor, comme une vipère désemparée devant un anneau d'or.

Discipliné, Baphomet avait lâché la portière. Puis il avait glissé le doigt dans une couture du siège devant lui et tiré avec délicatesse pour en déchirer le cuir beige. Il donnait l'impression de ne pas pouvoir se tenir immobile. De devoir jouer à détruire en souriant d'un vrai sourire candide.

Lucrèce s'attarda sur ses dents, des crocs du double de la taille habituelle, bien blancs, presque sensuels. Baphomet était dangereux, c'était écrit sur sa figure. Elle ne parvenait pas à y voir la créature servile qu'on lui avait promise. Le simple bon sens l'exhortait à la prudence. L'oncle Gérard pouvait bien se tromper. Tout le monde peut se tromper.

Alors qu'elle se redressait pour prendre un peu de recul, elle réalisa que Baphomet la fixait, droit dans les yeux, sans cesser d'écorcher le siège de cuir, de *l'écorcher vif*, pensa-t-elle. À l'opposé de sa denture, ses yeux étaient petits et très écartés, des yeux sans expression, peut-être à cause de leurs pupilles pas assez rondes.

Puis, dans son esprit, le rapprochement s'opéra. Bien sûr ! Il avait le visage d'un bouc ! Une face allongée, concave, pliée autour de l'arête du nez. Ce port agressif et paisible à la fois, un maintien de roi mais du roi soumis d'une race domestiquée. Et ce regard insaisissable, empli d'obéissance mais gâté d'une pointe de mépris. Un bouc carnivore, le bouc sacrifié des Écritures revenu sur terre pour se venger des hommes.

« Je vais descendre voir ce qu'il y a. » La voix de Papus avait fait sursauter Lucrèce. Ses nerfs claquèrent comme un ressort qui casse.

« Personne ne descend de cette voiture ! cria-t-elle.

— Calme-toi, Lucrèce, il faut bien que l'on parte d'ici.

— On va repartir ! Pas besoin que tu descendes !

— D'accord. Essaie au moins de relancer le moteur.

— Ferme-la ! Je n'ai pas besoin de tes conseils ! Je sais ce que je fais ! »

Puis elle tapota quelques cadrans, tira une manette de bois qui se trouvait là pour l'enfoncer aussitôt. Ensuite, à court d'idées, elle pompa sur les pédales et secoua le volant en jurant.

Papus posa la main sur son bras aussi doucement qu'il le pouvait. Puis il maintint le contact malgré ses gestes désordonnés et tenta de la calmer de sa voix la plus lénifiante.

« Lucrèce. Je crois que tu es obligée de descendre pour relancer le moteur. Tu trouveras la manivelle sous le radiateur. Si l'axe du démarreur n'a pas été voilé par l'accident, tu devrais y arriver toute seule. Mais je peux t'aider si tu veux.

— Tu es toujours plus malin que les autres, hein ?

— Tu sais, Lucrèce, je pense que c'est la peur qui te met dans cet état. Tu devrais te détendre un peu. Tout s'est bien passé, après tout.

— Tu plaisantes ? Tu n'as pas vu comme on s'est sauvés comme des lapins en abandonnant la moitié du matériel ? Et ce policier habillé comme un inspecteur qui nous espionnait du balcon ! Et l'autre qui était derrière, tu l'as vu ? C'était un curé !

— Calme-toi, Lucrèce ! Nous n'avons commis aucun crime. Nous avons fui, d'accord. Mais nous n'avons rien à nous reprocher. On va rentrer à la maison et finir la cérémonie comme prévu. Il faut que tu maîtrises ta peur maintenant, sinon tu n'arriveras jamais à nous conduire jusqu'à Neuilly. Détends-toi. Tu peux y arriver, c'est facile.

— Garde tes conseils, tu veux ? Je vais très bien et je n'ai pas du tout besoin de me détendre. Surtout pas maintenant !

— Je pense que c'est à cause de Baphomet. Il te fait peur. Dis-moi que tu ne le sens pas.

— Peur ? Tu me fais bien rire ! Je ne suis plus une gamine. Je te rappelle que j'ai des heures de service derrière moi. Il en faut plus pour m'effrayer !

— Non, ce n'est pas ce que je veux dire. Tu as un démon sur ta banquette arrière, Lucrèce, un démon du cinquième cercle.

— Et alors, qu'est-ce que ça change ?

— Ça change que cette créature n'est pas humaine. Baphomet est l'incarnation de la peur et de l'intimidation. Le cinquième cercle des Enfers est le plan qui correspond à l'arcane du Diable dans le tarot des Gitans. Les mondes sont analogues aux symboles, Lucrèce. Baphomet lui-même est l'analogue de la Menace et de la Violence. Ce n'est pas moi qui le dis, c'est Éliphas, ce sont les prêtres d'Athon !

— Tu crois vraiment que c'est le moment de me faire une conférence ? J'y vais.

— Attends ! C'est sa nature qui fait ça. Tu dois comprendre que tu ne peux pas t'empêcher d'avoir peur en sa présence. Il irradie une majesté toute faite d'épouvante comme un foyer rayonne sa chaleur. Peux-tu t'empêcher d'avoir chaud quand tu es face aux flammes ? »

Lucrèce s'était arrêtée, un pied posé sur le bitume.

« Tu comprends ? Tu sais comme les hommes sont faibles quand ils se retrouvent seuls face à toi. Tu l'as exploité, ce charme magnétique qui les transforme en marionnettes. Ne le nie pas, tu l'as même utilisé contre moi et contre ton Lénine, ce soir même. Eh bien lui, c'est pareil. Mais c'est sous la peur et la domination qu'il noie l'esprit de ses victimes, et avec une puissance cent fois supérieure à la tienne ! »

Lucrèce regarda derrière. Elle n'était plus si nerveuse. Baphomet la dévisageait en retour, de ses yeux inhumains. Puis elle sortit sans rien dire et sans le lâcher du regard, avec sa mine bravache qui fit sourire Papus.

« Je peux l'aider si vous voulez », proposa Baphomet alors qu'ils n'étaient plus que deux dans la voiture.

Sa voix était pleine et riche en harmoniques, une voix que son torse puissant faisait résonner alors même qu'il essayait de parler avec douceur.

« Oui, bien sûr, allez-y.

— J'espère que je n'ai pas froissé votre nièce.

— Ne vous en faites pas, elle a le caractère entier de sa mère.

— Vous me rassurez. »

Les démons sont des êtres affables et civils, c'est bien connu. Mais le voir écrit ne suffit pas. Le vivre est tellement déroutant. Ce paradoxe vivant entre un physique de bête et les attentions d'un gentleman. Papus se dit qu'il y avait là matière à écrire un nouveau livre, ou du moins un numéro spécial du *Voile d'Isis*.

Baphomet était sorti à son tour, non sans avoir au préalable ouvert et refermé trois fois la portière. Les deux phares de la Delaunay avaient été brisés dans l'accident. Dans le clignotement orangé du Luna Park, Papus vit Lucrèce et Baphomet échanger quelques mots. Il reconnut cet air de chef de bande qu'elle affectait quand elle envoyait ses amis de la rue de Lappe sur une de ses magouilles.

Elle apprenait vite ! Elle n'eut même pas besoin de toucher la voiture. Avec ses yeux sévères et sa bouche rigide, elle lançait ses ordres. Baphomet souleva l'avant du véhicule pour l'éloigner de la colonne puis il emmancha la manivelle sur son axe en forçant le métal déformé. En quelques coups puissants, le moteur repartait.

« On y va, mon oncle ! Et toujours pas de poulets à l'horizon !

— Tu lui laisses la manivelle ? »

Derrière, Baphomet tournait la tige d'acier entre ses doigts. Lucrèce sourit.

« Je ne crains rien, n'est-ce pas ?

— Non, tu ne crains rien.

— Alors, laissons-le jouer. »

Comme encouragé par sa maîtresse, Baphomet décocha un coup sec contre la vitre à côté de lui. Alors que la voiture repartait en crachotant, le démon se perdit dans la contemplation de la longue fissure argentée qui zébrait désormais son carreau.

Après cela, la traversée du bois de Boulogne sembla paisible. Les deux phares crevés, la Delaunay se fondit dans les ténèbres, guidée par la lune. Lucrèce avait retrouvé son calme et conduisait droit. Elle s'amusait de cette peur qu'elle ressentait toujours mais qu'elle imaginait désormais sous la forme d'un fauve vaincu, couché sous son pied.

« Dis-moi, mon oncle, savais-tu qu'à deux pas d'ici, sur les quais de la Seine, on entasse des journaliers dans des baraques insalubres ? Je les ai visités l'autre jour, avec Vladimir. Tu aurais dû voir ça ! Ils dorment dans des casiers de bois posés par terre, séparés du voisin par une simple planche, les plus chanceux près du poêle. Avant, je les avais vus manger un ragoût puant dans des gamelles noires de crasse, sans parler, abrutis par une journée passée à la pioche. Quand ils m'ont aperçue, certains se sont excités comme des chiens que l'on a privés de femelle, les autres n'ont même pas bougé de leur grabat, hébétés qu'ils étaient par la piquette empoisonnée dont les abreuve à l'œil leur patron bien intentionné; un jus de mort, un distillat délétère qui les empêche de rêver à une vie meilleure.

— Pourquoi me dis-tu cela, Lucrèce ?

— Les beaux messieurs ne sont pas ces gens pressés que l'on croise dans les rues de Neuilly, ces gens qui possèdent et qui décident, ces hommes tellement petits et tellement ternes qu'il leur faut un haut-de-forme de satin pour paraître grands et brillants, ces hommes qui ne respirent qu'à travers un cigare parce que même notre air leur semble trop pauvre. Non, les beaux messieurs, les vrais, ce sont ces misérables que j'ai vus couchés dans la crasse. Parce que ces hommes-là, demain, se réveilleront avec un marteau, une pelle, une faucille à la main pour creuser nos tunnels, bâtir nos maisons, faucher nos champs. Ce sont eux qui nous enrichissent, qui nous donnent sans rechigner et sans compter ce qu'ils ont de plus précieux : le Travail ! »

Papus connaissait le discours. Elle le lui répétait à la manière d'une pièce de théâtre, avec des variations selon l'humeur, des oscillations entre raison et révolte. Il ne trouvait pas ces mots dépourvus de noblesse. C'était sa manière à elle d'exprimer son romantisme d'adolescente, une violence qui de toute façon devait bien sortir. Les bras crispés sur le volant, Lucrèce avait accéléré insensiblement, dans un crescendo qui les emmenait au bout de l'allée.

« Un jour, il faudra bien que les chaises tournent, continua-t-elle. Et ce sera le jour où le monde sera gouverné par mes beaux messieurs de la baraque en bois, où le monde appartiendra enfin à ceux qui l'ont gagné. Notre monde est injuste, oncle Gérard. La nature est injuste, cette nature où le petit nombre opprime les masses, où sous nos pieds la reine des fourmis se vautre aux dépens du travail des ouvrières. La justice sociale, la justice tout court ne peut être l'œuvre de la nature. Il faut un justicier pour l'établir, pour l'imposer au monde et à ses dirigeants.

— Tu es bien sévère tout à coup.

— C'est parce que ce soir, tout a changé. Demain, le soleil se lèvera sur une société porteuse de la promesse d'une plus grande justice, la société des braves, la seule parmi laquelle j'ai envie de vivre. L'as-tu senti, oncle Gérard ? As-tu perçu toi aussi la chance qui s'offre à nous ?

— Je ne suis pas sûr de bien te suivre. Mais ce que tu exprimes avec ces mots qui te ressemblent, ce sont des idées nobles et généreuses.

— Mais toi, oncle Gérard, si tu avais l'occasion d'y changer quelque chose, le ferais-tu ?

— Ah ! On arrive ! »

Papus accueillit les réverbères de la rue de la Ferme comme la première terre après l'océan, la rangée domptée des marronniers au garde-à-vous après l'incohésion oppressante des arbres noirs.

« On arrive, Lucrèce. Tiens-toi prête.

— Nous pouvons aider le monde à amorcer sa métamorphose, mon oncle !

— J'aperçois quelqu'un !

— Ce soir !

— Freine, Lucrèce ! »

Un homme en casquette les attendait devant le porche. Dans les phares de la Delaunay, un comparse sortit de derrière un arbre, coiffé de la même casquette, portée en arrière à la manière des voyous ; puis un autre du coin de la rue.

« Ce sont les hommes de ton père, Lucrèce. Ralentis. »

Le temps qu'elle s'arrête, ils étaient cinq. L'un d'eux

était même armé ; un fusil de chasse, un truc à tuer les sangliers.

« Qu'est-ce qui se passe ? Reste dans la voiture, je vais voir. » Et l'oncle Gérard sortit en robe de satin comme les vieilles de la rue à l'heure des poubelles.

Il s'ensuivit une discussion à cinq mètres devant. Vu de la place de Lucrèce, le débat n'avait rien de la polémique. Chacun parlait à son tour avec courtoisie, un sourire passant parfois sur une bouche puis sur une autre. Derrière le pare-brise, Lucrèce n'y entendait rien. Elle savait que son père faisait surveiller la villa. Elle connaissait les guetteurs et leurs postes d'affût, comme le laurier-rose sous lequel se planquait le petit homme sec avec son chandail vert et ses bottes de paysan, qu'elle réveillait parfois d'un coup de pied au passage ; mais un tel barrage de douane n'était pas dans leurs habitudes. Ça respirait l'ordre spécial, l'état d'urgence dans les états-majors de la Horde d'Or.

La peur l'avait reprise. Et pas seulement la peur artificielle de Baphomet, mais la peur anticipée d'être punie pour un crime qu'elle n'avait pas encore commis.

Un crime ? Une *trahison*. Le sale mot essayait de prendre forme dans sa tête. Comme un soleil qu'elle aurait juste croisé du regard et dont l'image gravée sur sa rétine ne cesserait plus de revenir par-dessus tout le reste, par-dessus même l'obscurité de ses paupières closes. Mais non, pour qu'il y ait trahison, il faut qu'il y ait mensonge. Le faut-il ? Ne peut-on pas trahir par omission ?

Alors, l'oncle Gérard ne se doutait de rien ? Pourquoi fallait-il qu'il soit si naïf ? Elle aurait préféré qu'il résiste, ça lui aurait facilité la tâche. Là, devant la Delaunay, ce n'était pas Papus le grand maître de l'Ordre martiniste, c'était l'oncle Gérard et sa tunique de satin que le vent plaquait sur ses cuisses empâtées dans une caricature de danse du voile.

C'était elle qui l'avait encouragé à désobéir. Elle avait utilisé son art pour s'octroyer sa bête et voilà qu'elle s'apprêtait à le tromper encore. Avec Vladimir qu'elle devait préserver, David qu'elle avait expédié on ne sait où et Raymond qu'elle avait abandonné pour une caisse de bibelots de cuivre, elle était donc bien seule.

« Baphomet ?

— Oui, mademoiselle ?

— Nous allons réussir, n'est-ce pas ?

— De quoi parlez-vous, mademoiselle ?

— Quoi que j'ordonne, tu obéiras, n'est-ce pas ? Tu es puissant et tu me seras fidèle jusqu'à la mort, c'est bien cela ?

— Disons que je n'ai pas d'autre choix, mademoiselle.

— J'aurais préféré une autre réponse.

— Je suis sincère, mademoiselle. Je ne peux pas vous mentir.

— Vraiment ?

— Sauf si vous m'en donnez l'ordre.

— Et… Es-tu prêt à passer ta vie à mes côtés ?

— Je ne pense pas non plus avoir le choix.

— Alors pourquoi es-tu venu ? On dirait que tu ne te plais pas ici-bas.

— Je suis venu parce que vous m'avez appelé, mademoiselle.

— Je croyais que tu ne pouvais pas me mentir. Oublies-tu que c'est toi qui as d'abord contacté mon oncle dans son sommeil ? Toi qui as fixé le rendez-vous de la rue Galvani ? Alors pourquoi as-tu voulu descendre parmi nous, Baphomet ?

— Je crois que quelqu'un approche, mademoiselle. »

C'était le garde-chasse, le tueur de sangliers qui avait quitté la discussion pour s'approcher de la voiture.

« Bonsoir mademoiselle Lucrèce. »

Il cogna au carreau balançant d'un pied sur l'autre

pour se donner la prestance d'un gendarme dont il avait déjà les moustaches en guidon de vélo. Amusant ce voyou qui jouait les hirondelles. Au lieu de tuer ou de voler comme à l'habitude, on lui avait juste demandé de contrôler le contenu de la voiture. Alors il faisait comme il avait vu faire.

La main en visière appuyée contre la vitre, il s'y colla le visage pour mieux percer l'obscurité de l'habitacle. Ses yeux glissèrent sur Lucrèce qui, à l'évidence, faisait partie des personnes autorisées ; puis ils rencontrèrent le faciès caprin, sur la banquette arrière. Son regard inquisiteur hésita, puis rebondit vers la caisse posée à côté.

« Qui est cet homme ? finit-il par demander sans réussir à le fixer.

— C'est un ami que nous avons invité à la villa. Nous recevons qui bon nous semble à ce que je sache. N'est-ce pas ?

— C'est-à-dire que, ce soir, le Grand Khan a donné des ordres…

— Quels ordres ? N'est-ce pas moi qui donne les ordres en ma maison ? »

Sa voix, qu'elle voulait sèche et cassante, chevrota sur la fin, faisant fuser la belle réplique comme une cartouche humide. Elle n'allait pas avoir peur de son père, tout de même ? La villa, Papus, tous ces pantins cachés dans la rue vingt-quatre heures sur vingt-quatre, qu'est-ce que c'était sinon la preuve qu'elle était son trésor, la seule à ne jamais avoir à le craindre ?

Et pourtant, elle avait bien peur. De quoi ? De se faire confisquer son démon ? De finir son chemin la tête éclatée par une balle à sanglier ?

Non, la peur venait de derrière. C'était Baphomet qui crachait ses ondes venimeuses à travers son siège, à travers son dos, c'était son démon apprivoisé qui livrait bataille et pulsait en silence son appel à la panique.

« C'est votre ami, vous dites ? » bredouilla le petit soldat, blême comme au peloton d'exécution.

« Oui », répondit Lucrèce d'un air agacé pour masquer la terreur qui l'empalait elle aussi, de derrière.

« Nous ne devons laisser entrer personne… Mais… Je suppose que pour les amis, c'est différent.

— Bien sûr que c'est différent. Nous pouvons passer maintenant ?

— Allez-y, je vous ouvre la voie. »

En fait, il bondit en trois enjambées devant la voiture dans ce qui ressemblait plus au sauve-qui-peut d'un lièvre ou d'une bécasse, à une convulsion des jarrets.

« Merci, Baphomet. »

Pour toute réponse, il claqua sa portière.

« Hé, tu ne vas pas recommencer ? Pourquoi tu fais ça ?

— Parce que je n'ai jamais pu le faire avant, mademoiselle.

— Quoi ? Ouvrir une portière ?

— Bouger, casser, goûter. Se jouer de la Matière, quel curieux pouvoir. »

Puis il déchira un nouveau lambeau de cuir, qu'il fit tourner entre ses doigts, qu'il caressa puis étira jusqu'à ce qu'il cède.

« Arrête maintenant ! cria Lucrèce. Ne touche plus rien. Et tiens-toi tranquille jusqu'à ce que je te dise ! »

Elle avança la Delaunay, attrapant son oncle au passage du portail.

« Ils ne voulaient pas laisser entrer Baphomet. Qu'est-ce qui se passe ici ? Que t'ont-ils dit ?

— Ils ont l'ordre de boucler la villa. Ils ne veulent pas me dire pourquoi. Je pense qu'ils ne le savent pas eux-mêmes. En plus, ton père veut me voir, Lucrèce. Et tout de suite avec ça !

— Tout de suite ? En pleine nuit ?

— Oui. Il y a anguille sous roche si tu veux mon avis. Et je n'aime pas trop que ça tombe justement le soir où nous avons décidé de lui désobéir. Alors je passe me changer et je vais vite le voir. Plus vite ça sera fini, mieux ça sera.

— Et la cérémonie ?

— Ça attendra.

— Tu ne vas rien lui dire, au moins ?

— Si. On ne peut pas mentir au Grand Khan. Autant qu'il l'apprenne de ma bouche. Il m'avait interdit de tenter une nouvelle invocation. C'était notre pacte.

— Le Grand Khan, vous dites ? interrompit Baphomet.

— Tais-toi ! Je ne t'autorise pas à parler ! »

Lucrèce écrasa le pédalier, pour marteler sa rogne, pour précipiter son destin, pour secouer ce foutoir qui ne s'agençait décidément pas comme elle l'avait souhaité. La Delaunay partit de travers, arrosant d'une giclée de gravier l'escorte des hommes en casquette.

« Écoute, je te promets que moi je lui dirai. Quand le moment sera venu. Je suis sa fille. Il sera bien obligé de me pardonner.

— Il faut le lui avouer tout de suite, Lucrèce. Il ne doit pas l'apprendre de quelqu'un d'autre.

— Et Baphomet, que va-t-il devenir ? Non, nous devons garder le secret, juste un peu plus longtemps. Je suis la première à lui avoir parlé. Tu as entendu ? Je possède la Voix désormais. Il est à moi, oncle Gérard.

— C'est pour cela que je dois te protéger. C'est la mission que m'a confiée ton père. Je dois même te garder de tes propres desseins. Te souviens-tu m'avoir promis que rien ne changerait ?

— Finissons simplement ce que nous avons commencé. Bouclons la cérémonie. Ensuite, tu pourras aller voir mon père. Demain matin. Tu auras dormi, ton esprit sera plus clair. Il le faut, tu sais, pour traiter avec le Grand Khan.

— Nous n'aurions pas dû, Lucrèce. J'avais promis. J'ai rompu le pacte.»

Lucrèce coupa le moteur.

«Nous voilà à la maison! Ne perdons pas de temps. On dormira plus tard.»

Retrouver la grande salle à tout faire fit revenir la placidité sur les bonnes joues de l'oncle Gérard. Il tenait du clébard cet attachement charnel à son chenil; le bureau, le guéridon, l'encens, la comtoise. Le retour à la maison avait effacé la parenthèse de la rue Galvani. Il se planta juste après la porte d'entrée, les bras ballants, et prit trois profondes inspirations, bien théâtrales. Lucrèce le laissa faire. Trois respirations. Il y avait du triangle là-derrière, de l'équilibre ternaire, de la symbolique du trigone, de la sainte Trinité. Ou alors, simplement, la jouissance de retrouver son odeur. Dans tous les cas, elle devait bien se garder de l'interrompre. Dans sa tanière, il redevenait le grand maître de l'Ordre, investi de sa mission supérieure, celle d'imposer le savoir aux ignorants, contre la rationalité, contre la superstition, contre le pouvoir et, pourquoi pas, contre le Grand Khan.

Puis il sortit d'un tiroir l'un de ces galurins dont il avait le secret, un tarbouche qu'il s'enfonça sur le crâne, avec un gland sur le dessus et deux appendices le long des joues. Et Lucrèce sut que c'était gagné. Car, chez le grand Papus, le couvre-chef exotique est synonyme de passage à l'acte. Le sorcier a besoin de feutrine ou de soierie autour de la tête pour focaliser sa fantasmagorie. Elle laissa faire.

Par petites touches, le salon vira à la salle de culte. L'oncle Gérard déplia un pose-cul ouvragé qu'il disposa comme un trône au bout de la pièce. Devant, il installa un pupitre qu'il transforma en autel d'un simple carré de velours pourpre agrémenté d'un vieux tome de cuir, d'une timbale pleine d'huile et d'un modeste lumignon. Il laissait éclater sa maestria de la mise en scène occulte, alignant les cierges, traçant les hiéroglyphes à la craie, éparpillant les osselets, disposant dans le bon ordre les calices et les couteaux d'obsidienne, les fioles d'alchimiste et les boules de cristal. Oubliant sa panse, il virevoltait dans un ballet infiniment répété en vue du grand jour qu'il vivait enfin.

Puis, prenant quelques pas de recul, il jaugea le tableau, corrigeant un alignement par-ci, saupoudrant par-là quelque perlimpinpin. Il l'avait, son temple, son bric-à-brac hermétique, son chef-d'œuvre du *comprend-qui-peut*.

Lucrèce et son Baphomet n'avaient pas bronché.

« Ô Baphomet, serviteur céleste du Vent et de la Terre, agent mercuriel du père de l'Universel Télesme du monde entier. Prends place, Baphomet, face aux sept flammes des sept rayons de la Roue, *Igne Natura Renovatur Integra.* »

Lucrèce poussa Baphomet du coude.

« Vas-y. Fais ce qu'il te dit. »

Le démon alla s'asseoir sur le pliant, au centre des sept bougies.

« Bon, Lucrèce, tu vas te placer à l'autre extrémité de la salle. Au fil de la cérémonie, tu feras ce que je te dis de faire. Tu n'as rien à dire. Puis à la fin, tu souffleras les sept bougies, l'une après l'autre, de la droite vers la gauche, et tu pourras lui donner ton ordre.

— Personne ne disparaîtra cette fois-ci ?

— Mais non voyons, répondit-il en souriant. C'est vrai que cela peut être un peu difficile à comprendre. C'est un problème d'équilibration des forces. Un corps qui se sublime pour un autre qui se substantialise.

— Un problème d'équilibrage ?

— D'équilibration, oui. Pour que Baphomet puisse descendre parmi nous, il fallait que David prenne sa place. Tu sais, c'est ce que David a toujours souhaité. Il est heureux maintenant. »

Il avait le même ton que le jour où il lui avait annoncé la mort de son canari. Le jour de ses sept ans.

« Et l'autre ? Le flicard qui a disparu avec David ?

— Je ne sais pas. Apparemment, il est parti lui aussi. Je ne savais pas que c'était possible.

— Il ne va pas m'aspirer, moi ? Tu en es sûr ?

— Ne t'inquiète pas. Baphomet est bien réel maintenant. Tu as préparé ton ordre ? Je peux t'aider si tu le désires.

— Non, c'est bon.

— Méfie-toi, chaque mot compte. C'est un démon, un *malin* dans les deux sens du terme. Il peut tricher. »

Elle jeta un coup d'œil à sa créature, perchée sur son trône de bazar au centre des cierges, des pentagrammes et des herbes odorantes. Baphomet lui retourna un sourire, un sourire saturé de crocs.

« Ne t'en fais pas, répondit-elle à son oncle. Je vais juste tester ses talents sur un petit service que m'a demandé Vladimir.

— Vladimir ? Lénine ? Justement, Lucrèce, ton père veut que l'on se tienne à carreau pour les deux jours de la visite du tsar à Paris.

— Il a dit ça ?

— Ce sont ses hommes qui me l'ont dit. Il m'en dira plus quand j'irai le voir.

— Qu'est-ce qu'il trafique avec le tsar ?

— Que veux-tu que j'en sache ? En attendant, ordonne à Baphomet de passer ces deux jours dans notre cave ou de ne pas quitter sa chaise ou je ne sais quoi d'autre. Au moins jusqu'à demain, le temps que ton père m'en dise plus. »

Lucrèce contempla son oncle, sa robe froissée, son chapeau ridicule, le sceptre de pacotille qu'il avait saisi. Pourquoi celui-là et pas un autre ? Pourquoi ce gourdin surchargé de dorures et de verroterie et pas la houlette sucre d'orge de la rue Galvani ? Pourquoi fallait-il qu'il se noie dans ses arcanes, ses dogmes universels, ses exégèses alambiquées ? Jamais elle n'avait pu discuter avec lui de l'essentiel. Elle aurait bien voulu. Elle avait souvent failli. C'était un homme de bien. Lui aussi se sentait révolté par le sort pitoyable des martyrs de l'exploitation capitaliste. Il le lui avait dit. Il aurait pu comprendre que le monde ne va nulle part, prisonnier qu'il est de la perspective bornée du droit des bourgeois ; que le contrôle de la société doit commencer par l'expropriation du pouvoir capitaliste ; qu'il faut arrêter le gaspillage et ouvrir l'horizon des hommes par un acte révolutionnaire, par la mort d'un tyran !

Mais il était trop tard. Il ne comprendrait pas. Elle n'aurait pas le temps de lui expliquer. Il comprendrait après. Quand tout cela serait fini, qu'il serait fier d'elle comme de sa fille et qu'il l'accompagnerait pour la postérité sur les chemins d'un monde plus juste.

« Lucrèce, tu rêves ? »

L'oncle Gérard avait déjà bien entamé sa cérémonie. Il avait égrené ses formules magiques, ses histoires de chaos originel ou de tendances polarisantes, il avait tourné trois fois dans un sens et cinq fois dans l'autre, éteint la bougie rouge, rallumé la bleue. Sa grand-messe ressemblait à un spectacle d'école communale qu'on applaudit avec indulgence, juste par amour.

Au beau milieu de son puzzle de grigris, Baphomet n'avait pas décollé la fesse de son trône. Son obéissance trop courtoise gênait Lucrèce. Il n'avait rien d'un seigneur arraché à son monde par une puissance supérieure à la sienne. S'il se retrouvait dans ce capharnaüm, c'est qu'il l'avait bien voulu. Elle avait eu cette idée dans la voiture, cette idée qui avait troublé Baphomet tout à l'heure, cet asticot qui creusait son chemin à travers son crâne pour aller dire tout au fond, à la Lucrèce réfléchie et raisonnable qui s'y cachait, qu'elle ne connaissait pas forcément toutes les règles du jeu. C'est Baphomet qui avait appelé l'oncle Gérard dans son sommeil, Baphomet qui avait fixé l'heure et le lieu de l'invocation. Pourquoi ?

« Eh bien, Lucrèce, c'est à toi ! »

Il lui désignait l'emplacement à respecter. En face d'un Baphomet trop raide, au sourire trop guindé. Devant les sept bougies à souffler dans l'ordre. Sept. Comme le jour de la mort du canari.

Une. Je trahis l'homme qui m'a nourrie.

Deux. Je désobéis à mon père.

Trois. Je joue avec un monstre.

Quatre. Je vais tuer le tyran.

Cinq. Je serai la muse de la révolution.

Six. Je libérerai le monde de l'oppression.

Sept. Et mon oncle sera fier de sa *fille*.

« Vas-y, Lucrèce, tu peux parler. »

L'oncle Gérard s'était effacé, un sourire hilare sous sa barbe de saint Nicolas, la tête aplatie par le galurin trop enfoncé. Ses yeux écarquillés attendaient l'ordre de Lucrèce comme un compliment de fête des pères.

Devant elle, Baphomet avait fermé les yeux et semblait s'être endormi au spectacle. Les démons ont-ils besoin de dormir ? Pour la première fois, elle se tenait face à face avec sa créature, seule à seule. Avec, au fond de son ventre, ce besoin archaïque de commander son esclave, cet orgueil infini, cette boule de feu qui lui remontait dans la gorge et qu'elle ne pourrait bientôt plus contenir.

« Baphomet ! »

La Voix frappa le démon comme une gifle en plein visage. Il se leva d'un bond de marionnette, gardant le cou voûté et les yeux fermés.

Lucrèce se demanda s'il était encore temps de contrôler cette Voix qui ne semblait pas la sienne, de retenir ce dessein échappé de son esprit qui allait jaillir par sa bouche.

Un coup d'œil à l'horloge. Le trac. La fin d'une vie. Le commencement d'une autre. Trois heures du matin.

« Baphomet ! Demain, dans les couloirs du métropolitain, tu tueras de tes mains Nicolas, le tsar de Russie. »

Le temps de dire « Hé ! », de tendre la main pour tenter de le retenir, Baphomet était parti. Un mouvement parfait, une courbe dans l'espace qu'il avait peut-être imaginée, tracée et parcourue déjà cent fois pendant tout ce temps passé sur sa chaise, une incroyable trajectoire qui l'avait aspiré hors du temple de Papus, jusqu'à la cuisine sans doute. Était-ce comme cela que c'était censé finir ? Le temps de se le demander, Lucrèce entendait le carreau casser, là-bas. La fenêtre du jardin. On entendit un cri au loin, un coup de feu. Le fusil à sanglier. Baphomet avait atteint la rue. Il n'avait fallu que quelques instants. Puis le silence.

Elle n'avait pas imaginé cela. Elle s'était vue dans les couloirs du métropolitain accompagnant son Guerrier Rouge de la révolution. Mais il était parti seul. Le reverrait-elle ? Elle ne l'avait pas précisé dans son ordre. L'oncle Gérard l'avait prévenue.

Elle se retourna. Papus n'avait pas bougé. La robe

de satin, le bonnet rouge, le bâton clinquant au bout de son bras tendu, la bouche ouverte, un regard de chouette éblouie, d'un grand duc assez crédule ou vaniteux pour s'être aventuré au soleil.

XI

Joseph courait encore. Depuis trente minutes peut-être. Comment savoir ? Après la galopade du début, il s'était effondré au premier carrefour sur une pile de gravats laissée là par des cantonniers pour la nuit ; asphyxié par le sauve-qui-peut, par ce policier imaginaire qu'il sentait sur ses talons.

Il était pourtant bien seul. Les plantons du commissariat ne sont pas payés pour jouer les lévriers dans les rues du XVIIe. Un maton ventru, un bon père de famille à moustaches, ça ne court plus après trente ans.

Mais Joseph s'était relevé à la hâte et avait repris la fuite quand même. Pas besoin de chasseur. Depuis qu'il s'était expulsé du commissariat au bout de cet interminable couloir, ses jambes avaient oublié l'allure de la marche. Depuis qu'il s'était fait recracher par sa prison, dans son cerveau secoué par la course, les mots tournoyaient ; comme un fond de marais dérangé à coup de godasses de curé, délayé dans les humeurs glauques de son encéphale. Des mots sans but, emportés par les volutes.

Fuyard, criminel, gibier, innocent.

Raymond, Lucrèce, Éloïs, Lucille.

Lucrèce.

Asile, refuge.

Messe noire. Baphomet.

Satin, chemise, soutane et pantalon.

Des centaines de mètres de trottoir avaient défilé. Il avait tourné à chaque coin, une fois à droite, une fois à gauche. Puis, il avait trouvé son rythme.

Il soufflait sa gorgée d'air toutes les deux enjambées. Il aurait pu tenir des heures. Alors, dans sa tête apaisée, les mots les plus lourds avaient sédimenté, ne laissant tournoyer que le plus vivace : pantalon.

Pantalon ! Parce qu'il n'en pouvait plus de cette maudite soutane, cette entrave qui ralentissait sa fuite, ce déguisement qu'avait moqué le joueur d'orgue devant Lucille, le symbole de son avenir tout tracé, un avenir d'évêque Grabeuf. Cette robe enfin qui l'empêchait d'être un homme. Guidé par ses jambes d'automate, c'est bien chez lui qu'il rentrait. Il se débarrasserait de son uniforme qu'il ne supportait plus. C'était le plus urgent. Et après, on verrait. En pantalon, il serait quelqu'un d'autre.

Il y eut un bruit derrière. Assez loin. Un objet qui tombe, un rat qui prend la fuite, un policier qui rattrape son retard. La surprise lui fit faire une embardée. Il trébucha sur un trottoir trop haut. Trois pas désordonnés, sa main qui effleure le sol.

Et toutes les idées alluvionnaires qui croupissaient au fond de sa tête relancèrent leur maelström.

La police, la prison, Raymond, les implexes.

Le fourgon, la cérémonie, le sorcier en robe de satin, la chemise blanche du condamné, Raymond encore, posé sur sa chaise.

Lucrèce, Lucrèce, le duvet noir sur sa nuque.

L'image cinématographique, l'homme diaphane flottant par-dessus le filet métallique, puis l'athlète au torse nu qui prend sa place, Baphomet.

Et Éloïs, Éloïs qui disparaît, avalé par les appareils de cuivre du prestidigitateur.

Le 5 de la rue Galvani, le petit Marcel et ses démons. Baphomet.

Marcel sur sa civière, la théorie de l'Au-delà, monsieur le professeur Joseph Sterbing, le métropolitain.

Lucille, Lucille qui pleure sur un banc.

La petite porte en fer, l'évêque Grabeuf, l'ordination jeudi prochain, Saint-Joseph-des-Morts, Lucille, une mèche blonde que le vent du pont d'Arcole fait caresser le lobe d'une oreille.

Et puis les cadavres de l'attentat sous leurs linceuls, l'odeur apaisante de la mort, et sa mère, sa mère couchée à ses côtés.

Il passa un coin de rue, le crâne empli de son tourbillon fangeux. Sans voir le gros chien jaune et sa charrette. Le cri de l'animal déchira le silence. Le jappement aigu et ridicule de la patte écrasée par son godillot fila en ricochant sur les façades.

Joseph caressa la tête du labrador qui baissa les oreilles et remua mollement la queue pour s'excuser d'avoir crié. Le chien était harnaché à une charrette de laitier encadrée de trois enfants, un garçon et deux filles. Douze ans, pas plus. Sûrement moins. Les habits pour la rue, les chandails empilés, les jupes sans ourlet usées à la bonne longueur à force d'avoir frotté contre le trottoir. Et puis le trésor dans la charrette, les trois dames-jeannes dépareillées pleines à ras bord de lait tout blanc.

« Bonjour mon père.

— Bonsoir. Excusez-moi. J'espère que je ne lui ai pas fait trop mal.

— C'est rien. Vous nous avez fait peur.

— Désolé. Que faites-vous dans la rue à cette heure ?

— On livre le boulanger comme tous les matins. Il nous donnera une brioche. »

Les yeux s'allumèrent comme six réverbères miniatures.

« Alors, c'est déjà le matin ?

— Oui, mon père. Il doit bien être plus de quatre heures. On doit se dépêcher, avant le soleil.

— Quatre heures. »

Il resta planté devant la charrette comme s'il réfléchissait. Quatre heures, deux heures, sept heures. Quelle importance ? Il lui fallait un pantalon. On verrait après.

« Mon père ?

— Allez-y. Votre brioche vous attend.

— Pourquoi vous courez ?

— Tu es poursuivi par le Diable ? » compléta la plus jeune pour placer le débat sur le terrain des histoires qui font peur.

« Non, s'efforça-t-il de rire. Le Diable a autre chose à faire que de poursuivre les curés.

— Ben, les curés sont les ennemis du Diable, pas vrai ?

— Oui, mais le grand Belzébuth reste toujours à sa place. En Enfer. Il a suffisamment d'âmes de pécheurs à tourmenter là-bas pour ne pas venir perdre son temps ici ! Allez, foncez chez votre boulanger !

— Bonne journée », répondirent-ils en chœur.

Puis l'attelage passa le coin sans un bruit, sur des coussinets de labrador.

Belzébuth. Il s'étonnait lui-même d'avoir utilisé cette appellation profane qui poissait la superstition de grand-mère. Et pourquoi pas Baphomet ? Avant que la sale idée ne cristallise, il l'enfonça violemment dans le limon du fond de sa tête.

Joseph laissa revenir l'obscurité et le silence. Il s'était arrêté de courir, enfin. Il remercia encore les petits laitiers. Personne ne le suivait. Il marcherait à présent. Avec dans la main le souvenir apaisant du pelage d'un labrador, le poil du dessus de la tête, le plus doux.

De la bourbe de ses pensées, enfin disciplinée par son pas plus égal, de longues spéculations pouvaient s'extraire, comme des vers de vase remontant en torsade à la surface plus claire.

Pourquoi suis-je allé là-bas ? se demanda-t-il.

Éloïs ou pas, il se serait de toute façon rendu au 5 de la rue Galvani, l'adresse de Marcel. C'était Éloïs qui l'avait suivi et non l'inverse. Alors pourquoi ?

Pas pour sauver l'enfant, non. Il l'avait déjà rejetée, cette excuse trop facile. Marcel était mort. Le seul moyen de le retrouver était de mourir à son tour. Le seul moyen de lui parler était de demeurer auprès de son cadavre, à la morgue de l'Hôtel-Dieu, et d'essayer encore d'en tirer quelques mots.

Alors pourquoi ? Pour sa théorie ? C'était leur plan d'expérience initial. Marcel devait observer et répondre à ses questions. De là-bas, de l'Au-delà. À quoi y ressemblaient l'air et le ciel ? Y avait-il un soleil ? Où étaient passés les autres ? Les autres âmes des défunts, les femmes du Bazar de l'Hôtel de Ville, par exemple ? Pouvait-il les voir, leur parler ? Et lui, Marcel, avait-il un corps là-bas ? Avait-il des jambes assez solides pour marcher ? Des mains pour toucher, des yeux pour voir ?

Et surtout, surtout, dans deux jours, il aurait pu lui dire ce qui se passerait. Pourquoi basculerait-on brutalement de ce Paris de grisaille au néant du purgatoire comme le prévoyait son cahier ? Dans moins de deux jours maintenant.

Mais quel rapport avec la rue Galvani ? En fait, ce qui lui déplaisait tant, c'est que Marcel lui avait fait faux bond, il avait décidé de jouer un autre jeu, le sien, le jeu des démons qui vous kidnappent et vous enferment dans les immeubles du XVIIe, le jeu qu'il continuait à jouer tout seul, il ne savait où.

C'est tout ce qui lui restait, cette rue Galvani. Voilà pourquoi il y était allé. Simplement parce qu'il ne pouvait pas rentrer à la maison et se coucher là-dessus. Il s'était rendu rue Galvani comme on visite la maison natale de son auteur favori. Une balade introspective, l'espoir d'une émotion. Il avait été servi !

Il leva le nez. 112, boulevard de Courcelles. C'était amusant comme, sur le chemin, ses pas l'avaient ramené ici, devant le cocon bourgeois des Bienvenüe, devant le portail ouvragé que Lucille avait franchi sans se retourner. C'était il y a si longtemps.

Une fenêtre était éclairée, tout en haut. Une seule. Et si Éloïs était rentré ? Il sonnerait, on lui ouvrirait, Éloïs lui-même, peut-être. Ils tomberaient dans les bras l'un de l'autre. Ils riraient de leur expédition rocambolesque, de leur peur de gamins. Lucille verserait une larme et tout serait oublié.

Il sonnerait et monsieur Bienvenüe père lui ouvrirait. Le grand Fulgence. Une tête de cadavre épuisé par la veille et l'inquiétude. Il exigerait des explications. Des policiers se joindraient à l'interrogatoire. Il devrait supporter les hurlements de Lucille, les appels désespérés à son jumeau disparu. Il devrait supporter sa propre culpabilité et son impuissance.

Non. Il ne pouvait pas sonner. Il fallait retrouver Éloïs d'abord. Ils franchiraient ce portail ensemble ou plus jamais.

Éloïs. Satané emmerdeur ! Pourquoi fallait-il que Lucille ait un frère ? Et quelle mouche l'avait donc piqué ce soir ? Jamais auparavant il n'était venu lui rendre visite à l'Hôtel-Dieu et encore moins dans cette morgue qui ne convenait pas à son rang. Il l'avait appelée la *décharge aux macchabées* un jour où, devant une tasse de thé, Lucille avait une fois de trop vanté les mérites de son saint Joseph.

Mais cette nuit, il l'avait suivi sur le pont d'Arcole, dans le métropolitain, puis sur le chemin du retour jusqu'à l'hôpital. Il avait écouté à la porte de la morgue et ne l'avait plus lâché jusqu'à la rue Galvani. Pourquoi ?

Dans une portée de jeunes loups, il faut toujours qu'il y ait un meneur, une bête plus coriace qui veut s'imposer à ses frères dans des jeux qui n'en sont pas vraiment. Éloïs s'était toujours comporté comme un jeune carnassier, persuadé qu'il n'y aurait qu'un seul vainqueur. Alors il l'avait suivi pour l'insupporter une fois encore, pour marquer un point de plus, pour user quelques nouveaux fils de la corde qui reliait sa sœur à Joseph, le coucou. Le coucou chez les louveteaux.

« Bon sang, Éloïs, quand donc me foutras-tu la paix ! »

Il s'était arrêté juste en face de l'immeuble et avait lancé sa réplique à voix haute à la fenêtre allumée. Il avait besoin de parler. Non, il avait besoin qu'on l'écoute. Un bon docteur Freud qui se tairait pendant qu'il viderait son sac. Il aurait pu tomber mort sur le trottoir et attendre qu'un saint Joseph vienne écouter ses petites histoires de cadavre. Non, pas saint Joseph. Lucille avait dit qu'il ne savait pas écouter. C'est elle qu'il lui fallait. Elle qui le confesserait sans juger et l'aiderait à se purger de sa fange comme on décrasse un conduit.

En lui racontant la rue Galvani, il comprendrait mieux lui-même ce qu'il y avait vu, comme lorsque sa théorie s'était animée devant ses yeux dans le wagon du métropolitain.

Il lui décrirait l'étrange cérémonie. Un pied dans le Moyen Âge, avec son grand prêtre et ses incantations absconses ; l'autre dans le nouveau siècle, avec les bobines de cuivre, les ampoules et le filet métallique.

Il lui dirait tout le bien qu'il pensait de ces sectes qui infestaient les arrière-cours de la capitale. Ces gourous barbus en toge de satin qui vous expliquent que tout est dans tout et que vous ne pouvez pas comprendre avec votre esprit cartésien. Leur monde trop simple où tout a un sens et où rien n'est coïncidence. Leur univers de symboles, de lunes et d'étoiles, de croix comme ci, de croix comme ça, d'arbres à cinq branches et de candélabres à sept, d'évidences que l'on a toujours sues et de sagesses ancestrales.

Il peindrait pour Lucille le tableau du sacrifice du bûcheron en chemise blanche. Où était-il maintenant? En fuite avec les autres, emmenant en otage un Éloïs ligoté dans un sac? Et le tableau du fantôme tout noir qui surgit de rien comme un diable d'une boîte. Un diable? Baphomet. Le démon du palier qui fait fuir le petit Marcel. Il recracha l'amalgame, la juxtaposition à laquelle son esprit n'était pas prêt. Idées de mécréant, retournez dans la boue!

Il parlerait à Lucille du pauvre Raymond sur sa chaise, son ami oublié, le seul qui n'avait rien à faire là. Qu'y faisait-il d'ailleurs?

Lucille.

Lucille! Là-haut! Au troisième étage. C'était la fenêtre de la chambre de Lucille! Pourquoi la lumière était-elle allumée? Que faisait-elle déjà debout ou pas encore couchée? À quatre heures passées.

Les godasses de Joseph jugèrent que la pause avait assez duré. Il reprit sa marche de mort vivant vers son nid de la rue Marguerite. Avec un retard, les vers de vase reprirent leur ascension vers la surface claire, quelque part entre l'os frontal et l'occiput.

Raymond était un *implexe*. Et lui aussi, Joseph. C'est le policier qui l'avait dit. *Je suis un implexe*, se répéta-t-il, comme s'il se découvrait une famille cachée, un héritage mystérieux, une branche coupée de sa généalogie, un monde qui lui chuchotait : *Viens !* Qu'est-ce que cela signifiait ? Quel lien l'unissait à ce vieux soldat estropié pour qui il comptait tellement, au point d'affirmer qu'il lui avait un jour sauvé la vie ? D'où le connaissait-il ? Pas de l'hôpital, à ce qu'il affirmait. Il n'en avait pourtant pas croisé tant que ça des hommes sans jambes, il se souviendrait. Un délire de buveur d'absinthe ? C'est ce dont il s'était persuadé jusqu'à cette histoire d'implexes.

Implexe, c'était aussi le nom du ministère d'Éloïs. Sale mot qui colle tout ce qu'il touche et qui fait une grosse boule de ces idées éparses qui n'avaient rien à faire ensemble.

Rue Marguerite. Déjà. La conclusion d'une fuite qui se termine en promenade. Il sortit sa clé du fond de sa poche. Le policier, le père de famille du commissariat, avait noté son adresse. Joseph l'avait lue dans son carnet avant de courir. C'est même lui qui la lui avait donnée, sans se méfier. C'était avant qu'il bascule dans le camp des criminels.

Ils viendraient donc le chercher, ça ne faisait aucun doute. Maintenant ? Demain, probablement. Tout à l'heure, en fait. Il ne les attendrait pas. Il se contenterait d'enfiler son pantalon et partirait d'ici, sans répit. Oui, mais pour où ?

Revenir à la rue Galvani et y chercher des indices ? Ausculter les fentes du parquet, autopsier les câbles calcinés. Et pour trouver quoi ? Une empreinte, qu'en ferait-il ? Le chapeau d'Éloïs ? Et pourquoi pas une carte de visite. *Lucrèce Tartempion. Magie noire. Sur rendez-vous*. C'était inutile. Et puis, il tomberait sur la bonne madame Daubert en sentinelle devant la porte. Inutile et dangereux.

Et quoi d'autre ? L'Hôtel-Dieu ? Il ne restait que quelques heures avant que la morgue ne s'anime à nouveau du balai des religieuses et des cadavres, de la danse du scalpel de sœur Marie-Pierre. Juste le temps d'attraper Marcel avant sa balade en tombereau jusqu'à la fosse commune. Peut-être la petite âme était-elle revenue derrière les yeux cousus au fil de soie ? Après avoir échappé aux démons de la rue Galvani, Marcel pouvait avoir cherché refuge dans la morgue-renardière de son compère Joseph. C'est ce qu'il aurait fait, lui.

Alors, le gosse des rues lui délivrerait le fin mot de l'histoire, l'arrière du décor, le secret du magicien. Et pourquoi pas ? Il n'avait pas de meilleure piste, de toute façon.

Il grimpa les escaliers sur la pointe des souliers. Cinq étages, jusqu'en haut. Il n'y voyait rien mais il avait l'habitude des retours nocturnes après une soirée trop longue passée à la morgue.

Il allait mieux. Le retour au chez-soi, la chaleur humide du terrier. L'homme est un animal, pensa-t-il.

Mais quelque chose bougea dans l'obscurité du dernier palier, son palier. Le bruit froissé d'un dormeur qui se tourne.

« Il y a quelqu'un ?

— …

— Je vous ai entendu. Qui êtes-vous ?

— Joseph ?

— C'est toi, Lucille ?

— Mon Dieu, Joseph, tu es enfin rentré ! »

Elle se jeta à tâtons dans ses bras. D'abord de travers, puis elle corrigea pour bien se blottir contre son torse.

« Lucille, que fais-tu ici ?

— Je t'attendais, Joseph.

— Toute seule ? Dans le noir ?

— J'étais si inquiète. »

Jamais il ne l'avait tenue dans ses bras de cette manière. Leurs corps se touchaient tout du long. Leurs poitrines, leurs jambes, leurs ventres. Il posa la joue dans ses cheveux pour parfaire la fusion. Il remercia les ténèbres qui avaient autorisé cela.

Dans l'absolue noirceur du palier aveugle, il l'imagina dans son manteau bleu, son œillet toujours en boutonnière. Il retrouvait le parfum de fleurs des champs dans ses cheveux blonds, juste sous ses lèvres, un parfum que la journée avait dilué et qui laissait filer les traces d'une odeur plus vraie, une essence intime, sa Lucille comme il ne l'avait jamais goûtée.

Mais elle s'écarta de lui tout entière en tendant soudain les bras, le rejetant au bord de l'escalier.

« Et mon frère ? Où est Éloïs ?

— Il n'est pas avec moi, Lucille.

— Ce n'est pas possible ! Il est forcément avec toi ! »

Puis elle appela dans les ténèbres.

« Éloïs ! Éloïs ! »

Son cri résonna jusqu'au bas de la cage d'escalier. Joseph pensa aux voisins endormis, au scandale, aux policiers qui le cherchaient. Il fouilla l'obscurité en agitant les bras sans trouver Lucille.

« Il n'est pas ici, je te dis. Ne crie pas !

— Mais où est-il ? Dis-moi que tu sais où il est, dis-le-moi !

— Calme-toi et entrons chez moi. »

Sa clé trouva toute seule le chemin de la serrure, à la manière d'un petit animal dressé par des années de routine. Joseph se précipita sur la table de chevet, la bougie, les allumettes. Il tendit la flamme vers la porte.

Lucille s'y tenait dans une robe blanche sans forme, presque une chemise de nuit. Ses bras pendaient sans vie le long de son corps ainsi que ses cheveux filasse abandonnés à leur état sauvage. Au contact de la lumière, ses yeux s'embuèrent avant même d'avoir croisé le visage de Joseph.

« Mon Dieu ! Éloïs ! Papa a téléphoné partout. Il est introuvable. Jamais il n'est rentré après onze heures. Jamais. Je suis tellement inquiète. Nous étions ensemble sur le pas de la porte, tous les trois, te souviens-tu ? Pourquoi n'est-il pas entré avec moi ? »

Et plus elle parlait, plus les larmes inondaient son visage, jusqu'à noyer son cou, sans qu'un seul instant elle fît mine de les essuyer, les mains toujours mortes pendues des deux côtés de son corps.

Joseph fit un pas. Elle recula sur le palier.

« Le pauvre papa. Il n'a pas dormi. Et le tsar qui arrive demain. Comment va-t-il faire ? Il est furieux. Mais moi, j'ai peur, Joseph. Il est arrivé quelque chose à Éloïs. J'en suis certaine. Quelque chose de terrible !

— Ne reste pas là, Lucille. Entre, s'il te plaît.

— Dis-moi que tu sais où il est. Dis-le-moi !

— Oui, Lucille. Je sais où il se trouve. »

Que pouvait-il dire d'autre ? Il n'avait pas réfléchi. Elle avait suffisamment pleuré pour aujourd'hui. Il aurait dit n'importe quoi pour qu'elle revienne à ses côtés.

Lucille entra et ferma la porte derrière elle. Elle avait une mine épouvantable. Joseph ne lui avait jamais vu ces yeux vides et sans contraste, cette peau cireuse que la bougie faisait jaune, ces lèvres exsangues secouées par des frissons en saccades, trempées de larmes.

« Où est-il ? Dis-le-moi !

— Tu sais, tout à l'heure, je l'ai suivi quand nous nous sommes séparés.

— Tu l'as suivi ?

— Oui. Son nouveau boulot m'intriguait. J'ai vu qu'il ne rentrait pas chez vous, alors j'ai voulu savoir où il allait. Tu connais ses airs d'espion. J'ai pris ça comme un jeu. »

Un sourire passa sur les lèvres de Lucille, le reflet sur sa bouche de l'image de son frère qui lui traversait les yeux. Elle le chassa comme une erreur. Joseph continua.

« Il se rendait vers l'ouest, vers la porte Maillot. Il est entré dans un immeuble d'une rue étroite que je ne connaissais pas, et je ne l'ai pas suivi. Rapidement, la police est arrivée. J'ai pensé que c'était lui qui les avait appelés en renfort. Des gens sont sortis en courant et ont fui en voiture. Je n'ai pas vu si Éloïs était parmi eux. La police n'a emmené qu'un homme, un infirme, un cul-de-jatte. Éloïs n'était plus là. Je ne suis pas sorti de ma planque, je n'avais rien à faire là.

— Qu'est-ce qu'Éloïs allait faire là-bas ? Sans toi, en plus. Ça ne colle pas.

— Qu'est-ce qui ne colle pas ?

— Papa a appelé l'oncle Alexis par téléphone, au ministère. Tu sais, Alexis de France, le secrétaire d'État. Les Affaires implexes. »

Le sale mot dans la bouche de Lucille lui donna le frisson.

« Et alors ?

— Eh bien, il a justement dit qu'Éloïs était avec toi.

— Avec moi ?

— Oui. C'était la mission que l'oncle Alexis lui avait confiée. Sa première mission au ministère.

— Il m'espionnait ?

— Non, bien sûr, mais il devait rester avec toi. C'est ce qu'il a dit. J'ai pensé que c'était pour te protéger.

— Me protéger ?

— Tu es célèbre maintenant. Ils ont peut-être eu vent de menaces.

— C'est ridicule, il me l'aurait dit. »

Je suis implexe, se répéta Joseph en fixant la flamme de la bougie. Et il existait un ministère des Affaires implexes. Un ministère qui fichait les gens, les gens implexes, les Joseph et les Raymond. Un ministère qui faisait suivre les implexes par des Éloïs en chapeau melon, des Éloïs armés d'un pistolet chargé. Tout à l'heure, les policiers du XVIIe allaient amener Raymond au ministère, comme c'était écrit sur le carnet du maton. Au ministère d'Alexis de France, l'oncle d'Éloïs. Éloïs le fonctionnaire des Affaires implexes qui par la fenêtre du 5 de la rue Galvani, perché sur une margelle aux côtés de l'implexe Joseph, observait sur sa chaise l'implexe Raymond. La convergence lui fit tourner la tête et les volutes boueuses troublèrent sa vision.

« Il faut que je parle à ton oncle Alexis !

— Toi ? Pourquoi ?

— Pour qu'il me dise ce qu'il sait de la mission de ton frère.

— Et pourquoi ferait-il ça ? C'est un homme très pris, tu sais, un secrétaire d'État. Je pense qu'avec la visite du tsar qui commence demain, il ne pourra pas te voir. Pas avant longtemps.

— Mais un de ses hommes a disparu. Si je lui raconte ce que j'ai vu, il y verra peut-être un indice, il reconnaîtra peut-être ces truands que j'ai vu fuir en voiture.

— C'est à la police qu'il faut dire tout cela.

— Ça prendra des jours. Ton frère est peut-être en danger, il faut faire vite. »

Elle s'était avancée, gratifiant d'un pas chaque argument de Joseph. Saisissant le tissu de sa manche contre sa paume, elle essuya ses larmes de deux coups secs qui évoquaient la détermination ou la colère. Puis elle s'assit sur le bord du lit, à côté de lui, et entreprit de remettre de l'ordre dans ses cheveux. Peine perdue.

« Je viens avec toi, trancha-t-elle.

— Lucille, tu plaisantes ? » Le mot était mal choisi. Il n'osa pas tourner la tête vers elle. Il avait conscience de ne pas pouvoir aligner deux idées. Son horizon se perdait dans un tourbillon de bourbe. Son unique certitude était que Lucille n'avait pas à entrer dans cette histoire. Surtout pas. Comme Éloïs, à la morgue, qu'il aurait dû renvoyer chez lui.

« Non, Lucille. Il n'en est pas question.

— Et pourquoi donc ? Vas-y, trouve-moi une bonne raison !

— C'est entre Éloïs et moi. Je n'aurais jamais dû le suivre et je me sens responsable de lui désormais.

— Au contraire, grâce à toi nous savons où il est allé. Allons rencontrer l'oncle Alexis. Tu lui répéteras ce que tu m'as dit et tu y ajouteras les détails qui te reviendront. Ce sera bien plus efficace que d'aller remplir des formulaires au commissariat.

— D'accord. Bien sûr, c'est ce que je ferai. Mais il ne faut pas que tu viennes avec moi. Rentre chez toi, Lucille.

— Mais tu m'énerves à la fin ! Et puis, au ministère, tu ne passeras même pas le premier gardien à l'entrée. Tandis qu'avec moi, la nièce de monsieur le secrétaire de France, tu rentreras comme chez les quarante voleurs. Je serai ton sésame ! »

Elle avait cogné du poing sur le couvre-lit. Joseph ne répondit pas parce qu'aucune réponse ne lui était venue. Perdu dans la contemplation des ombres changeantes, il devait donner au limon le temps de reposer.

Mais il y eut un bruit derrière la porte. En haut de l'escalier, quelqu'un cherchait dans l'obscurité où poser le pas suivant. En balade dans la gadoue, chez les implexes de l'oncle Alexis, l'esprit de Joseph n'eut même pas l'occasion de se demander comment réagir. Lucille lui fit signe de se taire puis elle souffla la bougie.

Ils entendirent sur le palier une main glisser sur le mur. Vers le haut, vers le bas, décrivant sur le papier peint de larges arcs de cercle qui enfin rencontrèrent la porte.

Puis on frappa. Doucement. Pour ne pas alerter.

« Joseph ? Joseph, vous êtes là ? »

C'était la voix de Fulgence Bienvenüe, pas d'erreur possible. Les quelques mots suffisaient à reconnaître l'autorité et la force embusquées derrière l'affabilité d'un vieil homme.

Comme une araignée aux longues pattes, Joseph sentit les doigts de Lucille courir sur son cou, son menton avant de se plaquer sur ses lèvres. Et derrière tout cela tournoyait la vase où s'embourbait toute tentative de comprendre quelque chose.

« Joseph, vous êtes là ? répéta-t-il un peu plus fort. Joseph ? Lucille ? »

Ils étaient assis côte à côte sur le bord de son lit de curé, la main de l'une sur la bouche de l'autre, au milieu des ténèbres, à trois pas à peine de cette porte qui les apostrophait.

Dehors, la main du vieil homme tenta sa chance sur la poignée. Joseph entendit la porte grincer sur ses gonds. Il cessa de respirer.

Il imaginait le petit homme sévère, en costume gris, sa manche vide repliée, debout dans le cadre de la porte ouverte. Juste là.

« Joseph ? Lucille ? »

La voix n'était même plus étouffée par l'épaisseur du bois. Tellement nette que Joseph crut y déceler un tremblement, une inquiétude, une fissure dans le roc, de celles qui vous inondent un tunnel du métropolitain en moins de deux. Le Père Métro était debout en face d'eux. Là, juste là, derrière à peine trois mètres d'obscurité. Il aurait pu le toucher d'un seul bond. Joseph raidit le dos. La main de Lucille pressa davantage.

Quelques minutes de silence, puis des pas qui reculent, des pas qui renoncent face aux ténèbres impénétrables. La porte se referma avec politesse et les pas s'éloignèrent dans l'escalier, marche après marche, prenant garde de ne pas glisser.

Ils durent attendre encore longtemps avant d'oser craquer une allumette. Joseph avait fermé les yeux, peut-être pour mieux profiter du contact des doigts sur ses lèvres. La flamme de la bougie le ramena à l'urgence.

« Pourquoi ton père nous cherche-t-il ?

— Parce que je ne suis plus dans ma chambre, pardi ! J'ai laissé un mot sur mon lit pour expliquer que je venais t'attendre ici.

— Oui, j'ai vu de la lumière à ta fenêtre en arrivant.

— Alors il me cherche. Forcément !

— Mais Lucille, toi après Éloïs, il doit être mort d'inquiétude. Pourquoi m'as-tu empêché de lui répondre ? Tu dois rentrer chez toi tout de suite !

— D'abord il n'en est pas question parce que je viens avec toi au ministère. Et ensuite, il va falloir qu'on file d'ici en vitesse parce qu'il va revenir avec de la lumière. Nous aurions dû fermer la porte à clé.

— C'est de la folie, Lucille. Ta place est chez ton père. Il a besoin de toi. Je saurai me débrouiller seul.

— C'est assez ! cria-t-elle. Je n'en peux plus de jouer mon rôle de jeune fille bien éduquée. Mon frère a disparu, tu comprends ? Mon frère jumeau, mon Éloïs. Rien ne m'empêchera de te suivre. Nous irons au ministère. Mon oncle m'écoutera. Et tu lui diras tout. »

Elle avait toujours les mêmes yeux décolorés et les mêmes cheveux décoiffés, mais ils s'accordaient différemment maintenant, pour lui faire un visage d'amazone farouche qui ne lâcherait pas de sitôt sa détermination d'acier.

Depuis qu'Éloïs s'était dissous dans l'air de la rue Galvani, Joseph avait l'impression d'avoir changé de monde. Ce trou noir, ce piège qu'il devait fuir maintenant n'était plus sa mansarde tranquille de séminariste ; cette furie échevelée qui n'allait pas le lâcher n'était plus la Lucille aux gants de résille et au manteau bleu. Quel était ce monde où la police poursuivait les curés, où les enfants morts fuyaient des démons que des gourous en toge convoquaient d'un coup d'interrupteur ? Ils l'avaient appelé Baphomet. Marcel, Baphomet. Le même amalgame qui tournait encore dans les humeurs boueuses de son crâne.

Lucille se tenait sur le palier. Il ne l'avait pas sentie partir.

« Allez viens, Joseph ! Nous n'avons pas le temps.

— Non, Lucrèce ! Tu ne peux pas venir avec moi. Ce n'est pas possible !

— Comment m'as-tu appelée ? »

Son corps se glaça dans l'instant. Ses idées se figèrent en un répugnant sorbet à la terre et aux vers de vase. Et il se vit dans la peau de l'infidèle d'un mauvais vaudeville, celui qui bredouille comme un imbécile pour faire rire les grand-mères du premier rang.

« La fatigue… Une fille qui a presque le même nom que toi.

— Tu fréquentes des filles maintenant ?

— Une boniche à l'hôpital.

— Une boniche ? Je ne savais pas que tu utilisais ce genre de vocabulaire.

— Tu as raison, allons-y. Ton père va revenir. »

Dans la rue, ils déguerpirent à l'opposé du boulevard de Courcelles, vers Wagram et la porte de Champerret.

Un grand détour les attendait, un arc de cercle qui les amènerait à la place Beauvau et au ministère des Affaires implexes. Avant l'ouverture des bureaux, ils avaient bien le temps d'y arriver.

Sans interrompre son petit trot, Lucille tenta de se recoiffer un peu.

« Mon Dieu ! Nu-tête et en robe d'intérieur ! Quand le soleil se lèvera, qu'est-ce que les gens vont penser de moi dans la rue ?

— Ne t'inquiète pas, Lucille, mous ne resterons pas sur le trottoir. J'ai pris de l'argent. Nous attraperons un fiacre et nous n'en sortirons pas avant l'heure des bureaux. Personne ne te verra. Personne ne nous verra ensemble. Et puis… je te trouve très jolie comme ça. »

Elle sourit. Joseph n'eut pas le courage de lui sourire en retour. Voilà qu'il enlevait la fille du grand Fulgence à qui il avait déjà volé un fils. Voilà qu'il mentait à sa Lucille, sa seule amie, l'amour qu'il n'avait jamais confessé qu'à un vendeur de patates.

Il n'avait pas voulu qu'elle le suive. Mon Dieu, non. Il n'avait pas voulu.

Quand Joseph repensa au pantalon, il était bien trop tard.

XII

Enfants, les jumeaux se laissaient parfois exiler au manoir oublié, au bas d'un creux des monts d'Arrée, que leur père avait fait remettre debout dans l'unique dessein d'offrir à sa descendance le bol de brume et de mystère qui les ferait bretons.

De mare aux fées en grotte du diable, leur exploration de la lande les avait menés à un abri de pierre monté contre une lame de granit que la nature avait caparaçonné d'ajoncs dorés et qu'ils avaient d'un commun accord baptisé la porte de l'Enfer. Maintes fois, ils avaient répété l'expédition et, invariablement, par crainte ou par plaisir, Lucille égrenait le bestiaire épouvantable des démons à pattes de bouc et des goules décharnées qui les attendaient là-bas.

Alors, quand ils arrivaient en vue de leur porte de l'Enfer, modeste panneau de bois moussu qu'un berger avait bloqué d'une pierre, les ardeurs s'étaient dissipées dans la peur et, devant le monument que leurs yeux d'enfants voyaient terrible, toute trace de témérité disparaissait. Et chaque fois Lucille, la première, marquait le pas et laissait Éloïs affronter seul le face-à-face avec l'Enfer, attendant qu'à son tour il renonce. Puis, cachant sa propre couardise derrière le sarcasme, elle ne cessait de tout le chemin du retour de railler son chevalier qui, une fois de plus, avait tourné les talons au seuil de l'Hadès.

Et, chaque nuit, Éloïs se jurait qu'un jour il l'ouvrirait, ce portail infernal, qu'il franchirait devant sa belle le pas des ténèbres et qu'il y affronterait sans faillir les cerbères, les démons et toute la ménagerie de l'Au-delà. Puis, la crainte d'une nuit de cauchemars lui faisait imaginer à la place l'image rassurante d'une probable bassine de fer rouillée qu'il ne manquerait pas d'y trouver, abandonnée là sur son coussin de chiendent, et il s'endormait jusqu'à la prochaine aventure.

Les années avaient passé, les expéditions s'étaient succédé mais jamais il n'avait ouvert la porte qui lui aurait permis de savoir, entre les premières marches de l'Enfer et la bassine oubliée, quelle était la réalité derrière ses peurs d'enfant.

La main sur la poignée de la porte, sous les toits du 5 de la rue Galvani, c'est à cette cabane des monts d'Arrée que pensait Éloïs.

« Regarde, Lucille, se dit-il pour se donner du courage. Je vais enfin l'ouvrir, notre porte des Enfers. »

Il sentait pulser face à lui, venue du palier, de l'autre côté, la terreur insupportable, une terreur mature qui n'avait rien à voir avec ses angoisses de jeunesse. Une dernière hésitation lui fit faire un pas en arrière, qui rencontra la masse en chemise blanche du Baphomet au masque de cire qui n'était déjà plus tout à fait David.

« Ouvre donc ! » insista celui-ci dans son dos de sa voix d'outre-tombe à faire vibrer les carreaux.

Éloïs aspira une dernière gorgée d'air et appuya de toutes ses forces.

Comme la fenêtre tout à l'heure, le battant de la porte s'avéra incroyablement lourd ; ni un frottement sur le sol ni le grincement de gonds grippés mais la simple inertie d'un panneau de bois qui pesait des quintaux. Il s'arc-bouta mais ne l'ouvrit qu'à moitié et se retrouva dans le mouvement au milieu du palier, la tête courbée par l'effort.

Il y eut un long silence, un silence rempli de leur présence, juste devant lui. Comme deux soleils de terreur pure qui le glaçaient de leurs rayons. Et pas de bassine ni d'herbes folles. Alors il s'agissait bien du seuil des Enfers ?

Contre l'avis de ses muscles tétanisés, il leva les yeux.

Ils étaient deux sur ce palier, deux sentinelles de Lucifer gardant l'entrée de l'Hadès. Le premier n'avait pas de jambes mais deux horribles pattes de bouc, deux gigots de Pâque couverts de poils noirs et luisants, et qui le tenaient en équilibre sur deux sabots fourchus telle une danseuse sur ses pointes. Le reste du corps était à l'avenant ; le torse velu de l'hominidé primitif, d'avant la civilisation, d'avant la raison et d'avant l'âme ; deux bras interminables et noueux terminés par des mains arachnéennes aux ongles crasseux ; sa tête enfin, trop petite pour son torse rustique, un visage de poupée sur un corps d'homme, une simple boule sombre sans nez ni lèvres, percée en guise de regard de deux fentes jaunes luminescentes.

Et l'autre était pire. Plus grand, plus détourné encore de toute humanité. Un squelette à peine tendu de peau, un assemblage de côtes et d'os longilignes aux jointures comme des nœuds recouverts d'une membrane parcheminée ; un vide à la place du ventre, un creux effrayant qui ne tenait que par une colonne en arête de sardine. Et son visage ! Un faciès de cuir tanné marqué de vieilles griffures et de taches profondes, trop raide pour pouvoir fermer cette bouche ouverte à jamais sur ses chicots de momie striés à l'encre brune ; et ses deux yeux blancs aveugles, luisant comme deux asticots empâtés qui se seraient lovés dans ses orbites de cadavre.

Le silence s'étira un peu plus. Le bouc, plus proche, ne quittait pas Éloïs des yeux, sa petite bouche béate au milieu de son visage miniature. À ses côtés, la momie décharnée passait de David à Éloïs comme si ses yeux sans pupilles étaient capables d'y discerner quoi que ce soit. Ce fut elle qui, la première, décida de rompre le round d'observation.

« Seigneur Baphomet, est-ce bien vous ? »

C'était la voix qu'ils avaient entendue de l'intérieur de la chambre, la voix de basse qu'avait imitée David, un timbre de chœur orthodoxe, de Slave épais à la barbe carrée qui jurait avec ce physique d'ermite dont le Créateur aurait oublié la chair.

« Ce n'est pas possible », coupa l'autre, le bouc, avec la voix aigrelette que l'on prend pour singer la fourberie ou la traîtrise dans les histoires pour enfants.

« Vous avez changé. Le voyage sans doute ? précisa le squelette.

— Oui, c'est ça. Le voyage », répondit enfin David.

Ils se jaugèrent les uns les autres. Éloïs, au centre du triangle, ne pensait plus. Pas un instant il ne lui vint à l'esprit qu'il pût s'agir de déguisements ou de quelque artifice. Non, cette cage d'escalier, qu'il avait pourtant gravie avec madame Daubert et sa troupe de locataires, dans l'autre sens, il y a juste quelques heures, s'enfonçait maintenant dans les profondeurs de l'Enfer que gardaient ces deux sentinelles de l'Apocalypse.

« Vous êtes tellement différent, seigneur », grinça l'homme-bouc. David préféra changer de sujet. Il tapa le dos d'Éloïs, peut-être aussi pour se rassurer lui-même par ce contact humain.

« Laisse-moi passer, toi ! »

Dans le prolongement de l'impulsion, Éloïs poussa

le battant trop lourd jusqu'au mur, finissant d'ouvrir la porte.

« C'est incroyable, aboya le bouc. Seigneur Adramelech, regardez comme cette âme est capable ! On la croirait à peine morte ! Où avez-vous déniché ce prodige, seigneur Baphomet ?

— Lors... de mon voyage », se contenta-t-il de répondre, pesant chaque mot.

David peinait à cacher sa peur. De chaque côté de son étrange visage en saillant, son âme trop humaine brillait par ses yeux encaissés. Éloïs, malgré sa propre angoisse, pouvait sentir la détresse dans ce regard prisonnier d'un masque de cire. Et si moi je peux la percevoir, se dit-il, les deux monstres le peuvent aussi.

Faute d'une meilleure idée, il décida d'aider David en faisant diversion. Prenant bien garde à ne bousculer personne, il se fraya un chemin à travers le palier jusqu'à la première marche de l'escalier.

« Où vas-tu comme ça ? » cria David.

Éloïs se figea. Le bouc l'avait saisi par le bras. Il sentait le fourmillement au contact des longs doigts, durs comme des baguettes, remonter jusqu'à son épaule. Il sentait la peur, à la manière d'un fluide, repousser ses chairs loin de ce toucher inhumain.

« Cette âme a raison, coupa le squelette. Nous sommes restés ici trop longtemps. Rentrons au campement, nous discuterons en route. »

Le bouc poussa Éloïs devant et la troupe suivit dans l'escalier, David fermant la marche.

Au fil des paliers, Éloïs tentait de reprendre courage en repensant à cette fête, plus jeune, où il s'était retrouvé seul sans déguisement au milieu d'un bal costumé. Mais il ne parvint pas même à sourire, simplement concentré à assurer sur chaque marche son pas flageolant.

La rue Galvani était aussi déserte qu'à l'arrivée. Pour la première fois, Éloïs repensa à sa soirée avec Joseph. Monsieur de France l'avait prévenu. Les implexes forment une communauté parallèle, une confrérie souterraine où la norme du citoyen ordinaire n'a pas sa place. Première filature, première série de prodiges qui l'avait mené tout droit à son deuxième spécimen, le David au visage de cire. Comment croire les implexes si rares alors qu'il suffisait d'en suivre un pour en découvrir un autre ? La présidente Desnoyelles avait raison de les garder à l'œil.

Pourtant, hier, Joseph n'avait pas l'air de connaître les autres. Quel rôle jouait-il dans la mascarade ? Et la jeune fille, le gourou, le cul-de-jatte, étaient-ils implexes eux aussi ? Et ces deux-là ? — l'idée le réchauffa des pieds à la tête — ces deux-là aussi pourraient en être ; l'implexe qui se ratatine la tête et se fait pousser le poil des pattes ; et l'autre qui se dessèche le corps comme on le fait des abricots.

Il n'eut pas le temps de pousser la réflexion. La discussion reprit son cours.

« Mais, seigneur, et Bélial ? L'avez-vous tué ? »

Le squelette qui, en haut, s'était fait appeler Adramelech, s'était placé aux côtés de David et devisait maintenant comme un vieil ami.

David regarda le ciel. Il semblait bien que le soleil soit en train de se lever, mais d'une aube sans couleur, une aube cinématographique faite de noirs et de blancs.

« Seigneur Baphomet, répéta le monstre. Vous êtes rentré si vite. Comment s'est déroulé votre voyage ? Avez-vous réussi à tuer Bélial ?

— Oui, mon ami, répondit David. Je l'ai tué. »

À l'avant, l'homme-bouc s'arrêta net. Il poussa un petit jappement qui monta en s'amplifiant comme si la rue jouait les caisses de résonance. Il leva un poing rageur.

«Alors ça y est? Bélial revient régner sur le Tartare? Finies, la fuite et la vie de clandestins!

— Tais-toi, coupa le squelette. Le secteur est sécurisé mais tu sais bien que les Blancs sont partout. Il faut rester discret.

— Oui, eh bien j'espère qu'ils peuvent m'entendre, les Blancs! Et qu'ils se préparent à rentrer chez eux parce que Bélial est de retour!»

Le bouc dansait autour d'Éloïs en claquant des sabots tel un faune de bacchanales. La joie des deux épouvantails avait relâché la pression. Sous ses airs de bûcheron en chemise de nuit, il fallait bien reconnaître que David ne s'en tirait pas mal. S'il avait nié avoir tué ce Bélial, il aurait dû s'en expliquer, c'était évident. Il avait fait le bon choix.

Profitant du désordre, David s'était approché d'Éloïs.

«Quand je te fais signe, tu pars en courant», marmonna-t-il du coin de la bouche avant de retourner auprès de sa momie.

«Allez! On continue!» ordonna le bouc en poussant Éloïs par le coude.

Il trébucha. La petite phrase de David lui avait scié les jambes. D'abord, il n'avait pas du tout envie de partir en courant. Et surtout pas seul. Même si leurs deux gardiens affichaient des mines de palais des horreurs, ils ne semblaient pas vraiment hostiles. David et lui avaient fait leurs premières armes dans les rôles de Baphomet et de son âme prodigieuse, capable d'ouvrir une porte. Il n'était pas certain de vouloir replonger dans le chaos en se lançant brusquement dans une course effrénée vers on ne sait où.

Et puis quel signe aussi? À quel signe de David

fallait-il commencer à courir ? Et s'il se trompait et partait au mauvais moment ?

Éloïs reprit sa place à l'avant, devant le bouc, David dans le dos, façon d'être sûr qu'il ne verrait pas le signe.

« Mais, reprit Adramelech, où est Bélial ? Pourquoi n'est-il pas avec vous ? »

Loin derrière Éloïs, David ne répondit pas.

« Que cachez-vous, seigneur Baphomet ? Où se trouve Bélial en ce moment ? Où l'avez-vous tué ? Va-t-il nous rejoindre ?

— Je ne peux rien vous dire, répondit David. Bélial nous rejoindra en temps utile. Je peux vous l'assurer. »

Il y eut un long silence. Jusqu'au bout de la rue Galvani. Puis Adramelech lâcha comme à regret : « Bien. Si vous le dites. Mais que devons-nous faire ? Faut-il relancer le combat ? Reprenez-vous le commandement dans l'attente de Bélial ?

— Oui, seigneur Adramelech. Et Bélial nous rejoindra. »

Même s'il sentait bien David s'enfoncer dans le mensonge, Éloïs ne se retourna pas. Pas le moment de voir le signe. Pas le moment de courir avec les croque-mitaines aux trousses. Peut-être plus tard, quand David serait enlisé jusqu'au cou.

Au bout de la rue, la troupe déboucha sur un boulevard. Là-bas, un fiacre s'éloignait. De l'autre côté, au loin, une femme en tablier coiffée d'un fichu blanc. La rue se réveillait. Éloïs reçut le calme du boulevard comme une gifle, la gifle bienfaisante dont on réveille les égarés.

Voici Paris, se dit-il. Nous sommes vendredi. Je n'ai pas dormi mais tout à l'heure je me rendrai à mon travail. Je suis un fonctionnaire de l'État qui doit rester fidèle à sa mission.

Ça y est. Il était rentré chez lui. Signe ou pas, il allait fuir comme l'avait imaginé David. Dans le fond, ce n'était pas une mauvaise idée. Il partirait à droite et tournerait au premier croisement. Le temps de passer à la maison se rafraîchir et il serait à l'heure au bureau.

L'homme-bouc le bouscula sans ménagement.

«Allez ! Pas le moment de traîner, le jour se lève ! Dans une heure, ça grouillera ici ! »

Les yeux d'Éloïs s'accrochèrent aux pattes animales, au crin noir et rêche, aux mèches collées par la crasse ; et puis ce visage, cette ombre indistincte de la taille d'une tête de poupée, ce trou-qui-parle ; et puis cette peur panique qui ne l'avait jamais quitté et qui se renforçait auprès des deux bêtes comme la chaleur auprès d'un poêle.

Ça ne collait pas. Chaque monde rejetait l'autre. Le monde des cauchemars d'un Jérôme Bosch contre celui des Parisiens insouciants qui se rendent au travail.

Alors qu'il reprenait sa marche forcée sur le trottoir du boulevard, son attention s'attacha au silence. Un fiacre s'éloignait tout à l'heure. Pourquoi n'avait-il pas entendu le vacarme des roues sur le pavé ? Et les chevaux ? Et les pigeons et les oiseaux du matin ? Et les cris et les sifflets, les bâillements de la ville qui s'éveille ? La chaleur le quitta. L'envie de fuir aussi. Des deux mondes, c'était le sien qui partait de guingois et s'éloignait en glissant.

Un homme sortit d'un immeuble devant eux, sur le même trottoir. Costume anthracite, mallette de cuir clair, le melon, la canne, la panoplie du gratte-papier, du parfait employé de banque. Éloïs pressa la cadence, le bouc trottina derrière en claquant des sabots. L'homme partait travailler, les jambes encore engluées par une nuit trop courte, le nez par terre, le dos rond.

Éloïs se hâta pour le rattraper, lui parler peut-être, attirer son attention. Comment l'homme de la rue allait-il réagir à la présence des deux épouvantails qu'il charriait à ses basques ?

Mais arrivé à sa hauteur, il comprit soudain à quel point l'autre monde avait gagné, le monde puéril des monstres qui font peur, où les banquiers et leur mallette de cuir n'ont pas leur place.

L'homme n'avait pas de mains et, sous le chapeau, pas de nuque ni de visage. Au bout de sa manche, la mallette flottait, suspendue à un fil invisible. Au-dessus de son col, le melon voltigeait comme un ballon léger.

Éloïs courut les derniers pas pour s'interposer devant le banquier. Ce n'était pas un homme mais un costume vide qui mimait en silence une marche tranquille. Du milieu du trottoir, il pouvait voir au travers du visage inexistant, entre le col et le chapeau flottant, le bouc, le squelette et David qui suivait, feignant de ne pas remarquer l'incroyable spectacle.

Éloïs s'était figé pour mieux comprendre. Dans sa lancée, le costume vide du banquier le percuta de plein fouet. Dans un réflexe poli de fils de bonne famille, Éloïs s'écarta pour laisser le passage, mais l'homme, le fantôme en habit regardait ou, plutôt, pivotait du chapeau en tous sens, surpris de ne pas percevoir l'obstacle qui avait bloqué sa route. Alors, il ne pouvait pas voir Éloïs ? D'ailleurs, comment aurait-il pu sans yeux sous le chapeau, sans même un visage ?

Quel fascinant tour d'illusionniste que ce costume animé d'une vie propre qui gigotait sous ses yeux ! Oubliée, l'idée de fuir. Éloïs voulait comprendre. Alors il s'empara du chapeau pour le lancer au loin. Comme ça. Pour voir. Mais le melon pesait dix bonnes livres et sa main, abusée par cette pesanteur contre-nature, le laissa échapper. Le couvre-chef alla rouler sur le pavé, non pas comme un objet de dix livres, mais comme un chapeau qui tombe, un chapeau normal du monde où l'on va travailler sans voir les hommes-boucs et les momies animées.

Le banquier ramassa le melon à la hâte et s'enfuit au petit trot sans se retourner. Il en aurait des histoires à raconter à ses collègues, les costumes vides, au bureau des banquiers invisibles !

« Vous avez vu, seigneur, comme elle a lancé ce chapeau ? C'est à peine croyable ! L'âme que vous nous avez amenée, seigneur Baphomet, sera notre atout majeur dans la lutte qui s'engage ! pérorait le bouc en rattrapant Éloïs.

— Calme-toi, Mormo, lui répondit Adramelech. Il faudra plus d'une âme comme celle-là, si douée soit-elle, pour gagner la guerre. »

Éloïs jeta un œil à la lourde carcasse de David qui dépareillait dans le trio. Plus simple, moins monstrueux que les deux autres, il ressemblait à l'humain qu'il était, un humain au visage singulier mais sans plus. Il lui manquait l'inimitable cachet tératomorphe qu'arboraient ses compères. Il n'était pas comme eux et il le sentait bien. Il marchait avec raideur, d'un pas sans décontraction, et arborait un sourire engourdi. Mais ses yeux étaient sévères, attentifs à la situation. *Le bouc s'appelle Mormo et il faut le tutoyer. Nous sommes en guerre et les âmes qui lancent des chapeaux sont nos armes.* Voilà les idées qui devaient tourner dans sa tête, derrière ses yeux appliqués.

Éloïs lui sourit. David lui adressa un clin d'œil. Éloïs revint à sa marche forcée, de peur que ce ne soit là ce signe qu'il ne voulait pas voir. Il resterait avec David. C'était décidé !

Ils remontèrent ainsi tout le boulevard, en direction de la porte Maillot. Ils croisèrent une belle robe vide qui emportait son chapeau volant et son sac à main suspendu, un manteau noir sous un haut-de-forme en lévitation, une charrette sans chevaux. Un Paris de spectres. Une capitale du silence.

Au croisement du boulevard des Ternes, Éloïs crut apercevoir un homme qui s'enfuyait. La silhouette avait bondi de derrière un bac de plantes pour disparaître dans une ruelle. C'était le mouvement qui avait attiré son attention. Avait-il un visage, celui-là ? Pas le temps de distinguer. Mais s'il avait décampé à leur passage, c'est qu'il pouvait les voir.

Éloïs décida de ne plus chercher à comprendre mais d'absorber avec passivité les informations qu'il décortiquerait plus tard.

« Nous arrivons à temps. Il fait jour », annonça la momie.

Éloïs chercha du regard le but annoncé de leur expédition. Le groupe pointait droit sur Saint-Ferdinand, une église inélégante qu'Éloïs se souvenait avoir visitée avec le clan Bienvenüe au grand complet, à peine quelques semaines auparavant. Louis-Philippe l'avait fait bâtir en souvenir de son fils disparu sans panache dans un accident de calèche sur les lieux mêmes. Et son père à lui, ferait-il ériger une basilique Saint-Éloïs au 5 de la rue Galvani ?

Devant le portail ouvert à tout vent, au pied d'un clocher austère dont l'œil unique affichait cinq heures vingt, se tenait un drôle d'oiseau. Comment s'appelait ce genre d'autruche ? Un émeu ? Un nandou ? Non, c'était un homme, un nouveau phénomène de foire perché sur des pattes d'oiseau.

« Holà, Rimon ! cria le bouc Mormo sans se soucier des passants sans visage. Nous ramenons Baphomet. Il a tué Bélial ! »

L'oiseau bondit pour crier dans l'église : « Le seigneur Bélial revient ! Bélial revient ! »

En un clin d'œil, une nouvelle brochette de vedettes de cirque dansaient sur le perron à fêter le retour de l'expédition. L'un avait des cornes d'aurochs, l'autre était rond comme un crapaud avec les yeux sphériques et la bouche immense des batraciens. Il y était, Éloïs, au milieu de son bal masqué, le seul idiot sans déguisement.

« Entrons ! » ordonna David avec l'aplomb qu'il fallait pour calmer tout son monde.

L'église était bondée. Plus une place sur les bancs. Un vrai soir de Noël. Mais ce n'était pas la ménagerie à laquelle Éloïs s'était préparé. Il y avait là des gens, des vrais, et pas des costumes vides. Des gens qui discutaient, qui chuchotaient. Une foule sonore comme devait l'être une foule.

Éloïs avança avec les autres dans l'allée, vers le chœur, les yeux ébahis, comme s'il était plus étonnant encore de contempler des gens normaux dans ce monde de carnaval. Il y avait surtout des personnes âgées, comme à l'habitude dans une église, disposées avec ordre sans laisser de place libre. Les visages se tournaient au passage de la délégation des animaux fantasmagoriques, des visages intrigués mais pas trop, des moutons dociles que l'on avait parqués là. Par-delà leur teint gris, Éloïs put lire la curiosité chez certains, l'inquiétude ou la fatigue chez d'autres.

Ne pas chercher à comprendre. Se contenter d'absorber. D'abord les monstres de l'Apocalypse, puis les costumes animés et maintenant le bétail humain à l'office du matin.

Le groupe sacrilège avait pris place devant l'autel. L'homme-oiseau était resté à l'entrée. Le crapaud et l'aurochs surveillaient chacun une travée, conférant à l'assemblée un air de camp de redressement. Celui de l'entrée s'appelait Rimon. Les deux autres Samael et Thamuz. Des noms qui s'accordaient bien à leurs physiques bigarrés.

« Écoutez-moi tous ! clama Adramelech. Voyez ! Baphomet a terminé son voyage. Et il nous apporte une grande nouvelle ! »

Les mains tendues, il tourna son visage de goule vers David. Les mêmes yeux blancs et visqueux, les mêmes chicots serrés, mais un je-ne-sais-quoi guilleret dans le port de la tête, sa façon à lui d'afficher une mine réjouie.

David ne montra pas la moindre hésitation.

« Bélial est mort ! cria-t-il bien fort afin d'emplir toute la nef. Nous reprenons le combat ! »

La foule des moutons s'agita mollement. Puis plus nettement. Quelques cris fusèrent. « Vive Bélial ! » « Nous vaincrons ! » « Aux armes ! » Puis, au fond, un homme eut l'idée d'applaudir et la claque se répandit à toute l'assemblée. Ce n'était pas l'ambiance des grands soirs mais un résultat satisfaisant pour ce carré de moutons. Éloïs prit le temps de contempler la foule. Des hommes, des femmes, des sourires, des gens bien coiffés, des vêtements impeccables, le peuple endimanché des plus gracieux des Parisiens. Sans doute avaient-ils sélectionné ces gens sur leur beauté, parmi les passants. Mais non, puisque dans la rue les gens n'avaient pas de visage ! Sauf peut-être celui qui avait fui de derrière son bac à fleurs. Ne pas chercher à comprendre. Se contenter d'absorber.

« Prions ensemble ! proclama Adramelech. Remercions le Seigneur de nous envoyer enfin ce signe d'espoir. »

Et toute l'assemblée d'attaquer en chœur : « *Credo in unum Deum. Patrem omnipotentem...* »

Au point où l'on en est, pensa Éloïs. Puis il marmonna

pour lui-même : « ... *Et incarnatus est de Spiritu sancto...* »

Le bouc s'était agenouillé, les mains jointes.

« ... *Et expecto resurrectionem mortuorum. Et vitam venturi saeculi. Amen.* »

Au fil de la prière, David s'était décalé vers Adramelech. Il l'attrapa par l'épaule aussitôt terminé.

« J'ai besoin de m'isoler. Je dois prendre le temps d'organiser un plan de bataille. J'ai besoin d'une heure. Et l'âme que j'ai ramenée viendra avec moi. Elle a besoin de dormir.

— Pourquoi seul, seigneur ? Nous avions envisagé de tenir un conseil de guerre.

— Très bonne idée. Mais je vais d'abord analyser la situation à tête reposée.

— Je ne vous cacherai pas mon inquiétude, seigneur Baphomet. Pourquoi êtes-vous devenu si secret ?

— Cela concerne Bélial et ce qu'il m'a dit quand je l'ai rencontré.

— Que vous a dit Bélial ? Où est-il ?

— Pas pour l'instant, mon ami. »

Resté à genoux, Mormo suivait la discussion d'en bas. Adramelech lui adressa un regard entendu. Il se redressa.

« Suivez-moi, il y a une petite salle derrière. Votre âme ouvrira les portes.

— Pas plus d'une heure, ajouta Adramelech. Le Mur approche, les séraphins s'organisent. S'accorder une heure est un luxe que nous pourrions regretter.

— Une heure ! » trancha David.

Au fond de la sacristie, il y avait une petite chambre, un cul-de-sac de briques rincées à la chaux. Deux lucarnes étroites ouvraient sur un carré de pelouse, baigné de la lumière froide d'un soleil gris.

« Ferme la porte, ordonna David.

— Ne faites pas cela, seigneur, sursauta Mormo. L'enfant s'est sauvé, vous savez bien. Nous n'avons personne d'autre. Et puis, votre âme ne devrait pas rester avec vous. Elle s'occupera de la porte principale. Nous devons la tenir ouverte, vous comprenez ? Sinon, nous serons tous prisonniers ici.

— Ne t'en fais pas. Je n'ai besoin que d'une heure. Et je compte bien m'assurer que cette âme se repose. À mes côtés. »

Il fit un signe empressé à Éloïs, qui poussa le battant, lourd comme une porte de coffre-fort.

« Non ! » cria une dernière fois Mormo par l'entrebâillement. Et la porte se referma sur sa face sans nez.

Enfin seuls dans leur boudoir. David s'effondra sur la première chaise.

« Bon Dieu, bon Dieu, bon Dieu ! » Son visage avait disparu dans ses mains de géant, ses pelles à neige. Éloïs chercha un siège et rapprocha une chaise de paille qui pesait comme un trône d'or massif.

David releva la tête. Mais pas la tête de fatigue et d'angoisse qu'Éloïs attendait ; une gueule d'ahuri, un sourire d'idiot du village devant un arbre de Noël.

« Tu as vu ça ? Non mais tu as vu ça, Éloïs ?

— Plutôt, oui ! Où sommes-nous, David ? Dis-moi où nous sommes. As-tu vu ces… » Mais il ne trouva pas le mot.

« Le maître Papus avait raison ! Mais il ne m'avait pas préparé à toute cette beauté ! Ah, s'il avait pu venir avec nous ! Tu as vu ça, Éloïs ? Ils ne se doutent de rien, ils me prennent pour l'un des leurs !

— Moi, je les trouve plutôt méfiants.

— Tu plaisantes ? Ils pensent que je suis Baphomet,

leur seigneur ! Je suis devenu un démon, Éloïs ! C'est magnifique !

— Qu'est-ce que tu racontes ? J'en ai ma claque de tes histoires ! Tu vas tout de suite m'expliquer à quoi ça rime.

— Non, parce qu'on va dormir. Tu les as entendus comme moi. Nous n'avons qu'une heure, et après, qui sait quand on pourra se reposer à nouveau ?

— Et tu crois que j'ai envie de dormir ? C'est toi qui l'as inventée, cette histoire. Tu n'avais qu'à leur dire que c'est toi qui voulais te reposer.

— Bien sûr que non. Je ne sais même pas si ça dort, un démon. Alors, j'ai préféré mettre ça sur ton compte. Et ça marche, tu vois ? C'est qu'il y a un cerveau de génie, là-dedans ! »

Il bombait le torse comme un gamin en creusant dans la cire de sa tempe un trou du bout de son doigt.

« Stop, monseigneur Baphomet ! De ce côté-ci de la porte tu es David et moi je suis Éloïs Bienvenüe, fonctionnaire du ministère de l'Intérieur. Alors c'est moi qui mène le débat si tu veux bien ! Tu dormiras plus tard ! Et tu vas me donner sur-le-champ toutes les informations que tu as sur ces… ces choses. Les gens ici, dans la rue. Tout !

— Calme-toi, Éloïs. Tout se passe bien. La vérité, c'est que tu as peur d'eux. Tu aurais dû fuir tout à l'heure, quand je te l'ai dit. Tu as choisi de rester avec moi, alors il va bien falloir faire comme je dis. »

Il ne se séparait pas de ce sourire niais qu'Éloïs avait envie de lui arracher à grands coups de gifles.

« Nous sommes des pionniers, continua-t-il. Tu ne te doutes pas, mais tu participes à la plus fabuleuse expérience de théurgie jamais osée par l'Homme. Nous sommes les défricheurs des prés d'Asphodèle, les mariniers du Phlégéthon !

— Stop ! Stop ou je te frappe ! Je te le jure ! Je t'ai suivi parce que me sauver seul dans ce monde de fous m'a semblé pire encore. Mais cela ne te donne aucun droit sur moi. Bien au contraire ! J'ai des questions et tu dois y répondre. Il n'y a plus de temps. Tout à l'heure, les déguisés viendront nous chercher et nous n'aurons peut-être plus l'occasion avant longtemps de discuter comme cela, seul à seul. Alors tu vas tout m'expliquer. Tout de suite. Qui es-tu ? Qui est ce Baphomet qu'ils croient que tu es ? Et Bélial ? Est-il mort ? Pourquoi fêtent-ils le retour de quelqu'un que tu aurais tué ? Et ces gens dans l'église, qu'attendent-ils ? Et les autres, dans la rue, les hommes sans visage et sans mains ? Et tous ces objets qui pèsent des tonnes ? Où sommes-nous, David, où sommes-nous ? »

Éloïs s'interrompit, à bout de souffle. David n'avait pas lâché sa bouille de bécasson. Et il se mit à rire, avec tendresse peut-être, mais à rire quand même. La bonne idée pour prendre une gifle. Éloïs fit le geste.

« Calme-toi. Mais calme-toi donc ! Je vais te dire ce que je sais. Je comprends que tu sois un peu perdu.

— Je t'écoute mais, je t'en prie, parle français ! Laisse au placard tes grands airs et ton vocabulaire pour gogos. Tu n'auras pas le temps d'expliquer deux fois. Alors où sommes-nous ?

— Si le maître Papus a raison, nous sommes dans le Tartare.

— Je ne comprends pas ce mot.

— Chez les morts. En Enfer. »

Tout compte fait, il préférait l'autre mot. Ne pas chercher à comprendre. Se contenter d'absorber.

« Continue.

— Eh bien, Baphomet est un démon. Un démon du Tartare. Et le maître Papus l'a invoqué. Il l'a appelé dans notre monde, le monde des vivants, à l'aide de la machine de Galvani.

— Baphomet. Et toi, qu'est-ce que tu viens faire là-dedans ? Pourquoi te fais-tu appeler Baphomet ? Et ton visage ?

— J'y viens. C'est un problème d'équilibration.

— D'équilibrage.

— D'équilibration. C'est comme ça qu'on dit pour l'Enfer. Si on appelle un démon, il faut donner un vivant en échange. C'est comme ça que ça se passe. Sinon, on casse l'équilibre, tu comprends ?

— L'équilibration.

— C'est ça, continua-t-il sans saisir la moquerie. Et l'homme qu'on donne en échange, il a intérêt à avoir la même tête que le démon. Sinon, de l'autre côté, ici si tu préfères, les autres démons s'en rendent compte et ça ne marche pas.

— Les autres démons.

— Adramelech, Mormo et les autres dont j'ai oublié les noms.

— Et moi ?

— Toi, je sais pas. Normalement, pour un démon, il faut un vivant. On est passé à deux. Du moins c'est ce que j'ai compris. Papus pourrait peut-être expliquer ça.

— Alors Baphomet est chez nous et nous…

— Et nous, nous sommes ici. Dans le Tartare. En Enfer si tu préfères, mais c'est plus compliqué que ça.

— Mais nous sommes bien vivants pourtant. Et ces démons aussi, et ces gens dans l'église.

— Non, eux ils sont morts. Ce sont des âmes.

— Et… et nous ?

— C'est compliqué. Il n'y a pas la vie d'un côté et la mort de l'autre. Tu as bien vu dehors. On est à Paris. On n'est pas sur un nuage dans le ciel ou dans une grotte sous la terre entre des rivières de lave. Le maître Papus m'a expliqué un jour que la mort, c'est une *distance*.

— Une distance.

— Ouais. Un chemin, si tu veux, qui part de la vie et qui arrive ici, à la mort. Et qui mène encore plus loin, après. Quand on meurt, on est projeté sur le chemin, comme d'un bond d'aéroplane ; plus ou moins loin, c'est selon les personnes. Et les démons comme Adramelech ou Baphomet recueillent les âmes pour les emmener sur le chemin, plus loin encore.

— Au diable ?

— Tiens, par exemple, regarde les portes ! Tu vois, eh bien nous, on peut les ouvrir parce que nous sommes encore matériels. Mais eux, ce sont des Idées, ils sont trop loin sur le chemin. Tu les vois à côté de toi, mais ils sont déjà à une certaine *distance*. Alors pour eux, la moindre porte est un obstacle infranchissable, la moindre plume un objet infiniment pesant qu'ils ne pourraient pas déplacer d'un millimètre. Tu as senti comme tout est lourd ici ?

— Oui. La fenêtre, la porte, le chapeau.

— Eh bien, c'est parce qu'on n'est déjà plus chez nous. On a avancé sur le chemin, on s'éloigne de la Matière, on se rapproche des Idées.

— Tu veux dire… Nous sommes bien vivants, non ?

— Ce n'est pas aussi simple. On peut être entre les deux. Tu as vu comme ils te trouvent précieux ? Comprends-les. Ils sont des Idées, incapables d'ouvrir une porte et condamnés à vivre dans un monde de Matière. Alors tu penses, quand ils tombent sur une âme comme toi suffisamment proche de la vie pour pouvoir encore déplacer des objets, ils ne la lâchent plus.

— Eh ! je ne suis pas une âme.

— Tu me comprends. »

Ils reprirent leur souffle. Éloïs avait décidé de jouer le jeu. Il fallait reconnaître que son histoire avait de l'allure. Son Papus avait dû y travailler une paire d'années.

« Mais tes Idées, tes démons comme tu dis, j'ai pu les toucher. Je l'ai entendu, le bruit des sabots de Mormo sur le trottoir, il était bien réel.

— Des sabots ?

— Ben oui. Ne me dis pas que tu n'as pas remarqué ses pattes de bouc ?

— Pas du tout. Des pattes de bouc ?

— Oui. Comme les yeux blancs et le ventre vide d'Adramelech. Ou les pattes d'oiseau, les cornes d'aurochs et la bouche de crapaud des autres.

— Incroyable ! Tu as vraiment vu tout cela ?

— Arrête, je te prie. Ce n'est pas le moment de me sortir ton ahurissement d'opérette.

— Ces démons sont des Idées. Ceux-là personnifient la peur et tous les sentiments qui gravitent autour. C'est comme ça. Le Tartare, c'est l'énergie négative du vitriol vert, le douzième arcane du tarot des Gitans…

— Stop !

— Mais il y a d'autres Enfers avec d'autre Idées. Ici, c'est la peur. Alors, tu les vois avec les yeux de la peur, tu comprends ?

— Tu veux dire que Mormo n'a pas vraiment des gigots de bouc ?

— C'est quoi la vérité ? Qui sait ? Mormo est une Idée, je te dis. Quand tu le regardes, tu vois la Peur et tout ce qu'elle représente pour toi. Il n'est pas matériel.

— Et toi, tu es censé jouer le rôle d'une Idée, comme eux ? Pourquoi ne sont-ils pas surpris par ton apparence ?

— Qu'est-ce qu'elle a, mon apparence ?

— Disons que, côté horreur, elle est un peu en retrait, si tu vois ce que je veux dire.

— Moi, je suis matériel. Ils me voient comme je suis. Je ne sais pas comment ils se voient les uns les autres. J'ai copié ce que j'ai vu de Baphomet, le vrai, sur la machine de Galvani, et ça a l'air de fonctionner.

— Et Bélial ? Qui est ce Bélial dont ils parlent tout le temps ?

— Je n'en sais rien. Une sorte de chef. Un démon sans doute. J'ai déjà entendu le maître prononcer ce nom-là. En tout cas, ils semblent tenir à ce qu'il soit mort. Je suis allé dans leur sens, j'ai dit ce qu'ils voulaient entendre. Je n'y comprends pas grand-chose mais ça les tient calmes. Tu as remarqué ?

— Oui. C'est bien. Mais ça ne marchera pas longtemps.

— Je ne sais pas, lâcha David après une longue hésitation. Ça semble tellement fou !

— Tu as entendu, ils ont parlé d'un mur qui approche, d'un ennemi blanc qu'il faut redouter, d'une guerre même. Tu ne vas pas pouvoir jouer les généraux sans qu'ils te démasquent.

— Je sais. Ça m'effraie un peu, moi aussi.

— Je veux rentrer, David. »

Comme un juron dans un dîner mondain, sa remarque coupa le fil de la discussion, d'un seul coup de ciseaux qui claque. David avait bien compris et son sourire enfin disparu l'attestait. Mais il choisit quand même de ne pas comprendre.

« Mais nous sommes chez nous, ici. À Paris.

— Ne fais pas l'idiot. Je veux revoir ma famille, ma sœur qui doit être morte d'inquiétude.

— Éloïs, nous sommes ici parce que Baphomet, le vrai, est chez nous. Nous ne pouvons pas rentrer. C'est un problème…

— D'équilibration, je sais.

— Voilà. Tu as compris.

— Non, je n'ai pas compris et tu vas m'expliquer comment mettre fin à tout cela.

— Je ne peux rien t'expliquer, Éloïs. Nous sommes chez les morts. C'est un endroit d'où, habituellement, on ne revient pas. Toute ma vie j'ai rêvé de me trouver ici. Grâce à Papus, mon maître, j'y suis arrivé. Alors maintenant, je vais dormir un peu. Tu devrais essayer aussi. Tu verras comme le monde te semblera différent après une bonne sieste.

— Je veux rentrer, David. »

Mais déjà, le géant aux pieds nus avait posé le menton sur son torse, fermé les paupières et aussitôt embrayé sur les ronflements.

Comment dormir ? Éloïs resta assommé sur sa chaise d'église. Celle qui pesait un trône d'or. C'était le moment de commencer à décortiquer tout ce qu'il avait jusque-là patiemment absorbé.

Éloïs était enfermé dans un cagibi. Un cul-de-sac du fond de Saint-Ferdinand. Près de la porte Maillot. À deux pas de chez lui.

À deux pas, oui. Mais à quelle *distance* ?

XIII

«Arrêtez-vous ici.»

Papus n'avait pas eu le courage de pousser jusqu'à Montreuil et avait interrompu la course à la porte de Bagnolet. Il avait vu par la vitre les grandes lettres noires sur la façade, SALONS POUR NOCES ET FESTINS et s'était laissé séduire par le joli mot, *festins*, même s'il n'avait pas faim. La grande bâtisse faisait pension pour les voyageurs de commerce qui montaient à Paris, ceux qui venaient de l'Est, ceux qui la veille au soir n'avaient pas osé se laisser avaler par la capitale et avaient cherché ici la trêve d'une nuit.

La salle du bas ouvrait tôt pour écumer du flot des travailleurs du matin son compte d'âmes égarées. La porte restait ouverte et répandait dans la rue ses appâts d'anis et de tabac. Papus prit une place face au zinc. Avec sa veste de lin et son canotier, sa barbe frisottante et les pommettes rougies par l'air frais, il avait l'air d'un vive-la-joie sur la route des bords de Marne. Il prit un blanc sec et s'amusa avec les autres d'une pauvre femme déjà ivre qui insultait le monde, un nourrisson dans les bras. La mégère passerait la journée à charrier des tas de linge à la laverie d'à côté pour les trois pièces qu'elle reviendrait dépenser ici. Papus adressa un sourire à son poupon apathique, essayant de capter le petit regard, souillé par la débilité précoce des fils d'absinthique. Puis la femme sortit dans les rires, s'accrochant au cadre de la porte, la main de la mort déjà posée sur l'épaule.

« Il devrait la virer ! » lança un cheminot crasseux qui, étrangement, avait troqué sa casquette pour un bonnet de marin comme le faisaient parfois les immigrés bretons.

« Elle n'est plus bonne à rien.

— Que voulez-vous qu'elle bosse dans un état pareil ! »

Le tribunal avait tranché.

« Monsieur Duménil est un brave homme, je le connais bien, intervint le cafetier. Il continuera à la payer jusqu'à ce qu'elle crève. Il ne met pas les gens à la rue comme ça !

— C'est un homme bien, votre monsieur Duménil, ajouta Papus. À la santé de monsieur Duménil ! »

La formule magique était lancée. La discussion était close. On rit encore, on se tapa dans le dos et on passa à autre chose.

C'était bien là que Lucrèce se trompait, pensa Papus. Les patrons ne sont pas les monstres sans âme qu'elle imaginait. Ou plutôt qu'imaginaient à sa place ses bons amis les révolutionnaires, plus à l'aise dans les sociétés savantes de la rue Danton qu'au zinc des buvettes populaires. Tiens ! Dimanche prochain, il lui demanderait d'inviter son Lénine et il les amènerait ici, et ils iraient ensemble serrer la main du bon monsieur Duménil. Lénine n'était qu'un novice qui avait besoin de voir les choses pour les comprendre. Un jeune cerveau, ça a vite fait de s'envoler dans l'air chaud de Paris. La fraîcheur de banlieue lui ferait du bien.

Dans la rue, un chauffeur en livrée faisait l'animation en bloquant la chaussée. Un tramway, même, avait dû marquer l'arrêt, provoquant l'esclandre chez les usagers, impatients de gagner qui son atelier, qui son bureau. Alors que le flot des travailleurs se heurtait au barrage et noircissait l'attroupement, une berline monumentale franchit un porche pour défiler au ralenti devant les rangs de la populace. La voiture déballait son opulence sans aucune retenue, à coups de tôles grenat cadrées de barres chromées et soulignées de la nacre des marchepieds. Puis l'équipage prit de la vitesse, vers Paris, laissant aux gueux un pet du moteur et un nuage de suie.

« Voilà Duménil qui part au Luxembourg ! commenta le cafetier.

— Monsieur Duménil, le blanchisseur ? » interrogea Papus.

Le gros gars en tablier rit de bon cœur en tournant son torchon dans un verre à pied.

« Monsieur le sénateur, vous voulez dire !

— Monsieur Duménil est sénateur ?

— Oui. Et c'est son fils qui alimente en beaux draps bien blancs tous les hôtels chic de la banlieue est. Avec le carnet d'adresses de papa, tu parles d'une affaire ! »

Papus piqua du nez dans son blanc sec.

« Saloperie !

— Je vous en ressers un ? »

Il se souvint des ouvriers de Lucrèce, couchés dans leurs bacs en bois, abêtis par la gnole à deux sous dont les abreuvait un patron bienveillant. Dans le fond, la soiffarde au nourrisson ne lui coûtait pas bien cher, au bon monsieur Duménil. Trois pièces par jour et il s'achetait sa bonne conscience, pas besoin d'en parler à confesse. Il était là, le progrès de la civilisation ! Peut-être avaient-ils honte, les rois égyptiens qui droguaient les esclaves au chanvre indien pour qu'ils ne pleurent pas sous les fouets. Suffisamment pour confier la besogne à leurs négriers nubiens. Aujourd'hui, il suffisait de donner trois pièces au pue-la-sueur qui allait s'empoisonner tout seul, lui et sa descendance. Et tout ça, avec le masque de la charité, de la bonté en voiture rouge.

Peut-être qu'une république menée par des cheminots à bonnet de marin empêcherait ses enfants de s'abrutir à l'absinthe ? Un gouvernement issu du peuple qui aimerait ses travailleurs comme des membres de sa famille qu'on ne laisse pas se noyer sans rien dire.

C'était ça dans le fond qu'il voulait le Lénine de Lucrèce. Changer les rôles et installer tout en haut les cheminots crasseux et les blanchisseuses. Mais pour ça, il fallait d'abord faire de la place en délogeant les beaux messieurs. On ne fait pas d'omelette…

Ah ! il n'y comprendrait jamais rien à la politique ! Il finit son verre à petits coups, du bout des lèvres, pour qu'il dure bien longtemps. Peu importe la finalité, ce soir, l'acte de Lucrèce avait été une trahison. Non. Le mot était trop fort. Une perfidie ? Pas vraiment puisqu'elle n'avait pas voulu lui faire de mal. Une incartade, un enfantillage. Mais un enfantillage qui pouvait lui coûter cher.

Quand les instructions du Grand Khan lui étaient arrivées hier soir, il était encore temps. *Rester tranquille tant que le tsar ne serait pas rentré chez lui.* Tenter de l'assassiner, ce n'était pas *rester tranquille* ! Elle le savait.

Alors pourquoi ? Un caprice d'adolescente ? Tellement saoulée par sa religion de la lutte des classes qu'elle n'avait même pas réfléchi. Alors, quand elle s'était retrouvée en face du démon, elle avait lâché un rêve, un vœu digne d'une lampe à génie. Tuer le tsar. Mais elle ne se rendait pas compte !

Peut-être qu'au fond de la citadelle de la Horde d'Or, c'était le tribunal du Grand Khan qui attendait Papus. Si c'était cela, il était déjà mort.

Il tendit son verre, qui se remplit instantanément.

Que lui reprocherait le Grand Khan, tout à l'heure ? Il ne pouvait pas être courant pour le tsar et le complot. Seuls Lucrèce et lui savaient. Et Baphomet. Et Lénine peut-être. Mais le Khan, lui, ne pouvait pas savoir.

Alors quoi ? Deux ans plus tôt, le Khan lui avait installé le téléphone, à Neuilly. Un bel objet, un cube de bois vernis qui cachait dans ses tripes de cuivre toutes les promesses de l'avenir. La fierté de Lucrèce. Et, depuis ces deux ans, Papus n'avait jamais remis les pieds à Montreuil. Pas besoin, avec le téléphone. C'était tellement plus discret. Le commissariat n'en était même pas équipé. Alors, si aujourd'hui il l'avait convoqué, c'est bien que l'affaire était grave.

Et qu'est-ce qu'il lui prenait de vouloir protéger le tsar ? Desnoyelles, sans doute. Mais ce n'était pas la première fois qu'un chef d'État venait visiter Paris. Cela devait être différent cette fois. Des menaces, peut-être ? Lénine ?

Le champ de bataille se dessinait. D'un côté, il y avait la présidente Desnoyelles, le tsar Nicolas, le Grand Khan et toute la Horde d'Or au garde-à-vous. Et en face, il y avait Lénine, le révolutionnaire, l'anarchiste, le traître à sa patrie, et Baphomet à ses côtés, l'assassin ; et puis Lucrèce et… lui, Papus, l'imbécile.

Mon Dieu, Lucrèce. Qu'as-tu fait ? Ce n'était pas un enfantillage. Un enfantillage ne déclenche pas une guerre. C'était une faute, une terrible faute. Lénine l'avait manipulée pour détourner à ses fins les pouvoirs de Papus et de son Ordre martiniste.

Il reprit une rasade. La langue recroquevillée au fond de la gorge, il versa et versa encore jusqu'à vider tout le vin dans sa bouche. Puis il avala le plus lentement qu'il put en souriant au cafetier qui remplissait le verre. Il y avait du tokay dans le breuvage mais il râpait comme du riesling. Sans doute un mélange de fins de bouteilles pour les voyageurs comme lui qu'on ne reverrait pas de sitôt.

Doucement, le jus emmena sa conscience vers le fond, vers l'estomac qui lui brûlait. Alors, il se mit à réfléchir avec les tripes.

Il revit, dans les yeux perdus de Lénine à la porte de son salon, la même incompréhension que la sienne. Il se rappela l'invitation impromptue de milieu de soirée. La joie de Lucrèce, l'excitation des grands jours. Et lui qui avait cru à une romance ! Elle savait qu'il avait été contacté par Baphomet dans son sommeil, elle avait bien vu que David astiquait les bobines de cuivre de la machine de Galvani depuis le matin, elle l'avait même aidé à remonter la caisse de la cave. Alors elle avait convoqué Lénine pour l'informer de sa décision de tuer le tsar. Elle avait tout prémédité. C'était bien une trahison !

Il vacilla quelques secondes puis se traîna jusqu'à une table pour s'effondrer sur la banquette. Le cafetier apporta son verre et le remplit encore.

« Le dernier est un cadeau de la maison. »

Il tapota mécaniquement l'épaule de Papus. Ça faisait partie de son métier. Il en avait déjà vu, des rigolards en canotier qui tombaient en ruine sans prévenir. Les cocus, les plumés, les éconduits, les oubliés. Les traîtres, aussi.

Papus trempa les lèvres dans le tokay-riesling mais le reposa sans boire.

Le temps d'un automne, ils avaient fait le voyage pour la Russie, avec Lucrèce. Elle avait à peine dix ans. Le tsar l'avait appelé car il souhaitait consulter son père Alexandre, depuis l'Au-delà. Alexandre III, l'ami de la France, celui du pont. Papus n'avait pas été à la hauteur. Il avait multiplié les incantations et les séances conjuratoires, les études théurgiques et symboliques sans autre succès que d'attirer à la cour une pleine palanquée de sales requins et de sombres pieuvres. Et parmi eux l'insaisissable Raspoutine, l'âme damnée de l'impératrice, qui l'avait dépouillé de sa science, dépecé de ses secrets avant de le faire jeter sans honneurs par la petite porte d'un poste frontière de Podolie.

Nicolas II était un honnête homme. Affable, cultivé, un hôte exemplaire qui leur avait ouvert les portes de sa résidence de Tsarskoïe Selo. Les dames d'honneur offraient à Lucrèce une nouvelle robe chaque jour, des parures de princesse. À tel point que, depuis, elle n'avait plus porté que des pantalons. L'empereur avait emmené la petite en troïka comme deux compères, il lui avait enseigné les échecs.

Nicolas était son ami. Elle ne pouvait pas, comme Lénine, trouver le courage de trahir en réduisant sa victime au rang d'un concept, de l'abstraction d'un tyran. Non, elle avait ordonné à Baphomet qu'il assassine son ami.

Qui était-elle ? Depuis toujours, Papus craignait qu'elle cache le mal en elle. N'était-elle pas la fille d'un démon ? Souvent, il s'était moqué des partisans de la prédestination, du karma, des boules de cristal, du tout-est-écrit des philosophes du renoncement. Mais, le vin aidant, la force de résister lui manquait. Lucrèce était mauvaise, elle était née comme cela, une bête venimeuse qui mord de temps en temps pour se vider la glande, pour renforcer son poison plus mortel chaque fois.

Ma petite fille, pensa-t-il. Il larmoya sans pleurer, à la manière d'un gros homme ivre. Et comme son verre était resté plein, le cafetier n'intervint pas.

Allez, il ne faut pas faire attendre le Grand Khan ! Papus se releva en prenant appui sur la table. Il vida sur le bar tout l'argent qui lui restait. S'il s'en sortait vivant, il pourrait bien rentrer à pied.

« Donnez le surplus à la blanchisseuse. Mais dites-lui que c'est pour le bébé, pas pour la bouteille. Et puis, gardez mon verre. Il est encore plein. Je le finirai en repassant. »

C'était une superstition qu'il s'était inventée. Toujours laisser derrière soi quelque chose d'inachevé. Le destin n'oserait pas le prendre avant qu'il ait fini son verre !

Il sortit en s'accrochant au cadre de la porte mais personne n'osa rire de sa mine funèbre.

En guise de château, le Grand Khan s'était offert un immeuble montreuillois dont il avait investi tous les appartements. La bâtisse tournait en U autour d'une large cour intérieure où s'alignaient les voitures de prix du seigneur. L'ensemble rappelait un fortin où s'activaient les Mongols de la Horde, une caserne en alerte permanente camouflée derrière la banalité d'une façade urbaine. Il régnait entre ce fort et Montreuil les rapports d'une galle à son chêne. Le Khan respectait la ville, cet hôte qui l'abritait en son sein. Et la ville l'avait enkysté comme une tumeur qu'elle se gardait bien de gratter de peur qu'elle ne tourne au malin. Un suicide tombé à point, un stupide accident ménager chez un conseiller municipal rappelaient à l'occasion qu'un hôte n'a pas tous les droits sur son invité.

Papus arriva en retard. La traversée de la ville, depuis la porte de Bagnolet, avait été plus longue que prévu. Il avait compté sans l'ébriété. Cependant, il se disait que s'il devait mourir aujourd'hui autant accueillir avec gratitude le réconfort de la griserie. Mais avant cela, il devrait plaider sa cause devant le Grand Khan et son esprit embrouillé n'arrangerait pas les choses.

Une Annamite en robe de soie le guida à travers la longue salle du tribunal. Une armée de tâcherons y restaurait le lourd décor dans lequel aimait évoluer le Khan. Pas de lieutenants en tenue d'apparat, pas de figurants à la mode mongole alignés sur une estrade, juste l'Annamite qui filait à petits pas vers le bout de la pièce. Son procès n'était pas pour aujourd'hui. Papus respira plus librement.

Leur destination était un cabinet reculé que Papus ne connaissait pas. À l'approche de la petite porte ordinaire, il ressentit dans sa chair le charme, l'autorité et la crainte qui confirmaient que le Khan se trouvait ici.

La pièce était étonnamment exiguë pour cet homme qui se plaisait tant dans l'espace. Le mur, derrière le seigneur, était occupé par une large baie de verre imprimé qui laissait passer le jour en déformant ses traits. Il semblait que le soleil se levât ailleurs, ou alors derrière les nuages, car les couleurs des tentures peinaient à éclater. L'Orient de bazar du Grand Khan pataugeait dans les gris colorés et s'échouait dans une impression de tristesse et d'époque révolue.

« Prends place, Gérard. Je suis content de te revoir. »

Le seigneur avait assis sa silhouette de morse sur un petit coussin sphérique à même le sol. Il portait un caftan perse boutonné sur le devant, parcouru de motifs hypnotiques que l'on ne voyait ni vraiment courbes ni vraiment anguleux. Les plis de sa tunique tombaient parfaitement symétriques parce que le Khan aimait la symétrie.

« Assieds-toi. Je t'en prie. »

Papus lança un regard circulaire à la pièce comme un chien tourne sur lui-même avant de se coucher sur l'herbe. Le Khan avait accroché aux murs son bric-à-brac habituel. À droite, deux poignards archaïques aux lames de bronze croisés par-dessus une pendule de faïence de mauvais goût. À gauche, une bibliothèque dont les étagères supportaient plus de bibelots de ferraille que de livres anciens. Une corbeille métallique, une bonbonnière émaillée, une lampe miniature, une théière japonaise. Le seigneur aimait les objets.

Papus s'agenouilla sur le sol car aucun siège n'avait été prévu pour lui.

« Bonjour Bélial.

— Eh bien ! Ça faisait longtemps que tu ne m'avais plus appelé comme cela ! »

Son visage de Mongol exprimait une vraie surprise. Puis, rapidement, il effaça le sourire de ses lèvres. Papus lui avait volé l'initiative sans le vouloir. Il l'avait appelé de son nom véritable parce que c'était le premier qui lui était venu. Sans doute l'alcool qui tombe les inhibitions. Il était plus prudent de lui laisser le choix du sujet suivant. Papus se tut en attendant.

« Nous sommes de vieux amis, n'est-ce pas ?

— Oui, seigneur.

— Continue à m'appeler Bélial. Ça me rappelle le bon vieux temps. Et il n'y a personne pour t'entendre, ici.

— D'accord.

— Cela fait combien de temps ?

— Presque vingt ans. Je pense que tu le sais.

— Oui, s'amusa-t-il. Je disais ça comme ça. Pour le plaisir de parler à un ami. T'ai-je jamais remercié de ce que tu as fait pour moi ?

— Tu m'as remercié en m'offrant ma maison et mon université, en payant mes repas et en me confiant ta fille.

— Lucrèce… »

Papus sentit la vague de chaleur. Ce gros homme était son maître. Il avait raison, il lui devait tout. À ce moment précis, Papus n'avait d'autre envie que de le servir à jamais. Pas par crainte ni par devoir mais par amour. Le Khan était de ces hommes pour lesquels on combat et on meurt. Papus lui avait déjà offert sa vie il y a vingt ans et n'avait jamais œuvré que pour son seigneur.

Mais à la faveur d'un gaz, un morceau de conscience se détacha du tokay-riesling pour remonter du fond de ses tripes à la lumière, juste sous son crâne. Bélial est le prince des incubes, se dit alors Papus, l'incarnation de la séduction. Je ne l'aime que parce qu'il capte mon âme comme le pôle l'aiguille de la boussole. Regarde-le pour ce qu'il est, un aimant bouffi recouvert de la limaille de ses esclaves hypnotisés. Ne succombe pas à la tentation, reste toi-même !

« Lucrèce va bien, seigneur. Elle me charge de te transmettre son affection.

— Comment vit-elle ?

— Très bien. Elle ne manque de rien.

— Je veux dire… Est-elle heureuse ? Perçoit-elle ce monde comme le sien ?

— Héraclès était-il malheureux de vivre ici-bas ? Les demi-dieux ne sont jamais admis au panthéon. Pas avant le trépas.

— Tu n'y vas pas de main morte ! Qui te parle de dieux ? Essaierais-tu de flatter Bélial ?

— Non, seigneur. Lucrèce est très heureuse. Trop, parfois. Elle est jeune et n'a jamais manqué, sans jamais d'effort. Ajoute à cela ce charme qu'elle apprend à manipuler, ce don héréditaire… Je crains en permanence qu'elle ne l'utilise à quelque mauvaise entreprise.

— D'après mes informateurs, elle a déjà pris de l'avance ! Trafic d'armes, faux papiers, contrebande, tu n'auras bientôt plus besoin de mon argent !

— Ne pense pas cela. Je n'ai jamais compris où partait son trésor de guerre.

— Ne fais pas l'imbécile ! Elle travaille à l'œil, l'incongrue ! C'est sa moitié humaine sans doute. Toujours à fricoter avec ses révolutionnaires, n'est-ce pas ?

— Pas la peine de te le cacher.

— En effet. Qu'est-ce qu'elle peut bien avoir à s'intéresser à la politique russe ? Tu n'aurais jamais dû l'emmener là-bas avec toi.

— Ce n'est pas un problème de Russie. Leur révolution est internationale. Lucrèce est très affectée par le sort des petites gens.

— Conneries ! »

Il se leva sans avertir. Sans poser les mains au sol, sans troubler la symétrie de sa robe, comme une marionnette tirée d'en haut par ses fils invisibles. Quelle puissance et quelle maîtrise irréelle du moindre de ses mouvements ! Papus ne se lassait pas d'admirer la perfection de sa créature de l'Au-delà.

Le Khan attrapa une miniature sur l'étagère, qu'il tendit à la lumière de la baie vitrée. Un moulage de bronze qui évoquait la biche se désaltérant. Une bricole pesante et aux angles saillants, pensa Papus. Il ne bougea pas. Il n'y avait rien à faire de toute façon.

« Lucrèce est une princesse, tonna le Khan. Elle est la fille du seigneur de la Horde d'Or, du prince du Tartare et des démons du cinquième cercle ! »

La rage blanchissait ses doigts refermés sur la biche assoiffée. Ce n'était pas à Papus qu'il parlait mais aux deux couteaux croisés sur le mur et à la postérité, loin derrière. Les colères inattendues du Khan étaient célèbres. Il tuait toujours sur un coup de sang. Du moins, c'est ce que croyaient ses moutons. Papus savait bien qu'il ne laissait rien au hasard ni à l'impulsion.

« Lucrèce n'a plus rien à faire chez toi, Gérard. Elle doit me rejoindre ici, dans son château. Ta mission se termine aujourd'hui. Je t'en libère. »

C'était bien la dernière surprise à laquelle Papus s'attendait. C'était donc pour cela que le Khan voulait le voir ? Récupérer sa fille. Il le finirait, son verre de tokay-riesling ! Et il rentrerait à pied jusqu'à Neuilly !

Puis il pensa à Lucrèce, petite fille. Aux cerceaux, aux poupées, aux balades dans le bois, aux petits cheveux noirs taillés en carré, aux grand-mères de la rue qui la trouvaient si belle.

« Je pourrai la revoir ? De temps en temps ?

— Bien sûr. Tu es ici comme chez toi. Je lui ferai installer un appartement qui occupera l'ensemble du dernier étage. Je donnerai les ordres en sortant de cette pièce. Elle sera heureuse. Je lui montrerai comme le monde est beau. Elle doit savoir. Je n'y avais pas encore pensé mais je ne l'ai jamais entendue parler du ciel ou des étoiles, de la beauté du verre et de la douceur de l'eau.

— Non. Elle ne s'intéresse pas à ces choses. Penses-tu depuis longtemps la ramener à tes côtés ?

— À l'instant. »

Papus arrêta de respirer. De bouger. De cligner.

« À l'instant ?

— Oui, là, en te parlant. Je me suis dit que cette petite peste choisissait bien mal ses amis et qu'elle serait mieux à mes côtés.

— Mais, dans ce cas, pourquoi m'as-tu fait demander ? »

Papus s'était juré de ne pas poser cette question. Il fallait laisser au gros Khan le temps de dire ce qu'il avait à dire. Saisir les diversions, fuir le focus. La surprise, le vin, un instant d'inattention l'avait amené à la faute. Poser le pied entre les mâchoires du piège pour voir s'il est armé.

« Je suis passé à Neuilly hier soir. Et tu n'y étais pas.

— Une réunion. Des amis martinistes.

— Premier mensonge, Gérard. »

Il n'avait d'yeux que pour la biche entre ses doigts potelés. Papus aussi d'ailleurs. Le museau pointu, le socle massif.

« Mes hommes t'ont bien transmis mes instructions à propos de la visite du tsar ?

— Oui. Veiller à ce que Lucrèce interrompe ses activités pour un temps.

— Il s'agit bien de Lucrèce, oui. On m'a rapporté que Lénine lui avait rendu visite hier. C'était la première fois, non ?

— Une simple visite de courtoisie. Il a juste eu le temps d'avaler une tisane.

— Et après, vous êtes partis. C'est ça ?

— Oui, mais cela n'a rien à voir.

— Deuxième mensonge, Gérard. »

À la brusque fraîcheur au sommet de son front, Papus devina les perles de sueur. Il feignit de l'ignorer jusqu'à ce que l'une d'elles se décrochât et vînt rouler le long de sa tempe. Il s'épongea de sa main nue, qu'il essuya sur sa jambe de pantalon.

« Tu es parti, au beau milieu de la nuit, avec David et Raymond.

— Oui.

— Nous savons tous les deux ce que cela veut dire.

— Pas du tout…

— Non, Gérard. Attends encore pour mentir. Tu n'as le droit qu'à trois mensonges. Il serait dommage de griller dès maintenant ta dernière cigarette.

— Pardonne-moi, seigneur. Je t'ai désobéi.

— Alors c'est vrai, explosa-t-il. Je t'avais pourtant interdit ! Je devais être le dernier ! »

Avec sa colère montait l'intensité des vagues de peur, de puissance mais aussi d'amour qu'il rayonnait. Dans le corps de Papus, encore voilé par les esprits de l'alcool, se mêlaient les humeurs dans un foutoir hormonal.

Ses jambes voulaient fuir mais son dos voulait se plier devant son maître et baiser ses pieds dans l'attente d'un juste châtiment.

Il avait trahi son serment, le pacte qui l'unissait à ce démon, la confiance de son ami. Il n'aspirait qu'à sauver sa propre vie et la sacrifier tout à la fois.

« À quelle époque sommes-nous ?

— Que veux-tu dire, seigneur ?

— À ton avis ? Je parle des Enfers, de la synchronie. Sommes-nous dans le néant ces jours-ci ?

— Non. Nous terminons la consécution du Tartare.

— Le Tartare ? En ce moment ? Ici ? »

Aucun trouble sur le visage du Khan. Pourtant, il était troublé. Il ne pouvait pas en être autrement. Sa capacité à saisir l'information pour en sortir le raisonnement juste en quelques fractions de seconde en avait confondu plus d'un.

« Alors, hier soir, tu as invoqué un démon du Tartare. Je ne me trompe pas ?

— Non, Bélial. C'est ce que j'ai fait. Ils m'ont contacté dans mon sommeil. Comme toi, en ton temps.

— Je les ai abandonnés, Gérard. J'étais leur roi qui avait accepté la mission éternelle de régner sur le Tartare et sur ses âmes. J'ai failli. J'ai succombé à la tentation de ce monde de Matière. Dieu, ils ne peuvent pas savoir comme ton monde est beau ! »

Un coup de feu retentit dans le dos de Papus. Loin. Derrière une cohorte de murs, de pièces et de couloirs. Il ne se retourna pas, mais guetta aussitôt l'effet du claquement sur le visage du Khan.

Dans un mouvement à la chorégraphie parfaite, sans gâcher le moindre instant ni la moindre portion d'espace, la main du seigneur plongea derrière le panneau de la bibliothèque et en tira un cornet de cuivre relié au mur par un cordon caoutchouteux.

« Faites chauffer ma voiture, cria-t-il dans le cornet. La plus rapide ! »

Puis il lâcha l'objet et continua sans pause.

« Baphomet, c'est cela ?

— Oui », répondit Papus sur le même ton empressé.

Les bruits de lutte approchaient à la manière d'un vapeur qui entre en gare en une succession rythmée de cris, de coups et de détonations, une partition bien huilée d'une fanfare au pas de course qui montait droit vers eux.

« Il vient me chercher, cria le Khan. Il va me tuer pour me ramener là-bas. Tu peux m'aider ! Utilise la Voix pour l'arrêter. Ordonne-le-lui !

— Mais…

— C'est bien toi qui le commandes, n'est-ce pas ? »

Le visage de Lucrèce devant les yeux de Papus, la biche de bronze dans le poing de Bélial et le bruit juste là, dans son dos.

« Oui, c'est moi.

— Troisième… »

Le Khan n'eut pas le temps de finir et la porte explosa derrière Papus.

STOP.

Baphomet coupa le fil du temps afin d'analyser le contenu de la pièce. Toutes les portes de l'immeuble étaient de cette même facture. Il avait réglé la force de son coup sur les premières et affiné la technique de porte en porte. Mais cette fois, il avait frappé juste un peu fort et le battant était parti trop vite. Il l'avait senti plus léger que les autres. Juste un peu.

Il n'avait pas eu le temps de s'y faire, depuis la nuit. À peine quelques heures pour apprendre qu'un objet bouge quand on le pousse et qu'une vitre casse quand on la frappe. Peut-être aurait-il dû prendre le temps de s'entraîner, de découvrir un peu mieux ce monde étrange où la Matière est docile. Mais il avait promis de ramener Bélial au plus vite. Avant le Mur, avant que l'armée des Blancs ne gagne la guerre. Adramelech l'attendait et il ne tiendrait plus longtemps.

Donc, cette porte-ci s'était ouverte trop rapidement, et Baphomet, surpris, avait tourné la tête pour en suivre le mouvement. Stupide réflexe !

Le battant touchait à peine le mur. Il pouvait voir droit devant lui le bois s'écraser contre le papier peint. Mais l'onde sonore n'avait pas encore atteint ses oreilles.

Pourquoi diable avait-il tourné la tête ? Il n'avait d'yeux que pour cette stupide porte. Une vue imprenable sur la serrure arrachée et la gerbe des échardes suspendues dans les airs. Le reste de la pièce était à droite, sur le bord de son champ visuel. Il voyait assez nettement un homme sur le côté. Barbu, corpulent, figé dans une posture étrange. Peut-être en train de se relever. Il verrait mieux après avoir tourné la tête.

Plus loin, un autre homme. Plus grand, plus fort. À contre-jour devant la fenêtre. Bélial, peut-être. Il ne pouvait pas en être sûr. Pas avant d'avoir tourné la tête.

Le temps que l'influx nerveux atteigne les muscles du cou occupés à pivoter vers la porte. Puis leur contraction dans l'autre sens. Quelques degrés d'angle suffiraient pour décaler son champ de vision vers le reste de la pièce. Une demi-seconde sans doute. Il suffisait d'essayer.

Alors, il laissa filer une demi-seconde.

STOP.

Déjà, les membranes de ses tympans ne vibraient plus du son de la porte qui rebondit sur le mur.

Et Bélial était enfin là, juste devant lui. Il l'avait retrouvé. Les yeux dans les yeux, suspendus entre deux grains de sablier. Lui aussi avait interrompu le fil du temps, il le devinait dans son regard. Ainsi, les deux démons à l'infini scrutaient en miroir le fond de leurs âmes. Que pensait Bélial en cet exact moment? Ses pupilles parfaitement orientées vers lui, il sondait à coup sûr ses propres intentions, examinait sa position, anticipait ses mouvements.

Et pourquoi ne pas laisser filer le temps *ad libitum* et convaincre Bélial par des mots, comme les hommes savent le faire? L'inutile spéculation. Depuis vingt ans qu'il vivait dans ce monde, Bélial avait ravalé sa charge de roi, enterré hors de son esprit ses sujets qui, là-bas, combattaient encore. Ce n'est qu'en le tuant qu'il pourrait le ramener. C'était la décision du conseil, c'était leur dernière chance. C'était sa mission.

Il décortiqua la position de Bélial dans ses plus petits détails. Sa posture présentait un léger déséquilibre sur la gauche. L'amorce d'un mouvement. Peut-être. Une main était vide, l'autre refermée sur un objet. Du métal. Cela signalait une forte densité, un objet d'un kilogramme ou deux d'après les dimensions. Il avait appris cela dans la voiture de la jeune fille, Lucrèce, mais il regrettait de ne pas avoir pu expérimenter davantage; d'autres matières, d'autres mouvements.

Trois mètres environ le séparaient de son roi. Il pourrait les franchir d'un bond. Il avait déjà l'impulsion. Pas exactement la bonne direction mais il corrigerait d'un appui sur sa jambe droite.

Comment le tuerait-il? La pièce abondait d'objets pesants, et d'autres aux faces agressives. Des armes, même, sur le mur de droite. Mais pour s'en saisir, il devrait détourner sa trajectoire. De peu, mais suffisamment pour perdre un temps précieux. Le plus important était d'atteindre Bélial, le déséquilibrer et l'empêcher d'agir.

Il se concentra sur l'objet métallique dans la main de son seigneur. Il le tuerait avec cela. Il suivrait avec précision, pendant la prochaine seconde, le cheminement de cette main gauche, puis il aviserait. Il trouverait un moyen d'utiliser l'objet pour tuer Bélial.

Il laissa filer le temps.

STOP.

Le pied gauche de Bélial venait de toucher le sol. L'onde de choc sur le tissu de sa tunique s'était figée à hauteur de ses cuisses. Cela indiquait une prise d'appui franche et puissante. Mais dans quelle direction ? Il croyait percevoir un élan vers l'arrière mais il attendrait confirmation, un peu plus tard. Un tout petit peu plus tard.

Sa main gauche, la main à l'objet, s'était raidie à l'arrière de sa nuque. Cette pièce de métal, c'était l'arme du crime. Baphomet la garderait à l'œil mais pour l'instant sa position était satisfaisante.

Puis il changea de point de vue. Sans un mouvement, dans le temps suspendu, il s'efforça de ne plus se laisser absorber par les détails. Il chercha à saisir un dessein d'ensemble, la dynamique d'une trajectoire qu'il anticiperait avec précision.

Son propre corps avait corrigé sa course et pointait parfaitement vers Bélial.

Toutefois, la présence de l'autre homme, en bas de son champ visuel, l'inquiétait un peu. Il suffirait d'un tiers de seconde pour que Baphomet rattrape l'écart qui les séparait. Il se sentirait mieux après l'avoir dépassé.

Il laissa filer le temps.

STOP.

Le mouvement de Bélial ne l'inquiétait plus. Il basculait effectivement vers l'arrière et rencontrerait rapidement la paroi vitrée qu'il avait dans le dos. Sa main gauche amorçait comme prévu le lancer de l'objet métallique. Difficile encore de prévoir où. Il était possible que ce fût droit vers lui. Croyait-il pouvoir le blesser si facilement ? À trop s'occuper des hommes, il en avait oublié l'art des démons. Ce n'était pas impossible.

Du côté du barbu, la situation s'était dégradée. Avec une célérité étonnante pour un homme de cette corpulence, il avait tendu les bras vers lui, à moitié relevé sur ses jambes pliées. Cela ne ressemblait pas à un geste de défense, encore moins à une agression. Un réflexe maladroit.

Baphomet étudia les trajectoires. La sienne. Celle de l'homme barbu. Puis il calcula qu'en lançant son bras droit vers sa tempe, il pourrait dans une même impulsion l'écarter de son chemin et accélérer sa propre course vers Bélial.

Il relâcha l'influx nerveux en direction de son bras et laissa filer le temps.

STOP.

Tout va bien, pensa-t-il. Tellement bien qu'il avait laissé filer un peu plus loin.

Le haut de son corps venait de passer le visage du bonhomme barbu. Sa main droite s'enfonçait, paume ouverte, contre sa tempe. Au moment de bloquer la pression, il avait senti un enfoncement plus brutal. Un os qui cède, sans doute. Difficile de doser sa force. Jamais il n'avait expérimenté la résistance d'un os. Désormais, il saurait.

Sa jambe droite, lancée vers l'avant, préparait l'appui suivant. Ce serait le dernier avant Bélial.

Bélial avait encore reculé. Son corps déformait la surface de verre. Il le voyait aux reflets différents. Sa main gauche se détendait vers l'avant. Il lancerait l'objet dans moins d'une seconde, vers son visage apparemment.

Baphomet l'attraperait au passage, de la main droite. Il engagea l'influx dans son bras.

Bélial gardait les yeux toujours parfaitement orientés vers lui. Et Baphomet devinait qu'en ce moment même, dans son propre temps suspendu, son seigneur analysait chaque variation de son équilibre, chaque impulsion de ses muscles. Tout cela n'était qu'un jeu de l'intellect, une partie d'échecs sans horloge.

Il ne put refréner un frisson. Dans la seconde qui suivrait, la peau de son dos serait parcourue d'un train d'ondes glacées. Ce n'était pas important.

Il laissa filer le temps.

STOP.

Des fissures se formaient dans la vitre sous le poids de Bélial. Les lignes d'argent rayonnaient dans son dos vers les bords de la grande baie telle une aura d'éclairs issue de la colère d'un Jupiter. Oui ! Bélial était bien ce roi auréolé de puissance qui libérerait le Tartare. Sans le vouloir, Baphomet relança un nouveau frisson à la surface de sa peau.

Au moins, le calcul de Bélial devenait clair. Il traverserait la paroi de verre pour basculer en contrebas dans la cour de l'immeuble où l'attendaient les voitures. Il préférait la fuite au combat. Baphomet l'atteindrait avant sa chute et il le tuerait. Son poids basculait vers son nouveau pied d'appui qu'il tenait prêt pour l'impulsion du bond final.

L'objet métallique de Bélial s'était figé dans les airs. La main de Baphomet s'était tendue pour le saisir devant son visage. Il ne percevait aucun danger de ce côté. C'était une biche. La reproduction d'une biche prête à boire, saisie dans le bronze comme leur lutte immobilisée dans l'instant. Il saisirait l'objet et frapperait Bélial avant qu'il bascule par la fenêtre brisée.

En revanche, la position de l'autre homme, le barbu, l'inquiétait. Il sentait les prémices d'un contact sur le devant de sa jambe. La droite. Celle qui, dans un instant, porterait tout le poids de son corps.

Mais il avait orienté son visage de façon à contrôler au mieux le vol de la biche. Son pied et le barbu étaient hors champ maintenant.

Longtemps, il mémorisa la position de la statuette de bronze. Puis il envoya aux muscles de son cou l'impulsion qui les ferait pivoter vers le bas. Il fixerait le projectile du bord de son arc visuel pendant qu'à l'autre extrémité il apercevrait son pied. Cela suffirait pour la biche. Pour le pied, il faudrait qu'il identifie ce contact sur sa jambe. Ensuite, il aviserait.

Il laissa filer le temps.

STOP.

Les premiers craquements de la baie parvenaient à ses oreilles. Un chapelet de chocs graves, sans doute en raison de la grande taille de la vitre.

Sur cette zone périphérique de la rétine, l'image était floue mais elle suffisait à distinguer les premiers éclats de verre, brillant à la lumière du matin. Il faudrait encore moins d'une seconde au corps de Bélial pour passer complètement le cadre de la fenêtre.

Mais la partie était terminée.

Baphomet s'était laissé piéger.

Bélial avait gagné.

Était-il possible que Bélial, son seigneur, ait lancé cette statuette de bronze dans l'unique but d'attirer son regard ? Se pouvait-il qu'il ait anticipé avec une telle perfection la trajectoire de cet homme barbu, sans doute même déjà mort ? Toujours est-il qu'alors qu'il fixait toute son attention sur cette biche qu'il croyait essentielle, le corps amorphe du barbu avait fauché son pied droit, juste au moment où il y basculait tout son poids.

Il tomberait maintenant. C'était inévitable. Et Bélial s'enfuirait.

Longtemps, Baphomet se rejoua la situation, relut les trajectoires, chercha d'autres solutions. Une éternité. Puis il se résigna. Il avait laissé passer sa chance. Il devrait courir désormais après une nouvelle occasion.

Il retrouverait Bélial et il le tuerait.

Mais avant cela, il assassinerait un tsar, demain, dans les couloirs du métropolitain. Drôle d'idée, mais c'était un devoir. Il l'avait là, fichée en travers du ventre, l'envie irrépressible, le besoin absolu de tuer cet homme. C'était un ordre qu'on ne discute pas. Un ordre de son maître sur terre, la jeune fille aux cheveux noirs.

Il laissa filer le temps.

Incapable de relever la tête, Papus gargouillait, le nez enfoncé dans un coussin gonflé de sang ; du sang qui coulait de sa tempe enfoncée. Déjà il ne souffrait plus. Il ne voyait plus que Lucrèce, la petite fille aux cheveux coupés en carré que les vieilles dames trouvaient si belle.

Puis il sentit sur sa langue le goût acide du tokay-riesling qui l'attendait encore, là-bas, à la porte de Bagnolet.

Et ce fut là sa dernière pensée.

XIV

Joseph écarta le rideau d'un doigt et glissa un œil dehors.

« C'est donc ça, la place Beauvau ? »

Le soleil levant éclairait de biais un arc de cercle de jolies façades parisiennes, percé en son centre d'une gorge étroite ; un étrange couloir qui donnait l'impression qu'une fine part avait été ôtée de cette couronne d'immeubles comme d'un gâteau.

On entrait au ministère par une belle grille ouvragée, surmontée du drapeau tricolore que l'on avait planté au bout d'une perche mais pas assez haut pour dominer les deux murs aveugles qui encadraient le canyon. En fait, les bâtiments et les bureaux se dressaient au fond, autour d'une cour intérieure, faisant de la ruelle en couloir un passage obligé ; l'entrée resserrée d'une forteresse imprenable.

Coincée entre une pharmacie et un antiquaire, le portail s'était adjoint deux paires de colonnes doriques, exagérément classiques, qui rappelaient l'autorité du palais de l'Élysée voisin, l'autorité de la république.

Un garde en uniforme attendait là, devant une colonne, que les messieurs à saluer commencent leur défilé du matin.

« C'est fermé, annonça Joseph.

— Il est bien trop tôt. »

Lucille avait essayé de dormir un peu pendant le trop court voyage. Elle répondait sans ouvrir les yeux, la tête calée dans le coin de la cabine. Ils avaient pris une voiture à deux places, très inconfortable, pour économiser presque rien, et avaient passé le trajet à le regretter.

« Qu'est-ce qu'on fait, on attend ? demanda Joseph.

— Je ne sais pas. On ne peut pas entrer de toute façon.

— On peut faire un tour et revenir plus tard.

— Non, ils ne nous laisseront jamais entrer. Tu as vu de quoi j'ai l'air ? On dirait une fille de poissonnière qui rentre des Halles. Ils ne voudront jamais croire que je suis la nièce du ministre.

— Alors qu'est-ce qu'on fait ?

— Justement, j'ai pensé qu'on pourrait rester ici et intercepter la voiture de mon oncle quand il entrera.

— La reconnaîtras-tu quand elle passera ? C'est un fiacre, une automobile ?

— Je ne sais pas.

— Peut-être lirons-nous ALEXIS DE FRANCE, MINISTRE DES AFFAIRES IMPLEXES, en grosses lettres jaunes sur la portière ?

— Arrête. J'essaie de réfléchir. »

Elle était trop fatiguée pour plaisanter. Joseph lui-même n'était pas sûr d'avoir fait preuve du meilleur esprit. Et ils restèrent ainsi quelques minutes à ruminer chacun de leur côté.

Implexe. Joseph aurait bien voulu que ce mot soit la clé de l'affaire, mais en fait ce n'était que l'unique clé de son maigre trousseau. Il ne lui restait qu'à essayer toutes les portes. Tout ce que ce mot permettrait de comprendre, c'est la raison pour laquelle cette tête de mule d'Éloïs l'avait suivi. Alexis de France, le ministre, le savait certainement puisque c'était lui qui l'avait branché sur cette filature.

Et puis après ? La disparition d'Éloïs n'avait rien à voir avec cette mission puisque c'était Joseph lui-même qui l'avait amené rue Galvani. De France ne pourrait rien lui apprendre là-dessus.

Il poussa un soupir sonore. Lucille reconnut le symptôme de la vaillance qui flanche et décida de continuer sa propre réflexion à voix haute.

« Tu sais au moins ce que l'on va dire à l'oncle Alexis ?

— Justement, c'est à cela que je pensais.

— Selon moi, il ne faut pas perdre de temps. Tu lui racontes directement ce que tu as vu. Et tu donnes des détails ! L'immeuble où s'est rendu Éloïs, les malfaiteurs qui en sont sortis, tout !

— Je préférerais qu'on lui demande d'abord de nous expliquer en quoi consistent son ministère et les missions d'Éloïs.

— Drôle d'idée ! Et puis je connais l'oncle Alexis, il ne te répondra pas. Il a la manie du secret. Crois-moi, nous aurons plus vite fait de lui exposer tout ce que nous savons et de le laisser mener son enquête. Il connaît son métier, n'oublie pas qu'il est ministre.

— Secrétaire d'État.

— C'est pareil. Il dispose certainement d'une foule d'informations que nous n'avons même pas à connaître.

— Oui, bien sûr. »

Et l'oncle Alexis répondrait qu'Éloïs n'avait jamais été envoyé en mission rue Galvani. Au mieux, la discussion ne mènerait nulle part ; au pire, il suspecterait Joseph et commencerait à l'interroger. Et puis, au commissariat, l'agent lui avait bien dit qu'il était fiché aux Affaires implexes. Est-ce que cela faisait de lui un suspect ? Qu'en penserait Lucille en l'apprenant ? Et voilà qu'il s'imaginait en train de lui avouer son « implexité » comme une maladie honteuse alors qu'il ne savait pas lui-même ce que cela signifiait.

« Écoute, Lucille. Je pense préférable de m'y rendre seul.

— Qu'est-ce qui te prend ?

— Tu l'as dit toi-même, tu n'es pas habillée. Tu ne peux pas sortir comme cela dans la rue. »

C'est tout ce qu'il avait trouvé. Il se sentit minable.

« Je croyais que ça ne te gênait pas ?

— Mais nous sommes au ministère, Lucille. Ce n'est pas pareil. Alors j'ai bien réfléchi et je pense avoir plus de chances de réussir sans toi. »

Elle inclina la tête et approcha son visage ; les yeux plissés, soulignés de deux sales cernes gris. Disparus les petits muscles charnus, il y avait bien trop longtemps qu'elle n'avait plus ri.

Joseph se laissa examiner. Cette inspection silencieuse était en elle-même un reproche. Quelles traces cherchaient ces yeux fatigués ? La trahison ? Le mensonge ? La lâcheté ?

« J'y vais, lâcha-t-elle furieusement. Et tu as intérêt à me suivre ! »

Elle ouvrit la portière et bondit sur le pavé.

« Tu vois bien que je peux sortir habillée comme ça, lui lança-t-elle en tournant sur elle-même. Pas de cris ! Pas d'émeute ! »

Puis elle fila à marche forcée vers le portail ouvragé, sous le drapeau tricolore, et vers le planton impassible planté devant sa guérite.

Joseph suivit comme un imbécile, comme un curé en soutane au petit matin qui court au trot derrière une fille décoiffée en vêtements de nuit. La rue n'était pas encore très fréquentée, mais il vit autant de sourires moqueurs que de quidams autour de lui. Il courut plus vite, pour la dépasser, et il arriva en premier, à bout de souffle, devant le garde inexpressif.

« Bonjour. Excusez le tapage mais cette jeune fille est mademoiselle Lucille Bienvenüe, la fille de l'ingénieur ; vous savez, le métropolitain. Elle est aussi la nièce de monsieur le secrétaire d'État Alexis de France. »

Le planton acquiesça. Lucille venait d'arriver. Joseph l'attrapa par le bras, qu'il serra à lui faire mal pour bien qu'elle comprenne qu'il fallait le laisser parler. Elle tourna la tête rageusement. Il revint au planton pour ne pas avoir à affronter son regard.

« Mademoiselle Bienvenüe est une jeune fille fragile. Sa raison est parfois sujette à de terribles crises. »

Il serra plus fort.

« Cette nuit, elle s'est évadée de chez elle et a trouvé refuge dans mon église. Comme je savais qu'elle était la nièce du secrétaire d'État, j'ai pensé l'amener ici. »

Le sergent dévisagea Lucille sans approcher, comme il l'eût fait d'une lépreuse ou d'un animal exotique. La robe défaite de Lucille, son regard fulminant et ses pupilles dilatées illustrèrent à merveille l'histoire de Joseph.

« C'est que c'est fermé ! répondit le garde. Et je ne peux pas quitter mon poste pour aller vous chercher de l'aide.

— Nous attendrons ici. Elle n'est pas dangereuse, vous savez.

— Si vous voulez. Installez-la dans la guérite. J'appellerai un collègue dès que je pourrai. »

Joseph alla installer Lucille sur une chaise de jardin, un pliant de ferraille peint en vert et cinq planches de bois pour l'assise, qui faisait office de trône sous la guérite. L'asseyant, il lui passa un doigt sur les lèvres en fermant les yeux. Il ne fallait pas qu'elle parle.

Il revint au planton.

« Cela m'ennuie mais je pense que monsieur le ministre de France ne souhaiterait pas qu'il soit fait une quelconque publicité à propos de l'état de sa nièce.

— Bien sûr, répondit l'autre avec respect.

— Je suppose que vous saurez garder la plus grande discrétion sur cette affaire.

— Évidemment. Vous pouvez me faire confiance, mon père.

— Aussi, je préférerais que vous n'alarmiez pas vos collègues. Vous comprenez. Vous seriez ainsi le seul dans la confidence et c'est vous-même qui préviendriez monsieur de France en personne. Vous imaginez, cette pauvre fille est le drame de la famille Bienvenüe.

— Je comprends mais je ne peux pas quitter mon poste.

— Bien sûr. Je pensais juste que vous pourriez avertir monsieur de France au moment où il passera en voiture pour se rendre à son bureau. Je suppose que c'est ce qu'il fait tous les matins, non ?

— C'est une bonne idée. Restez aux côtés de la jeune fille, et je préviendrai monsieur le secrétaire d'État de la présence de sa nièce. »

Joseph s'agenouilla dans la guérite, à côté du trône de fer peint. Il s'exagéra un sourire pour inciter Lucille à prendre la chose du bon côté. Elle lui retourna un demi-rictus de bonne perdante.

« Tu vois, chuchota-t-il. Le problème est réglé. Il ne reste plus qu'à attendre ton oncle.

— Alors, tu veux bien que je vienne avec toi, pour finir ? Je ne te fais plus honte ?

— Oublions cela, d'accord ? »

Et il alla faire quelques pas sur la place.

Joseph aurait préféré qu'on en finisse rapidement. Au lieu de cela, il arpenta le pavé pendant plus de trois heures ; la librairie fermée, l'arrivée des tonneaux au café du coin, la pharmacie fermée, une belle vue sur l'enfilade de la rue du Faubourg-Saint-Honoré, le drapeau russe à la façade de l'Élysée. Lucille s'était endormie sur son pliant, apportant ainsi sa touche d'artiste au tableau de la simple d'esprit.

La voiture du ministre arriva à plus de neuf heures vingt. Elle était la bonne dernière d'un long cortège d'équipages qui entraient faire leur tour de la cour intérieure et ressortaient délestés de leur grosse légume.

Lucille fut réveillée par les cris du planton qui avait arrêté un grand fiacre ciré, sans les lettres jaunes mais suffisamment ostentatoire pour que l'on devine l'homme important.

« Venez, mon père ! » appelait-il à travers la place.

Joseph discutait avec le libraire qui rangeait ses volets pour l'ouverture. Le temps qu'il abandonne à regret l'idée de feuilleter quelques livres, Lucille était déjà sur le marchepied de la voiture, la tête engagée par la portière.

Quand Joseph atteignit le fiacre, elle avait pris place.

« Entre, Joseph, mon oncle nous invite à faire le chemin avec lui. »

Aux antipodes de l'inconfort de leur deux-places, la voiture du ministre était une large berline où ils auraient pu tenir salon. Seul au milieu de sa banquette se tenait l'austérité faite homme, le haut fonctionnaire pur beurre, une caricature pour livre d'enfants. En découvrant l'oncle Alexis, Joseph se souvint d'une vieille plaisanterie d'Éloïs qui soutenait qu'on avait un jour incisé son visage pour en extraire les parties molles. Aucune image ne pouvait mieux lui convenir. Alexis de France était osseux. Son visage desséché laissait paraître les angles de son crâne, la mécanique de sa mâchoire ; un visage qui fonctionnait à l'économie.

«Je vous présente Joseph, c'est un ami, annonça Lucille alors que Joseph s'installait à côté d'elle.

— Bonjour», répondit simplement le ministre sans gaspiller un mot de plus.

Il ne donnait pourtant pas l'impression d'être atonique. Sans doute le flegme était-il pour lui la reine des qualités. Toujours est-il, pensa Joseph, que si la paralysie le foudroyait à l'instant personne ici ne s'en rendrait compte.

La voiture remonta le canyon en silence. L'oncle Alexis les observait, puis scrutait la porte avant de passer au bas de la banquette. Un tic nerveux peut-être. Ses yeux, comme deux boules fixées en arrière de ses orbites par un nerf optique trop court, rebondissaient sans cesse d'un point à un autre, par saccades. À trop économiser l'énergie, on s'en crée un surplus qui doit bien sortir quelque part. Son énergie à lui agitait ses yeux sans discontinuer.

L'oncle Alexis les invita dans son bureau de ministre. Un huissier au petit trot avait ouvert les portes, tiré les chaises et allumé toutes les lampes. La pièce était immense, le mobilier fait pour rappeler, à l'homme qu'il hébergeait, toute sa puissance.

«Prenez place», proposa en deux mots le fonctionnaire en désignant les fauteuils. Ce disant, il s'était lui-même installé derrière le bureau et feuilletait à gestes mesurés le contenu d'un grand dossier recouvert de cuir qu'avait déposé là quelque secrétaire plus matinal que lui.

«Comme leur facture est délicate», s'extasia Joseph histoire d'huiler la discussion en prenant les sièges pour prétexte.

«Louis XV, précisa Lucille. Mon oncle est un grand admirateur de la Pompadour.

— Une femme exquise, ajouta-t-il en trois mots sans cesser de feuilleter ses documents.

— Une femme puissante, une collectionneuse d'art. On lui doit ce style classique indémodable, compléta Joseph, s'arrêtant juste au bord de l'ironie.

— Le symbole de l'amour fidèle. N'est-ce pas elle qui fournissait Louis XV en maîtresses peu farouches ? plaisanta Lucille.

— Lucille, voyons ! Madame la marquise de Pompadour était une vraie femme d'État, doublée d'une grande mécène comme la France n'en a plus connu depuis. »

L'avalanche de mots trahissait une faiblesse ; c'est l'apanage des hommes secs que de cacher un noyau ardent. Joseph n'osa pas évoquer le nom de la présidente Desnoyelles, mais la pensée l'amusa. La discussion avait assoupli le ministre et rodé la machine à mots, c'était l'essentiel.

Sur sa lancée, le ministre engagea l'entretien.

« Je ne vous cacherai pas, Lucille, ma surprise de vous voir investir mon bureau en tenue négligée au petit matin. Que vous arrive-t-il ?

— C'est au sujet de la disparition d'Éloïs, mon oncle. Je vous ai amené mon ami Joseph Sterbing qui est la dernière personne, nous pensons, à l'avoir vu.

— Comment dites-vous qu'il s'appelle ? coupa le ministre.

— Sterbing. Joseph Sterbing. Le saint Joseph de l'Hôtel-Dieu, comme disent les journaux.

— Je... », commença Joseph. Mais l'oncle Alexis l'interrompit d'un geste de la main, sec comme il se doit.

Sans abandonner son train d'animal à sang froid, il récupéra le dossier de cuir qu'il avait écarté, le glissant doucement vers le centre du bureau. Sans un mot, il tourna quelques feuilles, posa l'index sur le texte et releva le nez.

« Sterbing, dites-vous ?
— C'est cela, mon oncle. »

Se sentant soudain pris au piège de son fauteuil, Joseph passa d'une fesse sur l'autre. Ce sont les noms des contrevenants que les fonctionnaires répètent au ralenti en articulant à l'excès, les noms des coupables ou des condamnés. Reste décontracté, se dit-il. Finie, la Pompadour, on attaque les choses sérieuses !

En face, l'oncle Alexis poursuivait sa valse lente. Il tirait maintenant un tiroir discret sur le côté de son bureau, jusqu'au bout, centimètre par centimètre, comme s'il voulait faire apprécier aux oreilles attentives la perfection de l'ébénisterie.

Puis il en sortit un pistolet, qu'il posa sur le bureau, délicatement, pour ne pas rayer la marqueterie.

« Ne vous formalisez pas, c'est la procédure », précisa-t-il en réponse au sursaut d'effroi des deux jeunes gens.

L'arme était une belle pièce, une œuvre que l'on expose plutôt qu'un engin qui tue. Mais une arme tout de même, le dernier objet que Joseph s'attendait à voir sortir de ce tiroir. Ainsi, il existe des pistolets en argenterie, plaisanta-t-il en lui-même pour se rassurer.

« Lucille, exposa le ministre, une note du jour m'informe que ce monsieur Sterbing s'est évadé cette nuit d'une cellule du commissariat du XVIIe arrondissement où il était maintenu en détention. Aussi, je dois lui signifier qu'il est dorénavant sous ma garde, à la disposition de la justice française.

— Évadé ? Joseph ? Vous devez vous tromper. Ce n'est pas possible. » Elle avait saisi la main de Joseph crispée sur l'accoudoir.

« La note précise qu'il s'agit d'un prêtre qui portait la soutane lors de son arrestation. C'est bien cet homme, j'en ai peur.

— C'est un malentendu. Laissez-moi vous expliquer, tenta Joseph.

— Joseph est un vieil ami de la famille, mon oncle. Papa pourra vous le confirmer.

— Lâchez sa main, Lucille. Et écartez votre siège. Cet homme est un implexe.

— Un quoi ? »

D'instinct, Lucille avait lâché la main et déporté son siège. Joseph se retrouvait seul, au pilori, condamné à s'expliquer pour sauver sa peau. Ce n'était pas ce qu'il avait voulu. S'infiltrer au ministère, interroger de France, c'était une bonne idée. Ils auraient discuté des implexes comme de bons amis et Joseph aurait glané les précieux indices qui l'auraient conduit à Éloïs. Et puis, il l'aurait ramené à la maison et tout serait redevenu comme avant.

Ne pense pas à cela, se dit-il. Concentre-toi ! Tu dois trouver les mots qui te feront sortir libre d'ici.

Impossible. Il était trop fatigué.

« Votre frère a rejoint mes services il y a une semaine à peine. » De France s'adressait à Lucille sans un regard pour Joseph.

« Traditionnellement, nous confions aux nouveaux arrivants les missions de filature. Sans risque. Éloïs a choisi monsieur Sterbing dans la liste que je lui ai proposée. Il me disait le connaître et pensait qu'il n'était pas dangereux. Je constate qu'il s'est peut-être trompé.

— Alors, Éloïs me suivait, murmura Joseph sans quitter le pistolet des yeux.

— Vous comprenez, Lucille, que nous ne pouvons pas le laisser partir tant que cette affaire ne sera pas résolue. Monsieur Sterbing sera inculpé dans la journée.

— Mais vous vous trompez, explosa Lucille sans pour autant rapprocher son siège. Joseph n'est pas ce que vous dites. Éloïs l'appréciait beaucoup. Ils ont joué ensemble pendant toute leur enfance. Si Joseph avait voulu lui faire du mal, il l'aurait fait il y a bien longtemps.

— Comprenez-moi bien, Lucille, je me contente de dérouler les faits: Éloïs a pour mission de surveiller Joseph Sterbing; Éloïs disparaît en mission; le même soir, ce monsieur Sterbing est arrêté pour tapage, effraction et tentative d'incendie criminel; puis il s'évade du commissariat. Cela mérite enquête.

— Effraction? Incendie criminel?

— Je vais t'expliquer, Lucille. Tout ceci est si stupide!» tenta Joseph.

Mais les yeux de Lucille avaient changé de camp. D'ailleurs, elle avait pivoté sur son siège et faisait face à Joseph maintenant. Il avait froid, il avait chaud. Il n'était plus de ce monde, incapable d'aligner deux idées. Son regard tournait en triangle, implorant le destin de lui insuffler une idée, un argument pour se défendre. Lucille, le ministre, le pistolet, puis Lucille à nouveau...

«Je suis désolé, Lucille, continua de France sans se départir de cet insupportable flegme. Tenez! Je vais vous présenter son complice, il n'est pas dangereux. Je pense qu'après cela, vous serez convaincue. Alors vous rentrerez chez votre père. Et je les interrogerai. Je suis persuadé que nous retrouverons rapidement la trace de votre frère.

— Un complice?» répéta Lucille du bout d'un souffle.

Le ministre pressa un élégant bouton de cuivre au coin de son bureau qui fit jaillir de la porte la tête d'un agent.

«Amenez-moi monsieur Loneux, voulez-vous.»

Raymond. Bien sûr. *On vous amènera au ministère dès l'ouverture des bureaux*. C'est ce qu'ils avaient dit au commissariat.

Le temps d'un interminable silence et la porte s'ouvrit.

Un fonctionnaire transportait Raymond dans les bras sans savoir comment s'y prendre ni où mettre les mains, tirant son visage en arrière pour fuir le contact incongru de la barbe poivre et sel. Puis un autre agent se faufila pour attraper une chaise, qu'il plaça tout naturellement dans le camp des accusés, à côté de Joseph.

« Salut fils, lança le cul-de-jatte. J'étais sûr de te retrouver là ! Ça devient une habitude ! Bonjour monsieur le ministre. Mademoiselle. »

Il puait encore l'absinthe. Une jambe de son pantalon s'était dégrafée et avait roulé, vide, au bas de la chaise.

« Tu connais cet homme ? balbutia Lucille.

— Un peu qu'on se connaît, poursuivit Raymond. Alors c'est elle, ta Lucille ?

— Je ne t'ai jamais parlé d'elle ! se défendit Joseph.

— Et comment je connais son nom alors ?

— Vous voyez, Lucille, trancha le ministre. Monsieur aussi est un implexe. Et vous entendez comme moi : votre ami Joseph et lui se connaissent. Ils ont été appréhendés ensemble dans cet appartement du XVIIe, hier soir. La concierge de l'immeuble a affirmé y avoir vu Éloïs avec ce monsieur Sterbing. Votre frère lui a même présenté sa carte du ministère. »

En bon professionnel, de France laissa le silence s'installer et reprit où il l'avait laissée son incomparable imitation de la statue de pierre. Du fond de leurs orbites, ses yeux relancèrent leur ballet, le même tic nerveux que dans la voiture, sautant sans logique d'un visage à un bibelot, d'un pied de chaise aux rapports de police du dossier de cuir. Sa main reposait, figée comme le reste, à un doigt de la crosse de son arme. La saisirait-il si Joseph faisait mine de se rebeller ? À l'idée, Joseph sentait sa raison se retirer comme une huître sous le citron. Il était un esprit scientifique avant tout, il l'avait toujours été, persuadé que la vérité naissait d'inductions et de déductions. Mais en rejouant le raisonnement du ministre, ses neurones se connectaient pour lui démontrer l'impossible, l'amener à une réalité dont il ne voulait pas. Éloïs a disparu par ma faute, je suis un implexe, je suis dangereux. Voilà tout ce que ressassait sa cervelle en déroute.

À ses côtés, Raymond corrigeait son assiette en poussant sur ses bras. Peut-être Joseph avait-il eu pitié de lui au commissariat mais, dans ce bureau, il le haïssait. Raymond était son mauvais génie, le vieil ami peu fréquentable qui débarque à la fête et fait fuir les invités ; la chaîne au pied qui le reliait au monde des implexes, sa nouvelle famille.

Lucille, la première, ne supporta plus le silence.

« Je ne comprends pas, mon oncle. Qu'entendez-vous par implexe ?

— Les implexes ne sont pas des gens comme nous, Lucille. Regardez votre ami. Il parle aux morts ! Ils sont dangereux, ils sont partout. C'est une diaspora, un complot qui gangrène notre société. Peu sont conscients de l'urgence comme l'est madame la présidente Desnoyelles. Aussi m'a-t-elle confié la tâche de les répertorier et de les surveiller. Maintenant, je pense vous avoir convaincue. Vous devez rentrer chez votre père. Je vais appeler un huissier qui vous fera raccompagner. Merci, Lucille, de m'avoir amené ce jeune homme. Il nous fournira les éléments qui nous mèneront à votre frère. Votre famille sera tenue au courant, je vous le promets. »

Les deux mains sur la bouche, Lucille fixait Joseph, les yeux démesurément grands, ses beaux yeux bleus embués, gâchés par le chagrin, l'amertume, la nostalgie déjà de son ami perdu, du Joseph qu'elle avait connu, enfant.

Elle se leva en s'appuyant sur les bras du fauteuil à

la manière d'une convalescente. Puis elle se dirigea en titubant vers Joseph. Elle lui saisit les mains.

«Au revoir, Joseph.»

C'était un adieu, le plus pénible des adieux. La douleur déformait sa bouche et creusait ses cernes. Une grosse larme dégringola sa joue sans prévenir pour s'écraser sur la jambe de Joseph en une tache noire sur le tissu poussiéreux de sa soutane.

Raymond, le chaperon indésirable, fixait le tableau sans pudeur et affichait un sourire déplacé, une béatitude insupportable jaunie par le tabac. Alors que Joseph lui assénait son regard le plus acéré, Raymond lui retourna un surprenant clin d'œil, complice, presque facétieux, qu'il assortit d'un petit coup de tête, vers le bureau, vers le pistolet.

Et tandis que Lucille se retirait, une escarbille claqua au fond du crâne de Joseph, un court-circuit qui embrase tout, le branle-bas du désespéré. Il sentit ses cheveux comme des aiguilles de glace, la peau de son visage paralysée par des vagues cuisantes. Il se leva. Puis il tendit le bras vers l'arme qui le pointait, joliment disposée sur le bois vernis.

Le ministre n'avait qu'un mouvement à faire. Il le fit. Le temps que Joseph s'avance, de France s'était redressé et le tenait en joue avec sa pièce de collection.

Le danger, l'instinct, cet homme osseux, en costume, qui ne semblait pas taillé pour la lutte, Joseph bondit sur le bureau et envoya son pied vers le ministre sans retenir sa force.

Qu'avait-il frappé ? Il ne le savait pas. Pas le temps de viser, pas le temps de jauger, pas le temps de réfléchir. De France s'effondra avec un couinement indéfinissable. Et Joseph se précipita sur le pistolet, tombé au sol, qu'il mit plusieurs secondes à saisir alors qu'il gisait juste devant lui.

Il pivota comme un fou, l'arme à la main. Lucille, le bas du visage enfoui dans les mains, des yeux d'horreur comme il n'en avait jamais vu ; Raymond, hilare comme au spectacle, et Alexis de France, convulsé comme un lombric au soleil, les deux mains sur la poitrine, essayant tout à la fois de respirer et de se rétablir dans une position décente.

« Ne bougez plus ! Ne dites rien ! »

Joseph ressentait la panique de la bête traquée, celle que l'on dit la plus dangereuse. Il ne savait ni pourquoi il faisait cela ni ce qu'il ferait ensuite. Il avait seulement voulu interrompre le temps, empêcher Lucille de partir.

Il orienta son arme vers elle.

« Monsieur le ministre, je vais sortir avec Lucille. Si vous appelez à l'aide, je lui tire dessus ! »

Sa main battait avec frénésie sans qu'il pût la calmer. Il avait toujours associé l'idée d'arme à feu avec celles d'imprudence, d'accident et de drame familial. La crosse le brûlait. Il la serrait de tous ses doigts. Il n'avait pas osé en poser un sur la détente.

Il avança vers la fille qui n'était plus Lucille, qui n'était qu'une abstraction, qu'un rêve. Et derrière lui, de France qui toussait entre deux inspirations d'asthmatique.

« Quel con ! rit Raymond. Moi, le coup du pistolet, on me l'aurait pas fait deux fois ! »

Raymond ! La voix corrodée à l'alcool, le rire qui s'achevait en raclement.

Raymond ! La prison, l'évasion, le clin d'œil au pistolet.

Raymond ! Le 5 de la rue Galvani ! Raymond l'implexe. Raymond qui connaissait la fille aux cheveux noirs ! Lucrèce. Il était avec elle, elle l'appelait par son prénom. Raymond l'emmènerait jusqu'à elle ! Et Joseph la ferait parler. N'avait-il pas une arme à présent ? Elle serait obligée de lui dire ce qu'elle avait fait d'Éloïs. Il y avait donc un espoir ! Ce n'était pas encore la fin !

« Si vous déclenchez l'alarme, je tue la fille ! » lança-t-il au ministre, qui ne s'était toujours pas relevé et ne semblait même plus l'entendre.

Puis il enfonça le pistolet dans sa poche et saisit Raymond à bras-le-corps, Raymond, la bouée qui le ramènerait au rivage.

« Passe devant », ordonna-t-il à Lucille, un peu trop sèchement.

Elle ouvrit la porte. Le couloir était vide. Ils avancèrent.

Et ils continuèrent ainsi sur un rythme de poupées mécaniques. À intervalles réguliers, Joseph poussait Lucille dans le dos pour la faire repartir. Il ne voyait d'elle que ses cheveux sales et sa robe de nuit trempée de sueur. Il l'avait appelée *la fille*. Le mot ne le lâcherait plus. Un remords de plus au fond de sa tête.

Ils n'allèrent pas loin sans croiser un employé en costume strict qui les dévisagea avec surprise.

« Nous sortons, balbutia Joseph. Mon amie ne se sent pas bien. Nous l'accompagnons dehors.

— Vous... »

Le rond-de-cuir ne savait visiblement pas comment réagir. En transit entre deux bureaux, un dossier à la main, rien ne l'avait préparé à tomber sur une jeune fille en robe de nuit et un curé mal rasé, un cul-de-jatte dans les bras.

« Mademoiselle est la nièce de monsieur le ministre, ajouta Joseph. Elle a eu un malaise, je l'accompagne dehors.

— Vous... », répéta l'homme. Il fixait Raymond, qui lui sourit en retour, aimablement. La présence de cet infirme rigolard dans les bras d'un curé ne passait pas le gabarit des situations rationnelles.

Le silence aidant, les sourcils du fonctionnaire descendirent lentement sur ses yeux. De la surprise d'abord vers le doute, puis la suspicion. Joseph était seul. Lucille, de dos, ne bougeait plus.

« Monsieur Loneux, ajouta-t-il à la hâte en secouant Raymond, est un blessé de guerre. Du troisième régiment de zouaves. Un héros du Tonkin.

— Mon Dieu ! rétorqua enfin le fonctionnaire. Vous ne pouvez pas sortir comme cela ! »

Le curé, la nièce du ministre, l'ancien combattant. Tous trois entraient maintenant dans une case du référentiel des gens respectables. L'homme attrapa le bras de Lucille et appela de l'aide sans cesser de la soutenir. Des portes s'ouvrirent, d'autres gratte-papier sortirent dans le couloir, des costumes trois-pièces identiques qui saisirent Raymond et formèrent un cortège animé qui les ramena vers la sortie.

Au soleil de la place Beauvau, trois policiers de service se joignirent à la procession. Le plus gradé s'octroya le privilège de guider Lucille par la taille. Par chance, ils n'avaient pas croisé l'agent qui avait amené Raymond. Il s'agissait de filer au plus vite.

Le deux-places était toujours là. Le cocher avait tiré son chapeau d'Auvergnat à larges bords et s'était endormi. Joseph le réveilla en installant Raymond à l'intérieur. Il remercia la troupe des fonctionnaires puis, enfin, il se décida à affronter les yeux de Lucille.

« Lucille. Je regrette. Je ne suis pas… Je dois te laisser là. Je ne voulais pas faire ça. Je vais retrouver Éloïs. »

Lucille ressemblait à une noyée, une morte, une pensionnaire de sa morgue de l'Hôtel-Dieu échappée de sous son linceul et qui regardait saint Joseph, prenant place dans la voiture, qui l'abandonnait à son univers d'ombres.

«Je ne sais pas quoi dire, Lucille. Tu comprendras quand tout sera fini. Raymond va m'amener à ceux qui ont emporté ton frère. Je te le ramènerai, je te le promets.»

La voiture démarra.

Arrivé au bout de la place, Joseph vit Lucille s'effondrer, d'un seul coup, sans lutter, sans mettre la main pour amortir la chute. Le planton du ministère accourut. Les trois policiers ensuite. Puis toute la troupe des gratte-papier qui fit demi-tour pour secourir la nièce de monsieur le ministre.

«Alors, on retourne à Neuilly?»

Encore une fois, Raymond jouait le rôle du seau d'eau glacée.

«Où ça?

— À Neuilly, chez Lucrèce.

— Lucrèce… Oui. C'est ça.

— Ah, la jeunesse! Deux femmes, c'est pas un peu trop pour un curé?»

Il s'agitait sur ses moignons. Joseph s'était presque habitué à cette étrange joie à contre-courant qui caractérisait son ami l'implexe. Joseph se cala dans le coin de la cabine et ferma les yeux.

«À Neuilly! cria Raymond au chauffeur. Et cette fois-ci, Joseph, tu m'emmènes avec toi. Je n'en veux plus de ton Hôtel-Dieu. J'aime pas les hôpitaux!»

XV

« Hé ! Réveille-toi ! »

Éloïs ouvrit les yeux. Le soleil gris, le cagibi aux murs blanchis, le visage de David tout aplati sur un côté. Son cœur partit au galop, double, triple. Le cauchemar, les démons, la mort. Il ne voulait pas dormir. Il avait lutté pourtant. Il ne se souvenait plus avoir sombré et se retrouvait comme un idiot, assis contre le mur, des courbatures plein le dos.

« David ? Qu'est-il arrivé à ton visage ?

— Ne me dis pas… »

David se tâtonna le front, les joues, découvrit le méplat qui allait de biais, de l'arcade jusqu'au menton.

« Merde ! J'ai fait attention pourtant. Ma tête a dû presser contre le mur. J'y ai pensé, qu'il fallait écarter ma chaise, mais j'étais trop fatigué ! »

L'homme de la rue se réveille la joue striée de traces de draps, mais pas David. Pour lui, c'était un bon quart du visage qui avait épousé la forme de son oreiller d'infortune.

« Ça t'arrive souvent ?

— Ouais. Un matin sur deux. D'habitude, je redresse juste un peu pour pas faire peur mais, là, je dois me refaire la tête de Baphomet. Bon Dieu, on a pas le temps ! Il y a pas un miroir ici ? »

Éloïs chercha. Quatre murs blancs, deux chaises de paille, de vieux chiffons et quelques balais, un seau, des planches, une blouse pendue à une patère. Ils étaient dans la remise du bedeau, une belle remise tenue bien propre qui en disait long sur le besoin maniaque d'ordre et d'hygiène que devait entretenir le curé. Ou le bedeau.

Mais pas de miroir.

« Laisse, David, je m'en occupe. Ça a bien fonctionné la première fois, non ?

— Non, laisse-moi. Je vais essayer de le faire seul. On ne sait jamais.

— On ne sait jamais quoi ?

— Rien. »

Éloïs regarda le bûcheron s'essayer au modelage d'art à coup de pelles à neige. Sa tête de terre glaise ne le dégoûtait plus. Il s'était fait à l'idée. Comme il se ferait peut-être à l'idée de vivre désormais dans un monde de démons, d'âmes et de spectres. Qu'est-ce qui peut amener quelqu'un à croire une chose pareille ? Les faits, les pattes de bouc, les costumes vides dans la rue ; et la logique de David, l'invocation de Baphomet, l'échange, un vivant pour un démon, l'équilibration. Y croyait-il vraiment ? Il n'avait pas pris le temps d'y réfléchir. Le prendrait-il ? Pas besoin tant qu'il y avait les explications de David.

« Nous devons rester ensemble.

— Quoi ? » répondit David, trois doigts dans la bouche.

« Nous ne devons pas nous séparer. »

David grogna un oui qui voulait dire « on verra ».

Mais c'était décidé, Éloïs resterait avec lui. Un fonctionnaire du ministère de l'Intérieur doit protéger les citoyens de son pays, David inclus. L'idée le réconforta.

Laissant son Michel-Ange se faire la main sur sa tête de démon, Éloïs s'était avancé vers les lucarnes ensoleillées. Elles donnaient sur un jardin, derrière l'église, qui s'ouvrait sur la rue. L'étrange lumière évoquait un orage d'été, au soleil couchant, quand les nuages éclairés par-dessous reflètent vers les terres une grisaille éclatante. Les feuilles des arbres, les fleurs des bordures, le ciel pourtant dégagé composaient un camaïeu délavé, un monde de daltonien.

Un landau approchait, à la vitesse d'un landau. Il remontait l'allée, poussé par une robe de nourrice, une robe vide qui mimait à la perfection la scène de la nourrice poussant une voiture d'enfant. Éloïs regarda mieux. L'espace vide entre l'extrémité des manches et la poignée du landau, le visage inexistant, le bonnet froncé suspendu, gonflé comme un aérostat par une tête invisible.

Il ne la voyait pas parce qu'elle était vivante. Éloïs regarda ses propres mains, il les tourna devant ses yeux avant de revenir à la nourrice.

« David ? » lança-t-il sans se détourner de la lucarne.

On grogna dans son dos.

« Pourquoi suis-je capable de voir mes mains ? Je suis vivant, pourtant.

— Je te l'ai dit déjà. On a échangé nos places avec Baphomet. On n'est plus chez nous ici.

— Sommes-nous morts ?

— On est chez les morts, avec les morts. Ça fait pas de différence.

— Un peu, quand même. Mais dis-moi, comment sais-tu tout cela ? Comment peux-tu être certain de ce que tu affirmes ?

— Tout ce que je sais, c'est le maître Papus qui me l'a enseigné.

— Et lui, qu'est-ce qu'il en sait ? Il est déjà venu ?

— Non. Mais il a déjà invoqué un démon. C'est un spécialiste. Personne au monde ne possède une telle connaissance.

— Alors nous ne sommes pas les premiers ? S'il a invoqué un autre démon, cela veut dire qu'il a envoyé ici d'autres personnes comme nous ?

— Elle s'appelle Marie. Le maître Papus l'a envoyée ici il y a vingt ans et elle y est toujours. »

Éloïs pivota au ralenti. David lui tournait le dos. Ses gros doigts lissaient, étiraient, égalisaient à tâtons sa tête chauve sur sa djellaba. Il n'avait marqué aucun arrêt pour asséner sa sentence.

« Vingt ans ! Tu veux dire que cette fille est bloquée ici depuis vingt ans ?

— Elle n'est pas bloquée et nous ne le sommes pas non plus. C'est un honneur d'être ici.

— Pas bloquée ? Ça veut dire que l'on peut rentrer chez nous ?

— Non. Ça veut dire que personne ne l'a forcée. Elle est ici comme moi, comme nous, les pionniers de l'Au-delà ! Et elle n'a pas envie de *rentrer*, comme tu dis.

— Mon Dieu. Mais moi, je veux rentrer, David ! »

On frappa à la porte.

« Seigneur Baphomet ! Le curé est arrivé. Les premiers paroissiens ne vont pas tarder. Nous devons partir.

— Oui. Nous sommes prêts. Nous arrivons. »

La respiration de David s'était accélérée. Laissant son visage en l'état, il se précipita sur Éloïs et le saisit par les épaules.

« Écoute, Éloïs, j'ai réfléchi. Nous devons fuir. Nous ne pouvons pas rester là.

— Fuir ? Tu viens de me dire que tu n'avais aucune envie de rentrer.

— Non. Nous sauver de cette église. Fuir les démons. Aller nous cacher ailleurs !

— Mais pourquoi veux-tu faire cela ? Tu avais l'air si confiant avant de dormir.

— Oui… Eh bien, j'ai réfléchi, je te dis ! Tu les as vus ? Ils sont puissants, ils sont cruels. Ce sont des démons, Éloïs. Notre supercherie ne va pas durer longtemps.

— Tant que ça dure, continuons. Nous sommes plus en sécurité ici qu'avec tous ces démons à nos trousses.

— Et s'ils nous tuent ?

— Tu y vas fort ! Et puis, les démons ne tuent pas les âmes puisqu'elles sont déjà mortes.

— Oui. Il n'empêche que cela romprait l'équilibration et tout serait perdu.

— J'avais oublié ça ! plaisanta-t-il.

— Un vivant pour un démon.

— Et alors ?

— Eh bien, si nous sommes tués par les démons l'équation est rompue et Baphomet revient ici, chez les morts. Mais le problème, c'est que moi j'ai donné ma vie pour qu'il reste en bas, chez les vivants. Je l'ai promis au maître Papus, tu comprends ça ? C'est ma mission, c'est sacré. Je ne dois pas mourir ici. Marie l'a réussi. J'y arriverai aussi. »

Éloïs avait pincé le nerf sensible. On ne plaisante pas avec la mission sacrée. Il ne comprenait pas cela. Lui, il avait signé chez de France pour la belle situation, le titre qui ronfle et la paie de fonctionnaire. Le dévouement, cela vient peut-être après, avec les premières décorations.

Les yeux de David montraient que la chose était sérieuse, ses yeux de cheval, exilés sur ses tempes, brûlaient de la passion et du don de soi.

« D'accord, David. Mais on n'en est pas là. Ils ne vont

pas nous tuer. Ils n'ont aucun soupçon. Attendons encore un peu.

— Non. Je vais pas y arriver. Ils me prennent pour un chef de guerre. Je ne suis qu'un jardinier, un porteur de caisses, un bon à rien qui fait ce que les autres ne veulent pas faire.

— Eh bien pas ici ! Dans ce monde, je te rappelle, c'est moi le larbin qui s'occupe des portes. Alors reprends-toi. Je vais ouvrir. Ils nous attendent. Rentre le ventre, bombe le torse. On entre en scène ! »

Éloïs partit d'un premier pas conquérant. Puis un deuxième moins affirmé. Quand sa main atteignit la poignée, elle n'était plus aussi ferme. Il repensait à Lucille, à leur porte des Enfers.

Et puis, derrière lui, il y eut un bruit de verre que l'on casse. Il lâcha la poignée et fit volte-face.

David avait brisé une lucarne avec le pied d'une chaise, d'un trône d'or que seule une force de colosse pouvait soulever ainsi. Bien sûr, il en était capable. Éloïs avait-il déjà oublié qu'il n'était pas un vrai démon ? Le haut de son corps, jusqu'aux épaules, était déjà engagé dans l'ouverture au mépris du verre tranchant qui en ornait le tour. Éloïs le saisit comme il put, par une hanche et par une jambe.

« Ne fais pas l'idiot ! Reste avec moi ! »

Et puis il y eut un coup. Un seul choc sourd comme lorsqu'on frappe de toutes ses forces un sac de sable. Et David bascula en arrière, subitement amolli. Il glissa avec souplesse, sans un son, jusqu'au sol et ne bougea plus.

Par la fenêtre, Éloïs aperçut un homme qui s'enfuyait. Un homme vêtu de blanc. Un joueur de pelote basque, pensa-t-il. C'était exactement cela, le pantalon blanc, le pull fin à longues manches, immaculé, lumineux, même au soleil gris de l'Enfer. David avait été attaqué par un joueur de pelote basque ! Pas vraiment grand, une silhouette fine qui se glisse ailleurs quand elle se sent observée. L'homme du bac à fleurs qu'il avait aperçu en arrivant ici ? Était-ce lui ? En tout cas, c'était la même façon de sortir de scène dans un souffle d'air à la manière d'un danseur de salon.

Derrière, le landau s'était arrêté. Le bonnet de nourrice fixait Éloïs à la fenêtre.

« Avez-vous vu ce qui s'est passé ? lui cria-t-il. Je suis Éloïs Bienvenüe du ministère de l'Intérieur. »

Mais déjà la robe de nourrice faisait demi-tour et emmenait son poupon invisible loin des fenêtres qui se brisent toutes seules. Elle ne le voyait pas, ni ne pouvait l'entendre. Elle était vivante et lui… Il ne savait pas.

« Bon Dieu, David ! »

Le corps du géant en chemise gisait sur le sol. Le coup l'avait atteint en plein centre du visage qui s'était enfoncé sur cinq bons centimètres. Adieu la belle contrefaçon. Baphomet était méconnaissable. Le nez s'enfonçait en négatif vers l'intérieur, emmenant avec lui le reste du visage, comme aspiré vers l'arrière par la dépression. Ses yeux s'étaient arrêtés au bord du cratère laissant derrière eux des paupières étirées, incapables de les obturer. Le regard qui en résultait ne présageait rien de bon ; un regard de tête de veau sur un étalage de tripier.

« Bon Dieu, David ! Non ! Ne me laisse pas seul. David, dis-moi quelque chose ! »

Il voulut d'abord le gifler pour le ramener au monde mais il se retint tant la notion de joue avait perdu tout son sens sur ce visage dévasté par le choc. Alors, il approcha son oreille des lèvres entrouvertes que le dégât avait épargnées. Il retint son souffle pour mieux entendre le sien. S'il était mort, se dit-il, où irait-il sinon ici même, au pays des morts ? Respirerait-il alors ?

En tout cas, il percevait un râle régulier qui se frayait

son chemin parmi ce qui restait, dans ce désastre, des sinus, du palais ou de la cloison nasale. Mais que signifiait ce souffle ici ? Et puis peu importe ! Mort ou vif, il finirait bien par se réveiller.

On frappa à la porte. Plus fort, avec le poing.

« Que se passe-t-il ? Seigneur Baphomet, le prêtre approche. Vous ne devez pas rester là. »

Nous y sommes, pensa Éloïs. Il s'était laissé surprendre par cette route sinueuse qui l'avait amené là, mais elle débouchait bien sur le dénouement qu'il avait tant redouté : il était seul. Loin de la maison, loin de Lucille, loin de Joseph même qu'il n'aurait jamais dû suivre, et loin de David maintenant qui représentait tout ce qui lui restait.

Éloïs se frotta le visage. Pas le moment de flancher ! Puisqu'il faut que je me débrouille seul…

La fenêtre ? Il pouvait fuir. Mais cela voulait dire abandonner David. Après tout, il était prêt à le faire, lui ! Sous ses airs de colosse, sous son masque de démon, David aussi avait flanché. Ce monde est trop effrayant, pensa-t-il, même pour un illuminé qui s'y prépare depuis des années. Il le regarda qui reposait à plat dos, le visage en cratère de volcan. Non. On ne trahit pas un homme à terre. Et puis, David connaissait tellement de choses derrière sa carrure de paysan et sa tête molle. Avait-il seulement une chance, sans David, d'un jour rentrer chez lui ?

Alors fuir avec lui ? Par la fenêtre ? Éveillé, déjà, sa carcasse passait à peine par l'étroite ouverture. Aucune chance. Et puis, il y avait ce Basque qui rôdait dans le jardin.

Restait la porte. Pas le choix. La porte des Enfers. L'homme-bouc, la momie et les autres animaux.

« Mon Dieu, bredouilla-t-il à mi-voix. Aide-moi, Lucille. Que dois-je faire ? »

Puis il se souvint que les monstres ne pouvaient pas ouvrir la porte eux-mêmes. Alors il attendrait là. La fenêtre ou la porte, la porte ou la fenêtre. Le mieux encore était de ne pas décider. Ils pouvaient toujours frapper, il n'ouvrirait pas. Il s'occuperait du visage de David en attendant. Il ne pouvait pas le laisser comme cela.

Éloïs s'agenouilla par-dessus le corps sans connaissance, une jambe de chaque côté, le meilleur moyen de faire un travail symétrique. Puis il entreprit de lui ouvrir la bouche, sans trop déplacer les dents que rien ne semblait fixer à la mâchoire. Il poussa ses doigts vers le fond, jusqu'à rencontrer la masse de chairs et d'os et d'un tas d'autres choses qu'il ne tenait pas à reconnaître.

Alors qu'il s'acharnait à atteindre les parties les plus enfoncées, la respiration de David devint sifflement. Ne l'étouffe pas, se dit-il, n'oublie pas qu'il n'est pas mort. Alors, du bout des doigts, il repoussa ce qu'il pouvait, contrôlant le résultat sur le visage de David. Le gros œuvre d'abord. Il peaufinerait ensuite.

Et soudain, il remarqua un bruit dans la sacristie. Puis un brouhaha qui enfla en bouillonnant. Puis la voix de Mormo facile à reconnaître, un cri nasillard qui sonnait rance.

« Attention, seigneur Baphomet, le prêtre arrive ! »

Et la porte s'ouvrit en grand. Une soutane se tenait à l'entrée, une soutane vide qui découvrait la pièce dérangée et le carreau cassé. Le curé ! Le vrai curé vivant de Saint-Ferdinand. Il pouvait ouvrir les portes, bien sûr. Aussi facilement qu'une nourrice pousse un landau.

Derrière lui, les démons se pressaient. Les jambes de bouc par-dessous, les cornes d'aurochs par-dessus. La soutane fit un pas, Mormo se glissa dans la pièce.

« Seigneur ! Seigneur ! »

Il découvrait le corps, le visage détruit et Éloïs à califourchon.

« Lâche-le ! Que lui as-tu fait !

— Je n'ai rien fait ! Ce n'est pas moi !

— Tais-toi ! Il faut le sortir d'ici. »

Mormo saisit le corps par les chevilles et fit le geste de le traîner dans les débris de verre que David avait emportés dans sa chute.

« Ne fais pas ça. Tu vas le blesser. Laisse-moi t'aider. »

Éloïs attrapa les poignets de son ami et parvint à le glisser jusqu'à la porte. La soutane s'était avancée à la lucarne sans les voir et analysait la situation en passant au-dehors une tête qu'elle n'avait pas. Éloïs eut envie de l'appeler à l'aide. Mais le curé ne l'entendrait pas, comme il ne les voyait pas, du bout de son monde de vivants.

Dans la sacristie, les autres démons s'amassèrent autour d'eux, se bousculant les uns les autres pour apercevoir le corps de leur seigneur. Profitant de la confusion, Éloïs pressa le pas et emporta David jusqu'à la nef.

Là, Mormo l'empoigna par la nuque et le mit à genoux d'une impulsion violente. La tête déséquilibrée vers le sol par la poigne du bouc, Éloïs chercha son souffle dans les bouffées de musc que soulevait chaque mouvement de la bête. Il sentit son estomac révulsé par une crampe douloureuse. Depuis quand n'avait-il pas mangé ? Avait-il seulement faim ? L'idée vrilla ses viscères un tour de plus.

David gisait devant lui, le visage en chantier, les yeux ouverts sur le vide dans un sommeil de poisson. Se glissant devant l'autel, Adramelech avança. Devant le corps de David, devant Éloïs recroquevillé, devant ses lieutenants au garde-à-vous, devant l'assemblée des âmes, des morts endimanchés qui commentaient l'événement dans un tumulte de chuchotements et de messes basses.

« Taisez-vous ! Le jour avance, nous ne pouvons plus rester. Mormo ! Qu'est-il arrivé au seigneur Baphomet ?

— L'âme qu'il avait gardée avec lui l'a agressé. Quand je suis entré, elle achevait de le défigurer. »

Éloïs voulut se redresser, se défendre. Mais ses muscles ne répondaient plus, terrassés par une angoisse solide comme un carcan qui entravait chacun de ses membres.

« C'est impossible, continua Adramelech. Une âme ne peut vaincre un démon. Pourquoi Baphomet ne se défend-il pas ? Regardez-le, il ne bouge même plus.

— Il a perdu connaissance, murmura Éloïs sans relever la tête.

— Perdu quoi ? »

Le démon descendit la marche qui le séparait de David et posa doucement la main sur son torse. Son geste trahissait la crainte respectueuse, l'acte sacrilège.

« Il n'est pas conscient, balbutia-t-il. C'est une âme ! Nous avons été trompés ! »

Puis, plus fort, il hurla de rage : « Ce n'est pas Baphomet ! Nous avons été trahis ! »

Mormo poussa brutalement Éloïs sur le côté pour se précipiter à son tour et vérifier de ses doigts l'incroyable.

« Tu avais raison, Mormo, siffla Adramelech, j'aurais dû t'écouter. Ce n'est pas un démon. C'est une âme qui nous a tous abusés ! Comment est-ce possible ? Emmenez-le ! »

Dans l'église, la rumeur se répandit comme une onde. Éloïs, à genoux, entendait les « Baphomet » et les « usurpateur » aller et venir, et se croiser par-dessus les travées. Autour de lui, le cénacle des démons se regroupa en mêlée dans un désordre où chacun tentait un doigt sur le corps pour constater l'impossible réalité.

Puis le crapaud et l'oiseau arrachèrent David à la meute et l'emmenèrent vers l'entrée, le traînant comme un cadavre disputé aux vautours. Éloïs ne le vit plus.

« Toi, tu restes avec moi ! ordonna Mormo. À ma droite, à moins d'un pas. Et ne t'avise jamais de t'éloigner. »

Adramelech avait repris place devant l'autel pour haranguer l'assemblée.

« Nous partons ! Cette imposture nous a fait perdre un temps précieux. L'heure est venue d'aller nous installer plus loin. Le Mur approche. Nous avons tous été trahis par cette âme. Baphomet n'est pas de retour. Et Bélial non plus, sans doute. Sortez tous, maintenant. Samael ! Regroupe les âmes sur le parvis. »

Alors que l'ensemble de l'église se mettait en mouvement, Adramelech s'attarda devant l'autel. Ses épaules, deux omoplates à peine tendues de chagrin, semblèrent fléchir comme il contemplait de ses yeux aveugles l'assemblée des âmes qui sortaient en bon ordre. Mormo n'avait pas cillé et affichait l'air grave du garde-à-vous qui atteste au seigneur que l'on se tient à sa disposition ; Éloïs à genoux, à moins d'un pas.

Puis Adramelech se retourna et leva sa longue figure vers le Christ en croix qui dominait l'autel.

« Mon Dieu, aide-nous », crut entendre Éloïs. Ses jambes de squelette lui semblaient soudain moins décharnées, sur son flanc sa peau légère battait d'une imperceptible vie.

Éloïs se sentit coupable. Le contraste était si profond avec la liesse du retour annoncé de Bélial et Baphomet. Cet homme, devant lui, endurait le doute et l'amertume, la pesanteur d'un fardeau qu'il devrait désormais supporter seul. Cet homme ? Ce démon. Il ne savait plus.

« Allons-y », ordonna le seigneur à Mormo.

Les bancs étaient déserts. La robe vide d'une vieille dame allumait un cierge pour un saint du bas-côté.

Dehors régnait une atmosphère de grandes manœuvres. Les cohortes des âmes s'étaient rangées en carrés, en bataillons disciplinés de grands-pères en costume et de dames bien mises qui, par endroits, avaient repris les discussions interrompues par le mouvement de troupe.

David reposait contre le mur, étendu sur le sol, abandonné au soleil. Ses yeux restés ouverts faisaient de lui un cadavre. Éloïs détourna le regard.

Mormo filait dans les traces de son seigneur, Éloïs à moins d'un pas.

« Mormo, Rimon, Samael et Thamuz, venez auprès de moi, appela Adramelech.

— Toi, reste ici ! » cracha Mormo en repoussant Éloïs vers la masse des âmes qui s'écartèrent poliment pour lui faire une place.

Pour commencer, les démons encaissèrent sans répliquer les ordres claquants du maître. Puis une réflexion à mi-voix tenta sa chance. Puis une autre. Puis le conseil de guerre tourna à la discussion et, bientôt, à l'altercation.

Il était question de péril, de l'ennemi blanc coincé entre ici et le Mur, de rapport de force défavorable et de chance à saisir. Éloïs peinait à discerner les mots qui fusaient dans un désordre croissant. Rien n'allait plus non plus chez les démons, c'est tout ce qu'il comprenait.

« Je m'appelle Étienne Labre. Je me suis éteint il y a quarante-huit jours. Je suis originaire de Charleville. »

Éloïs dévisagea son voisin de rang, un vieil homme souriant, un octogénaire radieux, bien droit sur ses jambes et qui tenait levé son chapeau plat en signe de salut.

« Bonjour monsieur. Éloïs Bienvenüe. Je suis fonctionnaire au ministère de l'Intérieur.

— Vous étiez ! » rit-il en lui serrant la main. Le patriarche avait une poigne ferme qui propageait sa bonne santé à qui l'acceptait.

« Ça va mal, n'est-ce pas ? commença le vieux monsieur en désignant du menton le groupe de démons.

— Je ne sais pas. Je ne comprends pas bien ce qui se passe.

— Le professeur Baphomet est parti. Un moment, nous avons tous cru que vous l'aviez ramené. Mais il est bien parti maintenant. Dorénavant, ils devront se débrouiller sans lui.

— Le professeur Baphomet ?

— Ne faites pas attention, intervint une vieille dame derrière eux. C'est comme cela qu'il les appelle.

— Peu importe comment on les appelle. Ce ne sont que des hommes après tout, se défendit le grand-père.

— Des hommes ? continua la vieille. Ce sont des barbares, des monstres assoiffés de sang qui ont massacré ma famille devant moi !

— Ils n'ont tué personne. Ouvrez les yeux, madame Gillain. Moi, par exemple, poursuivit-il à l'intention d'Éloïs, je pensais que cet état-major de médecins et de chirurgiens, ces charlatans et ces empoisonneurs nous emmenaient à l'abattoir comme leur troupeau docile d'infirmes et d'agonisants.

— Des chirurgiens ?

— Alors vous êtes comme les autres ? Vous ne voyez pas leurs grandes blouses tachées du sang de leurs victimes ?

— Non. Ce n'est pas comme cela que je les vois. Mais continuez.

— Je les ai suivis comme tous les autres depuis Charleville, le long des routes, sans que personne nous vienne jamais en aide. Je pensais que le périple se terminerait ici, à Paris, dans une de ces usines à mort où l'on vous endort, vous opère et vous ampute des derniers lambeaux de vie qu'il vous reste. Et puis, il ne s'est rien passé de tout cela et voici que l'on se prépare à reprendre la route. J'en ai assez. Aujourd'hui, je ne partirai pas. Je resterai ici et ils ne m'en empêcheront pas. Parce que, voyez-vous, jeune homme, j'ai appris à les voir comme ils sont, à oublier tout ce sang sur leurs mains. Ils ne m'effraient plus désormais. Ce sont des hommes, rien de plus.

— Ne l'écoutez pas, coupa Mme Gillain de derrière. Il a perdu la tête. Ils vont le tuer, comme les autres. »

Le vieil homme souriait. Éloïs se retourna.

Mme Gillain était une petite femme endeuillée qui portait la voilette. Il ne voyait pas ses yeux. Sa bouche semblait sévère, sa lèvre tremblait un peu ; le tremblement crispé de la haine plus que de la peur, ou alors les deux à la fois.

« Personne ne tuera personne, madame, reprit monsieur Labre, puisque nous sommes déjà morts. »

Il rit avec politesse, pour ne pas froisser sa voisine. Son œil brillait, sa peau sentait le frais, l'odeur douce de la pommade.

« Non, continua-t-il, j'ai pris ma décision. Je resterai ici et j'attendrai leur Mur. J'ai passé assez de temps avec eux. Je me laisserai absorber, emporter loin d'ici.

— Vous allez partir d'ici ? sursauta Éloïs.

— Oui. C'est ce que je désire. Sur la route, alors que mon âme s'était résignée à se laisser conduire vers sa fin, une voix a chuchoté à mon oreille.

— Une voix ?

— Une voix céleste. Comment l'appeler ? Ma propre conscience, peut-être. Elle me disait d'arrêter de marcher, de penser à moi, à ma vie, de voir enfin mes péchés en face et de cesser d'imputer mes malheurs à ces tortionnaires en blouse blanche. Elle avait raison. Je ne dois plus me fuir moi-même. Je dois rester ici et attendre le Mur.

— Qu'est-ce que ce Mur ? Le savez-vous ?

— Oui et non. C'est la fin du monde. Le néant. Le Jugement dernier peut-être. Qui sait ? En tout cas, je suis prêt à affronter le Juge, le Juge suprême. Venez avec moi, jeune homme. Je vous invite.

— Je ne peux pas, répondit Éloïs après une hésitation. Je dois rester auprès de mon ami. Il est étendu là-bas et n'a pas repris connaissance depuis tout à l'heure.

— Ne vous en faites pas pour lui. Vous devez comprendre qu'il est mort, que nous le sommes tous. S'il a perdu connaissance, comme vous dites, c'est qu'il en avait besoin. Laissez-le.

— Non. Je ne peux pas. Vous ne pouvez pas comprendre. Nous ne sommes pas… comme vous.

— Alors, jeune homme, cela signifie que vous devez encore rester un peu ici, avec les autres. Vous n'êtes pas prêt.

— N'écoutez plus ce vieux grigou ! interrompit Mme Gillain. Il a perdu le sens des réalités. Regardez donc autour de vous ! La vérité, c'est que nous sommes en guerre. Nous devons obéir à nos tortionnaires pour ne pas tomber dans des mains pires encore ! Vous les avez entendus ? Les Blancs approchent. Nous devons fuir.

— Les Blancs ? répéta Éloïs.

— Les séraphins.

— Les séraphins sont des anges ?

— Eh bien pas ceux-là, je peux vous le dire ! railla monsieur Labre. Et je ne vous conseille pas de les rencontrer.

— Pourquoi ? Qui sont-ils ?

— Des démons comme les autres. Je ne les ai encore jamais vus. On dit qu'ils apparaissent toujours vêtus de blanc.

— Mais alors, j'en ai rencontré un, moi ! s'exclama Éloïs. Un homme élégant en pantalon blanc. Tout à l'heure, à l'arrière de l'église, c'est lui qui a agressé mon ami. »

Madame Gillain ne le laissa pas aller plus loin.

« Les Blancs ! Les Blancs ! Ce garçon les a vus ! Ils arrivent ! Fuyez tous ! »

Le cri strident de la petite femme endeuillée provoqua un raz-de-marée. Adieu les rangs serrés et les belles cohortes en carré, adieu le brouhaha léger des discussions du dimanche. Le parvis n'était plus que hurlements et bousculade. Les uns fuirent vers le boulevard, les autres s'engouffrèrent dans l'église pour y trouver refuge. Alors que les démons, pris de court, tentaient de regrouper ce qu'ils pouvaient de leur armée délitée.

M. Labre était resté aux côtés d'Éloïs et souriait.

« Les fous. Ils ne savent même pas de quoi ils ont peur. Ils croyaient avoir vaincu leur angoisse. À la première étincelle, ils s'embrasent de nouveau. Ils ne sont pas prêts. Venez avec moi, jeune homme, vous n'êtes pas comme eux, je le sens bien.

— Non. Merci, monsieur. Je dois sauver mon ami. »

Et Éloïs se précipita vers le coin de mur où reposait David.

Le crapaud n'était plus là. David non plus. Éloïs balaya du regard le trottoir, la rue, les costumes vides et les charrettes sans chevaux qui vaquaient à leur journée sans voir la cohue des âmes paniquées.

Puis il aperçut David, vers l'intérieur de l'église. À la faveur de la pagaille, il s'était traîné quelques mètres et tentait maintenant de se redresser en cherchant appui contre le mur.

Éloïs se précipita vers lui pour l'aider.

« David ! David ! Tu as repris connaissance ! Dieu soit loué ! Nous pouvons fuir ! Profitons-en tout de suite !

— Éloïs ! J'y vois à peine. Que se passe-t-il ?

— Peu importe ! Les démons ont perdu tout contrôle. C'est maintenant qu'il faut fuir.

— Je ne peux pas, Éloïs. Je pense que je suis blessé. »

Sa voix trébuchait sur les mots, semblait se disjoindre

en deux timbres dysharmoniques, l'un sifflant, l'autre rude et brutal ; puis sa phrase s'abîma en un râle à peine audible.

« Viens, David. Allons à l'intérieur. »

La nef résonnait des cris et des prières. Les âmes regroupées par paquets imploraient Dieu et ses saints de les garder d'un danger qu'ils ressentaient sans le percevoir. Les démons avaient disparu, Éloïs ne tenait pas à savoir où. Seule persistait, au-dehors, la voix grave d'Adramelech criant par-dessus le tumulte ses ordres que personne n'entendait plus.

L'instinct les ramena au cagibi, au fond de la sacristie. On dit que le taureau de corrida, vidé de son sang, épuisé par le combat, revient chercher la mort vers le toril, à l'endroit même où tout a commencé. L'image traversa l'esprit d'Éloïs. Puis il n'y pensa plus.

La porte était plus lourde que jamais. David, abandonné dans les bras d'Éloïs, avait perdu toute force. Ne pouvant relâcher son étreinte, Éloïs poussa le battant avec son dos.

Il y avait un mouvement dans la pièce. La blouse grise de la patère s'était gonflée d'un bedeau invisible qui balayait les débris de verre. Voyant la porte s'ouvrir, le vêtement posa son balai pour venir la refermer.

Redoublant d'efforts, Éloïs traîna encore la carcasse de bûcheron sur les quelques pas qui les mettraient à l'abri. David, comme il pouvait, poussa sur ses jambes pour aider.

La porte claqua. Mormo se tenait derrière. Du coin de la pièce, le bouc les fixait de ses yeux animaux sur son visage miniature. Il pulsait la haine et son fiel amer teintait d'un goût l'air même qu'ils respiraient.

« J'étais certain de vous retrouver ici, asséna-t-il de

sa voix astringente. Il n'y a pas plus d'assaut des Blancs que de seigneur Baphomet derrière cette âme difforme. Tout cela est votre faute. Tout ce désordre. Que voulez-vous donc ? Qui êtes-vous ? »

De derrière la porte, l'écho du tumulte parvenait étouffé. Les cris, les prières, les appels des démons.

« Non, je vous assure que c'est vrai, répondit Éloïs. Un Blanc a agressé mon ami. Je l'ai vu.

— Assez ! Assez de mensonges. La farce est terminée. Je ne vous laisserai pas partir. Adramelech rêvait tellement au succès de Baphomet et au retour de Bélial qu'il a avalé votre supercherie sans se méfier. Peut-être même qu'il y croit encore un peu. Mais je vous tiens, maintenant, et je ne vous laisserai pas sortir d'ici avant de savoir ce qu'est devenu notre seigneur Baphomet. »

Mormo ne s'adressait plus qu'à Éloïs. David, épuisé, avait glissé le long du mur et cherchait à reprendre son souffle en tirant sur les cartilages de sa gorge.

La chape d'angoisse revint, qui de nouveau enserra Éloïs de cette gangue rigide et glacée qui étouffait chacun de ses mouvements.

À côté d'eux, la blouse avait repris le travail, s'entêtant à rassembler les débris de verre que monsieur le curé ne voulait pas voir là.

« Qu'as-tu fait de Baphomet ? » Mormo avançait vers Éloïs. Ses yeux semblaient plus grands sur un visage plus petit, des yeux plus vides encore d'âme et d'humanité.

« Vous n'êtes qu'un démon, lui lança Éloïs comme une insulte. Vous n'existez pas ailleurs que dans mon imagination ! »

Il avait dit cela comme on avoue un péché, davantage pour s'en purifier lui-même que pour asséner un coup à son adversaire. La pensée avait germé spontanément dans son esprit. David n'avait-il pas qualifié ces monstres d'*Idées* ? Ce bouc n'était-il pas étrangement semblable à l'animal démoniaque que l'imagination de sa sœur avait embusqué derrière leur porte de l'Enfer? Et le vieux monsieur Labre ne lui avait-il pas dit ne voir en ces créatures que des chirurgiens en tablier?

« Vous n'existez pas ! » répéta-t-il avec cette fois de l'assurance dans la voix et de la force dans les muscles raidis de son dos et de ses bras.

Le poing de Mormo fusa, bien droit, vif comme une mine le long d'une règle, une violence parfaite et géométrique. La puissance du coup emporta vers le bas la mâchoire d'Éloïs et, à sa suite, tout le visage. Sa nuque craqua alors qu'il lâchait David et s'affalait en arrière sans laisser à ses mains la moindre chance d'amortir la chute. Alors il tomba de tout son poids sur une chaise qu'il emporta avec lui dans sa glissade vers le mur. Puis il s'immobilisa, la vision obscurcie par le choc, la chaleur âcre du sang dans la bouche.

« Es-tu certain que je ne suis pas réel ? » s'amusa Mormo. Ses sabots claquèrent sur le sol à quelques centimètres du visage d'Éloïs. La fourrure de ses jambes semblait plus noire, plus dense, plus sale aussi. Éloïs lança une main pour saisir cette patte d'animal malgré la douleur et le chaos dans son esprit.

Alors, comme par jeu, Mormo se dégagea d'un entrechat puis détendit sa patte de bouc contre le flanc d'Éloïs encore à terre. Sa poitrine résonna comme un tambour qu'on transperce. Éloïs roula sur le côté en toussant, bousculant la chaise un peu plus loin.

« Arrêtez ! supplia-t-il dans un râle.

— Alors comme ça, tu n'es qu'une âme comme les autres ? Une âme qui a cru pouvoir jouer un tour à ses maîtres. Et comment connais-tu le seigneur Baphomet ? Pourquoi nous avoir fait croire que ton ami était notre seigneur ? Je peux lui demander directement d'ailleurs, il pourra sûrement m'éclairer. »

Mormo se tourna vers David qui n'avait toujours pas repris vraiment conscience, les jambes pliées, le dos calé contre le mur, le visage difforme de ces fœtus monstrueux qu'exposent derrière une loupe les forains dans des baraques.

L'homme-bouc fit un pas vers lui. Le poing fermé, le dos hérissé d'une crinière plus sombre et plus rêche encore que le reste de sa toison.

« Non ! cria Éloïs. Ne le touchez pas. Il est blessé. Demandez-moi ce que vous voulez. Je peux tout vous dire !

— Alors, dis-moi où est Baphomet et pourquoi vous avez pris sa place ! »

Éloïs s'était mis à genoux. Sa bouche saignait. Peut-être avait-il perdu quelques dents. Derrière lui, la blouse du bedeau redressait la chaise.

Éloïs n'avait rien à dire à ce démon. Il n'avait pas les réponses à ses questions. Il savait juste qu'il vivait encore. Et qu'encore, il pouvait souffrir et il pouvait mourir. Mormo revint vers lui. Son corps de bête couvert d'écume dégageait une vapeur légère, la vapeur du golem né d'une démoniaque alchimie.

Je vais mourir, pensa Éloïs agenouillé devant son bourreau.

Lucille était son aînée de vingt-cinq minutes. Et à chaque anniversaire, elle insistait pour souffler ses bougies vingt-cinq minutes avant son frère. Alors Éloïs, en guise de revanche, lui prédisait chaque fois qu'elle mourrait vingt-cinq minutes avant lui. Ce n'est pas juste, pensa-t-il. Ce n'est pas mon tour. Et il sourit. Il sourit sans plus voir le visage du bouc devant lui.

« Je m'appelle Éloïs Bienvenüe, arracha-t-il à sa mâchoire engourdie. Je suis vivant et je n'appartiens pas à votre monde de morts. »

Mormo fronça ses sourcils de crin. Le monde sembla s'interrompre un instant.

Mormo. David adossé au mur derrière lui. La blouse de bedeau qui examine la chaise. La fenêtre cassée. L'air frais du jardin.

Puis une courbe blanche qui s'écoule par la lucarne ouverte. Une anguille immaculée qui se glisse hors du trou d'un rocher. Une trajectoire parfaite. Une main qui prend appui sur le rebord ; un pied qui infléchit la courbe d'une impulsion sur le mur ; et déjà l'ombre étincelante qui se dresse derrière la noirceur de l'homme-bouc. Une jambe qui fauche la patte de l'animal, un poing qui cueille un mouvement de la tête et Mormo qui s'effondre parmi les débris de verre.

Éloïs prit une inspiration. Le Basque était devant lui, un genou sur la tempe du démon qu'il maintenait ainsi au sol.

« Alors comme ça, tu dis que tu es vivant ? » L'ange avait la voix de son physique. Une voix d'avant la mue. La voix légère de l'innocent à qui l'on excuse de couper les pattes d'un insecte.

Sous son genou immaculé, Mormo soufflait comme une bête féroce, immobilisé par une force implacable, curieusement étrangère au visage détendu et souriant du séraphin.

« Oui, je suis vivant ! articula Éloïs à la hâte. Regardez ! Je peux déplacer des objets. »

Il ramassa un éclat de verre tout proche qu'il leva devant son visage. Ce Basque irréel en costume de fête était l'homme qui avait frappé David et dont le seul nom avait semé la panique parmi l'armée entière des âmes et son état-major de démons.

Les traits du séraphin évoquaient l'épure, le croquis d'artiste. Pas une ride, pas un pli, pas une ombre déplacée. Une peau d'enfant sur un corps d'assassin. Il observait avec intérêt l'éclat de verre tourner entre les doigts d'Éloïs, un sourire énigmatique au coin des lèvres, un sourire à fossettes de statue Renaissance.

À côté d'eux, la blouse grise avait posé son balai pour voir de plus près l'étrange débris de verre qui, dans son monde, s'était animé d'une vie propre.

« Et mon ami est comme moi, ajouta Éloïs. Nous sommes vivants tous les deux. »

Il déposa le morceau de verre dans la main de David.

« Intéressant. Tu as toujours eu un don, Mormo, pour débusquer les phénomènes. Que dirais-tu de rejoindre nos rangs ?

— Jamais, souffla la tête de bouc prisonnière de l'étau, la joue écrasée contre le sol.

— Tu as tort. Et puis, es-tu vraiment en position de discuter ? Sois raisonnable, je ne te propose que de rejoindre ta vraie famille.

— Tais-toi. Ma famille est ici.

— Allons. Alors tu ne me reconnais donc pas ? »

Sans interrompre la discussion, Mormo fixait à présent le visage d'Éloïs. Ses pupilles s'étaient arrondies, rendant ses yeux plus humains. Éloïs osa un regard. Bref, pour commencer. Un simple coup d'œil pour ne pas s'y brûler la vue. Puis il se hasarda à soutenir ces yeux de bête. Mormo le fixait étrangement sans cesser la conversation.

« Et pourquoi te reconnaîtrais-je ? » répondit-il à l'ange.

Alors son regard dévia à la dérobée vers la lucarne et les quelques planches empilées dessous. Puis il revint à Éloïs.

« Parce que je suis ton ami. Ataman. Mais aujourd'hui, on me nomme Anael.

— Ataman ! Alors c'est toi ? Tu as trahi tes frères ! Sois maudit ! »

Mormo tenta de repousser l'ange, s'arc-boutant sur ses bras gonflés par l'effort, le visage déformé par la pression de la jambe du séraphin.

« Tu as perdu, Mormo, rit l'ange. Cesse donc de lutter. »

Alors Éloïs saisit sa chance. D'un seul geste, en un seul bond, il se projeta sous la fenêtre, saisit la première planche et l'enfonça de toutes ses forces dans l'ouverture. À peine ouvrait-il la main que le séraphin était sur lui et le serrait à la gorge.

Éloïs, le souffle coupé, tomba à genoux.

« Qu'as-tu fait ? cria l'ange.

— Tu ne peux plus sortir d'ici », murmura Éloïs.

Il avait simplement posé la planche en diagonale dans l'encadrement de la lucarne. Mais ce dérisoire obstacle devenait infranchissable pour ces créatures incapables de mouvoir la Matière. Il l'avait compris en un éclair et se sentait à présent maître du jeu.

« Je suis le seul à pouvoir vous faire sortir d'ici, siffla-t-il. Lâche-moi et je pourrai t'aider. »

L'ange relâcha son étreinte.

À l'autre bout de la pièce, Mormo s'était relevé et avait reculé jusqu'au mur du fond, une satisfaction malsaine lui illuminait le visage. Chacun s'était immobilisé après avoir pris position et attendait, suspendu, qu'Éloïs joue le coup suivant.

Mais le bedeau en décida autrement.

La fenêtre qui explose sans personne pour la briser, la porte qui s'ouvre seule dans son dos, la chaise bousculée par une force invisible, le ballet aérien des débris de verre et maintenant cette planchette comme aspirée par l'ouverture béante de la lucarne. C'en était trop.

Prise de panique, la blouse grise s'élança soudain vers la porte qu'elle ouvrit à la volée pour se précipiter dans la sacristie puis la nef.

L'ange pivota à sa suite mais, déjà, Mormo avait bondi vers l'issue providentielle. Deux pas seulement et toujours cette trajectoire parfaite alors que, dans son dos, le séraphin abandonnait la poursuite et revenait saisir Éloïs par l'épaule.

Et dans le cadre de la porte se tenaient deux anges, deux nouveaux Basques en pantalons impeccables, deux torses blancs immaculés de maîtres nageurs sur lesquels vint se briser l'élan de l'homme-bouc.

« C'est fini, messieurs, conclut Anael. La partie est perdue. Nous avons gâché assez de temps comme cela. Mettons-nous en route. Gabriel nous attend !

— Salauds ! se lamenta Mormo, ceinturé par les deux gaillards. Vous trahissez le Tartare, votre propre royaume !

— Tais-toi, cracha Anael. Tu ne sais pas ce que tu dis. Gabriel est notre sauveur ! Il nous attend tous en ses champs Élyséens, où la plus douce vie nous sera offerte. »

Il poussa Éloïs devant lui.

« Allons, dépêchons-nous. Il nous reste un bout de chemin à faire. »

XVI

« Une bien belle journée ! »

Raymond évoquait sans doute la douceur de l'air, le soleil chaud sur les arbres du bois de Boulogne, une de ces journées de printemps qu'il faut savoir savourer quand elles sont là.

Ou alors Raymond désirait seulement briser le silence et le métronome des sabots sur le pavé.

Joseph grogna sans relever la tête.

« Tu préfères peut-être quand il pleut des cordes comme hier ?

— Il n'a pas plu hier, Raymond. Tais-toi s'il te plaît. J'ai besoin de réfléchir.

— Ça, c'est ce que tu crois ! »

Joseph leva les yeux, déjà accablé par l'embryon de discussion.

« Quand quelqu'un dit qu'il a besoin de réfléchir, continua Raymond, c'est qu'il a besoin de parler. C'est toujours pareil.

— Comment peux-tu continuer à déblatérer face à un tel désastre ?

— Regarde donc par la fenêtre, écoute les oiseaux. C'est toi qui as un problème, fils. Tu es tout renfermé.

— Non mais tu ne te rends pas compte ? Après le

commissariat, le ministère ! Combien de policiers sont à mes trousses à l'heure qu'il est ? Je suis perdu, Raymond. Je ferais mieux d'aller me rendre tout de suite.

— Tes problèmes, c'est toi qui te les inventes. On se balade en voiture, on rentre voir Lucrèce. C'est tout.

— Lucrèce. Eh bien parle-moi d'elle, tiens ! Dis-moi qui elle est.

— Oh, tu me fatigues, petit. Combien de fois encore tu vas me poser les mêmes questions ? Lucrèce par-ci, Lucrèce par-là, je suis sûr que tu la connais mieux que moi à cette heure. Parle-moi de toi, plutôt. Et puis ça te fera du bien. »

Joseph recula la tête et scruta les yeux clairs de Raymond, piqués sur sa peau tannée de militaire au long cours, et ce sourire sincère emmitouflé sous la barbe rêche, un sourire tendre, presque maternel.

« De quoi veux-tu que je te parle, Raymond ?

— De Lucille, bien sûr ! Je suis un romantique, dans le fond. Moi aussi, j'ai peut-être eu la mienne, de fiancée, mais elle est restée dans un bout de ma cervelle du côté du fleuve Rouge.

— Lucille ? D'accord. Mais après, c'est toi qui répondras à mes questions.

— Je viens d'y répondre, chacun son tour ! »

Joseph ne releva pas. Il était bien décidé à jouer le jeu sans trébucher sur chacune des petites fantaisies de Raymond. Le vieux zouave ne semblait pas vivre dans le même monde de logique que lui, un monde sans Aristote et sans Descartes.

« Lucille est la fille…

— De Fulgence Bienvenüe, je sais ! Le gars du métropolitain, je sais ! Raconte-moi du nouveau ! Ne rabâche pas toujours les mêmes salades. »

Ne pas relever, ne pas poser de questions, se glisser dans son monde sans Aristote.

« Lucille est la fille de Fulgence Bienvenüe, répéta-t-il, le père du métropolitain… J'ai toujours connu Lucille. Elle était là du jour où j'ai quitté ma mère. J'ai toujours joué avec elle, vécu avec elle. Elle appelait sa préceptrice madame Lézard. Je n'ai jamais su son vrai nom. C'était une vieille dame toute sèche avec un voile de peau qui lui pendait sous la gorge. C'est pour cela qu'elle l'avait baptisée ainsi. En fait — mais je l'ai compris plus tard — c'était une pauvre femme qui filait à l'Hôtel-Dieu à la moindre occasion pour passer un peu de temps avec sa sœur enfermée au pavillon des fous, dans le bâtiment annexe. Alors elle laissait Lucille avec moi, sous la garde bienveillante des augustines qui ne demandaient pas mieux. On a tout appris ensemble, on a joué ensemble, on s'est inventé mille aventures. Tu sais, Raymond, je la connais mieux que son propre frère. Alors, aujourd'hui, j'ai l'impression d'avoir tout gâché. En moins d'une journée ! Et je ne pourrais même pas expliquer pourquoi.

— Ne raconte pas n'importe quoi, fils. Lucille est fière de ce que tu as fait. Je l'ai lu dans ses yeux.

— Tu es gentil, Raymond, mais je l'ai menacée avec un pistolet et j'ai frappé son oncle sous ses yeux. Elle pleurait quand la voiture est partie. J'ai bien vu que j'avais cassé quelque chose dans son visage, cassé son sourire, cassé son regard.

— Qu'est-ce que tu racontes encore ? Tu n'as frappé personne et tu ne l'as jamais menacée avec une arme. Pourquoi aurais-tu fait ça ? »

Joseph soupira. Discuter avec Raymond ressemblait à une sale blague, un humour absurde comme l'aiment les Anglais et que lui n'avait jamais trouvé à son goût.

Ne pas relever, se répéta-t-il, continue à vagabonder dans son monde sans logique. Tu as besoin de parler, il a raison.

« Et toi, Raymond. Parle-moi de Lucrèce. Tu l'aimes bien ?

— On vient d'en parler.

— Peut-être mais tu m'as promis de répondre à mes questions.

— Lucrèce est une jeune oiselle qui n'a pas grand-chose à faire d'un vieux comme moi. Mais elle tient à moi, je crois. Et moi je l'aime bien. Tout le monde l'aime bien, Lucrèce.

— Et qu'est-ce qu'elle fait ? Elle est étudiante ?

— Bah. Tu le sais comme moi. Est-ce vraiment la peine d'en parler encore ?

— Oui, c'est la peine.

— Elle est jeune. Elle fait des conneries. Ça lui passera. Ce qu'il lui faut, c'est un idéal, une passion, un phare vers où aller. Alors, il y a ses histoires de Russie, mais moi, ça ne me plaît pas.

— De Russie ?

— Oui, la révolution, tous ces morts, la Grande Guerre. C'est pas un truc pour les jeunes filles. »

La voiture déboucha de la forêt en plein soleil. La douche de lumière fit sourire Raymond.

« Ah, c'est ça la vie ! La lumière du soleil.

— Sommes-nous à Neuilly ?

— Oui, suis un peu ! On est déjà passé là et tu m'as déjà posé la question. Le château est au bout de la rue.

— Le château ?

— Oui, l'université quoi.

— Arrêtez-vous ! »

Le cocher fit un écart pour se mettre à l'ombre et immobilisa la voiture.

« Ah non, Joseph ! explosa le cul-de-jatte. Tu n'as pas le droit. Cette fois-ci je viens avec toi ! C'est trop facile d'abandonner le vieux Raymond quand on n'a plus besoin de lui !

— Ne crie pas et écoute-moi. Je vais finir à pied. Je dois discuter avec Lucrèce. Et puis je n'en peux plus d'être dans cette voiture, je vais marcher un peu. Mais je ne peux pas t'emmener avec moi, tu comprends. Tu voudrais quoi, que je te porte sur mon dos ?

— Et pourquoi pas ?

— Non. Je dois voir Lucrèce seul à seul. Toi, tu iras à l'Hôtel-Dieu. Je vais dire au cocher de demander sœur Solange, elle s'occupera de toi.

— Tu sais bien que c'est pas vrai. On va encore me faire des soucis. Les Russes savent que c'est là que tu me caches. Et si c'était à ton tour de t'arrêter un peu ? Ça t'a pas suffi la foire d'empoigne dans le métropolitain ? Tu veux que ça recommence ?

— Arrête, Raymond. Je n'y comprends rien à tes histoires. Allez. À bientôt. Je viendrai te voir. »

Il glissa une pièce au cocher et ne se retourna pas pour voir partir la voiture. Par le carreau ouvert, les jurons de Raymond se répandirent comme un sillage et résonnèrent encore quelques instants, le temps d'aller mourir sur les façades blanchies de la rue de la Ferme.

Au bout de la route se dressait une grande bâtisse qui méritait le nom de château. De la rue, on en voyait surtout le mur d'enceinte, un beau vieux mur de meulière qui peinait à contenir les arbres du parc, comme un ruban bien serré autour d'un bouquet. Au coin, la propriété ouvrait sur une grille que l'on avait bouchée à l'aide de panneaux en fer peints de ce vert dont on colore les jardins publics. À partir d'un certain niveau de fortune, tous les bourgeois de banlieue font la même chose. La richesse amène le goût du secret, et le besoin de dérober aussi aux petites gens le droit même de contempler l'opulence.

Il y avait une plaque à côté du portail. Joseph approcha.

Un homme en vareuse s'interposa.

« Vous ne pouvez pas rester là, mon père. »

Joseph l'avait pris pour un ouvrier au retour de sa pause de midi. Mais le gars s'était planté juste devant le portail et l'empêchait même de lire la plaque.

« Bonjour. J'allais sonner à cette porte. Y a-t-il un problème ?

— Oui, mon père. Je ne peux malheureusement pas vous laisser faire cela. Ceci est une propriété privée et je suis là pour écarter quiconque s'en approche.

— Écoutez, tous les bâtiments de cette rue sont privés, vous savez ? Et pourtant, ça ne les empêche pas d'être munis d'une cloche et d'accueillir de temps à autre un visiteur.

— Ici ce n'est pas pareil. On n'entre pas.

— Laissez-moi vous expliquer. Je suis le nouveau curé de la paroisse et je fais le tour des gens qui comptent dans la commune. Alors vous pensez bien qu'il faut que je vienne présenter mes hommages à monsieur… Comment s'appelle-t-il déjà ? »

Le factionnaire le saisit par le bras. Il n'avait rien d'un domestique en livrée. Son pantalon, trop large de vingt bons centimètres, tenait serré par une lanière de cuir nouée sur le devant. Et la vareuse, juste un cran plus chic, avait été jetée par-dessus sans cohérence.

Un autre type jaillit du trottoir d'en face. Par génération spontanée, pensa Joseph, né de l'air trop chaud de Neuilly ou alors de ce laurier-rose, derrière lui. Il ne dit rien et n'avançait là que pour peser sur le plateau de la balance, l'autre, celui où Joseph n'était pas.

« Mon père, reprit le premier, vous devez comprendre. J'ai des instructions. Je ne peux même pas vous laisser tirer cette cloche. »

C'en était assez ! Aujourd'hui, Joseph avait bousculé un policier et envoyé un ministre au tapis, et pourquoi n'ajouterait-il pas ces deux guignols à son tableau de chasse ? Il n'avait fallu qu'une seule journée pour lui donner le goût des méthodes directes et des raisonnements expéditifs. Il serra le poing, mais la main du gardien se referma sur son bras et le comprima jusqu'à ce qu'il cesse. Le gars était mal rasé. Ses joues, ses yeux disparaissaient sous les plis d'une peau trop épaisse piquée au hasard de crins noirs comme des mauvaises herbes sur une terre pauvre. C'était le visage vieilli de ces gamins des rues qui avaient terrorisé son enfance, les voyous du dessous des ponts qui remontaient sur les quais quand il faisait trop froid.

« C'est bon. Je reviendrai plus tard », abandonna-t-il.

Il récupéra son bras en le tirant violemment vers l'arrière. Puis il s'éloigna, la rage au ventre, en jetant un regard oblique vers la plaque de bronze. FACULTÉ. HERMÉTIQUE. Il n'attrapa que ces mots.

Hermétique, pensa-t-il. Tu peux le dire ! Et qu'est-ce que je fais maintenant ?

Il envoya son soulier dans une grosse pierre détachée du mur qui ricocha sur un banc avant de frapper la patte d'un cheval qui passait là. Un brave boulonnais qui traînait un tombereau de collecte d'ordures dont la roue mesurait un homme. Joseph reçut quelques insultes du balayeur suivies de la litanie d'excuses que lui valait sa soutane. Après tout, il avait peut-être bien fait de ne pas se changer.

Au bout de la rue, il tourna en suivant le mur, pour enfin échapper au regard des voyous factionnaires.

Un pavillon jouxtait l'arrière du château. Une maison de vieux avec des géraniums et du lierre plein la façade, la demeure de madame veuve Montescourt, annonçait une petite plaque étoilée par les ans.

De toute façon, il n'allait pas rentrer chez lui. Si cette bicoque n'était pas le château, elle n'en était pas éloignée. La dame pourrait peut-être lui parler de ses voisins. Joseph tira la cloche.

Un majordome le reçut avec les égards que l'on doit à une soutane. Joseph ressortit son couplet du curé parti à la découverte de sa nouvelle paroisse. On lui proposa le thé et on l'introduisit au salon d'hiver.

Joseph prit place sur une causeuse en attendant madame qui n'avait pas prévu de visite. Au rythme perpétuel de la pendule dorée, Joseph découvrait un univers d'objets qui sentaient la rose et l'encaustique. Il se laissa bercer.

Une heure vingt-cinq. Drôle d'heure pour un thé. Drôle d'heure pour un curé, aussi. De quoi discuterait-il avec la veuve Machin ? Il avait déjà oublié son nom. À cause de la faim. Il se sentait vide. Depuis quand n'avait-il pas mangé ? Peut-être y aurait-il des biscuits avec le thé ?

On n'entendait pas d'autre bruit dans cette maison que ce tic-tac propret. Une ambiance de veuve. Le voilà son sacerdoce ! Le quotidien du curé qu'il serait jeudi prochain, quand Éloïs serait rentré. Manger des gâteaux secs dans une maison déjà morte, écouter des regrets de vieille dame, la nostalgie du mari passé et des enfants perdus, écouter encore, comme le bon docteur Freud de Lucille. Et pourquoi pas ? Ça valait toujours mieux que cette vie de repris de justice.

Qu'était-il venu faire dans ce salon d'hiver ? Il était temps de se poser la question ! Allait-il perdre sa journée à interroger tout le voisinage devant un thé et des gâteaux ? Il se passa la main sur le visage. Il l'arrêta aussi sec sur une joue râpeuse. Il ne s'était pas rasé depuis la veille. Que dirait la vieille dame ? Et qu'avait pensé le majordome ? Sans trop chercher, il pouvait apercevoir au moins trois taches sur sa soutane et des traces de poussière sur le bas. Et son odeur ? Il ne pouvait pas sentir par lui-même, on ne sent jamais sa propre odeur, mais il n'y avait aucune chance qu'elle soit seulement congrue au milieu de toute cette rose. Le majordome devait, en ce moment même, filer prévenir les autorités ou, plus simplement, le curé de la paroisse. Le vrai.

Que faisait-il donc sur cette causeuse ? Joseph se leva. Le salon donnait sur un jardin, un tableau de vigne vierge, d'hortensias et de mièvrerie, bouché par un mur. Un mur de meulière. Le même mur que gardaient les voyous, de l'autre côté.

Joseph ouvrit la porte du jardin, une porte de maison de poupée en fer forgé. Il avança deux pas sur la pelouse, puis il trotta, puis il se mit à courir franchement. Pour fuir l'ennui du thé sur la causeuse, pour fuir la honte de se trouver hirsute et puant devant la vieille dame, pour prendre de l'élan aussi.

Il piétina la plate-bande, s'élança par-dessus les boules de fleurs roses et s'accrocha au lierre de toutes ses forces.

Alors qu'il balançait la jambe par-dessus l'arête du mur, un appel ténu vint suspendre son effort, un filet de voix hésitant qui ne trouvait pas sa hauteur.

« Monsieur le curé ? C'est bien vous ? »

Il aperçut à la porte la silhouette fragile, la petite robe noire, les joues maquillées et, sur le plateau d'argent, le cake au chocolat. Il se laissa glisser de l'autre côté.

Pas de chiens ni de garde-chasse, Joseph traversa sans demander son compte le parc en jachère où seul un bosquet de trémières bien taillées semblait avoir échappé à l'abandon.

Une villa Nouvel Empire avait poussé là, au milieu de la jungle. Une demeure récente qui n'avait jamais été repeinte. Il arrivait par-derrière et cela tombait bien, il n'avait aucune envie de croiser un voyou comme dehors. Le courage lui venait moins naturellement ici qu'en face d'un ministre en costume.

À l'arrière de la bâtisse, un carreau était cassé. Il suffisait d'y passer la main pour ouvrir la porte et entrer dans la cuisine.

Il faisait sombre. Tous les volets avaient été tirés alors même que la chaleur n'avait rien d'accablant. D'abord, Joseph se réjouit de la situation. Il venait d'infiltrer l'imprenable forteresse, le quartier général de la troupe hétéroclite qui, hier, avait escamoté Éloïs au 5 de la rue Galvani. Peut-être le maintenaient-ils enchaîné à une chaudière, à la cave, ou alors ligoté et bâillonné derrière une pile de caisses, au grenier. Joseph vivait alors, vraisemblablement, les derniers instants de son cauchemar. Qu'aurait-il payé pour sauter d'une heure dans l'avenir et être sorti d'ici, avoir rejoint Lucille au bras de son frère retrouvé, aller dormir, aller manger et n'y plus penser ?

La cuisine sentait un mélange de fruits secs, de fromage frais et de pomme de terre. N'y songe même pas, ordonna-t-il directement à son estomac. Il se pouvait très bien que cette cuisine ne soit qu'une bulle de calme au cœur du repaire des assassins. L'œil du cyclone. Pas le moment de se faire un casse-croûte. Il approcha sans bruit d'une batterie de couteaux affûtés. Il lui fallait une arme. Pas pour tuer mais pour faire peur, pour se donner du courage et occuper le tremblement de ses mains. Ce n'est que les doigts posés sur le manche d'un tranchoir qu'il se rappela le pistolet, le pistolet du ministre dans la poche de sa soutane.

Il dégagea l'arme de collection d'un pan de tissu, doucement, sans surtout effleurer la détente. Il abandonna ses yeux à la contemplation du canon d'argent, emplit ses poumons du parfum de la patate puis trouva enfin dans un soupir appuyé la vaillance requise pour quitter la cuisine.

Il y avait de la lumière à l'étage, une lumière électrique, en plein jour. Il posa un pied sur la première marche de l'escalier sans un coup d'œil à gauche sur la grande salle obscure qui exhalait l'encens. Et, alors qu'il tendait le cou pour apercevoir le palier, il entendit la ritournelle. Une voix de sirène égrenait un refrain sans paroles, une mélodie limpide qui coulait en torrent, trois notes à la fois, puis restait suspendue sur la quatrième, le temps d'une minuscule extase répétée à chaque mesure.

Voici Lucrèce, pensa-t-il après un instant, forçant son âme à s'arracher à la berceuse, voici la clé de voûte de toute la sale histoire. Et il grimpa plus vite, poussant devant lui son arme de salon.

Sur le palier, une porte était ouverte. Emporté par l'ivresse du passage à l'acte, Joseph absorba les deux pas qu'il restait et se planta dans la lumière aveuglante comme le papillon qu'il était. L'ariette se brisa en plein vol.

« Taisez-vous et ne bougez pas. Je suis armé ! »

Il venait de faire irruption dans une chambre de jeune fille et la première image qu'accrocha son regard fut, sur une étagère à hauteur de visage, l'alignement d'une douzaine de chevaux de porcelaine. Sa main perdit de la raideur, le canon du pistolet s'avachit un brin.

« Qui êtes-vous ? Que faites-vous dans ma chambre ? »

Elle reposait sur un lit, adossée à une pile confortable de gros coussins. Elle avait à peine relevé la tête et ses cheveux noirs s'étalaient encore sans ordre sur le tissu blanc. Elle portait un pantalon et un chemisier de satin, sans doute les mêmes vêtements que la veille au soir, Joseph ne se souvenait plus.

Il pensa tout d'abord avoir dérangé sa sieste. Mais non, puisqu'elle chantait. Puis une odeur de tabac froid, qui s'accordait bien mal aux chevaux de porcelaine, lui imposa l'image moderne de ce garçon manqué fumant au lit en fredonnant son air.

Les yeux de Lucrèce ne l'avaient pas lâché un instant alors que les siens papillonnaient sans trouver où se poser. C'était la première fois de sa vie qu'il entrait dans la chambre d'une jeune fille. Voilà à quoi il pensait. Et si l'on faisait abstraction de l'odeur du tabac, cela correspondait bien à l'idée qu'il s'en faisait. Un couvre-lit de dentelle, des oreillers à feston, un miroir de Venise, un cabinet couvert de flacons et de boîtes à secrets, un papier peint où les pâtres courtisent les pastourelles et, sur la table de nuit, la photo d'un homme barbu dans un cadre doré, son père ? Et puis les chevaux de porcelaine.

« Eh bien ! Je vous ai demandé votre nom, il me semble ! » aboya-t-elle.

Le ton était cassant. Il releva le canon de son arme mais elle ne le vit même pas. Elle le fixait lui, droit dans les yeux, comme si ce pistolet et tous les autres pistolets de la terre ne pouvaient l'atteindre.

« Je m'appelle Joseph Sterbing. Je suis un ami de Raymond. C'est lui qui m'a donné votre adresse.

— Raymond ? Alors Raymond a un ami ? »

Elle rit. Ses yeux étaient sombres comme Joseph n'en avait jamais vu, deux gouffres sans fond rehaussés chacun d'un éclat brillant, leur touche de lumière vive, impertinente et immature.

Joseph sentit soudain son pistolet hors de propos. Il n'avait pas besoin de ça pour discuter. C'est ce qui rend les armes dangereuses. On les agite pour se donner de grands airs, on menace, on se croit fort et puis on tire sans vraiment l'avoir voulu, au détour d'une insulte ou d'une idée qu'on n'aime pas. Il baissa le bras.

« Vous avez raison, commenta-t-elle. Quand on n'est pas habitué, il ne vaut mieux pas utiliser ces machines. Alors, c'est Raymond qui vous envoie ?

— Non, pas vraiment. Il m'a juste indiqué le chemin. Je souhaitais vous parler.

— Me parler ? Je ne vous connais même pas. Comment avez-vous pu penser que j'accepterais de vous parler ? »

Il agita son pistolet pour menacer. Elle rit encore.

« Vous êtes amusant. »

Joseph avança le pied sur un tapis à motifs animaliers. Cette fille qui ne décollait pas de ses coussins lui donnait l'impression d'être un courtisan venu quémander une grâce à la cérémonie du lever de la reine.

« C'est une soutane que vous portez là ? demanda-t-elle en se redressant soudain. Attendez… »

Elle pivota pour s'asseoir sur le bord du lit.

« Mais oui ! Vous êtes ce curé qui nous espionnait hier soir ! On peut dire que vous êtes gonflé de venir jusqu'ici ! Vous accompagniez cet imbécile de policier qui a failli tout faire échouer.

— Oui, et c'est pour le rechercher que je suis venu.

— Pauvre idiot. Vous ne valez pas mieux que lui.

— Il s'appelle Bienvenüe. Il est le fils de Fulgence Bienvenüe, l'ingénieur du métropolitain. Il était hier soir en mission pour le compte des Affaires implexes, un département du ministère de l'Intérieur. Vous voilà dans de beaux draps, je peux vous l'affirmer !

— Mazette ! Il ne manquait plus que ça ! »

Elle avança la main vers sa table de nuit. Joseph leva le pistolet. Elle sourit, ouvrit le tiroir et en extirpa tout un attirail de fumeur mondain. Le papier fin, le tabac dans son sac, la boîte à rouler, le cylindre qu'elle tourne doucement jusqu'à la perfection, la pointe d'une langue qu'elle passe au ralenti, le fume-cigarette de corne piqué d'un brillant.

Joseph contempla le manège sans penser rien dire, fasciné par la modernité élégante de la femme qui fume du tabac. Il attendit la flamme de l'allumette pour reprendre l'interrogatoire.

« Où se trouve Éloïs ? Qu'avez-vous fait de lui ?

— Éloïs ?

— Éloïs Bienvenüe. Ne jouez pas les innocentes !

— Eh là, surveillez votre langage, monsieur le curé, je ne suis pas habituée à ce genre de ton !

— Vous l'avez enlevé sous mes yeux. Où est-il à présent ? Et que voulez-vous ? De l'argent ? Une rançon, c'est ça ? »

Elle se recoucha et resta à fumer sur le dos, le temps de trois bouffées profondes, ses pieds nus croisés sur la dentelle. Joseph remarqua sa peau légèrement mate, à moins que ce ne fût un effet du contraste avec la blancheur du couvre-lit.

« C'est plus compliqué que cela, souffla-t-elle dans un nuage.

— Que voulez-vous dire ? Il va bien falloir m'expliquer.

— Pourquoi ? Parce que vous débarquez chez moi avec un pistolet ?

— Exactement ! » Il agita l'arme en prenant soin de ne la braquer vers personne.

« J'ai une arme et vous n'en avez pas. Cela ne vous suffit pas ?

— Vous avez peut-être une arme, mais moi, j'ai votre ami. Il me semble que si vous êtes parvenu jusqu'à ma chambre sans vous faire pocher les yeux par mes gardes-chiourmes, c'est que vous êtes animé d'une certaine motivation. Vous devez y tenir à votre agent du ministère et je sens bien que je dois représenter votre dernière chance de retrouver sa trace. Vous ne me ferez aucun mal, c'est évident.»

Comment était-il possible de raisonner et de seulement poursuivre une conversation à moins d'un mètre d'une arme à feu? Qui plus est, cette jeune fille qui aurait dû s'effondrer, se statufier ou convulser, même, restait à pérorer dans ses oreillers en fumant du tabac. Lui-même, ce pistolet ne lui laissait pas l'esprit tranquille. Alors qu'il se trouvait du bon côté du canon, la crosse de bois précieux lui brûlait les doigts et le seul augure d'une détonation suffisait à lui vider la tête.

À l'inverse, n'aurait-il pas été encore plus incapable de torturer cette jeune fille, de la voir le supplier ou implorer sa pitié? Une fois acceptée, la réaction de Lucrèce n'était pas si désagréable. Elle le maintenait dans un registre rationnel où il se sentait plus à l'aise.

«Asseyez-vous.»

La proposition le surprit malgré tout. Il resta interdit puis chercha une chaise du regard.

Lucrèce tapota le couvre-lit à ses côtés sans sortir la nuque du confort des oreillers.

«Vous ne trouverez pas de siège. Installez-vous ici, je ne vais pas vous manger. Nous discuterons plus tranquillement.»

La scène n'entrait pas dans le schéma mental de Joseph. On l'avait brutalement projeté dans un futur lointain où les jeunes filles en pantalon discutent en fumant avec des curés en robe assis sur leur lit de dentelle. Il chercha une intention sur le visage de Lucrèce sans cacher son propre étonnement. Les yeux noirs, l'éclat qui n'en finit pas de sourire, les lèvres pincées sur le fume-cigarette, le duvet sombre sur ses tempes, les cheveux épars sur le tissu blanc, la pointe d'une oreille glissée entre deux mèches.

Joseph s'assit avec cérémonie, se gardant de tout effleurement avec cette jambe qu'elle ne faisait pas mine de bouger.

« Hop, dit simplement Lucrèce en attrapant le pistolet. Maintenant, j'ai à la fois l'arme et votre ami le fonctionnaire. Et vous, vous n'avez plus rien. »

Les mains de Joseph effectuèrent deux moulinets inutiles avant qu'il prît conscience qu'il avait été dupé. Puis devant le canon terrifiant de fermeté, il se releva de ce lit où un naïf avait pensé discuter avec une amie.

« Maintenant, c'est toi qui vas me raconter un peu pourquoi tu es venu mettre ton nez dans mes affaires.

— Alors vous êtes de la graine de ceux qui tutoient quand ils sont armés ?

— Exactement. Et tu vas bientôt comprendre, monsieur le curé, à qui tu t'es frotté.

— À une jeune insolente que ses parents ont trop gâtée.

— Un ton en dessous ! Tu as l'air plus à l'aise dans le camp des victimes, dis-moi. Il faut que je te rende ton jouet pour que tu redeviennes poli ? »

Elle n'avait pas tort. Joseph était fatigué d'avoir trop eu l'initiative et ressentait ce même soulagement qui l'avait saisi dans le fourgon de police. Le jeu est moins fatigant quand on renvoie la balle.

« Alors, mon père, raconte-moi qui tu es et ce que tu venais faire dans mes pattes hier soir. »

Le pistolet convenait mieux à la main de Lucrèce. Elle le manipulait avec naturel comme un prolongement de son bras. Elle ressemblait à cette photo de Calamity Jane qu'il avait vue dans le journal, une femme inconsciente de son excentricité qui tord le monde jusqu'à ce qu'il s'adapte à son goût. Une calamité.

« Et pourquoi répondrais-je à vos questions ? lâcha Joseph avec un affront qu'il n'avait pas vraiment voulu. Vous non plus vous n'oserez pas tirer.

— Tu crois ça ? Ça fera quoi si je tire ? Un emmerdeur de moins ! Je n'ai rien à perdre. Et puis, regarde, il suffit que je tire en l'air, un trou dans le plafond, et il y aura trois gars de plus dans la pièce d'ici une minute. Et je peux te dire que s'ils trouvent un homme dans la chambre de mademoiselle Lucrèce, même un curé, celui-là, on n'est pas près de le revoir !

— D'accord. J'ai compris.

— Alors vas-y. Raconte-moi tout ! »

Elle redressa sa position en tassant ses coussins. Il aurait pu se jeter sur elle comme il l'avait fait avec le ministre. Elle semblait deviner qu'il ne le ferait pas.

Planté au milieu de la chambre, il commença son topo comme un écolier sa récitation, décidé à ne plus rien cacher puisque cette fille était la dernière case de son jeu de l'oie.

« Je m'appelle Joseph Sterbing, et je suis un implexe.

— Un implexe ? Voyez-vous ça !

— Je parle aux morts. Je leur parle vraiment, comme s'ils n'étaient pas morts.

— À la morgue de l'Hôtel-Dieu ! Bien sûr ! Je te connais !

— Les journaux m'ont baptisé Saint-Joseph-des-Morts.

— Oui, saint Joseph ! C'est amusant, mon oncle m'a parlé de toi. Il veut te rencontrer.

— Votre oncle ?

— Mon oncle Gérard. Tu te trouves ici dans sa maison. Son université ! La faculté des sciences hermétiques. »

Elle bombait le torse en souriant. Était-il possible qu'elle ait déjà oublié le pistolet et l'intrusion de Joseph ? Comment s'y retrouver dans ce fouillis de sentiments, cette ratatouille de provocation, de complicité et de domination relevée d'une pointe d'arme à feu ?

« Je ne connais pas votre oncle. Gérard comment ?

— Papus. Le grand Papus. Il m'a raconté ton histoire et a découpé l'article du *Petit Journal*. Il compte passer te voir à l'Hôtel-Dieu. Il va bientôt rentrer d'ailleurs, je l'attendais. Il sera surpris de te trouver ici.

— Était-il avec vous hier soir, dans cet appartement ?

— Hier soir… Minute ! C'est à toi de me dire ce que tu faisais là hier soir !

— Je suivais mon ami, Éloïs Bienvenüe, qui enquêtait pour le ministère.

— C'est impossible. Comment pouvaient-ils connaître cette adresse au ministère ? Mon oncle était le seul au courant et il n'avait lui-même été informé du lieu que dans la nuit précédente. Est-ce lui qui vous a appelés ?

— Je ne pense pas. Peut-être ses fameux indicateurs de la nuit d'avant. S'ils lui ont communiqué l'adresse, peut-être l'ont-ils aussi transmise au ministère ?

— On voit que tu ne sais pas de qui tu parles. Ce n'est pas le genre de gars à contacter les services de l'administration. »

Elle était sortie du jeu. Son visage était plus grave. En parlant, elle avait écrasé sa cigarette dans un cendrier de verre dépoli, sous le nez de l'homme barbu sur la photo. Son oncle Gérard ? Elle se redressa, face à Joseph, debout à moins d'un pas, le pistolet tendu au-dessus de la tête.

« Maintenant, tu me dis qui vous a donné cette adresse ou je tire. Tout de suite. »

L'arme était bien plus effrayante orientée vers le plafond, la menace bien plus réelle. Joseph gardait à l'esprit le visage des deux voyous dans la rue. Ils n'étaient pas distants de cent mètres. Ils accourraient en quelques secondes, une minute tout au plus.

« Je ne sais pas, tenta-t-il. Je ne faisais qu'accompagner Éloïs. Je ne connaissais rien de sa mission.

— Je ne te crois pas. Un espion de l'Intérieur n'emmène pas ses amis en balade. Quel rôle jouais-tu là-dedans ? S'il était si anodin, tu me l'aurais déjà avoué. Je t'écoute. Quand j'en aurai assez d'attendre, je tirerai. »

Et puis quoi ? Que risquait-il à dire la vérité ? La vraie. Il risquait qu'elle ne le croie pas et qu'elle le fasse, son trou dans le plafond. S'il ne disait rien, c'est ce qui se passerait, de toute façon.

« C'est un enfant qui m'a donné l'adresse. Il s'appelle Marcel et il est mort.

— Il a été tué ?

— Non. Il est mort il y a deux semaines. La maladie. Et depuis ce temps-là, je discute avec son cadavre chaque fois que je le peux.

— Son cadavre.

— Je suis Saint-Joseph-des-Morts, vous savez. Hier, Marcel m'a parlé du 5 de la rue Galvani. Il y était en compagnie d'autres personnes. Des personnes mortes elles aussi, qu'il appelait des démons. Il me suppliait de l'aider. Cela faisait plus d'une journée que ces *démons* le retenaient devant cet appartement. Celui-là même où nous vous avons trouvés. »

Comme les choses deviennent plus claires quand on les expose à autrui ! Joseph pouvait lire sur le visage de Lucrèce la progression de son raisonnement. À l'évocation de certaines idées, ses lèvres fléchissaient. Au mot « démon », ses yeux s'effacèrent derrière un voile qui absorba leur éclat.

Démon.

« Qui était cet homme, Lucrèce, qui vous a rejoint au milieu de votre machine électrique ? Cet homme qui a fait disparaître Éloïs ? Comment l'avez-vous appelé hier ?

— Tais-toi ! »

Lucrèce avait abaissé le canon de son arme qu'elle pointait maintenant vers le ventre de Joseph. Il sentit une chaleur partir de son nombril et l'engloutir en cercles concentriques. Les traits de Lucrèce montraient la colère, la violence et l'orgueil et, peut-être, au fond du gouffre de ses yeux noirs, la peur.

« Baphomet ! Il s'appelle Baphomet, n'est-ce pas ? insista Joseph.

— Tais-toi, j'ai dit ! »

Le canon s'enfonça dans le gras de son abdomen. C'était sa mort qu'il sentait là, vers le foie. Un peu en dessous. Le pancréas. On meurt certainement, d'une balle dans le pancréas. Et cela doit être douloureux.

Il se tut et regarda ailleurs. Il avait appris cela étant enfant, avec les voyous qui sortaient de sous les ponts. On ne fixe pas dans les yeux quelqu'un que l'on a excédé. Il passe trop de choses dans un regard, des choses que l'on ne veut pas forcément dire.

Le pistolet planté dans le nombril, il retourna papillonner tout autour de la chambre. Les petites bergères du papier peint, habillées comme Marie-Antoinette. Les fleurs de verre autour du miroir aux pétales aigus marqués par les coups de ciseaux d'un verrier vénitien. Le fume-cigarette sur le bord du cendrier, et son brillant, l'estampille de luxe qu'un artisan sans imagination avait incrustée là pour donner de la valeur à un tuyau de corne.

Et puis, le cadre à côté. Cette photo d'un homme à qui l'on n'a jamais appris à sourire et qui ferait mieux de ne pas essayer. Une face aux yeux trop petits qui hurle sa haine des autres. La photo de jeunesse d'un despote à qui manque encore la patine des révolutions et des exécutions sommaires.

« Cette photo... » Joseph laissa filer son idée sans la

retenir. « Cette photo, c'est Lénine ! Le révolutionnaire. Que fait-il ici ? »

Lucrèce le fixait trop intensément pour qu'il pût regarder ailleurs. Il revint aux deux gouffres noirs. Ils avaient tellement changé depuis l'oreiller. Comme un regard peut basculer au gré de quelques touches insignifiantes ! Un mouvement des sourcils, peut-être, un muscle minuscule, un défaut infime dans la focalisation des pupilles. Lucrèce avait peur. C'était écrit dans ses yeux. Maintenant, elle pouvait tirer et crever le ventre de ce curé qui en savait trop. Ce n'était plus qu'une question de secondes, qu'une contraction de l'index.

Il y eut un *clac*. Un bruit violent et sec. Joseph n'avait pas idée du son que produit une arme à feu. Mais ce clac-là ne venait pas de son ventre. Il venait de dehors. Du jardin.

Rapidement, il fut suivi d'une autre détonation puis d'un chapelet de trois. Une pétarade comme au 14 Juillet, qui donne envie d'aller voir à la fenêtre.

Lucrèce recula, le pistolet toujours tendu vers Joseph et écarta le volet.

« Qu'est-ce qui se passe ? Ça canarde dans le jardin ! Tu n'es pas venu seul, curé ?

— Non, pas du tout, bégaya Joseph qui ne voyait plus que le pistolet. Je ne comprends pas.

— Tais-toi ! On ne doit pas rester ici ! »

Joseph n'avait plus rien à dire. Pas son monde. Pas sa vie. Il n'avait pas le vocabulaire. Il suivrait le mouvement.

Mais Lucrèce ne se précipitait nulle part. Un coup d'œil dehors, puis un vers Joseph. Une manière de réfléchir en s'imprégnant des données du problème. Où alors les signes de la panique qui précèdent le sauve-qui-peut.

Dehors, la pétarade ne s'interrompait plus. C'était donc ça, le bruit de la guerre ? Depuis une chambre de jeune fille, cela n'avait rien d'impressionnant.

« Ils approchent. Il y a déjà deux cadavres. C'est du sérieux. »

Du sérieux, peut-être, mais pas assez encore pour déclencher une réaction de Lucrèce. Un œil dehors, un œil sur Joseph. Un regard qui perd pied.

Puis soudain, une sonnerie retentit au rez-de-chaussée. La sonnerie agressive et métallique d'un gros réveil de cuivre. Drôles d'assaillants qui sonnent à la porte, pensa Joseph.

« Le téléphone, cria Lucrèce. C'est mon oncle ! Je dois répondre !

— Mais nous sommes attaqués !

— Peu importe. Je réponds. Et puis, le téléphone est sur le chemin de la sortie. Passe devant ! »

Elle agita le canon pour lui montrer. Il s'engagea sur le palier puis, pas après pas, il descendit l'escalier. Le pistolet derrière, les claquements de la bataille rangée devant, il n'aimait pas du tout cette idée de jouer les éclaireurs. Qu'un mauvais garçon apparaisse en bas de l'escalier et il deviendrait le bouclier derrière lequel Lucrèce s'abriterait.

À chaque sonnerie, Joseph espérait qu'il n'y en ait pas de suivante. L'horrible trille métallique s'interrompait sur un écho aigu qui, s'envolant, laissait revenir le bruit de fond des cris et des détonations du jardin, quelques pas plus proche que la fois précédente. Alors Joseph retenait son pied pour prendre le temps d'évaluer la provenance des tirs, la configuration de la bataille. Mais le tocsin strident hurlait à nouveau et Lucrèce le poussait pour une volée de marches supplémentaires.

Ils étaient arrivés au bas de l'escalier, le téléphone sonnait toujours.

« Par là ! » souffla Lucrèce en le projetant vers l'odeur d'encens.

Entre les lattes des volets, le soleil dévoilait une pièce en longueur où s'entassaient des objets, de toutes tailles et de toutes formes, aux reflets de bois, de verre ou de métal, l'atelier d'un artisan prolifique parti en ville chercher à qui écouler son fourbi. Il y avait même des bougies sur le sol qui formaient un grand cercle.

La sonnerie se cachait sur la droite mais Joseph n'apercevait pas l'appareil.

« Tu ne bouges pas et tu te tais. »

Lucrèce passa devant lui.

« Allô ? »

Puis elle ne dit plus rien. Le silence. Un silence qui signifiait qu'à l'autre bout du câble de cuivre on avait beaucoup à lui dire ; mais qui témoignait aussi qu'à l'extérieur les hostilités avaient cessé et qu'un des deux camps avait fini par l'emporter. L'esprit de Lucrèce avait abandonné son corps pour se concentrer sur ce qu'on lui disait là-bas, à l'autre bout du fil. Elle s'était pétrifiée en décrochant le combiné.

Puis quelqu'un cria depuis la cuisine. Une langue étrangère qui informait ses compatriotes qu'elle rentrait par-derrière ou alors qu'elle allait tuer tout le monde, d'après ce que laissait deviner le ton cinglant. Une langue pour hommes, une langue de l'Est. Du russe à n'en pas douter, c'était dans la logique des choses.

Puis des pas qui avancent sans trop hésiter, en terrain conquis.

Puis une silhouette qui sort de la cuisine et se plante en bas de l'escalier.

Joseph n'avait pas cherché à se cacher. Lucrèce non plus. L'homme les perçut et lança une sommation, ou une phrase russe qui sonnait tout comme. Joseph se tourna vers Lucrèce. Il n'avait pas envisagé de lever les bras ni de faire quoi que ce soit d'autre. En tant que bouclier, ce n'était pas son rôle de décider. Mais Lucrèce se tenait toujours immobile, privée d'élan vital depuis qu'elle avait décroché ce téléphone.

Puis, l'oreille affûtée par l'urgence, Joseph finit par percevoir la tonalité continue qui s'écoulait du combiné en une note laminaire. Il n'y avait plus personne de l'autre côté de la boîte électrique. Que se passait-il soudain ? Lucrèce, l'indomptable harpie de l'instant d'avant, avait donc jeté l'éponge ? Son bras droit pendait sans force, alourdi par le pistolet.

Et, dans le dos de Joseph, la patience du Russe s'envolait à grande vitesse. Bientôt, il lui prendrait l'envie de frapper, de tirer ou d'appeler les renforts.

Joseph plongea vers l'avant, vers le pistolet dans la main de Lucrèce. Au premier pied posé sur le sol, une détonation dans son dos, à couper le souffle, à disloquer les tympans. Devant, Lucrèce poussa un cri, le jappement bref d'une jeune fille surprise par une araignée. Au deuxième pas, Joseph saisit le pistolet alors que le corps de Lucrèce s'effondrait dans les ombres.

Puis Joseph engagea son doigt sur la détente et pressa en fermant les yeux. La rigidité du mécanisme le surprit. Il contracta l'index puis y ajouta son autre main et libéra enfin la première détonation, vers le Russe. Et à peine un ressort avait-il rappelé son doigt qu'il appuyait de nouveau. Il ne voulait plus arrêter, se sentant invincible derrière son mur de bruit.

Alors, il tira encore et encore, pivotant chaque fois un peu plus vers l'escalier, vers la cuisine, vers le danger qu'il voulait ainsi nettoyer à coup d'ondes sonores.

Après six coups, l'engin décida de se taire. Joseph fit un dernier tour de barillet pour calmer ses nerfs et marqua une pause.

« Joseph ?

— Lucrèce ? Tu n'as rien ?

— Si, je suis blessée. Mon bras. J'ai très mal. Mon Dieu, je saigne.

— Il faut partir d'ici. »

Il la releva à tâtons et la traîna vers la cuisine. Il ne connaissait qu'un seul chemin ; le mur, le jardin et le salon d'hiver de madame Montescourt. Tiens ? Le nom lui était revenu. Le bon côté de la panique qui réveille les neurones engourdis.

Ils enjambèrent le corps du Russe, qui ne semblait plus en état de prendre sa revanche. Tu ne tueras point, se souvint Joseph. Il avait pourtant toujours pensé que ce commandement était de tous le plus simple à respecter. Tellement plus abstrait que de ne pas convoiter le bien d'autrui.

Qu'avait-il encore fait ? Cesserait-il un jour de sombrer ?

Il accrocha le revolver à la main de Lucrèce. Il ne voulait plus avoir affaire avec ce genre d'engin. Et puis, de toute façon, celui-ci était vide et ne ferait qu'entraver ses mouvements. Par réflexe, les doigts de Lucrèce s'accrochèrent à la crosse.

Dehors, il la traîna à travers les buissons vers le fond du parc. Les autres Russes n'étaient pas là. Sans doute de l'autre côté de la maison. Ce n'est qu'au pied du mur que les claquements reprirent dans leur dos. Il préféra passer le premier, puis d'en haut, il saisit Lucrèce comme il pouvait. Le sang inondait son chemisier de satin, polluant d'une mélasse noire la totalité de sa manche jusqu'au haut de son pantalon. Elle cria, s'entortilla autour de son bras valide que Joseph étirait maladroitement. Puis un nouveau claquement et le mur à moins d'un mètre cracha une gerbe de poussière et de gravillons. Joseph tira le bras sans ménagement et ils basculèrent tous deux dans les hortensias de madame Montescourt.

Il ne restait plus qu'à traverser le salon d'hiver dans les *Mon Dieu* de la petite veuve en noir et les imprécations de son majordome.

Au soleil de la rue, ils pointèrent vers le bois de Boulogne qui, faute de mieux, symbolisait le havre auquel aspirait leur instinct de gibier. Même à la lumière du jour, Lucrèce affichait une effrayante pâleur, la même beauté de porcelaine que les victimes du grand magasin sous les linceuls de l'Hôtel-Dieu.

En vue de la première pelouse qui menait au bois, elle s'arrêta.

« Joseph. »

Elle était essoufflée et parlait faiblement. Elle avait à la fois perdu dix ans et gagné quarante. Ses yeux délavés et sa peau livide étaient ceux d'une petite fille déjà accablée par une vie trop longue.

« Joseph. Au téléphone. Ils m'ont dit que mon oncle est mort ce matin. »

Puis elle marqua un long arrêt. Joseph revint sur ses pas pour mieux l'agripper par la taille. Le bois était si proche qu'il pouvait sentir l'odeur de la terre. Un petit effort et ils seraient à l'abri.

« Joseph. Je crois que c'est moi qui l'ai tué. »

Il la serra plus fort et l'entraîna sous les premiers arbres.

XVII

Faute de mieux, le colonel Mazars s'était donné comme repère ce grand bâtiment à l'entrée de la rue de Maubeuge. Et, depuis plus d'une demi-heure, il suivait la lente descente du soleil qui, enfin, venait effleurer sa plus haute cheminée. Le moment d'agir était donc venu.

Vous commencerez le plus tard possible, lui avait ordonné la présidente. Mazars détestait ces consignes imprécises, ces amphigouris de civils incapables d'assumer la responsabilité d'un commandement net et sans ambiguïté. C'est avec des ordres comme celui-là qu'on amène les Allemands aux portes de Paris ! *Le plus tard possible*... On y était semblait-il. Dans vingt minutes, il n'y aurait plus suffisamment de lumière du jour pour que la foule apprécie pleinement sa reprise à la russe. La présidente lui avait demandé une simple présentation des armes, il répondait par une création originale qu'il voulait offrir au tsar comme la démonstration éclatante de la finesse et du bon goût de la cavalerie française.

Un tsar qui n'était même pas encore là. Tout fout le camp !

Il raidit la nuque, tira son sabre et salua la foule massée devant la grande verrière de la gare du Nord. Il y avait là tout le peuple de Paris. Les sans-nom, les braves gens, tous ceux qui n'avaient pas mérité le privilège d'être invités à l'intérieur, au bord des quais. Une longue farandole de soldats du 117e de ligne barrait, l'arme au pied, l'accès au saint des saints. Restait à Mazars un public de Parisiens curieux, avides d'apercevoir la silhouette de l'empereur, de l'impératrice ou d'une quelconque autre figure exotique dont le souvenir alimenterait les repas de famille pour quelques années. Il y en avait partout, sur le toit des tramways immobilisés pour la soirée, en haut des réverbères, à toutes les fenêtres de la rue que certains avaient louées pour une grosse somme.

La fanfare de la Garde républicaine attaqua les premières mesures de la *Marche solennelle* de Massenet dans un cliquetis d'étriers et de cuirasses polies. En face, le rang des hussards ne broncha pas. Alors que les rangs français se mettaient en branle sous les applaudissements, la Russie gardait le silence. Le chef du protocole Barsky l'avait prévenu, ils ne feraient rien en l'absence du tsar. Tant pis pour eux. Car même si eux aussi répétaient depuis le début de l'après-midi, ils se contenteraient d'avaler en simples spectateurs le triomphe de la garde française. La présidente Desnoyelles avait bien des défauts mais, cette fois-ci, elle avait été ponctuelle.

Le tsar, quant à lui, traînait son convoi d'apparat quelque part au sud de Compiègne où il avait été signalé plus d'une heure auparavant. Le monarque avait voulu démontrer l'avance technique de son empire en transportant par mer cinq wagons de transsibérien jusqu'à Dunkerque.

Le train illustre, tout le monde le savait, regorgeait de tables en cristal de l'Oural, de services d'onyx et de tentures bordées de castor du Kamtchatka. Les mêmes bibelots, disaient les mauvaises langues, qui avaient déjà été servis aux Français lors de l'Exposition universelle. Des trésors, ajoutaient les grincheux, que l'impératrice Alexandra payait avec l'argent de l'emprunt russe. Ainsi dans la foule impatiente se rejouait la subtile alchimie française qui sait si bien mêler le dénigrement à l'admiration. Une cohue à la fois naïve et cynique dont les rêves de steppes restaient pour l'heure bloqués on ne savait où, entre deux aiguillages, sur les bords de l'Oise.

À l'intérieur de la gare, sous la grande verrière étincelante de lumière électrique, le quai central avait été recouvert de velours rouge comme une artère puissante qui mènerait le convoi impérial jusqu'à la délégation française regroupée sous un petit chapiteau. Derrière, rangés dans un carré de chaises dorées, se tenaient sagement les officiels ; les ministres du gouvernement, les médaillés, civils et militaires, les méritants, les généraux sévères, curieux de jauger sur pied le fameux Protecteur de la paix européenne et les gens bien nés venus là comme en famille pour accueillir un lointain cousin. Puis, vers l'arrière, les industriels et les marchands, les hommes en noir, tous pareillement vêtus d'une redingote et d'un haut-de-forme, les investisseurs en tout genre soucieux de se rappeler au bon souvenir de leur plus gros client. On avait repoussé les journalistes autour, leurs volumineux appareils de photographie perchés sur des échafaudages. Leurs images feraient l'Histoire, des artistes en tireraient des huiles magistrales. Les plus modernes dans l'assistance avaient déjà compris que, le moment venu, il s'agirait d'être bien placé, pas trop loin de madame Desnoyelles.

« Ah ! vous voilà enfin ! pesta la présidente pour saluer l'arrivée sur l'estrade du préfet Lépine.

— Veuillez m'excuser, madame, mais la journée a été riche en incidents…

— Ça tombe bien, la république vous paie justement pour résorber les incidents.

— Oui, madame. Bien sûr. L'empereur Nicolas n'est pas encore arrivé ?

— Vous avez de la chance. Il est plus en retard que vous. »

Le préfet sortit de sa poche un grand mouchoir à carreaux dont il s'épongea le front en cherchant son souffle. Ce faisant, le sourcil dressé, il analysait la scène comme un policier le théâtre d'un crime. Les rails déserts, les banderoles, les cocardes, le silence, l'écho fantomatique de la fanfare de la Garde républicaine, dehors.

Et puis le long ruban rouge incroyablement vide à l'exception des deux silhouettes au garde-à-vous. Le petit fonctionnaire Cherkasov et le géant au front bombé en carapace de tortue, le comte Vasilyev, droits comme des I depuis sûrement plus d'une heure.

« L'état-major de l'Okhrana au grand complet ! attaqua-t-il à grand renfort d'accent lyonnais. Alors, c'est ça le comité d'accueil du tsar ?

— Vous avez raison, Lépine, drôle de symbole.

— L'Okhrana est partout, madame. Il y a certainement plus d'agents russes en civil dans la foule qui nous entoure que de citoyens français.

— Depuis les événements de 1905, c'est devenu une maladie, vous le savez bien. Ces Russes ont besoin de tout infiltrer pour se sentir en sécurité. Tant que vous les gardez à l'œil, laissez-les faire. Ça les rassure.

— Sachez aussi, madame, qu'ils ont pris place dans les tunnels du métropolitain.

— Déjà ? Mais alors, ils vont y passer la nuit ?

— Il semblerait, oui. Ils ont investi la station Champs-Élysées, qui est fermée depuis ce matin. Il paraît même qu'ils en ont chassé les ingénieurs de la Régie des transports.

— *Il paraît ?* Dites donc, Lépine, je vous paie pour que vous me rapportiez des faits, pas des ragots.

— C'est que… madame la présidente, mes hommes n'ont pas accès au réseau souterrain. Vous vous êtes engagée auprès du comte Vasilyev. Nous avons cédé notre métropolitain à l'autorité russe pour ces deux jours.

— Foutaises ! Vous me décevez, Lépine ! Prenez donc modèle sur les méthodes de l'Okhrana. Les officiers de la police française ne peuvent-ils pas aussi se glisser en toute discrétion dans les rangs de nos amis russes ? Vous connaissez les couloirs du métropolitain mieux qu'eux, que je sache !

— Sur le terrain, la situation est plus délicate, madame la présidente. Nos chers alliés prennent leur mission à cœur et refoulent nos gendarmes au nom de l'accord qu'ils ont scellé avec vous hier. J'ai estimé que l'affaire ne valait pas un incident diplomatique et je n'ai pas insisté.

— Eh bien, vous avez eu tort, Lépine ! »

La présidente avait tapé du talon sur l'estrade du chapiteau. Elle s'était brusquement raidie, les poings et la mâchoire contractés, bouillonnant derrière la rigueur froide d'un manteau d'astrakan à col droit. Elle n'avait que faire du spectacle qu'elle offrait à la foule, à ces centaines d'yeux curieux qui n'avaient rien d'autre à regarder que leur présidente sur son estrade, son aplomb, ses colères et l'irrévérence de ses cheveux tirés jamais coiffés d'aucun chapeau.

« Je ne comprends pas, madame. Quelque chose vous inquiète ?

— Oui ! Quelque chose qui devrait vous inquiéter aussi si seulement vous faisiez correctement votre travail ! »

Le préfet garda le silence. Ce n'était malheureusement que le jeu banal d'une discussion de travail avec la présidente.

« Eh bien, figurez-vous, Lépine, que le quartier général de la Horde d'Or, à Montreuil, a été victime d'une attaque ce matin et que le Grand Khan est actuellement en fuite sans que personne sache où il a pu se réfugier.

— J'étais au courant, madame.

— Et vous ne m'en avez pas avertie ? »

Elle s'était écartée, l'index tendu vers son visage et le fixait par en dessous comme au peloton d'exécution.

« Je…, bégaya-t-il en lissant la pointe de sa barbe. Je n'ai pas jugé cette information prioritaire dans le contexte de la visite du tsar.

— Eh bien vous auriez dû !

— Je ne comprends pas. »

Victoire Desnoyelles fit un pas vers lui pour continuer un ton plus bas, les dents serrées.

« Ce n'est pas à un policier comme vous que je vais apprendre qu'avant d'enfermer un truand dans une cage, il faut toujours se demander s'il ne vous est pas plus utile dehors. Et vous savez fort bien que la Horde du Grand Khan a su nous rendre des services quand il fallait. »

Après la barbe, le préfet se caressa la moustache en regardant ailleurs, loin, tout au bout du quai de velours rouge. Desnoyelles était une femme pragmatique. Trop. Beaucoup trop pour son romantisme de Lyonnais qui n'avait pas oublié ses débuts, sa vocation, ses rêves d'ordre, de flics intègres et de malfaiteurs que l'on envoie se faire trancher à la guillotine.

Puis ses yeux s'accrochèrent aux rails toujours vides et remontèrent jusqu'à eux, jusqu'à cette présidente en astrakan qui le toisait. Avec un peu de salive, il ravala son indignation.

« Avions-nous un… *accord* avec le Khan ?

— C'est encore plus simple que cela. Disons que je m'étais arrangée pour que le Grand Khan s'engage à ce qu'il n'arrive rien de fâcheux à Nicolas II dans les couloirs du métropolitain.

— Mais vous parlez de l'homme qui est responsable de l'attentat du Bazar de l'Hôtel de Ville !

— Ça suffit, Lépine ! Il sera toujours temps de confronter nos méthodes quand Sa Majesté sera rentrée à Moscou. En attendant, la promenade souterraine s'emmanche bien mal.

— Vous pensez que l'Okhrana ne peut assurer seule la sécurité de son souverain ?

— Si, peut-être. Mais c'est une question de responsabilité. Imaginez qu'un attentat se produise sur notre sol. Les Allemands s'en frotteraient les mains ! Et puis…

— Et puis ?

— Et puis cet intérêt soudain du tsar pour notre train métropolitain m'inquiète. Cette technologie est-elle à ce point exceptionnelle que l'empereur brave le risque d'attentat pour la visiter ? Le courage n'est pourtant pas sa qualité première. Ça ne lui ressemble pas. Je comptais bien sur le savoir-faire des hommes du Khan pour soutirer aux agents russes quelques petits secrets. La Horde dispose de moyens d'action que la police française, à juste titre, s'interdit…

— Alors, que faisons-nous, madame ?

— Je n'en sais rien. Mais on ne peut pas perdre la main. D'autant que je vous rappelle que j'accompagnerai le tsar demain et que je commence à craindre que ce soit moi l'étrangère au milieu de tous ces Russes ! Dites-moi donc ce que vous savez à propos de cet assaut contre la forteresse du Grand Khan. Je n'ai moi-même pas plus d'éléments.

— C'est le fait d'un seul homme. Un tueur qui aurait tenté d'assassiner le Khan.

— Qui donc peut simplement croire être capable de tuer le Khan ?

— Ses ennemis sont nombreux.

— Mais aucun n'est assez insensé…

— L'assassin venait bien pour le Khan. Il a exploré systématiquement toutes les pièces de la place forte avant de découvrir sa victime. Rien d'autre ne semblait l'intéresser que de débusquer le Khan et l'éliminer.

— Vous êtes bien informé, Lépine.

— Mes contacts sont rompus aux vieilles méthodes de la police française. »

Elle sourit. Il continua.

« En fin de compte, l'affaire n'a fait qu'une seule victime. Un dénommé Gérard Encausse qui se trouvait dans le bureau du Khan au moment de l'assaut.

— Papus ? Mon Dieu, Papus est mort… »

Le préfet comprit immédiatement qu'il venait sans le vouloir de toucher la présidente au cœur, tout au fond, derrière le masque et la carapace. Elle avait porté la main à la bouche, le poing fermé contre les lèvres. Un besoin de repli sur soi, diagnostiqua-t-il ; sentir l'odeur de sa propre peau, s'isoler pour réfléchir ou, simplement, pour encaisser, loin des autres. Elle avait brusquement rétréci dans son grand manteau.

« En êtes-vous certain ? souffla-t-elle sans relever la tête.

— Oui, madame. Le corps de monsieur Encausse est resté là-bas, sous le contrôle des hommes de la Horde. Mais je peux vous assurer qu'il s'agit bien de lui. Mes indicateurs sont fiables. »

La présidente Desnoyelles avait fermé les yeux. Elle prit une profonde inspiration qu'elle relâcha bruyamment sur ses doigts toujours pliés contre ses lèvres.

« Et ce n'est pas tout, madame. Apprenant l'affaire,

j'ai cru bon de dépêcher quelques hommes au domicile de ce Papus, comme il se fait appeler.

— Eh bien ?

— La villa a été prise d'assaut par une bande armée pratiquement au même moment que l'attaque de Montreuil. Des hommes de la Horde qui gardaient l'enceinte ont été tués dans la fusillade. Seule la nièce de ce monsieur Encausse était présente. Elle aurait survécu mais elle est blessée et serait actuellement en fuite.

— Lucrèce ! laissa échapper la présidente en ouvrant les yeux.

— Vous la connaissez ?

— Un peu, oui… Continuez.

— J'ai de bonnes raisons de penser que les hommes qui ont réalisé cette opération étaient de nationalité russe.

— Des Russes ? Vous êtes sûr ?

— Pratiquement.

— De quel bord ? impérialistes ? révolutionnaires ?

— Il s'avère que la jeune fille est une sympathisante de la cause révolutionnaire. Alors tout est possible.

— Ces attaques peuvent être liées à la visite du tsar ?

— C'est ce que j'ai pensé aussi, madame. Mais aucun élément ne nous permet d'étoffer cette hypothèse. »

La présidente fit un pas en arrière, pivota vers la foule, croisa les bras, avant de revenir brusquement en face du préfet. Comme si son corps avait eu besoin de mouvement pour dissiper une bouffée d'angoisse. Ou alors un surplus d'énergie, le résidu trop chaud de ses cogitations.

« Et quoi d'autre, Lépine ? Allez-y, je vois bien à votre tête qu'il vous en reste !

— Oui, madame, ce n'est pas tout. J'ai creusé, vous savez, c'est mon métier…

— Je vous écoute.

— Cet Encausse était fiché aux Affaires implexes. J'ai donc contacté le ministère concerné. C'est la procédure.

— De France ? Bien sûr ! Vous avez bien fait. Mais où est-il, l'animal ? Je lui avais pourtant demandé de venir accueillir le tsar avec nous.

— Il ne viendra pas. Lui aussi a subi une agression aujourd'hui même. Mais rien de grave cette fois. Juste quelques côtes froissées. Il sera là demain pour la visite du métropolitain.

— Que lui est-il arrivé ?

— Au ministère. Place Beauvau. Il interrogeait un implexe du nom de Loneux arrêté la veille dans une affaire de voies de fait sans importance. Un complice, implexe lui aussi, s'est introduit dans son bureau, l'a menacé d'une arme, frappé, jeté au sol avant de s'enfuir avec son comparse.

— Bon. Ça n'a pas l'air si grave. Nous verrons cela plus tard. Tant que cela n'interfère pas avec nos histoires de Russes…

— Nous n'en sommes pas si loin, malheureusement.

— Précisez.

— C'est un peu compliqué. Lors de l'altercation, une jeune fille était présente. Mademoiselle Bienvenüe, la fille du grand Fulgence. Ce qui relie l'affaire au métropolitain et, par là, à la visite du tsar.

— Le lien est ténu, vous me l'accorderez.

— Pas tant que ça si vous ajoutez que le frère même de mademoiselle Bienvenüe, le fils donc de l'ingénieur en chef du métropolitain, un jeune homme qui travaille au service du ministre de France à collecter des informations sur les implexes les plus sensibles ; eh bien, ce jeune homme a disparu la veille et n'a toujours pas donné de nouvelles à l'heure qu'il est. Enlevé, sans doute.

— Cela commence effectivement à faire beaucoup

de coïncidences, lâcha la présidente après un temps de réflexion.

— Et le policier que je suis n'aime pas les coïncidences, madame. Ce foutu métropolitain, si vous me pardonnez l'expression, semble attirer les truands, les implexes et les Russes comme des mouches sur une assiette de miel. Et par un concours de circonstances qui me paraît de plus en plus louche, il se trouve que c'est là le seul endroit de France où mes hommes ne peuvent plus mettre les pieds. »

La présidente était redevenue elle-même. Droite à l'excès, le port d'un soldat, le regard froid. Son corps avait assimilé les mauvaises nouvelles et se tenait prêt à repartir au combat.

« Vous devez à tout prix reprendre le contrôle de ces tunnels, Lépine ! Envoyez vos meilleurs hommes aux Champs-Élysées. Il se passe quelque chose. Mais n'en venez pas aux mains. Je compte sur votre finesse. Les Russes sont nos alliés, ne l'oubliez pas. Les Allemands seraient bien trop heureux d'apprendre que nous nous sommes fâchés pour une vulgaire affaire de métropolitain. Et en ce qui concerne les implexes, gardez ça pour plus tard. Ce n'est pas votre priorité. Et puis, de France s'en occupera. »

Le cri strident d'une chaudière qui se relâche et les premières notes du *Bojé, Tsaria khrani* mirent fin à la discussion. La locomotive était là qui arborait l'aigle à deux têtes tenant d'une patte le sceptre et de l'autre le globe à croix grecque. Le tsar était arrivé et la présidente ne l'avait pas entendu venir.

Dans la foule, on agitait les hauts-de-forme et les fanions. Sur le quai, les premiers chasseurs avaient sauté du train tels des garçons de piste préparant le cirque avant le premier numéro.

La gare tout entière marqua une pause, le temps que la vapeur se dissipe. Puis une porte s'ouvrit dans le flanc du deuxième wagon et la procession débuta comme une sortie d'église.

D'honorables barbus déguisés en poupées russes se répandirent d'abord sur le quai en une mosaïque vivante de chapes et de dalmatiques colorées. Suivirent les icônes, les reliquaires, les croix et, semblait-il, tout ce que le train pouvait contenir d'objets brillants. La présidente réprima un sourire. Pas le moment de s'abandonner au second degré. Le public ronronnait de satisfaction. Devant, Cherkasov et Vasilyev affichaient l'air solennel des fonctionnaires heureux.

Le cortège s'étira ainsi en une longue file qui paraissait vouloir rattacher l'estrade présidentielle au train du tsar. En tête, un pope amena le pain et le sel sur un coussin de soie.

Puis, du fond de la gare, un grondement s'éleva par-dessus les hymnes russes de la fanfare. D'abord le martèlement désordonné d'une grosse pluie d'été, une superposition erratique de chocs sourds qui, peu à peu, cherchait sa cohérence. Puis, imperceptiblement, le chaos sonore devint rythme et la gare entière sembla battre à l'unisson des coups de mille sabots étouffés par le velours. Deux pleins wagons de cuirassiers et de chasseurs à cheval formaient maintenant leurs files clinquantes de cuivre et de fer, de plumeaux colorés et de robes lustrées.

Dans les tribunes lointaines, on applaudit. Et, comme un ressac, la ferveur déferla jusqu'aux invités, à la tribune, balayant les retenues et les sobriétés. Certains même se levèrent, emportés par l'enthousiasme.

« Vingt-cinq ans de république ne pourront jamais lutter contre cinq siècles d'autocratie, commenta la présidente. Regardez-les, Lépine, il faut avouer qu'ils y mettent du panache ! La France s'est payé un grand gars pour la défendre. Voyez ! Même nos généraux sont debout pour les acclamer. C'est dire s'ils sont soulagés de pouvoir tâter les biceps de ce providentiel coéquipier. Les militaires sont comme les oiseaux de paradis, ils se jaugent aux couleurs, à l'éclat et à la perfection de leur pas de danse. »

Le rang des religieux s'était scindé en deux pour former une allée magistrale qu'encadraient les cavaliers. Chacun avait trouvé sa place dans un tableau parfait qui comblerait les photographes. Il ne manquait plus que le sujet même de la composition, le point focal.

La fanfare cassa le rythme pour basculer dans le solennel. La rupture de ton suffit à faire taire l'assemblée. Il ne resta, derrière la musique, que l'étrange palpitation des fanions que la foule agitait avec frénésie, sans un mot, sans un hourra.

De la voiture de tête sortirent les cosaques de la garde personnelle du tsar Nicolas. Les fameux manteaux rouges que tous les curieux attendaient. Les barbes carrées, les torses bardés des deux rangées de cartouchières, les bottes cirées et les sabres, tout simples, pendus prêts à servir. Les hauts bonnets d'astrakan, enfin, l'inévitable symbole du froid des steppes.

« J'aurais dû mieux choisir ma tenue, sourit la présidente en lissant des mains la fourrure bouclée de son manteau. On me dirait habillée de bonnets de cosaques. J'espère que le tsar n'y verra pas offense !

— Le voilà ! » coupa le préfet.

C'était enfin Nicolas II, en grand uniforme de colonel de la Garde des grenadiers. Il semblait si jeune ! Élancé, droit, presque calme, tellement gracieux parmi sa demi-douzaine de soudards habillés de gros drap. À mesure qu'il approchait, la présidente découvrit ses yeux tranquilles, sa barbe claire et cette moustache qui lui dessinait un sourire mystérieux.

Lépine interrompit le charme d'un coup de coude discret.

« Je ne vois pas l'impératrice Alexandra. Serait-il venu seul ?

— S'il y a quelqu'un qui doit le savoir, c'est bien vous, Lépine.

— Pas du tout, madame. Je vous rappelle que le comte Vasilyev ne nous a jamais remis la liste des invités que nous demandions.

— Comment ça ? Vous ne savez pas qui le tsar a amené dans ses bagages ?

— Non. Et je croyais que, naturellement, l'impératrice participait au voyage.

— Elle est peut-être restée dans le train.

— Ce serait contraire au protocole.

— Regardez ! Les invités commencent à suivre. Ouvrez les yeux ! C'est le moment de compléter votre liste. »

Dans le respect d'une distance convenable avec leur souverain sortirent les premiers gradés. Des généraux classés par ordre du nombre de médailles, à moins que ce ne soit par âge, au point que les premiers sortis, marchant avec difficulté, imposaient à l'ensemble de la colonne une allure de sénateur.

Les militaires formèrent ainsi un peloton bigarré composé de toutes les armes et de toutes les ethnies que pouvait mobiliser un tel empire. Puis une pause, un trou dans la ribambelle qui attira l'attention de la présidente. Comme par jeu, elle se demanda quel serait le prochain tableau de la procession.

Le wagon accoucha d'un homme trop grand pour le cadre de la porte. Pas un homme, une ombre. Celle d'un paysan des confins de la Sibérie, une carrure robuste et noire qui traînait comme une cape son manteau de berger, rustre au point de paraître sale. Sa tête était nue. Il portait les cheveux longs, plaqués de part et d'autre d'une raie centrale par de la graisse ou de la crasse. Le bas de son visage disparaissait sous une barbe laissée sauvage, une barbe d'ermite aussi sombre que ses cheveux. De l'ensemble ne ressortait que son regard. Deux points bleus, clairs sur une peau blanche, dans ce cadre de fourrure animale.

« Qui est cet homme, Lépine ?

— Il s'agit sans erreur possible de monsieur Grigori Raspoutine, madame.

— *Monsieur ?* Il ne mérite pas cette politesse. Comment le tsar a-t-il osé me ramener ce sorcier dépravé ? Il est hors de question que j'aie à saluer cet individu. Faites le nécessaire, Lépine. Sur-le-champ ! »

Le tsar n'était plus qu'à quelques mètres quand le préfet Lépine fila à l'anglaise, à moitié courbé dans la foule des invités.

« Madame la présidente, veuillez accepter les hommages solennels de la sainte Russie, de son Église, de son peuple et de son souverain. »

Nicolas lui baisa la main et la garda un instant entre ses doigts avec un sourire aimable.

« Majesté, au nom de la République française, je vous souhaite la bienvenue », répondit Victoire sur le même ton.

Ils n'étaient que deux sur l'estrade. Les militaires, les religieux, les ministres et les capitaines d'entreprise entouraient au coude à coude l'étroit podium où la présidente savourait l'instant, loin du brouhaha, des hymnes et des applaudissements.

C'était pour cela qu'elle avait tant payé. Pour vivre ailleurs, par-dessus les nuages, au panthéon des figures historiques, au sommet de l'humanité. Lépine n'existait plus. Ni même Raspoutine, ni même le Khan en fuite, Papus assassiné ou Lucrèce, terrée quelque part, une balle russe dans le corps. Sa propre fille.

Ce que Nicolas avait gagné par son sang de Romanov, elle, elle l'avait gagné par le sang des autres. Alors, plus que lui encore, elle avait mérité le droit d'être ici, sous les regards de son peuple, sur les photographies des journalistes, dans les livres d'histoire.

« Je ne suis plus habituée à attendre sur les quais de gare, osa-t-elle plaisanter.

— J'implore votre indulgence, madame, s'amusa-t-il. Je déteste froisser la patience des femmes.

— Vous êtes pardonnée, Majesté. »

Elle lui sourit comme une jeune fille.

La suite ne fut que l'interminable défilé des compliments. Le tsar remit à la présidente les insignes de Saint-André, auxquels elle répondit par une gerbe de bruyères, la fleur préférée de l'impératrice, dans un vase d'argent portant sur une face les armes impériales et sur l'autre celles de la ville de Paris. Le présent trop féminin tombait à plat en l'absence de la souveraine mais personne ne s'en offusqua. Ensuite, chaque invité des uns se fit un honneur de présenter son salut aux invités des autres. Avec le nombre, la combinatoire entraîna la cérémonie jusqu'à une heure avancée.

À l'écart, Lépine s'affairait encore à démêler les petits secrets de la délégation russe. De son chapiteau, la présidente ne le voyait plus. Rapidement, il conversa avec Cherkasov et Vasilyev, entre professionnels, sans agitation inutile. Puis les trois hommes filèrent droit sur Raspoutine, encore loin du chapiteau présidentiel. Deux mots à peine et le petit groupe disparaissait au loin, par l'arrière de la gare. Le sorcier de Sibérie s'en allait comme il était venu. Comme une ombre. Et la cérémonie fila sans plus d'incident.

Le tsar ne sembla pas relever qu'un invité manquait à sa suite. Comme si cela ne comptait pas. Ou plutôt, comme si l'accroc, et le reste du protocole, avait été anticipé et réglé à l'avance.

Victoire Desnoyelles ne retrouva le préfet que très tard, une fois retournée à sa voiture.

« Où est Raspoutine ?

— Nous l'avons accompagné chez une connaissance. Une disciple, devrais-je dire. Une vieille duchesse russe qui a son immeuble du côté de Montmartre. Il n'a opposé aucune résistance. J'ai posté des hommes devant le bâtiment.

— Bien.

— Des hommes de l'Okhrana nous ont suivis pendant tout le chemin. D'autres attendaient déjà chez la vieille dame. Raspoutine est mieux protégé que le tsar.

— Raspoutine n'est pas un anonyme. C'est le mauvais ange du couple impérial. Et qui plus est, un opposant farouche à l'occidentalisation du régime. Son ascendant sur le tsar est considérable. Il n'est pas venu par hasard. Vous ne devez pas le lâcher.

— Je ferai le nécessaire.

— Oui. Et vous avez la nuit pour reprendre le contrôle du métropolitain. La visite commence demain matin, à dix heures. Faites ça en douceur. Je compte sur vous.

— Bien, madame.

— Et puis… si vous avez des nouvelles du Grand Khan, informez-moi immédiatement. Faites-moi réveiller si nécessaire.

— Tous mes moyens sont déjà en alerte. Nous ferons le maximum.

— Dans vingt-quatre heures, Lépine, le tsar et toute

sa clique seront remontés dans leur train, en route pour Dunkerque où les attend le yacht impérial. Ce n'est pas long vingt-quatre heures mais, en attendant, qui sait ce que les Russes nous réservent ? Demain, nos chers alliés nous emmèneront en balade dans des couloirs obscurs. Ils ont bien choisi leur image ! Ça ne me plaît pas du tout, Lépine. Nous avons été naïfs. C'est bien là la plaie des démocraties. »

Lépine claqua la portière de sa voiture. De sa main gantée, Victoire tapota les doigts de son préfet. Elle semblait plus seule qu'à l'habitude.

« Allez, bonne nuit, Lépine. À demain. »

XVIII

Au début, la petite troupe n'était pas allée bien loin. Dans le désordre et la bousculade, David et Éloïs avaient été traînés par leurs ravisseurs en costume de joueurs de pelote jusqu'à l'orée de la grande place de la porte Maillot. Sans en avoir l'air, l'ange Anael les surveillait. Et chaque fois qu'Éloïs tentait un pas de côté, Anael était là, en deux enjambées élégantes, parfaites de précision. Alors il saisissait le bras d'Éloïs et le serrait pour lui faire mal. C'était devenu comme un jeu. Une question de principe pour Éloïs, qui n'envisageait pas de se laisser emmener comme du bétail sans résister. Alors, tous les cent mètres environ, il faisait mine de s'évader pour être invariablement ramené dans le rang par la poigne de fer de son ange gardien. Comme un pas de danse, une figure que l'on répète jusqu'à la perfection. Cela n'amusait personne mais c'était nécessaire.

David, lui, semblait s'être résigné dès le début, dès la sortie de Saint-Ferdinand. Peut-être était-il simplement trop occupé pour penser à s'évader. D'abord, il avait absorbé toute son énergie à marcher droit jusqu'à ce qu'il ait suffisamment d'assurance pour lâcher l'épaule d'Éloïs. Puis, sans abandonner malgré tout une allure de soiffard en fin de soirée, il s'était concentré sur son visage. Tirant par alternance sur son nez, ses oreilles et son menton, il avait peu à peu réussi à se dégauchir comme on redresse un sac de papier froissé. Travaillant à l'aveuglette et sans arrêter de marcher, le résultat n'avait rien de fameux mais au moins avait-il redonné à l'ensemble un semblant d'ordre et de proportion. Repoussant, pour finir, ses yeux vers le centre, il retrouva un regard et une étincelle de vie presque joyeuse. Son pas s'en trouva assuré. Il s'était redressé et dominait à nouveau tous les autres d'une tête.

« Ça va mieux, glissa-t-il à Éloïs en souriant. Il devait y avoir un bout d'os qui m'appuyait sur le cerveau ou quelque chose comme ça. Ça me faisait tout bizarre. J'y vois plus clair à présent ! »

Derrière, Mormo suivait, encadré par deux anges qui lui bloquaient les bras comme on l'eût fait d'un dangereux malfaiteur. Ses yeux de bouc brûlaient de haine et promettaient une vengeance digne du démon qu'il était.

« Oh ! » s'émerveilla David en débouchant sur la place de la porte Maillot. Le cri d'un naïf qui découvre le spectacle des lumières du Luna Park, à l'autre bout de la place. Alors que le soleil grisâtre des Enfers abandonnait peu à peu le ciel aux ténèbres et leurs promesses de cauchemars, de l'autre côté de la place pétillaient les lampions du Luna Park. Le balai électrique des fées jaunes, rouges et vertes étincelait devant la masse noire des premiers arbres du bois de Boulogne. C'était comme s'ils pouvaient entendre les éclats de rire de toute cette lumière.

« Comme c'est beau ! » continua David sur le ton du gosse qu'on emmène au manège.

Éloïs s'arrêta aussi. C'était la première fois depuis qu'il était ici qu'il voyait des couleurs si vives, une entorse bienvenue à la dictature du gris qui régnait sur l'Enfer. Il comprenait le bonheur enfantin de David. Il tendit le bras pour lui prendre l'épaule mais fut rappelé en arrière par son garde-chiourme.

Là-bas, des portes magistrales du jardin coulait le flot bras dessus bras dessous des costumes et des robes des visiteurs de la journée ; quelques habits vides qui flânaient encore un peu sous les rochers factices du parc d'attractions avant de rentrer chez eux. Les gens bien vivants qu'Éloïs ne pouvait voir de là où il se trouvait, depuis le royaume de la mort, si proches et pourtant tellement distants qu'il n'en percevait pas la vie. Éloïs se surprenait lui-même d'avoir si rapidement adopté cette insupportable logique. Des vivants invisibles et aveugles à la fois. Des costumes vides incapables de le voir ni de l'entendre. Ah, comme il aurait voulu courir vers les lumières de ce Luna Park où il aurait pu rire et danser avec ces gens ! Il fallait qu'il fuie. Ce monde n'était pas le sien. Pas encore.

Ils s'installèrent là, contre la façade d'un grand immeuble, à l'écart de la circulation des voitures sans chauffeurs et des attelages sans chevaux. Il fallait attendre ici. Éloïs accepta sans rechigner. Anael le lâcha un instant pour aider les autres séraphins à contenir les ruades de Mormo.

« Ça va, David ?

— Ça va, grogna le géant en s'asseyant par terre. Ça va bien mieux maintenant. J'ai raté un morceau de l'histoire, on dirait. Qu'est-ce qui s'est passé ?

— Nous avons été attaqués par des anges. C'est celui qui nous surveille, Anael, qui t'a mis dans cet état. Il t'a frappé une seule fois mais avec une telle puissance ! Je croyais que les anges étaient des esprits de bonté et de paix.

— Anges, démons, tout ça c'est la même chose ! Ce sont des *Idées*. Les uns rayonnent la peur, les autres la bonté. Tu ne sens pas comme la nuit est plus douce parmi les anges, comme la peur nous a quittés depuis que nous sommes avec eux ? Jusqu'à l'air qu'on respire, il sent l'oranger !

— Je ne trouve pas, non.

— Regarde, le démon aussi a déjà changé ! »

Éloïs se tourna vers Mormo. Toujours cette tête abstraite à force d'être trop petite, ce regard empoisonné. Mais, David avait raison, il n'était plus exactement le même. Qu'avait-il de différent ? Sa fourrure, peut-être moins noire malgré la nuit tombante ; ses gestes moins brutaux, plus humains. Et ses pieds ! Mormo avait des pieds désormais. Des pieds d'homme, nus sur le pavé du trottoir, des pieds de chair et de peau à la place de ses sabots fourchus.

« Il devient humain, David ! Comment est-ce possible ?

— Humain, pas humain… C'est une *Idée*, Éloïs. Tu le vois comme ton cœur le ressent. Ça doit vouloir dire que tu le trouves plus humain au contact des anges.

— Ça me fait penser à ce que me disait le vieux monsieur devant l'église.

— Qui ça ?

— Monsieur Labre, un homme dans la foule avec lequel j'ai discuté tout à l'heure.

— L'âme d'un mort.

— Un homme, c'est tout ce qui compte. Et il me disait qu'il ne voyait pas les démons comme moi. Il voyait des chirurgiens aux vêtements souillés par le sang de leurs victimes.

— Tu vois bien que j'ai raison. C'est le maître Papus qui m'a tout appris. Il sait tout cela. Il l'a écrit dans ses livres.

— Eh bien, malgré les démons, le vieil homme était serein ! Et pas besoin d'anges. Il avait juste décidé qu'il partirait, qu'il se sauverait loin de ces bergers démoniaques et leur troupeau d'âmes dociles. Il disait qu'il attendrait le Mur, le même mur que les démons semblent fuir. Il m'a fait penser à ces vieux sur leur grabat qui un jour décident qu'ils sont prêts à mourir et brusquement retrouvent le sourire. La joie de vivre, presque. C'est quoi, ce Mur, David ?

— Je n'en sais rien. As-tu entendu autre chose ?

— Les démons en parlent aussi. Ils disent qu'il arrive et qu'il faut fuir. Un mur qui bouge. Tu crois que c'est possible, ici ? Monsieur Labre affirmait qu'il suivait les démons depuis Charleville. Ça fait quoi, trois cents, quatre cents kilomètres ? Plus ? Tu imagines ça ? Tu crois que c'est pour fuir ce Mur qu'ils nous emmènent encore ?

— Je n'en sais rien ! Je n'en sais rien ! Le maître Papus ne m'a jamais parlé de ça.

— En tout cas, continua Éloïs à mi-voix, se rapprochant de David pour ne pas être entendu, ce monsieur Labre m'a convaincu. Et comme lui, il n'est pas question que je continue cette mascarade.

— Comment ça ?

— À la première occasion, on leur fausse compagnie.

— Attends. Tu as bien réfléchi ?

— Quoi, David ? C'est bien toi qui ne parlais que d'évasion hier soir ? Et ce matin, dans la sacristie ? D'accord, j'ai mis longtemps à me décider mais, maintenant que je suis prêt, tu ne vas pas me lâcher, dis !

— Attends. C'est que les choses ont changé depuis ce matin !

— Quoi ? Qu'est-ce qui a changé ?

— Les démons, Éloïs. Ils sont vaincus. Maintenant, il n'y a plus de risques. Avec les anges, nous sommes en sécurité.

— Qu'en sais-tu ? Tu ne sais même pas où ils nous

emmènent. Ouvre les yeux, David ! Ces anges ne valent pas mieux que les démons. Ils nous traînent comme des prisonniers. Ils t'ont presque tué tout à l'heure. Tu as déjà oublié ?

— Papus m'avait décrit la peur, la souffrance, les tortures infinies. Le Tartare, Éloïs ! Le plus profond des royaumes de l'Hadès ! Voilà où nous sommes ! Papus m'a appris à ressembler à ce Baphomet que je devais remplacer ici. Et s'ils me découvraient, je devais mourir. Eh bien, ils m'ont démasqué, et regarde ! Grâce aux anges, nous sommes bien vivants. Mieux, la peur a disparu. Il n'y a plus lieu de fuir à présent. Les anges ne nous tueront pas. Il n'y a plus rien à craindre.

— Mon Dieu, David, réveille-toi ! Le coup qu'Anael t'a infligé tout à l'heure aurait tué n'importe qui d'autre que toi. Et c'est un ange pourtant. Nous devons fuir !

— Chut ! »

Anael était revenu auprès d'eux. Il s'avançait pour regarder au coin du boulevard. Éloïs le suivit, par curiosité.

Là-bas, le long cortège des âmes approchait. En tête, les anges immaculés et leurs pantalons impeccables donnaient à l'ensemble l'allure d'un défilé de majorettes, une joyeuse procession du dimanche. Il y avait là plus de mille personnes. Les âmes des morts de Saint-Ferdinand, sans doute, mais pas seulement. Ils marchaient tous en plein centre de l'avenue. Et chaque fois qu'une voiture approchait, les anges de tête levaient un bras et le cortège s'écartait comme un ruban qu'une vague parcourt. Certains attendaient le dernier moment pour éviter d'un bond la calèche dans les applaudissements des autres âmes. Il y avait des rires et de la joie dans la foule, sur les visages de ceux-là mêmes qui avaient couru se réfugier dans l'église à la seule évocation de l'arrivée des anges.

Puis Éloïs aperçut les démons. Adramelech et les autres. Ils marchaient au premier rang des âmes, juste derrière leurs ravisseurs. Sans entraves. Libres. Adramelech, le squelette décharné, était un grand homme chauve au torse nu. Et des cornes d'aurochs de Thamuz ne restaient plus que des moignons. En retrait, Rimon et Samael discutaient en marchant tels deux promeneurs. Ils portaient des pantalons. Comme deux démons déguisés en anges et fiers de leur bon coup.

C'était la confirmation de ses pires craintes. La puissance de ces hommes en blanc le terrifiait. Enfant, les anges qu'on lui avait appris à aimer ressemblaient à des adolescents ailés, vêtus de robes aux tons pastel ; pas des Basques en uniforme avec un pli sur le devant du pantalon. David avait raison malgré lui. Entre ces anges-là et les démons de Saint-Ferdinand, il n'y avait pas beaucoup de différence. Les *Idées* qu'ils incarnaient n'étaient pas les mêmes, mais leurs buts semblaient si proches. Rassembler les âmes et les mener en troupeau. Et vers où ?

Il tourna son visage effrayé vers David, qui lui renvoya un sourire bonhomme.

« Tu vois, rit David. Tu n'as pas de raison d'avoir peur.

— Vous devriez écouter votre ami », conclut Anael en passant près d'eux, sans juger bon d'y adjoindre un sourire.

Et d'un geste sec, l'ange remit la petite troupe en marche. Éloïs aida David à se relever. Les deux autres poussèrent Mormo sans que ce soit vraiment nécessaire. Histoire de lui rappeler, avant de partir, la règle du jeu. Passant devant Éloïs, le regard de Mormo s'accrocha au sien. Déjà, son visage était plus long, avec des pommettes et des arcades. Ses yeux plus proches n'étaient plus fendus mais simplement troués d'une pupille bien ronde.

Des yeux d'homme dans lesquels Éloïs lut la fierté et le défi. Alors nous sommes encore deux à résister au bonheur béat que distillent les anges de l'Enfer, pensa Éloïs. Pour combien de temps ?

Le long cortège les absorba au passage sans arrêter sa progression vers l'avenue de la Grande-Armée et, au-delà, vers l'Arc de Triomphe. Dans le respect d'une étrange hiérarchie, David et Éloïs avaient été placés juste derrière les démons, en tête des âmes. Paradoxalement, la multitude leur avait apporté un peu d'intimité et Éloïs sentit qu'il pouvait désormais parler plus librement à David qui marchait à ses côtés.

Sur les bords de la procession, les anges surveillaient les rangs. Ils étaient plus nombreux, en meute de bergers blancs, prêts à s'accrocher au jarret du premier mouton indocile.

« David, commença Éloïs, dis-m'en plus sur la mission que t'a confiée ton maître Papus. Ce matin, pour accomplir cette mission, tu voulais fuir et survivre. Pourquoi n'est-ce plus nécessaire maintenant ?

— Mais parce que je sais que je ne crains plus rien ici. J'ai promis que je vivrai. Et c'est bien ici que j'ai le plus de chances de respecter mon engagement.

— Tu disais l'inverse ce matin ! Je dois comprendre. Que t'a demandé ton maître exactement ? »

David lui sourit. Son pas était large et souple. Tout juste s'il ne bombait pas un peu le torse.

« Je suis enfin là où j'ai toujours rêvé être, Éloïs ! Imagines-tu ? Nous sommes des pionniers. Comme Christophe Colomb.

— Je croyais que nous n'étions pas les premiers. Cette femme dont tu m'as parlé…

— Ah oui, Marie, lâcha-t-il déçu. J'avais oublié.

— Nous sommes quand même les premiers hommes !

ajouta Éloïs pour le consoler. Et les premiers à avoir fait le voyage à deux.

— Ah ça oui ! Tu as raison.

— Nous sommes des coéquipiers, en quelque sorte. Et on s'est bien entraidés tous les deux, pas vrai ?

— C'est vrai. Et moi qui ne t'ai même pas remercié ! Je te dois une fière chandelle pour tout à l'heure. Tu t'es bien occupé de ma carcasse. Je te revaudrai ça.

— Commence simplement par me raconter ce que l'on fait ici.

— Tu es têtu ! rit-il en lui décochant une grande claque dans le dos. Qu'est-ce que tu veux savoir au juste ?

— Commence par le début. La rue Galvani.

— L'invocation, oui.

— C'était quoi, le but de l'invocation ?

— Appeler Baphomet.

— Baphomet est un démon, c'est bien ça ? Comme Mormo, comme Adramelech.

— Mieux. C'est leur chef à tous. Le prince du Tartare.

— Pourquoi vouliez-vous l'appeler ?

— Je ne sais pas, moi. Pour la beauté de la science. Rends-toi compte ! Appeler un démon parmi les vivants. Ça a de la gueule tout de même !

— C'est Papus qui avait décidé tout cela ? Pourquoi ? Et pourquoi maintenant ?

— Non. C'est Baphomet qui a contacté le maître Papus dans son sommeil. C'est comme ça que ça doit se passer. On ne siffle pas un démon comme un clébard, tu comprends. On obéit à son appel.

— Alors, cela signifie que c'est Baphomet qui est réellement à l'origine de l'invocation ! Il a fait cela parce qu'il avait besoin de descendre chez les vivants. Et il en avait besoin pour… pour ramener Bélial ! s'exclama-t-il. Ce Bélial que les Mormo et les Adramelech s'attendaient à voir arriver avec nous. Bélial… Qui est-ce, David ?

— Qu'est-ce que j'en sais ? Tu te sens le cran d'aller le demander aux anges ?

— Bon. Continuons. Alors Papus voit Baphomet en rêve et, le lendemain, il déballe ses grigris et ses sortilèges et il fait venir le démon sur terre.

— Exactement ! Sauf que c'est une machine électrique que le maître utilise pour ses invocations. Une machine qu'il a inventée lui-même. C'est pas de la sorcellerie, c'est de la science.

— Et toi, ton rôle ?

— C'est l'équilibration.

— Ah oui.

— Un démon pour un vivant. Sinon ça ne marche pas.

— Sauf que, là, il y a eu deux vivants. Toi et moi.

— Oui. C'était pas prévu. Mais ça a marché quand même. Heureusement, quand on y pense…

— Et alors, cette promesse de vivre chez les morts, cette mission ?

— Eh bien oui. Une fois l'invocation réussie, je me retrouve ici à la place de Baphomet, dans le royaume du Tartare. Un vivant pour un démon. Donc maintenant, si je meurs ici, je casse l'équilibration.

— Et alors ?

— Et alors, Baphomet retourne en Enfer. Et tout est fini.

— Et toi ?

— Eh bien moi, je suis mort, pardi ! Et donc je reste ici puisqu'on est justement chez les morts. Je change de statut, pour ainsi dire. De vivant, je deviens mort, comme tous les autres ici. Mais comme je ne suis plus vivant, l'équilibration est rompue et Baphomet revient.

— Alors en ce moment même, Baphomet est quelque part dans les rues du Paris des vivants, en chair et en os ?

— Oui.

— Et il ne retournera dans ses Enfers que si toi, sa doublure en quelque sorte, tu meurs.

— Exactement ! C'est pour ça que mon boulot ici, c'est juste de ne pas mourir. Comme cette Marie qui tient le coup depuis presque vingt ans. C'est tout ce que le maître me demande.

— Voilà ! Comme ça, j'ai compris. »

Éloïs lui décocha un clin d'œil. Cette pointe de rationalité lui faisait chaud au cœur, elle brillait comme une sortie de tunnel. Enfin une logique sous-jacente derrière les croque-mitaines, les costumes vides et les hommes-boucs. En face, David rayonnait. Le géant sans visage avait un ami désormais. Un coéquipier, comme avait dit Éloïs. Emporté par un air d'euphorie, il continua :

« C'est pour ça que le maître Papus m'a choisi.

— Et pourquoi toi, au fait ?

— Pour mes chances de survie. Le Tartare, c'est pas une partie de campagne. Tu as vu comme moi. Et on est à peine là depuis une journée… Il lui fallait quelqu'un de costaud. Mais il a aussi pensé que ma tête en papier mâché pourrait être utile. Depuis longtemps il avait eu cette idée de me faire prendre la place du démon en Enfer, en copiant son visage.

— Ça n'a pas vraiment fonctionné.

— Non, mais c'était une bonne idée quand même. Tu ne trouves pas ?

— Ça fait longtemps que tu travailles pour lui ?

— Il m'a recueilli tout petit. Après mon accident. Mes parents m'avaient abandonné. Ils ne sont jamais venus me chercher à l'hôpital. »

Son visage s'assombrit. Il avait ralenti. Derrière, un homme en bleu de travail, sorti de la foule des âmes, le poussa en riant.

« Ça va ! » aboya David en se retournant. L'homme

s'écarta en provoquant une petite bousculade qui se mua rapidement en un chahut joyeux. Des deux côtés de la cohue, des anges approchèrent. David reprit la marche en levant la main pour s'excuser.

« J'avais dix ans quand ça m'est arrivé. On se souvient bien à cet âge-là. Quelle merde !

— Tu as souffert ?

— Non, c'est pas ça. Mais… Tu vas te moquer de moi.

— Non, vas-y.

— J'étais un beau garçon. La fierté de ma mère. Elle disait partout que je serais danseur ou chanteur d'opérette. Elle adorait l'opérette. Elle me coiffait avec de la pommade, le dimanche. Comme un petit Italien. Elle mettait sa belle robe et elle se baladait avec moi dans les beaux quartiers. Elle m'apprenait le nom des théâtres. Elle disait qu'avec moi elle était plus riche que les belles dames. Et puis un jour, je suis allé au moulin avec mon père qui était boulanger. Il voulait me montrer pour m'impressionner. Et je suis tombé, la tête entre les deux roues de bois. Je les ai plus jamais revus. Ils ne sont pas venus me chercher à l'hôpital.

— Et c'est Papus qui t'a recueilli.

— Oui. Il est médecin, tu sais. Il est comme un père. Mais il est plus encore. Il est mon maître. Tout compte fait, j'ai peut-être eu de la chance. Je serais chanteur d'opérette à l'heure qu'il est. Tu imagines ça, Christophe Colomb en chanteur d'opérette ? »

Il sourit tristement.

« Rien n'est perdu, plaisanta Éloïs. Tu as peut-être encore une carrière. Avec ta tête molle, tu pourrais jouer plusieurs rôles à la fois ! »

Mais David n'avait pas entendu.

« Tu sais, c'est marrant mais je me souviens parfaitement de ce à quoi je pensais quand mes os ont éclaté sous les dents de bois. C'est comme si une presse avait imprimé sur l'intérieur de mon crâne ce que j'avais dans la tête à ce moment-là.

— C'est peut-être vraiment comme ça que ça s'est passé.

— Eh bien, juste à ce moment-là, je pensais que j'allais être défiguré et que je ne serais plus jamais beau comme avant. C'est marrant comme on peut être lucide, si jeune et déjà en face de sa mort. C'est la dernière chose à laquelle j'ai pensé avant de devenir un monstre.

— Dis pas de conneries, David. Au contraire, tu peux te faire la tête que tu veux. C'est un talent inouï.

— Oui, et tu as vu le résultat ! »

Leurs regards se croisèrent et David rit de bon cœur. Ce n'est pas un vrai bonheur, ce sont les anges, pensa Éloïs.

L'Arc de Triomphe approchait et la foule n'était plus qu'une joyeuse fête tonitruante. On riait, on criait. Derrière, un groupe avait entamé une chanson à base de fleurs, d'oiseaux et de printemps qui revient. Lui-même se souvenait à peine de l'angoisse qui l'avait saisi lorsqu'il s'était réveillé dans le monde des morts ; et cette peur tangible, presque solide, qui le submergeait chaque fois que Mormo ou Adramelech approchait. Depuis les anges, tout cela avait disparu. Ce mieux-être l'inquiétait. Il n'y avait rien de drôle dans ce Paris de fous.

Paris… Il n'y avait pas encore pensé, mais il se rapprochait de chez lui. La place des Ternes, derrière l'Étoile. Puis le boulevard de Courcelles, le parc Monceau. Pourtant jamais il ne s'était senti si loin des siens. Une question de *distance*, comme disait David.

Où es-tu, Lucille ? pensa-t-il à voix haute.

« Que dis-tu ? demanda David avec son sourire niais.

— Rien, je pense à ma famille, à ma sœur qui est restée là-bas.

— En bas, tu veux dire.

— Peu importe. Je n'ai pas choisi de venir ici, moi. Je n'ai pas de mission, pas de rôle à jouer. Et si je rentre chez moi, ça ne changera rien. Un vivant pour un démon. Du moment que toi tu restes, l'équation est respectée.

— Peut-être. Qu'est ce que j'en sais ?

— Tu n'as plus besoin de moi, David. Si tu le sais, dis-moi comment je peux rentrer chez moi. Je comprends que tu veuilles rester ici mais, s'il te plaît, ne me retiens pas avec toi.

— Je n'en sais rien, Éloïs. Je voudrais bien t'aider mais je n'en sais rien.

— Tu viens de dire que si tu meurs ici l'équation est rompue et Baphomet revient.

— Oui.

— Donc, lui, il peut faire le chemin dans l'autre sens. Pourquoi pas moi ? La machine de Papus, elle ne pourrait pas fonctionner à l'envers ?

— C'est impossible. Pour que ça fonctionne, il faudrait l'avoir, la machine, et puis il faut Baphomet. Est-ce que c'est toi qui vas aller le chercher ? On ne peut même plus le voir, il ne fait plus partie du même monde que nous.

— Il faut que je me sauve d'ici, David. Dis-moi que tu vas m'aider. Je n'y arriverai pas sans toi.

— Oh, regarde, on arrive à l'Arc de Triomphe ! »

Éloïs releva les yeux du pavé. Derrière, des applaudissements claquèrent comme une pétarade puis la foule explosa. On criait, on chantait. David s'était joint à la claque et battait de ses deux pelles à neige en riant aux éclats.

« Regarde, Éloïs, c'est magnifique ! »

Des boulevards de l'Étoile s'écoulaient les fleuves des âmes. Des morts, des braves gens, heureux d'être là, qui convergeaient vers la place dans une ambiance de 14 Juillet. Le bel ordre des anges semblait s'être évanoui. La cohue grouillait, dansait, s'embrassait, pataugeait dans la surabondance des bons sentiments.

«Nous arrivons, Éloïs! Voici enfin le but de toutes nos vies!» s'extasiait David, les bras ouverts.

Éloïs le tira par la manche. «Ne t'arrête pas. Nous ne devons pas nous faire remarquer. Cette foule, c'est peut-être notre chance!»

Et ils plongèrent main dans la main dans le flot turbulent. Tantôt happés dans un sens, luttant l'instant d'après contre un courant qui les ramenait à leur point de départ. Tous les morts de Paris étaient là qui s'étaient donné rendez-vous à la fête: les vieux, les enfants, les dames et les marchandes, les bourgeois, les cols bleus. Parfois, ils croisaient un costume vide. Un vivant qui passait sans rien voir, un haut-de-forme qui prenait l'air du soir avant de rentrer chez lui. Sentait-il, dans son monde, couler autour de lui le souffle de la farandole des fantômes?

Les démons, Adramelech et les autres, avaient disparu. Délayés par la marée humaine. Après un moment, Éloïs et David s'arrêtèrent non loin du pied de l'Arc de Triomphe. Comme deux rochers au milieu d'un torrent.

«Qu'est-ce que tu fais? rit David en le tirant par le bras. Viens! Il faut continuer!

— Non. Attends! Nous devons réfléchir.»

Les anges étaient là. Partout. Des bornes silencieuses plantées au hasard dans la foule, dans leurs uniformes de Basques impeccables. Ils observaient. Mais pas seulement. Éloïs se rappela les paroles de David. Ils *rayonnaient*. Comme autant d'aimants dopés au bonheur de synthèse, ils attiraient et canalisaient en douceur la limaille insouciante des bienheureux. Vers l'autre bout de la place, vers les Champs-Élysées.

«Bon Dieu, David, il ne faut pas y aller! Nous devons trouver un moyen de nous sortir de là!»

Mais David n'écoutait plus. Il avait repris sa posture de Christ en croix, bras tendus, le visage tourné vers le ciel. Béat.

« Le soleil, Éloïs ! Regarde, il revient pour nous ! »

Éloïs leva les yeux. David avait raison, le soleil revenait, le crépuscule faisait marche arrière. Venu de l'ouest, le jour rebroussait chemin et renaissait avant l'heure. Une nouvelle journée qui sentait l'éternité. Et avec cet astre qui sonnait faux venaient aussi les couleurs, comme une gangrène. Des teintes de bonbon qui conféraient à l'avenue l'aspect d'une photographie colorisée. Une parodie de turquoise et d'orange. De la joie de vivre à deux sous.

Un groupe d'hommes qui se tenaient par la main les bouscula au passage, une ronde de banquiers en redingote qui allait en chantant des « je vous aime ! ». Une main plus ferme se referma sur l'épaule d'Éloïs et le poussa vers l'avant.

« Allez ! Il ne faut pas rester ici. Avancez ! »

C'était un ange sorti de nulle part. Éloïs se sentit d'abord heureux de le voir, immaculé et apaisant. Une petite bouffée de chaleur, l'envie de s'abandonner à la fête. Mais il résista. Il recracha le sale goût de sucre qui lui avait envahi la bouche et entraîna David à nouveau dans le flux des anonymes.

« Dis-moi quelque chose David. Moi aussi, ils sont en train de m'avoir. Si on ne se sauve pas maintenant, on ne s'en sortira pas. »

Mais il parlait seul désormais, traînant par la main son grand gamin hébété en chemise de nuit.

Puis, le courant les mena jusqu'à l'embouchure des Champs-Élysées, la gueule du collecteur qui les aspirait vers l'extase, le paradis…

En avançant vers le bas de l'avenue, le ciel se fit clair. Comme en plein jour, la rue brillait au soleil du printemps. Éloïs pouvait voir la masse trop verte des arbres au-delà des fontaines turquoise du rond-point des Champs-Élysées, si proche déjà. Un papillon heurta, en passant, le bout de son nez. Avait-il jamais vu de papillon dans les rues de Paris ? L'animal était merveilleux, il avait rassemblé sur ses ailes toutes les couleurs de la Création. D'un coup de tête, Éloïs suivit chaque rebond de l'insecte comme s'il battait du menton la pulsation d'une mélodie que lui chantait la bestiole. Une belle chanson qui couvrait enfin les cris de détresse qui lui montaient des tripes et qu'il n'entendrait plus.

Mais, derrière un coup d'ailes, ses yeux s'accrochèrent à un visage qu'il reconnut parmi la fourmilière des anonymes. Un homme brun avec une barbe de mousquetaire, un bouc en pointe à la Méphistophélès, le visage juste un peu trop petit ; un homme au torse nu marbré de soies éparses, décimées par quelque gale ; un homme qui portait le pantalon d'un ange mais qui n'était pas des leurs.

« Mormo ? » tenta Éloïs.

L'homme ne dit rien mais ses yeux répondirent pour lui. La panique les rendait luisants, poisseux d'angoisse et de la peur du vide que seul peut ressentir un démon que l'on transforme en ange.

Éloïs avança. Au bout de son bras, David n'était plus qu'un fumeur d'opium à la bouille ravie qui butait, en ricanant, sur chaque pas. Mormo était tout ce qui restait à Éloïs dans ce monde-là.

« Ne te sauve pas, je t'en prie ! Nous sommes dans le même bateau désormais.

— Tais-toi, imbécile ! Ils nous surveillent. »

Mormo replongea dans la foule. Éloïs s'accrocha

à ses pas, se pliant en deux pour l'imiter. Et ils avancèrent ainsi vers le bord de l'avenue. Sortant la tête à la manière d'un périscope, le démon souvent étouffait un juron et changeait brutalement de trajectoire. Éloïs suivait comme il pouvait avec son géant rigolard.

« Où vont toutes ces âmes, Mormo ? réussit-il à souffler entre deux changements de cap.

— Elles vont recevoir la bénédiction de leur nouveau maître, Gabriel ! C'est lui qui est à l'origine de tout ce gâchis. Il a traversé le purgatoire pour nous voler notre royaume. Et regarde ce qu'il en a fait ! »

Mormo avait oublié la prudence pour crier sa rage. Il se tenait raide, les yeux fendus. Sa toison était plus dense, elle paraissait plus sombre. Aussitôt, les voix des cerbères en blanc fusèrent à droite, à gauche, partout.

« Là ! Attrapez-les ! »

Les anges formaient d'effrayantes taches blanches dans la foule tout autour, d'immondes phagocytes qui convergeaient vers eux.

« Peux-tu toujours mouvoir la Matière à ta guise ? cria Mormo.

— Oui, je pense.

— Alors reste avec moi et cours ! »

Mormo avait bondi sur la pelouse et filait vers la Seine. Il y avait eu un déclic. Juste avant, il piétinait encore, noyé dans la foule à côté d'Éloïs. Et puis le voilà maintenant qui glissait, aspiré par un courant d'air. Il avait retrouvé cette fluidité parfaite, celle de la sacristie, de son combat contre l'ange Anael. Il passait entre les âmes agglutinées sans même les toucher. Baissant la tête pour éviter un bras, courbant le dos pour contourner un enfant, il était déjà loin quand Éloïs prit son élan, dans sa trace.

Remorquant un David qui ne comprenait pas qu'on l'arrache à la fête, Éloïs choisit de tracer un chemin bien droit à travers la foule. L'instant n'était plus à la discrétion. Éloïs criait et insultait tous ces inconscients qui bloquaient la route de son salut. Les âmes n'étaient que des quidams ordinaires, des gens âgés pour la plupart, qui se laissaient bousculer sans résistance. Et les deux fuyards creusèrent ainsi un canal de protestations amusées dans la joyeuse cohue. La meute des anges les avait pris en chasse, il le sentait.

Autrefois, sa sœur aimait l'effrayer en lui inventant des sorcières et des ogres mangeurs d'enfants embusqués dans les recoins de la maison. Et le soir, quand il s'aventurait seul dans le couloir qui menait à sa chambre, il se mettait souvent à courir, sans raison, piqué par une décharge de terreur venue lui glacer le dos. Ces mêmes éclairs glacés qui le poussaient maintenant à bousculer tous ces gens pour échapper au plus vite à ses prédateurs, à la mort qui le talonnait, il le sentait, à lui chatouiller les côtes.

Alors, il laissa exploser ce qui lui restait d'énergie. Tirant un David de plus en plus lourd, de sa main libre il frappa, arracha, jeta à terre les âmes qui entravaient sa route. À quoi bon les ménager puisqu'ils étaient déjà morts ? Pouvaient-ils souffrir de ses coups ? Il n'y pensa même pas. Lui, il avait sa vie à sauver. Et celle de son ami. Deux vies égarées au carnaval des morts.

Soudain, il agrippa un manteau vide infiniment plus pesant que les autres fêtards. Un vivant sans visage qui tomba à son tour sans comprendre ce qu'il avait pu heurter sur ce trottoir qu'il voyait vide. Se retournant vers lui, Éloïs vit les anges, derrière. Cinq, six, peut-être même dix, lancés à sa poursuite. La chute du manteau vide les stoppa net. Jamais, sans doute, ils n'avaient vu cela de toute leur vie d'ange. Le prodige leur avait coupé le souffle. Éloïs, sous leurs yeux, venait de violer la loi fondamentale de leur physique : il avait agi sur le vivant.

Alors Éloïs raffermit sa prise sur l'avant-bras de David et repartit de plus belle. Ce sursis était leur providence.

Devant lui, la foule se faisait moins compacte. Il y chercha Mormo du regard. Le démon s'était arrêté pour l'attendre un peu plus loin. Il était redevenu noir, comme avant, et le toisait de son faciès ratatiné.

« Lâche-le, hurla le démon. Avec lui, tu n'y arriveras pas ! »

Éloïs serra le poignet de David. Plus fort. Aussi fort qu'il put.

« Viens, le supplia-t-il, nous y sommes presque. »

Mais David était ailleurs, s'excusant d'avoir heurté quelqu'un, agrippant par jeu la manche d'un autre.

Devant, Mormo fit demi-tour et revint vers eux. Son regard paraissait terriblement sombre. Puis Éloïs aperçut ses sabots et ressentit la peur, la même qu'au tout début, la vague froide qui vous vide l'esprit.

« Lâche-le immédiatement, menaça l'homme-bouc. C'est ta dernière chance. Lâche-le ou je te laisse. Ils sont là, je ne peux plus attendre. »

Éloïs ouvrit la bouche. Mais il n'avait rien à dire. Il les sentait les longues aiguilles de l'angoisse lui percer la gorge, lui percer les yeux. Seul son cœur battait encore et lui disait qu'il ne fallait pas lâcher la main de David. C'était là sa dernière certitude.

« Tant pis pour toi ! »

Mormo repartit vers la Seine mais il s'arrêta aussitôt. De ce côté aussi accouraient les séraphins. Il n'y avait plus d'issue.

« Bon Dieu ! Par ici ! »

Le démon désignait le Grand Palais et, plus précisément, une porte magistrale au coin du bâtiment. L'entrée d'une rotonde surmontée d'un quadrige éclatant de chevaux de bronze.

«Si tu peux ouvrir cette porte, on peut encore s'en tirer. Cours!»

Le temps d'arriver à la porte, à bout de souffle, et le cercle des anges s'était refermé sur eux. La dernière charge avait commencé. Sur les marches, Éloïs lâcha enfin David pour se jeter à deux mains sur l'anneau qui pendait au lourd battant. Mormo était resté plus bas, se préparant au choc.

Alors, Éloïs regroupa ses dernières forces et tira sur l'anneau avec l'énergie du condamné. Le vantail glissa d'un cran en crissant sur le marbre, mais pour s'immobiliser aussitôt. Il ne s'était ouvert que de l'écart d'une main. Il était si lourd, et Éloïs était si loin déjà du monde des vivants que l'effort le dépassait.

«Aide-moi, David, murmura-t-il dans un dernier soupir. Je ne peux pas y arriver seul.»

David était trop loin pour entendre. Il s'était assis deux marches plus bas et contemplait, amusé, la course des anges qui dans un instant les auraient rejoints.

«Je vais t'aider», souffla une voix de femme à l'oreille d'Éloïs. Puis il sentit sous ses doigts une force invisible qui saisissait l'anneau avec lui. Puis au même moment, il vit ses avant-bras disparaître. Les deux. Coupés juste sous le coude. Il vit ses chairs tranchées, la peau incisée net selon une ligne toute droite, le muscle rouge, irréel, sa propre viande brillante comme sur un étal et, au milieu, le blanc des os qui pointait.

Son esprit s'immobilisa dans l'attente de la douleur. Mais elle ne vint pas et il tomba à genoux, le souffle coupé, les oreilles emplies d'un bruit blanc.

«C'est trop tard!» cria Mormo en remontant les

marches. Ils étaient là. Dix, quinze séraphins immaculés, toute l'équipe des pelotaris, imberbes, beaux comme des enfants, la meute des bourreaux élégants qui se regroupait pour le coup de grâce.

Éloïs pensa une dernière fois à David. Que leur restait-il ? S'enlacer une dernière fois, en frères, et attendre ensemble l'estocade. Il fallait qu'Éloïs se relève, malgré la peur, malgré ses bras arrachés, malgré la souffrance qui ne venait pas, l'explosion de douleur tapie quelque part au détour d'un nerf et qui n'attendait qu'un mouvement pour le submerger.

« David ! » cria-t-il pour que son ami se retourne, qu'il puisse voir ses yeux et lui sourire. Il tendit les bras vers lui. Alors il vit ses propres mains et son corps en resta pétrifié. Il avait des mains, des doigts qu'il pouvait plier, une peau sans cicatrice, pas de sang et toujours pas de douleur. Ses bras avaient-ils repoussé comme la queue d'un lézard ou n'avaient-ils jamais disparu ? Il avait vu sa chair à vif, il avait vu son sang et puis, maintenant, plus rien.

Devant lui, le premier des séraphins s'abattit sur David. Le géant ne bougea même pas. En un instant ; ils étaient trois sur lui. Il était trop tard. D'instinct, Éloïs fit un pas en arrière. Tout était perdu.

À côté de lui, Mormo cherchait à sauver sa peau en escaladant la façade du bâtiment. Malgré sa carrure massive, malgré ses sabots de bouc, il s'éleva rapidement, comme un insecte répugnant de poils noirs, plantant ses griffes dans chaque anfractuosité avec une légèreté surnaturelle.

Il ne restait plus que lui, Éloïs. Il recula encore.

Puis il sentit le contact d'un corps contre son dos.

Puis deux bras qui, de derrière, l'enlaçaient pour se refermer sur sa poitrine.

Des jambes contre ses jambes, un corps contre son corps, un visage lové dans son cou, une joue contre sa joue. Le contact doux d'une amante venue le réchauffer.

Puis sa vision s'obscurcit. Sur le soleil, sur les couleurs acidulées, sur David se relevant parmi les anges, les ténèbres se refermèrent.

Il entendait les cris des séraphins, le bruit des feuilles, il pouvait encore sentir l'odeur du printemps et de la pierre chaude, l'odeur de sa propre sueur. Mais il ne voyait plus.

Il eut un sursaut, il se cabra mais l'étreinte se ferma un peu plus sur sa poitrine et il cessa de résister. Ce n'était pas la force qui l'avait arrêté mais une étrange douceur hors de propos.

« Où est passé le garçon ? criait encore une voix d'ange. Vous l'avez vu partir ? Où est-il ? »

« Ne dis rien. »

Le visage, dans son cou, avait posé ses lèvres sur son oreille et lui parlait avec tendresse. Un filet de voix, juste pour lui. La caresse d'une mère, une onde d'amour sur la peau de sa joue. Il se sentait bien, blotti contre le ventre de cette femme derrière lui. Il ferma ses yeux aveugles.

Elle l'attira vers l'arrière. Il tenta un pas. Un autre. Sa main effleura la pierre.

« Nous devons suivre le mur, lui chuchota-t-elle. Fais-moi confiance.

— David, murmura-t-il pour toute réponse.

— Ne dis rien. Ils ont capturé ton ami. Nous reviendrons le chercher. Plus tard. »

Ils continuèrent ainsi, enlacés comme deux danseurs de tango, à petits pas, le long du mur du Grand Palais. Autour d'eux, les anges criaient, enrageaient de l'avoir perdu. Certains passaient tout proche sans les voir. Éloïs comprit qu'il ne craignait plus rien, qu'il était sauvé.

Il pensa que, peut-être, il venait de s'enfoncer davantage dans la mort, un peu plus loin sur le chemin. La *distance* de David. Là où la lumière n'arrivait plus. La mort, n'est-ce pas l'obscurité, la nuit perpétuelle ?

« Nous avons réussi, reprit la voix contre sa joue.

… Je suis heureuse de t'avoir trouvé…

… Tu es mon espoir…

… Ensemble, nous pouvons tous les sauver…

… Tu me ressembles…

… Je ne suis plus seule désormais… »

Ils avaient beaucoup marché. Dans les ténèbres qui les avaient engloutis, jamais il n'avait douté d'elle. Son pas était si ferme. C'est comme si elle avait les yeux pour voir dans ce nouveau monde sans lumière.

Ils s'arrêtèrent. Sans rompre le contact de leurs deux corps qu'il sentait essentiel, il pivota doucement pour lui faire face. Puis ils restèrent ainsi enlacés. Jamais il n'avait connu une femme de cette manière. Une étreinte si pure, si libre, sincère et naturelle, deux êtres qui se sauvent l'un l'autre, qui s'aiment sans caresse, sans baiser.

« Je m'appelle Éloïs. Vous… vous êtes Marie, c'est cela ? »

XIX

À l'ombre des premiers arbres du bois de Boulogne, Joseph osa enfin se retourner.

Un omnibus tiré par cinq chevaux descendait l'avenue qui longeait la forêt. Il emmenait des couples de canotiers et de chapeaux à fleurs s'amuser à Longchamp, laissant derrière lui un sillage de rires de femmes. Puis le bruit de la carriole s'éloigna, comme un ricochet sur une eau calme, le calme quotidien de la banlieue chic qui se referma derrière.

Sur le trottoir d'en face, un gamin vendait des lacets dans un panier d'osier accroché à son cou. Deux fillettes aux souliers vernis le croisèrent sans le voir pour s'arrêter plus loin, là où un petit groupe entourait un camelot qui vantait la qualité de ses lorgnettes derrière une table qu'il avait dépliée au coin de la rue.

Pas de bruits de poursuite, pas de cris, pas d'armes ni de coups de feu, pas de voyous sur leurs talons. Rien que le calme des rues de Neuilly. Alors ils étaient sauvés ?

« Ils ne nous ont pas suivis », résuma-t-il avec soulagement.

La main de Lucrèce, qu'il n'avait pas lâchée depuis la villa, le tira vers l'arrière. La jeune fille s'était agenouillée et piquait du nez dans les herbes sauvages. Il sentit les doigts fins perdre leur force et glisser hors de sa paume sans qu'il pût les retenir.

« Lucrèce ? »

Le temps qu'il prononce son nom et Lucrèce gisait sur un tapis de chiendent. Les paupières closes, les cheveux noirs jetés en désordre sur son visage endormi. Elle avait les pieds nus. Des pieds tellement plus fins que ses pieds d'homme. Ces jolis pieds à la peau mate qu'il imaginait encore sur la dentelle de son couvre-lit. Des pieds abandonnés à l'herbe, souillés par la terre et la crasse de la rue.

Il s'agenouilla près d'elle. Son chemisier de satin, englué de sang noir et poisseux, collait à sa peau sur les trois quarts de son torse. Joseph pensa à cette pourriture brune qui dévore un fruit entier à partir d'un choc insignifiant. Le sang avait aussi coulé sur sa main gauche, la marbrant de croûtes cramoisies, et s'était accumulé sous ses ongles en d'horribles croissants sombres. Le tweed gris de son pantalon portait les traces sales de ses doigts, comme celui d'un gamin mal élevé qui essuie sur ses cuisses ses mains pleines de chocolat.

La pâleur de ses joues l'effraya. Était-elle mourante ? Peut-on ainsi d'une balle trancher au bras quelque artère vitale ? Joseph avait toujours pensé que les blessures aux membres étaient les moins inquiétantes. Dans ses jeux d'enfant, elles ne comptaient même pas. Un bras, au pire, ça se coupe. Mais la réalité était tellement plus vulgaire ; cette réalité qui vous tue juste d'un petit trou au-dessus du coude.

Il pivota, inquiet, vers l'avenue et ses gens qui passaient. Mais personne ne semblait avoir aperçu, dans les premiers sous-bois, cet étrange curé en soutane au chevet d'une jeune fille ensanglantée. Elle ne pouvait pas rester là. Il fallait la traîner plus loin. Non, ce sont les cadavres que l'on traîne. Il la porterait. Alors il la saisit sous les bras et au creux des genoux, et l'emmena vers les buissons plus denses. Il avait l'air tout à la fois d'un époux emportant son aimée et d'un monstre sa victime.

Il s'enfonça dans les bois aussi loin que sa force le permit. Le corps totalement abandonné pesait plus qu'il aurait dû et glissait de ses bras à chaque pas. Sa main gauche, qu'il n'osait pas serrer davantage, empoignait un tissu imbibé de sang dont la froideur l'effrayait. Mais il sentait, sous son autre main, la chaleur rassurante d'une jambe encore vivante sous la toile du pantalon. Il déposa Lucrèce délicatement quand il ne put la porter plus loin.

Ils étaient au milieu de nulle part, parmi les arbres, loin des hommes. Que fais-je ici ? se demanda Joseph. Depuis la veille, le temps était parti en vrille. Il avait bien cru, au début, qu'il y maîtrisait encore quelque chose. Puis il s'était laissé aspirer. Marcel, l'Hôtel-Dieu, Lucille, les quais de Paris, Éloïs, la rue Galvani, Raymond, le commissariat, Alexis de France, le ministère et maintenant Lucrèce, au milieu des bois. Il renonçait à réfléchir et ne cherchait plus le lien. Il fallait survivre pour le moment. Se sortir de là et se remettre sur des rails plus familiers qui lui permettraient de reprendre le contrôle de ses pensées. Sa vie de saint Joseph était aussi éloignée de lui à présent que Paris de ce sous-bois étrange et déplacé.

Il y eut un gargouillis au fond de la gorge de Lucrèce. Il redressa sa tête d'une main et de l'autre chercha quelque chose pour la soutenir. N'importe quoi. Un caillou, une branche. Mais tout lui paraissait trop dur ou trop tranchant. Il ramena des brindilles et des feuilles, de la terre aussi, qu'il racla avec sa main pour former un oreiller. S'occuper d'elle lui faisait du bien, ça lui vidait la tête comme seules le peuvent les bonnes activités manuelles.

Lucrèce avait gardé le pistolet serré dans la main droite. Il sourit en lui écartant les doigts un à un.

« Donne-moi ça, tu vas tuer quelqu'un, plaisanta-t-il à voix haute comme si elle pouvait l'entendre. Et laisse-moi voir cette blessure. »

Au-dessus de son coude gauche, il y avait un trou brûlé sur les bords, un trou de cigarette, hideux, bien rond qui gâchait le beau lissé du satin. Et du sang. Du sang partout qui suintait du tissu imbibé alors qu'il ne le soulevait qu'à peine entre le pouce et l'index.

Il devait d'abord dégager la blessure, l'amener à l'air qui la sécherait, écarter ce tissu infect, ces fibres déjà emmêlées dans les chairs nécrosées. Dégrafant trois boutons à la hâte, il libéra une épaule incroyablement blanche sous le satin souillé. Mais ce n'était pas suffisant pour libérer le bras de Lucrèce. Plus lentement, il posa le doigt sur le quatrième bouton du chemisier, un bouton rond de nacre grise, une de ces minuscules élégances qui rendent les femmes mystérieuses. D'une pression de l'ongle, la bille glissa dans l'œillet, libérant dessous une dentelle restée cachée jusque-là. Joseph s'interrompit.

« Tu ferais mieux de refermer ça, curé ! ordonna Lucrèce d'une voix tellement ferme que Joseph crut sur le moment qu'elle ne s'était jamais vraiment évanouie.

— Je… ta blessure… », bégaya-t-il en repoussant la perle de nacre dans sa boutonnière. Trois battements résonnèrent sous sa paume. Le cœur de Lucrèce. Il retira la main.

« Où sommes-nous ? asséna-t-elle de son timbre grave et bien net aux antipodes de la situation.

— Quelque part dans le bois de Boulogne.

— Parfait ! C'est ici qu'on se quitte, monsieur Joseph. »

La parenthèse était fermée, Lucrèce repartait à ses affaires. Un coup de reins, les jambes qui se plient, tout son corps se préparait à l'action. Il lui suffisait juste de se remettre sur ses pieds.

Mais elle poussa un cri. Son bras gauche, qu'elle avait appuyé sur le sol, lâcha sous la douleur et elle retomba sur son oreiller de terre fraîche sans pouvoir se retenir.

« Merde, râla-t-elle. J'ai la tête qui tourne. »

Joseph ébaucha un geste mais n'osa pas la toucher.

« Tu es trop faible pour marcher. Tu as perdu du sang.

— J'ai perdu du sang..., répéta-t-elle lentement.

— Oui. On s'est fait tirer dessus.

— Ça va, je me souviens, coupa-t-elle sèchement en tentant malgré tout de se redresser.

— Ils parlaient russe. Que venaient-ils faire dans la villa de ton oncle ? »

Soudain, elle relâcha tous ses muscles et s'effondra une fois de plus sur sa paillasse d'herbes écrasées.

« Mon Dieu, c'est vrai ! Mon oncle. Il est mort. »

Une vague triste avait changé son visage. Comme une image qu'on retourne sans prévenir pour découvrir le verso, un pile-ou-face déconcertant.

« C'est ce qu'ils t'ont dit au téléphone, c'est ça ? continua Joseph.

— Oui. C'est ma faute. C'est moi qui l'ai tué.

— Ne dis pas ça.

— Vas-y, essaie de me consoler, railla-t-elle. Tu ne le connais même pas.

— Non, mais je sais que tu n'aurais pas pu lui faire de mal.

— C'est ça, continue. Tu ne me connais pas non plus.

— Je sais quand même que vous étiez tous les deux présents à la cérémonie d'hier soir. Je me trompe ? Ton oncle était cet homme qui dirigeait la séance. Sa mort à quelque chose à voir avec ces messes noires ?

— Ne parle pas de ce que tu ne peux pas comprendre, tu veux ? »

Elle avait des larmes dans les yeux, des larmes qui ajoutaient à la confusion du personnage que Joseph ne saisissait décidément pas.

« Écoute, essaya-t-il. La situation n'est pas brillante. Et pour aucun de nous deux ! Alors, je te propose qu'on s'entraide au moins le temps de se sortir d'ici, de rentrer chez nous, de retrouver une vie normale. »

Sans y penser, sa main s'était refermée sur le pistolet qu'il avait posé à l'écart. Elle sourit.

« Commence par lâcher ça.

— Non, répondit-il en souriant à son tour. Tu crois que j'ai déjà oublié comme tu m'as berné tout à l'heure ?

— Je te rappelle que c'est toi qui débarquais dans ma chambre avec ton joujou à la main. Je me suis défendue, c'est tout.

— C'est vrai. Excuse-moi. Mais tu es la seule personne à pouvoir m'aider.

— Ce n'est pas une raison.

— Je n'avais pas le choix. Tu vis dans une forteresse. On n'y entre pas les mains dans les poches, tu sais ?

— Je ne te le fais pas dire ! Tu crois que ça m'amuse ?

— C'est ton oncle qui te garde sous clé ?

— Non, il ne ferait jamais ça ! C'est mon père.

— Ton père ?

— Un possessif. Du genre à cadenasser les jeunes filles pour qu'elles se tiennent tranquilles.

— Il savait que tu étais menacée ?

— Peut-être.

— Il n'empêche que, sans mon pistolet, tu serais morte.

— Comment ça s'est passé ? Je n'ai pas vu l'homme qui m'a blessée.

— C'est un Russe qui est entré dans le salon où tu téléphonais. Il nous menaçait. Je ne savais pas quoi faire. Toi, tu ne bougeais pas, tu étais comme pétrifiée.

— Je venais d'apprendre la mort de mon oncle.

— Le temps d'attraper l'arme dans ta main et l'homme avait tiré. J'ai tiré à mon tour et il est tombé. Tu crois que je l'ai tué ?

— Ce n'est pas le problème. Il a eu le temps de m'amocher, le salaud.

— Jamais je ne pourrai me pardonner d'avoir tué un homme. Je n'ai pas réfléchi. J'aurais dû le mettre en garde, lui lancer une sommation.

— C'est ça ! Et c'est moi qui serais morte à l'heure qu'il est et tu t'en voudrais encore plus.

— Tu as peut-être raison. »

Il reposa le pistolet dans l'herbe.

« Ces trucs-là, il vaut mieux ne pas en avoir du tout. Ce ne sont que des engins à produire du remords et des cas de conscience. Je vais le laisser rouiller là, c'est tout ce qu'il mérite.

— En plus, tu as vidé le barillet, conclut-elle. Il ne te servira plus à rien. »

Depuis qu'elle avait repris connaissance, Lucrèce s'était un peu mieux installée. Le corps plus droit, plus symétrique, aussi tranquille que sur un lit, que sur une de ces tables de bois de l'Hôtel-Dieu. C'est cela. À ce moment, Lucrèce lui rappelait les mortes de sa morgue. Le souvenir de l'odeur de désinfectant lui monta aux narines comme une drogue apaisante. Cela faisait longtemps que Joseph ne s'était pas senti aussi détendu. Malgré la fatigue, malgré la faim qui ne le lâchait plus. Tout compte fait, l'endroit n'était pas mal choisi. Il faisait beau, l'air était doux, et Lucrèce n'avait pas d'autre choix que de l'écouter continuer ici leur discussion de la chambre à coucher.

« Alors, avec ton oncle, vous avez invoqué un démon. C'est comme cela qu'on dit ? Celui que tu as appelé Baphomet. C'est bien le nom d'un démon, n'est-ce pas ?

Ne fais pas la tête de celle qui n'y croit pas, parce que moi, j'y crois dur comme fer. Et j'y crois parce que je sais que les démons existent. Parce que j'ai un ami qui en a vu. Marcel. C'est lui qui m'a amené jusqu'à votre petite sauterie de la rue Galvani. Et puis, j'y pense, moi aussi j'ai vu un démon puisque je l'ai vu, ton Baphomet ! C'était ce grand costaud que vous avez fait apparaître avec votre machine de cuivre, c'est ça ? Un démon ! Je n'en reviens pas !

— Tu n'as pas l'air d'y croire tant que ça !

— Attends ! Il faut que je me fasse à l'idée. Il faut plus d'une journée pour avaler ça. Donc, ton oncle et toi étiez les organisateurs de la cérémonie ? »

Elle acquiesça en silence. À quoi pouvait-elle penser derrière ses yeux tristes ? Elle avait étiré son cou vers l'arrière et respirait lentement en regardant le ciel entre les feuilles des arbres.

« Et cet homme en chemise de nuit qui a disparu avec Éloïs, qui était-il ?

— Éloïs ? C'est ton ami, c'est ça ?

— Oui. C'est pour le retrouver que je me suis introduit chez toi.

— L'homme en chemise, comme tu dis, s'appelle David. Il était là pour s'offrir. En échange de Baphomet.

— S'offrir ? Un sacrifice ?

— Pas vraiment. Juste un échange. Baphomet vient ici et David prend sa place.

— Sa place où ?

— Là où vivent les démons. Comment vous appelez ça, vous les curés ? L'Enfer ? Le feu éternel, l'Au-delà, la mort.

— Et Éloïs alors ? Il est… mort ?

— Il a disparu. En même temps que David. »

La nouvelle lui fit l'effet d'une décharge, d'une libération dans ses veines de tous ces liquides piquants que le corps sait produire pour vous secouer un bon coup. Il se recoiffa d'une main puis arracha une poignée d'herbe.

Et pas l'ombre d'un espoir pour diluer la catastrophe. Parce qu'il savait bien que tout cela existait, qu'il y avait un Au-delà avec lequel il communiquait depuis qu'il était enfant. Il le savait parce que Marcel lui avait décrit les démons de la rue Galvani avant même qu'il n'en voie un de ses yeux, parce que tout cela se tenait comme un beau raisonnement qu'il était bien le seul sur terre à pouvoir accepter aussi facilement.

« Il est mort…, répéta-t-il pour s'en convaincre.

— Il est mort sans mourir. Une espèce de miracle, non ? »

Il lui prit la main sans savoir pourquoi il faisait cela. Elle grimaça.

« Je te fais mal ? Ta main est brûlante.

— Tu crois que mon bras s'infecte ?

— Pas si vite, je ne pense pas. Le choc, peut-être.

— Ne lâche pas ma main. Et continue à me parler. On est dans de sales draps tous les deux, alors on s'entraide, d'accord ? Comme tu as dit. »

Joseph sourit. Ils étaient si loin de tout dans cette forêt. Dans un autre monde peut-être, eux aussi.

« Et Raymond ? Qu'est-ce qu'il faisait avec vous, Raymond ?

— Raymond ? s'amusa-t-elle, c'est le petit rouage indispensable que mon oncle bichonnait depuis vingt ans dans l'attente de ce soir-là. Sans Raymond, rien n'aurait été possible.

— Pourquoi ?

— Parce que c'est lui qui permet de régler la machine. *Sur la bonne distance*, comme dit mon oncle.

— Un technicien ?

— Tu parles, non ! Il n'a jamais rien fait de ses dix doigts. Et encore moins avec la tremblote du buveur d'absinthe. Non, Raymond n'était indispensable que parce qu'il était le seul à se souvenir des réglages.

— Et il ne pouvait pas les indiquer à ton oncle à l'avance ?

— Non. Raymond a une mauvaise mémoire. Il s'en souvient toujours au dernier moment. On appelle ça la mémoire courte.

— Qu'est-ce que tu racontes ?

— Alors, tu ne t'es pas rendu compte ? Et tu dis que Raymond est ton ami ? Tu n'as pas beaucoup discuté avec lui, dis-moi.

— J'ai bien remarqué qu'il est un peu bizarre. Je n'ai pas toujours compris ce qu'il me disait. C'est un invalide de guerre, c'est ça ? Et alcoolique en plus.

— Depuis son Tonkin, Raymond n'a plus tous ses esprits et tout le monde le croit fou. Mais mon oncle Gérard est un homme généreux qui sait écouter, même les fous. C'est comme ça qu'il a découvert le petit détail qui rend Raymond unique.

— Vas-tu enfin me dire quoi ? »

Elle prenait plaisir à faire traîner son histoire. Ses yeux s'étaient creusés et n'annonçaient rien de bon quant à l'évolution de sa blessure, mais ils brillaient encore de cette malice de gamine qui collectionne les chevaux de porcelaine.

« Eh bien, figure-toi, reprit-elle enfin, que Raymond est revenu du front avec la mémoire à l'envers.

— À l'envers ?

— Exactement. Mon oncle avait une théorie à ce sujet. Le cas de Raymond l'intéressait beaucoup. Il est médecin, je t'ai dit ? Il pensait... Il *pense* que Raymond s'est engagé chez les zouaves pour en finir avec sa vie de chien, ses problèmes et ses mauvais souvenirs, comme beaucoup de militaires. Et Raymond voulait tellement oublier, il avait ça tellement ancré en lui que, quand l'obus lui a explosé sous les jambes, ça lui a retourné la mémoire. Comme un gant.

— Et alors ?

— Alors, il a tout oublié.

— Un amnésique ?

— Pas vraiment parçe que sa mémoire fonctionne toujours. Mais à l'envers. Il se souvient de ce qu'il va vivre et n'a pas encore vécu. Il se souvient de ce qui sera. Il se souvient de la Grande Guerre et de la révolution russe que Lénine va gagner. Il m'a tout raconté. Mon oncle dit que les hommes marchent à reculons, qu'ils découvrent leur avenir à coups de talon tellement ils restent braqués sur leur passé. Raymond est le seul homme sur terre à marcher dans le bon sens.

— Bon sang, c'est vrai ! Il se souvenait déjà de moi la première fois qu'il m'a rencontré. Il se souvenait de mon évasion du commissariat, du ministre que j'ai frappé.

— Tu as frappé un ministre, toi ?

— Oui. Et c'est d'ailleurs son pistolet. »

Il ramassa l'arme pour l'agiter devant elle. Elle rit en hésitant comme rient les malades qui ne veulent pas rouvrir leurs cicatrices.

« Tu fais un drôle de curé quand même. Repose ça tout de suite ! »

Joseph lui obéit en regardant ailleurs, au fond de sa tête, où il cherchait à retrouver tout ce que lui avait raconté Raymond. Quel imbécile il avait été de ne pas comprendre le prodige ! Lucille avait raison. Il n'écoutait pas les gens.

Lucille… Il la chassa immédiatement de son esprit.

« C'est étonnant, hein ? continua Lucrèce. Faut se faire à l'idée. En plus, quand le temps avance, que les événements s'enchaînent, que le futur devient passé, Raymond oublie. Et il ne se rappelle pas plus son passé que nous notre futur.

— C'est incroyable !

— C'est surtout bien pratique. Et oncle Gérard l'a bien compris. Raymond était le seul à pouvoir se souvenir quelques secondes avant de la graduation sur laquelle il fallait arrêter le foutu potentiomètre.

— Alors il s'est souvenu à l'avance du réglage qu'il ferait lui-même l'instant d'après ? Ça n'a pas de sens !

— Peut-être, mais ça a fonctionné. Et ce petit talent a suffi à mon oncle pour justifier les vingt ans de garde-malade et d'hébergement à l'œil d'un ivrogne notoire. Mais pas de Raymond, pas d'invocation ! Et pas de Baphomet. Le calcul est vite fait ! »

Elle coupa sa phrase à bout de souffle et ponctua par un gémissement. Ses lèvres avaient blanchi et sa peau s'était nuancée d'un lustre blafard qui faisait paraître ses cheveux plus noirs encore.

« Il faut faire quelque chose, intervint Joseph. Tu continues à perdre ton sang. L'hémorragie ne s'arrêtera pas toute seule. Il faut au moins comprimer la plaie. »

Il lui fallait une bande de tissu. Alors il entreprit de déchirer le bas de sa soutane. C'est tout ce qu'il avait sous la main et cela lui évitait de devoir une nouvelle fois affronter le chemisier de Lucrèce.

La toile était coriace et il dut l'user entre deux gros cailloux pour y entamer une déchirure.

« Regarde, on dirait une vieille bohémienne ! » dit-il en se redressant, sa langue de charpie dans la main. Puis il tourna sur lui-même comme au défilé de mode pour exhiber sa soutane raccourcie et son bord effiloché.

Il profita du sourire de Lucrèce pour lui saisir le bras et y repérer la blessure d'un coup d'œil. Un sale trou noir et luisant. Il y appliqua la bande de tissu pour ne plus le voir. Et il serra d'un coup. Lucrèce poussa un cri.

« Ça fait mal ?

— Je suis solide.

— On dirait une révolutionnaire avec ton brassard noir. Une anarchiste fière de l'être ! »

Elle grimaça.

« Tu souffres ?

— À ton avis ?

— Hé, doucement ! Tu devrais me remercier !

— Je ne t'ai rien demandé.

— Qu'est-ce qui t'arrive ? C'est ma remarque sur le brassard qui t'a froissée ? »

Elle ne répondit rien. Son visage s'était vidé de toute expression. À l'évidence, il n'était pas question de bras qui fait mal ni de tête qui tourne. Lucrèce lui bombardait son flegme froid à la figure comme une mise en garde. Un *n'y touche pas* menaçant.

« C'est vrai que je parle à une jeune fille qui décore sa table de chevet d'une photographie de Lénine, continua Joseph sur le ton de la plaisanterie.

— Arrête, curé ! Ne va pas nager où tu n'as pas pied.

— Tu ne m'appelles plus Joseph ? Dis-moi, ce sont bien des Russes qui nous ont attaqués. Cela a un rapport avec ton camarade à barbichette ? Ton héraut de la révolution internationale ?

— Arrête ! »

Elle avait crié. Et sa voix avait tout balayé comme une onde de choc. Le bruit des feuilles, le vent, les oiseaux. La vague avait figé Joseph sur sa dernière syllabe. L'injonction sonnait comme un sortilège, un condensé d'autorité qui interdisait toute réponse. Le visage focalisé de Lucrèce projeta ses yeux noirs vers Joseph. Il pouvait presque sentir cette baguette invisible qu'elle plantait au milieu de son front.

Enfin, elle cligna lentement des paupières. Il put hasarder une excuse.

« Je ne voulais pas te froisser. Je plaisantais. »

Puis, après un silence, ils s'activèrent dans un même élan, dans une résolution tacite de tourner la page.

« Il n'empêche que tu ne peux pas rester là. Je dois te conduire à un médecin.

— Non. Ce ne sera pas nécessaire. J'ai des amis pas loin d'ici qui pourront s'occuper de moi.

— Des amis ? À Paris ?

— Au bout de la forêt. C'est mon père qui a organisé ça pour les mauvais jours. Un abri pour les cas désespérés. Je pense que notre situation mérite le label. Ce sera notre sanctuaire secret.

— Secret ?

— Mon père a beaucoup d'ennemis. Et puis, il a le goût de la mise en scène. Tu verras, ça va te plaire.

— Bon, d'accord, si tu préfères cela à l'hôpital… Allons-y tout de suite ! Nous avons déjà perdu trop de temps.

— Non, pas maintenant. Il faut attendre le soir. Ma… ma marraine n'arrive qu'à la tombée de la nuit.

— Ta marraine ?

— Appelons-la comme ça. C'est elle qui nous accueillera.

— Mais tiendras-tu jusque-là ? Tu es déjà si faible. Tu pourras à peine marcher.

— Je ne marcherai pas. Ni maintenant ni ce soir. Tu iras seul. Je t'expliquerai. Tu raconteras ce qui m'est arrivé et elle viendra me chercher ici. En attendant, je vais me reposer. Et tu devrais faire la même chose, tu n'as pas bonne mine non plus, tu sais ? »

Et sans attendre, elle ferma les yeux. Toujours bien droite, presque raide, allongée sur le dos, en tête d'un buisson touffu pesant sur son crâne fragile comme un nuage menaçant.

Joseph ne dit rien. Elle semblait s'être endormie instantanément.

« Viens te reposer à côté de moi », articulèrent les lèvres blanches après un long silence.

Puis elle se mit à fredonner. Le même air léger qu'elle chantait dans sa chambre quand il était arrivé sur son palier. Une mélodie qui s'envolait comme une promesse pour retomber au ralenti. Et toute la féerie de la mélopée résidait dans cette descente, cette chute lente de feuille d'automne qui rebondissait sans cesse pour tomber plus bas encore. Les notes s'invitaient dans le crâne de Joseph tel un envoûtement, une musique vivante qu'il portait en lui depuis toujours. La berceuse lui disait d'aller s'allonger et de fermer les yeux. Il décida de ne pas résister et il sut que cet instant le hanterait à jamais.

Il s'agenouilla à côté de Lucrèce, puis il se coucha sur l'herbe avec douceur, se laissant guider par la mélodie. Il ferma les yeux à son tour. Il respira l'air des arbres. Il laissa ses pensées s'enfoncer dans la terre, derrière lui.

Leurs mains s'entrelacèrent sans qu'il pût dire si c'était lui ou elle qui l'avait voulu.

Lucrèce souffla ses derniers vers en lui serrant les doigts.

Tu chantes un poème,
Jure que tu m'aimes,
Embrasse mes mains.
Mais jamais ne reviens,
Jamais ne reviens.

Puis elle se tut, laissant au-dessus d'eux flotter un silence magnifique.

Joseph finit par s'endormir d'un sommeil impératif, obligatoire, une loi de la nature qui n'accordait aucune place au rêve.

Et cela dura jusqu'à ce que, du fond de lui, une alarme

stridente vînt l'arracher à son K-O délicieux. Il fut assis avant même d'être vraiment réveillé. La main de Lucrèce toujours dans la sienne. Une main chaude, un peu trop, mais vivante. Lucrèce respirait doucement. De son visage endormi, les cernes avaient disparu. Joseph se pencha pour admirer sa peau souple, tellement différente du derme cireux des mortes qu'il côtoyait d'habitude.

Puis il regarda les bois autour d'eux. Le jour brillait encore. Son somme se mesurait-il en minutes ou en heures ? Rien ne permettait de le dire. Il ne lui restait qu'à essayer de dormir encore. Il réveillerait Lucrèce à la nuit tombée.

Il s'étendit sur le dos et contempla d'en bas le dessous des feuilles.

« Joseph ?

— Tu ne dors pas ?

— Tu m'as réveillée.

— Je suis désolé. Rendors-toi. La nuit est encore loin.

— Joseph. Dis-moi. C'est vrai que tu parles aux morts ? »

Il ne s'attendait pas à cela. Ça lui rappelait le dortoir du séminaire et cette philosophie d'adolescents qu'il échangeait avec son voisin de lit après l'extinction des feux, ce besoin de parler de choses sérieuses qui vous saisit au moment de dormir.

« C'est vrai. Je parle aux morts.

— Comment fais-tu ?

— Je m'assieds à côté du corps. Parfois je lui prends la main. Et puis il me parle. C'est tout.

— Comme moi en ce moment. Je pourrais être morte. »

Il se redressa d'un bond, d'une seule contraction fulgurante d'une bonne moitié des muscles de son corps, cherchant d'instinct un signe de vie sur le visage de Lucrèce. Elle rit sans ouvrir les yeux.

« Ça va ! Je suis encore vivante ! Ne me serre pas la main comme ça, tu me fais mal. En tout cas, ça prouve que tu ne mens pas !

— Ce n'est pas drôle.

— Continue. Que te disent-ils, tous ces morts ?

— Ils me racontent leur vie. Ils me racontent leur mort. C'est souvent très personnel. Rarement intéressant. J'essaie de les écouter. Ça leur fait du bien. C'est mon boulot à moi, mon boulot de curé.

— Une confession en quelque sorte. Tu les absous à la fin ?

— Non, rit-il, ça ne serait pas très orthodoxe. C'est un peu paradoxal, d'ailleurs. Peut-être qu'un jour, l'Église sera prête pour cela. De toute façon, je ne suis même pas encore curé. Je serai ordonné jeudi prochain.

— Dans une semaine ?

— Six jours. Mais... je n'y pense plus vraiment maintenant. Je vais avoir besoin de réfléchir après tout cela.

— Mais quand même, c'est magnifique ! Cela prouve qu'il y a un Au-delà, un quelque part qui recueille les âmes des morts. Ça ne m'étonne pas que les gens t'aient baptisé saint Joseph. Quel espoir tu leur donnes !

— Pour tout dire, je trouve ça un peu moins magnifique depuis que je sais qu'on peut aller y chercher des démons et que j'y ai envoyé sans vergogne mon ami Éloïs. Plus le Paradis devient concret, moins il paraît sacré. Jusqu'ici, je me considérais comme une espèce de scientifique, un découvreur qui allait faire éclater à la face du monde la réalité de l'Au-delà. Avec ce que j'en ai vu ces derniers jours, je me demande si je ne dois pas laisser aux gens leurs rêves. La vie après la mort, c'est l'espoir qui fait marcher les hommes. De quel droit pourrais-je, moi, transformer cela en un vulgaire passage vers le même Paris, la même vie avec les mêmes problèmes et les mêmes questions sans réponses ?

— Les morts t'ont décrit ce qu'ils voient là-bas ?

— Oui, en quelque sorte. Mais cela n'a rien d'extraordinaire, tu sais. La grande majorité des âmes ne voient rien du tout. Ils tombent dans un grand néant où ils ne font que ressasser les angoisses, les souvenirs et les regrets d'une vie passée. Et ils retournent leur mélasse dans une interminable introspection. D'autres me décrivent un monde gris et terne, un monde de peur qu'ils assimilent à un enfer qu'ils ne comprennent pas avoir mérité. Les plus chanceux, enfin, échouent dans des jardins idylliques et abêtissants qui ne valent guère mieux. Au moins ceux-là semblent plus heureux de leur sort, mais moi, en vérité, je les plains autant que les autres.

— Et les démons, comment connais-tu leur existence ?

— Parce que j'ai eu récemment l'occasion de rester en contact très longtemps, plusieurs semaines, avec un petit garçon qui était mort à mes côtés, à l'Hôtel-Dieu. Une expérience inespérée. Un corps que personne ne réclamerait, une âme prête à tenter l'aventure. En vérité, un pauvre gamin qui prenait sa propre mort comme un jeu. Mais je me suis laissé aveugler par mes théories, ma science, mon orgueil aussi. Je lui ai parlé hier. Il était avec les démons. Il était terrorisé. Ton Baphomet était sans doute parmi eux. Rue Galvani. C'est comme ça que ça a commencé.

— Cela signifie que par l'intermédiaire de l'âme d'un mort tu peux entrer en contact avec un démon ?

— Oui, même si ce n'est pas aussi simple qu'un appel téléphonique. »

Elle lâcha sa main pour pivoter vers lui. Son teint de cadavre donnait à son excitation quelque chose d'effrayant.

« Alors, tu as réussi ce que l'oncle Gérard n'a jamais seulement approché ! Le rêve du grand Papus et de ses disciples. Une vraie communication avec les âmes des morts, une communication dans le bon sens.

— Le bon sens ?

— Oui, malgré ses théories et ses incantations, mon oncle a toujours dû se contenter d'attendre passivement qu'un démon daigne le contacter dans son sommeil. Et ça ne s'est produit que deux fois en vingt ans ! Comprends-tu comme ta méthode est infiniment plus efficace ? »

Tout chagrin semblait l'avoir quittée. Avait-il suffi d'un sommeil de quelques minutes pour qu'elle fasse le deuil de son oncle ? Encore une fois, elle avait changé le temps d'un souffle d'air. Joseph se redressa pour mieux la déchiffrer. Les cheveux de Lucrèce collaient à ses tempes, son front perlait et ses yeux brûlaient de fièvre. Son regard déjà si obscur avait viré à une profondeur qu'il ne pouvait interpréter ; un désir ardent, une étrange avidité.

« Je ne te reconnais pas, Lucrèce. Que t'arrive-t-il ? »

La question secoua le visage de la jeune fille. Ses yeux changèrent instantanément. Sans rien ajouter, sans répondre, elle attrapa la main de Joseph et la serra avec sa force dérisoire. Comme si sa vie en dépendait.

Alors, Joseph sentit de sa main éclater une bulle de douceur, une bouffée de bien-être, de simple bonheur de se trouver là, avec elle. Il ferma les yeux et se recoucha à ses côtés. Cette main dans la sienne le ramenait à l'évidence. Jamais de sa vie, il ne s'était senti si bien, réconcilié avec le monde, à sa place tout naturellement. À côté d'une femme, d'une sœur, d'une mère, de toutes les femmes à la fois. Il ne lâcherait plus la main de Lucrèce. Il ne lui restait qu'à dormir, comme un enfant.

« Joseph ? »

Avec une infinie prudence, Lucrèce le ramenait à ses questions.

« Joseph, ton… pouvoir, hésita-t-elle, cette possibilité que tu as de parler aux âmes des morts… Est-ce quelque chose que tu contrôles ?

— Comme tu es curieuse, s'amusa-t-il. Une vraie journaliste ! »

Il sentait sa main. Il ne voulait pas la perdre. Pour rien au monde.

« J'ai toujours parlé aux morts, continua-t-il. C'est dans ma nature je pense. Je ne sais pas pourquoi.

— Cela ne t'a jamais quitté ? Tu es né avec ce don ?

— Non, en fait, je suis né comme tous les enfants du monde.

— Mais alors, d'où te vient ce miracle ? Raconte-moi. Je dois savoir. »

Comme sa voix était douce ! Le voilà, le paradis que cherchent ces pauvres âmes dans leur Au-delà de pacotille ! Le voilà sur terre, sur l'herbe fraîche, sous les arbres jaunis par le soleil d'une fin de journée, dans le chant des insectes du soir. L'évidence s'insinua en lui sans qu'il cherche à résister. Par les pores de sa peau, par la main de Lucrèce. Le moment était enfin venu de raconter son histoire, de partager son secret.

« J'ai toujours aimé mes parents, commença-t-il à voix basse. Mon père était droit comme doit l'être un père. La force, le courage, la justice qu'attend un enfant. Il était cantonnier municipal et s'était fait embaucher dans les premières équipes du chantier du métropolitain. Le dimanche, il me racontait ses aventures. Pour moi, c'était un chevalier armé d'une pioche qui creusait un tunnel de légende qui emmènerait les hommes vers le futur, vers le vingtième siècle.

« Ma mère était la sécurité et le calme de mes journées

d'enfant. Je ne la quittais jamais. Sans relâche, elle préparait une soupe pour l'une, reprisait une chaussette pour une autre. C'était son métier, dépanner les autres ouvrières du quartier pour un sou. À mes yeux, cela faisait d'elle la plus grande de toutes. La cuisinière des cuisinières, la blanchisseuse des blanchisseuses.

« Nous ne savions pas lire, nous ne connaissions rien de la société dans laquelle nous vivions. Nous passions les jours dans notre nid sous quelques planches. Je ne me souviens pas avoir eu froid ou faim. Peut-être mon souvenir a-t-il enluminé cette enfance ordinaire, mais peu importe. Je préfère garder ces images.

« Un jour, une dame en tablier est venue nous chercher. Elle pleurait à moitié. Je ne comprenais pas ce qu'elle disait tellement l'angoisse, ou la pitié peut-être, déformait ses paroles. Ma mère a posé son ouvrage et m'a emmené par la main. Naturellement. Sans une hésitation. Elle était tellement calme.

« Pour moi, c'était comme une promenade surprise, la balade du dimanche en pleine semaine. J'étais bien. Il faisait beau. Nous avons marché jusqu'à la Seine, au pont d'Arcole. Elle s'est arrêtée. Elle m'a regardé longtemps. Puis elle m'a dit : *Nous sommes heureux, n'est-ce pas, Joseph ?*

« Elle me souriait. Il n'y avait pas la moindre tristesse sur son visage. Elle m'a demandé de la serrer dans mes bras. J'adorais cela. Sentir sa chaleur, son cœur.

« Elle m'a enlacé à son tour et nous avons basculé dans la Seine, par-dessus le parapet. J'avais huit ans. Dans l'après-midi, mon père s'était fait happer par une machine à concasser qui l'avait mis en pièces. Il ne restait même plus de quoi l'enterrer. C'est ce qu'avait raconté la voisine.

« Quand je me suis réveillé, j'étais couché sur une table en bois, recouvert d'un drap propre qui sentait le désinfectant. Ma mère me tenait par la main. Comme toi en ce moment. Il faisait sombre et je ne pouvais pas la voir. Elle semblait dormir. Je l'ai appelée tout doucement. Je voulais qu'elle me parle mais je craignais de la réveiller.

« Cela a duré des heures, des heures de silence. Mais je n'avais pas peur puisque je savais qu'elle était avec moi. Tout ce que je désirais, c'était qu'elle me parle, c'était entendre à nouveau le son de sa voix.

« Puis enfin, après une éternité, elle m'appela par mon prénom. Elle était si contente de me retrouver à côté d'elle ! Elle me dit qu'elle avait cru me perdre et que nous ne devions plus nous quitter. Puis, pendant les heures qui ont suivi, elle ne m'a plus parlé que de notre nouvelle vie, un nouveau bonheur où nous serions réunis, elle, moi et mon père, à jamais. Un paradis à trois qu'elle me décrivait dans ses moindres détails. Un rêve d'une vie ordinaire que je buvais comme une ambroisie.

« Puis le froid est arrivé. La faim aussi. J'ai demandé à ma mère de quitter cette table trop dure et de retourner marcher sous le soleil de la rue. Mais elle n'a pas voulu. Elle me disait qu'il fallait rester à ses côtés, ne pas lâcher sa main. Sa voix avait changé. Sur le moment, je n'ai pas compris. J'étais si jeune ! Mais c'était le doute, cette touche amère que je percevais sans l'entendre. Ce doute horrible que j'ai tant retrouvé depuis dans la voix des morts.

« Alors, il y a eu un bruit au loin, des pas qui approchaient. Je les lui décrivais, mais ma mère ne les entendait pas et cela semblait la paniquer. C'est à ce moment-là qu'elle m'a chuchoté à l'oreille : *Ta route ne s'arrête pas ici. Pense aux tiens et aime-les comme ils t'aiment. Tu peux encore être charitable, honnête et généreux. Pour les autres et pour toi-même. N'aie pas peur, Joseph, tu es libre à présent.* Ces mots m'ont suivi jusqu'ici.

« Quelqu'un a soulevé le drap. C'était sœur Solange, la supérieure de l'Hôtel-Dieu, qui m'avait vu bouger sous le linceul. J'étais en vie. J'étais un miraculé. Les augustines m'adoptèrent et devinrent ma nouvelle famille.

« Ma mère était morte noyée ce jour-là. J'ai mis des années à accepter cette réalité. J'ai parlé avec elle comme j'ai parlé à toutes ces âmes depuis. Elle fut la première.

« Longtemps, je me suis glissé hors de mon lit, la nuit, pour retourner seul à la morgue, au sous-sol de l'hôpital. Là, j'ai discuté des heures avec toutes ces femmes mortes qui ressemblaient à ma mère. Je leur demandais de m'aider à la retrouver mais elles ne pouvaient rien pour moi, trop occupées à accepter leur propre mort.

« C'est sœur Solange qui, la première, a découvert le secret de mes discussions nocturnes. Je suis devenu un phénomène, puis un miracle, puis un saint. J'ai moi-même fini par me rallier à cette idée. J'ai commencé à écouter les morts pour ce qu'ils étaient et non plus pour cette mère qu'ils me rappelaient. Puis, je me suis pris pour un scientifique et j'ai entrepris de défricher cette sale réalité qui, je m'en rends compte aujourd'hui, m'a éloigné de ma mère à tout jamais.

« Mais peut-être avait-elle raison après tout. *Je suis libre, à présent.* »

Joseph avait fermé les yeux. Il ne savait plus quand. Il se sentait soulagé. Il s'était enfin ouvert et se découvrait libéré de ce sale secret qu'il avait élevé en son sein, cette mélancolie, cette vermine qui enfin allait le laisser en paix. Il pensa à Lucille et à son docteur Freud. Lucille. Il serra la main de Lucrèce et sombra dans le sommeil.

Ce fut Lucrèce qui le réveilla.

« Joseph ! Il fait bientôt nuit. Tu vas devoir y aller. »

Il bondit.

« Bon sang ! Je me suis endormi ! Quel goujat ! »

Elle rit. Il avait du mal à distinguer ses traits dans les ombres grandissantes. Du bout de ses doigts, il écarta les mèches de son visage. Sa peau était brûlante.

« Je ne peux pas te laisser seule. Je vais te porter !

— Pas question ! D'abord, tu n'y arriverais pas et puis ils ne nous laisseraient pas entrer. Nous ne devons pas attirer l'attention.

— Entrer où ? Où dois-je aller ?

— Au Luna Park de la porte Maillot. C'est là que se trouve l'abri que mon père a arrangé. Une cachette introuvable ! Marche vers le nord-est, tout droit. Puis laisse-toi guider par les lumières du parc. Une fois entré, cherche la femme-gorille.

— Qu'est-ce que c'est que ça, encore ?

— Son vrai nom, c'est Rosa. Une Tchèque. Elle a commencé comme lutteuse mais son sport n'intéresse personne ici. Alors, elle fait la femme-gorille au Luna Park. Elle exhibe ses muscles et laisse caresser pour un billet la fourrure qu'elle s'est fabriquée avec des tisanes de bohémiennes. Tu verras, elle vaut le voyage ! Elle s'est beaucoup occupée de moi quand mon oncle avait autre chose à faire que me servir la soupe ou m'apprendre à lire. J'en ai passé des soirées avec la femme à barbe ! Elle m'aime comme sa fille.

— D'accord. J'y vais. Ne t'inquiète pas. Nous reviendrons nous occuper de toi.

— Oui, elle saura quoi faire. Note bien le chemin, il faudra me retrouver.

— Ne t'inquiète pas. Tout va bien se passer. »

Il s'élança pour s'interrompre aussitôt et revenir en arrière. Il s'agenouilla et lui prit la main.

« N'aie pas peur. Garde le pistolet auprès de toi. Même s'il est vide.

— Ne fais pas cette tête ! se moqua-t-elle. Je tiendrai le coup. J'ai dormi, moi aussi. Je me sens mieux. Vraiment. »

Joseph fit mine de partir. Elle le retint par la main.

« Joseph. Ton père était un ouvrier. Une de ces bêtes qu'un type en costume envoie au fond d'un tunnel dans lequel il n'a lui-même jamais osé mettre les pieds. Une tête de bétail dans le troupeau, qu'on remplace quand elle crève. Ton malheur, celui de ta mère, c'est l'œuvre de ce type à cigare pour qui vous ne représentez rien d'autre qu'une ligne dans un livre de comptes. La machine qui a broyé vos vies, ce n'est pas ce concasseur de cailloux, c'est le Capital. Tant qu'il y aura des exploiteurs, il y aura de la misère et des victimes soumises qui avalent leur destin sans broncher. Pense à cela, Joseph. C'est aussi ça que veut dire *être libre.* »

Il sourit sans lui lâcher la main.

« J'y penserai. C'est promis. Je dois y aller. »

Il se mit en route mais s'arrêta encore, une dernière fois. Il ne la voyait presque plus tant il faisait déjà sombre. Tout ce sang. La tache pâle de son visage. La reverrait-il vivante ?

« Lucrèce. Cette chanson que tu fredonnais tout à l'heure, qu'est-ce que c'est ?

— Une barcarolle. »

Il rit.

« Pourquoi ris-tu ? demanda-t-elle.

— Parce que ça te ressemble. Ça ne pouvait pas être une valse, une berceuse ou une simple chanson. Non. Il fallait que ce soit une *barcarolle.* Encore une finesse de fille. Note, le mot est joli.

— C'est une chanson qui parle de la fragilité des femmes et de la légèreté des hommes.

— C'est bien ce que je dis ! C'est toi tout craché ! »

Il s'enfonça dans la forêt.

Quand il aperçut les premières lumières du Luna Park, la mélodie ne l'avait pas quitté.

XX

Un mur sombre, des rochers de carton-pâte et des lumières dans tous les sens. Le Luna Park était la dernière éructation d'une France gavée de modernisme, le loukoum de trop après le festin de l'Exposition universelle. Pour Joseph, ce n'était qu'une usine à siphonner le temps des gens, une pompe à énergies humaines. Il avait entendu les premiers rires au moment même où il apercevait les premières lumières. On y amusait les Parisiens tous les soirs jusqu'à minuit. Peut-être pour qu'ils ne regardent pas ailleurs, ni à la frontière vers les sombres parades des soldats allemands, ni chez eux vers les intrigues de leur nouvelle présidente.

Cette verrue de bonheur organisé, tout au bout du bois de Boulogne, était bien le dernier endroit où Joseph voulait traîner sa soutane. La joie des autres, surtout factice, c'était la poignée de sel sur ses chairs à vif, la provocation perverse des gens sans problème. Longeant le mur d'enceinte, il arriva à un trottoir pavé qui marquait la fin du monde fantastique de la forêt de Lucrèce. Il continua vers les portes du parc d'attractions du pas d'un ivrogne, d'un migraineux condamné à la fanfare.

Il faut sauver Lucrèce, se répétait-il depuis le bois. Il faut sauver Éloïs. Il faut sauver Marcel. Alors, chaque malheur prend la place du précédent ? Quel bilan tirerait-il de tout cela ? Il avait tout promis. Promis d'aider Marcel, de retrouver Éloïs et maintenant de secourir Lucrèce. Mais pourquoi ? Il se sentait comme ces gens, là-bas, qui riaient sans savoir dans les attractions du parc. Depuis la veille, il ne luttait à chaque instant que pour sortir vivant du prochain virage, sans faire davantage de dégâts. Y avait-il une seule chance que ces gesticulations le mènent à la vérité ? Il était temps de regarder plus loin, de relever enfin la tête pour comprendre le plan du labyrinthe. Les messes noires, les machines de cuivre, les démons de l'Au-delà, les soldats russes et les villas assiégées. Et les *implexes*. Le mot étrange…

Il fallait qu'il comprenne. Il retrouverait cette femme-gorille, cette incongruité de plus qui ne l'étonnait même plus. Et après ? Rester avec Lucrèce ? Retrouver Raymond à l'Hôtel-Dieu ? Retourner pleurer avec Lucille ? Se rendre au ministère, se constituer prisonnier et payer enfin pour le mal qu'il avait fait ? Si seulement il avait rencontré ce Papus et discuté avec lui, entre scientifiques, avant de s'inviter à la légère dans des expériences qu'il ne comprenait pas. L'oncle de Lucrèce gardait-il des documents dans sa villa ? Des traités, des plans, des comptes rendus ? La bâtisse était truffée de Russes à présent. Quelle chance avait-il de pouvoir y pénétrer à nouveau ? Ils avaient déjà eu tellement de chance avec Lucrèce d'en réchapper une première fois. Il les entendait encore, les coups de feu, et cette balle qui avait arraché une gerbe de ciment au mur qu'il enjambait, à quelques centimètres de son pied.

Mais les Russes ne les avaient pas suivis plus loin. Et pourquoi ? Pourquoi les avaient-ils laissés partir ? Après tout, à cause de la blessure de Lucrèce, ils n'avaient pas couru très vite. Et puis, ils étaient restés plusieurs heures couchés dans les sous-bois à quelques centaines de mètres à peine du boulevard. Et si les Russes avaient simplement cherché à les éloigner de cette villa pour l'occuper ? Et si c'était l'université du grand Papus, ou ce qu'elle cachait, qui les avait attirés ?

Joseph avait passé l'entrée magistrale, sous le croissant de lune jovial qui annonçait fièrement le poste frontière de son royaume de la futilité. Il se greffa machinalement à une courte file d'attente. UN FRANC L'ENTRÉE, proclamait une affiche colorée, AVEC UNE ATTRACTION GRATUITE. Il n'avait pas la moindre pièce en poche. Il sourit. Tous ces déboires, cela tournait à la farce. Un franc. Voilà ce que valait maintenant la vie de Lucrèce !

« On vient s'amuser, mon père ? » tonna la voix rugueuse de la caissière, une voix inévitable qui allait avec la guérite.

« Non madame. Je cherche quelqu'un qui se trouve à l'intérieur. Je n'ai pas d'argent sur moi. Je souhaite juste entrer pour parler à cette personne.

— Ah. Mais moi, je m'en fiche. Pour entrer, faut payer. C'est un franc.

— Enfin, regardez-moi ! s'énerva-t-il. Croyez-vous que je vienne faire des tours de manège en soutane ?

— On voit de tout, vous savez ! Moi, je fais mon métier. Je vends des tickets pour un franc. Et je ne sais rien faire d'autre.

— Laisse, Yvette ! coupa la fille qui déchirait les billets. On va pas refouler un curé, ça ferait mauvais genre.

— Et un curé sur un manège, ça fait pas mauvais genre ?

— Monsieur t'a dit qu'il ne venait pas pour les attractions.

— Oui, eh bien ça, c'est ce qu'il dit !

— Yvette, voyons ! Ce monsieur est un homme

d'Église ! Laisse entrer, je te dis, les gens seront contents de voir une soutane dans les allées. Ça fait respectable. »

La caissière grogna en envoyant un coup de tête de biais qui voulait dire qu'il fallait foncer avant qu'elle change d'avis.

« Merci mesdames.

— Mesdemoiselles ! » clamèrent-elles en chœur. Puis elles rirent. Cela semblait obligatoire, ici.

« Excusez-moi, reprit Joseph avant d'y aller. Y a-t-il, dans ce parc, quelqu'un qui se fait appeler la femme-gorille ?

— Alors vous êtes le bon ami de la Poilue ? s'exclama la caissière hilare.

— Yvette !

— Non, mon père. On peut dire que vous n'avez pas de chance. L'attraction est fermée aujourd'hui.

— Fermée ? Vous êtes sûre ?

— Bien sûr que je suis sûre. Vous entrez quand même ?

— Je… oui, je rentre quand même. »

Mais l'uppercut l'avait sonné. Pas de femme-gorille. Et plus personne pour s'occuper de Lucrèce à sa place. Il fit trois pas et s'arrêta sous le porche, au bord de la fête, du gouffre des cris de femmes, des ampoules colorées et de l'odeur de sucre chaud.

Son esprit n'avait plus envie de décider ni de trouver que faire ensuite. Il le laissa s'envoler par-dessus la foule.

Là, la mémoire lui revint, diffuse mais puissante comme un souvenir d'enfance. Il avait pensé venir ici, un dimanche peut-être, avec Lucille. Éloïs les aurait suivis, le frère inévitable, mais ils se seraient bien amusés, ils auraient ri avec les autres, mangé de la guimauve.

Comme il avait changé ! On dit qu'on ne saisit jamais ses propres métamorphoses. Ce sont les autres qui les voient. Mais celle-ci avait été tellement rapide, tellement brutale. En une journée, tout était si différent. Ce parc, c'était tout ce qu'il avait perdu et qu'il ne retrouverait plus.

Devant lui, le train du Scenic Railway venait de s'arrêter. Les dames aux joues rougies descendaient des wagons ridicules, la main encore posée sur leurs grands chapeaux. Les hommes à moustache jouaient les chevaliers servants, offrant le bras à celles qu'ils avaient emmenées jusqu'au bout des deux kilomètres de rails tourmentés, enchevêtrés dans les rochers en trompe-l'œil. C'était le train de la première page du *Petit Journal* que Lucille lui avait montrée un jeudi soir ; l'aventure qu'ils s'étaient promis de tenter un jour, ensemble.

Un bruit le rappela, derrière. Des voix dans la file d'attente.

« Trois personnes, ça fait trois francs », grinçait la caissière.

Puis des hommes qui discutaient en russe. Joseph se glissa dans l'ombre d'un palmier en pot. Un réflexe de bête traquée. Les trois hommes tendaient leur pièce au guichet. Ils portaient des manteaux trop chauds pour la saison, un accoutrement de Russes, et des chapeaux trop enfoncés qui leur donnaient des airs de brigands. Sauf celui du milieu qui, avec sa casquette de marin, faisait office de chef de bande. Ils ressemblaient à tout sauf à trois copains venus s'amuser aux manèges.

Était-il possible qu'ils le recherchent ? Comment avaient-ils retrouvé sa trace ? Il pensa à Lucrèce au milieu de la forêt, toute seule avec un pistolet vide.

Les Russes s'engagèrent dans l'allée principale du pas rapide de ceux qui vont où ils doivent aller. Ces hommes ne poursuivent personne, comprit immédiatement Joseph à leur allure. Il sortit de sous son palmier et leur emboîta le pas. De loin.

Passé les Roues diaboliques, ils arrivèrent à l'entrée de la Rivière mystérieuse, un grand bâtiment dans le même style rocheux que tout le reste, et devant lequel de grandes affiches promettaient à coups d'illustrations souterraines le frisson à la Jules Verne. Accolée à ce hangar colossal se tenait une tente, plus modeste. Une tente rectangulaire plongée dans l'obscurité. Un trou de silence dans les lumières de la fête vers lequel piquait le groupe des trois Russes d'un pas pressé.

Sans même marquer un arrêt, le premier homme écarta la porte en toile et tous les trois s'engouffrèrent.

Joseph attendit un instant. Les Russes pouvaient bien ressortir immédiatement de cette tente qui semblait vide. Mais, ne voyant rien venir, il se décida à y aller voir.

La Femme-Gorille, authentique chaînon manquant de la théorie de l'évolution du professeur Darwin, vantait une pancarte devant la tente. *De l'inédit et du scientifique ! Venez voir la femme-gorille, le premier cas de cette espèce qui soit connu. Arraché à la jungle du Congo par le professeur hollandais Bemelot-Moens, ce spécimen rare constitue sans l'ombre d'un doute le mythique chaînon manquant de la théorie de l'évolution. Entrez tous, petits et grands ! Le professeur Bemelot-Moens vous prouvera la vérité des théories de Darwin sur la transformation des espèces !*

C'est donc ici qu'habite Rosa la Tchèque, s'amusa Joseph. D'un côté de la porte, la toile de la tente était ornée d'une fresque qui évoquait un explorateur terrifié fuyant devant une horde d'hommes-singes aux visages bestiaux déformés par la haine. De l'autre côté, une scène plus pacifique représentait une femme les pieds dans l'eau, une Vénus animale, belle et obscène à la fois, un corps nu tout juste caché par une pilosité sauvage. Joseph écarta la tenture et risqua un œil à l'intérieur.

On y voyait à peine. Il ouvrit davantage pour laisser entrer la lumière clignotante du parc. D'abord, il fut saisi par le silence, épais, qu'accentuaient les bruits de la fête à l'extérieur. C'était une salle de spectacle bien rangée. Un alignement de chaises en face d'une estrade sommaire parsemée de plantes en pots dans un désordre qui devait évoquer la jungle du Congo. Au milieu, une grande cage aux barreaux épais ; un monument d'acier massif, renforcé d'une armature rivetée, griffée en de nombreux endroits par d'inquiétantes entailles rouillées. Un artifice astucieux, pensa Joseph, pour souligner la force surhumaine de la créature qui devait y prendre place.

Le fond de la scène était fait d'un rideau sombre et lourd. Sur sa droite, un rai de lumière attirait l'attention. Lentement, Joseph avança parmi les chaises puis grimpa sur la scène pour se frayer un chemin à travers les plantes tropicales.

Entre le mur de tissu de la tente et l'épais rideau de fond de scène, la lueur trahissait un entrebâillement qui ouvrait sur l'arrière, sur les coulisses. Joseph approcha encore pour y coller un œil. Il y avait des voix. On parlait derrière ce rideau. Le cœur de Joseph s'emballa. Il fit le dernier pas qui le séparait de la lumière.

En contrebas de trois marches, il y avait une table. Une femme en robe de chambre y disposait des armes. Elle leva la tête. Joseph recula. L'avait-elle aperçu ? C'était une femme, il en était certain. Un corps massif et terrible, un visage couvert de longues soies brunes, mais des formes splendides et sensuelles sous un peignoir de soie qui ne laissaient aucun doute. C'est Rosa, s'efforça-t-il de penser, celle qui doit m'aider à sauver Lucrèce. Je ne dois pas la craindre.

Un petit élan de courage et il écarterait ce rideau, il se présenterait à la femme-gorille et ils iraient tous deux chercher Lucrèce qui les attendait sur son lit de feuilles. Mais il hésita. Il y avait ces armes sur la table, deux pistolets. Et puis ces voix masculines qu'il entendait encore. Et puis ces Russes qu'il avait presque fini par oublier. Il reprit son souffle et approcha de nouveau son visage.

Rosa était assise sur le bord de la table et lui tournait le dos. Ses cheveux avaient cette même qualité que les poils de son visage. Luisants, soyeux, d'un brun coloré presque roux. Ils coulaient libres jusqu'à ses reins. Sa part d'humanité, pensa Joseph sans pouvoir la lâcher des yeux. A-t-on déjà vu des cheveux longs à un gorille ? Elle ne regardait plus les pistolets mais s'était tournée vers la discussion des hommes, à l'autre bout de la pièce.

Les trois Russes se tenaient debout devant un gros Chinois à moitié couché sur un lit ; un Asiatique imposant coiffé d'un chignon qui, tirant ses traits vers l'arrière, le faisait plus asiatique encore. Le poussah ventru sur ses coussins dégageait une autorité malsaine. Peut-être était-ce cette apparence insolite, ou cette désinvolture sévère du chartreux qui joue avec sa souris avant de la tuer. En face de lui, les Russes semblaient partager le malaise de Joseph. Ils se tenaient mal, changeant souvent de position, comme des collégiens punis devant leur directeur. Deux d'entre eux s'étaient placés légèrement en retrait et paraissaient simplement attendre que l'entrevue se termine. Le troisième, la casquette de marin, bravait l'autorité du gros homme avec une dignité toute slave. Mais il laissait échapper par moments un tic ou un tremblement qui montraient bien que lui aussi luttait à chaque instant contre la terrible puissance qui émanait de celui qu'il appelait *seigneur*.

La petite pièce tranchait avec le décor congolais de la scène, de l'autre côté du rideau. C'était à l'évidence la loge d'une artiste. Une maquilleuse monumentale occupait toute une paroi. Avec le lit, la table, quelques chaises, un fauteuil, une commode et une petite console, l'espace semblait plus étroit qu'il n'était vraiment. La pièce restait sombre malgré une multitude de bougies de toutes couleurs et de toutes formes parsemées sur les meubles. Le bois, le sol étaient couverts de tissus rouges, violets et noirs, des tissus épais aux motifs floraux. Et puis les verroteries partout, les brillants et les perles, comme des étoiles minuscules qui accentuaient l'impression d'obscurité. Il régnait par-dessus l'ensemble une odeur de pain d'épice et de chevaux, une odeur de Bohême qui confirmait que la femme-gorille n'avait rien à voir avec les images de jungle africaine du devant de la tente. En bas, contre le sol, un œillet délacé claquait au vent qui seul rappelait que les parois étaient de toile. Et par ce trou, de temps en temps, avec un courant d'air, parvenaient à l'intérieur les cris lointains de la Rivière mystérieuse.

Joseph approcha le visage jusqu'à toucher le rideau. Il fallait qu'il comprenne les mots de la discussion.

« Je suis ici pour t'aider, seigneur, disait le Russe à la casquette. Et je ne suis pourtant pas le genre d'homme à répondre aux convocations.

— Oui, mais tu es venu quand même.

— Tu as insisté.

— Peu importe. Tu es là, alors s'il te plaît réponds à ma question. »

Le Russe se cambra et dut reculer un pied pour garder l'équilibre. Joseph l'avait sentie aussi : une angoisse soudaine qui bloque les poumons, le cœur qui saute un battement comme on rate une marche.

« Je… je ne sais pas, seigneur. Je ne l'ai pas vue depuis hier. Je ne comprends pas le ton de cet interrogatoire. Mon organisation est encore fragile, tu le sais. Nous ne sommes pas chez nous ici. Nous avons besoin du support logistique que Lucrèce nous fournit. Et nous savons que ses trafics n'existent que parce que tu le veux bien. Personne n'est dupe. Nos intérêts convergent. »

Ils parlaient de Lucrèce ! La peur de Joseph s'envola. La femme à barbe, les pistolets juste devant lui n'existaient plus. Il ne pensait plus qu'à entendre la suite et écarta légèrement le rideau pour y engager son oreille.

« Ne fais pas la pleureuse, Vladimir, gronda le gros homme. Je sais parfaitement qu'en coulisse tes amis font l'impossible pour te trouver de nouveaux réseaux de soutien. Tu cherches à changer de boutique, c'est ça ? Tu n'y arriveras pas. Je suis Tout, ici. Je vois tout, je contrôle tout. Tu n'as pas le choix de l'infidélité.

— Ta colère t'égare, seigneur, et te fait dire des mots que tu finiras par regretter, j'en suis sûr, continua le Russe sur un ton mielleux qui le rendait menaçant. Tu surestimes peut-être certains bruits que l'on t'a rapportés. La vérité, c'est que j'ai besoin de toi autant que tu as besoin de mon argent. J'ai besoin de toi et de Lucrèce aussi. Pourquoi l'aurais-je attaquée ? Tu ne dois pas penser une telle chose. Ce serait tellement contraire à mes intérêts. »

Puis il y eut une explosion silencieuse. Un cataclysme invisible. La même vague d'angoisse qu'avant mais brûlante, violente, irrésistible. Une convulsion que Joseph sentit le traverser d'avant en arrière, la tétanie de ses entrailles, de son sang, de son âme. Une terreur inconcevable, une torture instantanée qui obscurcit ses yeux ouverts.

« Où est ma fille ? hurla le seigneur. Tu es venu la voir hier soir et tes hommes ont attaqué la villa aujourd'hui. Pourquoi ? Je sais qu'elle a été blessée dans l'assaut et qu'elle a tenté de fuir. Si elle avait réussi, elle serait déjà ici, sous cette tente. C'est ici qu'elle chercherait refuge. Mais elle n'est pas là ! Que lui as-tu fait ? Où est-elle ? »

À travers le voile noir qui se dissipait, Joseph distinguait maintenant l'homme colossal qui s'était levé. Il tenait le Russe par la gorge d'un seul bras aux muscles tendus. Le malheureux agrippait son poignet des deux mains pour tenter de desserrer l'étreinte et de respirer un peu. La femme-gorille avait saisi les pistolets et tenait les deux autres en joue. Et puis, il y eut un mouvement à l'extrême gauche de la pièce. Deux hommes dans un angle mort que Joseph n'avait pas vus jusque-là. Armés eux aussi. Des caricatures de voyous, le pull troué, la casquette de biais, des gars des faubourgs.

Le silence reprit sa place au point qu'on distingua les rires, au loin, de la Rivière mystérieuse. Le Russe commença à s'agiter en émettant les sanglots erratiques de l'agonisant. Le colosse lui lâcha le cou. L'autre reprit sa respiration à pleins poumons, sifflant, crachant, se tâtant la gorge pour vérifier que tout y était en ordre.

« Je t'assure que je ne sais pas où elle est, finit-il par gémir. Je ne comprends pas de quoi tu m'accuses. Je croyais venir pour parler affaires avec le Grand Khan pas pour me battre comme un enfant ! Tu me paieras cet affront !

— Tais-toi donc ! Tout est faux chez toi ! Alors le voilà, le fameux Lénine qui doit libérer le peuple russe ! Voilà l'homme qui veut voler ma fille ! Que lui as-tu dit ? Que lui as-tu fait croire ? »

Derrière sa tenture, Joseph vivait un cauchemar. C'était comme si son âme l'avait quitté pour observer avec pitié son propre corps pétrifié. Il ne reconnaissait plus ce curé hirsute, mal rasé, affublé d'une soutane déchirée et couverte de crasse, qui épiait par la fente d'un rideau le monde de pègre et de complot qui était le sien désormais. Ce monstre était donc le Grand Khan et il était le père de Lucrèce ! Et l'autre. L'autre était Lénine le terroriste, le révolutionnaire de 1905, le pourfendeur de la Russie impériale. Joseph ne pouvait simplement pas accepter la scène que ses yeux pourtant s'obstinaient à lui renvoyer.

Les autres figurants ne valaient pas mieux que lui d'ailleurs. Dans la pièce, les jambes avaient molli et la sueur perlait sur les fronts. Les hommes du Khan, au fond, restaient figés comme deux statues stupides de voyous armés. D'un coup d'œil, on les aurait même confondus avec les deux Russes à chapeaux qui avaient fini par lever les bras, impuissants. Même la femme-gorille s'était immobilisée pour ne pas troubler le duel irréel.

« Écoute-moi, seigneur, avança Lénine sur un ton calme. Reprends tes esprits et dis-moi seulement pourquoi j'aurais fait cela ?

— Je suis au courant de tout, triompha le Khan. Tu as rendu visite à Lucrèce hier soir. Tu l'hypnotises, Vladimir, et ça, tu l'as bien compris. Sa tête est pleine de tes idées de révolution mondiale et de libération des prolétaires. Tu as cru pouvoir faire d'elle ta marionnette. La fille du Grand Khan, comment as-tu osé ? Pour toi, elle a trahi son oncle, mon ami Papus. Elle l'a utilisé pour faire naître au monde votre nouveau soldat, votre Baphomet !

— Je…

— Tais-toi ! hurla-t-il en propulsant autour de lui une nouvelle onde de choc insupportable. Mais tu n'as pas compris qu'on ne manipule pas un démon comme un paysan russe ? Baphomet s'est moqué de vous ! C'est pour moi qu'il est venu ici-bas, pour me tuer et me ramener avec lui ! »

Le Khan ressemblait à un fou qui ne parle que pour lui-même. Ses yeux brûlaient. Accablé par le rayonnement implacable qui ne cessait plus maintenant, Lénine était tombé à genoux devant lui et encaissait chaque mot par un nouveau mouvement de soumission.

« Baphomet est venu jusque chez moi ce matin pour me tuer, continua le Khan. Papus est mort pour me sauver. Où se cache votre démon ? Il reviendra, je le sais. Il ne s'arrêtera pas tant qu'il ne m'aura pas retrouvé. Je sais que c'est Lucrèce qui le commande, Papus lui a donné la Voix. Le pauvre fou. Tu comprends maintenant pourquoi je dois retrouver ma fille ? Elle est la seule à pouvoir l'arrêter. »

Et il se tut. Peut-être ne lui restait-il plus assez de haine pour continuer. La fin de sa tirade était retombée dans un souffle ambigu où se devinait un désespoir ou une lassitude.

Le silence à nouveau, la digestion résignée des images et des mots. Alors, doucement, Lénine redressa la tête. Puis s'aidant d'une main sur le sol, il se releva. Il secoua son manteau, rajusta sa casquette. Sa main tremblait. Ses gestes faussement calmes sentaient le défi. Joseph y voyait la force et le courage qu'il n'aurait jamais. Lénine réussira sa révolution, pensa-t-il, Raymond s'en souvient. Le voyant ainsi se dresser face au Khan, il sut que c'était vrai.

« Tu te trompes, seigneur, prononça Lénine au ralenti. Je ne connais pas ce Baphomet dont tu parles. Je sais que ta fille préparait quelque chose, une folie, un attentat dans le métropolitain. Elle me l'a dit ce fameux soir, c'est pour cela qu'elle m'avait appelé. Mais elle ne voulait pas m'impliquer. Alors je n'en sais pas plus. À la villa, tout à l'heure, ce n'était pas moi, ce n'étaient pas mes hommes. Tu dis qu'ils étaient russes, c'est donc l'Okhrana, c'est la police du tsar qui a donné l'assaut. Et pourtant, ils ne pouvaient pas savoir, c'est impossible. Lucrèce n'en avait parlé à personne à part moi. Peut-être venaient-ils pour autre chose ? »

Il n'avait rien d'autre à dire. La suite passerait par son regard, froid, indestructible, plongé dans les yeux du Khan. L'affrontement silencieux dura encore une minute. Puis l'étau se desserra, comme un mal que l'on ne découvre que lorsqu'il cesse. Ce poison que le corps de Joseph avait fini par assimiler et qui maintenant libérait ses veines et dégageait ses poumons.

« L'Okhrana, le tsar ? conclut le Khan. Et Lucrèce aurait agi pour toi, mais sans toi. Où est-elle alors ? Si ce n'est toi, alors qui me dira où la retrouver ? Elle doit arrêter Baphomet. Elle seule en est capable. »

Ça sentait la fin de partie. Les deux hommes semblaient chercher leur coup suivant mais rien ne venait. Ni l'un ni l'autre n'avait prévu ce développement. Les hommes de main, la femme-gorille attendaient encore qu'on leur alloue un rôle et ne quittaient pas des yeux leurs maîtres respectifs.

Du haut de ses trois marches, derrière le rideau, caché dans la jungle congolaise, Joseph pour la première fois pressentit qu'il dominait la scène. Il savait, lui, où se trouvait Lucrèce ! C'était comme un printemps, une renaissance, une envie inavouable que son esprit rejetait encore : il pouvait prendre la main. Agir. Maintenant.

Il se rappela sa marche dans les bois. Cette impuissance, ce désespoir qui l'anéantissait alors. Puis il observa le profil de Lénine. Cette défiance, ce courage qu'il avait admiré l'instant d'avant. Était-il si différent de lui ? Marcel, Lucille, Éloïs, Raymond, Lucrèce. Joseph les avait-il seulement croisés ou leur devait-il quelque chose ? Il suffisait d'un risque. Jouer tout ce qui lui restait et affronter avec courage… Il sentit le frisson, le vertige dans ses jambes. Il pouvait encore fuir. Il tira le rideau en grand.

« Je sais où se trouve Lucrèce ! »

Tous se tournèrent vers Joseph. Les yeux et les armes.

La plus proche était Rosa. Elle avait pivoté et écarté les bras, un pistolet dans chaque main, de façon à menacer à la fois Joseph et les deux Russes de Lénine. Son visage était inhumain, recouvert de longues soies sur le front, sur le nez, jusqu'aux bords des lèvres et des yeux. Mais elle n'avait pas non plus la gueule d'une bête. Sans doute se coiffait-elle les joues comme on peigne une barbe. Ses étranges cheveux, trop fins pour être des poils, trahissaient à la fois sa nature d'homme parmi les bêtes et de femme parmi les hommes. Une musculature imposante tendait son peignoir. Il fallait les yeux de Lucrèce pour y voir une tendre marraine. Joseph ne s'attendait pas à cela. Cette chose était à classer au rang de ses ennemis.

Plus loin, Lénine et le Grand Khan, le duo des tyrans, dévisageaient l'intrus. Les autres attendaient. Les deux Russes, les porte-flingues de la révolution, avaient gardé les bras en l'air.

Personne ne demanda à Joseph qui il était. La question était implicite.

« Je suis un ami de Lucrèce, commença-t-il. Ensemble, nous avons échappé à la fusillade de la rue de la Ferme. Mais elle est blessée. »

Il avait choisi le ton de la confiance, du type qui ne sait pas où il a mis les pieds, de l'ignorant qui ne reconnaît pas les figures célèbres, du blasé qui ne s'étonne pas de voir de la fourrure sur le visage d'une femme.

Pas un mouvement, pas un mot pour lui répondre.

Joseph ne s'attendait à rien. Il avait agi avant de réfléchir. Mais cette absence de réaction était la dernière chose qu'il aurait imaginée.

« Lucrèce perd du sang, continua-t-il pour tuer le silence. Elle ne peut pas se déplacer.

— Depuis combien de temps te caches-tu derrière ce rideau ? » coupa le Khan.

On y était. Le patron du crime de la place parisienne, et peut-être même de la France entière, venait de lui adresser la parole ; le monstre qui tue s'il y a de l'argent à gagner, le despote omnipotent du peuple des lâches et des corrompus. Je me tiens debout devant le Grand Khan, pensait Joseph, et il me parle. La phrase enflait dans son esprit jusqu'à l'emplir tout entier.

« Depuis combien de temps nous espionnes-tu ? répéta le Khan un peu plus fort.

— Je ne sais pas, bredouilla Joseph sans comprendre ce qu'il disait.

— Fouille-le ! » ordonna le seigneur à la femme-gorille.

Rosa posa un pistolet sur la table et s'approcha de Joseph sans cesser de menacer les Russes de son autre arme. Puis, de sa main libre, elle sonda la soutane de quelques claques viriles.

« Il n'a rien.

— Alors réponds, curé, reprit le Khan. Depuis combien de temps ?

— Je viens d'arriver. Je vous ai entendu parler de Lucrèce. C'est elle qui m'a demandé de venir ici. »

Après avoir entendu trois fois la même question, son cerveau daignait repartir. Mais pour l'instant, il restait à la traîne, incapable encore d'anticiper la suite.

« Alors où est-elle ? »

Il y avait de l'impatience dans la voix du Khan ; une bulle qui montait à la surface et qu'il ne serait pas bon de voir éclater. Mais l'esprit de Joseph prenait de la vitesse. Il lui fallait un plan. Le secret de l'endroit où se cachait Lucrèce était tout ce qu'il avait ; c'était le fil qui le maintenait en vie au-dessus de la gueule du monstre. Il ne le lâcherait pas.

« Où est ma fille ? »

La bulle montait en grossissant. Pourquoi Joseph avait-il fait cela ? Pour sauver Lucrèce ? Il suffisait qu'il indique où elle se trouvait. Mais non, son information valait plus que cela. Il fallait qu'il en obtienne davantage. Que désirait-il par-dessus tout ?

« Alors, faut-il que je vienne te faire cracher ? »

L'explosion était imminente. Le Khan avait fait un pas mais s'était ravisé. À cause de Lénine qui restait devant lui et qu'il ne souhaitait sans doute pas avoir dans le dos.

Pourquoi ai-je tiré ce rideau ? pensait Joseph. Pourquoi ? Pour comprendre. Voilà. Se reculer, contempler la fresque dans son ensemble, voir les liens entre les choses. Reprendre la main. Comprendre Baphomet et l'enlèvement d'Éloïs, comprendre le jeu des démons descendus sur terre, comprendre les implexes au milieu de tout cela. Et il n'y avait qu'un seul moyen de comprendre. C'est pour cela qu'il risquait enfin sa vie.

« Je ne vous dirai où est votre fille que lorsque je saurai où se trouve le corps de Papus. »

Cela sonnait comme un caprice d'enfant, mais tant pis. C'était le plan qu'il avait trouvé.

« Papus ? s'étonna le Khan. Il est chez moi.

— Où ?

— Eh là, doucement ! Tu ne crois pas que je vais t'indiquer l'emplacement de mon quartier général ?

— Je ne veux pas le connaître, je veux juste le corps de Papus.

— Et pourquoi donc ?

— Je suis un disciple du maître. Je dois enterrer son corps. C'est tout. Regardez ! Je ne suis qu'un curé. J'ai secouru votre fille et maintenant je ne demande que la dépouille d'un grand homme qui mérite qu'on s'occupe de lui. »

Le Khan rit de bon cœur, comme rient les chanteurs d'opéra, un rire riche en harmoniques qui fit trembler les verroteries de la lutteuse à barbe de Bohême.

« Pauvre curé, tu ne sortiras pas d'ici vivant. Tu en as trop entendu et trop vu. Ne t'inquiète pas, Papus est mon ami, je prendrai soin de son corps.

— Faites-le envoyer à l'Hôtel-Dieu. S'il vous plaît. Je sais que là-bas on s'occupera bien de lui.

— Et pourquoi pas ? Ça me débarrasse.

— Faites-le tout de suite. Envoyez un homme le chercher.

— Ça suffit ! »

La peur, l'angoisse. Cette onde physique que Joseph avait ressentie déjà derrière la protection de son rideau. Un appel d'air qui lui vida les poumons. Sa nuque perdit toute force. Il inclina la tête vers le sol. Le menton contre le torse, il poursuivit comme un enfant qui boude.

« Faites-le. Je n'en demande pas plus. Et votre fille sera sauvée. Je vous ai entendu, vous savez ? Si vous ne retrouvez pas Lucrèce, Baphomet vous tuera. C'est pour votre propre vie que vous faites cela, pas pour celle de votre fille.

— Tu es déjà mort, curé.

— Faites-le.

— Jean, aboya le seigneur à l'un des gars, qui n'avait toujours pas bougé. Prends la voiture, va chercher le cadavre de Papus et amène-le à l'Hôtel-Dieu. »

L'autre fila sans un mot. Voyant cet homme armé, et de deux fois son âge, obéir comme un chien, Joseph réalisa mieux encore le péril qu'il affrontait. Il releva la tête, regarda le Khan et tenta d'afficher une expression calme qu'il voulait dépourvue de défiance.

« Maintenant, attendons une demi-heure, reprit-il, et je vous dirai où est Lucrèce. Ne criez pas, se dépêcha-t-il d'ajouter, cela ne servirait à rien. Vous allez me tuer, je le sais. Laissez-moi vivre encore une demi-heure.

— La compassion ne fait pas partie de mon répertoire. Pourquoi t'accorderais-je cela ?

— Je veux juste m'assurer que l'homme que vous venez d'envoyer n'essaiera pas de jouer un sale tour en revenant sans avoir accompli sa mission.

— Fais descendre ce monsieur parmi nous », lança le Khan à la femme-gorille pour toute réponse.

Rosa avait récupéré sa deuxième arme. Elle en agita le canon pour faire signe à Joseph d'avancer vers elle.

On imagine souvent les Enfers tout au bas d'un interminable escalier qui emmène le pécheur vers les abîmes insondables. En fait, trois marches suffisent. Joseph descendit les siennes avec une infinie lenteur, mesurant à chacune comme il s'éloignait de sa vie terrestre. Il avait bien pensé fuir mais le pistolet de Rosa le clouait au front. On ne s'habitue pas à ces choses-là. L'arme était si proche. Il pouvait voir les rayures en spirale s'enfoncer dans sa gueule noire. Alors qu'il posait le pied sur un tapis de Bohême, la femme-gorille l'attrapa par l'épaule et le poussa dans le coin. Il trébucha et ne bougea plus.

« Vous vous trompez à propos de votre fille, siffla-t-il sans regarder le Khan. Ce n'est qu'une adolescente perdue. Elle n'est pas mauvaise. Vous croyez qu'elle raisonne comme vous. Vous la voyez calculer, comploter, mais elle ne fait que rêver.

— Pauvre imbécile, cracha le Khan avec l'accent étrange de la pitié. Elle t'a eu comme les autres. Tu n'imagines pas comme elle me ressemble. Lucrèce n'aime personne.

— C'est faux ! »

Joseph s'interrompit. Il venait de répondre au Grand Khan comme à un camarade de classe que l'on rabroue pour le faire taire. Il était temps qu'il s'arrête. Et puis, l'image lui revint de Lucrèce frappant Raymond sur sa chaise lors de l'invocation de la rue Galvani. Le sang de l'infirme coulant sur sa barbe. Le doute.

« Excusez-moi, lâcha-t-il à regret. Je n'aurais pas dû.

— Tu peux remercier ton habit, curé, trancha le Khan. Tu ne mourras que dans une demi-heure. Un vieux reste de respect pour la religion, sans doute. »

D'abord, Joseph accueillit la sentence avec un immense soulagement. Cette demi-heure valait plus que toute sa vie. Puis, il retrouva sa respiration, son cœur, les bruits du dehors derrière le bourdonnement de ses oreilles. Et la futilité de ce répit lui apparut dans toute sa nudité. Peu importe le moment, il mourrait de toute façon s'il ne trouvait pas quelque chose pour se sortir de là.

« La situation a changé, on dirait ! »

C'était le Khan qui relançait le duel en se tournant vers les Russes.

« Tu as raison, répliqua Lénine. Tu as retrouvé ta fille. Tu n'as plus besoin de moi.

— Pas si vite. D'abord, elle n'est pas encore là et j'aimerais savoir dans quel état nous allons la découvrir. Ensuite, je ne suis pas du tout assuré de sa collaboration. Tu connais l'animal.

— Ce sont tes affaires de famille, Grand Khan.

— Mais elles te concernent. Je pense que je vais te garder à mes côtés. Tant que tu seras avec moi, Lucrèce m'écoutera. Tu es à la fois son héros et l'incarnation des idées qui la font avancer. Savais-tu qu'elle garde ta photo sur sa table de nuit ? Non, tu ne le savais pas. Tu partages ses rêves, en quelque sorte.

— Tu divagues ! Nous n'avons plus rien à nous dire. Recontacte-moi le jour où tu seras prêt à reprendre les affaires.

— Ne bouge pas, Vladimir. Sur mon territoire, tu ne vaux pas plus que ce curé. Et tu resteras ici tant que j'aurai besoin de toi.

— Et comment feras-tu ? Comptes-tu m'enchaîner pour que je ne parte pas ?

— Je ferai comme ceci, regarde. »

Soudain, son corps massif se fit courant d'air. En deux pas rapides, il avait atteint Rosa et lui avait saisi le bras en pivotant sur lui-même. Puis, comme un tic-tac bien net, il tira deux fois avec le pistolet de la femme-gorille. Elle s'était laissé faire, telle la danseuse attitrée du seigneur qui se laisse guider dans un pas de deux élégant. Au premier coup, le Russe de gauche s'effondra ; au deuxième, celui de droite ; laissant au milieu un Lénine ébahi.

« Maintenant, tu restes avec moi, Vladimir. Tu vois, je n'ai pas besoin de t'enchaîner. Allez, mets-toi dans le coin avec notre ami le curé. »

Le Khan avait repris sa place sur le bord du lit aussi vite qu'il l'avait quittée. Cette vélocité, cette élégance presque, le rendait encore plus monstrueux. Son deuxième homme de main, resté dans le coin, n'avait pas bronché et s'agita soudain pour faire oublier son inutilité. Il attrapa Lénine par le bras et le poussa vers Joseph. Le curé et le révolutionnaire échangèrent un regard sans se voir, chacun replié dans un esprit en plein état d'urgence.

« Tu te trompes d'ennemi, Grand Khan, cracha Lénine avec une bonne dose de rage. Le mal, c'est le tsar Nicolas II qui est arrivé cet après-midi à Paris ; c'est la présidente Desnoyelles qui est prête à ramper devant lui pourvu qu'il la protège de l'armée allemande.

— Pauvre idiot ! J'ai promis que je protégerai ton tsar. Demain, j'irai jusque dans le métropolitain pour veiller sur lui. Je te tuerai avant que tu n'aies pu le toucher. Quant à Desnoyelles, tu es bien mal renseigné si tu penses que je peux lui nuire.

— Et Raspoutine ? Protégeras-tu aussi Raspoutine le débauché qui s'est glissé hors du train impérial tout à l'heure, tel un rat porteur de la peste ?

— Raspoutine ? Il est ici ? »

Le ton avait changé comme une page que l'on tourne. Lénine était revenu dans le jeu. Le Khan l'écoutait, assis sur le bord de son lit, brusquement droit ; à l'affût.

« Le sujet t'intéresse, seigneur, plaisanta Lénine.

— Sais-tu seulement qui est Raspoutine ?

— Un paysan sibérien qui se prend pour un mystique. Il s'est proclamé l'apôtre de la régénération par le péché et, maintenant, il attire la Russie vers l'obscurantisme. L'impératrice ne jure que par lui. Mais il ne faut pas se tromper d'ennemi, le monstre c'est Nicolas II l'autocrate. Raspoutine n'en est que l'épouvantail.

— Comme tu as tort, Lénine ! Raspoutine est le plus grave danger qui te menace, qui nous menace tous ! »

Le Khan s'était mis à déclamer comme un mauvais acteur. Sa voix ne correspondait plus à son image. Avait-il peur ? pensa Joseph. Était-ce seulement possible ? Non, c'était autre chose. C'était son timbre naturel, son visage nu sorti de derrière le masque, attiré au-dehors par cet appât qui effaçait toute prudence : Raspoutine.

En tout cas, plus personne ne semblait se préoccuper de Joseph. Seule Rosa gardait le bras tendu vers lui, le pistolet comme un index pointé vers son nez, encore trop ferme, encore trop crédible. Mais le visage de la femme-gorille regardait son seigneur de l'autre côté de la pièce. Elle aussi s'interrogeait. Il suffit d'attendre, pensa Joseph. Et il commença à fouiller des yeux son espace, le coin de la tente, à la recherche d'une solution. À ses pieds, l'œillet dénoué au bas du mur de toile laissait battre le coin de la tente au gré des courants d'air.

« Comme nos visions du monde divergent, Grand Khan, poursuivit Lénine. Tu ne vois que ton pouvoir, ton petit pré carré et tu ne crains que les roitelets qui viennent y poser le pied.

— Parce que toi tu ne penses pas au pouvoir ?

— Moi ? J'essaie de voir le marionnettiste derrière le pantin : le tsar Nicolas et le système qu'il représente.

— Tu te trompes de discours, Lénine. Tu te trompes d'ennemi. Car celui qui te fera tomber, c'est bien ce Raspoutine. Le tsar l'a appelé au chevet de son régime malade au lendemain de ta première révolution. Et qu'a-t-il fait pour sauver l'empire ? Il a invité Papus à Tsarskoïe Selo. Lucrèce l'a accompagné, elle ne t'a pas raconté ?

— Je sais. Mais Raspoutine n'a rien à voir avec cela.

— Détrompe-toi. Raspoutine est de la même race que Papus. Un implexe. Connais-tu ces gens ? »

Joseph sursauta.

« De quoi me parles-tu ? répondit Lénine. Sors de ton monde de chimères, Grand Khan. Vois la réalité.

— Mais je ne te parle que de science ! D'une belle machine de cuivre dont ce naïf de Papus s'est laissé spolier pour quelques balades en troïka et deux ou trois robes pour faire rêver Lucrèce. Rien de plus réel que cela, malheureusement.

— Qu'est-ce que c'est que cette machine ?

— Une arme qui te fera tomber, toi et ta révolution. Si seulement Raspoutine parvient à l'utiliser.

— Parce qu'en plus, elle ne fonctionne pas, cette arme qui devrait me faire trembler ?

— Non, pas encore. Parce qu'il lui manque quelque chose. Le petit secret que Raspoutine veut arracher à Papus depuis des années. Le petit rouage manquant qui rend la machine des Russes inutilisable. »

Le *petit rouage* ! Raymond ! C'est comme cela que Lucrèce l'avait appelé ! La vérité secoua Joseph comme une bouffée d'alcali. Les Russes cherchaient Raymond. C'est pour cela qu'ils avaient attaqué la villa. Il ne put s'empêcher de sourire, mais personne ne pensait à regarder dans sa direction.

Pour la première fois, il savait quoi faire, il savourait cette puissance qui montait en lui comme une euphorie, à lui faire serrer les poings, serrer la mâchoire. Il savait, il savait tout ! Et cette conscience le propulsait par-dessus Lénine, par-dessus le gros Khan et ses truands. Rien ne l'arrêterait, même pas un pistolet, parce que le destin ne permettrait pas qu'il gâche cette énergie qui venait de le saisir.

À côté, Lénine avait repris le palabre à propos de la machine de cuivre. Joseph avança vers Rosa. Elle tourna la tête.

« Lucrèce se trouve sur le bord du bois de Boulogne, lui chuchota-t-il en pressant ses mots. Longez le mur du Luna Park, jusqu'à la pointe, puis traversez la forêt tout droit vers Neuilly et la rue de la Ferme. Avant le boulevard, appelez-la. Vous la trouverez. »

Les yeux de la femme-gorille se plissèrent. Ce n'était pas ce qui était prévu. La demi-heure n'était pas passée. Son pistolet pointait, plus ferme que jamais, vers le visage de Joseph.

Alors, il libéra son énergie. D'un seul coup. Enchaînant dans une même déflagration tous ces gestes qu'il ruminait dans son coin de tente.

D'abord, il poussa des deux mains sur le poignet de Rosa pour détourner ce bras armé de son visage. Vers la droite, vers le Khan, pour qu'elle n'ose pas tirer. L'effort lui arracha un cri. Sa main s'enfonça dans la toison de la femme-gorille. Son bras était dur mais elle ne s'attendait pas à cela. Peut-être pensait-elle déjà à Lucrèce qui l'attendait dans la forêt.

Pas de coup de feu. Puis Joseph se jeta au sol, vers la paroi de la tente, vers cet œillet dénoué qui, depuis tout à l'heure, battait au vent du dehors. Rosa avait poussé un « Hé ! » de surprise. Lénine s'était tu. Le Khan cria. L'onde de terreur surprit Joseph par-derrière alors que déjà il rampait vers l'ouverture dérisoire au bas du mur de toile. Mais cette fois, la peur agit comme une gifle sur la croupe d'un cheval. Ses bras, ses jambes entamèrent une danse désordonnée, plissant les tapis, ébranlant les meubles. Rien ne comptait plus que d'atteindre l'extérieur, enfourner sa tête dans cette brèche au ras du sol. Le cou, les épaules, il s'emmancha dans l'ouverture, déchirant le tissu pour passer plus vite.

Puis il y eut un coup de feu qui le propulsa à l'air libre, le corps tétanisé. Ce n'est qu'une fois dans l'obscurité du parc, coincé entre la toile de la tente et la paroi du bâtiment attenant, qu'il comprit qu'il n'avait pas été touché. Alors il se releva et courut comme il n'avait jamais couru.

Il franchit les quelques mètres qui le séparaient de l'extrémité de la tente. Là, il trouva une porte dans le hangar qui la jouxtait, une entrée de service à l'arrière de la Rivière mystérieuse. Il s'engouffra.

Les méandres de l'attraction emplissaient la bâtisse dans laquelle Joseph venait d'entrer comme dans un nouveau monde. Au bord de la rivière, il faisait moins sombre qu'au-dehors. Des ampoules peintes en rouge carmin et bleu marine diffusaient un crépuscule violacé qui se reflétait à la surface de l'eau en ombres inquiétantes. Des colonnes de ciment romain tombaient en stalactites et formaient une forêt de cocons monstrueux à perte de vue. En dessous serpentait un canal sombre coincé entre deux murets. D'un tunnel, sur la gauche, débouchaient des rires d'hommes et des gloussements de femmes. Des couples échaudés qui avaient payé une pièce pour l'aventure en barque parmi la forêt de pierre artificielle.

Joseph franchit une marche et sauta sans hésiter dans l'eau froide. Elle lui montait jusqu'aux cuisses. La morsure glacée lui fit du bien. Puis il se mit à courir dans le sens de la rivière, cabrant son torse, battant des bras pour avancer plus vite.

Quelqu'un s'était-il lancé à sa poursuite ? L'avait-on suivi jusqu'ici ? Serait-il attendu à la sortie du bâtiment ? Peu importe. La partie était lancée, il fallait la jouer jusqu'au bout.

Après un virage, il rattrapa une barque, devant lui, qui bloquait le canal. Quatre femmes à chapeaux blancs se tassaient à l'arrière. Deux hommes se dressaient fièrement à la proue. Ces messieurs péroraient à grosse voix. Leurs protégées savouraient le frisson. L'une d'elles aperçut Joseph qui courait derrière. Rapidement, la curiosité bascula de la proue à la poupe et tous se regroupèrent pour mieux voir l'étrange homme en noir qui attaquait l'embarcation.

D'un coup de pied, Joseph renversa la barque qui l'empêchait de progresser. Puis, il s'appuya sur le muret pour contourner le tollé, les appels à l'aide des belles qui se débattaient dans un mètre d'eau, les cris vaillants des deux moustachus qui tenaient là l'action héroïque de toute une vie.

Alors Joseph se mit à rire. Cela faisait si longtemps. Il riait de la bonne farce, de ces endimanchées empêtrées dans les grandes robes gonflées d'eau. Il riait de sa liberté. Il riait de cette force nouvelle qu'il se découvrait. Parce qu'enfin il pouvait lire le tableau et y trouver son chemin.

Lucrèce veut tuer le tsar, commença Joseph à mi-voix en accélérant sa course. Elle est jeune, elle est puissante, son père la protège. Son cœur est confit de toutes ces belles idées révolutionnaires, son Idéal. Elle veut plaire à Lénine. De quoi est-elle capable? Est-elle fausse ou inconsciente, cette jeune fille à qui il a confié le secret de sa vie?

Son oncle possède une machine qu'il a créée. Une machine avec laquelle il peut atteindre les démons, les démons de l'Au-delà qui effraient tant Marcel. Alors Lucrèce trompe son oncle et l'utilise pour qu'avec sa machine, il lui offre un démon, un assassin à la solde de sa révolution.

Le démon s'appelle Baphomet. Et Baphomet ne veut pas obéir ou pas complètement. Baphomet veut tuer le Khan. Pourquoi?

Joseph ralentit. Devant brillaient les lumières de l'embarcadère, la foule, la musique, la sortie de la Rivière mystérieuse. Joseph se remit à courir.

Baphomet veut tuer le Khan, reprit-il pour lui-même. Mais il échoue et tue Papus. Le Khan se cache au fond du Luna Park, dans la tanière de la femme-gorille. Il cherche sa fille, qui commande le démon puisque c'est elle qui l'a appelé. Elle est la seule à pouvoir le débarrasser de cet assassin surnaturel.

Mais Lucrèce est blessée. Blessée par une attaque de l'Okhrana, les policiers du tsar. Parce que Nicolas II possède aussi sa machine. Raspoutine en a volé les secrets à Papus. Mais ils ne peuvent pas la régler parce qu'il leur manque Raymond. Raymond, le *petit rouage* de Lucrèce, qui se souvient à l'avance des réglages futurs d'un potentiomètre. Raymond l'infirme que Joseph a envoyé à l'Hôtel-Dieu.

Quelques cris. Des mains se tendirent pour l'aider à sortir du canal. Joseph remercia en scrutant les visages. Pas de voyou à casquette, pas de femme à barbe, pas de Chinois monstrueux. Il écarta poliment les curieux les plus proches et repartit en courant.

Sa soutane chargée d'eau collait à ses jambes. Il avait froid. Mais il était libre. Il rit encore, comme un bienheureux, perçant la foule des regards étonnés par cet étrange curé sorti des flots. Un attroupement de fêtards s'agrégea à sa suite et l'accompagna en une joyeuse farandole jusqu'aux portes du parc, sous le croissant de lune bonhomme du fronton.

Là, Joseph fonça tout droit sans se retourner, franchissant d'une traite la place de la porte Maillot. Droit vers l'Arc de Triomphe, les Champs-Élysées puis, tout au bout, au bout de la Seine comme une Rivière mystérieuse, l'Hôtel-Dieu.

Parce qu'il savait. Il savait maintenant ce qu'il avait à faire. Il retrouverait Papus à l'Hôtel-Dieu. Il lui parlerait. Il avait tant à apprendre encore. Il lui parlerait des Enfers, des démons. Et des *implexes*.

Puis il emporterait Raymond, loin des machines de cuivre, loin des convoitises, de ces barbares qui prenaient un infirme pour une pièce de mécanique.

Et enfin, il sauverait le tsar. Lui, le curé qui peut-être avait tué un homme tout à l'heure à la villa, il en sauverait des millions. Il sauverait l'Europe de la guerre et du chaos de la révolution.

Il vaincrait Baphomet !

Il rit encore. N'est-ce pas le rôle de l'Église que de combattre les démons ?

XXI

Au bout de leur drôle d'évasion, ils s'arrêtèrent contre un mur et Marie lui demanda de s'asseoir. Depuis la porte du Grand Palais et la lutte contre les anges, il n'y voyait plus rien.

Éloïs n'aimait pas cette obscurité. Qui peut se vanter de ne pas craindre l'absence de lumière ? Mais étrangement, il avait accepté sa cécité sans angoisse.

« Marie, demanda-t-il. Est-ce que vous y voyez, vous ?

— Non, Éloïs. Je n'ai jamais vu. Le jour m'a toujours fui. Mais, dans ce monde, c'est peut-être un avantage. »

Dans les ténèbres, sa voix semblait venir d'en haut. Une voix paisible, humaine. Avant de connaître l'Audelà, il y aurait peut-être entendu la voix d'un ange. Mais non, cela n'avait rien à voir.

Tout au long de leur fuite, il avait serré Marie dans ses bras et pas un instant il n'avait trouvé cela étrange. Le danger sans doute. Les images de la déroute de Mormo, de la capture de David. Il s'était accroché à elle avec sa poigne de désespéré. Parce qu'il voulait échapper à l'effrayant bonheur collectif des Champs-Élysées. Parce qu'il avait soudain eu besoin de ce corps de femme contre lui, d'une humanité vraie au milieu de ce paradis où tout sonnait faux.

Elle s'assit à côté de lui. Son épaule contre son épaule. Sa cuisse contre sa cuisse. Il ne chercha pas à s'en dégager.

« Nous allons nous arrêter ici, commença-t-elle, essoufflée par la course. Je pense que nous sommes en sécurité.

— Où sommes-nous ?

— Dans la galerie sud. Ils ne nous ont pas suivis. Ils ne nous ont pas vus. J'avais un peu peur de ta réaction, mais cela s'est bien passé.

— Merci. Merci de m'avoir sauvé la vie.

— Oui, c'est le bon terme. Tu sais, la vie vaut encore plus cher ici qu'ailleurs. »

Il y avait un sourire dans sa voix. Éloïs croisa les bras sur sa poitrine. La posture n'était pas appropriée mais il craignait de la toucher davantage. Il essaya de se détendre.

« Qu'allons-nous faire, maintenant ?

— Nous devons attendre Marcel. Il nous cherchera forcément autour du Grand Palais quand les anges seront partis. Marcel est un ami. C'est lui qui vous a aperçus, David et toi, rue Galvani, hier soir. C'est lui qui m'a menée jusqu'à vous. Tu devrais regarder si tu le vois arriver.

— Regarder ? Mais, je suis aveugle.

— Avance-toi. Ça sera mieux. »

Éloïs s'accroupit et fit un pas prudent sans y croire. Le jour revint sans prévenir en une trombe douloureuse sur ses yeux grands ouverts, surpris par le choc lumineux. Entre ses paupières crispées, il distingua les arbres, la Seine, l'étrange soleil de minuit qu'il avait vu se lever sur les Champs-Élysées et les groupes d'âmes qui remontaient encore vers le rond-point. Il était assis derrière les colonnes de la galerie du Grand Palais.

« À quoi ressemble Marcel ? demanda-t-il.

— À un petit garçon. Je ne l'ai jamais vu. Je ne peux pas te le décrire. Je n'ai jamais vu personne, tu sais, s'amusa-t-elle. Mais il n'y a pas beaucoup d'enfants ici. Tu devrais le reconnaître.

— Je ne le vois pas. »

Il se tourna vers elle mais il n'y avait personne à ses côtés.

Puis il aperçut sa jambe. Sa propre jambe, un genou en terre. Elle était coupée. Coupée bien net vers le mollet. Il bascula sur le côté en criant.

« Mon Dieu, ma jambe ! »

Le temps de tomber assis, de saisir sa cheville à deux mains et sa jambe était à nouveau là, devant ses yeux, sous ses doigts étonnés.

« Je…, balbutia-t-il. Marie, où êtes-vous ?

— Je suis toujours là. »

La voix douce provenait des pierres jaunes du mur. Dans les ténèbres, alors qu'il était aveugle, il avait imaginé cette femme à ses côtés. Il avait donné corps à cette voix venue d'en haut, un corps qu'il devinait contre le sien. Mais la lumière avait tout dévoré et il n'y avait plus rien. Plus rien qu'une voix imaginaire, inquiétante et inhumaine.

Il projeta sa main vers elle sans réfléchir. Il fallait qu'il retrouve la réalité du corps de Marie devant le mur.

Ses doigts heurtèrent une épaule. Mais devant ses yeux, il n'y avait rien. Rien que la pierre vide. Il ne comprit pas tout de suite ce qu'il voyait. Son bras avait disparu, tranché par l'invisible coup de hache. Sa main se crispa dans un réflexe de douleur imaginaire. De toute sa force, il serra l'épaule invisible de Marie.

« Tu me fais mal », lui dit-elle avec douceur.

Éloïs approcha son visage. La peau de son bras s'arrêtait au milieu du vide. Il en voyait même l'épaisseur blanchâtre par-dessus le vermillon des chairs tranchées.

Il desserra l'étreinte de ses doigts qu'il sentait encore au bout de son membre fantôme. La section parfaite de cet avant-bras le fascinait, comme le fascinaient les cadavres mutilés de l'école de police. Il ne ressentait aucune douleur. Alors il décida de garder les yeux ouverts et de voir cette blessure qui semblait ne pas être la sienne. Il observa la masse musculaire dont il devinait les fibres percées de minuscules vaisseaux. Il observa la corde des tendons s'agitant dans leur gaine alors qu'il remuait les doigts. Puis il aperçut la section bien ronde d'une artère qui battait au rythme de son cœur.

C'était extraordinaire. Comme un nouveau développement de ce rêve qui ne le quittait plus et qu'il acceptait désormais comme une nouvelle réalité. Il fallait qu'il comprenne, qu'il déchiffre le nouveau prodige. Il se pencha pour mieux voir.

Les ténèbres s'abattirent sur lui une nouvelle fois. Marie le saisit au bras et l'attira vers elle.

« Reviens t'asseoir à côté de moi. C'est dangereux. On pourrait te voir. »

Il reprit sa place docilement. Dans le fond, c'est ce qu'il souhaitait. Refermer la parenthèse de la lumière et du bras coupé. Retrouver son espace dans le cocon d'obscurité.

« Qu'est-ce qui se passe, Marie ? Mon bras. Qu'est-il arrivé à mon bras ?

— Ton bras n'a rien, Éloïs. Sens-le, touche-le. Tu verras.

— Mais j'ai vu l'os, le sang, cette blessure…

— Et maintenant tu ne vois plus rien du tout. Ne t'inquiète pas. Je vais t'expliquer. »

Il appuya la tête contre le mur et ferma ses yeux aveugles. Auprès de Marie, il oubliait les anges. Il oubliait David.

« Un jour, Éloïs, le soleil a décrété que je n'existais

pas. Il a ordonné à ses traits de m'ignorer, de frapper la pierre, les arbres, l'herbe derrière moi. Je n'ai jamais eu d'ombre ni d'image. Pendant toute ma vie, la lumière s'est détournée de mon corps. C'est pour cela que je ne peux pas voir. L'éclat des choses traverse mes yeux sans s'y arrêter. Il en va de même de tout ce qui m'entoure. Et tant que tu restes à mes côtés, le soleil t'ignorera comme il m'ignore. C'est pour cela que les anges ne nous ont pas vus fuir, c'est pour cela que tes yeux ne perçoivent plus la lumière.

— Vous êtes invisible.

— Si tu veux. Et toi aussi, tu l'es tant que tu restes près de moi. En fait, je préfère penser que mon existence s'est nichée dans un univers secret, un univers personnel comme une bulle que le monde ignore. Un univers que je partage avec toi en m'asseyant à tes côtés.

— Mais alors mon bras, ma jambe tout à l'heure ?

— Un morceau dans ton univers, l'autre dans le mien.

— C'est fantastique ! s'exclama-t-il.

— Moins fort. On pourrait nous entendre.

— Mais ? Imaginez-vous seulement comme la science pourrait utiliser ce don extraordinaire ? continua-t-il en étouffant son excitation avec peine. En approchant votre main du ventre d'un malade, vous permettriez à un médecin d'y voir fonctionner les organes comme à travers une fenêtre, sans la moindre opération chirurgicale !

— Je sais. Mais il n'y a pas de médecin ici. »

Il s'arrêta, la bouche ouverte.

« Oh. C'est vrai. Excusez-moi.

— Ne t'excuse pas. Je te comprends. J'ai longtemps cherché à partager ma petite… différence. Je voulais aider les autres et je ne savais pas comment faire. Je ne vis pas dans un monde de matière où l'homme souffre de ses organes et de son corps. Ici, la douleur est plus subtile. Au début, j'étais beaucoup trop jeune pour comprendre. Alors je me suis contentée d'écouter et d'observer. Quoi de plus facile pour quelqu'un comme moi ? J'ai vu les âmes espérer, souffrir, s'aimer, lutter contre la tyrannie des démons, se soumettre puis espérer à nouveau. J'ai vu les tricheries, les bassesses mais aussi le courage et l'amour. Et puis, après des années, j'ai compris quelle était ma place dans ce monde. »

Éloïs regretta soudain son enthousiasme déplacé. Il percevait dans la voix de Marie une sorte de neutralité triste. Comme un renoncement qui plaçait l'histoire de la femme qui n'existait pas bien au-dessus de sa propre aventure d'un jour au pays des morts. Il avait de la chance de recueillir ses confidences comme un secret. Il devait entendre la suite.

« Les Enfers tournent, continua-t-elle. Ils se déplacent comme des pointillés à la surface du monde. L'existence d'une âme dans l'Au-delà n'est qu'une lutte incessante contre les terreurs du Tartare ou les monstres de la Géhenne, contre des fantasmes en vérité qui ne sont que les reflets de ses propres démons. Mais le véritable choix qui torture toutes ces âmes, c'est celui de suivre le mouvement de l'Enfer ou de rester là et d'affronter le néant du purgatoire.

— Je ne comprends pas.

— Le Mur arrive, Éloïs. Les as-tu entendus, tous, anges et démons, redouter ce Mur qui demain engloutira Paris une fois de plus ? Eh bien ce Mur, c'est le purgatoire, le néant qui invariablement prend la place des Enfers. C'est là qu'est le choix de chaque âme, sa liberté. Suivre les démons, fuir le Mur, et rester encore un peu plus longtemps dans la sécurité de ces terreurs finalement bien familières. Ou affronter seul le vide du purgatoire et tenter de répondre aux vraies questions d'une vie, de voir son âme comme elle est et d'essayer de s'accepter soi-même.

— Vous voulez dire que ce troupeau de braves gens qui suivent docilement leurs oppresseurs…

— Ce sont des âmes qui n'ont pas voulu choisir, des âmes qui ont besoin de cette réalité, si sombre soit-elle, pour exister. Ces hommes et ces femmes n'étaient pas prêts à mourir et il leur faudra encore un long travail pour accepter leur destin. C'est le rôle des démons que de jouer leur jeu en se faisant le miroir de ces âmes encrassées par leurs péchés terrestres.

— Et Dieu ? Où est-il ? C'est à Lui de juger les âmes. Nous sommes dans Son royaume, non ?

— Dieu. Qui sait s'il existe ? Il faut être un curé pour penser que le Mystère s'arrête aux portes de la mort. Dieu est plus loin encore. Par-delà les brumes du purgatoire. C'est peut-être pour cela que les démons craignent autant le Mur.

— Je les ai vus prier à Saint-Ferdinand. J'ai vu Adramelech implorer le Christ en croix.

— Tu vois ? Personne n'a la réponse. Même pas eux. Ils ne sont pas si différents de nous.

— Et les anges ?

— Un jour, Gabriel est arrivé. Il a trouvé un Tartare affaibli par la trop longue absence de son prince Bélial. Alors, il a décrété que toutes ces âmes étaient incapables d'atteindre seules leur bonheur et a entrepris de leur offrir un paradis, l'extase artificielle que tu as affrontée sur les Champs-Élysées et qui a fini par emporter ton ami. Gabriel est sans doute sincère mais il se trompe. Il a imaginé un bonheur aux hommes sans leur demander leur avis. Aujourd'hui, il les a tous enchaînés à son paradis superficiel qui les éloigne de la vérité, cette vérité qui coûte, qui fait mal mais qui seule débouche sur la liberté et le repos éternel. En l'absence de Bélial,

Gabriel a corrompu la totalité des démons du Tartare. Il en a fait ses serviteurs fidèles, ils ont tous succombé. Ceux que tu as rencontrés dans l'église Saint-Ferdinand étaient les derniers à lui résister. Aujourd'hui, Gabriel peut partir étendre son empire sur d'autres Enfers. Le Tartare est perdu. »

Alors que la voix de Marie s'éteignait dans un souffle amer, Éloïs sentit son âme s'élever, gonflée par une bouffée d'air chaud. Soudain, il se sentait fort. Dans l'obscurité de leur cocon, il passa le bras autour des épaules de Marie.

« Marie, tu dois résister. Je t'aiderai. Ça ne peut pas être fini. »

Comme son unique journée passée au pays des morts lui semblait futile à présent ! L'église, David, la lutte contre les démons n'avaient été qu'un jeu puéril. Comme sa vie même lui semblait étrangère. Le ministère, Joseph, Lucille. Ici, auprès de Marie, il avait trouvé une vérité qui l'appelait et lui donnait un sens.

« Des démons ont résisté, Marie. Mormo a fui devant mes yeux. Je l'ai vu escalader le mur du Grand Palais et échapper aux séraphins. Des âmes aussi résistent. Cet enfant dont tu parles, Marcel, il n'a pas succombé aux anges, n'est-ce pas ?

— Marcel est une âme à part. Il est mort sans y croire. Il n'est pas allé bien loin dans l'Au-delà. À ce point qu'il peut encore agir sur la matière, déplacer les objets comme s'il était vivant. Comme toi et moi. C'est cela qui lui a permis d'échapper aux démons et à Gabriel. Peut-être aussi en raison d'une certaine maturité ou d'une aversion au bonheur, une méfiance salutaire vis-à-vis des rêves que lui offraient les anges. Marcel nous ressemble. Il ne doit pas tomber comme David.

— David ! Bon Dieu, David ! Tu as raison, il faut le sauver. Gabriel ne doit pas l'utiliser.

— Le Mur approche, Éloïs. Les anges ont rassemblé les âmes sur les Champs-Élysées. De là, Gabriel les emmènera une fois de plus vers l'ouest, pour suivre le Tartare et fuir le Mur. Mais Gabriel tarde à mettre ses troupes en mouvement. Il s'est enterré dans une station du métropolitain il y a plusieurs jours et il n'en sort plus. Il se passe quelque chose, Éloïs, que je ne comprends pas.

— Allons-y ! Allons voir ce qu'il fait, allons délivrer David.

— Nous n'y arriverons pas. Gabriel est trop puissant. As-tu vu combattre les anges et les démons ? Ce ne sont pas des hommes, ce sont des Idées. As-tu vu la perfection de chacun de leurs gestes ? Non, nous ne pouvons pas les vaincre. C'est ce qu'avait compris Baphomet. C'est pour cela qu'il est parti à la recherche de Bélial.

— Qui est ce Bélial ?

— Le prince du Tartare, le maître des incubes. Il est le seul à égaler la puissance de Gabriel, le seul à pouvoir redonner aux démons du Tartare la foi qui les fera renoncer à leurs habits d'anges.

— Où est-il ?

— En bas. Il a quitté les Enfers il y a vingt ans pour vivre une vie d'homme. Il a trahi sa mission, il a abandonné les âmes des morts pour s'incarner parmi les vivants, pour jouir à son tour de ces plaisirs terrestres qu'il convoitait et dans lesquels il se vautre encore aujourd'hui. »

Elle ne poursuivit pas. Éloïs ne remarqua pas tout de suite son silence. Son cœur cognait à tout rompre et il pouvait sentir à chaque battement son sang charrier toute cette excitation, comme une fermentation, jusqu'à chaque parcelle de son corps. Enfin, il comprenait la lutte fantasmagorique des forces célestes et voyait se dessiner le rôle qu'il aurait à y jouer. Il fallait poursuivre. Bélial, Baphomet, il devait en savoir plus.

Puis enfin, il perçut l'absence de Marie. D'abord une angoisse le saisit, une peur irréfléchie. Puis il entendit un souffle dans les ténèbres.

« Marie ? Tu pleures ? »

Il la serra contre sa poitrine. Elle ne sanglotait pas. Elle luttait plutôt contre une douleur qui lui arrachait de longues plaintes étouffées.

« Que se passe-t-il, Marie ? Dis-moi. »

Il lui caressa le dos et attendit qu'elle réponde sans rien ajouter.

« Je suis coupable, Éloïs, finit-elle par murmurer. Je pourrais tout arrêter si j'en avais le courage.

— De quoi parles-tu ?

— Je peux faire revenir Bélial et sauver le Tartare.

— Comment cela ?

— Il suffit que je meure, Éloïs.

— Alors... Un démon pour un vivant... David me l'avait dit. Tu as pris la place de Bélial en Enfer, c'est cela ? Et depuis vingt ans, tu vis ici pour lui permettre de rester là-bas.

— Oui.

— Vingt ans... Comment a-t-on pu te condamner à une telle peine ?

— J'étais consentante.

— Oui, c'est aussi ce que dit David. Mais je n'y crois pas. Ah ! il peut dormir sur ses deux oreilles celui qui vous a envoyés ici en vous convainquant que c'était pour la bonne cause !

— Il s'appelle Papus.

— Papus, c'est ça. David m'a cité le même nom. C'est bien un nom de gourou, ça ! Un de ces prophètes au rabais qui profite de la détresse des gens pour leur faire accomplir à sa place ses visions d'illuminé. Et qui leur fait croire, en plus, qu'ils sont libres et qu'ils agissent pour leur bien.

— Ne dis pas ça. Tu ne le connais pas.

— Je l'ai vu. C'est lui qui m'a envoyé ici. Avec David. Lui et sa machine de malheur.

— Au début, j'étais heureuse de venir ici. Heureuse surtout de quitter le monde des hommes.

— Un suicide, en quelque sorte.

— Au contraire. Une façon de rester en vie. Une parenthèse, juste quelques vacances en Enfer. Je pensais que Bélial finirait bien par mourir et que je retournerais vivre ma vie. Mais un démon ne peut pas mourir sur terre. Qui serait capable de lui ôter la vie ? Alors, au fil des ans, je me suis résignée et j'ai trouvé une place ici. Mais je ne suis pas morte, Éloïs, et je ne veux pas mourir. Même si cela peut sauver le Tartare.

— Tu as peur ?

— C'est idiot, n'est-ce pas ? C'est comme si j'étais morte depuis vingt ans, vingt ans que je poursuis inlassablement les migrations du Tartare et de son peuple d'âmes. Mais je suis bien vivante et la peur de la mort ne m'a jamais quittée. C'est un instinct animal, ça ne peut pas s'oublier. »

Elle se vida les poumons pour chasser l'angoisse, et les larmes avec. Pas facile de parler de sa mort, même quand on y est déjà. Éloïs comprit qu'il fallait passer à autre chose.

« Et Baphomet ?

— Il est descendu parmi les vivants pour tuer Bélial et pour le ramener ici. Il peut réussir. C'est un démon. S'il ne peut pas, qui le peut ?

— Et s'il réussit, Bélial meurt, il reprend ta place et tu quittes le Tartare pour retourner vivre parmi les hommes.

— Oui. Nous sommes dans le même bateau, Éloïs.

Moi avec Bélial, toi avec Baphomet. L'un des deux finira par vaincre l'autre. »

Il attira sa tête contre son épaule.

« Tu sais, Marie, je me demande si j'ai vraiment envie de rentrer chez moi. Jusqu'à hier, je lisais des dossiers au ministère, je faisais des filatures, des choses qui me semblent tellement vaines aujourd'hui. J'avais une sœur là-bas. Lucille. Une sœur jumelle, une partie de moi-même. Je me demande ce qu'elle souhaiterait que je fasse, si elle me voyait. Retourner auprès d'elle ou accomplir ici quelque chose dont elle serait fière ? »

Il laissa la question en l'air dans l'espoir peut-être que Marie l'emporte ailleurs. Mais elle n'y toucha pas et attendit qu'il tranche.

« Je reste ici, Marie. »

Il avait dit cela à la hâte pour s'interdire de revenir en arrière.

« Je reste avec toi », répéta-t-il après un instant. Cela sonnait mieux. Il sentait les cheveux de Marie sur sa joue. Il les imaginait blonds comme ceux de Lucille. Ils restèrent comme cela un instant. Le temps d'accepter.

« Marie…, hésita-t-il.

— Oui ?

— Je me demande… Si au lieu de Bélial, c'est Baphomet qui meurt, qui reprendra sa place parmi les vivants ? David ou moi ?

— Je ne sais pas, Éloïs. Peut-être les deux. »

« Marie ! »

Un enfant appelait là-bas, derrière les ténèbres.

« C'est Marcel. Montre-toi, Éloïs. Mais ne l'effraie pas. »

Éloïs se redressa lentement en restant appuyé sur le mur. La lumière revint. La même lumière de paradis qui brillait depuis la tombée de la nuit. En bas de la galerie, sur la pelouse, un gosse avançait en scrutant les colonnes. Il s'arrêta en apercevant Éloïs.

«Marcel ?

— Oui ?

— Je suis avec Marie. Viens, nous t'attendions. »

L'enfant s'approcha de l'embasement de la galerie. Éloïs lui attrapa la main et le hissa jusqu'à eux.

«Tu es Éloïs ? lui demanda le gamin comme s'il saluait un nouveau copain de jeu.

— Oui. Et toi, tu es Marcel.

— Enchanté ! » répondit-il fièrement en tendant la main.

Éloïs serra la main du gosse. Une main abîmée par les journées dans la rue, une main à ne pas savoir écrire. C'est la main d'un enfant mort, pensa Éloïs avant de chasser l'idée.

La voix de Marie se détacha des pierres du mur.

«Marcel ! Je commençais à être inquiète. Alors, tu leur as échappé.

— C'était plutôt facile. Ils se sont tous rassemblés du côté du métropolitain. Ils ne m'ont pas vraiment cherché. Ni vous d'ailleurs. Le Mur approche, ça les inquiète.

— Comment te portes-tu ? continua-t-elle joyeusement.

— Je fais des progrès ! »

Et Marcel se mit immédiatement à la recherche de quelque chose. Sur le sol, à ses pieds. Il ressemblait à un chien qui cherche sa balle pour répéter un jeu cent fois recommencé. Il se baissa sur un morceau de feuille coupée qui traînait là. Il l'attrapa à deux mains et tira de toutes ses forces jusqu'à l'amener à hauteur de ses genoux. Le déchet insignifiant pesait dans ses mains tout ce qu'il était capable de porter. N'y tenant plus, il le laissa échapper. La feuille retomba en virevoltant comme l'eût fait n'importe quelle feuille abandonnée à sa pesanteur minuscule.

« J'arrive à peine à soulever la feuille d'un arbre, fanfaronna-t-il dans la direction de Marie.

— C'est bien, lui répondit la voix maternelle. Tu fais des progrès. Tu t'éloignes doucement.

— Bientôt, je serai prêt !

— Prêt à quoi ? coupa Éloïs.

— Au purgatoire ! s'exclama-t-il.

— Pas si vite, corrigea Marie. Il te faudra du temps encore. Ne sois pas trop pressé.

— Je ne comprends pas, demanda Éloïs.

— Marcel, comme toutes les âmes, a un chemin à parcourir. N'est-ce pas, Marcel ? »

Le gamin acquiesça fièrement.

« Je dois apprendre à ne plus avoir peur de partir tout seul. Le jour où je n'aurai plus peur, je traverserai le Mur et j'aurai gagné la vie éternelle. »

Son épaule disparut soudain, laissant place à un horrible gouffre de viandes à vif et d'os sectionnés. Il sourit et tendit la main à la rencontre de celle de Marie sur son bras. Son poignet en fut tranché net.

« Ce n'est pas un jeu, Marcel, précisa Marie. Tu devras vieillir un peu. Promets-moi d'attendre.

— Promis ! »

La bonne humeur du gosse avait quelque chose de pathétique. Éloïs se força à sourire.

« C'est comme ça que tu aides les âmes, Marie ?

— J'essaie de les écouter et de les comprendre. Parfois juste un mot peut ouvrir leur esprit, leur faire entrevoir qu'ils peuvent rester, ne plus fuir, qu'ils sont peut-être prêts au départ. C'est sans doute cela le Jugement dernier. Un jugement sans juge. Une décision que chacun doit prendre seul. Librement. Ce n'est rien, et si difficile à la fois. Personne n'est préparé à cela. Marcel, par exemple, est bien trop jeune. Il doit mûrir ici avant de partir. Il finira par comprendre.

— Tu les aimes, n'est-ce pas ?

— As-tu remarqué comme les âmes sont belles ? As-tu vu leurs visages parfaits et leurs vêtements tirés à quatre épingles ? Les âmes des morts ressemblent à ce qu'elles voudraient être. Et que veulent-elles ? La beauté, la paix, la communion. Il suffit juste de leur en montrer le chemin.

— C'est toi qui as parlé à monsieur Labre, n'est-ce pas ?

— Qui ?

— Un homme que j'ai rencontré devant l'église Saint-Ferdinand. Il disait qu'une voix céleste lui avait ouvert les yeux. C'était toi ?

— Peut-être. J'essaie d'aider toutes les âmes mais elles sont si nombreuses. Cela ne finira jamais. Pourtant, il suffit de si peu parfois. Un mot. Les gens ont surtout besoin qu'on les écoute.

— Tu me rappelles ma sœur. Connais-tu le docteur Freud ?

— Qui ?

— Non… Ce n'est pas grave. Nous ne devrions pas rester là.

— Tu as raison. Nous devons aller jusqu'au métropolitain et nous glisser jusqu'à Gabriel. Nous découvrirons ce qu'il projette. David est sans doute à ses côtés. Il est vivant et Gabriel aura besoin de sa force. Éloïs, tu resteras avec moi. Ils ne pourront pas nous voir. Marcel, tu seras nos yeux. Ils ne te recherchent pas, toi. Tu marcheras à nos côtés et tu nous guideras jusqu'à Gabriel. »

Éloïs avait espéré le répit d'une discussion plus longue mais il n'y avait plus rien à ajouter. Il fallait y aller maintenant. Il attendit un signe de Marie, une impulsion.

« Marie ?

— On y va ! Marcel, passe devant. »

Le bras d'Éloïs disparut. Elle l'attira vers elle. Il la serra contre lui et s'élança dans les ténèbres.

La vie d'un aveugle n'a rien d'amusant. Une main levée devant son front, Éloïs avançait en attendant à tout moment qu'un panneau vienne lui heurter le crâne ou qu'une bouche d'égout ouvre un gouffre sous ses pieds. Marcel les précédait de quelques mètres et sifflait à pleins poumons un air sans queue ni tête, une chanson de bricoleur, une mélodie aléatoire conçue uniquement pour faire du bruit. Éloïs sentit le macadam défiler sous ses semelles, ainsi que quelques trottoirs. Il entendit les chants et les rires des âmes autour d'eux. Des voix dispersées d'abord, puis de plus en plus denses. Ils approchaient d'une foule, d'une clameur qui exprimait tout à la fois. La joie surtout, mais une joie qui du fond de leurs ténèbres ressemblait à de la peur et de la haine. C'est le propre du cri d'exprimer tout cela en même temps. Éloïs retint le bras de Marie.

« Attends ! Nous ne parviendrons pas à nous glisser dans cette cohue. Les gens vont nous sentir.

— C'est pour cela qu'il faut faire vite et surtout ne pas s'arrêter comme tu le fais en ce moment.

— Mais il y aura des anges dans la foule.

— Nous n'avons pas le choix. Viens ! »

Il s'écarta d'elle. Son visage émergea à la lumière. Ils avaient atteint les Champs-Élysées. Les âmes étaient partout dans une cohue de foire agricole, des sourires sur chaque visage, des gens heureux qu'il aurait presque voulu rejoindre, des gens qui ne semblaient pas avoir besoin qu'on les sauve. Puis, il vit les oiseaux et les papillons dans les arbres, les couleurs éclatantes, le printemps idéal. Quel danger pouvait menacer un si bel endroit ? Gabriel avait apporté aux âmes un bonheur malgré elles. C'est ce qu'avait dit Marie. Et eux, qu'étaient-ils en train de faire sinon essayer de sauver ces âmes malgré elles ? Et de quel danger ?

Mais au-delà des feuillages verdorés, derrière le vol des empereurs et des actéons, il aperçut une ombre. La Concorde semblait avalée par un nuage d'orage, un bloc sombre qui ne laissait rien voir, un mur uniforme qui s'étendait à droite et à gauche derrière les immeubles de Paris.

Il serra la taille de Marie et revint auprès d'elle dans son obscurité.

« J'ai vu le Mur, chuchota-t-il.

— Il sera ici demain. Je ne comprends pas pourquoi Gabriel n'est pas encore parti. Ne nous arrêtons plus, nous devons savoir. »

Et elle l'entraîna à pas redoublés vers les sifflotements de Marcel, au-delà des ténèbres.

Ils bousculèrent un homme qui passait. Puis un autre. Rapidement, ils en vinrent à se creuser une route à coups de coude dans la forêt des gens. Éloïs imaginait les bras, les jambes, les pans entiers de corps qui disparaissaient sur le passage de Marie. Il imaginait les visions de carnage, le champ de bataille joyeux où les mutilés chantent leurs hymnes d'amour sans ressentir les plaies béantes s'ouvrir dans leurs chairs.

Il y eut quand même quelques cris vite étouffés. Marie avait raison. Il ne fallait pas ralentir.

Puis la chanson de Marcel s'arrêta. Marie fit quelques pas de plus puis elle s'arrêta à son tour. Ils faisaient face à un silence, droit devant, un trou dans les rires.

« Que se passe-t-il, Marcel ? murmura-t-elle.

— Nous sommes arrivés. C'est l'entrée de la station du métropolitain. Il y a des anges. Partout. Ils tiennent les âmes à l'écart. Nous ne pourrons pas entrer, ils bloquent le passage.

— Nous devons entrer, Marcel. Nous n'avons pas le choix. »

La voix de Marie s'était endurcie, asséchée. Éloïs soudain n'avait plus le sentiment d'enlacer sa cavalière mais une coéquipière de ces courses où l'on attache les participants deux à deux. Elle avait raison sans doute mais c'était à ce moment, pourtant, qu'Éloïs avait besoin de sa chaleur. Peut-être aurait-il préféré ne pas savoir que les anges se tenaient là, juste devant lui. Il en voulut presque à Marcel de les avoir prévenus.

« Je vais essayer d'attirer leur attention, proposa le gamin. Attendez que je crie et allez-y.

— Non, attends ! » appela Marie. Mais Marcel avait repris les sifflotements et s'éloignait déjà.

Les notes s'aventurèrent vers la gauche, la mélodie erratique suivait les hésitations de Marcel. Elle s'arrêtait pour repartir, elle montait, retombait sans transition.

Puis, le gamin se vida les poumons sur un dernier point d'orgue et cria de sa voix de gosse malpoli.

« Regardez tous ! Arrêtez de rire ! Arrêtez de chanter ! Je ne suis pas comme vous ! Vous pouvez leur résister, regardez-moi ! J'y arrive bien, moi ! »

De-ci de-là, des rires s'arrêtèrent. C'était la réponse de la foule. Devant, Éloïs entendit des glissements ; l'envol des anges, pensa-t-il, les courbes blanches et parfaites qui s'enroulent entre les gens comme des volutes aspirées par leur victime. C'est comme s'il pouvait les voir.

« Allez-y ! » cria Marcel.

Marie n'hésita pas un instant. Elle était prête. Elle n'attendait que le signal. Elle s'élança sans donner à Éloïs le choix de ne pas la suivre. Avec elle, il se laissa avaler par le vide et le silence qui s'étendait devant eux.

Des marches sous ses pieds, une rampe sous sa main. Ils pénétraient dans le métropolitain.

« Au revoir », cria Marcel au loin.

Éloïs aurait préféré qu'il ne dise pas cela. Il y a des mots pernicieux qui aiment à se graver derrière votre front et vous rappeler pour longtemps vos lâchetés. Car le courage des autres résonne parfois comme votre propre lâcheté.

« Il s'en sortira », siffla Marie qui semblait deviner ses pensées ou les lire dans la raideur de la main qu'elle serrait contre elle. « Il a fini son travail. N'oublie pas qu'il est mort. Et que nous sommes vivants. À nous de jouer, maintenant.

— Mais on ne peut pas le laisser dehors.

— Pense à toutes les autres âmes. Pense à Gabriel. Et essaie d'être aussi fort que Marcel. »

Au bas des marches, Marie lui demanda de regarder où ils étaient. Il jeta un œil au-dehors de leur cocon.

Il vit d'abord la chaîne des projecteurs électriques qui commençait là et s'enfonçait vers les quais par un couloir et un autre escalier. La lumière se reflétait sur le carrelage blanc des murs. Il y faisait plus clair qu'au-dehors.

Le guichet était fermé. Devant, des chaînes tendues par des piquets formaient une file toute prête à accueillir les premiers clients du matin. Éloïs était rentré chez lui. Son père ne disait-il pas que le métropolitain serait pour toujours la maison des Bienvenüe ? L'odeur de créosote lui revint au nez sans qu'il sache si c'était un souvenir ou la réalité.

Dans un coin, il aperçut un homme qu'il n'avait pas vu. Un costume assis. Un vivant sans visage, un homme de l'autre monde qui semblait surveiller les guichets comme un gardien de musée. Il portait un costume au lieu de l'uniforme d'un employé de la gare. Avec un chapeau melon. Qu'est-ce que cet homme faisait là, au beau milieu de la nuit ? Et cet éclairage digne du studio d'un photographe ?

« Que vois-tu ? hasarda Marie d'un filet de voix à peine audible.

— Rien. Ne t'inquiète pas. Il n'y a pas d'ange ici. »

Plus loin, il y avait un autre costume vide assis sur sa chaise en haut des marches qui conduisaient aux quais. Ne t'occupe pas des problèmes du monde d'en bas, pensa-t-il, fais comme s'il n'était pas là. Et il entraîna Marie vers l'escalier en gardant le visage à la surface de sa sphère aveugle.

Dans le couloir, ils croisèrent un séraphin en costume basque immaculé. Éloïs s'arrêta pour se blottir contre Marie. L'ange passa sans les voir.

Et ils longèrent ainsi la double guirlande des projecteurs et des costumes vides assis sur leurs chaises, comme des bornes régulièrement espacées, jusqu'au quai. La fin de leur voyage.

Champs-Élysées, annonçait le panneau bleu réglementaire. Les murs courbés, le plafond bas, la station s'étendait le long des rails avec son allure merveilleuse de caverne d'Ali Baba que renforçait l'éclat des lampes électriques alignées des deux côtés de la voie. L'arrondi du tunnel aplati en son milieu rappelait les tonnes de terre, d'immeubles et de Parisiens endormis qui pesaient au-dessus de leurs têtes.

Sur les murs incurvés, les panneaux publicitaires avaient été recouverts de drapeaux russes et français. Éloïs se rappela la visite du tsar, l'état de tension de son père, la visite du métropolitain. Il se tenait à l'endroit même que visiterait Nicolas II le lendemain. Comme c'était étrange, cette collusion des deux mondes, ce rapprochement inattendu qui rendait l'un plus banal encore et l'autre tellement plus incongru. Avant de descendre ici, tout lui avait semblé si simple. Marie lui avait ouvert les yeux sur les règles du jeu des âmes et des démons. Mais maintenant, la réalité des vivants ressurgissait sans prévenir et venait s'emmêler à ses nouvelles certitudes et lui imposer une insupportable ubiquité.

Il y eut un mouvement devant lui. Puis un autre. Il y avait des hommes sur le quai, des hommes et des anges. Il se précipita contre Marie et ne bougea plus.

« Descendons sur la voie, lui dit-il à l'oreille. Les anges sont ici. Gabriel peut-être. Ils peuvent nous voir. Si l'on avance un peu dans le tunnel, nous pourrons les observer. Il n'y a pas de trains la nuit, nous pourrons rester là. »

Il la guida vers le bord du quai et ils se laissèrent tomber en contrebas. Puis ils comptèrent une vingtaine de traverses et s'installèrent contre le mur. Éloïs se redressa.

Vers le milieu de la station, on avait étalé sur le sol un bric-à-brac d'objets de cuivre, comme une de ces expériences de physique moderne dont le public des expositions raffolait. Éloïs reconnut immédiatement le montage. C'était le cauchemar de la rue Galvani qui revenait le hanter. Les mêmes bobines clinquantes, les mêmes interrupteurs de faïence, le même filet métallique déroulé au beau milieu du quai.

Une silhouette s'affairait parmi le bazar de brocanteur. Éloïs pensa d'abord que c'était la mort qui surveillait sa machine de torture, la mort des livres pour enfants avec son manteau noir et sa faux de paysan. Mais celle-ci n'avait pas de faux. C'était un homme de grande taille, un vivant dont il ne voyait ni les mains ni le visage. Un manteau de grosse toile noire, voûté, traînant sa carcasse d'un appareil à l'autre.

À ses côtés, un alter ego lumineux semblait surveiller la manœuvre. C'était un ange en robe blanche, un ange majestueux, droit, un éphèbe à l'éternel sourire, un Botticelli.

« Gabriel ! laissa-t-il échapper.

— Tu le vois ? demanda Marie.

— Comme il est beau. L'archange de l'Annonciation.

— Ne le regarde plus, Éloïs.

— Le messager de Dieu. »

Marie le tira par la main. Il tomba assis à côté d'elle.

« Que fait-il ? Décris-le-moi.

— Il installe une machine. La machine de Papus. Ou plutôt, non. Il regarde un homme qui l'installe. Un homme en noir. Un vivant.

— Il prépare une invocation. Une invocation dans laquelle Gabriel joue un rôle. L'invocation de Gabriel lui-même ?

— Est-ce possible ? C'est un ange.

— Je ne sais pas. Regarde encore. Y a-t-il un démon près de lui ? »

Éloïs releva la tête.

« David ! s'exclama-t-il. David est assis sur le côté. Je crois qu'il dort. Il y a un autre ange près de lui. Je pense qu'il s'agit d'Anael. Et puis, à l'entrée, il y a deux de ces hommes en costume assis sur leurs chaises. C'est tout ce que je vois. Qu'est-ce qui se passe, Marie ? Que fait-on ?

— Je ne sais pas. Je ne sais pas ! Ça ne veut rien dire. Gabriel prépare quelque chose alors même que l'ombre du Mur va déboucher dans cette station dans quelques heures. Une invocation ? As-tu vu Papus ?

— Non. Mais il y a cet homme en noir. Qui d'autre que Papus connaît le secret de la machine ?

— Personne.

— Alors, que fait-on ?

— Rien. Que veux-tu que l'on fasse ? Nous ne pouvons rien contre Gabriel. Seul Bélial…

— Je sais ! Alors pourquoi sommes-nous venus ici ?

— Attendons l'invocation. Nous aurons peut-être notre carte à jouer. Gabriel va tenter quelque chose. Le Mur s'approche. Il prend un risque. Nous pourrons essayer de le surprendre.

— Et David ?

— Il semble en sécurité. Nous ne l'oublierons pas. Attendons le bon moment. »

Elle le prit par la main et l'attira plus loin dans le tunnel, où ils s'assirent côte à côte sur une margelle, au bord de la voie. Il n'avait pas froid malgré l'humidité, mais pouvait-on avoir froid de ce côté-ci de la mort ? Elle saisit sa tête, doucement, et la posa sur son épaule.

« Essaie de dormir un peu.

— Non, je dois surveiller la station.

— Ferme les yeux. »

Il soupira et ferma les yeux. En fait, c'est tout ce qu'il souhaitait. Il pouvait sentir son odeur. Un parfum de lait chaud, infiniment discret, qu'il ne devinait que lorsqu'un mouvement de son bras faisait glisser le tissu sur sa peau. Quels vêtements portait-elle ? Quelle était la forme de ses yeux ? Était-elle belle ?

« Ma mère ne voulait pas d'enfant, commença-t-elle. Je suis arrivée dans sa vie comme une maladie qu'elle s'est acharnée à combattre. Très tôt, alors que je n'étais qu'un minuscule corps étranger qui croissait en son sein, elle s'est mise en tête de me chasser de son corps. Quelqu'un lui a conseillé l'utilisation de potions abortives. Qui peut faire cela ? Quel médecin peut croire que cela fait partie de sa science ?

« Elle m'a empoisonnée jour après jour. Elle s'est

même crue guérie de moi. Mais je ne voulais pas mourir. Un embryon peut-il avoir une volonté ? Quand l'âme se greffe-t-elle sur une larve d'homme ? Aujourd'hui, je suis persuadée que je comprenais alors ma terrible situation. J'étais déchirée par deux instincts. Celui de survivre et celui d'être aimée par celle qui était en train de me donner la vie.

« Alors j'ai trouvé une solution. J'ai décidé de disparaître du monde, de m'accrocher à ma vie sans encombrer celle des autres. Je suis certaine que c'est comme cela que ça s'est passé.

« Au sixième mois de la grossesse, ma mère s'est inquiétée d'un trou qui lui était apparu quelques centimètres sous le nombril. Les médecins accouraient de partout pour observer le prodige. Je pense qu'aucun n'a jamais vraiment eu l'intention de la guérir. Jour après jour, l'étrange plaie devenait plus large et plus profonde. Au fur et à mesure que je me développais, mon univers, ma bulle creusait un vide autour de moi. Bientôt, ma mère arborait sur le ventre une véritable fenêtre sur ses entrailles. Elle ne souffrait pas mais cette plaie dévorante la rendait folle. Elle commença par ne plus accepter la vue de son propre corps. Puis elle refusa le regard des autres. Elle finit attachée par des sangles à son lit d'hôpital.

« Elle accoucha à la Charité. C'est un jeune médecin qui me fit naître à la dérobée. Le docteur Encausse. Le Papus qui t'a envoyé ici. »

Éloïs sursauta.

« Papus ?

— Il m'a élevée jusqu'à l'âge de onze ans. J'étais son secret, sa petite fille invisible. Je pense qu'il m'a aimée mais je n'en suis plus très sûre. Déjà, à cette époque, il ne vivait que pour sa science. Il me racontait sa mythologie d'anges et de démons sans se soucier de ce que je pouvais bien y comprendre. J'étais son monologue.

« Et puis un jour, il a eu cette maladie qui l'a laissé pour mort pendant des semaines de coma. Je suis restée seule dans sa maison. J'ai pleuré, j'ai prié pour qu'il revienne, puis je me suis organisé un monde d'enfant qui joue à survivre. J'ai appris à me débrouiller seule sans imaginer que toute ma vie allait ressembler à ça.

« Puis Papus est rentré. Il était guéri mais comme fou. Il avait une machine. La machine de cuivre qu'il avait inventée, la machine avec laquelle il allait appeler Bélial, le prince du Tartare, l'œuvre de sa vie.

« Je pense qu'il n'a pas hésité un instant à m'utiliser pour prendre la place de son démon. Tu penses ! Un être vivant invisible que jamais personne ne remarquerait. Je n'ai pas vu une larme sur son visage ou un signe de regret. Peut-être était-il simplement persuadé qu'il m'offrait une chance inestimable. Ça ne m'étonnerait pas de lui ! Je n'ai pas résisté. Curieuse, peut-être, inconsciente ou déjà fatiguée de ma drôle d'existence.

« Il m'a envoyée ici à onze ans. Une petite fille de onze ans en Enfer. Voilà qui est Papus et voilà ce qu'est ma vie. »

Éloïs la serra dans ses bras. Elle pleurait. La même plainte que la première fois. Une douleur qu'elle luttait pour retenir en elle.

Il lui caressa les cheveux, le cou. Il attendit longtemps que son souffle s'apaise, que ses muscles se détendent.

« Marie, si tu ramènes Bélial ici, tu penses qu'il pourra vaincre Gabriel ?

— Si je meurs, tu veux dire. Oui. Je pense qu'il peut le vaincre et mettre fin à tout ceci.

— Tout à l'heure, tu disais qu'après avoir écouté les âmes, tu leur parlais, que tu cherchais le mot qui les déciderait à affronter le purgatoire, à s'y affronter elles-mêmes en vérité. Mais, dis-moi, qu'est-ce qu'elles finissent par trouver dans ce purgatoire ? Qu'y a-t-il au bout du néant ?

— Elles trouvent la paix, l'harmonie. Elles trouvent les autres âmes, l'humanité entière, l'amour, la fusion éternelle.

— Comment sais-tu cela, Marie ?

— Je ne le sais pas. Je le crois. »

Le temps passa encore. La nuit peut-être. Et cette nuit-là, aucun d'eux ne trouva le sommeil.

Au matin, Éloïs embrassa le front de Marie et osa une dernière question.

« Marie, tu es une implexe, n'est-ce pas ? »

XXII

Au fond de ses chaussures de curé, les pieds de Joseph remuaient à chaque pas la marinade qui imprégnait ses chaussettes. Un jus tiède. Voilà le souvenir qu'il garderait de la Rivière mystérieuse. Un bon bol d'eau à chaque pied, prisonnier du cuir étanche, et une envie d'arracher ses godasses sans plus attendre, de les jeter au loin, et la soutane avec, qui en séchant était devenue collante.

Il entamait les premiers mètres de la rue de Rivoli. Ce n'était pas le moment de se retrouver pieds nus. Il balança un grand coup dans la moitié d'un panier d'osier qui gisait sur le trottoir. Il y avait tellement longtemps qu'il n'avait pas fait cela. Il en avait besoin. Et c'était plutôt bon signe. Le signe d'une énergie qui reflue. Le coup fit un bruit d'éponge imbibée. Sous le cuir, une giclée lui rinça le pied.

Raymond. S'il avait su.

On se fait une idée des gens, on les écoute par politesse en pensant aux choses plus importantes. On les a déjà jugés au premier regard, alors à quoi bon s'intéresser à leurs histoires ? Voilà bien comment Joseph avait traité Raymond. Un cul-de-jatte qui pue l'absinthe, un ancien combattant pitoyable qui ressasse une vie sans intérêt. Raymond n'avait été qu'un fardeau dont Joseph s'était débarrassé à la première occasion. Ça lui apprendra. Voilà ce qui arrive quand on n'écoute pas son prochain. Lucille se moquerait bien de lui si elle le voyait. N'était-il pas ridicule à galoper ainsi vers l'Hôtel-Dieu ? À espérer qu'il arriverait à temps pour sauver l'infirme ?

Parce qu'il fallait sauver Raymond. Pas de Raymond, pas d'invocation. La loi de Lucrèce était sans appel. Et voilà que les Russes avaient débarqué avec leur machine et s'étaient mis en chasse du brave homme. Un *rouage*, Lucrèce avait bien choisi le terme. C'est tout ce que représentait le cul-de-jatte aux yeux des tueurs et des invocateurs de démons.

À cette heure de la nuit, Raymond devait être en train de dormir dans un box de l'Hôtel-Dieu. Comment les Russes pouvaient-ils le retrouver là-bas ? En fait, c'était si simple. Il suffisait de suivre le fil. La rue Galvani, le commissariat, le ministère. Raymond et lui avaient suffisamment semé l'esclandre pour que leur trace soit facile à remonter. Et puis, il y avait le fiacre. Les Russes dont parlait Lénine pointaient aux services secrets du tsar. Le genre de limiers qui savent interroger un cocher pour lui faire dire où il a déposé son infirme, une routine pour ces gens-là.

Joseph pressa le pas. Raymond était vraiment en danger. À l'Hôtel-Dieu, il l'emmènerait. Peu importe comment. Sur son dos s'il fallait. Et il le cacherait chez lui, rue Marguerite. Où d'autre ? Le temps de trouver une solution.

Et Papus ? Joseph frappa un trognon de pomme qui achevait de pourrir dans le caniveau. Puis il galopa sur quelques mètres, au milieu de la chaussée déserte. Papus ! Il se sentait si fort. Le cadavre de Papus n'avait aucune valeur pour le Khan. Il ne s'était pas méfié. Quel cadeau inestimable Joseph avait arraché au maître de la Horde ! Il l'attendait sans doute à la morgue. Alors il passerait le voir d'abord et irait chercher Raymond ensuite. Il aurait le temps. Sûrement. Il fallait qu'il ait le temps. Il avait tant à lui demander, tant de choses à comprendre enfin.

Quand la pluie commença à tomber, il traversait déjà la Seine.

À l'entrée de l'hôpital, le concierge de nuit se leva d'un bond.

« Joseph ! Cordieu ! T'es revenu ! »

Il y avait de la sincérité dans l'élan du brave homme. Un gros chien rustique qui ne juge pas les gens. Il avançait en traînant les savates et tendait à bout de bras son vieux tabouret en offrande. À ses sourcils inquiets, Joseph mesura immédiatement la ruine de son propre accoutrement.

« Je vais bien. Ne vous dérangez pas, monsieur… »

Il ne connaissait pas son nom. Cet homme qu'il croisait depuis des années et qui s'inquiétait pour lui.

« Je vais réveiller sœur Solange, continua le veilleur. Elle veut vous voir. Tout le monde était sens dessus dessous ici, vous savez ? Oh, comme elle sera heureuse de vous retrouver ! La pauvre se faisait du mauvais sang. On vous a cru mort !

— Ça va. Vous voyez bien que ça va. Laissez dormir sœur Solange. On reparlera de ça demain.

— Non, vous ne comprenez pas. »

Il avança vers lui avec le dos voûté et les yeux plissés du concierge qui entame le chapitre des bruits de couloir.

« Des policiers sont venus la voir.

— Des policiers ?

— Oui. Il paraît qu'ils disent des tas de choses sur vous. Mais nous, on sait que c'est pas vrai.

— Non, vous avez raison, trancha-t-il. Ce n'est pas vrai. » Il n'avait plus de temps à perdre avec cet homme. Il s'engagea dans le couloir sans se retourner.

À plusieurs mètres des marches et de la porte à double battant, il commença à respirer plus fort. D'instinct, son nez attendait l'odeur. Elle arriva comme une extase. Le vieux bois, le désinfectant et le parfum des morts. Il rentrait chez lui !

Dans l'obscurité, il fila droit sur la lampe à pétrole. Sa main la trouva à sa place, à côté du cahier. La lumière jaune dévoila les tables vides. Les dames du Bazar de l'Hôtel de Ville étaient parties. Seuls deux draps trahissaient la présence de nouveaux pensionnaires. Au fond, Marcel aussi avait disparu. Alors, ils l'avaient emmené à la fosse commune. Et Joseph n'avait pas été là pour l'empêcher. Qu'y aurait-il eu à empêcher de toute façon ? Il faut savoir faire son deuil, même des morts qui parlent encore. Leur expérience se terminerait ainsi. Une vie de chien, une mort ratée.

Près de l'entrée, il avait laissé derrière lui, sans le voir, un brancard de fortune qu'on avait posé à terre. Un cadavre abandonné pour la nuit que l'on n'avait pas pris le temps d'installer sur une table. Une livraison récente qui ne méritait pas que l'on réveille les bonnes sœurs. Ça ne pouvait être que lui.

Il s'agenouilla et tira le drap qui recouvrait le corps.

Papus semblait dormir, comme tous les morts qui ont eu le bon goût de fermer les yeux avant le trépas. Un sale hématome lui dévorait la moitié du visage. Ses yeux étaient pochés. Son nez avait saigné. Avec une bonne dose de fond de teint et un coup d'éponge pour décrasser cette barbe collée par le sang, sœur Marie-Pierre en ferait un mort présentable.

On lui avait refermé le col en force et resserré la cravate. Ainsi engoncé, il semblait être mort de congestion. Une auréole rougeâtre s'était épanouie sur la chemise blanche ; la barbe taillée en carré avait fait mèche. Mais si l'on faisait abstraction des inévitables stigmates de la mort, on pouvait trouver l'homme plutôt élégant. Il portait un beau costume. Il s'était bien habillé pour aller mourir. La veste de lin lui allait mieux que la robe de satin noir de la rue Galvani.

« Monsieur Papus ? »

Joseph approcha le visage de l'oreille du gros homme. Il avait pris l'habitude de s'adresser aux cadavres comme on réveille une personne endormie. À première vue, les deux situations avaient des points communs. Et puis, ça l'aidait à trouver le ton juste.

De plus près, il aperçut la blessure. La blessure qui l'avait tué. Avec l'oreille, l'ensemble de la tempe avait reculé de deux bons centimètres laissant le long des cheveux une crevasse dans laquelle il aurait pu glisser le pouce. Un choc violent avait enfoncé toute cette partie du visage. Les os avaient sans doute tous cédé au même moment. La mâchoire, le côté du crâne. Cela expliquait l'hématome. Il n'avait pas vu l'entaille parce que quelqu'un lui avait lavé le visage. Au moment du décès, peut-être. Le nez avait coulé un peu plus tard, mais avant que le sang ne se fige pour de bon.

Joseph aimait imaginer la mort à partir d'une blessure. Il tenait ça de sœur Marie-Pierre, une vocation de médecin égarée à la morgue.

Le temps qu'il joue au légiste, Papus avait ouvert les yeux. Joseph prit sa place devant le regard étonné. Une expression incrédule, un esprit déboussolé qui cherche à comprendre. La réaction normale du cadavre que l'on réveille.

« Monsieur Papus. Vous êtes mort. N'ayez pas peur. »

C'était sa formule habituelle, une façon de mettre les

choses au clair d'entrée de jeu. Cela évitait les prises de conscience douloureuses qui pouvaient vous gâcher une discussion.

« Monsieur Papus, reprit-il. Comme je suis content de vous voir. J'ai tellement de choses à vous demander. »

Il leva la tête. La porte, juste à côté de lui, bâillait encore sur l'obscurité du couloir. Au beau milieu de la nuit, il n'y avait que le silence dans les sous-sols de l'Hôtel-Dieu. Mais le concierge avait parlé de sœur Solange et ce n'était vraiment pas le moment qu'elle arrive. Joseph empoigna l'extrémité du brancard et le traîna entre les tables jusqu'au centre de la pièce. Papus pesait lourd. Ses yeux écarquillés semblaient indifférents au mouvement. Que pouvait-il en voir du fond de son trépas ?

Puis, Joseph l'abandonna un instant pour pousser un meuble devant la porte, un casier en fer bien assez massif pour bloquer sœur Solange et lui assurer un moment de tranquillité. Considérant sa barricade, il trouva son geste puéril mais il n'y avait pas d'autre moyen d'empêcher qu'on entre. Pas de clé, pas de verrou. Qu'aurait fait une serrure à la porte d'une morgue ? Peu importe ce qu'en penserait sœur Solange, rien ne comptait plus que la discussion qui l'attendait maintenant.

Il revint au cadavre qui n'avait pas refermé les yeux.

« Monsieur Papus, je suis Joseph Sterbing. Saint-Joseph-des-Morts. M'entendez-vous ? »

Il laissa le silence retomber. Depuis toutes ces années, il s'était bâti une sorte de protocole qu'il observait par routine. Avant toute chose, le cadavre doit comprendre qu'il peut encore communiquer. Le défunt vient parfois seulement de remarquer la disparition de son souffle. Les muscles de sa gorge et de sa langue sont morts avec lui. Dans un premier temps, il se croit muet. Alors il faut le laisser par lui-même découvrir d'autres biais, laisser monter en lui un besoin de parler assez puissant pour briser l'obstacle de ses tissus déjà raidis.

« Joseph ?

— Oui, monsieur ! Vous pouvez me parler. Je vous entends.

— Saint Joseph. Je suis content de te voir. »

Façon de s'exprimer ou le voyait-il vraiment ? La question n'avait aucune importance. Joseph voulait dépasser au plus vite l'étape inutile des présentations.

« Où êtes-vous, monsieur ? »

Sans cesser de lui parler, Joseph bondit jusqu'au bureau et attrapa son cahier pour reprendre sa place, avec un sourire pour s'excuser.

« Je suis mort, répondit Papus pendant ce temps.

— Oui, bien sûr. Mais où ? Est-ce encore le Tartare autour de vous ? »

Le ton de Papus changea alors instantanément. Du cadavre ordinaire qui se réveille à la morgue, du monsieur-tout-le-monde qui va pleurer sa vie perdue dans les bras de l'homme d'Église, Papus redevenait le professionnel de la mort qu'il avait été pendant toute son existence. Sa voix devint précise et factuelle. Alors, l'échange se mua en une entrevue de collègues, de deux spécialistes qui se reconnaissaient.

« Non, répondit-il. Le Tartare est déjà passé. Je suis au purgatoire, Joseph.

— Au purgatoire… »

Il le nota dans son cahier, sous la date du jour.

« Où êtes-vous mort ?

— À Montreuil, en début de matinée.

— Vous n'avez pas eu de chance. Vous avez fait partie des premiers. Ça s'est joué à quelques heures. Alors, que voyez-vous ?

— Rien. Absolument rien. En vérité, c'est effrayant, Joseph. Je suis mort. Je suis seul à présent.

— N'ayez pas peur, je suis là, avec vous. Le purgatoire n'est pas une fatalité. »

Il suivit du doigt sur son cahier les lignes d'un tableau qu'il avait tracé à la règle.

« Je peux vous assurer que si vous ne bougez pas d'où vous êtes, les prés de l'Asphodèle vous auront rejoint d'ici cent dix-sept jours. »

Il sourit, fier de la précision de son chiffre. S'il avait été mort, c'est ce qu'il aurait aimé qu'on lui dise.

« Ne parle pas à la légère de ces choses-là, petit, retourna Papus. Il s'agit de la mort des hommes et pas des horaires de train pour le Paradis. Quel âge as-tu, Joseph ?

— Vingt-quatre ans.

— Vis davantage et tu comprendras que la mort n'est pas une porte que l'on passe et que l'on referme derrière soi. C'est une *distance*, Joseph, un chemin continu que l'on commence le jour de notre naissance et qui nous mène à l'éternité, chacun à son allure. Le trépas n'est rien d'autre qu'une borne sur le côté de la route. J'espère bien que tes cent dix-sept jours ne me trouveront plus ici. J'aurai avancé et je ne serai plus là pour affronter l'ennui des prés de l'Asphodèle où, comme le dit Platon, *les âmes traînent leur existence lugubre.*

— Si vous n'êtes plus là, où serez-vous ?

— Plus loin. J'espère que je l'aurai mérité. À quoi servent les Enfers à ton avis ? À copier notre monde pour recommencer la même existence à l'infini ? Le chemin qui s'enroule autour du chrisme, le monogramme du Christ, est une spirale qui, au bout d'un tour, ne nous ramène pas à notre point de départ mais nous emporte plus loin. »

Joseph ne comprenait pas le sabir mais il saisissait l'essentiel. Un jour, il s'était demandé avec naïveté pourquoi les âmes qui s'accumulaient pourtant depuis la nuit des temps dans les Enfers n'encombraient pas ses plaines d'une foule compacte. Il s'était moqué de sa question d'idiot du village mais il l'avait gardée quand même, comme une sale écharde qui vous rend boiteux. Papus avait raison. Les âmes ne s'arrêtent pas là. Elles continuent. Plus loin. Au-delà.

Il nota l'idée, à la date du jour.

« Monsieur Papus, pourquoi avez-vous invoqué Baphomet ? »

Les yeux s'ouvrirent plus grand.

« Tu n'y vas pas par quatre chemins !

— Nous n'avons pas beaucoup de temps. Des événements se préparent et je peux encore les arrêter. Lucrèce, le Khan, ça vous dit quelque chose ? Peut-être que le salut de votre âme en dépend ? Qu'en pensez-vous ?

— C'est Baphomet qui m'a appelé. Je n'ai fait qu'obéir à son invitation.

— Vous n'étiez pas obligé.

— Oui, tu as raison. J'étais aveuglé par vingt ans d'attente, par mon université, par la vanité tout simplement. Et Lucrèce avec moi, nous nous sommes laissé abuser.

— Abuser ?

— Baphomet est un démon. Il triche. Il ment. Il venait tuer Bélial. C'était sa seule raison de m'appeler après vingt ans de silence.

— Qui est Bélial ?

— Bélial est le prince du Tartare. Ils sont peu nombreux à égaler son rang. Les quatre princes des Enfers. Cinq si l'on ajoute Gabriel.

— Où se trouve Bélial ?

— Bélial est parmi les vivants. C'est moi qui l'ai invité dans notre monde. Il y a vingt ans. Lui aussi m'a fait croire qu'il répondait à mon appel quand je ne faisais que lui obéir, depuis le début. Bélial est celui qui se fait appeler le Grand Khan. Un prince qui a abandonné son royaume céleste pour venir goûter les plaisirs de la Matière, ressentir la douleur, éprouver l'ivresse, jouir des femmes.

— Et…, hésita Joseph, et Lucrèce ?

— Lucrèce est sa fille. La fille du démon. La connais-tu ?

— Oui. Je l'ai aidée.

— Alors tu as goûté son venin. Lucrèce n'est-elle pas, pour moitié, une créature lunaire, fruit du mercure et de l'antimoine ? Une succube, Joseph. L'une de ces harpies de la mythologie. Aucun homme ne peut résister à son emprise. Tous ont succombé sous mes yeux. Moi-même, je lui ai tout offert. C'est elle qui commande à Baphomet. Comprends-tu ma faiblesse ? Voilà le fléau que j'ai déposé dans ses mains.

— Comment cela ? Comment commande-t-elle à Baphomet ?

— C'est la loi de l'invocation, Joseph. En entrant dans son monde, le démon doit se soumettre à celui qui l'a appelé, son maître à qui il devra obéissance. Mais les démons ne sont pas des esclaves dociles. Ils trichent, ils vous trompent et finissent toujours par échapper à la morale des hommes. Lucrèce a cru gagner un pouvoir surnaturel, elle n'a fait que déclencher la fin de son propre père.

— Mais comment le commande-t-elle ?

— Un démon répond à la première voix humaine qui s'adresse à lui. Le soir de l'invocation, j'ai laissé parler Lucrèce. Personne ne peut revenir en arrière désormais.

— Lucrèce veut utiliser Baphomet pour faire triompher la révolution socialiste.

— J'étais présent, Joseph, ce soir-là. Devant moi, elle lui a ordonné de tuer le tsar Nicolas II. Dans le métropolitain. Demain. Et Baphomet a fui. Elle ne sait même plus où il se trouve. Il assassinera le tsar, rien ne peut plus l'en empêcher. Mais avant cela, il tuera Bélial parce que c'est uniquement pour cela qu'il est descendu parmi les vivants. »

Joseph se releva et fit quelques pas en rond. Puis il alla soulever l'un des draps blancs, sur la table la plus proche. C'était l'homme qui réclamait l'aumône sur le perron de l'Hôtel-Dieu. Il l'avait toujours vu là. Sauf ce soir. D'une certaine manière, les sœurs avaient fini par le laisser entrer. Il ne sentait pas encore le cadavre, juste le clochard, la saleté et le vin.

Joseph avait besoin de cela pour réfléchir. Des images, des odeurs, comme des coups d'aiguille dans son cerveau. Il revint brusquement à Papus.

« Mais alors, si Bélial est un démon, qui le commande, lui ?

— Bonne question. Pourquoi te le cacherais-je ? Il faut bien faire mes premiers pas sur le chemin de la rédemption. J'ai appelé Bélial il y a vingt ans. J'étais un autre homme à l'époque. Et la France, un autre pays. Victoire Desnoyelles n'était même pas encore député. Une disciple ambitieuse qui croyait aux théories naissantes du jeune Papus. Elle m'a offert sa villa de Neuilly, financé ma machine. Je lui devais bien un minimum de reconnaissance. Le grand soir, elle s'est arrangée pour être là, au bon endroit, au bon moment. Je l'ai laissée parler la première à mon démon. Et depuis vingt ans, elle commande au monstre.

— La présidente ?

— Elle doit à Bélial son pouvoir, sa fortune et la disparition fortuite de ses concurrents essentiels. Il lui doit son empire, sa Horde, sa vie de roi parmi les hommes. Une symbiose parasitaire. Une alliance tumorale.

— Le Grand Khan est donc aux ordres du gouvernement de la France ?

— Recto, verso. L'ordre et le désordre. Mais la hiérarchie n'est pas si claire. Victoire n'a pas compris tout de suite à qui elle avait affaire. Le seigneur des incubes ! Elle n'aurait pas dû se croire à l'abri de son charme. Cela a donné Lucrèce, le fil à la patte de la présidente. Une sorte d'assurance-tranquillité pour la Horde d'Or.

— Lucrèce est la fille de la présidente… »

Joseph repartit faire un tour. Il alla soulever le deuxième drap. Une dame entre deux âges avec d'horribles traces brunes en travers du cou. Un meurtre. Cela n'arrivait pas si souvent. Ça leur vaudrait encore une visite de la police, à moins qu'ils ne soient déjà passés. Pour Joseph, les victimes de crimes étaient toujours des patients délicats. Elles entament leur éternité avec le fardeau de la haine, du désir de vengeance, de la culpabilité parfois et un pardon difficile à avaler dont elles ne pourront pas faire l'impasse. Joseph aurait aimé lui parler. Il avait toujours préféré les femmes. Le souvenir de sa mère sans doute.

Il retourna s'agenouiller à côté de Papus.

« Et Éloïs, comment peut-il revenir ?

— Éloïs ? Qui est-ce ?

— Mon ami. Le fonctionnaire qui vous a menacé d'une arme le soir de l'invocation. Votre machine l'a absorbé sous mes yeux.

— Je me souviens. Ton ami a pris la place de Baphomet au royaume du Tartare. Un vivant pour un démon, c'est la règle.

— Oui, je sais. Lucrèce m'a tout expliqué. Mais comment puis-je l'aider à rentrer chez lui ?

— Rien n'est perdu. Il n'est pas mort. Et il reviendra parmi nous, le jour où Baphomet sera renvoyé vers le Tartare.

— Comment ?

— Quand Baphomet mourra. C'est le seul moyen. Mais il mourra. Il est venu chercher Bélial, il ne restera pas chez les vivants.

— Mais… et l'autre homme qui a basculé avec Éloïs sur la machine ?

— David.

— Redescendra-t-il aussi parmi nous ?

— Je ne sais pas. Peut-être que les deux reviendront. Je l'espère. »

Les coups à la porte surprirent Joseph.

« Joseph, vous êtes là ? C'est sœur Solange. Monsieur Grumier m'a dit que vous étiez arrivé. »

D'un tour de tête, Joseph parcourut la pièce. Les tables, les civières, les seaux empilés, l'armoire aux draps. Que cherchait-il ? Une cachette ? Depuis qu'il était entré dans cette morgue, il s'était senti coupable. L'évasion du commissariat, l'agression du ministre, la fusillade, le Khan, la révolution, ce n'était pas la vie d'un autre qu'il avait vécue, c'était bien un nouveau costume qu'il avait endossé et qui faisait de lui un étranger en ces lieux. Sœur Solange ne le reconnaîtrait pas comme il ne se reconnaissait pas lui-même, c'est pour cela qu'il avait bloqué cette porte.

« Quelque chose gêne l'ouverture, aidez-moi, messieurs. »

Messieurs. Sœur Solange n'était pas venue seule. À cette heure de la nuit, cela n'annonçait rien de bon. Des policiers, sans doute, détachés à l'hôpital pour attendre son retour. Était-il donc devenu si dangereux ?

Le battant de la porte cogna le dos du meuble. Une fois. Deux fois. Plus fort. Joseph ne disposait que de quelques dizaines de secondes. Au mieux. Il s'accrocha aux épaules du cadavre.

« Monsieur Papus, monsieur Papus, répondez-moi ! Je ne pourrai plus vous parler longtemps. Vous devez me dire qui sont les implexes.

— Les implexes ?

— Je suis implexe, monsieur. Je dois savoir. Je vous en prie, nous n'avons plus de temps.

— La mort est une distance, Joseph, reprit le cadavre comme s'il rêvait. Les implexes ne sont que les âmes de défunts qui, à la moitié de la route, ont rebroussé chemin, retenus par un espoir, un désir, un rêve. Une *Idée* qui valait qu'ils restent encore. Raymond ne voulait pas mourir, il voulait oublier ; David voulait vivre un peu plus pour devenir cet enfant à la beauté idéale que désirait sa mère. Et comme ils ne sont revenus à la vie que par la force de cette *Idée*, l'Idée est devenue le moteur de leur vie, leur énergie, leur pouvoir. Alors, la mémoire de Raymond s'est détournée du passé et le visage de David a essayé maladroitement de reproduire la beauté. Moi-même, sur mon lit d'hôpital, je rêvais d'anges et de démons. Et toi, Joseph, quelle est la force qui t'a retenu ?

— Je voulais parler à ma mère…, lâcha Joseph, les yeux dans le vague.

— Platon avait raison, conclut Papus. L'homme n'aspire qu'à se fondre en une *Idée*. C'est là sa seule source vitale. »

Dans un raclement, la porte fit glisser le meuble sur le carrelage. Suffisamment pour qu'une main s'engage et saisisse le bord du battant ; une main d'homme, de gros doigts manucurés qui n'avaient rien à voir avec ceux d'une bonne sœur.

« Enfin Joseph, que se passe-t-il ? insistait sœur Solange. Que faites-vous derrière cette porte ? Tout ceci est ridicule, laissez-nous entrer.

— Monsieur Sterbing, coupa une voix d'homme, nous avons juste quelques questions à vous poser. »

La voix raclait sur les consonnes et remontait étrangement à la fin de chaque mot. Des Russes ! Les policiers du tsar l'avaient donc précédé à l'Hôtel-Dieu et avaient trouvé Raymond avant lui. Il n'y comprenait plus rien, juste que le cul-de-jatte n'aurait décidément jamais la paix et qu'il n'avait pas réussi à le protéger. Qu'allaient-ils lui faire ? Quel jeu jouait ce tsar dont il devait sauver la vie ? Et d'ailleurs, cet autocrate ravisseur d'infirmes valait-il qu'on le sauve ?

Les coups contre la porte redoublèrent. Joseph se retourna sur le cadavre.

« Monsieur Papus, le tsar est à Paris, Raspoutine est avec lui. Ils ont capturé Raymond. Que veulent-ils ?

— Raspoutine ! »

Joseph crut le voir sursauter sur son brancard. Ces yeux vivants sur ce visage mort exprimaient la haine, la fureur, le dégoût aussi.

« Raspoutine, continua-t-il, est un sorcier. Un vulgaire astrologue, un paysan luxurieux qui a profité de la détresse du couple impérial pour s'offrir une place en or derrière le trône.

— A-t-il les mêmes pouvoirs que vous ?

— Les démons lui parlent.

— Peut-il invoquer ?

— Oui. Il a volé le secret de ma machine et, aujourd'hui, il a volé Raymond. Dieu sait comment un tel fou peut utiliser les forces du pandémonium ? Raspoutine veut jeter les meilleurs généraux du Malin dans le chaudron de l'Europe, dans le jeu de la politique et de la guerre. Il faut l'arrêter, Joseph !

— Et vous, Papus, qu'avez-vous fait d'autre en appelant Bélial et Baphomet ? Victoire Desnoyelles vaut-elle mieux que Nicolas ? »

Papus ne répondit pas. Derrière Joseph, le casier de fer avait encore glissé. C'était fini maintenant.

« Vous avez fabriqué une présidente comme un monstrueux golem d'argile, continua-t-il en serrant les dents. Que vaut cette femme qui gouverne avec la pègre et les assassins ? Cette femme qui s'est inventé un ministère pour ficher et pister les implexes ?

— Elle nous craint, Joseph. Elle nous convoite et elle nous craint. Quel aveugle j'ai été… »

Derrière, dans un fracas de ferraillerie, les Russes renversèrent le meuble de fer. Avec calme, Joseph se leva pour les voir entrer. C'était fini.

Il y avait deux hommes en costume de fonctionnaire et chapeau melon. Deux caricatures d'employés de l'État qui corrigeaient le pli de leurs vestes en enjambant le casier. Derrière, sœur Solange avançait sans oser.

« Mon Dieu, Joseph, je suis désolée, s'apitoyait-elle. Ils m'ont menacée. Je n'ai rien pu faire. »

De l'entrée, elle tendait sa lampe vers le petit groupe. La lumière hésitante, l'éclairant du dessus, accentuait sa détresse de mère qui a trahi son fils.

« Ne craignez rien, monsieur Sterbing, attaqua le Russe d'une voix de stentor qui voulait dire tout le contraire. Répondez à nos questions et tout se passera bien. »

En bruit de fond, la supérieure psalmodiait comme un chapelet, sans lui parler vraiment. « Mon Dieu, Joseph, que vous est-il arrivé ? Votre visage, vos vêtements. Qui vous a fait cela, Joseph ? Jusqu'où vous êtes-vous perdu ? Ne lui faites pas de mal, messieurs. S'il vous plaît.

— Ne me touchez pas, commença Joseph en tendant les bras vers eux. Je ne suis pas armé. Je ne suis pas dangereux. Je sais ce qui vous amène ici. Je vous suivrai si vous le désirez. Je vous demande juste d'épargner sœur Solange et de me laisser m'occuper moi-même de Raymond. Il est infirme, il a déjà trop souffert. Je le porterai seul, s'il le faut. J'espère juste que vous ne lui avez causé aucun mal. »

Comme il méprisait ces hommes ! Les molosses du tsar. Des chiens et rien d'autre. Il pensa à celui qui avait blessé Lucrèce à la villa. Des bêtes dangereuses. Après tout, il espérait bien l'avoir tué.

Le Russe interrogea son collègue du regard.

« Alors, il est ici ! s'écria-t-il avec son accent d'opérette.

— Mon Dieu », ajouta sœur Solange de derrière eux d'une voix haut perchée qu'elle poussait avec hâte. « Je n'avais rien dit, Joseph ! Ils ne savaient pas ! »

Le timbre d'alouette de sœur Solange le saisit comme une grande gifle. La bonne correction qu'il méritait, celle que les sales gosses attendent pour retrouver le bon chemin. Et le timbre haut perché qui résonnait dans son crâne lui criait que tout était sa faute, qu'à force de vouloir voler seul il avait provoqué la chute de tous les siens et que, maintenant, il venait de trahir dans son aveuglement le dernier qu'il n'avait pas perdu. Et avec les larmes de cette mère adoptive, les mots de sa propre mère hurlèrent à ses oreilles.

Pense aux tiens et aime-les comme ils t'aiment. Pour les autres et pour toi-même. N'aie pas peur. Tu es libre !

Alors Joseph se précipita sur les deux hommes avant qu'ils aient pu saisir leurs armes. Et de toutes ses forces, il les frappa. Des poings, des genoux, de la tête, il les frappa encore. Étourdi par le cri continu de sœur Solange, il encaissa les coups pour les rendre au centuple. La violence le purifiait comme s'il se frappait lui-même. Il ne vaincrait pas ces hommes mais il les frapperait et frapperait encore jusqu'au dernier moment.

Puis, comme une voix miraculeuse et céleste, il entendit au-delà du tumulte l'appel de sœur Solange restée dans le cadre de la porte.

« Je l'ai installé dans le lit de Marcel. Ils ne savent pas où il est ! »

Il comprit instantanément. Le quatrième étage, le pavillon des incurables. Il connaissait l'Hôtel-Dieu comme sa propre maison. Ils n'étaient pas allés le chercher là-bas. Il y serait avant eux. S'il pouvait leur échapper…

Il se débattit comme un forcené, s'arrachant à leur étreinte, essuyant les derniers coups sans répondre. Plus rien ne comptait d'autre que d'atteindre la porte et disparaître dans les ténèbres du couloir.

Il trébucha sur le casier. Sœur Solange s'interposa.

« Messieurs ! Vous êtes dans la maison de Dieu. Rangez vos armes ! Cessez de vous battre ! »

À quatre pattes, titubant comme un chien boiteux, Joseph atteint les trois marches et s'élança à l'aveugle dans le couloir, priant pour qu'aucun des policiers russes n'ose lever la main sur une femme de Dieu. La religieuse lui avait offert quelques secondes de répit, il fallait qu'il coure. Malgré la douleur à son côté, malgré ses yeux tuméfiés qu'il ne pouvait qu'à peine ouvrir, malgré sa cheville qui lui arrachait une plainte à chaque pas.

Quand Joseph déboucha dans la cour, il n'entendait plus les Russes derrière lui. Il faisait nuit noire. Il savait exactement où aller. Il ne ralentit pas. Il passa les colonnes, s'engouffra dans le bâtiment en face. Le long couloir, la file des civières vides prêtes au défilé des drames du lendemain. À droite, l'escalier. Un étage, puis deux, puis trois. Puis les incurables. Il ouvrit la porte du dortoir sans ménagement. Ce qu'il avait confondu avec de la sueur prit un goût de sang en arrivant à sa bouche. Il avait l'allure d'un mourant qui retournait se coucher.

Dans la grande salle sans fond, les box s'alignaient

comme autant de petits univers cubiques, blancs et stériles, de boîtes à malheur renfermant chacune leur vie d'infortune.

Joseph égrena la rangée sans avoir besoin de compter. Il le voyait déjà, le lit qui l'attendait. Celui qu'il avait visité tous les jours du temps de Marcel. Le lit des récits d'aventures, des histoires de gosses. Même le râle des insomniaques, qui ne s'accordaient pas de pause dans leur journée de souffrance, sonnait à ses oreilles comme un bon souvenir.

Il écarta le rideau et le referma derrière lui, une fois entré dans la boîte. Raymond était là. Sa tête de loup de mer bien coiffée, endormie sur un oreiller fraîchement repassé. Son tronc de cul-de-jatte sous les draps bien bordés, comme un corps d'enfant étendu jusqu'à la moitié du lit.

« Raymond, réveille-toi ! » chuchota Joseph en lui secouant l'épaule comme il avait fait avec Papus.

Une goutte de son sang tomba de son front sur le drap blanc.

« Raymond, je t'en prie ! Ils vont arriver. Nous devons partir ! »

Déjà, il glissait une main sous la tête de l'infirme et de l'autre explorait dessous les draps à la recherche d'une prise. Aurait-il seulement la force de le sortir de l'hôpital ?

« Hein ? » grogna Raymond en secouant la tête pour se libérer des mains de Joseph.

Puis il ouvrit les yeux, le reconnaissant à peine dans la lumière des lamperons de service.

« Joseph ! s'écria-t-il avec un large sourire. Tu t'es encore battu, on dirait ! Comme je suis content de te revoir ! Alors, c'est fini ? J'ai eu une de ces trouilles ! J'ai bien cru que les Russes allaient me tuer.

— Non, le supplia Joseph. Rien n'est fini. Rien n'a encore commencé, Raymond ! Nous devons y aller.

— Allons, fils, répondit-il en lui attrapant les épaules. Tu m'as sauvé la vie ! Qui aurait pu croire que tu avais ça en toi ! Toi, le gentil curé ! David me l'a toujours dit.

— Tais-toi, Raymond, je t'en prie. Et aide-moi à t'attraper correctement. Nous devons fuir. Tu n'es plus en sécurité ici. »

Raymond rit en toussant à moitié.

« Alors, tu as encore peur des Russes, c'est ça ? Tu crois qu'ils n'ont pas compris la leçon ? Tu crois qu'ils vont débarquer à l'hôpital et enlever ton brave Raymond comme l'autre fois ?

— Quelle autre fois, Raymond ?

— Eh ben, tu te souviens ? rit-il encore. T'avais roulé sous mon lit comme un godelureau qui se fait surprendre par le cocu ! »

Joseph écarquilla des yeux épouvantés. Parce qu'il ne voulait pas comprendre l'horreur de ce que lui disait son ami. L'horreur annoncée de sa propre trahison.

Et dans le silence geignard du dortoir des mourants éclata le tintamarre. Le fou rire de Raymond, la porte qui claque, le pas lourd des souliers vernis de la police russe, les supplications, au loin, de sœur Solange. Et Joseph qui, dans un réflexe, se jette au sol et roule sous le lit.

De l'enlèvement de son ami, Joseph ne vit que le dessous d'un sommier de ressorts. Il entendit les protestations de Raymond, l'homme à la mémoire à l'envers qui l'avait déjà oublié. Les menaces des Russes. Les pleurs de sœur Solange.

Il n'était qu'un misérable, terré sous ce lit comme un chien mal dressé qui ne défend même plus les siens. Raymond ne lui avait-il pas dit qu'il lui sauverait la vie ? S'il s'en souvenait, c'est que cela arriverait. C'était comme si cette certitude qu'un autre Joseph serait courageux pour lui, demain, lui ôtait pour le présent tout élan d'héroïsme.

Il entendit le tumulte s'éloigner avec le soulagement des lâches qui se disent qu'ils n'auraient rien pu faire. Il tâcha de ne pas penser à sœur Solange. De ne pas penser à sa mère. Demain, il serait un héros. Il sauverait le tsar, il sauverait l'Europe. Il sauverait Raymond. Il sauverait Éloïs. Il retrouverait le sourire de Lucille.

Et il s'endormit comme cela, recroquevillé sous un lit d'hôpital, indifférent au filet de sang qui, coulant de son front, baignait sa barbe naissante.

XXIII

Cette nuit-là, personne ne pensa aller chercher Joseph sous un lit de l'hôpital. Il se réveilla dans la pénombre du dortoir. Ou plutôt, il émergea d'un long évanouissement qui n'avait en rien dissipé sa fatigue.

La complainte des mourants, l'étrange sifflement de sa propre respiration, la douleur lancinante à sa cheville et cet œil gauche qui refusait de s'ouvrir ; la journée ne s'engageait pas sous le thème de la reconquête ou de la victoire sur le Malin. Pourtant, il faudrait bien.

Joseph se traîna hors de sa cachette et batailla quelques minutes pour parvenir à se redresser. Paradoxalement, la situation lui insufflait une espèce de courage morbide qui lui permettait de surmonter sa déchéance. Une aspiration au martyre, une purification par le sacrifice qui seul pourrait effacer ses petites trahisons, ce genre de crimes que perpétue le naïf en jurant qu'il ne pense pas à mal.

Avant de quitter le dortoir, il s'aspergea le visage d'un peu d'eau d'un seau que les sœurs avaient disposé à l'entrée pour effacer les saletés des agonisants. La Javel lui piqua les yeux. Puis, il avala les couloirs, l'obscurité, la remise du jardinier, l'allée aux poubelles. Et la petite porte en fer. Fallait-il que le destin se moque ainsi de lui ? L'avant-veille, un autre Joseph avait passé cette porte. Un jeune imbécile qui pensait avoir pénétré les secrets de l'univers alors qu'il ne se connaissait pas lui-même.

Dehors, la pluie tombait sur le quai aux Fleurs et les premières marchandes arrivaient derrière leurs charrettes. Joseph passa le pont d'Arcole avec un chevrier qui menait ses bêtes jusqu'aux Halles. Il s'inventa une agression qui justifiait son visage blessé puis se tut en écoutant les commentaires indignés du paysan, que les gens de la ville en avaient oublié la morale, le simple bon sens qui fait que l'on arrive à vivre ensemble.

De toute façon, Joseph n'aurait pas pu traverser ce pont tout seul. Pas celui-ci, et pas maintenant. Alors il se laissa guider par le vieil homme, comme une chèvre parmi les autres et il passa la Seine la tête vidée par l'odeur des bêtes et le claquement des sabots sur la route. De l'autre côté, il accepta un godet de lait et quitta le troupeau pour prendre les quais.

Il croisa une porteuse de pain, un vendeur de journaux, une voiture des postes, comme du sang dans les veines de Paris qui lui communiquait sa force à en redresser sa démarche de Quasimodo.

Respire, se disait-il. Respire et ne pense plus à rien d'autre qu'à ton devoir. Le simple devoir d'un citoyen ordinaire. Tu n'es pas un saint, Joseph, mais tu peux encore être quelqu'un de bien.

Avec les souvenirs, l'énergie de la veille lui revenait. Alors il savait tout ! Le complot contre le tsar, les compromissions de la présidente, la mécanique des arrangements avec la gent démoniaque. Il descendrait dans le métropolitain. Il arrêterait le convoi et dévoilerait au tsar la conspiration. Puis il se constituerait prisonnier et paierait son dû à la société en entraînant avec lui toute la clique des terroristes qui lui avait empoisonné l'existence. Le père, la fille et, pourquoi pas, la mère Desnoyelles. Lénine et Raspoutine, Bélial et Baphomet, le double jeu de l'Okhrana et celui du ministère des Affaires implexes. L'énormité de la tâche ne l'effrayait plus. Au passage, il sauverait Raymond. Où ? Comment ? Peu importe. Puisque Raymond s'en souvenait, c'est que cela arriverait.

En débouchant sur la place du Châtelet, il marchait déjà deux fois plus vite. Sous les parapluies, les premiers passants remarquaient à peine ce curé hirsute et meurtri qui traînait une jambe derrière lui. Joseph sourit en croisant la fontaine. Lucille lui avait raconté, un jour, l'histoire de ces quatre figures allégoriques. La Prudence, la Tempérance, la Justice et la Force. Il ne salua que les deux dernières puis adressa un petit signe de la tête à l'ange doré de la Victoire qui l'observait du haut de sa colonne.

Il y avait des militaires autour de la bouche du métropolitain. Des hommes armés et deux cavaliers. Évidemment. L'empereur et la présidente passeraient sous leurs pieds dans quelques heures. À quoi s'attendait-il ? À ce que l'on puisse prendre le train comme un jour ordinaire ?

Il tourna une rue avant et s'assit à même le trottoir, contre le mur d'un immeuble. Puis il laissa la pluie le tremper jusqu'au-dedans. Mon Dieu, pensa-t-il. Cela ne s'arrêtera donc jamais ? Ou, au contraire, tout doit-il se terminer ici ? Au moins, sois témoin de ma bonne volonté. Je peux encore réussir. Je veux essayer, ne plus reculer, cette fois. Donne-moi le courage d'affronter les policiers. Donne-moi la chance d'atteindre le tsar.

Il se frotta le visage à l'eau de la pluie et se remit sur ses pieds en s'accrochant au rebord d'une fenêtre. Le grincement d'une charrette à bras lui fit tourner la tête. Un type à casquette garait sa carriole le long du trottoir. Une cape imperméable sur les épaules, un brûle-gueule coincé dans une moustache de facteur. L'homme s'arrêtait là comme on arrive au travail. De sa charrette, il retira une grille qu'il déplia sur le sol et disposa en carré à la manière d'un parc d'enfant. Il saisit ensuite un casier de bois qu'il s'accrocha en bandoulière puis il s'arma d'un long pied-de-biche dont il se fit une canne le temps de revenir au milieu du trottoir. Il aperçut Joseph qui approchait.

« Holà, mon père ! interpella le travailleur. Qu'est-ce que vous faites là sous la pluie ? Et qu'est-ce qui est arrivé à votre visage ?

— Ce n'est rien, le rassura Joseph de sa voix la plus neutre. Je ne suis qu'un homme d'Église qui aime aller à la rencontre du peuple de Paris. Peu importent les intempéries…

— Et le peuple de Paris, il vous en a foutu plein la tête ! »

Joseph essaya de ne pas se montrer offensé et y réussit suffisamment pour que le gars parte d'un grand rire décomplexé.

« Et vous ? retourna Joseph. Vous faites quoi sous cette pluie ?

— Moi, je chasse les rats. La pluie, c'est mon aubaine ! L'eau envahit les égouts et fait remonter la vermine. Les jours de pluie, c'est mes plus belles journées ! »

Ce disant, il avait fait sauter la plaque d'égout d'un coup de pied-de-biche et déployait son parc d'enfant autour du gouffre béant.

« Vous êtes un bienfaiteur de la ville ! Ce sont des gens comme vous que j'aime rencontrer lors de mes promenades.

— D'habitude, on s'intéresse pas beaucoup à mon travail.

— Au contraire ! Tenez ! Vous savez quoi ? J'aimerais descendre avec vous pour vous voir travailler !

— Vous plaisantez ? C'est dangereux, mon père ! Ça ne m'étonne pas que vous ayez la tête dans cet état si vous passez vos journées à vous balader dans les égouts.

— Ne vous en faites pas, ça n'a rien à voir. Et puis regardez dans quel état sont mes vêtements. Je ne risque plus grand-chose.

— Pour ça, vous avez raison ! Allez, venez donc avec moi, ça me fera de la compagnie. Et puis, vous parlerez des chasseurs de rats dans votre prochaine homélie. Peut-être que les gens s'intéresseront.

— Promis ! Je sens que cela va être passionnant !

— Je passe devant. Désolé, mon père, mais je vais voir sous vos jupes ! »

Le moustachu rigola pendant toute la descente. Puis il s'engagea dans le boyau sans davantage de mise en garde, comme s'il était naturel de s'enfoncer jusqu'aux cuisses dans un fleuve de déjections.

Joseph le suivit sans mot dire. Il n'osait pas penser à l'effet qu'aurait ce bouillon gangreneux sur les blessures de ses jambes. Il se concentra sur la lampe et le filet de tabac au milieu de la puanteur.

« On ne doit pas passer loin du métropolitain, cria-t-il par-dessus les bruits d'eau.

— Ah ben oui ! Le tunnel passe juste là, au nord. Le train court sous la rue avec un égout de chaque côté. Vous voulez voir ?

— Je peux, vraiment ? Ça m'intéresse beaucoup.

— Venez, on va faire un détour pour vous montrer. »

Ils s'enfoncèrent dans un boyau latéral qui sortait de l'eau en pente douce. Joseph regarda derrière, les ténèbres puantes au-delà du globe de lumière. Le ronronnement de l'eau comme un Léviathan au fond de son antre.

Cette descente aux Enfers avait déjà des airs d'expiation. Joseph se tapota la joue en signe de satisfaction.

Au bout du couloir, un rectangle de rouille se détachait du salpêtre.

« Voilà la porte ! » annonça le chasseur de rats en commençant à tirer dessus.

Après un dernier coup de pied-de-biche, quand le battant céda enfin, Joseph passa devant et s'immobilisa un instant à l'orée du trou noir qui sentait l'air frais.

« C'est là ?

— Oui. Faites attention, les rails passent à moins d'un mètre. Vous avez vu la taille de ce tunnel ? Moi, je tire mon chapeau aux gars qui ont creusé ça ! »

Joseph avait gagné. Il respira profondément comme si, son objectif atteint, il ne lui restait plus qu'à rentrer chez lui. Il laissa ses poumons se remplir, sans réagir à la douleur qui lui enserrait le torse.

« Vous avez des allumettes et un chiffon ?

— Oui, répondit le bonhomme. Mais pour quoi faire ? Vous voulez mettre le feu ou quoi ?

— Non, rit-il. Je vais vous montrer quelque chose. »

Le sourcil froncé, le chasseur de rats sortit de son casier le torchon et de sa poche une boîte d'allumettes. Joseph les lui arracha des mains et s'engouffra sans attendre dans les ténèbres devant lui. Puis, claudiquant, il chercha du pied un premier rail qu'il suivit sans rien y voir en emportant son trésor serré contre la poitrine.

« Hé ! cria l'autre, derrière. Qu'est-ce que vous faites ? N'allez pas par là, c'est dangereux ! Et puis rendez-moi mes allumettes, c'est que j'en ai besoin, moi ! »

Quand Joseph se retourna, il avait déjà parcouru une bonne cinquantaine de mètres. L'ombre du chasseur de rats se détachait sur la tache jaune de la lanterne, perdue sur le flanc du tunnel, au milieu d'un grand vide.

Joseph attendit encore, jusqu'à ce que l'homme perde

patience. Les premiers cris laissèrent place à quelques jurons. Puis la porte se referma en grinçant et abandonna Joseph au silence aveugle des entrailles de Paris.

*

Malgré la pluie qui n'avait pas cessé depuis la nuit, le colonel Mazars ne se lassait pas d'admirer les deux aérostats qui, du haut des Champs, encadraient l'Arc de Triomphe. Le premier aux couleurs de la Russie, le deuxième aux couleurs de la France. Ces ballons étaient sa fierté, son cadeau personnel à la république. Les amener à temps pour la fête avait relevé de l'épreuve de force. Pluie ou pas, il avait ordonné qu'ils volent. Madame Desnoyelles saurait apprécier.

D'un geste du bras, large au point d'être ostentatoire, le colonel consulta sa montre-bracelet. Un mécanisme à rubis synthétique qu'il avait fait venir de Suisse. Autre symbole, s'il en était besoin, d'une armée moderne à l'aube d'un siècle nouveau. Neuf heures trente. À cet instant précis, le train de la présidente devait quitter la gare de la porte de Vincennes.

Par-dessus la croupe de son cheval, Mazars adressa un dernier regard au chef du protocole russe, Barsky, resté derrière lui. Il sourit au vieil homme élégant, à ses longs cheveux gris, à sa coiffure de lévrier afghan qui ferait long feu sous l'averse, à ce civil prétentieux qui devrait bien se contenter d'admirer du bord du trottoir le triomphe de Mazars à la tête des cavaliers réunis des deux pays qui un jour régneraient sur l'Europe.

Puis, d'un coup de poignet parfait de concision, il déclencha la parade des hommes et des chevaux dans leur grande tenue d'apparat. Aux premières notes de la fanfare de la Garde républicaine, la joie de la foule embrasa la plus belle avenue du monde, la sienne aujourd'hui. À n'en pas douter, la journée serait parfaite.

*

Sans aucun signe avant-coureur, un défilé de chapeaux melon vint soudain briser la routine de la station Champs-Élysées.

« Il se passe quelque chose », murmura Éloïs en avançant les yeux à la surface de leur cocon d'obscurité.

La procession des costumes vides se répandait sur le quai, juste au-dessus de leurs têtes. Là-bas, à l'autre bout, la longue figure noire s'était tournée vers eux et semblait les regarder. Peut-être leur parlait-elle dans leur monde d'en bas. Gabriel observa la scène sans intervenir.

Puis, les rangs s'écartèrent pour ouvrir un chemin à deux costumes qui en portaient un autre, assis par-dessus leurs têtes invisibles, sur une chaise qu'ils avaient dû emprunter au couloir.

« Que se passe-t-il ? » demanda Marie.

Tout cela n'avait aucun sens. Éloïs n'y comprenait rien. Il fit un mouvement et ne lui répondit pas.

La chaise à porteurs traversa ainsi toute la longueur du quai. Puis, ils la déposèrent à côté de la machine. Le costume, au-dessus, n'avait pas bougé. Cela ressemblait à une offrande du peuple des chapeaux melon à leur dieu en manteau noir. Éloïs regarda mieux.

« Marie ! appela-t-il. Ils ont amené une chaise jusqu'à la machine. Et je crois que la personne qui y est assise est ce cul-de-jatte que j'ai vu l'autre soir, lors de l'invocation.

— Bon sang, c'est l'infirme de Papus !

— Qui ça ?

— Je ne sais pas bien. Mais ce type dont j'ai oublié le nom était présent aussi quand Papus m'a envoyée ici en échange de Bélial, il y a vingt ans. Un cul-de-jatte ! S'il est là, cela signifie que la machine est prête à fonctionner.

— Mais quel démon…

— Gabriel ! Ça ne peut être que lui. Gabriel s'apprête à descendre chez les vivants ! Nous devons en savoir plus. Reste avec moi et ne dis plus rien. »

Éloïs retourna à l'obscurité et se laissa emporter plus loin, le long des rails.

Au bout du quai, Gabriel jubilait.

« L'infirme est avec eux, Anael. Nous avons gagné. Je vais bientôt vous quitter. »

Éloïs et Marie s'arrêtèrent juste en dessous de lui.

« Le Mur approche, continua l'archange sans les voir. Tu ne pourras plus rester longtemps. Il faudra que tu t'en ailles rapidement. Tu emporteras le vivant avec toi. Il te sera utile et restera l'assurance que Baphomet ne reviendra pas réclamer sa part de Tartare. Emmène toutes tes âmes loin du Mur. Le Tartare est ton royaume désormais. Montre-t'en digne !

— Bien, seigneur, répondit Anael. Je ne trahirai pas ta confiance. Je garde le vivant avec moi. Tu peux partir tranquille. »

Le vivant. David. Depuis les ténèbres de leur bulle, Éloïs n'entendait plus aucun signe de lui. La dernière fois qu'il l'avait aperçu, il se tenait au garde-à-vous comme un disciple pitoyable, incapable de la moindre rébellion. Maintenant qu'ils s'étaient avancés jusqu'au niveau de Gabriel, Éloïs ne pouvait plus sortir la tête à la recherche de son ami. Trop risqué. Mentalement, il reconstitua le quai. Le couloir, le groupe des chapeaux melon, Anael et David contre le mur, vers le milieu. Puis, plus loin, la machine étalée sur le sol et le duo en noir et blanc du sorcier et de l'archange.

Au moment d'agir, il ne faudrait pas oublier David.

*

Fulgence Bienvenüe avait sélectionné les voitures les plus modernes pour assembler un train d'exception que des employés de l'Élysée avaient ensuite décoré. Un peu trop à son goût. Les drapeaux par-dessus les cocardes, elles-mêmes ajoutées aux banderoles fraternelles et bilingues, sur fond de velours rouge. Au point que l'ingénieur avait dû ordonner qu'on limite la vitesse du convoi afin de préserver la prestance des fanfreluches jusqu'au bout du voyage.

En raison d'un protocole insolite que les Russes avaient imposé à l'expédition, les trois wagons s'étaient avérés largement surdimensionnés et l'on avait pu regrouper l'ensemble des invités dans la seule voiture de tête. Sa Majesté le tsar avait souhaité que la délégation russe les attende à l'arrivée des Champs-Élysées et n'avait autorisé dans le train que le noyau dur de sa police, l'inévitable comte Vasilyev et Cherkasov, son âme damnée, ainsi qu'une poignée de cosaques barbus pour les cas d'urgence.

En conséquence, la présidente aussi avait dû se plier à la règle du dégraissage et se contenter d'une suite allégée. Elle avait emporté Lépine, qui avait tout organisé, ainsi qu'au moins autant de gendarmes français que de cosaques. Question de préséance. Le tsar avait obtenu d'elle que la sécurité du métropolitain soit exclusivement russe. Soit. Mais au moins avait-elle négocié ce dernier carré de carabiniers pour sa protection personnelle.

L'ingénieur Bienvenüe faisait partie du voyage pour le boniment technique et la promotion de l'industrie française que le tsar n'écoutait que d'une oreille distraite. C'était bien la peine de venir de Russie, pensa même la présidente, gardant pour elle cette remarque peu adaptée au contexte diplomatique.

Bienvenüe avait amené sa fille. Seule entorse au protocole de fer. Une jeune femme à peine sortie de l'adolescence, une blonde charmante affligée d'un port mélancolique et d'une toilette de veuve. L'ingénieur avait glissé en arrivant que la pauvre était affectée par la disparition d'un frère jumeau. Ce n'est qu'alors que la présidente remarqua les cernes sur le visage du Père Métro, une fatigue inhabituelle qui sentait le chagrin contenu. Elle ne s'en affecta pas plus que nécessaire, elle avait suffisamment de soucis pour ne pas s'occuper de ceux des autres. Alors elle avait salué la jeune fille avec la mine qu'elle réservait d'ordinaire aux commémorations du souvenir et l'avait aussitôt oubliée.

Victoire Desnoyelles avait aussi fait appeler in extremis son ministre des Affaires implexes, qui devait normalement attendre avec les invités, à la tribune des Champs-Élysées. Tout cela à cause de Lépine. Dès son arrivée à la porte de Vincennes, le préfet avait accueilli la présidente à sa voiture avec un je-ne-sais-quoi coupable dans la voix.

« Madame, les nouvelles sont mauvaises.

— Allez-y.

— Mes hommes se sont fait duper hier soir. L'individu qu'ils suivaient n'était pas Raspoutine mais un imposteur que les Russes ont grimé dans le but de nous tromper.

— Et ils ont réussi ! Vous êtes nul, Lépine. Raspoutine est un implexe. Il ne faut pas prendre ces choses à la légère.

— Vous pourrez me limoger plus tard, madame. En attendant, des indicateurs m'ont signalé que Raspoutine, l'authentique, s'était rendu directement à la station des

Champs-Élysées hier, au sortir du train impérial. Il semblerait qu'il y ait passé la nuit.

— Vous voulez dire qu'il nous attend au terminus ? Qu'est-ce que cela signifie ?

— Je vous rappelle, madame, qu'en vertu des accords concédés à la Russie, l'Okhrana se fait un point d'honneur de repousser toutes nos tentatives d'aller y voir par nous-mêmes.

— Il me semble que je vous avais ordonné de reprendre le contrôle du réseau souterrain.

— Les Russes verrouillent toutes les issues de la station Champs-Élysées. Je n'ai pas osé aller trop loin dans la confrontation. Voulez-vous que je donne l'ordre d'investir la station par la force ? Mes hommes se tiennent prêts.

— Il n'en est malheureusement pas question. J'ai donné ma parole. Le tsar est notre allié, Lépine. Un allié à double figure qui complote sur mon propre territoire mais un allié quand même, et des plus précieux pour la paix de l'Europe ! Gageons qu'il ne s'agit que d'un caprice paranoïaque de Nicolas. Restez en alerte et faites venir Alexis de France. Je veux l'avoir à mes côtés. C'est lui le spécialiste des implexes. Et puisque Raspoutine nous attend là-dessous… »

L'affaire avait retardé le départ et passablement échauffé la délégation russe. De France était arrivé en fanfare à bord d'une voiture ministérielle menée au grand galop. Voyant sa démarche hésitante et ses orbites plus creusées encore qu'à l'accoutumée, la présidente avait tout de suite mis les choses au clair.

« Vous avez été agressé hier, monsieur. Je suis au courant. Cependant, vous vous ferez plaindre une autre fois. J'ai besoin de vous. Prenez place, nous partons. »

À son allure de sénateur, le train avalait les rails et l'obscurité. Coincé entre le tsar et la présidente, le grand Fulgence détaillait sans enthousiasme les mètres cubes de terre déplacée et les kilowatts consommés, dans l'indifférence générale.

Que venaient faire ici Nicolas II et sa suite ? Voilà la question qui tournait dans toutes les têtes tant l'autocrate semblait pressé d'en finir.

Mais, malgré les demandes répétées des Russes, il n'était pas question d'accélérer le convoi. Bienvenüe était formel et assumait l'autorité du capitaine contre tous. D'autant que, depuis le départ, les wagons s'étaient vu agiter par quelques chutes de tensions imprévues qui ne lui disaient rien de bon. L'inimaginable scénario d'un train arrêté dans les ténèbres du tunnel faisait couler à ses tempes une sueur glacée.

Comme pour répondre à ses pires craintes, à quelques longueurs après la sortie de la station Châtelet, le chauffeur stoppa brusquement le convoi.

« Que se passe-t-il ? »

Le chauffeur ouvrit sa vitre.

« Là, regardez ! Il y a quelque chose qui brûle sur les rails. Devant. »

Aussitôt, les cosaques resserrèrent les rangs autour de leur souverain. Après un instant d'hésitation, les gendarmes français les imitèrent. Desnoyelles les repoussa.

« Allons, messieurs, ce n'est rien ! Nous allons repartir. »

Puis, des coups sur la porte firent sursauter l'ensemble des passagers du wagon ; la rafale de coups d'un homme qui aurait le loup à ses trousses.

« Ouvrez-moi ! Ouvrez-moi, je vous en supplie. Il en va de la sécurité du tsar ! »

Une forme s'agitait, dehors. Une tache plus noire sur

fond de ténèbres, surmontée du cercle pâle d'un visage éperdu. Devant, déjà, le fanal s'éteignait par lui-même ; un torchon de chasseur de rats, trop humide pour bien flamber.

Lépine s'approcha de la porte et tenta d'y voir en appuyant le front sur la vitre.

« C'est un curé, hésita-t-il.

— Un quoi ? siffla la présidente, prête à mordre.

— Un homme en soutane, corrigea le préfet.

— Demandez-lui ce qu'il veut. Mais n'ouvrez pas cette porte.

— Que voulez-vous ? » cria Lépine contre la vitre en articulant avec exagération.

Sur les rails, Joseph jouait sa dernière carte. À combien de mots avait-il droit pour convaincre le tsar ? Une dizaine tout au plus, et après, ce serait la prison pour un bon bout de temps. Ou l'asile.

« Il y a un complot contre le tsar ! Ils veulent l'assassiner ! Vous devez sortir d'ici, retourner d'où vous venez ! »

Il y eut un silence. Une insupportable hésitation. En face de lui, Joseph regardait ces gens comme des poissons dans un bocal ou peut-être était-ce lui le poisson des abysses qu'ils contemplaient dans ses eaux noires. Il y avait des soldats. Des armes. Le train repartirait. Il ne valait rien de plus qu'un de ces innombrables déséquilibrés qu'un tsar devait croiser à longueur de voyage.

Il frappa la portière une dernière fois. Par désespoir d'abord, de rage ensuite.

« C'est un démon ! cria-t-il. Il s'appelle Baphomet et il va tuer le tsar ! »

Nicolas II eut un sursaut imperceptible. La présidente lança un regard à son ministre des Affaires implexes, qui avait, d'un coup, assombri sa face de carême.

« Ouvrez-lui, Lépine, lâcha-t-elle. Faites-le monter. »

D'un geste, le tsar indiqua à ses hommes de ne pas réagir. Le préfet hésita puis ouvrit la portière.

« Mon Dieu, c'est Joseph ! »

La voix de Lucille surprit tout le monde.

« Je connais cet homme, ajouta son père.

— Moi aussi, conclut Alexis de France. C'est l'homme qui m'a agressé au ministère. Joseph Sterbing. Un implexe notoire. Vérifiez qu'il n'est pas armé. »

Deux gendarmes saisirent Joseph et le hissèrent dans le wagon.

« Il n'a pas d'arme. »

La présidente s'avança vers lui.

« Alors, jeune homme. Expliquez-vous.

— Un démon nommé Baphomet rôde dans ces couloirs. Il a reçu l'ordre de tuer Son Altesse Nicolas II. Rien ne l'arrêtera. Je sais que vous comprenez ces mots, madame. Il faut fuir le métropolitain. Immédiatement. La station du Châtelet n'est qu'à quelques dizaines de mètres derrière vous. »

La présidente fit un pas en arrière. Lépine se rapprocha.

« Que veut-il dire, madame ? Le comprenez-vous ? »

Mais Victoire Desnoyelles ne l'entendait pas. Jamais il ne lui avait vu un tel visage. Il y reconnaissait l'expression qu'affichaient ces escrocs qu'il confondait parfois à l'issue d'un interrogatoire, les yeux de l'homme accablé par la vérité et qui cherche un ultime mensonge pour sauver sa tête.

Elle se tourna vers le tsar.

« Majesté, je pense que les craintes de cet homme sont fondées. La menace qu'il évoque est terrible, croyez-moi, et bien réelle. Aussi, je vous propose d'annuler la visite immédiatement et de nous rendre à la cérémonie des Champs-Élysées par la route. Il en va de votre sécurité.

— Madame, sourit le tsar, mes ancêtres depuis Pierre le Grand ont vaincu toutes les armées d'Europe et ont, sans répit, mené d'une poigne de fer la destinée du plus grand empire du monde. Espérez-vous voir un Romanov fuir comme une fillette à vos histoires de grand-mères ? Vous me blessez, madame. Et je vous demande sans attendre d'ordonner la reprise du programme tel qu'il a été défini par nos gouvernements. »

Le silence qui suivit pesa comme une punition collective.

« Je ne comptais pas vous offenser, reprit la présidente. Je prends note de l'intérêt... particulier que vous portez à cette visite et j'ordonnerai, comme vous le souhaitez, sa poursuite. Cependant, permettez-moi d'insister une dernière fois sur l'extrême gravité des allégations de cet homme. Votre vie est en danger.

— Je comprends votre inquiétude, madame, et je vous prie de pardonner ma rudesse. Continuons. »

Il la salua. Un tsar autocrate n'avait sans doute pas d'autre justification à fournir à une présidente élue. Il n'avait pas cessé de sourire.

« Allons-y ! » ordonna-t-elle avec gravité.

Lépine acquiesça d'un coup de tête tout militaire. Puis il hésita en désignant Joseph.

« Et... et lui, madame ?

— On le garde ! Mais surveillez-le. »

Le préfet poussa Joseph vers l'arrière et affecta un gendarme à sa garde. Un moustachu réglementaire, un sapeur de réclame, armé d'une carabine qui sentait la cire à parquet.

Au passage, Joseph croisa le regard de Lucille. Il n'y plongea pas, cette fois, rebuté par le bleu trop pâle d'une mer de glace et d'amertume. Elle baissa les yeux avant lui. Il passa en boitant et attendit sans bouger que le train redémarre.

Et jusqu'aux Champs-Élysées, il n'y eut ni fantôme ni croque-mitaine. Rien d'autre que la monotonie du tunnel et la litanie rebattue du discours de l'ingénieur.

Enfin, la station apparut au détour d'un virage. La lumière y était éclatante. Beaucoup trop pour le réseau d'éclairage ordinaire du métropolitain. Sans pour autant reconnaître le danger, la présidente comprit immédiatement qu'elle allait au-devant de ce qu'elle avait toujours redouté. Il y avait bien des drapeaux tendus sur les murs, pour la forme. Mais rien du décorum habituel qui accompagnait les visites d'un chef d'État. Pas de tapis rouge, pas de fanfare, pas d'uniformes clinquants. Pas de fillette à bouquet non plus. Jusqu'au dernier moment, elle avait espéré la surprise ingénue, comme une fête d'anniversaire qu'on feint de découvrir au retour d'une journée de travail. Mais non, cela n'aurait pas été dans le ton lugubre du voyage en train.

Vasilyev commença à parler russe. Alors, ils ne se souciaient même plus de la délégation française, de la présidente de la France ! À côté, Lépine affichait une mine d'abasourdi qu'elle ne lui avait jamais vue. Elle se retrouvait donc seule, coincée dans sa souricière de haute technologie, seule à se demander d'où viendrait le premier coup à esquiver.

Le tsar avança vers elle.

« Ma chère présidente, ma très chère amie... »

Tout sonnait faux dans son regard, son dos trop droit, cette façon de tendre les mains comme un Jésus de pacotille et ce sourire postiche accroché à sa moustache.

« Il est temps que je vous avoue, continua-t-il douloureusement, la véritable raison de ma visite. »

Par la fenêtre, le quai défilait au ralenti. Les policiers russes en costume d'espion, les chapeaux melon de l'Okhrana alignés à la revue, la rangée des projecteurs électriques crachant comme au théâtre une lumière plus blanche que le jour. Et puis, les étranges équipements qui jonchaient le sol, les câbles tressés, les rampes d'ampoules à vide, les bobines de cuivre, les cadrans, les aiguilles, les ressorts à spirale.

« Il s'agit d'une expérience scientifique d'un genre nouveau dont je ne me hasarderai pas à vous exposer les détails ici. »

Le mutisme de la présidente l'encourageait dans son monologue. Le train s'était arrêté. Un cosaque ouvrit la porte.

« Nous sommes arrivés. Descendez avec moi, je vous prie. Je vais vous montrer. Croyez bien que j'aurais préféré mener ces activités chez moi, dans le confort d'un château. Malheureusement, je ne fais que répondre à une invitation. Le Destin, en quelque sorte, qui m'a appelé ici. »

Dans un curieux retournement protocolaire, c'était au tour du tsar de guider la présidente sur le quai. Personne n'avait osé les devancer. Derrière eux, gendarmes et cosaques jouaient des coudes pour encadrer le couple de souverains. Lépine et le ministre suivaient avec prudence, incapables d'extraire la moindre logique de ce qu'ils voyaient autour d'eux. Seuls Vasilyev et Cherkasov semblaient dans la confidence et filèrent prendre leur place à la tête des policiers de l'Okhrana. Dans le wagon restaient Lucille et son père, Joseph et son gendarme.

Alors la présidente aperçut les hommes par-dessus le déballage de matériel électrique. Le premier lui tournait le dos mais elle le reconnut immédiatement. C'était le Raspoutine qu'elle avait repoussé la veille et que le tsar lui resservait aujourd'hui comme un mauvais plat. Ces cheveux malpropres qu'il avait peignés quand même, cette envergure de vautour, cette démarche de géant de carnaval évadé d'un cortège, l'homme ne lui inspirait que le mépris et elle sentait sa chair rejeter son image comme un germe toxique. Le moine débauché qui avait envoûté la cour de Russie s'affairait devant elle à son expérience électrique. Il ne se dérangea pas, plongé dans l'observation d'un cadran à aiguille, apparemment plus important qu'un tsar et une présidente réunis.

À ses pieds, il y avait une grande pièce carrée d'un tissu métallique. Et face au canevas se tenait un athlète russe, blond comme il se doit, le torse nu. Un jeune militaire, comme l'indiquait le maintien rigide de celui qui attend un ordre. Le troisième larron était un infirme, assis sur une chaise.

Alors que le tsar reprenait ces explications qu'elle ne voulait plus entendre, elle s'arrêta soudain. C'était le souvenir qui lui revenait en bloc. D'abord la machine. Pas exactement la même qu'à l'époque, c'était il y a vingt ans, mais une similitude dans le foutoir technologique. Et puis ce tapis carré tissé de fil de cuivre d'où était né le seigneur de la Horde d'Or. Et encore l'homme en noir, Raspoutine, plus puissant, plus magnétique qu'un Papus, mais animé de cette même excitation, abandonné à sa danse mystique dans la forêt des cadrans et des interrupteurs. Et enfin, le cul-de-jatte. L'étrange cul-de-jatte sur sa chaise, comme la signature en bas du tableau de l'invocation.

« Je sais ce que vous êtes en train de faire, chuchota-t-elle à l'oreille du tsar. Et cela signifie que vous devez comprendre la mise en garde de ce curé. Le Baphomet dont il parle a déjà tué un homme hier. La menace est réelle et vos cosaques ne pourront pas grand-chose pour vous sauver. L'Europe ne s'en relèvera pas. Je vous conjure de revenir à la raison en quittant ce lieu immédiatement. Un démon est en route pour vous tuer, Majesté…

— Et quand il arrivera, compléta-t-il sans lui laisser

le temps de finir, j'aurai mon ange gardien. Ne vous inquiétez plus pour moi, madame. »

Du bout du quai, Raspoutine interpella son souverain. Sa voix résonnait sous la voûte du tunnel d'un russe différent de celui des autres, un langage que l'on devinait plus emphatique.

Nicolas II fit signe à la présidente de reculer.

« Monsieur Raspoutine m'indique que l'expérience va commencer. Je vous propose de vous éloigner de l'instrumentation électrique. On ne sait jamais. »

Derrière, Raspoutine agitait un gros cadran sous le nez de Raymond, qui fronçait les sourcils avec outrance pour lui indiquer qu'il ne se souvenait pas encore.

Dans le wagon, le gendarme de Joseph avait avancé sans s'en rendre compte, fasciné par le spectacle insolite des déboires de sa présidente et des fantaisies électriques de la délégation russe. Joseph le suivit docilement pour profiter d'un meilleur point de vue sur le tableau. La porte de la voiture n'était plus très loin. De sa place, il reconnaissait la machine de la rue Galvani, la même mauvaise farce avec de nouveaux acteurs.

Raymond jouait son rôle. Il avait plutôt bonne mine, à ce qu'il pouvait en voir. Est-ce que cela signifiait qu'il était déjà sauvé ?

Joseph loucha sur la carabine du gendarme, qui se méfiait trop peu de ce curé qu'il ne savait pas dangereux. Il pourrait s'en saisir et sauter sur la scène. Et pour quoi faire ? Pour sauver le tsar ? de quel danger ? Il les avait prévenus et c'était déjà beaucoup. Que faire d'autre maintenant que d'attendre que tous ces policiers déjouent l'attentat qui peut-être même ne viendrait jamais ?

Lucille se tenait derrière lui. Le regardait-elle ? Il se plut à imaginer ses yeux posés sur sa nuque. Il tenta de se tenir droit mais il ne se retourna pas.

Alors que les regards étaient tournés vers Raspoutine, ses bobines, ses cadrans et son cul-de-jatte, le grondement d'un train débouchant du tunnel d'en face surprit tout le monde. Chez les gendarmes, les chapeaux melon et les cosaques, on ne savait plus qui était l'ennemi. Les carabines des uns et les pistolets des autres ne pointaient encore personne mais s'agitaient de droite et de gauche dans l'attente de l'événement déclencheur.

Dans la deuxième rame qui entrait en gare, des hommes se tenaient aux fenêtres. Un instant, Joseph pensa que c'était un train ordinaire qui apportait son lot de voyageurs en face de leur singulière affaire d'États. Puis le convoi ralentit et ses portes s'ouvrirent avant l'arrêt, dans un bel ensemble. Les portes du côté de la voie, qui ouvraient maintenant sur le train présidentiel.

Par rapport aux autres, à la cohue sur le quai, Joseph dans son wagon était aux premières loges pour accueillir les nouveaux venus. Maintenant qu'ils s'étaient arrêtés, il pouvait mieux les voir. Pas d'uniformes, rien d'officiel. Des gens armés mais chacun venu avec son matériel, qui un fusil de chasse, qui un pistolet militaire. Une armée dépareillée de soldats en pulls de laine et casquettes, parfaitement dans le style de la Horde d'Or.

Chaque homme devant sa porte ouvrit en face la portière correspondante du premier train, offrant les deux convois l'un à l'autre dans un surprenant abordage ferroviaire. Lucille poussa un petit cri de surprise lorsqu'un patibulaire en veste de jardinier tira la porte à côté d'elle.

À l'autre extrémité de la voiture, plusieurs mètres devant eux, traversant leur wagon, un petit groupe passa d'un train à l'autre en direction du quai. En tête, la silhouette colossale du Grand Khan habillé d'un manteau vert, sobre mais dans la veine orientale qui authentifiait la marque de la Horde. Il tenait sa fille par la taille, sans y faire attention.

Lucrèce portait toujours ses vêtements souillés par la blessure. On y avait juste ajouté un bandage autour de son bras qu'elle tenait en écharpe. Elle marchait en hésitant, appuyée contre son père. À l'évidence, elle n'avait pas les cartes en main. Elle n'avait pas souhaité se trouver là, en tout cas pas comme cela.

Derrière, coincé entre deux lascars de la Horde, suivait Lénine qui masquait une détresse criante par un pas fier et droit. En apercevant le tsar, il ralentit jusqu'à ce que les deux autres le forcent à avancer.

« Continuez, nous ne voulons pas vous interrompre, commença le Khan en prenant pied sur le quai.

— Que faites-vous ici ? fulmina la présidente. Je devrais vous faire arrêter !

— Allons, madame. Pas de comédie, ce n'est pas le moment. Je suis ici parce que vous m'avez confié la protection du tsar et vous savez que je ne suis pas dans la capacité de contester vos ordres. C'est plus fort que moi ! Alors, je vous ai amené la seule personne capable d'arrêter le tueur. C'est tout ce que je pouvais faire, je n'avais pas le choix.

— Vous parlez de… cette jeune fille ? hésita la présidente.

— Exactement. Voulez-vous que je vous la présente ? Vous vous entendriez parfaitement, elle a votre caractère. »

Le tsar était resté à l'écart. L'effet de surprise lui échappait. Dans l'axe du Khan, il ne saisit pas immédiatement tout le piquant de la situation. Puis à la faveur d'un mouvement, il aperçut enfin son ennemi, derrière, entre ses deux gardiens. Le tsar explosa.

« Cet homme ! Il s'agit de Vladimir Oulianov, le terroriste. Emparez-vous de lui sur-le-champ ! »

Le Khan leva une main en souriant.

« Holà ! Pas d'emballement. Cet homme est sous ma garde. Il ne vous fera rien, Majesté. Je vous prie de rappeler vos troupes.

— Vous allez trop loin, intervint la présidente. Je vous demande de livrer ce révolutionnaire à la police de Son Altesse le tsar.

— Vous me demandez ou vous m'ordonnez, madame ? plaisanta le Khan. La nuance est de taille. Laissez-moi vous expliquer avant de décider. Cette jeune fille, qui décidément vous ressemble beaucoup, est une adepte, pour ne pas dire une victime, de ce Lénine et de ses théories de grande révolution internationale. Or, il se trouve que mademoiselle a rêvé délivrer les masses prolétariennes en lâchant un assassin aux trousses de monsieur votre invité, le tsar Nicolas. Vous voyez, je suis sûr, de quel assassin je veux parler. Un assassin lié pieds et poings à la volonté de cette jeune fille qui, seule, pourra l'arrêter. Mais la petite s'est accrochée à son projet et j'ai bien peur que, le moment venu, qui ne saurait tarder, elle ne soit tentée d'oublier ses devoirs d'obéissance paternelle. J'ai donc amené ce monsieur Lénine avec moi pour la forcer à rester raisonnable. Il est tout ce qui compte pour elle. »

Lucrèce fixait le sol devant elle, la mâchoire crispée. Au fil de son discours, l'étreinte de son père s'était resserrée sur son bras valide. Elle s'agitait régulièrement comme une enfant sauvage arrachée à la forêt. Joseph ne la reconnaissait pas.

La présidente interrogea le tsar du regard.

« Je ne veux pas que cet homme assiste à l'expérience, trancha le monarque. Faites-le sortir immédiatement ! »

Plus loin sur le quai, Raspoutine poursuivait ses réglages à l'écart du psychodrame qui agitait le reste de la station. Il vérifiait les contacts, resserrait les ailettes, replaçait son athlète face au tapis en lui glissant trois consignes, puis revenait à Raymond. L'infirme semblait comprendre que la sortie du tumulte diplomatique dépendait aussi de lui. Alors, il tournait son potentiomètre dans un sens et dans l'autre, cherchant un chiffre qui lui rappellerait quelque chose.

Parfois, Raspoutine tentait sa chance et actionnait l'interrupteur, le plus gros, en faïence, qu'il gardait près de lui. La lumière baissait, des têtes se levaient vers le plafond puis il remontait le levier et tout rentrait dans l'ordre.

Mais alors que les discussions avec le Khan battaient leur plein, soudain, Raymond se redressa et tendit le cadran. Il rayonnait. Parce qu'il se souvenait enfin. Et peut-être sa mémoire renversée lui disait-elle maintenant que tout était fini et qu'il rentrerait chez lui.

Raspoutine enfonça une fois de plus le levier de faïence dans le contact de cuivre. La lumière chuta. Les voix cessèrent aussitôt.

Par-dessus le carré de métal, l'air s'était teinté d'une clarté subtile. D'abord imperceptible. Puis plus évidente. Ce n'était pas une fumée même si cela en avait l'aspect. Juste un éclat, une flamme blanche qui éclairait les visages alentour.

Rapidement, la lueur s'étendit à la fois vers le haut et vers le sol, en s'épaississant. Puis les volutes ralentirent, comme une gelée qui se fige, pour s'organiser en une forme humaine, une silhouette élancée, une figure blanche vêtue d'une grande robe, les bras légèrement écartés du corps, les mains offertes.

Sur le quai, tous les visages s'étaient tournés vers cette apparition miraculeuse. Raspoutine avait donc réussi.

Face au tapis rougi par le courant électrique, l'athlète

avait fermé les yeux et respirait profondément. L'instant de la communion était venu. Bientôt, il fusionnerait avec ce corps d'ange et accepterait à jamais son nouveau destin. *Un vivant pour un démon.*

Du fond de son wagon, Joseph redécouvrait avec résignation le spectacle de la rue Galvani qui lui avait coûté un ami et, peut-être, un amour. Cette fois, c'était décidé, il n'interviendrait pas.

Au-dessus de lui, au-delà même du plafond de la voiture, il perçut un frottement. Un bruit fugace mais bien réel. Quelque chose qui se traîne sur le toit d'un train.

Le gendarme leva la tête.

« Alors, vous aussi, vous avez entendu ? »

*

Quand le premier train était entré en gare, Marie avait perçu la vibration dans les rails et s'était allongée avec Éloïs le long du quai. Mais le convoi s'était immobilisé avant de les atteindre.

« Il se passe quelque chose, chuchota-t-elle. Il faut que tu regardes. »

Éloïs tremblait encore d'avoir imaginé la douleur d'être écrasé par un train. Comment a-t-elle pu survivre si longtemps sans voir, dans ce monde où l'on n'entend pas ? se demanda-t-il en sortant la tête de leur cocon d'obscurité. Ou plus exactement, dans ce monde où l'on n'entend que les morts, corrigea-t-il pour lui-même. Amusante symétrie. Ne parle-t-on pas, chez les vivants, d'un silence de mort ? Et voilà qu'il évoquait les vivants comme une espèce étrangère. Il se concentra sur le train pour ne plus avoir à y penser.

Le convoi était décoré. Il en sortait des uniformes

vides. Mais avec des armes, sans doute plus utiles qu'un visage pour faire un militaire. L'un d'eux, plus tape-à-l'œil, semblait s'entretenir avec une femme.

De là où il se trouvait, il ne pouvait voir ni Gabriel ni Anael et son prisonnier. Mais le silence absolu qui régnait montrait bien que la main était aux vivants et qu'ici les anges n'avaient qu'à attendre. Dans le monde d'en bas, une délégation de militaires venait assister à l'invocation de Gabriel, voilà bien tout ce qu'il pouvait dire. Il revint vers Marie.

Mais avant de la rejoindre, son regard s'accrocha à un changement de décor. Quelque chose de différent. Le tunnel avait disparu. Englouti par une épaisse fumée.

D'abord, son instinct le poussa à fuir. Ce fond de gare lui évoquait un incendie qui, débouchant du souterrain, risquait d'asphyxier l'ensemble des lieux. Mais à y mieux regarder, l'épais brouillard ne progressait pas ou alors tellement lentement qu'il n'en discernait pas le mouvement. L'émanation formait un bloc compact, trop pour que le phénomène soit naturel. Dix mètres les séparaient de la chose, à peine plus.

Puis, soudain, il vit un deuxième train jaillir du nuage sombre et se garer aux côtés du premier, comme si de rien n'était.

Il retourna auprès de Marie.

« J'ai vu le Mur ! C'est lui, c'est certain. Il est si proche ! Et il semble si… *réel*. Presque tangible. Tu dis qu'on peut le pénétrer ?

— Oui, mais il ne faut pas. Il ne cache que le néant, l'absence de tout.

— La mort ?

— La mort des sens, tout au moins. Le purgatoire.

— J'ai vu un autre train en sortir. Crois-tu qu'il transporte des passagers ?

— Des vivants certainement, qui ne l'ont même pas senti. Le purgatoire ne concerne que les morts.

— Et Gabriel ?

— Je ne sais pas ce qu'il veut mais il va devoir tenter quelque chose avant d'être avalé. Il ne dispose plus que de quelques minutes pour réussir son invocation.

— Alors, Gabriel va descendre parmi les vivants, c'est cela ?

— Oui. C'est ce qui est en train de se produire.

— Mais pourquoi, Marie ? Pour éclairer le monde, pour propager un bonheur universel ? C'est un ange, non ?

— Tu as vu, dehors, le bonheur qu'il est capable de répandre ? C'est un poison. La béatitude contre la liberté.

— Et nous, pourquoi sommes-nous venus ici ? Pour le laisser partir sans rien tenter ? »

Elle hésita longtemps. Au fond de leur obscurité, Éloïs s'était imperceptiblement éloigné d'elle et ne cherchait plus le contact avec ce corps qui le dissimulait. Puis il se ravisa et approcha sa main, caressa son cou.

« Je ne sais pas pourquoi nous sommes venus », finit-elle par lâcher comme un gémissement.

La main d'Éloïs se crispa sur sa nuque.

« Si ! répondit-il un peu trop fort. Tu le sais. Mais tu ne veux pas le voir. Tu sais que tu dois mourir pour que Bélial revienne. *Un vivant pour un démon !* Il est le seul à pouvoir lutter contre Gabriel, à pouvoir le vaincre et empêcher qu'il s'incarne chez les vivants.

— Éloïs…, hésita-t-elle, tu as raison. Je savais en venant ici que cela finirait comme ça. »

L'effroi s'abattit sur lui comme une nausée, un dégoût de lui-même, l'envie de se vomir tout entier comme un gant que l'on retourne. Quel imbécile ! Quels mots abominables lui avait dictés sa logique étriquée ?

« Non ! Pourquoi t'ai-je dit cela ? Je ne le pense pas,

je ne suis qu'un idiot. Nous allons vaincre Gabriel ensemble, Marie. Il doit bien y avoir un moyen. Et nous le trouverons ensemble ! »

Elle ne répondit plus. Il retira sa main et la laissa en paix.

Au-dessus de leurs têtes, un appel cassa leur silence.

« Anael ! Ça y est ! Ça commence ! criait Gabriel de sa voix légère. Je sens que leur machine m'emporte ! Va-t'en ! Fuis le Mur et emmène avec toi toutes les âmes du Tartare. Je te laisse, Anael ! Que Dieu soit avec toi ! »

L'hallali, la fin des temps, Éloïs reconnut immédiatement le cri qu'il redoutait sans le savoir. Mais le temps de comprendre, la lumière du monde explosait à nouveau à ses yeux. Le train devant lui, les rails sous ses pieds. Voilà que les ténèbres s'étaient dissipées. Il contempla ses mains et la vérité le saisit. Marie était partie !

Il frappa le sol. À droite, à gauche, espérant la toucher ou voir sa main disparaître dans la bulle invisible. Mais Marie n'était plus là.

Il n'avait rien entendu. L'air de la gare avait dissipé Marie, la femme qui n'existait qu'à moitié et qui soudain n'existait plus du tout.

La panique le saisit. Pire que les ondes mauvaises des démons auxquelles il avait fini par s'habituer. Une vraie peur qui lui venait de l'intérieur.

N'y tenant plus, il bondit sur ses pieds, redressant la tête par-dessus le bord du quai.

À sa droite, il y avait les uniformes, les chapeaux melon, les armes en tous sens, les yeux que l'on devinait dans le vide des visages. Tous ensemble tournés vers la machine et Gabriel qui criait encore sa joie de partir corrompre les hommes.

À sa gauche, au point focal de tous les regards, la figure blanche extatique de l'archange qui, doucement, s'élevait dans les airs au-dessus du carré de cuivre tressé. Déjà floue, le visage comme effacé, en route, *à distance*, comme disait David.

Soudain, le tapis métallique glissa sur le sol. Lentement d'abord, puis plus vite. Emportant derrière lui une grappe d'équipements électriques pendus au faisceau des câbles.

Et l'ange retomba. Sur le sol, et dans la réalité de ce monde. Sa robe, ses mains, ses cheveux blonds sur ses épaules avaient retrouvé leur netteté. Il roula sur lui-même, puis resta un instant à quatre pattes, à reprendre son souffle, à comprendre qu'il était revenu à l'endroit d'où il devait partir.

Et derrière lui, la grille et sa quincaillerie s'éloignaient encore. Comme aspirées par le Mur opaque.

Alors que les premières brumes s'apprêtaient à dévorer le carré de cuivre, Éloïs comprit enfin.

« Marie ! cria-t-il. Ne fais pas ça ! C'est le néant, c'est toi-même qui l'as dit ! N'y va pas ! Laisse cette machine et reste avec moi ! »

Et la dernière pointe du carré d'or disparut dans le Mur de fumées irréelles. Marie avait donc choisi le sacrifice, emportant avec elle le tapis métallique dans les profondeurs du purgatoire. Comment avait-il pu croire qu'elle n'en aurait pas le courage ? Il venait de la perdre.

Face au Mur, Gabriel s'était relevé et ne bougeait plus. Incapable de décider de la suite, pétrifié devant l'inconnu du purgatoire qui, sans y paraître, avançait vers lui.

« Éloïs ? »

Éloïs tourna la tête. Anael ne le regardait pas. Peut-être même ne l'avait-il pas vu, tout à l'horreur de ce qui venait de se produire. Mais à ses côtés, David s'était levé. Le géant chauve dans sa chemise de nuit. Il souriait et semblait sortir d'un sale cauchemar.

« Éloïs, tu me reconnais ? C'est David. »

*

Un « Oh » spontané monta du quai pour résonner sous la voûte, comme le cri impulsif qui, sous un chapiteau, salue la chute du trapéziste. La présidente même laissa échapper un jappement plus aigu, que toutefois personne ne remarqua.

On attendait un mouvement de Raspoutine, un plongeon de l'athlète au torse nu ou n'importe quelle pyrotechnie qui aurait ici parfaitement trouvé sa place. Au lieu de cela, le tapis de cuivre avait glissé jusqu'au fond du quai, comme une bête rampante, un turbot sur le sable, un morceau de métal animé d'une vie propre. Puis il s'était arrêté là, au bout de sa guirlande de bobines et de cadrans, arrachés par le déplacement à leur belle disposition.

L'ange de lumière, radieux l'instant d'avant, avait trébuché de façon fort banale et s'était effacé dans l'air ambiant avant d'avoir touché le sol. Raspoutine avait tendu les bras pour amortir sa chute et s'en retrouvait hébété, les mains dans le vide, à se rejouer la scène pour comprendre l'erreur.

Tous les regards convergeaient vers lui. On attendait une réaction.

Tous, sauf Joseph et le gendarme, qui avaient entendu ce mouvement sur le toit du wagon, juste au-dessus de leurs têtes. Quelle idée fascinante que d'avoir perçu ce que personne ne semblait avoir remarqué. Ces visages tournés vers ailleurs alors que Joseph avait compris que le danger viendrait d'en haut.

Le gendarme, lui, paraissait ne pas avoir atteint ce

niveau de réflexion. La simple curiosité l'avait fait avancer, le cou tendu, le bras ballant, la carabine au bout du bras.

À côté du gendarme, Joseph avait la porte du wagon ouverte devant lui, ouverte sur la présidente et le tsar, sur le Grand Khan, aussi, à un mètre d'eux.

Un pressentiment lui fit jeter un dernier coup d'œil à la carabine quand, du toit, un homme tomba sur le quai. Un homme sombre et grand dans l'encadrement de la porte, solide sur ses jambes, une barre de fer à la main. L'ombre de la rue Galvani qui avait avalé Éloïs. Baphomet, le démon, qui lui tournait le dos.

STOP.

Baphomet coupa le fil du temps.

Il les tenait enfin, tous les deux réunis. Le tsar, qu'il devait tuer pour honorer son pacte, et Bélial, à côté de lui, qu'il reconnaissait à peine sous son masque de vivant.

Ils regardaient vers la gauche, vers un point qui ne l'intéressait pas. Leurs visages n'exprimaient rien de particulier, si ce n'est une contraction à la base du cou de Bélial. Le signe qu'il tournait la tête. Il l'avait donc entendu tomber. Avait-il lui aussi suspendu le temps ? Était-il en train de calculer une esquive ?

Non, il ne pouvait pas se douter. Baphomet l'avait suivi depuis sa descente dans le métropolitain. À la gare du dépôt. Il aurait pu le tuer là-bas. Il avait longuement évalué l'idée. Hors du temps, il était facile de soupeser à l'infini chaque argument.

Et il avait fait le bon choix. Suivre Bélial allongé sur le toit de son train qui le mènerait à sa deuxième victime.

Face à ses deux proies, il savourait son triomphe. De la prison de sa tête figée dans l'instant, ses yeux immobiles distinguaient vingt et une personnes potentiellement dangereuses. Des fusils, des pistolets. À première vue, aucun ne serait prêt à tirer avant une bonne seconde. Il savait qu'en vérité, il en disposait d'au moins deux ou trois. Les hommes sont si lents.

Le danger venait de Bélial. Il le tuerait en premier. Bélial était un traître. Mais il ne lui en voulait pas. Le seigneur s'était offert la fatuité des plaisirs des hommes. D'autres avaient fauté avant lui. En retrouvant le Tartare, il comprendrait l'irresponsable légèreté de son geste.

Baphomet pensa à son ami Adramelech et au poids qu'il avait laissé sur ses épaules. Mon Dieu, pria-t-il, aide-le dans cette épreuve. Pense aux âmes qu'il doit sauver et donne-lui la force de nous attendre.

Dans sa main, la manivelle qu'il avait arrachée à un alternateur pesait assez lourd pour tuer Bélial d'un seul coup. Il ne retiendrait pas sa force. Et il profiterait du rebond naturel sur son crâne pour tuer le tsar sans gâcher le temps d'une nouvelle prise d'élan.

Les autres le tueraient. Il n'avait aucune chance face à un tel nombre d'armes à feu. De toute façon, il ne voulait pas vivre. Quel intérêt? Il rentrerait au Tartare en libérateur, aux côtés de son maître enfin ressuscité.

Il engagea vers son bras l'influx nerveux qui propulserait la barre vers la tempe de Bélial.

Puis il laissa filer quelques grains du temps.

STOP.

Comme il l'avait craint au départ, Bélial tournait bien la tête. Le haut de son corps avait pivoté et formait à présent un angle droit avec sa position initiale. Il pouvait voir ses yeux. Il savait qu'en ce moment même, dans l'infini d'un temps suspendu, son seigneur le contemplait au bord de son champ visuel.

À la légère inflexion qu'il devinait dans son dos,

Baphomet comprit que Bélial, déjà, tentait d'esquiver son coup en baissant la tête. Peut-être même en se jetant à genoux. Le mouvement serait plus clair à l'instant suivant.

Sur sa trajectoire actuelle, la barre ne cueillerait que le haut de son crâne. Il corrigea l'influx au niveau de son coude pour dévier le vol de son arme de quelques centimètres vers le bas.

Avant de reprendre le cours du temps, il remarqua la bouche entrouverte de Bélial et la contraction excessive de sa cage thoracique. Il s'apprêtait à parler. À crier, sans doute. Il faudrait une bonne seconde avant de reconnaître les premiers mots. Ses dernières paroles, s'amusa-t-il à penser.

Il laissa filer encore.

STOP.

Son premier mot était *Lucrèce*. Le nom de sa fille, qu'il tenait à ses côtés. L'une de ces nombreuses créatures issues de l'accouplement d'un démon et d'une mortelle. Baphomet n'éprouvait que du mépris pour ces hybrides contre-nature. Que le hasard ait uni son propre destin à cette bâtarde le gorgeait de haine et d'un relent de honte à l'arrière du gosier. Elle le tenait dans sa main, par ce pacte qui l'amènerait à tuer cet autre mortel, ce tsar dont il ne savait rien.

Le bras de Bélial entamait un geste désespéré de parade. S'il était assez rapide, la barre de fer le saisirait au niveau du coude avant d'atteindre le crâne. Les articulations sont des zones flexibles capables d'absorber une grande quantité d'énergie en se déformant avant de rompre. Serait-ce suffisant pour lui sauver la vie ? Baphomet commença à envisager un second coup, qui lui coûterait un temps précieux. Peut-être fallait-il penser à tuer le tsar d'abord ? Il verrait dans un instant.

Ce délai inattendu l'obligeait à reconsidérer le risque que représentaient les hommes de la Horde restés dans le train. Il les avait, dans un premier temps, négligés. Quelques secondes de plus leur laissaient le temps d'intervenir. Ils occupaient le second convoi. Ils ne pouvaient pas tirer de leur place sans prendre le risque de toucher d'autres cibles, comme ce tsar qui semblait si important.

Il décida de négliger encore ce risque. Jusqu'au prochain imprévu.

Il laissa filer le temps.

STOP.

Bélial était à genoux devant lui. La barre profondément enfoncée dans l'articulation du coude. Le bras, repoussé par le choc, déjà en contact avec l'os temporal.

Ce premier coup ne le tuerait pas.

La suite du cri du seigneur était *Arrête-le*. Lucrèce avait tourné la tête. Il pouvait voir son regard converger sur lui avec une inquiétante précision. Elle ne regardait pas son père, battu à ses pieds, mais sa créature, son guerrier de l'Au-delà. Baphomet réalisa soudain la valeur qu'il représentait aux yeux de cette jeune fille. Il était tout. Sa force, son rêve, son espérance. Jamais elle ne le laisserait partir.

Il ressentit la peur. Un embrasement froid auquel il n'était pas habitué. Il ne voulait pas rester ici, abandonner ses amis comme Bélial les avait abandonnés. Devait-il tuer Lucrèce avant les deux autres ? En avait-il seulement le temps ?

Son arme devait encore dissiper l'inertie du choc en s'enfonçant plus avant dans les chairs de Bélial. Après quelques fractions de seconde, il pourrait évaluer le rebond et viser sa prochaine victime.

Baphomet prit le temps d'étudier encore les différentes options qui s'offraient à lui. Frapper le tsar semblait la plus raisonnable d'entre toutes. L'énergie qu'il pouvait conserver du premier choc, la trajectoire directe entre les deux hommes autorisaient une économie d'instants, qui lui était désormais précieuse.

Il laissa filer le temps.

STOP.

L'engourdissement l'avait saisi alors que la barre de fer se trouvait déjà à hauteur de ses yeux et filait à bonne vitesse vers la joue droite du tsar.

D'abord, l'onde sonore avait balayé son visage. Puis, comme une peste, elle s'était infiltrée par ses conduits auditifs pour lui dévorer l'encéphale.

Le temps lui avait échappé et avait repris son cours. Lentement d'abord, puis de plus en plus vite. Ses yeux s'étaient voilés. La force avait quitté son bras.

*

« Arrête ! »

La Voix emplit l'espace de la gare comme une explosion de gaz, un coup de grisou qui vide les poumons.

Et tous ces gardes du corps rompus à l'art de l'observation fine et de la décision expresse n'y avaient rien compris. Que s'était-il donc passé ?

D'abord cette apparition céleste au milieu des équipements électriques, puis ce tapis métallique qui s'envole tout seul vers le fond du quai. À ce moment tombe un homme de l'autre côté, du toit de la rame qui les avait amenés jusque-là. Il tombe à un mètre à peine du Grand Khan, de la présidente et du tsar. Le temps de lever les armes et le Khan est à terre, frappé d'un seul coup d'une barre de fer, violent, inimaginable de précision.

Puis tout s'arrête dans un cri. Le cri puissant d'un homme sorti de la gorge d'une jeune fille. Un seul mot, grave, une énergie dotée d'un sens. La Voix. La Voix du pacte avec les démons.

« Arrête ! »

Et l'assassin s'était arrêté.

« C'est bien, Lucrèce, grogna le Khan. Ce salaud a failli me tuer. »

Deux hommes de main de la Horde se précipitaient pour l'aider à se lever. Au premier mouvement, son avant-bras balança un peu trop librement de la charnière de son coude désarticulé. En grimaçant, il saisit son poignet pour stopper l'oscillation.

Les cosaques s'agrégeaient en essaim autour de leur tsar, qui les écarta d'un geste agacé.

« Laissez-moi ! Vous voyez bien qu'il n'y a plus de danger. »

Baphomet reprenait ses esprits et détaillait les visages avec étonnement. La Voix de Lucrèce l'avait cueilli en plein élan.

Le Khan, Lucrèce, le tsar, la présidente et le démon formaient un cercle dont les soldats semblaient exclus. La première surprise passée, ils avaient tous reculé d'un pas respectueux comme pour laisser les grands de ce monde débattre entre eux de la suite du programme.

« Il va falloir tuer Baphomet, déclara le Khan pour lancer le débat.

— Il s'agit de l'assassin que nous avait annoncé le curé, compléta la présidente.

— Alors saisissez-vous de lui ! ordonna le tsar.

— Un instant ! cria Lucrèce. Baphomet n'est pas un vulgaire tueur. C'est une machine de guerre. Une arme révolutionnaire.

— Révolutionnaire ? souligna la présidente.

— Il est le bras armé de la grande révolution. Devant l'Histoire, vous n'avez pas le droit, ni même le pouvoir, de l'éliminer. Éloignez vos hommes ou je lui donne l'ordre de tuer l'autocrate !

— Tu n'en feras rien, menaça le Khan à mi-voix. À l'instant, tu viens de faire le contraire, tu as sauvé le tsar en arrêtant l'assassin. C'était la bonne décision. Alors, ne deviens pas maintenant une terroriste en te trompant de courage. Les révolutionnaires ne valent pas mieux que le tsar. Et si cela peut t'aider à faire le bon choix, sache que s'il arrive quelque chose à Sa Majesté je ferai immédiatement abattre ton Vladimir. »

Derrière, Lénine s'agita entre ses deux molosses à casquettes.

« Ne l'écoute pas, Lucrèce ! Rien ne compte sinon la cause révolutionnaire. Aucune vie ne vaut de retenir ta main. Les prolétaires n'ont pas besoin de moi pour se soulever. Qu'il me tue et je serai leur martyr ! Ne recule pas, Lucrèce. »

Le Khan n'avait pas lâché le visage de sa fille. Il y vit la métamorphose balayer ses traits. Ses yeux s'étaient noircis d'une détermination nouvelle. Puis sa figure se referma. Dans le cadre de ses cheveux lourds, cette dureté d'illuminée lui donnait des airs de Jeanne d'Arc au bûcher, de la vierge sacrifiée à une volonté supérieure. Un instant, la Voix contenue dans sa gorge gonfla les veines de son cou. Puis elle cracha sa sentence de son timbre démoniaque.

« Tue le tsar ! »

STOP.

Baphomet coupa le fil du temps.

Le même raz-de-marée venait soudain de le libérer. C'était la Voix, venue lui rendre l'énergie qu'elle lui avait auparavant dérobée.

Par chance, personne n'avait osé ou simplement pensé à lui ôter sa barre de fer. Du bas vers le haut, il s'agissait de cueillir le tsar sous le menton, d'un seul geste. Ne lui laisser aucune chance. Lui briser le cou en une seule fois.

Autour de lui, aucune arme n'était encore levée. Cela lui laissait le temps de frapper. Et Bélial ? Les cosaques feraient feu immédiatement après le premier coup. Si la morsure des balles lui en laissait la force, il pourrait peut-être encore se retourner vers son seigneur. Il engagea son torse dans un léger pivot qui l'amènerait en position idéale pour frapper Bélial après le tsar. C'était son seul espoir d'encore sauver le Tartare.

Il laissa filer le temps.

STOP.

Alors que son bras ne faisait qu'amorcer sa trajectoire, ses tympans s'écrasèrent sous l'effet d'une onde sonore de grande violence.

Quel était ce bruit ? L'amplitude de la vague de pression qui venait de s'engouffrer dans ses oreilles évoquait un claquement ou une explosion. Quelque chose d'immédiat, une énergie qu'on libère.

Derrière lui. Ne sentait-il pas une chaleur au centre parfait de l'occiput ? Ça ne pouvait être qu'un coup de feu. Tellement proche qu'il pouvait en sentir la flamme sur la peau de son crâne. Qui se tenait dans ce wagon qu'il croyait vide ? Un stupide petit soldat qui de son courage minuscule allait rayer du monde le dernier démon à pouvoir sauver le Tartare ?

À l'infini, l'esprit de Baphomet resta suspendu en dehors du temps qui passe. Bien sûr, il avait d'abord ordonné à son corps un mouvement rapide, un plongeon désespéré vers l'avant. Mais il avait compris que rien n'y ferait, que sous la forme d'une balle de laiton sa mort attendait contre la peau de son crâne que le temps veuille bien reprendre son cours.

Il s'offrit un dernier instant qu'il laissa durer. Par lassitude. Son adieu à ce monde qu'il n'aimait pas.

Le temps l'écrasait. La masse du temps qui pesait dans son dos. Il libéra un dernier trait d'influx nerveux en direction de ses paupières mais il savait que la balle l'anéantirait avant que ses yeux ne se ferment.

Puis, il laissa filer le temps.

*

Alors que le Khan parlait à sa fille, Joseph avait saisi la carabine de son gendarme. Avec délicatesse. Baphomet était si proche que l'homme abandonna sans regret son arme à ce curé qui endossait pour deux la charge du courage.

Joseph pointa le canon vers la nuque du démon. Lentement. Dans un silence absolu alors qu'en face, les autres tentaient de convaincre Lucrèce.

La nuque d'un démon ressemble à celle d'un homme. La saignée du cou qui monte des vertèbres, la peau tendue sur l'os, ces lignes étranges qui marquent le contact des plaques du crâne, un peu de sueur à l'arrière de la tête.

« Tue le tsar ! »

Quand Lucrèce cria sa sentence, Joseph pressa la détente.

Le crâne du démon explosa comme un fruit mûr.

*

Le Mur avançait encore et touchait presque Gabriel, qui n'avait pas bougé. Avec la machine de Raspoutine, le brouillard terrifiant avait avalé l'espérance et l'énergie vitale de l'archange. Il avait défait l'armée des démons, propagé au Tartare et à ses âmes le modèle de son paradis universel. Le temps était venu maintenant que le peuple des vivants se plie à sa loi. Le temps était venu, enfin, pour Gabriel de clore son Œuvre. Il fallait qu'il descende. Il sentait l'humanité dans l'attente de sa Paix. Et qui osait aujourd'hui se mettre en travers de son chemin ? Une machine. Un assemblage de Matière désincarnée qui brusquement s'était dérobé sous ses pieds pour aller se terrer dans le néant du purgatoire. Comme si cette vulgarité sans âme avait eu le projet de le traîner avec elle jusqu'au-delà du Mur. Et maintenant, il ne savait plus quoi faire. Ou plutôt, il avait bien compris que la seule voie de sortie du Tartare se trouvait au bout de ces câbles qui s'enfonçaient dans le brouillard. Mais il n'avait pas encore la force de prendre cette décision.

Derrière lui, contaminé par la détresse de son seigneur, Anael s'était appuyé contre la paroi incurvée de la gare et descendait centimètre par centimètre vers le sol.

« David ! cria Éloïs. Tu leur as échappé ? Tu me reconnais, c'est ça ? Tu te souviens ?

— Que s'est-il passé ?

— Marie a disparu. Dans le purgatoire. Elle a emporté la machine avec elle. »

Au regard désorienté de David, Éloïs comprit qu'il ne pouvait pas saisir la situation. Du moins, pas sans une trop longue explication.

Avec Marie, s'ils s'étaient infiltrés dans cette gare des Champs-Élysées, c'était bien pour contrarier les plans de Gabriel et sauver David. Marie avait emporté la machine au-delà du Mur et David se tenait là, libre devant lui.

Éloïs aurait dû se réjouir de la fin de son combat mais il comprenait soudain qu'il espérait autre chose. Il n'avait aucune envie de remonter à la surface, retrouver le cortège des âmes et la lutte contre les anges. Il ne voulait pas de la vie de bête traquée que Marie avait endurée pendant vingt ans. Adossé au mur du Grand Palais, dans le confort de la bulle de Marie, il avait eu le temps de s'imaginer un autre espoir qu'il comprenait, maintenant que tout était fini.

« Écoute, David, prononça-t-il à la hâte. J'ai pris ma décision. Ma place est ici auprès de Marie. Je vais la retrouver.

— Marie ?

— Oui, Marie. Celle que Papus a envoyée ici en échange de Bélial. Je ne veux plus la laisser. Ma vie est ici. Avec elle.

— Mais…

— Au revoir David. Remonte cet escalier et sauve toutes les âmes que tu peux encore sauver. Je ne marcherai plus avec toi désormais. C'est ici que nous nous quittons. Tâche de ne plus succomber aux sirènes des anges. Il y a dehors un enfant qui s'appelle Marcel. Si tu le trouves, il t'aidera.

— Non ! Personne ne vous aidera parce que vous allez rester ici avec moi. »

Anael, sorti de sa torpeur, venait de saisir le bras de David sans s'émouvoir de sa carrure de géant. Malgré une tête de moins, il l'avait agrippé avec une autorité bien solide et la ferme intention de ne pas laisser filer Éloïs non plus.

« Vous avez perdu, Anael », rétorqua Éloïs, bien décidé à ne plus se laisser faire. « Regardez donc votre général, comme il a fière allure ! Vous n'avez pas toujours été un ange, Anael. Souvenez-vous ! Lorsque nous vous avons rencontré, Mormo vous a appelé Ataman.

Voyez ce que Gabriel a fait de vous. Bélial ne reviendra sans doute jamais vous sauver. Alors, remontez avec David et aidez-le à remettre de l'ordre dans le Tartare. Il est encore temps.

— Vous êtes pitoyables. Vous, les hommes, pensez toujours avoir la liberté de forger votre destin. Au point de refuser le paradis lorsqu'on vous l'offre ! Vous n'êtes même pas en mesure de comprendre ce que sont la beauté, la justice, la vertu. L'Amour. Voilà pourquoi il y a des anges. Voilà pourquoi Gabriel est le sauveur que le monde attend. Et voilà pourquoi je ne vous laisserai pas sortir d'ici ! »

La discussion semblait close. C'est David qui la sortit de l'impasse. Le géant n'avait pas cherché à échapper à la poigne de l'ange. Il avait seulement l'air surpris. Peut-être plus que nécessaire. La façon qu'il avait d'écarquiller les yeux tournait en ridicule le sermon d'Anael. Quelle mouche le piquait soudain à se tordre ainsi la bouche ? Le désarroi, peut-être, mais dépourvu de pudeur ; un trop-plein d'émotion aux allures de concours de grimaces. Et avec ça, ce visage élastique qui n'arrangeait pas les choses.

« Éloïs, balbutia-t-il. Que m'arrive-t-il ? »

Ses mains de géant s'animaient à la surface de sa chemise. Tâtant, empoignant ses chairs à travers le tissu. Éloïs ne comprenait pas s'il souffrait. Il ne criait pas. Il ouvrait la bouche en silence. Anael semblait redouter un mauvais coup. Il s'écarta prudemment.

Alors David tendit les mains. Éloïs crut d'abord qu'il désirait qu'il les prenne. Pour qu'il le rassure, peut-être. Mais non, il les lui montrait, les doigts écartés devant le visage.

David perdait sa consistance. À travers ses paumes dressées, Éloïs vit se dessiner son visage ; et à travers son visage, les carreaux du mur de la station.

Puis, le processus s'emballa et, bientôt, David ne fut plus qu'une image fugace dans la lumière blanche, avant de ne plus être rien du tout.

« David ? »

Éloïs en avait assez. Ce monde de fous ne prenait même plus la peine d'imiter la raison et voilà qu'il faisait disparaître les gens sans plus d'explication.

« Où est-il passé ? Comment a-t-il réussi à fuir ? »

Anael non plus n'y avait rien compris. Il se tournait maintenant vers Éloïs, qui sentait bien qu'il devrait fournir des explications. Il n'en avait aucune. Il recula, vers les rails, vers le train aux portes ouvertes. À côté, les uniformes vides des vivants s'agitaient dans leur silence. Il avait appris à les ignorer. La solution ne viendrait pas d'eux.

Au bout du quai, Gabriel s'était penché sur les câbles et les caressait du bout des doigts. En bas, dans leur monde de Matière, il aurait suffi qu'il les empoigne et les tire un bon coup pour ramener à lui le tissu de cuivre. Mais ici, rien n'était si simple et même le roi des anges ne pouvait commander à un morceau de métal. Quel autre choix avait-il que de suivre le câble jusqu'au bout de la machine ? À genoux face au Mur, il hésitait encore.

Puis Anael s'élança. Éloïs reçut le choc sans rien faire pour l'éviter.

« Qu'as-tu fait de l'autre vivant ? Je ne veux plus que tu me résistes ! » criait Anael en le frappant encore.

Éloïs encaissa par réflexe, ou simplement parce que ses jambes ne savaient rien faire d'autre que de continuer à le maintenir debout. Au quatrième coup, il mit un genou à terre. Au cinquième, il se recroquevilla sur le sol et n'attendit plus que l'avalanche des coups de pied. Il n'en vint qu'un seul. Pointu. Une décharge dans les reins qui lui arracha un cri. Puis l'ange interrompit sa bastonnade. Peut-être surpris par ce choc, sur le sol, juste à côté d'Éloïs.

Cela ressemblait à une bille de bois, quelque chose de sourd et massif qui serait tombé du haut du train sur le béton du quai. Éloïs, la tête enfouie entre ses bras repliés, avait pris ce choc unique pour une nouvelle menace. Le dos contracté, il attendait la douleur, il ne se produisit rien. Alors, il fallut bien ouvrir les yeux.

Sur le sol du quai, face à son visage, la joue dans la poussière, gisait une tête. Ou un masque. La chose était glabre, recouverte de cuir ambré, bâtie en saillant de part et d'autre d'un large nez. Les yeux jaunes, écartés à l'excès et fendus d'une pupille horizontale, le fixaient avec surprise, mais une surprise bien vivante pour une tête tranchée.

Le corps d'Éloïs recula des bras et des jambes pour s'écarter de l'horrible trophée avant même que son esprit ait pu penser à la fuite. Anael se retrouvait à ses côtés, tout aussi terrifié, son partenaire d'infortune, au moins pour un temps.

Devant eux, c'était la tête coupée d'un homme monumental, un colosse de plus de deux cents livres. Une tête au regard trop vif qui clignait des paupières par intermittence.

À la base du cou, le flot de sang épais qu'attendait Éloïs tardait à se répandre sur le sol. Au lieu de cela, c'était l'air tout entier qui se teintait d'encre pour former un corps sombre et massif né de l'éther. Un corps d'homme qui prenait vie sous le visage de la bête.

Éloïs imagina un instant que David revenait de sa disparition, que son ami se cachait derrière le masque inhumain. Mais la créature qui se tenait maintenant debout devant eux était plus grande, plus puissante.

Et Éloïs retrouva la peur qu'il avait oubliée, celle de la rue Galvani, la peur qui suintait de la porte des Enfers.

L'onde de terreur qu'il croyait avoir maîtrisée, l'effluve mauvais des démons.

« Baphomet ? balbutia Anael à côté de lui. Tu es revenu ? »

Baphomet ! L'homme d'ombre qui l'avait avalé et projeté en Enfer. Bien sûr. Il reconnaissait ce visage que David avait plagié de ses traits de cire. Il reconnaissait le démon de la rue Galvani qui lui avait volé sa place parmi les vivants.

Puis, d'un seul coup, la vérité prit corps quelque part au fond de sa tête, quelque part sous la conscience. Une vérité plus terrifiante encore que ce monstre qui devant ses yeux était né d'une tête tranchée. *Un démon pour un vivant.* Là-bas, on venait donc de tuer Baphomet pour le renvoyer chez les morts. Et David s'était effacé pour lui rendre sa place. Mais si c'était bien Baphomet qui se tenait devant lui, alors l'échange était terminé. Il leva les mains devant son visage. Les mêmes mains qu'il s'était toujours connues. Ni effacées ni transparentes. Son propre corps était bien là, dans ce monde-ci. Alors, c'est qu'il n'était pas parti, lui.

Et puis devant, un peu plus vers le mur de la gare, il aperçut la grande chemise blanche. La chemise pleine d'un David qu'il ne pouvait plus voir et qu'un fantôme en costume de préfet venait de saisir par le bras. David était rentré chez eux. Il pouvait le voir avec les autres vivants, de l'autre côté du miroir. Et lui, Éloïs, il n'avait plus de raison d'espérer le rejoindre un jour.

Et alors ? N'était-ce pas ce qu'il avait souhaité lorsqu'il avait vu Marie traîner la machine dans le brouillard du Mur ? Le destin avait choisi pour lui. Il n'avait même plus besoin d'y penser. Il resterait ici, pour l'éternité.

Alors Éloïs se mit à courir. Loin de Baphomet. Loin d'Anael qui s'apprêtait à combattre le démon pour la victoire des anges.

Vers le Mur, devant lui, Gabriel s'était redressé pour jauger Baphomet. Éloïs le dépassa en le bousculant puis il se jeta dans le brouillard à l'endroit où le faisceau de câbles s'y enfonçait. Au moment où sa vision s'obscurcit, il ne pensait plus qu'à Marie, devant, un peu plus loin dans le néant.

Il n'y a pas d'antichambre à la porte du purgatoire. Éloïs courait à la lumière des projecteurs de la station. Un pas plus loin, il n'y avait plus rien. Il s'attendait à l'obscurité mais il y trouva bien pire. Une absence. L'absence de toute sensation visuelle dans un silence de ouate. *La mort des sens*. C'étaient les mots de Marie. Il les comprenait maintenant. Sous ses pieds, le sol se dérobait. Ou plutôt, sans qu'il tombât, ses jambes ne percevaient plus le contact du béton sous ses pas. Il arrêta immédiatement sa course et s'agenouilla, les bras tendus dans le vide devant lui, à la recherche de quelque chose. Peu importe quoi.

Sous ses jambes, à ses côtés, il finit par sentir un contact diffus. Comme une surpression dans l'air ambiant. C'est tout ce qui restait du sol. Une sensation subtile qu'il palpait avec avidité pour tenter d'y reconnaître des formes, une réalité. Puis, sur sa droite, il perçut une anomalie dans cette monotonie plane. Une arête mille fois émoussée. Le câble électrique de la machine, peut-être. Il y aligna les doigts de ses deux mains pour mieux ressentir la bosse évanescente et tenta de la suivre, plus loin, vers le milieu du vide.

Et plus il avançait, plus son fil d'Ariane se muait en une soie fine qu'il sentait à peine entre ses doigts. Il avait l'impression de n'avoir rampé qu'à peine plus loin que l'extrémité du quai de la gare, mais autour de lui, tout lui indiquait qu'il avait voyagé des milliers de kilomètres, loin de la terre et de la réalité.

Puis soudain, il perçut un souffle devant lui. Il pensa d'abord à un mirage physiologique que ses oreilles, déjà malades de ne plus entendre, auraient inventé. Mais, à mesure qu'il s'approchait, les contours du son se faisaient plus nets, moins flous en tout cas. D'une précision incroyable dans ce monde de sourds.

Sous ses doigts, le fil n'existait plus. Ou alors, c'était lui qui ne pouvait plus le percevoir. Mais tant pis. Il se laissa guider par l'appel qu'il se mettait à rêver humain.

« Marie ? » chuchota-t-il d'abord.

Puis il cria à pleins poumons.

« Marie ? Marie, dis-moi que c'est toi. Je suis venu, Marie. Je suis venu te chercher !

— Éloïs ? »

Le filet de voix minuscule, aussitôt absorbé par le néant ouaté du purgatoire, sonna aux oreilles d'Éloïs comme un coup de trompette. Elle était là qui l'attendait.

Il se précipita vers l'avant en fouettant le vide de ses bras et sans cesser de crier son nom.

« Marie ! Marie ! »

Puis enfin, sa main rencontra un corps. Une forme humaine repliée sur elle-même. Ses cheveux, son visage trempé de larmes. Puis ses bras autour de sa taille.

« Éloïs ! Comme j'ai peur. J'ai cru que je ne te retrouverais jamais.

— Marie. Baphomet est revenu. David a été rappelé à sa place. Et moi, je suis toujours ici. Ça veut dire que je ne rentrerai pas, Marie. Je suis le vivant de trop au pays des morts. Je ne te quitterai plus, Marie. »

Elle le serra dans ses bras. Comme c'était étrange. Il sentait son corps contre le sien, son souffle sur sa peau, le duvet de son cou sous ses doigts. Peut-être parce qu'ils étaient vivants et que le néant du purgatoire ne pouvait pas digérer leur réalité aussi facilement que celle d'un câble de cuivre ou d'un sol de béton.

Ils ne dirent plus rien. Éloïs s'était agenouillé à côté d'elle. Sauvé de l'avoir retrouvée, mais aussi perdu au bord de ce vide, de cette absence de dessein, de cet avenir infini sans horizon.

Il ferma ses yeux inutiles et posa une main sur le sol. Sous ses doigts, il devina un motif. La trace légère d'un canevas régulier de creux et de bosses.

« Nous sommes sur le tapis de cuivre ?

— Oui, je n'ai pas voulu le quitter. C'est tout ce qui me restait pour me souvenir de la réalité. Le Mur avance toujours, tu sais ? Bientôt, nous ne sentirons plus rien. »

Mais pour l'instant, ses doigts percevaient encore les formes et il laissa courir sa main à la surface du canevas métallique, comme une bouffée d'air tactile avant l'apnée des sens. Marie ne disait plus rien. Ou peut-être était-ce lui qui déjà ne l'entendait plus.

Puis ses doigts se heurtèrent à quelque chose, au milieu de rien. Quelque chose de net qui lui fit penser que le brouillard avait capitulé et entamait un reflux. Il aventura sa main plus loin. La chose fit un mouvement. Il retira son bras comme s'il s'était brûlé.

Soudain, venu du néant, un coup violent percuta son épaule. Un coup mal ajusté, un coup d'aveugle.

Éloïs recula et trébucha sur le corps de Marie.

« Mon Dieu, Marie. Il y a quelqu'un avec nous ! Il m'a frappé. Juste là. J'ai pu le toucher.

— C'est Gabriel, cria-t-elle. Ça ne peut être que Gabriel. Il t'a suivi ! Il ne faut pas qu'il utilise la machine. Aide-moi, Éloïs ! »

Marie s'agita à côté de lui. Il lui toucha le bras pour comprendre ce qu'elle faisait.

« Le tapis, Éloïs ! C'est la pièce essentielle. Il ne doit pas rester là. Nous devons le déplacer plus loin ! »

Alors, Éloïs chercha avec elle, sur le sol, une trace, l'ombre tactile de quelque chose, n'importe quoi, un souvenir de Matière. Mais il n'y avait plus rien. Le Mur avançait dans le Tartare, et plus il avançait, plus il les plongeait dans ces abysses qui avalaient tout autour d'eux.

Puis, la jambe d'Éloïs buta sur Gabriel. Une main lui empoigna le bras, suivie d'une pluie de coups désordonnés. Contre son front, son torse, contre la main qu'il levait devant lui pour se protéger.

« Laissez-moi ! cria enfin la voix de Gabriel. Allez pourrir au fond du purgatoire. Vous ne m'empêcherez pas d'accomplir mon destin ! »

Non ! Gabriel ne pouvait pas les vaincre de cette manière. Marie s'était sacrifiée pour qu'il échoue et Éloïs s'était perdu avec elle. Gabriel devait sombrer dans le néant où il avait commis l'erreur de les suivre. Cela ne pouvait pas être autrement.

Alors Éloïs, à son tour, frappa au hasard devant lui. Touchant un corps, prenant un coup, brassant le vide de toutes ses forces. Marie s'était serrée contre son dos, enroulant ses bras autour de son torse. Pour le retenir ou, simplement, pour ne pas le perdre dans le néant.

« Ce n'est pas la solution, lâcha-t-elle à regret dans son oreille. Tu ne peux rien contre lui. Laisse-le. »

Il se recula contre elle et abandonna la bagarre de chiffonniers aveugles.

« Nous avons un autre moyen de le vaincre, continua-t-elle. Bélial doit revenir.

— Non ! Je ne veux pas, balbutia-t-il en reprenant son souffle. Je ne veux pas que cela finisse comme ça. »

*

Joseph n'avait pas baissé le canon de sa carabine, tout aussi pétrifié que les autres par ce qui venait de se produire. Le tsar, la présidente, le Khan s'étaient tous tournés vers lui. Ou plutôt vers ce démon qu'il avait effacé du monde et qui l'avait laissé seul en face d'eux. Derrière, le cri de Lucille illustrait parfaitement la stupeur générale. Un cri strident qui semblait ne plus devoir s'interrompre.

La tête de Baphomet avait disparu dans un nuage de matières internes que l'air ambiant avait dissoutes avant qu'elles ne viennent souiller les costumes et les uniformes. Le corps du démon avait suivi avec un peu de retard. Et il avait eu le temps de tomber à genoux et de saigner un peu avant de s'évanouir à son tour comme s'il n'avait jamais existé.

Les cosaques brandirent leurs armes. Joseph pensa à baisser la sienne. Il fallait encore qu'il digère la simple réalité de ce qu'il venait de faire.

« Laissez-le, ordonna la présidente. Cet homme vient de sauver la vie de Sa Majesté Nicolas II. »

Les cosaques hésitèrent. Le tsar envoya un coup de menton discret et les armes retournèrent dans leurs étuis.

Le Khan, seul, affichait un air de satisfaction fort incongru. Là où la situation imposait la sobriété, une joie intense semblait bouillir dans ce corps excessif, qui lui arrachait un sourire impossible à effacer. Un sourire de gros chat, les yeux mi-clos. Un sourire d'extrême confort. Le démon qui devait l'arracher à son paradis terrestre ne venait-il pas de s'annihiler devant lui ? Son bras mort ne comptait plus. Il avait vaincu de la façon la plus inattendue qui soit. Sauvé par un curé hirsute sorti d'un wagon du métropolitain.

À ses côtés, le contraste était poignant. Lucrèce n'avait pas refermé la bouche depuis son ordre tonitruant. Alors sa toute-puissance n'avait duré qu'une seule journée ? Le bras armé de la révolution n'était plus qu'un rêve de jeune fille. Joseph ne savait pas exactement quoi lire dans ses yeux hagards. Il y avait tellement de choses derrière la surprise. De la haine, bien sûr, de l'humiliation, la révolte de l'adolescente et tous ces sentiments que l'on s'attendait à trouver là. Mais il y avait davantage. Une certaine froideur peut-être, une touche cynique. Elle ne voyait pas Joseph, en fait. Elle réfléchissait. Puis ses yeux basculèrent sur le côté, vers Lénine, qui était resté à l'écart, et Joseph comprit qu'il restait un acte à la tragédie.

Une interjection russe, un juron peut-être, rappela l'attention à l'autre bout du quai. La lumière divine venait de se rallumer, là-bas, sur le tapis de cuivre qui gisait de travers, tout au bout, juste à côté de l'entrée du tunnel. Cette fois, l'apparition brillait en boule au niveau du sol. Fini le halo en forme d'ange : le miracle prenait la forme d'un homme accroupi. Raspoutine approcha. Son athlète au torse nu le suivit. Raymond restait derrière, sur sa chaise, le cadran toujours entre les mains.

« Arrêtez cela tout de suite ! » hurla la présidente Desnoyelles.

Même s'il ne comprenait pas le français, Raspoutine saisit très bien l'idée générale et s'immobilisa dans l'attente d'une réaction de son souverain.

« C'est assez ! continua-t-elle. Majesté, la paix de l'Europe ne vaut pas tous les renoncements. Cette fois, la comédie va trop loin. Ordonnez à votre sorcier de rejoindre le rang ou je fais donner ma garde. »

Le tsar lâcha trois mots de russe, Raspoutine répondit par une longue phrase puis il recula sans lâcher des yeux la clarté radieuse sur le tapis doré.

« Cette visite déraisonnable nous aura coûté un attentat et bien failli provoquer une crise que je n'ose imaginer, reprit la présidente. Il est grand temps, messieurs, de regagner la tribune des Champs-Élysées et d'assister au défilé que nous donnons en votre honneur. Les forces de la police française se chargeront de remettre de l'ordre dans mon métropolitain. Je vous prie d'ordonner à vos hommes l'évacuation de la totalité du réseau souterrain. »

Le préfet Lépine saisit le bras de Raspoutine qui les avait rejoints. Vers l'escalier qui les ramenait à la surface, un homme en robe blanche croisa leur route. Il sortait du mur, à moins qu'il ne soit né d'un souffle d'air. Un homme imposant que Lépine confondit un instant avec le terroriste qui venait de disparaître devant ses yeux. Mais celui-là avait un visage difforme, une chemise de nuit et une allure d'abruti. Il le saisit par le bras, au passage, et l'emmena avec lui. La présidente avait plus à faire qu'à juger le sort d'un nouvel olibrius.

David ferma les yeux et se laissa mener au-dehors.

Sur le quai, les épaules retombaient, les regards se détachaient un à un de la forme éblouissante qui s'était immobilisée au bout de la machine, la tension quittait les esprits, l'alarme semblait levée.

Mais Joseph n'avait pas quitté Lucrèce. Elle savait qu'il la regardait encore, mais elle ne s'en souciait pas. Doucement, elle reculait vers la machine et plus précisément vers Raymond.

Sa main s'était déjà refermée sur le dossier de la chaise du cul-de-jatte quand la présidente l'aperçut enfin.

« Que faites-vous ? cria-t-elle sur le même ton qu'avant.

— Ne faites rien, mère, répondit Lucrèce. Je dois agir. Comprenez-moi. »

Le mot avait fait se relever les épaules. *Mère*. Le tsar, le ministre, les officiers de l'Okhrana s'étaient retournés vers la présidente, qui attendait la suite sans rien ajouter.

« Mère, reprit Lucrèce avec délectation. Papus est

mort, ne l'oubliez pas. Raspoutine reste le seul capable de réussir le prodige de l'invocation. Et il est russe.

« Regardez derrière moi. Son démon nous attend sur la machine. C'est notre dernière chance de le garder. Laissez-le partir et votre très cher allié se fera un devoir d'aller le rechercher où qu'il se trouve. Il a bien osé venir jusqu'ici. Les Russes feront une autre machine et, un jour, ils auront leur démon et j'espère que, ce jour, ils seront toujours dans votre camp. »

Lucrèce avait incliné la chaise de Raymond et le traînait vers la machine sans cesser de parler. Bélial la suivait calmement et maintenait entre eux une distance constante. Les policiers et les soldats avaient depuis bien longtemps renoncé à analyser la situation. Tous s'étaient figés dans l'attente d'un ordre et priaient pour qu'il soit clair.

Lucrèce avançait vers la forme blanche qui remuait à peine. Encore quelques pas et elle pourrait la toucher. Raymond se laissait traîner en protestant mollement. De quoi se souvenait-il en ce moment ? Et Bélial fermait le cortège. Son bras en charpie battait son flanc à chaque nouveau pas sans que la souffrance affectât son visage. Dans l'autre main, Joseph aperçut un pistolet qu'il avait peut-être extrait de sous sa toge orientale.

Joseph avait l'impression d'être le seul sur ce quai à suivre l'opération avec lucidité. Où étaient passés ces officiers et leurs espions, ces ministres et leurs gendarmes ? Peut-être que son acte héroïque l'avait élevé à un degré supérieur de conscience que tous ces fonctionnaires n'atteindraient jamais. Il avait même distingué le déplacement discret de Lénine que personne n'avait aperçu ; le long du train, vers le tunnel peut-être.

« Joseph ! »

Raymond l'avait appelé. Degré supérieur de conscience, tu parles ! À décortiquer tous les acteurs de la scène, Joseph en avait oublié son ami. Lucrèce avait reposé la chaise sur ses quatre pieds et agrippait Raymond sous les bras. *Un vivant pour un démon.* Il lui fallait une âme en échange d'un nouveau guerrier. Et l'âme d'une moitié d'homme vaut bien autant que n'importe quelle autre.

Devant la cohue bigarrée des hommes en armes, Joseph brandit sa carabine et fonça droit sur Lucrèce. Un coup de feu pouvait le cueillir à tout moment mais il s'en moquait. Il sauverait Raymond puisque Raymond s'en était souvenu.

« Lâche-le, Lucrèce, cria-t-il. Je n'hésiterai pas à tirer. »

Elle se tourna vers lui, Raymond pendu par le col au bout de son bras. Joseph s'arrêta à quelques mètres, le canon de son arme pointé sur le visage de Lucrèce. Derrière elle, la forme humaine rampait encore sur la grille de la machine, comme un foyer blanc et froid.

Mais Bélial avança encore pour les rejoindre. Joseph n'avait pas prévu cela et ne savait que faire de ce gros Khan et son pistolet, sur sa gauche. Il hésita.

Profitant de l'instant suspendu, le regard de Lucrèce pénétra les yeux de Joseph en douceur. La chaleur le saisit. *Aucun homme ne peut résister à son emprise*, eut-il le temps de penser. Papus l'avait prévenu. La barcarolle se mit à tourner dans sa tête.

Un à un, les muscles de son corps se détendaient comme dans un bain brûlant. Il aurait voulu s'allonger là, comme sur l'herbe du bois de Boulogne. Prendre la main de Lucrèce dans la sienne. Profiter de la douceur du soir, s'abandonner aux chants des insectes. Il baissa son arme.

Lucrèce fit un pas vers lui. « Quel dommage que tu n'aies pas compris ma cause, curé ! Tu es un fils du peuple, Joseph. Ta religion t'a éloigné des hommes. »

Il ne l'entendait plus. Fasciné par le mystère de sa féminité. Sa voix d'enfant, la barcarolle, ses cheveux blonds, le manteau bleu, la promesse rouge d'un œillet agrafé à son col, une mèche perdue qui, au vent du pont d'Arcole, caresse le lobe d'une oreille.

Elle avançait encore. « Pauvre Joseph. Tu as été courageux. Tu n'as pas mérité cela. Nous aurions pu gagner ensemble. »

Le pont d'Arcole. Sa main froide dans la sienne sous le drap blanc. Et tout l'amour d'une sœur et tout l'amour d'une mère et tout l'amour d'une femme qui danse à l'infini sur un air de barcarolle.

Lucrèce tendit le cou vers son visage. « Mais peu importe ce que tu penses. Ça n'a plus d'importance, désormais. Tu m'as sauvé la vie, curé. Merci. »

Elle posa ses lèvres sur les siennes.

Puis sans quitter ses yeux, elle se redressa. « Mère, abandonna-t-elle à regret, il est temps d'arrêter ce curé. Je le connais trop bien. Ne le laissez pas gâcher notre chance. »

Dans son dos, la présidente avait choisi son camp. « Vas-y, Bélial, je t'ordonne de tuer cet homme ! »

Commencée comme une renonciation, la phrase se mua en un cri rauque sur ses dernières syllabes, le timbre satanique de la Voix, le langage des démons dans la bouche de la présidente.

Bélial leva son pistolet et l'appuya sur la tempe de Joseph.

*

« Tue-moi, Éloïs. Je suis prête. »

Le purgatoire avait-il encore avancé ? Éloïs ne percevait plus rien autour d'eux. Même le corps de Marie, sous ses doigts, semblait plus diffus. Elle était tout ce qui le rattachait encore à la réalité.

« Je ne peux pas, Marie.

— Nous n'avons pas le choix.

— C'est peut-être déjà trop tard. Je ne sens plus Gabriel. Il est en route pour le monde des hommes. Te tuer ne servirait à rien.

— Gabriel a corrompu le Tartare, Éloïs. Peu importe qu'il soit ici ou ailleurs. Bélial doit rentrer pour ramener l'ordre, il est le seul à pouvoir défaire le jeu des anges. Tue-moi. »

Il la serra plus fort. Déjà, elle n'avait plus d'odeur. Il respira ses cheveux jusqu'à ce que le souvenir lui en revienne. Voilà pourquoi le purgatoire épuise les sens, pensa-t-il. Parce que l'âme n'en a pas besoin. La mémoire lui suffit.

« Tue-moi, chuchota-t-elle encore. Je reviendrai. Quand je serai morte. Où d'autre pourrait aller mon âme ? Aie confiance, je n'ai plus peur, nous resterons ensemble. À jamais. »

Elle embrassa son front.

Il referma les mains sur son cou et le serra avec tendresse.

Ses paumes se refermèrent sur le vide. Ne lui laissant que le souvenir des lèvres si douces sur la peau de son front.

*

Le pistolet de Bélial tomba sur le sol. Le règne du Grand Khan au royaume des hommes se terminait donc ainsi. Une bulle de savon qui claque. *Un vivant pour un démon*. Là-haut, Marie était morte.

Joseph se jeta sur Raymond et, faute de jambes, l'attrapa par la taille. Il ne le lâcherait plus. Quoi qu'il arrive désormais, il sauverait son ami ou partagerait son destin.

Alors il ne restait que Lucrèce. Seule devant l'ombre lumineuse de son ange recroquevillé.

Elle vit Joseph qui traînait au sol son cul-de-jatte au plus loin d'elle.

Elle vit le vide, là où s'était tenu son père. Elle vit le pistolet sur le sol.

Elle vit sa mère et le regard faux d'une présidente qui avait tant sacrifié pour quelques mois de pouvoir.

Elle vit les armes et les soldats.

Elle vit le tsar. L'autocrate. Le symbole d'une opulence nourrie au sang des hommes, du pouvoir aveugle aux souffrances des peuples, du mépris de la grandeur des petites gens.

Puis elle vit Lénine devant le train.

« Je te l'offre, Vladimir ! Il est à toi ! » cria-t-elle.

Puis, dans un « Vive la révolution ! » un peu trop théâtral, elle se laissa tomber en arrière. La lumière l'engloutit.

*

Devant l'assemblée des militaires qui ne s'étonnaient plus de rien, Gabriel se redressa en époussetant sa robe blanche. Il jeta un coup d'œil à la plaque bleue sur le mur, à côté de lui. Champs-Élysées. Ça lui convenait fort bien. Tous ces fantômes qui grouillaient à l'autre bout de la station, ces vêtements vides qui faisaient son quotidien, là-haut, tous s'étaient remplis d'un corps bien vivant. Deux bonnes dizaines de visages ébahis pointés vers lui.

Gabriel savoura l'instant. Voilà donc les hommes comme il ne les avait jamais vus. Ces créatures de chair, ces pauvres âmes incarnées, pas plus capables que celles qu'il avait domptées par troupeaux. Déjà, il pouvait lire sur leurs visages les effets lénifiants de sa chaleur. Des sourires, des regards heureux d'admirer un ange.

De la droite, un petit homme s'avança vers lui. Pas loin d'être chauve, avec une barbe pointue pour compenser.

« Qui es-tu ? lui lança l'homme.

— Je m'appelle Gabriel.

— C'est Lucrèce qui t'envoie, Gabriel. Tu vas servir ma révolution. Viens avec moi. »

Et à mesure qu'il terminait sa phrase, sa voix se mua en un râle démoniaque. La Voix que la présidente reconnut dès le premier mot, dans la bouche du révolutionnaire.

Alors Gabriel saisit Lénine par le bras et l'emmena dans le tunnel avant que quiconque n'ait pu réagir. Quand les sourires béats commencèrent à s'effacer des visages, ils étaient déjà loin.

XXIV

Jeudi, à la chapelle de l'Hôtel-Dieu.

Le front contre le sol, les pieds joints, les bras en croix, allongé aux pieds de monseigneur Grabeuf, c'est à ses amis que Joseph voulait dédier son engagement. Un à un, il força les visages à défiler devant ses yeux.

Marcel, Raymond, David. Il respira la poussière du tapis. Il les sentit à ses côtés et il les aima soudain davantage. Car il sut qu'ils l'accompagneraient désormais chaque fois qu'il aurait à consoler ou à redonner aux défunts la foi en leur destinée. Tout au long de son sacerdoce.

Lucille. Il pensa aux femmes mortes sous les draps blancs de sa morgue, aux souffrances, aux espoirs perdus, aux rêves de jeunes filles qu'il écouterait des jours durant. Il pensa au docteur Freud et au sens de sa propre vie, à sa mission sur terre, lui, le seul homme à entendre les morts.

Lucrèce. Il sourit à la vanité des hommes, à l'innocence du mal, à la futilité des grandes causes, à ce baiser qu'il avait gardé avec lui comme un trésor, un espoir pour le monde, l'espoir de la bonté jusqu'au cœur du mal. David ne lui avait-il pas raconté qu'il avait vu, en Enfer, des démons qui priaient ?

Après un dernier *Amen*, monseigneur Grabeuf s'était tu. Il était temps que Joseph se relève. Mais avant, il profita de l'instant pour fermer les yeux et penser à sa mère, à ses côtés. À Éloïs, au royaume des cieux. Au Mystère qu'il avait cru pouvoir ébrécher, armé de sa science et des tableaux d'un cahier. C'est vers eux que monta sa première prière de curé et vers toutes ces âmes aussi qu'un jour il aiderait à trouver la paix.

De retour à la morgue où il avait souhaité se retirer après la cérémonie, il trouva les applaudissements des augustines, qui chassèrent, un temps, ce recueillement nostalgique qu'il s'était imposé. Les curieux, les journalistes, les flagorneurs de toute espèce se massaient à la porte de l'hôpital mais il n'avait accepté que la présence des sœurs et de l'évêque, sa véritable famille. À l'exception de monsieur Bienvenüe et de sa fille, qui n'avaient pas souhaité venir.

« Joseph ! » s'écria Grabeuf, hilare, pour faire taire les religieuses. « Je craignais d'accueillir l'homme public déjà sanctifié par les journaux et les foules. Et me voilà avec un héros national, bienfaiteur de la France, de la Russie et de la paix en Europe. Un bienfaiteur de l'Humanité !

— C'est ce qui m'a ramené ici, monseigneur. Je crois justement que cette semaine mouvementée m'a fait comprendre ce que signifie vraiment *sauver l'Humanité*. »

L'évêque fronça les sourcils. Joseph ne put s'empêcher de rire.

« Ne vous inquiétez pas ! Je veux simplement dire que j'ai causé du tort autour de moi, j'ai fait le malheur de beaucoup d'amis. Ce tsar dont j'ai sauvé la vie, c'est la politique, c'est l'histoire. Mais l'Humanité, la vraie, ce sont Lucille, Éloïs, Raymond, David et Lucrèce. Ce sont le vendeur de patates et le chasseur de rats. Ce sont les mortes de l'attentat et le petit Marcel. Tous ces gens que je n'ai pas assez écoutés et auxquels je veux maintenant consacrer le reste de ma vie.

— Alors, Joseph, reprit l'évêque qui avait retrouvé le sourire. Finie, la première page du *Petit Journal* ? Vous renoncez donc à tous ces gens, à la grille, qui scandent encore votre nom ? À vos tours de magie, à vos conversations avec l'Au-delà ?

— Oui et non, monseigneur. Oui, je renonce à cette célébrité de pacotille que je n'ai jamais recherchée. Oui, ma place est ici, parmi vous, dans l'anonymat des couloirs de l'Hôtel-Dieu. Mais…

— Mais ?

— Mais je continuerai à parler avec les morts, monseigneur. Parce que je ne peux pas les laisser. Parce que je suis le seul qui puisse les écouter. Je sais bien comme il vous est difficile d'approuver qu'un curé de votre diocèse discute avec des cadavres. Je vous prie juste de considérer cela comme des prières aux morts. Qu'est-ce d'autre, d'ailleurs ? Je n'ai plus d'autre ambition que de servir les morts comme vous servez les vivants, monseigneur. Ce sont les mêmes âmes, après tout.

— Alors, bienvenue parmi nous », conclut Grabeuf en lui attrapant les mains.

Il y eut encore des applaudissements, quelques gloussements de fierté et le long défilé des embrassades qu'il savoura sans bouder son bonheur.

« Alors, on m'a dit que vous alliez habiter ici ? continua l'évêque, à part, au retour du calme.

— Oui, monseigneur. Ma place est dans ces murs. Je ne suis pas fait pour la vie de château.

— Vous voulez parler de cette villa de Neuilly, n'est-ce pas ? On dit que c'est un cadeau de la présidente Desnoyelles.

— Un cadeau ? Si l'on veut. Un rogaton de son règne, plutôt. À son départ, personne n'a su quoi faire de cette villa. Un fonctionnaire aura pensé à moi.

— Et alors, ce château, il ne vous plaît pas ?

— Il est parfait mais je ne m'y sens pas à ma place. D'ailleurs, il n'est plus à moi. J'en ai fait don à de vieux amis qui s'y trouvent bien mieux que moi.

— Alors, vous connaissiez la présidente ?

— Pas mieux que vous, monseigneur. L'ambition est un mal que notre pays peut pardonner à un homme, pas à une femme. Voilà toute la malchance de madame Desnoyelles.

— Tout de même, quel scandale ! Ses liens avec la Horde, une fille cachée au service des révolutionnaires !

— Pauvre femme, nous ne sommes pas près d'entendre à nouveau parler d'elle. L'Histoire l'oubliera. Ce n'est pas comme Son Altesse Nicolas II. C'est l'avantage des dictateurs, ils n'ont besoin ni de pardon ni d'absolution. Je ne suis pas mécontent d'être déjà loin de tout cela.

— Vous avez raison. Depuis la prise de la Bastille, la politique est sortie du domaine de compétence de l'Église et nous ne nous en portons pas plus mal. »

Joseph se pencha en souriant. Sur le bureau, il attrapa un cahier. Son cahier, avec sa couverture lustrée plus sombre vers le milieu et l'encoche sur le dessus qu'il avait creusée un jour d'ennui.

« La science aussi, monseigneur. »

Et il le jeta dans la corbeille.

XXV

Plusieurs années plus tard, un soir d'hiver, le père Joseph Sterbing eut envie de faire un tour par Neuilly et il alla sonner au portail de la faculté des sciences hermétiques de l'Ordre martiniste, tout au bout de la rue de la Ferme.

La Grande Guerre avait tout changé, seules les ombres du crépuscule pouvaient laisser croire qu'il parcourait les mêmes trottoirs et croisait les mêmes gens qu'à l'époque.

L'époque Desnoyelles, l'époque de la Horde d'Or et du grand Papus. Depuis combien de temps n'y avait-il plus pensé ? Mais, en venant ici, il n'avait pas le choix. Les souvenirs lui revenaient.

Un géant vint lui ouvrir la grille. La même chemise, les mêmes pieds nus mais le nez droit, le front large, le regard doux sous une arcade puissante, la mâchoire aux angles précis, la bouche généreuse. Et ce sourire étonné que Joseph aurait reconnu entre mille.

« David ! Ça me fait plaisir !

— Joseph ? Entre donc.

— Tu as encore fait des progrès. Ton visage est parfait. Voilà bien le don Juan qui manquait à Neuilly-sur-Seine ! »

David se tordit le nez pour le faire rire. À travers l'allée de trémières qu'il avait étendue à toute la longueur du parc, il l'amena jusqu'à la maison.

Le même bric-à-brac l'attendait, les antiquités égyptiennes et les symboles celtiques, la table de voyante et le caducée de Papus jamais effacé du tableau noir. Et Raymond, dans son fauteuil.

« Joseph ! Quel plaisir de te revoir !

— Tu ne m'as pas oublié, Raymond. Tu ne peux pas savoir comme ça me fait plaisir ! »

Il embrassa le vieux zouave. Il sentait l'absinthe. Puis, avec David, ils s'attablèrent à côté de lui.

« Alors, qu'est-ce qui t'amène, monsieur le curé ?

— Rien. Je passais.

— Tu passais ? Tu parles ! Tu en as bien eu pour cinq francs de taxi.

— Vous valez plus que ça.

— Sérieusement !

— J'ai parlé à une femme cet après-midi.

— Une morte ?

— Oui, bien sûr. Tu sais, le Tartare est sur Paris, en ce moment.

— Tu penses bien que je suis au courant. Tu es à l'université des sciences hermétiques, je te rappelle.

— Moi, je ne le savais pas jusqu'à tout à l'heure. Ce ne sont plus mes affaires. Mais c'est comme ça. C'est une réalité.

— Bon. Et alors ?

— Cette femme vivait seule dans une loge de l'île Saint-Louis. Son réchaud mal réglé l'a asphyxiée pendant son sommeil. Ses voisins ont mis dix jours avant de la trouver morte et de nous l'amener. Alors, quand j'ai parlé avec elle, cela faisait dix jours qu'elle arpentait les rues de Paris, le Paris du Tartare. Une exploratrice. Elle m'a fait penser à Marcel.

— Et alors ?
— Les autres âmes lui ont parlé de Bélial, le seigneur du Tartare, et de ses lieutenants, Baphomet et Ataman.
— Anael…
— Elle m'a décrit aussi le règne des démons et la légende de la lutte contre les anges. L'histoire de la résurrection de Bélial, aussi, sorti du néant au bout d'un fil d'or.
— Un peu grandiloquent, non ? Ce n'était que du fil électrique.
— Oui. Les gens ont brodé. Ça se passe comme ici, tu sais.
— Et c'est pour nous raconter ça que tu as déboursé cinq francs ?
— C'est pas mal, déjà. Mais elle m'a aussi parlé de la princesse des succubes.
— Holà ! Lucrèce ?
— Lucrèce, oui. On dirait qu'elle a trouvé un rôle à sa mesure. Cette pauvre morte était terrorisée. Elle m'a décrit une créature cruelle, une princesse plus vicieuse encore que son père. Les âmes vivent dans la terreur de la rencontrer.
— Elle n'est pas comme cela, ma petite Lucrèce. Si seulement elle pouvait voir comme nos rosiers sont beaux, maintenant. Ne la condamne pas. Elle avait les mêmes rêves que les autres petites filles. Il y a du Bien en elle.
— Il y a du Bien chez tous les démons, David.
— Mais elle, c'est pas pareil. Elle est méchante quand elle souffre. Elle a toujours été comme ça. Sa place n'est pas là-bas, je te le dis.
— J'espère que tu te trompes, David. Elle fait son boulot de démon et puis c'est tout… »

Un silence s'installa. Un de ces silences bien lourds qui concluent les visites de courtoisie. Raymond sourit en se caressant la barbe. Joseph tenta de sourire à son tour en se concentrant sur le nez de David qu'il avait gardé tordu.

David mit les pieds dans le plat.

« Et Éloïs ?

— Je ne sais pas. »

Que dire d'autre ? L'air s'immobilisa aussitôt. Le balancier de l'horloge. Le souffle de fumeur du vieux zouave.

« Tu sais, Joseph, reprit David, Lucille Bienvenüe m'a rendu visite la semaine dernière.

— Ah bon ?

— Ça faisait longtemps que je ne l'avais pas vue. Au début, elle venait plus souvent.

— Toujours la même histoire ?

— Toujours. Je lui raconte les deux jours d'Éloïs qui manquent à ses souvenirs de sœur jumelle. Je lui parle du courage de son frère.

— Comment va-t-elle ?

— J'aime me dire qu'elle va mieux mais je n'en suis pas sûr. Elle vient de moins en moins souvent. C'est peut-être un signe, ou alors, c'est seulement à cause de la guerre. Quand elle me quitte, en tout cas, elle semble toujours soulagée. C'est pour ça qu'elle vient. Je lui répète que son frère est resté là-bas pour l'amour d'une femme. C'était son choix. C'était ce qu'il voulait.

— Elle m'en veut toujours ?

— Elle a compris que ce n'est pas toi qui lui as enlevé son frère. Elle a compris tes mensonges et tes petites trahisons. Elle connaît l'histoire aussi bien que nous désormais. Mais ça ne suffit pas.

— Est-elle heureuse ?

— Qui peut se vanter de l'être ? Elle écoute les récits des soldats qui reviennent des tranchées, elle les aide à se débarrasser du sang des autres qui envahit leurs rêves et leurs pensées. Elle m'a dit qu'elle correspondait avec son docteur Freud. Elle a appris l'allemand. Elle m'a même montré une lettre signée de son mentor. Elle était fière. Elle souriait. »

Joseph se pinça l'arête du nez et ferma les yeux.

« Ça me fait du bien de t'entendre dire ça. »

David lui tapota la main.

« Allez ! Tu n'es pas venu pour pleurnicher. Regarde, j'ai quelque chose à te montrer ! »

Il se leva et piocha un journal plié, au fond du tiroir de la commode.

« Regarde ! Un vieux souvenir de Raymond qui refait surface.

— Tu sais bien que je ne veux pas que l'on parle des souvenirs de Raymond. »

Joseph posa une main sur l'épaule du vieux zouave, qui lui sourit en retour.

« Ne te vexe pas, mon vieux, lui dit-il. David t'a évité de devenir un phénomène de foire en gardant tes souvenirs pour lui. Et moi, tu sais bien que le sujet me met mal à l'aise. Je me contente du simple plaisir que tu te souviennes encore de moi chaque fois que je passe cette porte. Et c'est déjà beaucoup, crois-moi.

— Ne t'inquiète pas pour moi, répondit Raymond.

— Ne t'inquiète pas pour lui, répéta David. Et regarde juste ce que j'ai à te montrer. »

Il étala le journal à l'extrémité de la grande table. C'était l'édition de la veille qui titrait sur la révolution en Russie, qui passionnait la presse et les discussions de comptoir depuis une bonne semaine.

« Je suis au courant, lâcha Joseph. Tu penses bien, on ne parle que de ça. Lénine a gagné. La grande révolution de Lucrèce est en route. Et en pleine guerre, en plus.

— Non, intervint David. Regarde plutôt la photographie ! »

Son gros doigt pointait une image de Lénine perché sur un podium au milieu d'une mer de casquettes ; les ouvriers à la grand-messe du socialisme. Des sourires, des poings levés, des yeux brillant d'espoir. Le genre de photographie à faire froid dans le dos à tous les patrons d'Europe.

« Et alors ? demanda Joseph.

— Et alors, tu ne le vois pas ? »

Son doigt glissa sur le papier par-dessus Lénine, jusqu'aux premières marches de l'estrade, derrière lui. En retrait, se tenait un homme, grand, vêtu d'un costume trois-pièces. Malgré la petite taille du cliché, Joseph distinguait sur son visage un demi-sourire, de ceux que l'on dit énigmatiques.

« Gabriel ?

— Oui. C'est lui. Je l'ai tout de suite reconnu. On dirait que le photographe aussi ne voyait que lui. Regarde les visages des ouvriers. Ils me rappellent le défilé des âmes sur les Champs-Élysées. »

Joseph se laissa partir en arrière et abandonna sa tête au dossier de la chaise.

« Eh bien, on peut dire que le tsar a réussi son coup ! Gabriel a perdu le Tartare mais il aura gagné l'Empire russe. Ce n'est pas plus mal. Et voilà ce qu'offre Lénine à ses prolétaires. Le bonheur-malgré-vous de l'archange Gabriel. Alors c'est ça, la révolution ? »

Ce soir-là, Joseph rentra vite retrouver ses morts, à l'Hôtel-Dieu. Le paradis n'est décidément pas terrestre, pensa-t-il en retrouvant l'odeur de sa morgue. Espérons seulement qu'il existe quelque part.

XXVI

Depuis combien de temps n'avait-il plus rien entendu ni rien vu ? Est-ce que seulement cette question avait un sens ?

Éloïs respira encore l'odeur des cheveux de Marie, comme il le faisait chaque fois que le doute pointait au travers du brouillard infini.

Quelle *distance* avaient-ils déjà parcourue ? Il sourit et serra Marie un peu plus fort contre lui.

« Je suis bien avec toi », lui chuchota-t-elle à l'oreille. L'avait-elle vraiment chuchoté ? Il l'avait entendu. Peut-on entendre là où les sens n'existent plus ?

Peu importe, son âme l'entendait, son âme la voyait, son âme pouvait sentir son parfum. Il n'avait jamais rien désiré d'autre.

Il l'embrassa sur le front. Elle se blottit contre sa poitrine.

À quoi bon les sens là où la mémoire suffit ?

DU MÊME AUTEUR

Aux Éditions Denoël

LES DÉMONS DE PARIS (Folio Science-Fiction nº 396)

LES JOURS ÉTRANGES DE NOSTRADAMUS

Dans la même collection

208.	Robert Heinlein	*Les vertes collines de la Terre* (Histoire du futur, II)
209.	Robert Heinlein	*Révolte en 2100* (Histoire du futur, III)
210.	Robert Heinlein	*Les enfants de Mathusalem* (Histoire du futur, IV)
211.	Stephen R. Donaldson	*Le feu de ses passions* (L'appel de Mordant, III)
212.	Roger Zelazny	*L'enfant de nulle part*
213.	Philip K. Dick	*Un vaisseau fabuleux*
214.	John Gregory Betancourt	*Ambre et Chaos* (INÉDIT)
215.	Ugo Bellagamba	*La Cité du Soleil*
216.	Walter Tevis	*L'oiseau d'Amérique*
217.	Isaac Asimov	*Dangereuse Callisto*
218.	Ray Bradbury	*L'homme illustré*
219.	Douglas Adams	*Le Guide du voyageur galactique*
220.	Philip K. Dick	*Dans le jardin*
221.	Johan Héliot	*Faerie Hackers*
222.	Ian R. MacLeod	*Les Îles du Soleil* (INÉDIT)
223.	Robert Heinlein	*Marionnettes humaines*
224.	Bernard Simonay	*Phénix* (La trilogie de Phénix, I)
225.	Francis Berthelot	*Bibliothèque de l'Entre-Mondes* (Guide de lecture – INÉDIT)
226.	Christopher Priest	*Futur intérieur*
227.	Karl Schroeder	*Ventus*
228.	Jack Vance	*La Planète Géante*
229.	Jack Vance	*Les baladins de la Planète Géante*
230.	Michael Bishop	*Visages volés* (INÉDIT)

231.	James Blish	*Un cas de conscience*
232.	Serge Brussolo	*L'homme aux yeux de napalm*
233.	Arthur C. Clarke	*Les fontaines du Paradis*
234.	John Gregory Betancourt	*La naissance d'Ambre* (INÉDIT)
235.	Philippe Curval	*La forteresse de coton*
236.	Bernard Simonay	*Graal*
237.	Philip K. Dick	*Radio Libre Albemuth*
238.	Poul Anderson	*La saga de Hrolf Kraki*
239.	Norman Spinrad	*Rêve de fer*
240.	Robert Charles Wilson	*Le vaisseau des Voyageurs*
241.	Philip K. Dick	*SIVA* (La trilogie divine, I)
242.	Bernard Simonay	*La malédiction de la Licorne*
243.	Roger Zelazny	*Le maître des rêves*
244.	Joe Haldeman	*En mémoire de mes péchés*
245.	Kim Newman	*Hollywood Blues* (INÉDIT)
246.	Neal Stephenson	*Zodiac*
247.	Andrew Weiner	*Boulevard des disparus* (INÉDIT)
248.	James Blish	*Semailles humaines*
249.	Philip K. Dick	*L'invasion divine*
250.	Robert Silverberg	*Né avec les morts*
251.	Ray Bradbury	*De la poussière à la chair*
252.	Robert Heinlein	*En route pour la gloire*
253.	Thomas Burnett Swann	*La forêt d'Envers-Monde*
254.	David Brin	*Élévation*
255.	Philip K. Dick	*La transmigration de Timothy Archer* (La trilogie divine, III)
256.	Georges Foveau	*Les Chroniques de l'Empire,* I *(La Marche du Nord — Un Port au Sud)*

257. Georges Foveau — *Les Chroniques de l'Empire,* II *(Les Falaises de l'Ouest — Les Mines de l'Est)*
258. Tom Piccirilli — *Un chœur d'enfants maudits* (INÉDIT)
259. S. P. Somtow — *Vampire Junction*
260. Christopher Priest — *Le prestige*
261. Poppy Z. Brite — *Âmes perdues*
262. Ray Bradbury — *La foire des ténèbres*
263. Sean Russell — *Le Royaume Unique*
264. Robert Silverberg — *En un autre pays*
265. Robert Silverberg — *L'oreille interne*
266. S. P. Somtow — *Valentine*
267. John Wyndham — *Le jour des triffides*
268. Philip José Farmer — *Les amants étrangers*
269. Garry Kilworth — *La compagnie des fées*
270. Johan Heliot — *La Lune n'est pas pour nous*
271. Alain Damasio — *La Horde du Contrevent*
272. Sean Russell — *L'île de la Bataille*
273. S. P. Somtow — *Vanitas*
274. Michael Moorcock — *Mother London*
275. Jack Williamson — *La Légion de l'Espace* (Ceux de la Légion, I)
276. Barbara Hambly — *Les forces de la nuit* (Le cycle de Darwath, I)
277. Christopher Priest — *Une femme sans histoires*
278. Ugo Bellagamba et Thomas Day — *Le double corps du roi*
279. Melvin Burgess — *Rouge sang*
280. Fredric Brown — *Lune de miel en enfer*
281. Robert Silverberg — *Un jeu cruel*
282. Barbara Hambly — *Les murs des Ténèbres* (Le cycle de Darwath, II)
283. Serge Brussolo — *La nuit du bombardier*
284. Francis Berthelot — *Hadès Palace*

285.	Jack Williamson	*Les Cométaires* (Ceux de la Légion, II)
286.	Roger Zelazny et Robert Sheckley	*Le concours du Millénaire*
287.	Barbara Hambly	*Les armées du jour* (Le cycle de Darwath, III)
288.	Sean Russell	*Les routes de l'ombre* (La guerre des cygnes, III)
289.	Stefan Wul	*Rayons pour Sidar*
290.	Brian Aldiss	*Croisière sans escale*
291.	Alexander Jablokov	*Sculpteurs de ciel*
292.	Jack Williamson	*Seul contre la Légion* (Ceux de la Légion, III)
293.	Robert Charles Wilson	*Les Chronolithes*
294.	Robert Heinlein	*Double étoile*
295.	Robert Silverberg	*L'homme programmé*
296.	Bernard Simonay	*La porte de bronze*
297.	Karl Schroeder	*Permanence*
298.	Jean-Pierre Andrevon	*Šukran*
299.	Robert Heinlein	*Sixième colonne*
300.	Steven Brust	*Jhereg*
301.	C. S. Lewis	*Au-delà de la planète silencieuse*
302.	Jack Vance	*Les langages de Pao*
303.	Robert Charles Wilson	*Ange mémoire* (INÉDIT)
304.	Steven Brust	*Yendi*
305.	David Brin	*Jusqu'au cœur du Soleil* (Le cycle de l'Élévation, I)
306.	James A. Hetley	*Le Royaume de l'été*
307.	Thierry Di Rollo	*Meddik*
308.	Cory Doctorow	*Dans la dèche au Royaume Enchanté* (INÉDIT)
309.	C. S. Lewis	*Perelandra*
310.	Christopher Priest	*La séparation*

311.	David Brin	*Marée stellaire*
312.	Ray Bradbury	*Les machines à bonheur*
313.	Jack Vance	*Emphyrio*
314.	C. S. Lewis	*Cette hideuse puissance*
315.	Frederik Pohl et C. M. Kornbluth	*Planète à gogos*
316.	Robert Holdstock	*Le souffle du temps*
317.	Stéphane Beauverger	*Chromozone* (La trilogie Chromozone, I)
318.	Michael Moorcock	*Le nomade du Temps*
319.	John Varley	*Gens de la Lune*
320.	Robert Heinlein	*Révolte sur la Lune*
321.	John Kessel	*Lune et l'autre* (INÉDIT)
322.	Steven Brust	*Teckla*
323.	Mary Gentle	*La guerrière oubliée* (Le livre de Cendres, I)
324.	Mary Gentle	*La puissance de Carthage* (Le livre de Cendres, II)
325.	Mary Gentle	*Les Machines sauvages* (Le livre de Cendres, III)
326.	Mary Gentle	*La dispersion des ténèbres* (Le livre de Cendres, IV)
327.	Charles Dickinson	*Quinze minutes*
328.	Brian Aldiss	*Le Monde Vert*
329.	Elizabeth Moon	*La vitesse de l'obscurité*
330.	Stéphane Beauverger	*Les noctivores*
331.	Thomas Day	*La maison aux fenêtres de papier* (INÉDIT)
332.	Jean-Philippe Jaworski	*Janua vera*
333.	Laurent Kloetzer	*Le royaume blessé*
334.	Steven Brust	*Les Gardes Phénix*
335.	Isaac Asimov	*Fondation* (Le cycle de Fondation, I)

336. Isaac Asimov — *Fondation et Empire* (Le cycle de Fondation, II)
337. Isaac Asimov — *Seconde Fondation* (Le cycle de Fondation, III)
338. Isaac Asimov — *Fondation foudroyée* (Le cycle de Fondation, IV)
339. Isaac Asimov — *Terre et Fondation* (Le cycle de Fondation, V)
340. Jack Vance — *La vie éternelle*
341. Guillaume Guéraud — *La Brigade de l'Œil*
342. Chuck Palahniuk — *Peste*
343. Paul Anderson — *Trois cœurs, trois lions*
344. Pierre Corbucci — *Journal d'un ange*
345. Elizabeth Hand — *L'ensorceleuse*
346. Steven Brust — *Taltos*
347. Stéphane Beauverger — *La cité nymphale* (La trilogie Chromozone, III)
348. Gene Wolfe — *L'ombre du Bourreau* (Le livre du Nouveau Soleil, I)
349. Robert Charles Wilson — *Blink Lake*
350. Alain Damasio — *La Zone du Dehors*
351. James Patrick Kelly — *Fournaise*
352. Joëlle Wintrebert — *Le créateur chimérique*
353. Bernard Simonay — *La Vallée des Neuf Cités*
354. James Tiptree Jr — *Par-delà les murs du monde*
355. Gene Wolfe — *La Griffe du demi-dieu* (Le livre du Nouveau Soleil, II)
356. Gene Wolfe — *L'épée du licteur* (Le livre du Nouveau Soleil, III)
357. Wayne Barrow — *Bloodsilver*
358. Ted Chiang — *La tour de Babylone*
359. Clive Barker — *Le royaume des Devins*
360. Michael G. Coney — *Péninsule*

361.	Theodore Sturgeon	*Un peu de ton sang*
362.	Robert Charles Wilson	*Spin*
363.	Gene Wolfe	*La citadelle de l'Autarque* (Le livre du Nouveau Soleil, IV)
364.	Francis Berthelot	*Khanaor*
365.	Mélanie Fazi	*Serpentine*
366.	Ellen Kushner	*À la pointe de l'épée*
367.	K. J. Parker	*Les couleurs de l'acier* (La trilogie Loredan, I)
368.	K. J. Parker	*Le ventre de l'arc* (La trilogie Loredan, II)
369.	K. J. Parker	*La forge des épreuves* (La trilogie Loredan, III)
370.	Thomas Day	*Le trône d'ébène*
371.	Daniel F. Galouye	*Simulacron 3*
372.	Adam Roberts	*Gradisil*
373.	Georges Foveau	*L'Enfant Sorcier de Ssinahan* (INÉDIT)
374.	Mathieu Gaborit	*Bohème*
375.	Kurt Vonnegut Jr	*Le pianiste déchaîné*
376.	Olivier Bleys	*Canisse* (INÉDIT)
377.	Mélanie Fazi	*Arlis des forains*
378.	Mike Resnick	*Ivoire*
379.	Catherine L. Moore	*Les aventures de Northwest Smith*
380.	Catherine L. Moore	*Jirel de Joiry*
381.	Maïa Mazaurette	*Dehors les chiens, les infidèles*
382.	Hal Duncan	*Évadés de l'Enfer !* (INÉDIT – à paraître)
383.	Daniel F. Galouye	*Le monde aveugle* (à paraître)
384.	Philip K. Dick	*Le roi des elfes* (à paraître)

Composition UTIBI
Impression CPI Firmin Didot
à Mesnil-sur-l'Estrée, le 12 avril 2011
Dépôt légal : avril 2011
Numéro d'imprimeur : 104970

ISBN 978-2-044129-7/Imprimé en France

178938